夜天子

九

山东文艺出版社

目录

第九卷 偷天换日

第一章 殃及池鱼 — 003
第二章 可爱莹莹 — 007
第三章 密云不雨 — 011
第四章 红枫花堪采 — 015
第五章 伯夷献计 — 019
第六章 过五关 — 023
第七章 行不得也 — 028
第八章 姑娘驾到 — 033
第九章 路边那棵小白菜 — 037
第十章 三个娘子 — 041
第十一章 鹰的理想 — 046
第十二章 伶俐人儿 — 051
第十三章 皇媒人(上) — 055
第十四章 皇媒人(中) — 059
第十五章 皇媒人(下) — 063
第十六章 腹黑人主 — 067
第十七章 飞鸟未尽,良弓藏否? — 072
第十八章 自己找媒人 — 076
第十九章 官居六品 — 080
第二十章 交 锋 — 084
第二十一章 大家来找碴 — 089
第二十二章 决战紫禁城 — 093
第二十三章 风波左顺门 — 097
第二十四章 奇葩左顺门 — 101
第二十五章 服 软 — 106
第二十六章 险死还生 — 110
第二十七章 祸兮,福所倚! — 114
第二十八章 大智若愚 — 118
第二十九章 楼歪了 — 122
第三十章 道貌岸然 — 128

第三十一章 你升我降 — 132
第三十二章 霸道"村主任" — 136
第三十三章 反 击 — 140
第三十四章 扑朔迷离 — 144
第三十五章 曹社之谋 — 148
第三十六章 成 魔 — 152
第三十七章 请君入瓮 — 156
第三十八章 莫衷一是 — 160
第三十九章 飞蛾纷纷 — 164
第四十章 风云三岔口 — 168
第四十一章 群英会 — 172
第四十二章 狭路逢 — 176
第四十三章 小天驾到 — 180
第四十四章 劫后余生 — 184
第四十五章 夜宿正宫? — 188
第四十六章 一家之主 — 193
第四十七章 来去悾偬 — 197
第四十八章 假手于人 — 201
第四十九章 家务事 — 206
第五十章 分而治之 — 210
第五十一章 冷 落 — 214
第五十二章 九九重阳之战 — 218
第五十三章 心疾去 — 223
第五十四章 一场游戏一场梦 — 227
第五十五章 几家愁绪 — 231
第五十六章 良辰美景 — 235
第五十七章 天残地缺 — 239
第五十八章 天然呆 — 243
第五十九章 婚姻大计 — 247
第六十章 天下第一奸诈无耻 — 251

第六十一章 我牵驴，你拔橛 — 257
第六十二章 墙头会 — 263
第六十三章 众矢之的 — 269
第六十四章 小卒过河胜似车 — 273
第六十五章 不再可控的棋子 — 277
第六十六章 当仁不让，我来！— 281
第六十七章 回 门 — 286
第六十八章 饮 宴 — 292
第六十九章 田氏双雌 — 297
第七十章 脱 茧 — 302
第七十一章 新 生 — 305
第七十二章 一人一世界，一语立豪门 — 308
第七十三章 有情女 — 312
第七十四章 关键人物 — 316
第七十五章 同人不同命 — 320

第七十六章 穿针引线人 — 324
第七十七章 风云变幻 — 329
第七十八章 魔鬼的诱惑 — 332
第七十九章 讲 断 — 338
第八十章 讲断人也讲断 — 344
第八十一章 利字摆中央 — 349
第八十二章 交 接 — 355
第八十三章 风雨欲来 — 361
第八十四章 意 外 — 365
第八十五章 等待拯救的"大兵瑞恩" — 370
第八十六章 黑牯口 — 375
第八十七章 换 日 — 380
第八十八章 绝望陷阱 — 384
第八十九章 两手准备 — 389
第九十章 难以两全 — 394

第九十一章 一家人 — 398

第九十二章 应 对 — 402

第九十三章 下 网 — 406

第九十四章 进 退 — 410

第九十五章 水渐落 — 415

第九十六章 有故事的随从 — 422

第九十七章 剪辑画面 — 428

第九卷

偷天换日

第一章

殃及池鱼

一

叶小天郑重地谢过了向驿丞，扭头看向皮副千总那边。他此刻的身份是待罪的官员，正在被押解途中，这些周旋打点处轮不到他出面，所以只与向驿丞远远地站着。

严知县拿皮副千总也没办法，人家说得很清楚了，火药不是他放的，反而是用来想炸死他们的，凶手业已被皮副千总亲手抓住，沐东等人当时带到林中的亲信还有几个活着，可谓人赃并获。

真要说起来，反而是他驭下不力，治理不严，在他辖境内出了这样的事情，想指责别人扰乱地方，哪来的理由？严知县愤愤然，却不知该把这把无名火烧到谁的头上。

皮副千总对他说完了，扭头吆喝道："兄弟们，打点行装，准备走啦。"

严知县一呆，道："皮千总，你要去哪里？"

皮副千总瞅了他一眼，道："进京啊，还能去哪里？"

严知县忍着气道："你不能走，这桩案子还没审结，你们是此案的关键人物，须得留下。"

皮副千总怒道："怎么着，本将军在你的辖境内遇袭，若非皮某机警，已然一命呜呼。你还想留下本将军不成？"

旁边紫阳县典史凑上来打圆场道："皮将军不要误会，县尊大人当然没有把你当成罪犯。只是此案重大，动用了火药，又死了这么多人，我们县尊大人总要对上上下下有个交代。

"皮将军如果就这么一走了之，我县只有满地狼藉、十余具尸体，该如何对上下有所交代呢？还请皮将军暂留一两日，帮本县梳理案由经过，做个重要见证。"

皮副千总颜色稍霁，道："你要这么说……倒也没有什么，只是我们几百号人，人吃马喂的……"

典史忙道："自然本县一力承担！"

皮副千总道:"成!那我们就多留两天。这橘园我们是不能住了,还请大老爷为我等安排个地方安顿。对了,今日发生这么大的事,你们也都看到了,我们这三百多号人,押解的是重要人物,所以是绝不能分散居住的,你们安排的住处要能容纳得下我们才好!"

皮副千总说罢扬长而去,严知县愤然道:"这个兵痞,也太嚣张!"

典史苦笑道:"大人,当兵的哪有不粗俗的?再说他又不归本地管束,自然更加跋扈。眼下善后要紧,只要他肯留下就好,倒不必与他计较。"

严知县重重地哼了一声,道:"你且把他们领到县学去,跟胡教谕讲,腾出地方来叫他们住个三两日!"

典史听命,急忙追着皮副千总去了。严知县看看现场,轻轻拍了拍额头,只觉焦头烂额,面对如此场面,实在不知该如何着手。

皮副千总到了叶小天身边,道:"叶大人,此地知县要留我们在此多住两天,协理案情,恐怕今日不能上路了。"

叶小天是做过地方治安官的,了解这些官员的苦处,笑道:"我就知道,如果我们就这么拍拍屁股走了,此地的县官必然为难。也罢,我们便等两天吧。"

叶小天方才正与向驿丞攀谈,没太注意皮副千总这边。两伙人中间不时有各色人等走动,也阻碍了他的视线,以致徐伯夷匆匆离去,叶小天全未注意。

皮副千总道:"也罢,那就歇两天。刚才那边还有一个太监,听说是朝廷派来验收贡橘的。结果昨儿夜里贡橘全被炸光了,我看那个太监脸黑黑的,好像很不高兴。"

叶小天听得摇头失笑,他实未想到早已失踪的徐伯夷竟然混到了宫里,而且还成了一个不完整的男人。若非亲眼看到,就算别人告诉他那个太监叫徐伯夷,他也只会以为是同名同姓。

· ※ · ※ · ※ ·

案子并不难审,皮副千总留了几个活口,经那几人交代,严知县得知此案竟是因为被押赴京城受审的叶小天和贵州当地的几个土官之间的私人恩怨,顿时松了口气。

严知县一面命人整理案卷,清理现场,一面赶回县衙去见钦差。徐伯夷听他说罢详细经过,心中暗想:"此事无论如何是不能算到叶小天头上的,倒不好节外生枝。不过,叶小天与几位土司结仇一事,倒是可以做做文章。但这也不急,我总要叶小天亲眼看到他的女人被别的男人占有,悲愤欲绝之际再给他补上一刀……"

想到得意处,徐伯夷不禁露出一丝狞笑,严知县见此不禁有点害怕,急忙退了一步,道:"余公公,你……这是怎么了?"

"哦？喔！"

徐伯夷醒过神来，略一思忖，道："县尊大人，张家的贡橘是无法供奉了，我希望你在当地另择几家生产金钱橘的人家，择其优良者暂代。"

严知县道："这是自然，本县马上去办。"

徐伯夷点点头，忽又想起一人，便恶狠狠地道："还有那个驿丞，储放贡物的所在何等紧要？橘子本身虽没有什么，可那是皇家贡物，他竟然安排了那么多过路人寄住，以致贡物尽毁，这是不敬之罪！你要严惩他！"

其实贡物也分三六九流，一些水果而已，能值几个钱？此事就算放到宋朝，也不可能像杨志押运生辰纲被劫一样，受到较严厉的处罚。何况这不是押运被劫，而是纯因其他缘故遭毁损。

严知县呆了一呆，道："这个……向驿丞只是因为馆驿太小，无法安置那许多军士，所以才借橘园一用。至于发生这种事，是非他能所料，似乎不该予以严惩吧。"

徐伯夷冷笑一声道："严大人，事情不在于其本身轻重，而在于它意味着什么？你知道张太岳为什么会落得那般下场？"

徐伯夷压低了声音，阴恻恻地道："因为他目无君上！他把皇上当成了一个可以任意呵斥、管束的小孩子！当今圣上现在最忌讳的就是有人不把他放在眼里，如果皇上听说此事缘由，你说会不会如你一般所想呢？"

"这……"

严知县一听心里顿时打了个激灵。自永乐以后，大明的皇帝在涉及整个文官团体的利益上，几乎是屡战屡败。而屡战屡胜的文官集团还整天哭爹喊娘的，好像他们被皇帝和权阉们欺压得何等凄惨，利用他们掌握了笔杆子的优势，在舆论上大造声势。

但大明的皇帝并不是傀儡，至少在处理官员个人上，他们依然掌握着生杀予夺的大权，只要对官员个人的处理不涉及整个文官集团的根本利益，官员们也不会给皇帝难看。

其实这种看似很奇怪很矛盾的行为，对官员们来说是却很好理解：他们认为自己是忠臣，是最坚决的忠君爱国分子！皇帝触及整个文官集团利益的事，他们认为是在动摇国本，所以不惜一切也要阻止。但是对某些官员个人的处理，他们又理所当然地站到皇帝的一边，认为你触犯天子、目无君上，理应受到严惩。

严知县只是一个小小的七品知县而已，如果惹得皇帝不悦，他的前程就到头了。严知县想了想，谨慎地问道："余公公以为，该如何处置他呢？"

徐伯夷哂然道："这还要本钦差提醒你吗？这个人很不称职，我看……这驿丞，他就不必做了吧！"

严知县心中一凉，十年寒窗苦哇，可惜了！不过，向驿丞这人一向醉心于烹饪，严知县并不欣赏他，又涉及自家前程，那就只好"死道友莫死贫道了"。

严知县咬了咬牙，道："本县明白了！钦差放心，贡物受损，总该有人出来承担责任的！"

徐伯夷微笑道："县尊大人是个明白人！呵呵呵，你放心，如果圣上不悦，本钦差会替你美言几句，这件事本来就与你严大人不相干嘛。"

严知县长揖道："多谢钦差大人！"

严知县直起腰来，见徐伯夷已经消失在厅门口，默然片刻，唯有轻轻一叹。

……

叶小天等人被转移到了县学，为了提防再出意外，县衙派人提前对县学里里外外检查了一遍。其实严知县只是临时起意想到了这个安置之所，不可能有人提前在此设下埋伏。

但是等叶小天一行人入住之后，皮副千总还是派人再次检查了一遍，连房顶、大梁乃至地面、水井，统统不曾放过。随后，这县学就成了一处兵家要塞，被他们守得风雨不透。

早餐是向驿丞送到橘园的，他们在那儿吃的早饭，等到晌午就要在县学用餐了，午餐送来得比较晚，眼看都过了晌午，向驿丞才领着几辆驴车姗姗来迟。

皮副千总迎上去，抱怨道："向驿丞，今儿午餐怎么送得这么晚，我可是一早就告诉过你，我们暂时不走了！"

向驿丞哭丧着脸对皮副千总道："皮将军不走了，向某却要走了。这是向某给你们送的最后一餐！"

皮副千总大吃一惊道："向驿丞难道患了什么绝症，怎么年纪轻轻的就要走了？"

向驿丞悲悲切切地道："谁说我患了绝症？还不都是你们害的，贡物受损，钦差震怒，我这驿丞的差使丢了，要回吏部等候发落。皮将军，一路之上，还要请你多多关照啊！"

第二章

可爱莹莹

一

"马失前蹄入土坑,血染战袍透钾红。冲锋陷阵为救主,置之死地又得生……"
"好!好啊!"众军士齐声叫好,叶小天大力鼓掌,听得眉飞色舞。

正唱秦腔的这位是县学里一个杂役,模样有些像张飞,此刻唱的却是赵云。不过秦腔里的赵云,听起来那腔调倒也依旧像张飞。有乐子就好,大家自然连声叫好。

向驿丞坐在一边闷闷不乐。他固然不大瞧得上驿丞这个职位,时不时还要自怨自艾一番,觉得十年寒窗,踏入仕途后每日里只干些迎来送往的活计未免屈才。可大多数人都是这样,在其位时总觉得这里也不好,那里也不对,真个被人免去了职位,思及未来,又不免满腹悲怨。这一遭去往京城,恐怕这官职是丢定了,今后该如何是好?

叶小天扭头瞧见向驿丞坐在那儿长吁短叹,便走过去,在一旁的石碾子上坐下来,笑道:"向驿丞还在忧愁前程之事?"

向驿丞愁眉不展地道:"向某比不得你叶大人哪,您那是金子打的铁饭碗,上边还镶了钻的。向某这个瓷饭碗,一旦打碎,可就没饭吃了。"

金子做的铁饭碗,上边还镶了钻……

叶小天努力想了想,还是想不出那是一副什么形象,干脆不去理会,只对向驿丞笑道:"叶某之所以能寻乐子,倒不是因为端了一只金饭碗,而是知晓有些事你愁也没用,何苦为难自己?"

叶小天道:"丢了官本就够倒霉了,再自己为难自己一番,一旦愁出病来,还不是自己难过?难不成朝廷见你知道悔过,就让你官复原职?"

向驿丞叹道:"说好听点儿,大人您这叫想得开,心胸开阔。说不好听点儿,那就是没心没肺啊!"

叶小天哈哈大笑,用力一拍向驿丞的肩膀道:"不过说起来,你有绝技傍身,也真不用愁的。叶某京城的御宴吃过，南京的国宴也吃过，在贵阳，山珍海味、世上珍奇都尝过，要说味道，还没有似你做的家常便饭可口。"

一谈起饮食，向驿丞就眉飞色舞起来，当即振奋道："这倒不是向某吹牛，向某如果肯做厨子，南北两京那些名厨全得靠边儿站！想当初在北京城的时候，有一次向某与人去白云楼……"

向驿丞忘了难过，开始向叶小天滔滔不绝地吹嘘起来……

拴柱是个七岁的孩子，生得虎头虎脑的。

这么大的孩子，精力最是旺盛，每日里撩猫斗狗，就没个消停时候。这不，今天拴柱从大枣树爬上去，再从枝干爬到房顶上，和邻家孩子跑来跑去地玩耍，把左右邻居家的屋顶踩碎了六七片瓦，气得他老娘狠狠打了他一顿屁股蛋子，又罚他在门口揪着自己耳朵下跪。

堂屋里，爹、娘还有他的小妹妹正在吃饭，拴柱揪着自己的一对招风耳，探头探脑地往屋里瞅了一阵儿。他娘也不理他，他爹只管呼噜呼噜地喝粥，只有他三岁的小妹妹，不时朝他扮鬼脸儿。

拴柱无趣得很，跪了一阵儿，注意力便转到了地上几只蚂蚁身上。那几只蚂蚁推着一小块馒头渣儿，正在向它们的巢穴进发。拴柱玩心又起，捡起个小木棍，撩拨起蚂蚁来。

拴柱跪趴在地上，挑动着馒头渣儿，正乐不可支地看着那些蚂蚁惊慌地追来赶去，忽然发现面前多了一双靴子。那鞋面是绿色织锦上绣着一对戏水鸳鸯，很精致、很优美。

拴柱不知道这鞋的名贵，但他认得这是绸缎，他娘有一件绸缎小衣，那是当初成亲时娘家陪送的最昂贵的一件嫁妆。有一次他用脏兮兮的小手摸了两把，被他娘好一顿打，所以他对这闪闪发亮、柔滑如油的绸缎子记忆犹新。

拴柱仰起头来，就看见一个美丽的小仙女笑盈盈地看着他弯下腰来。她这一弯腰，那尖尖的下巴、明媚的眸、长长的睫毛，更加具有一种特别的迷人味道。

拴柱还是个小屁孩儿，感觉不到女性的魅力，但是对于美，不管什么年纪的人，都是有感觉的。拴柱吸了吸鼻涕，自惭形秽地缩了两步，生怕不小心碰脏了人家闪闪发光的裙子，还有那双昂贵漂亮的鞋。

小仙女说话了，说话之前先眨了眨那双迷人的眼睛，声音像黄鹂鸟一般悦耳："小弟弟，你好啊，你叫什么名字？你的家，以前是一个叫叶小天的人住的？"

拴柱呆呆地看了小仙女半天，扭过头去，冲着屋子里喊了一嗓子："娘啊！"

拴柱他爹和他娘先后走了出来，看见这位漂亮的小仙女，看到她一身华贵的衣裳，还有院门口站着的两个锦衣华服的下人，一时手足无措。

"是……是的,这里……原来是老叶家,我们家原来跟他们家就是街坊。我们家人口太多,住不下,叶大叔离开京城的时候,就把这房子便宜卖给了我家……"

拴柱他爹结结巴巴地说着,陪着小仙女走进屋,嗅到人家身上淡淡的清香,只觉自家饭菜的气味都会亵渎了小仙女,赶紧取个大爪篱把饭菜盖上,腼腆地道:"家里有点乱……"

小仙女不以为意,笑嘻嘻地道:"洛大哥,你跟小天哥从小就认识啊,他睡哪屋啊?"

拴柱他爹道:"呵呵,认识,熟得很。我比他大七八岁呢,小时候是孩子头,常领着他爬树掏鸟窝啥的。小天小时候跟他哥一块住西屋,不过后来他哥娶了娘子,他就睡堂屋了。就这儿,几条板凳一凑合,呵呵……"

拴柱他爹笑得有点憨,媳妇嗔怪地在他身后拉了拉他的衣角,拴柱他爹回头瞪了媳妇一眼。

小仙女撩开西屋的帘子,走进去好奇地参观了一番。拴柱他爹发现这位小仙女很喜欢笑,看着那土炕也笑,听他说小时候招呼叶小天出去玩,小天怕爹娘听见动静,光着脚从窗台爬出去也笑。

小仙女在拴柱家里里外外地走了几圈,听拴柱他爹讲小天小时候家里养过猪,他还骑着猪扮过大将军,小仙女居然也不嫌脏,还兴致勃勃地跑到院角,很开心地参观了一下现在重又变成猪圈的那个地方。

猪圈里气味不小,拴柱他爹注意到那位小仙女的两个仆从都掩住了鼻子,但小仙女居然浑不在意。更叫人吃惊的是,拴柱他爹说小天爬树很厉害,常在院里这棵大枣树上爬上爬下,那位小仙女居然一撩裙子,跃跃欲试地也要爬树,幸亏被两个随从劝住……

"谢谢你啦,洛大哥……"

小仙女很开心地冲拴柱他爹笑,手往后一招,随从便取出一锭金灿灿的金元宝,搁在了她娇嫩嫣红的掌心,小仙女儿对拴柱他爹甜甜地笑道:"这是一点小礼物,送给你。"

"啊……啊……啊……"

拴柱他爹看着只在自家年画上见过的财神爷手里捧着的物件,慌得手足无措。拴柱他娘急得汗都下来了,生怕人家小仙女再把金子收回去,赶紧抢上来接过金子,冲着小仙女不断鞠躬。

"好啦!我走啦!你们吃饭吧,不打扰你们啦!"

小仙女儿很客气地冲他们招招手,像只快乐的小燕子似的飞出了拴柱的家。

拴柱一家人你看看我,我看看你,仿佛做梦一般。过了许久,拴柱他爹一个恶狗扑食，从媳妇手里抢过金子，用力咬了一口，眉开眼笑地道："真的！是真的！我听人说过，金子软，还有甜味，哈哈哈……是真的……"

拴柱眼里的那个小仙女，自然就是夏莹莹。

夏莹莹到了京城之后，陪母亲进了一趟宫，见过了天子。莹莹对京城、对皇宫、对皇帝都很好奇，但看过了也就看过了，好奇心一去，也没觉得有什么稀罕的地方。

皇帝在她心中本是一种很遥远、很陌生的存在，这次见到了，感觉就是一个很温和的年轻人，也没什么太特别的。就是感觉他言行举止好像都有很多规矩，上朝时有大臣看着，在宫里有太监看着，不时提醒他该这样、该那样，一向喜欢无拘无束的莹莹都替他累得慌。

不过，唯一令她感觉不舒服的，是皇帝看她的眼神，那种眼神她并不陌生，从小到大见多了这样看她的男人，这样看她的男人大多都会凑上来套近乎，然后……

其中九成九的男人都被她的哥哥们打得鼻青脸肿逃之夭夭，剩下的那个就是果基格龙那样的，天天对她纠缠不休，她很不喜欢。尽管这个穿明黄袍子的男人只是一直那么看着她，并没动手动脚，也没说什么过分的话，她还是不喜欢。

她本以为见过了皇帝、谢过了君恩，就可以回贵州，可皇帝一直也没说让她们走。宫里有位皇贵妃也是贵州人，听说她们到京的消息后总找她和母亲去宫里聊天，问起贵州情形。每次那个万历皇帝都会在场，莹莹不喜欢他看自己的眼神，所以今天就没随母亲进宫，而是一时兴起，来了叶小天常住的地方。

莹莹思念之心稍解，心满意足地离开了。她却不曾想到，叶小天此时刚刚进城。她走后不久，叶小天就来到了他的旧宅……

第三章

密云不雨

一

叶小天的囚车经过自家门口时，他的目光久久凝视着仄长胡同里那扇破旧的院门，直到车子经过，他仍然痴痴凝视着。坐在他身旁的向驿丞不免有些奇怪，问道："叶大人，你在看什么？"

叶小天收回目光，向他微笑着摇了摇头。

看到那从小生活过的地方，看到那扇他无数次推、合过的院门，叶小天有一种走进去的冲动。那里承载着他太多太多的记忆，但是，人常说衣锦还乡，他此刻是一个囚犯，他不想让故人看到他此刻的样子。

一进北京城，叶小天就和向驿丞上了囚车，而且戴上了真正的大枷。在此之前，沾了叶小天的光，向驿丞一路上那可是悠闲得很，起食饮居，毫无一点待罪之囚的味道。

但京城，那是真正的权贵如云的所在，这里龙盘虎踞，任你如何英雄了得，到了这里也得低调一些。

叶小天和向驿丞要被先送往刑部，由刑部接收、安置住处，随后再把相应公文分发至通政司和吏部。向驿丞要由吏部决定去留，而叶小天的案情太过重大，则需由通政司上报朝廷定夺。

二人到了刑部，因为刑部只走一道手续，所以处理起来很快。皮副千总和紫阳县的捕快分别拿了批文出来，又把二人送往馆驿。

路上，叶小天对向驿丞道："向大人，之前我说的那番话，还请你好好思量一下。你对我有救命之恩，这份情，我要还。所以……如果你丢了官，不妨去我卧牛岭，我保证你能一展所长，而且每月的薪水会远超朝廷给你的俸禄。"

向驿丞摇头苦笑道："多谢叶大人啦，向某家里并不愁吃用，所惜者只是十年寒窗求取的功名却一朝失去。黔地太过偏远了，向某有老母，不想跋涉太远。"

叶小天摇了摇头，人各有志，他也不好勉强。只是，救命之恩对向驿丞来说虽是无心之举，叶小天却一直记在心里。既然他不愿去贵州，叶小天便想着了结京中之事后，再对他有所报答。

二人到了驿馆，驿丞依照二人的官职级别给他们分别安置了住处，皮副千总和紫阳县的捕快至此便算完成了公务，可以打道回府了。

叶小天为人仗义，特意出钱置办了几席酒宴，请他们胡吃海塞一番，这才送他们上路。等皮副千总他们一走，叶小天的人就找上门来了。

尽管叶小天是待罪的犯官，身边不能有人侍候，但是李秋池他们怎么可能让叶小天一个人上京？他们派了十二名侍卫，一直远远地追着皮副千总等人，始终保持三里之遥。

如今皮副千总完成使命，驿馆又不禁止叶小天会客，这些部下自然寻上门来。叶小天对他们吩咐道："你们去替我打听一件事，看看红枫湖夏家的人是否还在京城。"

那些侍卫都是山里汉子，并不精通这些事务，要是换了李大状，那就容易多了。如今听叶小天这么说，那些侍卫都是一脸茫然，却还是毫不犹豫地答应下来。

叶小天见状，又指点道："她们住在哪里我也不晓得，十有八九现在已经回了贵州，不过还是打听一下为好。这样，你们去礼部打听，她们的往返别处衙门纵然不知道，礼部是一定会知道的。你们此去，千万不要与人起了冲突，打听事情靠金银开道就行了。"

侍卫们还是有些茫然，打打杀杀的他们在行，这种事他们毫无头绪，不过总算知道该去哪儿打听了，侍卫们急忙点头。

叶小天瞧他们一副懵懵懂懂的样子，反而不放心起来。让这些只懂打打杀杀的汉子和那些其滑如油的书办吏目们打交道，只怕给人家卖了，他们还傻乎乎地帮人数银子呢。

叶小天想了想，苦笑道："算了，这件事你们就不要管了。你们去刑部大牢，找玄字一号监的牛大叔，就说叶小天回来了，请他来一趟。"

众侍卫松了一口气，立刻出门，一路打听着刑部大牢的所在，风风火火地赶了去，像绑架似的，把老牛大叔给弄到了馆驿里来。

·※·※·※·

叶小天以为要等和他有关的奏章送上朝廷，众大学士们群议一番，拿出初步处理意见后再交由天子裁断，那时他的消息才会被一些朝官们知道。却不知他虽然是悄然入京，却早已有人关注着他。

锦衣卫指挥使宇无过一下值,便直奔兵部尚书乔翰文的家。乔老爷家的后花园里,桃李绽放,绚丽多姿,五位宽袍老者正坐在桃花阵里,品茗闲坐,谈笑风生。

在座的五位老大人中,有三个是江西人,另外两个是山东人。江西在文教方面一直很出色,所以科举中第的士子很多,如此一来,官员中自然就以江西籍的居多了。

几位老大人正聊着,宇无过走了进来,看来他和这几位老大人都很熟稔了,没有正式施礼,只是作揖,就在斜倚石桌、擎杯赏花的兵部尚书乔翰文身边坐了下来。

小婢上前为他斟了杯茶,乔翰文低头注视着水中上下起伏的茶叶,沉声道:"叶小天到京了,下官收到消息说,在紫阳县时,曾有土司家人预埋火药试图炸死他,但此人机警,逃过一劫。"

正在闲谈的几位大人都把目光投向他,一位老者抚着花白胡须淡然道:"龙潭刚捎了信来,向你我提起此人,言及此人或有大用,你们怎么看?"

这位老人叫严亦非,他的仕途经历很奇特,因为他是由武转文的。他本是山东登州世袭千户,后来在倭寇横行时,补任了登州知府,由武转文了。

此后,他又升任山东按察司副使,再升佥都副御史,累迁南京户部右侍郎、兵部左侍郎,现在的职务却是都察院右都御史,总督漕运,兼抚淮南,可谓大权在握。

他口中所说的"龙潭",就是新任贵州巡抚叶梦熊。叶梦熊字男兆,号龙潭。这几位老友对他都只称其号,不呼其名。

礼部侍郎林思言看看左右,见其他几位大人沉思着没有说话,便道:"林某在南京时,曾与这叶小天打过交道,后来去葫县传旨,与他又有过往来。"

通政司右通政党腾辉笑问道:"此人如何?"

林思言道:"不安分!是个能折腾的主儿!"

严亦非道:"看来龙潭很器重此人,否则不会特意来信提到。诸位觉得,此人可以引为心腹吗?"

乔翰文摇头道:"不妥!此人纵然心向朝廷,可他毕竟已然是世袭罔替的一方土官,他的根本利益与你我所追求的可谓南辕北辙。相对于贵州那些土官们,此人可以扶持,也可以亲近,却不可引为心腹!"

林思言颔首道:"我也是这个意思。在金陵时,我曾试图招揽他,此人当时只是个不得志的会同馆大使,却也有股子宁为鸡头不为牛后的劲儿。如今他身为一方土官,就更不可能追随你我,削他自己的刀把子了……"

乔翰文有些不悦地对严亦非道:"严兄,对于西南,我等已筹谋多年了,如今龙潭已至贵州,霖寰那边也该加快步伐才是!"

霖寰是四川巡抚李化龙的号。严亦非点了点头,微笑道:"贵州有梦熊坐镇,慑其后方,四川化龙当能制伏那头应龙了!"

想到贵州叶梦熊、四川李化龙两口雪亮的铡刀已经架好，几位大员眼中都露出了兴奋的光芒。宇无过微微一笑，道："那么，对叶小天此人……"

右通政党腾辉道："此人是龙潭想用的人，龙潭在贵州，对当地人物远比你我清楚，多此一举的事我们就不要做了。这个叶小天，只要我们保证他安然无恙重返贵州即可，其他的事，还是不要管了，免得弄巧成拙。"

乔翰文点点头，对宇无过道："皇上应该没有要严惩他的意思吧？"

宇无过笑道："当然没有，听说石阡、铜仁两府土官自相残杀，搅得整个贵州不得安宁，皇上还大笑三声，连呼'痛快'！我看，皇上是绝对不会让这个叶小天有什么闪失的。"

乔翰文微微一笑，道："如此说来，或许我们什么都不用做，这叶小天也能安然而来，安然而返了。"

第四章

红枫花堪采

一

老牛做了一辈子狱卒,还从没想过有一天自己会被绑票。

听说有人要见自己时,老牛并未在意。要见他的陌生人多了去了,天牢里关的都是犯官,个个都有关系、有门道,亲朋好友一大堆。犯官入狱后,亲朋好友都会打点一番。

背景深、能力大的,直接向刑部或司狱官打招呼;还够不到那个层面儿的,就用金银开道,直接找牢头儿或资历深、威望大的狱卒打招呼。

老牛以为今儿找他的又是托关系的犯官亲眷,所以大大咧咧地出了天牢,被人家领到僻静处也不在意。结果那几个叶小天的亲兵把他领进一条小巷,肃然宣布:"我们大人要见你!"

老牛茫然道:"你们大人是哪个?"

如不得已,几个山中武士是不愿意说出叶小天的名姓的,那有冒犯之嫌。既然尊者他老人家要见这个人,反正他去了也就会知道尊者的身份,几个武士压根没想过这个老狱头儿居然是被他们至高无上的尊者大人敬称为牛叔的。

一个武士头目把手一挥,肃然道:"等你见到,自然就知道了,带走!"

旁边冲上来两个武士,左右一挟,拎起老牛就走。

老牛惨呼:"绑……"

一口锋利的刀横在了他的嘴巴上,是真的横在了嘴巴上,锋利的刀刃已经入口,老牛立即张着嘴巴,一声也不敢吭了。

老牛就这么被架着,一直拖到馆驿。一路上,老牛不知做出了多少最坏的打算,经过馆驿侧面围墙时,他还以为要被人一刀捅了塞进阴沟,直到转过围墙,他才缓过气儿来。

一见对方拖着他往馆驿里走,老牛终于放了心。这里住的都是各地前往京城公干的大臣、觐见天子的臣僚,不可能有人在这里边杀人害命。如此说来,他们之前不是说谎,真的有位"大人"要见自己?

想到这里,老牛差点没把鼻子气歪了,他这一路吓得快尿裤子了,谁请人会用这么莽横的手段?简直是岂有此理。

"大人"从屋里边出来了,一见老牛就眉开眼笑:"牛大叔,好久不见啊……"

老牛一看叶小天,先是一呆:"你是小天还是小安?"

本来老牛跟叶小天最熟,不过叶小天出远门后,小安顶替了他的位置,又做了几年狱卒。老牛可分不清他们两个。

叶小天笑道:"我是小天啊,牛大叔康健如昔,一点都没见老啊,就是这头发……怎么快掉光了?"

老牛没好气地白了他一眼:"就是你小子要见我?"

叶小天道:"不是我还有谁?"

老牛气道:"你这是从哪儿找来的手下人,他们这是请人吗?简直就是绑架!"

叶小天这才发现老牛还被两个身高力大的武士架着胳膊,赶紧摆手道:"放开放开,这是我牛大叔,你们怎么这般模样就把我牛大叔给请来啦!"

叶小天挥手屏退几个侍卫,把老牛扶进房间,一边给他斟茶,一边笑眯眯地道:"牛叔,你别生气,我这些部下都是山里汉子,做事不懂规矩,对我吩咐的话也常一知半解的,你别见怪。"

老牛气哼哼地嘟囔了两句,这才说道:"老叶还好吗,你们一家人都回京来了?"

叶小天道:"就我一个,我爹还在贵州,时常还惦记着您呢。"

两人唠了几句家常,叶小天就拐上了正题:"牛叔,我刚回京,现在有点麻烦,不方便出入。可我手下那些人实在不是办事的料,所以有点事想麻烦你。"

老牛喝了口茶,抬眼瞧着他。

叶小天凑过去,嬉皮笑脸地道:"我想打听一个人的下落,礼部一定知道她的行踪,想麻烦牛叔去帮我打听打听。"

老牛想了想,皱起眉头道:"礼部?要是刑部,我还认识些人。礼部,我实在不熟啊!"

叶小天一伸手,掌上就托了一锭金子,说道:"有它开路,还怕没有熟人!"

老牛张大了嘴巴,吃惊地道:"你小子,还真是发达了!你要打听谁的消息?"

叶小天道:"贵州红枫湖夏土司家的千金夏莹莹夏姑娘!"

· ※ · ※ · ※ ·

徐伯夷回京之后，马上就入宫去见天子。旁的太监如果有机会出京，无不想着尽量拖延时间，在地方上多待些时日，不但能多捞许多好处，而且自由。一入宫门深似海，再回首已百年身，谁晓得今后还有没有机会踏出那高墙。但是对徐伯夷来说，这些他都不贪恋。

他以前最热衷的是权力，现在依旧如是，而这和他是不是一个健全的男人并没有直接的关系，只不过是以前走官场，现在走内廷罢了。

他现在除了追求权力，还有一个执念，就是向叶小天复仇。这一点更离不开宫廷，他现在就像一株菟丝子，只有缠在万历皇帝这棵参天大树身上，才能俯瞰众生，否则只能俯伏在他人脚下。

所以，他一回京，毫不留恋京城的繁华景象，立即踏进了宫门，去见天子。万历皇帝正在纠结，听徐伯夷说起此番往紫阳接收贡橘的经历，丝毫不以为意，听他说罢，便神情淡然地挥了挥手。

徐伯夷很想打听一下皇帝有没有把叶小天的女人搞到手，可是瞧他那副样子，也不敢多问。做奴才的最清楚，在主子不高兴的时候，最好不要惹他不耐烦。

徐伯夷叩了个头正要退下，万历突然又唤住了他："小白！"

徐伯夷入宫后本来化名为余白弓，但万历一向以小白呼之，所以徐伯夷干脆自称余小白了。说出去勉强也算是天子赐名，虽比不上叶小天的天子赐字，好歹也算是一个荣耀。

徐伯夷赶紧欠身道："皇上还有什么吩咐？"

万历皇帝沉吟了一下，向他招招手，徐伯夷赶紧凑到面前。

万历轻轻咳嗽了一声，缓缓地道："那位莹莹姑娘……"

徐伯夷两眼一亮，赶紧盯着万历，万历面露为难之色，道："她母亲已经对朕提起，来京时日太久，想要尽快返回贵阳。朕，很为难啊！"

徐伯夷眼珠转了转，心想："她母亲要回贵阳，皇上为难什么？莫非皇上和当年的成化帝宠幸万贵妃一样，喜欢比他大得多的女人？嗯……还别说，夏夫人还真是风韵犹存……"

万历皇帝哪知道徐伯夷心里转着什么龌龊念头，愁眉紧锁地道："她若回转贵阳，莹莹姑娘……朕就不便留她了。朕正打算，唔……朕打算请五皇叔出面，为朕做个媒人……"

徐伯夷这才明白，敢情这位天子还没得手呀！

徐伯夷赶紧道："皇上，您是天子啊！皇家纳妃，不过是一道旨意的事，还用什么媒人？当然，皇上您喜欢莹莹姑娘，想给她足够的礼遇，这也是可以的，但……纳一位土司之女为妃，只怕百官不满。这边五皇叔刚刚登门，那边百官就得跪满左顺门！"

徐伯夷这"左顺门"是有说法的，当年正德皇帝英年早逝，没有留下子嗣，由他的堂弟继位，就是万历他爷爷嘉靖帝了。嘉靖和正德是同辈，得过继为正德他爹孝宗之子，这才名正言顺。

可嘉靖不想改立门庭，下旨让百官为他亲爹兴献王讨论封号及主祀，这一下捅了马蜂窝，九卿二十三人、翰林二十人、给事中二十一人、御使三十人等共二百余人集体跪在左顺门外，大呼大哭，是为天下闻名的左顺门事件。

万历听了不禁悚然色变，愤然道："朕想要一个真心喜欢的姑娘，就这么难吗？"

徐伯夷怕他打退堂鼓，忙道："皇上，此事说难也难，说不难也不难。要说难，是因为夏姑娘的身份敏感，百官担心夏姑娘成了皇妃，夏氏土司作为皇戚趁机坐大，会影响西南安宁。

"要说不难，也不难，只要皇上先把生米煮成熟饭，难不成还能把人家姑娘再送返贵阳？要是因此激起夏氏土司不满，酿出事端，那可就是不同意皇上纳夏姑娘为妃的官员逼反的，谁敢承此重责！

"所以，一旦皇上和夏姑娘成就真正夫妻，奴婢以为，百官唯一能做的事，就是亡羊补牢，要求皇上不得给夏家额外的封赏，防止夏家利用夏皇妃受皇上宠爱的机会壮大。"

万历听了一句"夏皇妃"，更是心痒难搔，顿足道："可这生米，它煮不成熟饭啊！"

"啊？"

徐伯夷呆望着万历，很是不解其意："皇上总不会如我一般，下边缺了一个煮饭的必要物事儿？"

万历苦恼地道："莹莹姑娘天真烂漫，根本不理解朕对她的爱意。朕又没有机会单独与她相处。朕本来授意陈太妃以贵阳同乡的身份笼络夏夫人，想着夏夫人能常常携女入宫，朕便多些机会与她相处……"

万历向空中随意地指了指："朕刚才兴冲冲地去陈太妃那里，谁想只有夏夫人在。朕问起夏夫人，说是莹莹姑娘耐不得宫中规矩烦琐，所以没来，朕又没有理由召她进宫。"

万历说着，气急败坏地跺了跺脚。

徐伯夷眼珠一转，道："皇上，夏姑娘的身份敏感，皇上您又不得自由，寻常办法如何能把美人留在宫中呢？奴婢有一计，如果皇上肯采用，奴婢保管让皇上遂了心意，今夜就采了红枫湖的那朵鲜花！"

万历大喜，急忙问道："计将安出？"

第五章

伯夷献计

一

徐伯夷躬身道:"还请皇上先恕奴婢不敬之罪,奴婢才敢说。"

嘀!这胃口吊的!万历皇帝恨不得一把将徐伯夷的心掏出来,直接瞧瞧里面究竟有什么好主意。难怪万历皇帝猴急,他是皇帝啊,从小深居大内,由妇人和宦官养大。这位正处于青春期的年轻天子,哪懂得如何追求女人、如何讨女人欢心,在这方面他完全就是个棒槌。

尽管智商很高,加之张居正等辅政大臣的调教和培养,他对国政大事的处理很成熟、睿智。可是对女人,完全是手足无措,根本不知该如何展开追求。

"朕恕你无罪!恕你无罪啦!你快说,究竟有什么好主意!"

万历急不可耐,徐伯夷这才不慌不忙地说道:"皇上,既然那位夏姑娘的母亲现在宫中,奴婢以为,皇上可以请陈太妃帮忙,今晚让夏夫人留宿于宫中。"

万历问道:"然后呢?"

徐伯夷道:"然后,等夜色降临,夏姑娘一定很担心,这时候皇上派奴婢前往她的住处,就说她母亲突生重病,留宿宫中诊治。皇上您想,夏姑娘肯不肯随奴婢进宫呢?"

万历道:"母亲突生重病,当女儿的哪能不牵挂?她当然会毫不犹豫地跟你进宫了!"

徐伯夷双手一拍,道:"这就是了!夏姑娘一旦进了宫,嘿嘿……她就插翅难飞喽!"

万历皇帝疑惑地看着徐伯夷:"你打算干什么?"

徐伯夷赶紧收敛奸笑,躬身答道:"不是奴婢打算干什么,而是皇上您,该干点儿什么。皇上,奴婢协理藏宝阁,发现咱大内的藏宝阁里,那真是包罗万象,无奇不有啊!

奴婢发现藏宝阁中有一种奇药，制成檀香，点燃后会有一种清香气味，一旦被人嗅入，就会肢体如绵，周身无力，而且还有催生情欲的效果……"

万历皇帝继续疑惑地看着徐伯夷。徐伯夷急了，"皇上这么聪明的一个人，应该一点就透啊，我都已经说得这么明白了，他怎么还是不明白？"

徐伯夷直截了当地道："到时候，可在殿里先点上这种奇香，夏姑娘嗅了这种奇香后，保管她软绵绵的，只能任人摆布。皇上就可以与她尽享鱼水之欢啦！"

万历先是一喜，想了想，又迟疑道："这个……朕贵为一朝天子，这么做似乎……似乎不太妥当吧？"

徐伯夷道："皇上，普天之下，莫非王土；率土之滨，莫非王臣。皇上您喜欢夏姑娘，那是她的福气。世间女子一旦把身子给了一个男人，大多就会死心塌地地跟了他，何况皇上您是天下至尊呢？"

"嗯……"万历慢慢踱着步子，欲念渐渐战胜了理智。

徐伯夷踮着脚尖跟在他身后，继续进言："如果皇上您不肯，夏姑娘可很快就要回贵阳了，到时候皇上想再见她一面那就难如登天。夏姑娘已到适婚年龄，此一去难保不会许了人家，从此……"

万历猛地站住了，沉声道："你不用说了，就这么办吧！"

万历急急踱了几步，道："朕这就去与陈太妃说！"

万历急急走出大殿，徐伯夷缓缓直起腰来，嘴角露出一丝得意的狞笑。

·※·※·※·

每个人都有他的长处，起码在待人接物上，老牛远比叶小天那些部下靠谱。老牛揣了金子直奔礼部衙门，半路到"大通金银器行"把金子兑成了银子和两串大钱。

老牛到了礼部，又拆了两串大钱，花了不到三百文，便买通了一个书办，替他打听到了夏姑娘的消息。那书办告诉他，夏姑娘还未离京，而且具体住址都很贴心地写了张小纸条塞给他，拿人钱财，就得替人办事嘛。

老牛连声道谢，揣了小纸条又返回馆驿，这回他也奢侈了一把，雇了头驴子代步。等老牛高高兴兴返回馆驿对叶小天一说，叶小天欣喜若狂，他没想到莹莹居然还没离京，自己此来可以见到她了。

只是老牛赶回来时已然暮色苍茫，夏莹莹住西城，叶小天住北城，若是此时赶去已然来不及了。京城可不比外地，晚上是要宵禁的，以叶小天现在的敏感身份，尤其不适合夜晚外出。

既已知道莹莹的去向，叶小天也不急在一晚了，便决定明日再去找她。如今只拿了钱请馆驿的大厨置办了一桌丰盛的酒席，请牛大叔吃酒。

爷俩一边吃酒，一边讲起叶小天自小到大的种种趣事，爽朗的笑声在夜色中传出好远好远……

万历皇帝兴冲冲地赶到陈太妃所居的宫殿，夏夫人正与陈太妃坐在榻上聊天，一见天子驾到，连忙起身迎驾。万历皇帝随便坐了一会儿，便找个由头叫陈太妃到侧殿商量。

陈太妃很清楚万历皇帝的心思，尽管万历从未明白地对她表示过，可陈太妃作为一个过来人，如何看不明白？况且她刻意地笼络夏夫人，本就是出自万历皇帝授意，自然更加明白天子的心意。

陈太妃当初也是极受先皇宠幸，贵为皇贵妃，如今才能成为太妃，但先皇已经驾崩，多取悦当今皇帝，对她的处境大为有利，当然乐得玉成其事。

听万历皇帝吞吞吐吐说出要她留住夏夫人的意思，陈太妃心中暗笑，可面上自然是不敢露出一丝取笑之意的。天子年轻，面皮儿薄，惹恼了他何苦来哉。

陈太妃连忙答应，再度转回前厅，拉着夏夫人只管攀谈。夏夫人眼见陈太妃兴致勃勃，不好主动说出告辞的话，这一拖就拖到了太阳下山。

眼见宫门就要上锁，夏夫人实在忍不住了，只好对陈太妃道："太妃娘娘，天色已晚，臣妾是否先行告辞？明日若是太妃娘娘有兴致，再来陪伴太妃？"

陈太妃向外面看了一眼，笑道："哎哟！天色都这么晚了，夏夫人，我看你今晚就不要回去了，留宿在我宫中便是。"

夏夫人刚要说话，陈太妃已经扭头吩咐宫中管事太监："洛公公，你去夏夫人处，告诉莹莹姑娘一声，就说夏夫人今晚留宿在本宫这里。"

太子和成年的公主都可以自称本宫，因为太子有太子宫，成年的公主也有自己的宫殿，皇后、皇太后还有拥有独立宫殿的嫔妃也可以自称本宫，前提是你得有自己专属的宫苑。太妃当然有自己独立的宫殿，是以如此自称。

洛公公答应一声便欠身退了出去。他早得陈太妃授意，知道只是做做样子给夏夫人看，是以退出大殿后懒洋洋伸个懒腰，便自去歇息了，根本不曾出宫。

夏夫人见此模样，也不好再说告辞的话，她和陈太妃都是女人，在她宫里住一宿也没什么。陈太妃拉着夏夫人的手，笑吟吟地道："这宫中饮食与外面大不相同，你今晚正好尝尝！"

陈太妃拉了夏夫人去置酒饮宴，同时派心腹侍婢去向万历皇帝送信。万历皇帝那里已经等得心里长草，奏章一连批错了两份，干脆撂在一边不看了，只是眼巴巴地等着陈太妃的消息。

陈太妃这边派了一个宫婢给万历皇帝送来了信，万历大喜，立即传徐伯夷觐见。

徐伯夷一直候在奉天殿外呢，片刻工夫就进来了。

万历兴冲冲地道："小白，陈太妃已经留住了夏夫人，你马上依计行事。"

徐伯夷一听，比马上就要"做新郎"的万历皇帝还高兴，亲手把仇敌的女人送到别的男人怀抱，这是多大的快意之事。

徐伯夷马上答应一声，又不放心地叮嘱皇帝晚上要留宿在哪处房间，事先备好的药香可以早早点燃，以便弥漫整个前殿……

皇帝的寝宫是乾清宫，只有皇帝和皇后可以在此居住，但皇后一般另有宫殿居住。皇帝即便翻了哪位妃嫔的牌子，妃嫔也是要到乾清宫来侍驾，当夜就得离开，除非皇帝特许，否则不能住下。

乾清宫后部是暖阁，共分九间。每间又分上下两层，各有楼梯相通。每间设床三张，或在上，或在下，一共二十七个床位，皇帝可以随意选择睡在哪间屋、哪个床上。

即使是熟悉暖阁情况的人，一时也不易弄清皇帝到底睡在哪里。这种设置，当然是一种安全防范措施。所以徐伯夷得先和皇上敲定，免得把夏莹莹领了来却找不到皇帝了。

万历皇帝这个急呀，真是急病人偏碰上徐伯夷这个慢郎中，万历急急与他敲定一切，徐伯夷这才转身离开。

复仇雪恨，就在今夜！

徐公公心中兴奋，脚步都轻快了许多，他健步如飞地离开乾清宫。一到乾清门，正好看见高大的宫门被轰隆隆地关上，粗到可以给小民家里当房梁的巨大门闩由八个力士抬着架上去。

徐公公赶紧高喊："且慢关门！"

轰的一声，门闩已经架上了，一只巨大的铜锁咔嚓一声被两个力士用力推上。这时那守宫门的大汉将军才转过身来，眯着眼一瞧，认得是近来皇上身边的红人余公公。

那侍卫官便拱手笑道："余公公，有何见教啊？"

第六章

过五关

一

徐伯夷道:"啊,这位将军……"

那人微微一笑,道:"鄙姓熊,熊伟,乃是乾清宫的一个值宿侍卫官,当不得将军之称。"

这人说得很客气,徐伯夷可没当真。因为这大汉将军,是锦衣卫中的一个特殊群体,他们个顶个儿的都是皇亲国戚、功臣后裔,就算一个小兵来头都大得很。

至于这大汉将军的统领官,更得具备一个基本的硬件条件:他本人必须有公、侯、伯等爵位,又或者是皇亲国戚的身份。

徐伯夷对这位熊将军不熟悉,但他清楚,这位熊将军最起码也是一个伯爵,又或者是皇家七拐八绕的什么亲戚。所以徐伯夷依旧敬称他将军,道:"熊将军,还请打开宫门,咱家要出去一趟。"

熊伟一听,面带难色地道:"哎呀,余公公,这宫门一上了锁,可就不能随便开了。"

徐伯夷拍了拍挂在腰间的出入宫禁的腰牌,道:"咱家有出入宫禁的腰牌!"

熊伟笑容可掬地道:"公公,亥时一到,宫禁落锁。什么腰牌都不管用了!"

徐伯夷道:"咱家可是皇上身边的人,将军有什么好担心的?"

熊伟打个哈哈道:"当年大太监曹吉祥也是皇上身边的人,结果还不是……哈哈,开个玩笑,开个玩笑,余公公不要见怪,宫禁落锁,严禁出入,这是朝廷的规矩。熊某可不敢冒犯,那是要掉脑袋的。"

徐伯夷一听就急了,他千算万算,唯独没有算到这一点。其实就是算到了,他事先也不会把这当回事,在他看来,天大地大,皇帝最大,皇帝一声号令,就算像贵州那种偏远地方的官员借着天高皇帝远的便利敢阳奉阴违,至少天子脚下没有人敢违拗。

可他以前没有晚上出过宫，这种百年不遇的事，平时都没人议论，他哪知道会有这么多的规矩。徐伯夷急道："腰牌也不管用吗？咱家有急事奉圣谕出宫，难道这宫门就出不去了？"

熊伟一听是奉圣谕出宫，倒也不敢怠慢，便指点道："公公若真有十万火急的大事，其实也不是不可以出宫，只不过……"

徐伯夷心中一喜，忙道："不过怎样？"

熊伟道："公公您得请皇上下一道手令，再写一份夜开宫门的文书，交给内阁当值大臣批示。只要内阁准了，熊某就可以开门了。"

徐伯夷一听还得皇上下手令，不禁面有难色，问道："熊将军，咱家出宫确是奉圣上差派，如果回去请圣上下旨，恐怕惹得圣上不悦，难道就不能通融一下吗？"

熊伟连连摇头，肃然道："使不得，宫中规矩森严，熊某几个脑袋？绝不敢冒犯规矩的！"

徐伯夷好说歹说，熊伟就是不肯通融。徐伯夷无可奈何，只好恨恨地回转乾清宫。

万历皇帝想到他朝思暮想的美人儿今夜就能到手，喜不自禁，也无心批阅奏章了。可长夜漫漫，又实在无事可做，只得寻了部唐传奇话本，倚着靠枕，躺在罗汉榻上消磨时光。

一个太监进来禀报："皇上，余公公回来了。"

"如此之快？"万历大喜，连忙道，"快！快传他进来！"

须臾，徐伯夷入内，万历欣然道："小白，你回来得怎么如此之快，莹莹姑娘已经在前殿候着了？"

万历想着，徐伯夷去而复返如此神速，没准是夏莹莹久候母亲不归，到宫前寻找来了，恰好遇到徐伯夷，自然马上就带进来了。

徐伯夷苦笑道："皇上，奴婢离开时，宫中已经落了锁，奴婢出不去呀。宫门处侍卫将军说，须得皇上您下一道手谕才行。"

万历一听不禁啼笑皆非，急忙吩咐人备好笔墨纸砚，写下一道手谕，递与徐伯夷。

徐伯夷生怕万历皇帝嫌弃他办事不利索，没敢说还有那么多的规矩，是以拿了万历的手谕，马上道："奴婢这就走，快马加鞭，一定尽快赶回来！"

徐伯夷说着匆匆离开乾清宫，急奔内阁当值处。

宫廷里那是何等庞大的一处所在，徐伯夷一路急行，又急又累，到了内阁当值处已然满头大汗。这里的当值官员倒是懂得全套规矩，虽然夜间开宫门的事他也是头一回遇到。

那官员急急忙忙一阵翻找，从灰尘遍布的一堆发黄的纸张里边翻出一张印刷好的纸来。这是一份夜间开宫门的申请，上边详细罗列了开宫门的时间、理由、批准人、一共要开几道门、几时离开、几时回来……

徐伯夷接过来一看，只觉头大如斗，亏得他饱读诗书，填这个东西不在话下。当下抢过笔来，不一会儿就把他该填的地方都填完了。

那当值官员接过去一看，赞道："好书法！"

徐伯夷心急如火，又不好太过催促，只是陪着干笑两声。那当值官员仔细审阅一遍，点头道："好！没问题，公公请稍等，本官这就送与余大学士审阅。"

徐伯夷差点咬了自己的舌头，惊道："还要余大学士审阅？"

那当值官员奇怪地看了他一眼，道："这等大事，自然要大学士审阅，本官哪敢做主？"

徐伯夷赔笑道："成成成，好好好，有劳大人快一点，咱家着急，着急呀！"

徐伯夷说着擦了把额头的汗水，舔舔嘴唇，只觉口干舌燥。那当值官员可不急，慢腾腾地走进另一间殿堂，叫那侍候在堂上的小黄门去唤余大学士起床。

今夜当值的人是礼部尚书兼文渊阁大学士余有丁，余大人年岁不小了，值夜其实就是防着万一有个什么紧急事务需要处理。虽然十年八年不见一件需要连夜处理的急事，但这种制度不可废。

所以余大人晚上就在阁中罗汉榻上小睡，叫小黄门候在堂下，一旦真有急事，唤他起来便是。余大学士被那小黄门唤醒，惊讶地道："可有急事？"

那小黄门对他说有当值官员求见，余大学士不敢怠慢，急忙起床赶到前堂。那当值小官趋前拜见，把事情一说，再把皇上的手谕和徐伯夷填好的申请表递给余大学士。

余大学士蹙眉一看："余小白出宫公干，可予放行！"

余大学士捋着胡须想了想，道："唤他进来！"

片刻工夫，徐伯夷急急进来，余大学士道："皇上的手谕，本官已经看过了，公公出宫有何公干啊？"

徐伯夷迟疑了一下，答道："实不相瞒，今有一位诰命夫人留宿陈太妃处，突患重疾，皇上正召御医诊治。皇上命咱家出宫接她一位至亲女眷前来，万一有什么不测，也好有她的家人陪在左右。"

余有丁道："原来如此！嗯，既然这样，本官准了！"

徐伯夷大喜，赶紧捧起那张表格，道："请大学士署名。"

余大学士呵呵一笑，道："不急，不急，此事老夫一人可做不得主。老夫准了没有用，还要其他几人也都同意，这开启宫门的命令才能奏效！"

徐伯夷急得都火上房了，可也无可奈何，只能苦笑道："那……还需要哪几位大人同意才成啊？"

余大学士扳着手指，慢吞吞地道："锦衣卫指挥独孤舫，他管大汉将军、散骑舍人以及府军前卫；五军营指挥崔馨予，他掌管五军营；三千营指挥黄睿，他掌管三千营的红盔将军……"

徐伯夷听得几乎要泪流满面，他的泪虽未落下来，可声音却已哽咽了："那就有请老大人，快些把他们请来吧！"

三位指挥大人来得很快！

鉴于皇宫大内的面积之大，三位指挥大人又依照规矩正在各处巡查，他们三人陆续赶来，一共才用了一个时辰，真的是非常快了。

比如说那位黄睿黄指挥，他负责宫城城墙和筒子河之间的四十个警亭，每个警亭相距百丈，各有甲士十人，黄指挥要逐一巡查、在巡查簿子上签字，却能在半个时辰内赶到，真的是非常神速了。

"我同意！"

"我同意！"

"我同意！"

三位指挥大人没有丝毫异议，皇上下的手谕，余大学士也点了头，他们为什么要反对？

用了一个多时辰才汇齐的三位指挥使，只用了半盏茶的工夫就听完徐伯夷的陈述并表态同意，之后在开启宫门的那张申请表上郑重地签上了自己的大名。

徐伯夷汗透重衣，他擦了把额头汗水，一把抢过那张表格，对大学士和三位指挥使拱手道："有劳大学士和三位大人，咱家这就走了，多谢、多谢！"

独孤舫朗声问道："余公公哪里去？"

徐伯夷头也不回地急急往门外走，道："出宫啊！"

五军营指挥崔馨予道："余公公，你这样是出不了宫的！"

徐伯夷一脚刚刚迈出门槛，闻言脚下一绊，差点跌个跟头，他踉跄两步站住，回身惊问道："为何出不了宫？"

余大学士捻着胡须悠然答道："这还需要皇帝陛下批阅加印才能奏效啊！"

徐伯夷愕然道："皇上不是已经下了手谕？"

余大学士正色道："皇上的手谕不是正式的文书，老夫见了皇帝的手谕，所以才肯加印批准。但这份开启宫门的正式文书，还要皇帝陛下加盖正式的印鉴才能生效。"

徐伯夷目瞪口呆地看着余大学士，看了半晌，才确定这位大学士真的不是在跟他开玩笑。

……

万历皇帝把一本话本浏览了一遍，打了个哈欠，缓缓闭上了眼睛。旁边的小太监一看，赶紧取过一床薄衾，轻轻给他搭在身上。万历被轻微的动静弄醒了，睁开惺忪的睡眼道："什么时辰了？"

这时候，徐伯夷溜着门边儿闪了进来，万历还以为是自己眼花了，定睛一看，果然是他，不禁欣然坐起，问道："小白，你回来啦！莹莹姑娘呢？"

徐伯夷抖抖瑟瑟地举起一张纸，结结巴巴地道："皇……皇上，还请皇上在这份公文上加盖衿印，奴婢……奴婢才能出宫……"

第七章

行不得也

一

　　徐伯夷捧着皇上、大学士及锦衣卫、五军营、三千营的三位戍值将军加盖了钤印的启门令，一路飞奔到乾清门。

　　这可是皇宫，随便去个地方都不近，徐伯夷也顾不得宫中规矩了，他是真的一路飞奔到乾清门，气喘吁吁地对把守乾清门的熊大将军道："熊将军，这……这是咱家的启门令！"

　　熊伟接过启门令，走进旁边班房，在灯下取出各方预留的印鉴认真比对了一番，笑容可掬地出来对徐伯夷道："不错，印鉴符合，可以开宫门了！"

　　徐伯夷鼻子一酸，眼泪差点下来。为了出这道宫门，他已经奔走了两个时辰，现在都要午夜了。徐伯夷赶紧道："那就请将军快快开门吧！"

　　熊伟道："莫急莫急，熊某是卫门将军，还需请监门将军来，对勘合乎，才能一起打开宫门。"

　　徐伯夷颤声道："监门将军……又是哪个？"

　　他不是想哭，他是气呀。

　　熊伟道："莫急莫急，监门将军李兴钢，不远不远，须臾便来！"

　　熊伟对一名卫士道："你去，速请李兴钢将军来此对勘合乎！"

　　那士兵答应一声，急急离去。

　　熊伟冲徐伯夷翘起了大拇指，赞道："公公真好本事，自本官担任宫门卫以来，还从不曾有人能半夜开启宫门，公公你可是头一个啊！"

　　徐伯夷焦急地等着那位李将军，一听这话，哭笑不得地道："这么说，咱家要出宫还挺顺利的？"

　　熊伟道："那是自然！公公你可知道，当年武宗皇帝南巡，到了南京，游览牛首山，返城时已是深夜，传旨开门迎驾，那门禁守卫根本不予理会。武宗皇帝只得借宿在城门外的大报恩寺里！那可是南京，当时已是陪都，不及北京重要，而且要进城的是皇帝呀！"

徐伯夷挤出比哭还难看的笑容，道："如此说来，咱家还真的应该感到庆幸了，哈哈……呵呵……呵……"

李将军来得还真"快"，大约三炷香的工夫之后，李将军终于赶到了。他带了虎符来，熊将军手中也有半块虎符，二人对验虎符，严丝合缝，一点不差。熊将军便把大手一挥，喝道："开门！"

八个力士上前，将那沉重的门闩抬了下来，徐伯夷脚跟抬起，已然做好飞奔出门的准备，但……那只巨大的铜锁还是稳稳地挂在门上，徐伯夷不禁讶然看向熊伟。

熊伟和李兴钢正站在一边聊天，听他们聊的内容，大概是在比较勾栏胡同的妖娆姑娘和果儿姑娘谁更会服侍男人的话题。这种东西见仁见智，哪能分得出高下。

徐伯夷忍不住问道："两位将军，这锁还没开啊！"

熊伟扭头看看，恍然道："啊！公公还请稍等，钥匙不在我等手里，另有当值处的人入柜保管，熊某已经派人持启门令去取了。"

徐伯夷已然急得汗出如浆，可想起当初皇帝半夜想回宫都吃了闭门羹，徐伯夷得到些许安慰，只好耐着性子等。

一会儿工夫，当值处的人验过启门令，拿着钥匙来了，两尺多长跟玉如意似的大钥匙插进铜锁，咔嚓一声，那锁就开了。两个当值处的人合力取下锁头退到一边，便有几个门卫武士上前拉开沉重的宫门。

宫门一开，徐伯夷的心就飞了出去，他刚要拔足向外跑，又被熊伟一把拉住。徐伯夷提心吊胆地看着熊伟："将军还有何事？"

熊伟正色道："公公这么出去，小心被人在身上捅几个透明窟窿！"

徐伯夷："啊？"

李兴钢挥了挥手，便有一个士兵走到宫门旁石阶上，凑到一处栏杆旁。宫门下有灯笼，照得清楚，石阶上的栏杆上每隔三尺有一个装饰性的石柱，柱顶有一个圆球。

这个东西徐伯夷倒是见过，以前他是负责洒扫的太监，擦拭过那东西，那石栏顶端的圆球临近宫门的几个与别处的不同，顶端有不少小孔。但徐伯夷一直不知道它为什么与别处的不同，有什么作用。

就见那个士兵凑到石球前，把嘴凑上去，用力吹了起来。这东西其实叫"石别拉"，是一种石制的报警器，一旦吹响，可以发出很嘹亮的呜呜声。

而且，哪怕有大风也不用担心会误吹小球，它必须用特别的方法才能吹响，只有一些专门的侍卫武士或内廷的侍卫太监才懂得吹奏的方法。

那侍卫以一种特殊的节奏吹响了石别拉，片刻工夫，保和殿那边也有同样节奏的呜呜声传来。熊伟对徐伯夷笑道:"成啦!公公请!公公一路顺风啊!"

熊伟这句话是追着徐伯夷说的,因为徐伯夷在他说"成啦"的时候,就已一撩袍裾,箭一般蹿了出去。

保和殿、中和殿、太和殿、太和门、午门,一道道门禁虽然比不得乾清门守御之森严,可也不是令到即开,每处地方都需要两位将军对勘合乎,再由当值处的人打开大锁。只不过这个过程中少了去内阁并召集各方统领合议审批的过程,相对来说还是快得多。

徐伯夷疾步走出宫城时,晚风一吹,透骨生凉,这才发现出了一身透汗。

徐伯夷长长地吁了口气,心想:"这般情况,等我赶到那夏莹莹的住处还不知要多久,须得有匹马儿代步,才好快去快回!"

想到这里,徐伯夷拔足便走,他打算去兵部借马。徐伯夷去兵部传过两次口谕,觉得兵部当值的官员没准儿还认识他,可借一匹快马。

不想徐伯夷还没到六部衙门所在,前方道路旁便闪出一排兵士,厉声喝道:"站住!什么人?通名报姓!"

徐伯夷吓了一跳,赶紧高呼道:"不要放箭,自己人!自己人!"

那些戍卒哪有弓箭,都是腰刀长矛,十几个兵士围上来,提起灯笼照了照,见他一身太监袍服,为首的小头目口气稍稍缓和了些:"这位公公为何半夜行走于此?"

那小头目看着徐伯夷的眼神还是有所警惕,以为他是私逃出宫的太监,又或者是在宫中盗窃了什么,一双眼睛上下打量着,看贼一般。

徐伯夷取出敕命交给那个小头目,道:"咱家奉旨出宫,有急事。这里有皇上的敕命,将军可取去验看!"

那小头目看了看,看着倒像是真的,可是以他这种级别的小官,哪能辨得清真伪。小头目就着灯笼认真地看了看,对徐伯夷客气地道:"既如此,请这位公公随小的走一趟,见一见我们的走更官王将军!"

徐伯夷真的是忍无可忍了,怒道:"如今已过午夜,咱家奉旨,确有急事在身,还要去见什么走更官?"

那小头目倒不敢冲他发火,只是客气地解释:"公公勿恼,这皇城里有旗手卫、羽林卫巡弋拱卫,各由一名都督领带刀千户、百户各一人负责,如果没有他们签发的通行令谍,小的是绝不敢放行的!"

徐伯夷刚刚扬起敕命,那小头目道:"小的没见过敕命,只认得军令!"

这真是秀才遇见兵有理说不清,徐伯夷颓然放下了手,那小头目好心提醒道:"公公最好再去金吾卫也加盖一道印章,因为京城里还有金吾卫巡弋,没有金吾将军的印鉴,公公还是行不得。"

徐伯夷跺了跺脚，道："既如此，快快带我去见他们！"

徐伯夷赶到金吾卫时，已经脚步踉跄，有气无力。金吾卫轮值都督王海宇王大人是个会做事的，瞧这位公公像只软脚虾似的，既然是御前行走太监，分明是皇上眼前的红人，所以送了他一匹马，又派了八个护军护送。

徐伯夷只是要去宫外接个美人而已，手中那道敕命盖满了红红的印章，正面盖不下，背面都盖了两个，这手续才算齐活。

八名护军陪着徐伯夷午夜狂奔，纵马出了皇城，直奔西城而去。一路上不断碰上金吾卫巡值官兵，但是徐伯夷手续齐全，又有金吾卫都督派来的亲兵护卫，沿途倒是没耽搁太长时间。

只是……京城太大了，徐伯夷赶到西城夏莹莹母女的居处时，东方已经出现了鱼肚白。

夏莹莹和她娘本来可以住在馆驿里的，但是她们是女子，住在馆驿里诸多不便。贵州那地方比起中原来要贫穷得多，但是那儿的土司人家可比中原大部分的豪门世家还要有钱，租住一所宅院自然容易，所以她们就租下了一处宅院，宅院雅致，周围的风光也秀丽。

徐伯夷早就查清了她的住处，一到门前便叫人上前叫门，夏莹莹等到很晚还没见娘亲回来，就知道必是被陈太妃留宿宫中了。宫里可以说是最安全的地方了，还能出什么事？莹莹便安心睡下了。

夏家的护卫武士听来人说夫人患了重疾，宫中派人来接小姐，惊得赶紧飞奔到后宅报信。夏莹莹睡眼惺忪地起来，一听这话也着急了，赶紧穿好衣裳，急急赶到前宅。

徐伯夷没和夏莹莹正面打过交道，而且他成了太监后，胡子掉没了，肌肉也松弛下来，面相已经有了很大改变，除非极熟悉的人，已经不大可能认得出他。可徐伯夷还是怕夏莹莹认出他，一见夏莹莹便马上低下了头。

莹莹没在意，一则忧心母亲的病情，二来她进宫时，瞧过那些太监，个个都是点头哈腰的，扬起脸来看人的还真没见过，以为他们一向如此呢。

莹莹急道："这位公公，我娘怎么了？"

徐伯夷垂首道："姑娘，太妃娘娘和令堂聊得甚是开心，所以今晚把令堂留宿在宫中了，谁料到了……"

徐伯夷扭脸看看天色，道："谁料到了半夜，令堂忽觉腹疼不止，宫中已经唤了太医诊治。可是瞧令堂的病情，实在是……所以皇上派奴婢来接姑娘入宫，方便就近照应！"

莹莹急得汗都下来了，急忙道："好！我们这就走，快快快……"

夏府护卫在通知她的时候，就已准备车马了。这时开了大门，抬起门槛，车马驶出来，莹莹急急登上车子，忙不迭地吩咐："快走，马上入宫！"

徐伯夷扳鞍上马，夜色中毫不掩饰地露出一副阴险、得意的笑容，扬声道："启程，回宫！"

第八章

姑娘驾到

一

万历皇帝歪躺在罗汉榻上，手里握着一卷话本。案几上的蜡烛已经燃到了尽头，融化的烛液使得烛芯倾斜着，终于被烛液淹灭，一缕淡淡的烟气袅袅升起，片刻工夫就消散在空旷的大殿上。

万历的手缓缓垂下，翻开的话本从手指间轻轻滑落。

"皇上！皇上！"

"嗯？"

万历皇帝被轻轻的呼唤声叫醒，他睁开蒙眬的睡眼，就见侍奉他起居饮食的贴身太监三德子弯腰站在面前，后边还有两个宫娥，一个捧着金盆，一个捧着毛巾、皂角等物。

三德子细声细气地道："皇上，您该准备上朝了。"

"哦！"

万历习惯性地答应一声，振奋精神坐起来，刚挪到榻边，忽然想起了什么。他诧异地左右看看，有点呆怔："朕……昨夜在这睡了一宿？"

三德子赔笑道："是啊！奴婢想让皇爷回寝宫里睡来着，可皇爷您不肯哪。"

万历皇帝彻底清醒过来了，眉头一皱，道："小白呢？"

三德子稍显嫉妒地道："小白……不是被皇爷您派出宫去了吗？"

万历皇帝瞪着三德子："他一直没回来？"

三德子哈了哈腰："没呢！"

万历皇帝怔了半晌。三德子提醒道："皇上，百官已经到了午门，您可不能再耽搁了。"

"哦！哦哦！"

万历皇帝醒悟过来，懊恼地道："更衣，净面！"

"是！"

三德子赶紧往旁边一闪，轻轻一招手，两排宫娥款款上前，原来他后边不只站了两人，只是那些宫娥高矮胖瘦都差不多，又站得整齐，所以初时还以为只有两人。

……

徐伯夷护着夏莹莹的马车，急急忙忙赶到午门，见午门前许多官员三三两两站在那儿，正沐浴着晨曦闲聊。徐伯夷大吃一惊，回首瞧向东方，但见一轮红日即将喷薄而出。

徐伯夷暗叫一声"苦也"，没想到这一轮折腾，居然天都快亮了。他做贼心虚，可不敢驱车直至午门，这要让大臣们知道了底细，他们不敢把皇帝怎么样，却一定会逼着皇帝弄死他这个奸佞。

徐伯夷立即喊道："夏姑娘，百官即将上朝了，我们从后门走！"

夏莹莹心急如焚，哪肯听他的。这皇宫这么大，要是再绕到宫苑后门那得多少时间？夏莹莹因为着急，本就没掩轿帘，一听这话，瞪圆了杏眼道："我也是皇上下旨唤来的，他们进得，我怎么就进不得？"

夏莹莹对马夫道："快些，就从午门进！"那车夫是夏家的人，自然只听夏莹莹的，大鞭啪地炸了一个震天响的鞭花，加快速度向前冲去。

午门前倒也不是不能驾车，有些年岁大了的老大人，住的距皇宫又远，他们都可以驱车直到午门前再下来。但是就算当朝一品，也没有到了午门前还快马加鞭不减速的。

午门前自有侍卫站岗，午门外的大广场上也有士兵巡弋，一瞧这辆马车驶得飞快，虽然旁边跟着金吾卫的士兵，还有一个太监策马相随，说不定是位亲王，还是快步迎上来制止。

四个士兵喝道："午门前禁止驰马，请停……"

夏家那马夫只知有夏家，不知有朝廷，那四匹从贵州来的马也是横冲直撞惯了的，一瞧有人拦路，骏马一声长嘶，竟尔扬起了前蹄。

黔之驴，不畏虎，盖因没见识过百兽之王的厉害。夏家这四匹马向来横冲直撞，半野马一般的角色，它们哪管你皇帝不皇帝。那四个士兵大惊失色，人家真若失仪，自有御史记下弹劾，可真要捅死了人家的马，瞧这几匹马如此神骏，主人必然爱惜，得罪一个亲王，可不是他们几个小兵承受得起的。

四个士兵赶紧跑，他们往左右一闪，那马车就轰隆隆地驶了过去。徐伯夷一旁看见，急出一脑门汗，赶紧喊道："停下！快停下！"

这边出了这么一档子事，宫门前等着开门的大臣们全都注意到了，马上向这边看过来。

监察御史李博贤一见大喜，这个月他还没弹劾过人呢，实在是没找着可供弹劾的事情。身为一个专门负责找碴儿的御史言官，他感到自己很失职。

没想到今天上朝，居然有碴儿主动找上了他，这得告啊！瞧这气派，官儿不小！哎哟，是女的！旁边还有太监，这是哪个公主吧？一念及此，李御史激动得浑身发抖："出名的机会终于到了！"

这要是一本奏到君前，状告公主失仪，告成了就是辉煌的政绩！要是告败了，最好被打一顿板子发配地方，那就发达了啊！不但立即清名满天下，而且会成为他一生的功勋，用不了两年就得飞黄腾达，来日凭着挨过廷杖、碰过皇亲的资历，没准还能混到左都御史的高位上去，那可是言官的最高追求啊！

李博贤当即一撩袍裾，大喝道："宫前驰马，大胆！快快停下！"说罢一个箭步蹿上前去，拦在马前方，挺胸昂头，怒目如炬。

旁边那些大臣见了大吃一惊，这李御史站得太靠前了，现在那马夫就算勒马也来不及了，非撞他个骨断筋折不可。马上就有人高喊道："快闪开，马车停不住了！"

夏莹莹在车上看见也吃了一惊，赶紧吩咐道："快停下！"那马夫在她吩咐前就已用力勒住马缰，但那四匹骏马撒着欢地往前跑，如今实在是停不住了。

李博贤又不傻，当然知道会被马撞上，说不定还会被那碗口粗的马蹄子踹上一脚。可他要的就是这个效果，不受点伤、流点血，怎么好意思说自己是清官？

大明的言官，在一种特殊的文化氛围下，都有点奇怪的自虐倾向。别人做官唯恐惹祸，明哲保身才是王道；可清流言官唯恐不惹祸，做御史不怕事大，就怕没事！

说时迟，那时快，眼看那骏马就要撞上李博贤，李御史面带微笑，轻轻闭上了眼睛，等着那腾云驾雾的一刻。他的胸膛挺得更高了："飞吧！飞吧！我要飞得更高……"

李御史真的飞起来了，一条长鞭像乌龙出水似的，在马头就要撞到他的身体时紧紧缠在了他的腰间，奋力一扯，他那单薄的麻秆儿似的身体就飞了起来。

马车又向前狂奔出两丈多远，这才被车夫牢牢拉住。而李御史被拎得飞起，在空中飞了半匝，准确地砸向几名靠拢过来的宫前武士。那几名武士身手灵活，赶紧弃了刀枪伸手去接，四个人齐齐伸手，让高高飞起的李御史安全落地了。

夏莹莹松了口气，轻轻拍着胸脯道："吓死我了，吓死我了，这个官儿有病啊，居然还有主动往前靠的。"

说着话，夏莹莹弯腰钻出了车子，车子到了这儿也不可能再往前赶了，她要进宫总得下车才行。顺道儿，还得谢谢那位出手救人的英雄，要不然真闹出人命来，她再单纯也知道会是大麻烦。

夏莹莹没等手下人放好脚踏，就从车辕上跳了下去，这时她才看清手中拎着一条乌梢长鞭的人居然也是一个女人。她穿着一件蓝色绣金边的肥大长袍，长袍外穿着无领无袖、前面无衽、后身较长的坎肩，对襟上还绣着鲜艳花朵，并缀着五颜六色的亮片，光泽闪闪。

她梳着一双辫子，上有发套，前有流苏，旁有流穗，缀满着金银饰物，瑰丽华美。个子很高，莹莹目测，应该和她的小天哥哥差不多高，但是比叶小天看起来还要壮一些，但是尽管看起来很壮，这女人却一点没有臃肿肥胖的感觉。她的脸蛋儿偏圆，面似满月，嘴唇丰厚性感，额头宽广白皙。

"哈哈哈……"那个高大健美的女人爽朗地大笑，"谁说中原女子都柔柔弱弱的，这位姑娘比起我们蒙古女人家来，性子还要豪爽得多嘛。"

夏莹莹对宫门前出现这样一个女人很好奇，不过这个时候她可没有时间攀谈，所以只向那女人道谢道："多谢姐姐援手，请问姐姐尊姓大名！"

那蒙古女人微微一呆，道："姐姐？姐姐？哈哈，好！好！姐姐的名字不太好记，你听人说三娘子，那就是姐姐了。"

夏莹莹是西南边陲的人，若非听她自己说起，都不知道她这是蒙古人的服饰打扮，当然也没听说过大名鼎鼎的三娘子。夏莹莹只是展颜一笑，道："三娘子，这名字好记，小妹记下了。小妹还有急事，回头再向姐姐道谢！"

说罢，夏莹莹提起裙摆向宫门方向奔去，一边跑还一边叫："我有急事，我有急事，叔叔伯伯们请让一让！"

"哟！这姑娘漂亮啊……"

莹莹的美貌使得宫前那些官员们眼前一亮，听她叔叔伯伯地乱叫，好笑之余又不免真的有了一种长辈般的自觉。

这些文官本来是最难对的一个群体，可是在莹莹这个量级的美女面前却也变得通情达理起来，众尚书、侍郎们纷纷让路，让她顺利赶到了午门前。

宫里面，万历皇帝漱洗打扮完毕，乘上步辇，由人抬着出乾清门，正往太和殿赶去，怏怏的一张脸，好像满朝文武都欠了他的钱。

第九章

路边那棵小白菜

一

"站住！姑娘是干什么的，何故擅闯宫门？"

颜值高是有特权的，换一个人就这么想闯进宫门，早被钢刀架在脖子上，但是这么百媚千娇的一个姑娘，那些宫门守卫也客气了许多，所以只是伸手一拦。

夏莹莹急道："不是我要来的，是你们……啊不！是我们皇上下旨召我来的！"

"嗯？"几个宫门侍卫有些狐疑地看着夏莹莹，眼神儿有点恍然、有点暧昧。

夏莹莹顿足道："你们想歪啦！本姑娘进宫，是要探望我娘的，她生了病！"

其实几个侍卫一点都没想歪，倒是夏莹莹，太过关切母亲的病情，还没醒过味儿来。

"我在这里，在我这里，在……在我这里……"徐伯夷挥舞着皇帝的手谕，气喘吁吁地跑过来，"不要动手，千万不要动手，这位姑娘的确是皇上传旨召进的。"

午门外众大臣登时竖起了耳朵，那位欲拦惊马不成的李大御史两眼放光，满面兴奋地冲过来："弹劾公主哪有弹劾皇上效果好啊！发达啦，这下子可发达啦……"

徐伯夷见此情景，实在没有别的办法，只好把他用来诳骗夏莹莹的谎言再重复一遍，大声说给所有文武们听："这位姑娘的母亲乃陈太妃的乡亲，昨夜宿在陈太妃宫中，突发重疾，人事不省。皇上担心出什么岔子，所以命咱家把姑娘接来，一旦有什么事，身边有个亲人照料也方便些。"

李御史一听大失所望，这样的内情显然不及花边新闻更有价值，不过……这是真的吗？李御史保持着职业警惕，紧紧地盯着夏莹莹的反应。

夏莹莹道："是啊！喏，这是皇上的手谕，你们快放我进去！"

白天和晚上不同，有了皇上手谕，要进宫就容易了，不过……要进内宫，不但要登记，还要搜身的。而午门前并没有女性侍卫，所以徐伯夷进了耳房，急急忙忙做好笔录，便走出来站在门洞下，押着脖子，像一只吊在案板上的盐水鸭，等着内宫派人。

被那么多文武官员围观，感觉可不好，徐伯夷背对大门朝里站着，还是觉得许多人在对他指指点点，那汗出得……他很渴，非常渴，有点脱水的感觉。

好不容易宫门侍卫们通知了宫廷侍卫，宫廷侍卫通知了内廷太监，内廷太监通知了宫廷女官，宫廷女官派了一个老嬷嬷哆哆嗦嗦、颤颤巍巍地挪到午门，把莹莹叫进小屋里检查了一番。

等莹莹如释重负地出来，一轮红日喷薄而出，百官上朝了。

钟乐齐鸣，百官开始上朝。文官序列、武官序列、功臣勋戚序列，今天还多了一个序列：徐伯夷带着夏莹莹溜着边，跟着大队人马往里走。

金水桥上，今日当值负责考察百官风仪的监察御史刘子沁刘大人正捧着簿子速记："刑部左侍郎沈南，挖鼻孔！有失风仪！兵部考功司主事黄燕飞吐了一口痰！有失风仪！礼部……咦？"

刘御史看着徐伯夷和夏莹莹，有点呆愣："这两位是什么人？"

李博贤李御史看他一脸呆怔的模样，走到他身边时顺口解释了一句，刘御史方才恍然大悟，想了一想，还是在簿子上忠实地记下："红枫湖土司女夏莹莹，步履急促！有失风仪！"

三娘子走过夏莹莹身边，笑道："小妹子，姐姐要上朝见皇帝去。你住哪儿？姐姐在京里闷得很，回头找你玩去。"

刘御史又记下："蒙古可敦钟金哈屯与他人随意攀谈，有失风仪！"

莹莹本就性情爽朗，与这位蒙古大姐姐又很投缘，她笑答一声，便催着徐伯夷快快带她进内宫。

徐伯夷被这么多官员投以注目礼，早就觉得如芒在背，心里自然也着急，所以也顾不得许多规矩，领着莹莹绕过太和殿，直接向后面走去。

百官在太和殿前站住，等着上朝见驾。夏莹莹跟着徐伯夷过太和殿、中和殿，还没到保和殿，就见前方大队仪仗，旗帜飘扬，中间黄罗伞盖冉冉而来。

徐伯夷一见暗叫一声苦也："皇帝已经上朝了！"

前方两名大汉将军把数丈长的大鞭耍得啪啪直响，徐伯夷赶紧示意莹莹退到一边。万历皇帝坐在御辇上，拉长着一张脸，正满腹懊恼，忽然看见路旁站着一个丽人，定睛一看，正是夏莹莹。

万历皇帝心中一喜，下意识地就想跳下御辇，上前与她相见。可……毕竟从小受过的帝王教育，已经形成了一种本能的约束制止了他，万历皇帝只能坐在御辇上，眼巴巴地看着那棵水灵灵的小白菜与他擦肩而过。

等皇帝的仪仗过去了，徐伯夷有气无力地对夏莹莹道："姑娘，咱们走吧！"

这回徐伯夷就不着急了，皇上都上朝了，他还有什么好期待的？反倒是夏莹莹心急如焚，不断催促。徐伯夷没精打采地领着夏莹莹进了后宫，这时夏莹莹就甩开他，迈开一双大长腿，自己走起来。

以前她不是从午门进来的，所以前边道路不熟，但是内廷里她来过好几趟了，陪着母亲去过好多次陈太妃的寝宫，认得路。

夏莹莹急急赶到陈太妃处，却被宫前太监拦住了，没有宫里的人领着，即便这几个太监见过她，也是不许随意出入的，宫里只有宫里人才有刷脸的资格。

夏莹莹回身急道："公公，你倒是快些呀！"

徐伯夷懒洋洋地道："咱家奔波了一夜，实在是筋疲力尽了，姑娘莫急。"

徐伯夷一面说，一面暗想："事到如今，可怎生是好？"

事到如今，要他圆满解决此事，已经不可能了。此前他可以利用莹莹和夏夫人的不知情，只要生米煮成熟饭，就算夏家知道真相也已没的选择，除了让莹莹入宫做皇妃，再没第二条出路。

但是徐伯夷万万没想到，如此十拿十稳的事儿还有失败的可能，事到如今，他必须得让夏夫人配合他说谎，才能把此事瞒住夏莹莹。可夏夫人会配合他哄瞒自己的亲生女儿？

徐伯夷硬着头皮走过去，对夏莹莹道："啊！姑娘你请稍候，现今情形不知如何了，待咱家进去看看，再请姑娘进去。"

夏莹莹心中好不气恼，这太妃宫她也不知来过多少次了，哪有这次这么麻烦？也不晓得母亲的病情怎么样了，她老人家身子一向还算康健，应该没什么大碍吧？

夏莹莹胡思乱想着，对徐伯夷道："公公还请快些，人家着急呢。"

徐伯夷苦笑一声，进了太妃宫，在前殿院里转悠了几圈，还是没想到办法。至于陈太妃那儿，他根本就没去，他知道陈太妃会配合皇上的。但是以他的身份，还没资格去与陈太妃商量什么，又或者请陈太妃配合他什么。

徐伯夷在院子里走了三圈"太极"，仰天长叹一声，便出了宫门。夏莹莹正眼巴巴地站在那儿看着，一见他出来，赶紧上前急问道："公公，我娘怎么样了？"

徐伯夷干笑两声，道："恭喜姑娘，贺喜姑娘，令堂……已然痊愈！"

"真的？不是说重疾吗，这么快就治好了？"夏莹莹又惊又喜。

徐伯夷干巴巴地道："是啊！要不说是御医呢。"

夏莹莹喜道："太好了，我去见我娘！"

夏莹莹一提裙裾便闯进宫去，那守门太监如今已经知道她是由御前太监小白领来的，自然不加阻拦，只是让一个太监给她前方引路，虽然这儿她来过多次了，可也不能由着她自己胡乱走动。

陈太妃又不用早朝，自然不会起这么早，此时正跟夏夫人躺在床上聊天。有宫娥进来禀报道："太妃娘娘，夏姑娘来了，寻夏夫人！"

夏夫人一听惊讶地道："这么早，莹莹怎么来了，莫非有急事？"

陈太妃心中暗笑，莹莹姑娘应该已经是皇上的人了，想必她失身于皇上，也不知该如何是好了，才来向她的母亲问计，也不知她现在是娇是羞，是怒是悲。

反正生米已经煮成了熟饭，这个皇妃是跑不了啦，自己这个媒人也做成了，接下来的事，她可不好掺和。陈太妃便道："是啊，莹莹怎么一大早就来了？呵呵，我看，是莹莹有孝心，放心不下你。你去见见她吧，本宫还未梳洗打扮，一会儿再去与你们相见。"

夏夫人答应一声，急急起床穿衣，简单梳洗一下，反正是见自己女儿，也不用太慎重，便急急迎到前殿。

夏莹莹正在前殿里"走圈儿"，一见母亲出来，立即迎上去，欢喜地拉住母亲的手，上上下下打量一番，哇的一声喜极而泣，紧紧抱住她道："娘亲，幸好你没事，幸好你没事，真是吓死女儿啦！"

夏夫人愕然道："你这傻孩子，娘亲好端端的，能有什么事？"

夏莹莹眼泪汪汪地道："娘，你就别瞒女儿了。女儿已经知道你昨夜患了重疾，幸亏被御医救过来，可把女儿急死了。你没事就好，没事就好！"

夏夫人更加愕然："患了重疾？我？你听谁说的？"

第十章

三个娘子

一

今天万历上朝,还真有一件很重要的事,所以不能耽搁。他要接见一个很重要的女人:三娘子。

三娘子本名钟金哈屯,乃是蒙古土尔扈特部的首领恒阿噶之女。三娘子黠而媚,善骑射,能文能武。出落成二十岁的大姑娘时她才出嫁,成为阿拉坦汗的王妃,并为他生下一子。

做王妃时,三娘子就极力劝说丈夫向大明称臣,与大明友好,和大明实现纳贡互市。万历九年,阿拉坦汗去世,三娘子从此成为事实上的草原最高统治者。

此时,阿拉坦汗的长子黄台吉依照习俗,想娶继母三娘子为妻。三娘子刚刚三十出头,依旧年轻貌美,改嫁本也没有什么,但是自幼熟读中原典籍文章的三娘子不愿意按照草原风俗改嫁丈夫的儿子,所以率领她的卫队一万精骑出走。

草原上最强大的一个部落,陷入了分裂危机。原本黄金家族血脉的部落趁机蠢蠢欲动。三娘子是对大明非常友好的一位统治者,如果她下嫁黄台吉,维护部落的统一,就能压制草原诸部,照旧保持与大明的和平。

但是她若执意不肯下嫁,该部必然分裂,从而让其他势力趁机坐大。有鉴于此,明廷便派大臣联络三娘子,劝她依从习俗,下嫁黄台吉。

三娘子最终听从了大明朝廷的意见,与黄台吉完婚,成为黄台吉的王妃。黄台吉继承汗位后,对大明虎视眈眈,是三娘子苦口婆心地解劝,才使得黄台吉打消了与大明开战的念头。

两年前黄台吉逝世,其长子扯力克称汗,三娘子又与扯力克完婚,依旧是草原上的实际最高掌权者。所以对于她的到来,明廷非常重视。

而三娘子始终视大明朝廷为天下正统,多次表示"子孙暨部族世世为天子守边"。因此对于她的这次到来,明廷极尽礼遇,今日她上殿面君,万历天子当然极为看重。

三娘子代表蒙古诸部觐见大明天子，朝堂上，万历皇帝敕封其夫扯力克为顺义汗，封三娘子为一品忠顺夫人，又赐下许多财帛，三娘子便谢恩退下了。

朝会一贯的顺序就是先接见外宾、藩臣，再接见地方进京的大员，最后才由京官们奏事议论。所以三娘子是最先觐见天子并离开朝堂的人。

对接下来几个进京的地方大员，万历只是随意敷衍了一番，不等众京官奏事，便宣布今日龙体不适，提早退朝。

首辅申时行是个脾气温和的老好人，不像张居正一般严厉。首辅大人没有提出异议，再说皇上提前退朝的事也并不多见，偶尔为之无伤大雅，众言官们也就没有出面挑刺。

万历皇帝退了朝，登上御辇，立即拍着扶手，一迭声地道："快快快，马上摆驾陈太妃处！"

陈太妃挺好奇莹莹会有什么反应，不过她也知道此时自己是越晚露面越好，所以也不着急，只管稳稳当当地梳洗打扮，待打扮停当，三旬上下的一个妇人，丽光四射，婉媚如同双十女郎。

陈太妃娉娉婷婷地到了前殿，抬眼不见夏夫人和莹莹，便向殿上侍立的几个宫娥笑问道："夏夫人与莹莹姑娘去了哪里？"

陈太妃一面说，一面向殿外走去。在她看来，夏夫人和女儿要么在偏殿，要么在庭院中，没准一会儿夏夫人就得流着眼泪来求她为女儿的终身做主，那时她自然可以顺水推舟，玉成其事。

殿上一个宫娥应道："夏夫人和莹莹姑娘？难道不是太妃娘娘叫她们离开的吗？"

陈太妃猛然站住了，回过身来，吃惊地道："离开？她们去了哪里？"

几个宫娥面面相觑，依旧是方才那个宫娥讶然答道："出宫了啊！奴婢还以为……是太妃娘娘允她们出宫的。"

"什么？"

陈太妃愕然。

"陈太妃……"

万历皇帝一头撞了进来，急急往殿内瞧，不见莹莹姑娘，也不见她的娘亲，马上对陈太妃道："太妃，夏姑娘呢？"

陈太妃讷讷地道："夏姑娘……已经与她的母亲离开了。"

"什么？"

万历皇帝先是一呆，继而气急败坏："小白！小白！马上把小白给我找来！"

徐伯夷待在乾清宫侧厢的太监房里，一壶冷茶被他一口气喝光了，肚子胀得很，轻轻一晃都有水声。徐伯夷捧着大肚子正想去方便一下，万历的贴身太监三德子迈步走了进来:"哟!余公公,你在这儿呢,叫咱家好找。皇爷要见你!"

※ ※ ※ ※

"娘,慢着些,慢着些,人家的脚都要走断了。他是皇帝,总不好公开抢人吧,别急,慢着些……"夏莹莹被夏夫人抓着手腕,一溜小跑地跟在后面,气喘吁吁。

夏夫人沉声道:"我说进京见驾已毕,为何皇上还迟迟不肯让我们回贵州,又跳出个什么陈太妃,天天与我攀亲叙旧的,原来皇上在打你的主意!"

前方眼看就到了宫门,夏夫人微微松了口气,放慢了脚步,有些气喘地对夏莹莹道:"莹莹,回去后,你马上打点行装回老家,娘在京里顶着!"

夏莹莹道:"娘,咱们一起走!"

夏夫人道:"不成,娘是奉旨入京,没有圣意擅自离开就是欺君。你只是陪娘赴京,却不必有此顾虑!"

夏莹莹担心地道:"啊?女儿先走,那娘怎么办?"

夏夫人瞪了她一眼道:"你走了,娘自然就没事了。皇上既然打了你的主意,你不走怎么办?除非你想做皇妃!"

夏莹莹叫道:"我才不要!天天就在那么大的院子里待着,哪儿也去不了,闷都要闷死了!"

夏夫人哼了一声道:"你是放不下那个叶小天吧?"

"嘿嘿……"

夏莹莹笑眼弯弯,笑得有点傻。当然,这是她母亲的感觉,在御道旁的侍卫眼中,这位姑娘却是笑得甜丝丝、俏生生的,好像有人用一支羽毛轻轻挠着他的心似的,看得直痒痒。

"这个吧……小天哥比他稍高一些,嗯……比他稍壮一些,皇上有点儿胖呢,还有……小天哥生得比他俊俏,而且比他会说话……"

说起心上人,夏莹莹眉飞色舞,想到心上人这些方面比皇帝还要出色,更是心花怒放。

她们娘俩是从宫苑群的边道出来的,到了前边就要拐到正道上。等她们拐向正道时,正好三娘子从太和殿出来,后边跟着八个小太监,捧着皇帝所赐的各色礼物。

夏莹莹一见三娘子,不禁喜悦地招手道:"三娘子姐姐!"

三娘子初时目不斜视,看见两个女子从侧面走来,还以为是宫娥,听见呼喊扭头一看,不禁露出笑脸。对这个风风火火的小丫头,她由衷地喜欢,大概因为她也是性情爽朗、不藏心机,所以特别投缘。

三娘子笑着迎上去，爽朗地道："小妹子，见到你的娘亲了？"

三娘子说着，目光便看向夏夫人，瞧年纪和二人依稀相仿的容貌，这应该就是夏莹莹的母亲了。不过瞧她神情，并不像是刚刚患过重病的模样，这位夏姑娘真有点小题大做了。

夏夫人看着三娘子，迟疑道："这位是……"

莹莹对夏夫人道："娘，这位姐姐是个好人，她很厉害呢，鞭子使得极好。女儿着急进宫来找娘亲，险些撞死一个傻兮兮的大官，亏得这位姐姐出手相救，要不女儿就惹了大麻烦呢。"

夏夫人一听，急忙向三娘子敛衽施礼："多谢夫人义助小女！"

三娘子笑吟吟地道："夫人不必客气，令爱非常招人喜欢呢。"

夏夫人见这位身着蒙式长袍的女子可以这般出入宫廷，对她的身份很是好奇，便道："还未请教夫人尊姓大名？"

夏莹莹抢着道："这位姐姐说她叫三娘子，是不是很好听？"

"三娘子？"夏夫人听了这个称呼，忽然想起一个人来，不由轻呼了一声道："莫非……莫非是蒙古可敦三娘子？"

可敦是蒙语皇后、王后、大汗正妃的意思。夏夫人曾听丈夫说起过统驭蒙古数十万兵马的那位女中豪杰，眼前这女子有资格上朝又身穿蒙式长袍，还叫三娘子，所以夏夫人才敢大胆猜测。

三娘子莞尔一笑，道："原来夫人听说过我的名字！"

夏夫人惊道："果然是可敦！"赶紧向她再行一礼。

贵州诸土司在自己的领地上也算是一个个的土皇帝了，可是比起人家这位可敦来那就差得远了，无论是权柄、地位，还是统治的地盘、治下的子女多寡，这可是有资格跟大明朝廷叫板的草原之王。

夏莹莹好奇地看着母亲，很少见她如此郑重。夏莹莹忍不住道："娘，可敦是什么？这位姐姐莫非也是个大官？"

夏夫人道："住口！你这孩子，不学无术！什么姐姐姐姐的，要叫可敦！可敦千万不要见怪，小女……"

三娘子看了眼撅起小嘴的夏莹莹，笑道："怎么会，我很喜欢这位小妹子呢。小妹妹，咱们走，这儿可不是叙话的地方。"

三娘子挽起莹莹的小手，一边往外走，一边对夏夫人和莹莹道："小妹子，你就叫我三姐姐就好，我喜欢听你这么叫我。夏夫人，你也不要叫我可敦了，怪生分的，叫我三娘子就好！"

夏夫人很是欢喜，虽说蒙古可敦跟她红枫湖八竿子打不着，可是能结交这样一位手握实权的蒙古女王,那也不是坏事。

夏夫人便顺着她的意思笑道:"既然如此,那就恭敬不如从命了。"

夏夫人说着,还是不放心地嘱咐莹莹道:"女儿,你这位三姐姐,那可是北方草原上的女英雄,可是一个了不起的巾帼英雄呢!"

"哇!真的啊?"

夏莹莹两眼放光,非常崇拜地看着三娘子:"难怪姐姐的鞭子耍得那么好,姐姐教我使鞭子好不好,我真的好喜欢呢!"

三娘子见她两眼放光,还以为她真的很崇拜自己的权柄地位,万万没想到她真正崇拜的竟然是自己使鞭子的功夫,至于蒙古可敦什么的,人家压根儿没往心里去。

三娘子呆了一呆,突然放声大笑,她亲昵地揽了揽莹莹的削肩,笑道:"成!姐姐教你耍鞭子!将来啊,你男人要是不听话,你就用姐姐教你的功夫,狠狠地抽他,哈哈哈……"

第十一章

鹰的理想

一

"来，这就是姐姐的住处！夏夫人，夏小妹，快请！"到了馆驿门口，三娘子热情地招呼夏夫人和夏莹莹进去。

路上夏夫人与夏莹莹已经商量过，尽快让莹莹回贵阳，不然有个天下最有权势的男人惦记着，还真是一件很恐怖的事。不过既然有三娘子相请，倒也不妨来往一下。

毕竟天子有天子的体面，不是乡绅恶霸，他纵然在打莹莹的主意，也不敢明抢，不必像逃命一样地离开京城。

再者，与三娘子建立友谊，对夏家总会有所帮助的，毕竟人家实力强大，既有这个机缘，不可放过。同时，三娘子也是一块最好的盾牌，和她在一起会很安全。

三娘子住在馆驿里，而非四夷馆专门的馆舍，两者虽然都归礼部管，意义大不相同。

四夷馆是给外番使臣居住的，是他国来使的居处，这个他国来使可是来自大明的属臣藩国，也可以是异域他国派来与大明接触的外国使节。

但三娘子一直以大明之臣自居，主动要求住在馆驿里，而不以外使身份居住在四夷馆，大明自然乐得如此。

只是馆驿虽然也是幽静雅致，装修得富丽堂皇，比起专供外使居住的四夷馆无论是规模还是档次上都要逊色一些。为了不让三娘子觉得受到了冷遇，大明礼部也是煞费苦心。在三娘子到来之前，礼部特意重新粉饰装修了一遍馆驿，并且把三幢给一品大员、封疆大吏进京时居住的独立院落拆了院墙打通，变成了一处极豪绰宽敞的大院落。

叶小天就住在这馆驿里，不过卧牛岭土司在朝廷大佬的眼里还不够分量，再加上他现在是戴罪之身，不可能有太好的待遇，所以叶小天的住处在很偏僻的一处小院落里，和人家这幢大宅那就有天壤之别了。

三娘子很好客，她到京城后遇到的都是朝廷官员，官方接待礼遇规格固然够高，可她也得时时端着架子，那种应酬好不辛苦。如今遇到个让她一见投缘的人，而且同为女性，三娘子高兴得很，一到馆驿就吩咐人马上准备酒宴。

　　三娘子甚至还想吩咐人去买头羊来，就在院子里架上火堆，要为她刚认下的小妹子烤只全羊尝尝。草原的人，拾掇全羊利索得很，倒不会多费很多时间。

　　不过馆驿里就有今早刚刚买回来的新鲜全羊，厨子拿着解骨刀正要拆解呢，被三娘子的人看见，直接要了去，就在院子里架起了炭火堆，不一会儿整个馆驿里都是羊肉的香味儿。

　　换一个人这么做，早遭到其他进京公干的大员们抗议了，馆驿方面也会制止，但是这是三娘子，大家也就只好装没看见。就算她突发奇想，要在馆驿里搭帐篷，旁边再种上草，放几头羊，馆驿也会尽量配合。

　　叶小天此时不在馆驿里，他正赶往夏莹莹的居处。叶小天路上买了些贵重礼物，既然要去见丈母娘，礼不可废。讨得丈母娘欢心，才有他的好日子过呀。

　　不料等叶小天到了夏莹莹的居处，却被告知莹莹一早就被一位公公接去了宫里，说是老夫人患了急病。叶小天在夏家苦苦挨过晌午，不禁担心起来。

　　莹莹到现在都没回来，看来岳母大人真的病得不轻啊。叶小天在夏家等不下去了，便向留守夏府的人告辞，直接奔了皇宫。

　　叶小天倒没办法进宫或者打听宫里的消息，不过莹莹在宫里，她的随从部下一定是候在宫外的，先找他们打听打听消息，一块儿在宫外等着，至少也能第一时间打听到莹莹和岳母大人的状况。

　　叶小天担心他赶去皇宫的路上与莹莹错身而过，所以把侍卫们分成三班，分别派了两队各两人，从另外两条主要街道寻向皇城，他自带其他侍卫由最主要的一条街道走。叶小天本是京城人氏，对于京城的道路还是很熟悉的。

　　叶小天赶到皇城，直接奔了后宫门。因为一般内臣女眷等等都是从后门走的。但他到了大内后城，并未见有夏家的侍卫人马，叶小天忙又急急绕向前门。

　　等他到了午门外，因为百官已经下朝，午门前几乎没有留候的官宦随从，所以查问起来也并不难，这一番探问，却依旧没有夏家随从在其中。

　　叶小天向午门前的侍卫们打听了一下，这些侍卫对那位风风火火的小美人印象挺深，还都记得她离开的事，便对叶小天说，那位姑娘跟着蒙古三娘子一起离开了。

　　叶小天又向他们打听三娘子住处，这些宫门侍卫哪里知道。叶小天想了想，忽地想起他在礼部有个熟人，林侍郎！叶小天便汇齐了他的三路人马，返身去礼部。

　　虽说因为这么一点小事，便去打扰人家堂堂的一位侍郎大人有些小题大做，但叶小天这时也顾不得许多了。到时便以打听朝廷要如何处置自己为借口好了。

林侍郎听说叶小天求见自己，先是微微一怔。作为一个待罪之臣，京里有关系不是不可以走动，但一般都是乔装打扮，悄悄登门拜访，像叶小天这样大剌剌地登门拜访的实属少见。

林侍郎微微摇了摇头，哂然一笑："到底是出身太低，短了见识。虽然机警伶俐，对这些人情世故却不甚了了。"

林侍郎本想不见，不过想了一想，还是吩咐道："叫他进来吧！"

文官势大，到了林侍郎这个层次，并不是很忌讳被皇帝知道此事。再者，叶小天是他们鹰党必然要保的人物，而且保他的理由很充分、很光明正大，纵然在皇帝面前也不怕直言不讳地说出来，见他也就坦然了。

叶小天在衙门外候着，衙役要领他进来，穿堂过户赶到林侍郎的签押房还得一段时间。林侍郎把未批阅完的公案放在一边，靠在椅背上，微微合起眼睛，不由自主地想起了他的志向，准确地说，是鹰派官员的志向。

很多事情的缘起，其实只是因为一个契机，对朝廷中的这股鹰派势力来说也是如此。

其实对于西南边陲改土归流的想法，早在洪武、永乐两朝时就曾一度成为朝堂上压倒性的意见。洪武大帝、永乐大帝都曾经算计过西南土司，洪武大帝出手，给思南、思州两地土司的纷争埋下了隐患，直到永乐帝时才发酵成熟，引发了一场战争。

永乐大帝并没有放过这个机会，他趁机出手，罢黜两思土司，分两州为八府，瓦解了贵州四大军阀中的一个。如果永乐皇帝挟胜追击，凭他的雄才大略，未必不能在有生之年解决西南问题。但是，站在一个帝国最高统治者的角度，他还有更重要的事情：北元！

北元已经被逐回大草原，且分裂为鞑靼、瓦剌两大集团，但他们的实力仍旧不容小觑。永乐大帝迁都北京，以天子守国门为由，试图彻底解决北方边患，为此他五征漠北。战略重心的转移，使得他只能暂且放下相对来说不是那么急切的西南问题。

结果，西南问题就这么一直拖延了下来，自永乐帝之后，北方边患一直是朝廷最关切的问题，尤其是朝廷迁都之后，与北方近在咫尺，更是不得不格外关注。其间又加上东边的倭寇，大明实在无暇顾及西南了，所以土司老爷们过了上百年的太平日子。

本来西南问题在北方草原的威胁彻底解决之前，是永远不会成为朝廷大员们关注的重点了，但是这时候发生了一件事，把朝廷的目光重新吸引到了西南：川南僰人造反了！

川南僰人一向不大买皇帝的账，他们占山为王，划地收租，时常出兵袭扰周围府县，在受到朝廷斥责处罚后干脆举兵造反了。

朝廷研究应对之策时，大部分官员都主张安抚，但当时刚刚成为首辅的张居正却力主严惩。张居正为此声色俱厉地对满朝文武说："我若不能平息该地，情愿辞去首辅职务！"如此一来，朝廷只能选择对川南用兵。

张居正这么做，其实有他的政治目的。就如杨广夺了杨勇的位、李世民夺了李建成的位，赵光义夺了赵德芳的位，夺位者总觉得自己得位不正，需要大功绩来巩固自己的名声和地位，张居正也有这个顾虑。

当时的张居正才刚刚成为首辅，还远未达到后期上慑天子、威压百官、天上地下唯我独尊的地步，对于他成为首辅，当时很多大臣极为不满，其根源在于：张居正成为首辅，手段不甚光彩。

在张居正之前，首辅大臣是高拱，高拱专横跋扈，性如烈火，这是他的短处，但他作为首辅，励精图治，不数年内便政绩卓然，也是他的能力，所以当时地位很稳固。

张居正想成为首辅，最大的障碍就是高拱，而当时万历皇帝刚刚继位，年方十岁，高拱觉得天子年幼，内廷势大，容易出现隐患，想削弱司礼监的权力，如此一来，就与内廷太监们产生了极大的矛盾。

张居正见这是个机会，便与内廷大太监冯保交好，联手对付高拱。万历继位时，高拱担心天子年幼，国家会发生动荡，曾经忧虑地说过一句："十岁太子如何治天下？"

但张居正联合冯保，把这句话改成了"十岁孩子如何做人主？"并秘密禀报了太后，说高拱有意先削司礼监之权，集权于内阁，接着就要逼宫，拥立一位成年的藩王为帝。

太后一听大惊失色，马上抢先下手，把高拱下狱，想要处死，幸亏吏部尚书杨博、御史葛守礼等人全力相救，这才免于一死，罢官回乡。

高拱初遭难时，张居正还曾前往探望，百般劝慰，并上书为他求情，高拱也很感激，但纸是包不住火的，真相渐渐还是被高拱打听到了。

高拱一直隐忍不发，直到病故前，才写了《病榻遗言》四卷，将张居正勾结冯保阴夺首辅之位的经过写出来，大骂张居正阴险刻毒，是"又做师婆又做鬼，吹笛捏眼打鼓弄琵琶"。

等张居正死后，万历皇帝反攻倒算，高拱的遗书才刊行天下，但是在此之前，朝廷大臣们大多清楚真相，在这件事上，张居正是有亏私德的，所以他甫登首辅之位，正需要一场军功来稳定他的地位。

于是，张居正力主对不法土司武力震慑，调整云、贵、川等省边境的不合理的行政区划。如此一来，他需要一班大臣来响应他的号召，并且具体去执行这些事情。

在这种情况下，乔翰文、严亦非、叶梦熊、李化龙、党腾辉、林思言、宇无过等一班有相同志向的中青年文武官员便进入了他的视线，并成为他川南攻略的班底。

最初，他们的目的只有一个：武力解决川南僰人问题！

这件事得以顺利解决了，僰人被武力镇压，基地改土归流，彻底纳入了流官治下。张居正的首辅地位因为这次军事行动彻底稳定下来，开始转移目标，把视线放在了大力整顿国内政治环境和经济发展上面。

对张居正来说，至少在现阶段，急需解决的问题已经解决了，可是对这些中青年大臣们来说，这却只是一个开始。

川南僰人问题的顺利解决，在他们心里打开了一扇窗，在把西南之地彻底纳入朝廷直接统治的问题上，他们比张居正还要激进，他们并没有按照张居正的要求，彻底撤回他们部署在川南的一些眼线、卧底，而是把目光投向了川南之南：贵州！

这些年来，他们从未放弃这个努力，虽然他们在渐渐变老，他们的官职、地位在不断升高，但当初的这个理想，始终藏在他们心底，现在正一步步地实现着。

想到这里，林思言嘴角不禁露出一丝欣慰的笑意："大丈夫生不能五鼎食，死亦当五鼎烹！要做下一桩流芳百世的大功绩，才不枉在世上走这一遭啊！"

"侍郎大人，叶土司到了。"

"下官卧牛长官司长官叶小天，求见！"

门外相继传来两个声音，林思言缓缓张开了眼睛，沉声道："进来！"

第十二章

伶俐人儿

一

"林老大人，久违了！"

叶小天一见林思言，便笑吟吟地向他长揖一礼，礼数很周到，态度很亲切，但举止又透着些随意，不像普通的下官见到上司，这是表示"我跟你很亲近。"

两个人的关系确实算是比较亲近，抛开南京那场相逢不算，二人在葫县时也算是互相捧过场的。另外上次叶小天到京城，临走时还送过林侍郎一份厚礼，两个人的关系就更加微妙了。

林思言点了点叶小天，道："你呀，还真是能惹祸，在金陵，你闹遍了吏刑礼三部，气走了李国舅；在葫县，险些酿成大乱子！上一次你来京里，又入了大狱，这一遭更好，直接就是以待罪之身入京来了。"

叶小天涎着脸笑道："下官可不喜欢惹事儿，这不总有人找下官的碴嘛。这次下官入京待罪，好歹不是在京里惹的祸事，应该没有大碍吧？"

林侍郎冷哼一声道："不是在京里惹的祸？连杀四个土司，这事儿难道就小了？"

叶小天在旁边椅上坐下来，纠正道："是三个，不是四个，另外一个是土舍。"

林侍郎瞪了他一眼道："杨家呢？杨羡敏难道不是死在你手上？"

叶小天有些惊讶："大人身在礼部，竟然对下官的事这么了解，实在是……"

林侍郎哼了一声，道："实在是怎么样？好事不出门，坏事传千里，你以为只有本官知道你在贵州都干了些什么？"

林侍郎瞟了叶小天一眼，加重语气道："闯下这么大的祸事，你想安然无恙是绝不可能了，朝廷是一定要给你些教训的，这也是为了你好，省得你不知天高地厚，早晚惹出更大的乱子来！"

叶小天听到这里，心就安了，其实他一进来，听林侍郎责骂他，心就安了一半。林侍郎要是不想跟他套近乎才懒得骂他，既然责骂他，至少是把他当成半个自己人了。"

如今林侍郎又说朝廷一定会给他一些教训，这也是为了他好，这种话怎么听怎么像老爹训儿子，那还能有什么严重后果？骂几句，忍了！打两下屁股，依旧忍了呗，反正是不会有严厉的制裁了。

二人嘻嘻哈哈之间，这关于正事的沟通已经结束了。叶小天已经要到他想要的结果，林侍郎成功地给他吃了一颗定心丸。

小厮给叶小天上了茶，林侍郎道："老夫在京里听说了一些你的事情，详情却不甚了然，究竟是怎么回事？为何你一回贵州，就接连闹出几桩命案？"

叶小天一听顿时怒形于色，冷哼一声道："大人，您也了解小天的脾气，向来是人不犯我，我不犯人！这一次为什么闹出这么大的事来？还不是因为有人蓄意挑衅！"

叶小天越说越怒，道："普天之下，莫非王土！率土之滨，莫非王臣！可是那些草头王，目无朝廷，哪里把咱们皇上放在眼中！下官是皇上御封钦赐的卧牛岭长官，可那些土司老爷们不认皇上的账啊！他们对下官百般挑衅，更派了大队杀手，想要把下官杀掉，下官是逼不得已……"

见什么人，说什么话。如今眼前的可是一位朝廷大员，同样还是那些事，把事由经过稍加修饰，那就有不同的效果，就能引起这位朝廷大员的同仇敌忾之心。

天牢狱卒出身的叶小天在这一点上那是相当伶俐，他和各方土司的矛盾经由他这一番介绍，竟成了中央与地方之争、一统与自治之争、朝廷与土官之争，即便林侍郎所知道的远比叶小天以为的还要多，听在耳中，那感情的天秤还是不由自主地向叶小天倾斜过去。

"有些土司目无朝廷，不知君恩，的确是跋扈了些……"

林侍郎抚着胡须说道，他本想试探一下叶小天对土司这个群体的看法，不过话到嘴边还是咽了回去。不管怎样，这叶小天也是一个世袭的土官了，想把他拉进自己的阵营，让他去为彻底消灭世袭土官这种制度而奋斗，他恐怕未必答应。

如果叶小天是读书人出身，或者还有几分可能，但他原本只是一个狱卒，在他心里，恐怕不会认为皇帝家族世袭、勋戚功臣后裔世袭是天经地义的。

反正叶小天想融入土司这个群体很难，客观上可以为他们的计划提供帮助，倒不必把鹰派的计划对他和盘托出，把他彻底拉拢过来。

否则的话，贵州那些土司们知道朝廷一直看他们不爽是一回事，知道朝廷中有一群大臣正在处心积虑地想办法收拾他们，那就是另一回事了。这会对他们的计划造成太大障碍。

林侍郎对叶小天道："有关你的奏本，这三两天就会递到御前，如果皇上召见你，你就如方才一般说，相信皇上也会理解你的苦衷，处罚的时候会酌情处理。"

这是又一次告诉他不会有严重后果了，叶小天赶紧欠身道："多谢大人提点。"

林侍郎点点头，道："你现在还是戴罪之身，不宜到处走动，回馆驿候着吧。在朝廷有了处理结果之前，不要见太多人。"

林侍郎说着，便移过卷宗，提起笔来。林侍郎看了两行字，还没听到叶小天说出"下官告退"这句话来，不由有些诧异地抬起头来，见叶小天站在书案前，一副欲言又止的模样。

林侍郎微微一蹙眉，道："还有什么事？"

"呃……这个……"

叶小天嘿嘿地笑了两声，有些腼腆地道："下官还有一件事想麻烦侍郎大人，呃……一件小事，只是一件小事……"

林侍郎搁下笔道："什么事？"

叶小天道："这个……下官想打听一下，蒙古可敦三娘子的住处，不知她被朝廷安置在哪儿？"

林侍郎一听顿时紧张起来，这叶小天可是个惹祸精，他打听三娘子的所在做什么？要是他跟三娘子发生冲突，不用杀人，只消惹出一场大乱子，那朝廷也只好"挥泪斩马谡"了。

林侍郎警觉地道："你问三娘子的居处做什么？你和三娘子莫非还有什么冲突？"

叶小天赶紧道："大人误会了！是这样，贵阳红枫湖土司夏氏的夫人受封诰命，进京谢恩。夏家女莹莹姑娘，与下官……与下官情投意合，已有婚约之盟。下官此次进京，本想可以去探望探望夏夫人和莹莹姑娘，不过方才打听到，她们母女二人被三娘子请去做客了。可下官不知三娘子居于何地，所以……"

林侍郎松了口气，既然如此，应该不会惹出什么乱子来了，便道："三娘子就住在馆驿里，你不也是住在那里吗？"

叶小天这才知道自己寻了一圈，莹莹居然去了自己住的地方，大喜道："多谢大人！"

叶小天说着，顺手从怀中摸出一方锦盒，不等林侍郎拒绝，便放到桌上，拱手道："这是朋友送的一件玩器，下官这性子，哪能静下心思把玩这些东西？转赠大人吧，不值几个钱，一点心意。"

叶小天说着，已经退后两步，道："下官告退！"便转身走了出去。上一次叶小天送给林侍郎一对红玉核桃，价值连城。这一次送的又是什么？

林侍郎深感不安，好东西他也喜欢，可上一次是叶小天罪名已经摘除、正要回转贵州之前，这一次却是戴罪尚未得到处理，收了他的厚礼，是有嫌疑的。

但叶小天送礼，东西放得快，告辞得也快。林侍郎根本来不及阻止，他又不好大声叫嚷、拉拉扯扯，欲阻止时叶小天已经退出签押房。

林侍郎犹豫了一下，只好打开那盒子，他要先看看是什么东西，如果太贵重，那是绝不能要的。做官做到林侍郎这个份儿上，对物欲是很有控制力的，也明白什么东西能拿、什么东西不能拿，能拿的东西什么情况下可以拿、什么情况下不可以拿。

打开那檀香木的盒子，红绒垫底，里边是一只鳝鱼黄的蚰耳铜炉，圆融小巧，散发着莹润的光泽。林侍郎登时两眼放光，脱口叫道："宣德炉！"

明代士绅喜欢的文玩物件里，排名第一的是什么？就是铜炉！把玩铜炉在今人看来有些难以想象，但在当时却蔚为风尚。而铜炉之中，又以宣德年间所产的那批为精品。

这东西对万历朝的人来讲的确是个叫人喜欢的物件，但又谈不上价值连城。在叶小天当前的处境下，这已是他能够送出而不被官员拒绝的最好礼物。

林侍郎微笑起来，抚须道："倒是一个伶俐人！"

第十三章

皇媒人（上）

一

叶小天急急忙忙赶回馆驿，嗅到一股烤肉的香味。叶小天有些诧异，这可是大明朝廷设下专门接待各地赴京官员的所在，没理由搞成这般模样，虽说这香味挺诱人……

叶小天随便拉住一个驿卒一问，那驿卒哼了一声道："足下闻着这香味走就成啦，三娘子正在院中烧烤呢。哎！真不知她继续住下去，会不会在我们驿馆里搞一场那达慕……"

那驿卒摇着头离去，叶小天呆了一呆，急忙寻着烤肉的香味赶去。叶小天赶到三娘子所住的大宅门口，香味愈加浓烈了，有四个高大魁梧的蒙古汉子正站在大门两侧。

叶小天知道找对了地方，立即快步上前，那四个大汉立即往门前一横，抱着双臂冷冷地看着他，也不开口。

叶小天站住，拱手道："不知三娘子可是正在宴请一位夏莹莹夏姑娘？"

一个大汉翻了他一眼，冷冷地道："关你什么事？"

叶小天道："实不相瞒，夏姑娘与在下乃是……乃是……"

四双牛眼瞪着叶小天，叶小天把心一横，大声道："乃是在下的媳妇，如果夏姑娘在你们这里，还请通禀一声，我要见她！"

"哦……"

四个大汉一脸"原来如此"的表情，其中一人和缓了些，对叶小天道："请稍等，我这就去禀报可敦！"

三娘子和莹莹真的在烧烤，本来三娘子是想依照中原习俗请她娘俩在厅中饮宴的，但莹莹对院中的烧烤很感兴趣。三娘子本来也喜欢亲自动手烧烤，只是囿于中原士绅有"君子远庖厨"的传统，所以才入乡随俗。如今见莹莹有这个兴趣，干脆就移出大厅，赶开厨子，她们自己动手烧烤了。

莹莹正抓着一把肉串，按照三娘子的指点兴致勃勃地烤着，眼看那肉串泛起诱人的颜色，正想递一串给母亲尝尝。一个蒙古大汉快步走过来，先对三娘子施了一礼，随即便对莹莹粗声大气地道："夏姑娘，你男人来找你！"

"啊？"

夏莹莹惊得下巴差点掉下来："我男人？"

夏夫人立即警惕地看向女儿，又惊又怒："莹莹，你在京里……结识了男人？"

夏莹莹急忙辩解："我没有啊！"

三娘子皱了皱眉头道："那人叫什么，怎么自称是我小妹的男人？"

那大汉呆了呆，他还真没问过叶小天的名姓，叶小天说是夏莹莹的男人，他就麻溜儿地进来禀报了。夏莹莹怒气冲冲地站了起来："我去看看！"

夏莹莹抓着一把香气四溢的肉串直奔院门口，三娘子和夏夫人互相看看，忙也拔足追了上去。

"是谁说是我男人？"夏莹莹站在门口，用一把肉串怒气冲冲地向前一指："你，你，还是你？"

门口站着叶小天的四个侍卫，夏莹莹一个也不认识。居然有人冒充她男人，她当然恼火，想也不想便指问起来。

叶小天正在门侧与一个吏目说话，那馆驿的吏目见叶小天领着四个侍卫站在门前与蒙古勇士对峙，认得他们是来自贵阳的土官，还以为双方发生了争执，这要打起来可是大事件，是以急忙上前询问。

叶小天正跟他解释着，忽听莹莹的声音响起，急忙赶回门口，就见莹莹一手叉腰，杏眼圆睁，满把的肉串儿向前指着，那樱桃小嘴儿上油亮油亮的，颊上也沾着点油腻。

"啊！"

陡然看见叶小天，莹莹的一脸怒色登时不见。她惊讶地张大小嘴，一脸的不敢置信。叶小天微笑着走上去，柔声道："莹莹，你还好吗？"

"你……你……"莹莹结结巴巴地说了两句，把手伸了过来，呆呆地道："吃肉串吗？"

· ※ · ※ · ※ ·

"你怎么去了一宿，直到早朝才回来？嗯？你说！"万历皇帝看着徐伯夷大发雷霆！

徐伯夷紧张到失禁，加之身上带着的荷包散发着难闻的气味。

万历皇帝屏住呼吸，厌恶地退了几步，这才继续咆哮道："这点事儿都办不好，真是一个废物！"

徐伯夷眼见下摆都湿了，扑通一下就跪在了殿上，一则求饶，二则藏羞："皇上！皇上啊，不是奴婢太无能，实在是这宫禁寸步难行啊……"

徐伯夷一把鼻涕一把泪地述说着他这一宿的辛苦，万历皇帝哪有闲心听他诉苦，怒气冲冲地摆了摆手，斥骂道："一百斤面蒸块糕点，废物点心！你去，请五皇叔来！"

万历说的这位皇叔叫朱行书，在宗室中论辈分是万历的叔父，论年纪和万历相仿。万历小时候，朱行书曾经陪太子读过书，所以两人感情很好。

不过这位五皇叔既不是亲王也不是郡王，皇子除太子外一律称亲王，亲王之子除长子袭爵，其余王子一律称郡王，郡王之子除长子袭爵，其余王子一律称镇国将军。这个朱行书就是镇国将军。

明朝的宗室既不同于汉、晋，也不同于唐、宋。汉、晋宗藩裂土临民，如同独立国家。唐、宋宗室不胙茅土，其贤能者皆策名仕籍，自致功业，国家也会委以重任。

但明代宗室分封而不赐土，列爵而不临民，食禄而不治事，且不可参合四民之业（士农工商）。永乐削藩后，宗室力量极弱。

永乐这么做，是吸取历史上各个朝代的教训，防止宗室夺权。传统政权的四大支柱——官僚、宗室、外戚、宦官中，宗室、外戚、宦官这三条腿全被拆了，官僚集团就一家独大了。

甭管官僚集团怎么美化自己，其一家独大的危害，甚至犹在宗室、外戚和宦官集团之上，因为他们是直接治理国家、把持政务的一群人。

嘉靖帝在的时候曾经想曲线救国，让宗室入驻南京，逐步再往北京转移，加强宗室的影响力，从而制衡日益嚣张的官僚集团。

可官僚集团中能人太多，皇上的心思被他们一眼看破，于是他们行使"一票否决权"，否决了皇帝想剥夺他们"一票否决权"的主意，搞得大明的皇帝们大多数都和大臣既相互依存又势同水火，实在忍无可忍的时候就放几个太监出来咬咬他们出口恶气。

朱行书因为连郡王都不是，爵位太低，再加上是皇上的玩伴，所以没有被赶出京城。

朱行书正在家里做一头快乐的小猪：吃饱了睡，睡饱了吃，实在闲极无聊就听听戏，反正国政大事一概与他无关，根本掺和不了。不想皇上突然派了一个太监来。

朱行书纳闷不已，连忙撤了戏班子，叫人把那太监叫来。徐伯夷见了朱行书，传皇上口谕叫他觐见，朱行书不敢怠慢，连忙随徐伯夷进宫，边走边向徐伯夷询问皇上召见的事由。

万历派徐伯夷去召他进宫，目的就是让他先行了解一下情况，省得自己再费唇舌。另外，皇上是有自尊心的，有些话还真不好直说，朱行书可不是身边的奴才，还是让徐伯夷替他开口才好。

朱行书听徐伯夷讲述了一番，心中就有了谱：原来皇上是要自己去做媒人。

朱行书心中大定，其实皇帝每次禁民间嫁娶，开始选妃的时候，民间百姓都是风闻其事后抢先开始嫁女的，因为入选宫廷后成为皇帝宠妃的机会实在太渺茫，困在宫里孤老一生、与亲人一生不得团聚的概率超过九成九。

但皇帝分明是爱煞了那位莹莹姑娘，徐伯夷又暗示只要她肯进宫，皇帝立刻就可以封她为皇贵妃。面对这样的条件，还不肯进宫的女人就绝无仅有了，这趟差使容易得很。

对他来说，坏处也不是没有，百官听闻此事后一定会竭力反对，一旦生米煮成熟饭，百官阻挠不得，恐怕会迁怒于他，不过有什么关系呢？他是宗室，依附于皇帝而生存，只要取悦了天子，到时就算被赶到地方，也可以做一头比在京里更加自由快活的小猪。

朱行书见到天子，万历皇帝面对这位从小的玩伴，竟然有些腼腆，半晌才道："皇叔，朕贵为天子，一朝至尊，然生平快活事，实在屈指可数。

"这位莹莹姑娘，朕对她一见钟情，从此朝思暮想、魂牵梦萦，再不能放下！如今请皇叔代朕求亲，若能说服莹莹姑娘与朕长相厮守，朕今生便了却一桩憾事了。"

万历皇帝说着，眼睛便湿润起来，朱行书也动了感情，皇上真是……不容易啊！有些时候处境比他这头快乐的小猪还惨。朱行书慨然道："陛下放心，臣此去，一定不负圣望，说服夏姑娘入宫！"

第十四章

皇媒人（中）

一

"他就是你选的男人？很好！"

三娘子大大咧咧地坐在烤炉旁边，很豪爽地对夏莹莹说。

夏莹莹听了三娘子这话不禁羞云上脸，美得仿佛一朵盛开的桃花，她心里很欢喜，她喜欢这个称呼："我的男人！"听在心里就有一种甜丝丝的感觉。

叶小天是官员，但是没有一点为官者的做派。他出身天牢狱卒，能说善道，又没有官宦的酸腐习气，所以很对三娘子的胃口，三娘子自然越看越满意。

夏夫人对他们这么直白的谈话有些不太习惯，不过叶小天现在已经是一方土司，身份地位已经配得上莹莹，而且他已经整顿了蛊教内部，虽说他还没有彻底废除旧约，但这主要是不想过度刺激那些长老，随着他在蛊教的地位和名望进一步巩固，废除旧约是早晚的事，夏夫人自然不会再反对，也就默许了这种称谓。

三娘子笑眯眯地道："老弟既然是贵州一方土司，自然也有自己的属地需要治理，此番却是因何进京？"

叶小天正要把此事说给夏夫人和莹莹知道，只是一直没有合适的机会，这时听三娘子谈起，他不禁长叹一声道："哎！此事说来话长……"

叶小天把他对林侍郎说过的瞎话儿对三娘子说了一遍，其实叶小天说的事情倒是不假，只是他把事由给改了。

铜仁张家为什么要对付他？因为在他的帮助下，铜仁于氏已经凌驾于张家之上，张家要想重新抢回铜仁第一土司的地位，首先得把叶小天干掉，否则绝无机会。

展家、曹家和石阡杨家为什么要对付他？如果他率领蛊教教众出山后不向石阡府扩展地盘，这几家土司才懒得对付他，只因他挤压了石阡几家土司的生存空间，双方这才有了冲突，所以这三家才视他为敌。

但是在叶小天口中，他自然成了绝对正义的一方，听得夏莹莹义愤填膺："哼！

他们都不是好人！小天哥与人为善，最好说话的了，他们都容不下！"

草原部落间何尝不是互相倾轧，就算是三娘子所统治的部落内部也同样是争权夺利，三娘子的亲生儿子现在和部落中的几个重要首领乃至三娘子现在的丈夫也是明争暗斗，三娘子感同身受。

听了叶小天的话，三娘子不禁赞许地道："不错！面对他人的紧逼，绝不能退缩，你让一步，他就敢进十步，最终叫你走投无路！必须以血还血，以牙还牙，打怕了他们，他们才服你！"

莹莹趁机撒娇道："好姐姐，皇上对你这么礼遇，一定会比较听你的话。现在小天哥要被皇上问罪了呢，姐姐你可要帮他说说话才好。"

三娘子笑道："你这丫头，倒真是向着你男人呢！"

三娘子瞟了叶小天一眼，似笑非笑地道："老弟在贵州的所作所为，只怕皇上未必不喜欢呢。哪里轮得到我出面帮他说情。"

三娘子沉吟了一下，道："再说，姐姐虽一向自诩大明之臣，但是对朝廷来说，终究有内外之分。这些事，姐姐不宜插手的！"

叶小天听到这里，不禁心中暗赞，不愧是草原之王，草原上的男女或者性情粗犷一些，但身居上位者却从来不乏智慧，三娘子能看出他在贵州的胡闹其实正合天子心意，这就是智慧。她清楚这种事她绝不应该插手，这就是分寸，这个女人是有大智慧的，心思绝不像她的外表一样粗犷。

莹莹噘起了小嘴儿，还想再缠三娘子一番，叶小天笑道："莹莹，不要纠缠三姐了。三姐说得对，我这回进京有惊无险，绝无大碍的。而且，以三姐的身份，也的确不宜替我出头。"

莹莹对叶小天是绝对信任的，叶小天既然说得这么认真，莹莹自然相信，这事也就不提了。叶小天道："我此次进京，不会在这里耽搁太久，你们应该就要回贵阳了吧？不如多停留些时日，到时咱们一起上路。"

叶小天想着田妙雯的事还没跟莹莹说，这事必须得补救一下，再者他和莹莹聚少离多，一同返回贵阳的话，那就至少有个把月的时间可以在一起了。

莹莹一听好不欢喜，道："好啊！好啊！娘……"

夏夫人现在恨不得女儿马上插翅飞走，只是有些事不好当着三娘子的面说，只好微微一笑，佯嗔道："你这丫头，叫什么叫？娘叫你现在走，你舍得？"

夏莹莹吐了吐舌头，递过一串烤好的肉串，甜甜地道："娘，你吃肉串，香着呢。"

夏夫人嗔怪地瞪了她一眼，还是接过了肉串。

镇国将军朱行书依照徐伯夷所说的地址赶到夏莹莹的住处时，莹莹、夏夫人和叶小天刚刚在厅中落座。

朱行书抬眼看了看门楣，见上面写的并非夏府，便微微一笑，知道这是夏家租住的宅子，而非他们在京中置办的产业。

朱行书来之前，徐伯夷向他委婉地示意过：夏姑娘对做皇妃似乎并没有什么兴趣，此行未必顺利，叫他有所准备。

但朱行书对此并不以为然，一个贵阳土司罢了，那些井底之蛙，传承再久也是一群没见过世面的土豹子。一个皇贵妃的赐号，还不晃瞎了他们的眼！

再者说，那些土司人家也都很讲究门当户对的，联姻结亲莫不考虑家族利益，如今有机会与皇室联姻，成为皇上的老丈人，红枫湖畔的那个"老渔夫"会不乐意？

朱行书撇了撇嘴，抚了抚他有点早秃的头顶，示意随从上前敲门。

叶小天在馆驿里没有机会向莹莹说出田妙雯之事，在送她母女回来的路上更是没机会开口，如今虽然到了莹莹的住处，可是叶小天又不好太黏着莹莹。

一旦惹得岳母大人生厌，那可得不偿失。叶小天正想着告辞，与莹莹约好明日相见的时间地点，到时再对她诉说苦衷，夏府家人急匆匆走进来，对夏夫人禀报道："夫人，有位镇国大将军求见！"

夏夫人心里咯噔一下，她在这儿住了很久了，除了与礼部有所联系，何曾有过朝廷的人登门？如果是平时来了一位什么将军，她或许会感到莫名其妙，但是在今晨刚刚得知皇帝看中了自己的女儿，如何还不知道他所为何来。

夏夫人心头一紧，急忙问道："他带来了多少人？可是围了咱们的宅子？"

叶小天奇怪地看了夏夫人一眼，心想："我这岳母大人怎么神经兮兮的，好端端的谁会带兵来围你的宅子？"

那家人道："没有，那位大将军穿着便袍，只带了两个随从，并无他人。"

夏夫人听了心头略安，夏莹莹好奇地对叶小天道："小天哥，镇国大将军，这名头听起来好不威风，是很大的官儿吗？"

叶小天忍不住笑道："这名头听起来是挺唬人的，其实什么官儿都不是。这是专门用来封赐皇族中人的一种封号，唯一的作用就是每月照数去领俸禄。"

能被封为镇国将军的宗室必须得是郡王的儿子，那是距皇帝血缘相当近的皇族了，每年的俸禄为一千石，比一品大员略低。

不过……也仅止于此罢了，士农工商他们一概不许碰，碰了就会被御史言官咬住不放。政治上没有权力，也不能经商务农，只能做米虫，这也就难怪叶小天一副轻蔑的口吻了。

"皇族中人？"夏夫人听到这里，更加确定来人的目的了，她对家人沉声吩咐道："请那位镇国将军进来！"

趁家人去迎朱行书的机会，夏夫人把莹莹的遭遇飞快地对叶小天说了一遍，叶小天的天登时就黑了。任谁知道自己的女人险些被人算计，脸色都不会好看，尤其是知道危险还没有解除。

朱行书走进大厅，脸色微显不愉："这些乡下土豹子，架子还不小，我堂堂宗室、郡王之后，居然也不出迎！"

不过想到夏莹莹很快就要成为皇贵妃，朱行书也就释然了。等莹莹成了皇贵妃，他反要向夏莹莹行礼了，现在又何必强求那些。

朱行书走到客厅，就见厅中站着一位三旬左右的妇人，雍容大方，举止间自有一种华贵之气。在她侧后方站着一位年轻的姑娘，与那妇人有四五分相仿。

朱行书只看了一眼，便眼前一亮，说实话，他看过的美女比皇上看过的还多。就不提他在青楼妓馆所见的南北佳丽、东西尤物了，就是他纳的两个妾，放到宫里都是一等一的美人。

宫里选择女子的标准实在是太苛刻了，一群久困宫中的变态女官和一群身体残缺不全的太监拿着尺子、簿子，从肤色、毛发、谈吐等各个方面进行筛选，哪还挑得出几个美人。

通常因为被皇上宠幸而广为人知的宠妃，其实远不如民间百姓想象的那般美艳，只是她们的身份地位，再加上不易被宫外的人看见，所以被百姓们的想象力无限美化了而已。

但是以朱行书的眼光，也不得不承认，这位姑娘灵气迫人，姿容绝美，是他生平仅见："难怪皇上一见钟情，就算宫中充满绝色佳人，此女在其中也算是翘楚了。"

朱行书暗自赞叹一声，目光这才扫了下叶小天："不错！儿子也是这般俊俏，这一家人姿容都不俗啊！"

第十五章

皇媒人（下）

一

夏夫人请朱行书入座，侍婢奉了茶上来，夏夫人忐忑地问道："妾身与将军素不相识，不知将军今日登门，所为何来？"

朱行书哈哈一笑，道："以前素不相识，今后却可以熟悉得很哪！哈哈哈，夏夫人，朱某今日来此，是特意向你道喜来的。"

夏夫人心头微微一紧，道："却不知喜从何来？"

朱行书大笑道："当今天子看上了令爱，朝思暮想，魂牵梦萦啊！所以委托朱某上门提亲！夏夫人，天子乃九五至尊，令爱能蒙天子爱慕，这可不是大喜吗？"

"我不嫁他！天子很了不起吗？唔……天子是很了不起，可那关我什么事？我只想嫁我喜欢的人，我才不要嫁给皇帝，我不喜欢他！"

夏夫人还没说话，夏莹莹先跳了起来，怒气冲冲地抢白起来，她偷偷瞧了一眼叶小天，见他黑着一张面孔，生怕他生出误会，所以赶紧表白。

朱行书脸色一沉，但他意识到这是皇帝极宠爱的女人，这才压住怒气，强自挤出一副笑容道："夏姑娘，我在跟令堂说话，姑娘不该胡乱插嘴……"

夏莹莹怒道："这是我的终身大事！"

朱行书道："正因事关姑娘你的终身大事，所以姑娘你才不该插嘴！"

朱行书说到这里，淡淡一笑，道："姑娘率直天真，本也没有什么，可是一旦进了宫，可就规矩森严了。就算有陛下宠着，该守的规矩也不能乱了。所以呀，还是现在就开始注意为好。"

"妾身有六个儿子，就这一个女儿，的确把她宠坏了。"

夏夫人微笑道："可是妾身习惯了，要是换个循规蹈矩的莹莹，妾身还不喜欢了呢。我们夏家跟别人家不同，既然事关小女的终身大事，小女喜不喜欢，那就最重要了！"

朱行书的脸色终于沉下来："那么，关于皇上要纳令爱为皇贵妃的事，夏夫人是否同意呢？"

夏莹莹怒道："我不喜欢他！"

夏夫人道："小女不喜欢，妾身也没办法。陛下的好意，夏家心领了，这门皇亲，夏家可攀不上。"

朱行书还特意把"皇贵妃"三个字说得特别重，本以为夏家上下会受宠若惊，没想到人家根本没放在心上。朱行书不敢置信地强调道："夏夫人，令爱入宫，可不是从一介小小宫娥做起，可以直接封妃的，皇贵妃啊，其尊贵仅次于皇后娘娘了。"

"就算是皇后，莹莹也没那个福气！"

叶小天是能让人家母女俩冲在他前头的男人吗？虽说他自幼生在京城，对于皇帝的敬畏要远远超过夏家母女，可那是正常状态下的叶小天，不是"狂化变身"后的叶小天。现在叶小天就已变身了，耳朵尖尖、下巴长长，化身成了一头驴子。

叶小天一步步走上前去，对朱行书拱了拱手道："因为，莹莹已经许配了人家，那个人就是我！据我所知，每逢宫中选嫔，民间就忙于嫁女，就因为一旦嫁了人，宫里就不能征召了。莹莹已经许配给了在下，就算是皇帝，也没有强抢民妇的道理吧？"

叶小天够阴险，人家还什么都没做，先给扣了一顶"强抢民妇"的大帽子。朱行书一开始以为他是莹莹的兄长，听到这里才知道他是皇帝的情敌。

朱行书突然感觉麻烦了，早知这个媒人当得这么为难，他绝不会高高兴兴领旨出宫。朱行书看了看叶小天，问道："你是何人？"

叶小天正色道："贵州卧牛长官司长官，叶小天！"

朱行书没听过他这么一号人物，就是长官这个官职，他都没听说过两回，朱行书脑子转悠了两圈，才意识到对方是一个土官。他马上抓住了可以攻讦的问题："你好大胆！既是一方土官，竟敢擅离封地私至京城？你可知道这是可以谋反罪论处的死罪！"

叶小天坦然道："朱将军怎知叶某是擅离职守，私至京城？叶某是受人弹劾，被贵州巡抚叶梦熊叶大人解赴京城问勘的。"

"原来是个待罪之官！"朱行书又发现了一个可资利用的地方，赶紧问道："你犯了什么罪，需要押赴京城，由天子问责？"

叶小天眉头一皱，道："我只知足下是镇国将军，还不晓得足下另有公职在身。请问足下是在都察院、大理寺还是刑部任职？不相干的衙门，可管不到叶某头上。"

朱行书微微一笑，颔首道："好一张利口，领教了！"

朱行书转向夏夫人，诚恳地道："夏夫人，令爱如果能成为皇贵妃，对夏家有多大的好处，就不用朱某多言了，相信夏夫人心里很明白。

"至于担心一入宫门深似海，会委屈了令爱，夫人也大可不必过于忧虑，因为除了皇后娘娘，还没有哪个女子需要皇帝郑重委托一位宗室前往求亲的，皇上对令爱的喜爱可见一斑。希望你能好好考虑一下，不必这么着急拒绝，朱某改日再来听信！"

朱行书说到这里，微笑着向夏夫人拱了拱手，后退三步，一转身，便拂袖而去！

"他还要改日再来听信，真是岂有此理！"夏莹莹气愤地说着，拉住叶小天的手，"小天哥，咱们赶紧回贵州吧。"

叶小天沉声道："你能走，我不能走！"

夏莹莹道："你不走，那我也不走。"

夏夫人道："傻女儿，小天有公职在身，又因犯了罪过，要受法司勘定罪责，所以不能离开，你留下做什么？济得了什么事，娘马上安排车马送你回贵州！"

叶小天道："伯母说得甚是，莹莹，你先回去！"

夏莹莹道："贵州还不一样是大明治下，不叫皇帝死心，我回去又怎么样？"

叶小天摇头道："不是这样子。皇帝虽然高高在上，可是很多事他都不能为所欲为。任免官员不能随心随意；娶后纳妃要受内廷的影响；就算他想出一趟宫门，都要方方面面的人点头。所以，只要你回了贵州，不在他的眼皮子底下，他再想打你的主意，就要困难百倍！"

夏莹莹不舍地道："可人家才看到你，就……"

叶小天打趣道："你要回去，才能与我常常相见。如果被皇帝关进宫里，咱们可就一辈子也见不到了。"

夏莹莹犹豫了一下，才不情不愿地点点头："那好吧，我听你的，我先走。不过，我可不要回红枫湖，我要在铜仁等你，等你回来！"

· ※ · ※ · ※ ·

要想让皇上得到夏姑娘，必须得解决叶小天！

这是朱行书走出夏府时的第一个念头。

女人爱起来是不讲道理的，这将成为把她献给皇帝的最大障碍。只要解决了叶小天，说不定夏姑娘伤心之下会自愿入宫，就算她不愿意，再摆平夏家也容易得多。

但要如何解决叶小天呢？

杀人？那不是皇亲宗室、官宦士绅的习惯思维。这么做的犯罪成本太高了。不要说在大臣们眼中勉强还算是"乖宝宝"的当今天子，就是前朝正德皇帝，喜欢了一个民妇刘良女，那也是费尽周折运作了一番的。怎么运作呢？方法如下：

首先，正德皇帝派大太监刘瑾找到刘良女的亲哥哥，高官厚禄一通许诺买通了他，因为刘良女的父亲已经过世，长兄如父，她大哥能做得了她的主。

然后，一心想做皇亲国戚的刘老大找到妹妹一番离间劝说，好在刘良女夫妻俩感情一般，再说那高高在上的皇帝才二十多岁，长得又帅，刘良女也动了心。

接着刘大哥找到妹夫，软硬兼施、威逼利诱，最后许了他极大的好处，光良田就有数百亩，金银财宝无数，这才说服他写下一纸休书。

刘良女才算是如愿以偿地跟了正德皇帝，她大哥因此做了高官。不过就因为她嫁过人，虽然享受了天子的宠幸，却自始至终也没个名分，不是正德皇帝不舍得给，是因为百官不愿意。

如今莹莹姑娘虽然尚未出嫁，却已许了人家，这就是一道迈不过去的坎。皇帝是一国的君主，买凶杀人铲平纳妃障碍的事是做不出来的，一旦泄密，代价太高。那该怎么办？当然是让叶小天主动休婚！

朱行书还不知道叶小天和夏莹莹根本没有立下婚书，叶小天都当着夏莹莹的面这么说了，而夏莹莹和她的母亲根本没有否认，在朱行书看来，叶小天所言当然都是真的。

叶小天是戴罪之身吗？

朱行书嘴角露出一丝诡笑："这件事似乎可以大做文章呢。"

但叶小天究竟犯了什么罪，有多严重的后果，能否以此胁迫他让步，朱行书并无把握。他需要先了解叶小天的底细，但他是皇亲，是不可能到三法司去打听的。

流官和土官是对立阵营，但是和宗室比起来，流官和土官那又是一家人了。他又不能就此回复皇帝，那可如何是好？

要打听此事，必须找一个和文官系统完全不沾边的人，这个人还得知道叶小天的底细，又或者有本事打听到他的事情，于是朱皇叔找到了锦衣卫指挥使宇无过……

第十六章

腹黑人主

一

"朱将军打听卧牛司长官的事情做什么？"

宇无过看着朱行书，神色有些狐疑。

文官们素来以皇帝的监护人自居，一看到宗室和太监，就仿佛看到了奸臣。武将们的态度就好得多，因为他们也受文官歧视，不免有些同病相怜。

宇无过身为锦衣卫指挥使，是直属于皇帝的特务头子，立场就更加不同了。所以对朱行书倒并不排斥。但也仅止于此，对这位宗室，他也谈不上恭敬。

大明的宗室早已不再风光，不管文武，其实都不大买他们的账。打个比方，一个六品御史巡访地方，又或者某位三品大员请了大假回乡省亲，路经某位王爷的属地，这位王爷得着信儿，就得夹起尾巴做人啦。

一旦这位回乡省亲的侍郎看他哪儿不顺眼，一本奏到皇上那儿，他就要倒霉。如果是穷横穷横的御史，没准还把他的管家、随从直接抓起来法办，丢尽他的脸面。

包括藩王所在地的知府、巡抚等地方官，都是对藩王负有监管之责的，一般情况下他们同样不敢得罪。

藩王尚且如此，就更不要说朱行书了，在宇无过这个大特务头子面前，朱皇叔毫无存在感。宇无过也只是看在他曾陪太子读书的分上，才对他客气几分。

朱行书也知道自己分量不够，欠身笑道："宇大人是皇上的股肱之臣、心腹机要，所以朱某也不瞒你。朱某要查此人，与皇上大有干系！"

朱行书想让这位大特务头子替他做事只能搬出皇帝来。朱行书把皇帝爱慕夏莹莹姑娘，委托他上门求亲，不料夏姑娘已经有了心上人的事对宇无过说了一遍。

朱行书说罢，苦笑道："宇大人，你也知道，朱某幼时曾伴驾读书，对陛下的性情是很了解的。朱某还从未见皇上对一个女子如此用心，可见皇上用情之深。

"咱们做臣子的理应为皇上分忧啊，所以若能玉成其事自然最好。只是夏姑娘已经有了婚约，这却是个麻烦，总要那叶小天主动解除婚约，才皆大欢喜呀……"

宇无过恍然大悟，道："将军是想利用他的戴罪之身做文章？"

朱行书笑道："宇大人明鉴！"

宇无过眉头跳了跳，前两日与几位大人密会时，还曾特意讨论过这个叶小天的事，本以为他此番入京会太太平平，没想到这就起了波澜，此人还真是不叫人省心。

朱行书见他面露不悦之色，便问道："宇大人，此事皇上十分在意。这个忙，您得帮啊！"

"啊？哦！"

宇无过醒过神来，微微一笑，道："将军放心，不就是打听打听他究竟犯了何事要拿至京城问罪吗？小事一桩，请将军安心回府听信，宇某这就派人去打探！"

宇无过说着便端起了茶杯，轻轻地拨了拨茶叶。朱行书连忙起身长揖道："如此就劳烦宇大人了，大人公务繁忙，朱某就不多打扰了，告辞、告辞！"

朱行书兴冲冲地告辞离去，他这边刚一走，宇无过就叫人给他更衣备车，一炷香的时间后，换了便袍的宇无过也匆匆地出了门，直奔兵部。

· ※ · ※ · ※ ·

"陛下想纳一位土司之女为妃，而且直接就想许她一个皇贵妃的封号？"

兵部尚书乔翰文怒目圆睁，头顶仿佛有一道金光闪闪的招牌，上书五个大字："皇帝监护人。"

乔尚书严肃地道："皇帝居于深宫之中，他是如何知道红枫湖夏氏家中有一美貌妙龄少女的？"

宇无过道："因为皇上加恩于夏氏土司，但是去年夏土司才刚刚受过嘉奖，不宜频繁封赏，所以便授其夫人为三品诰命。夏夫人进京谢恩，女儿随行，被皇帝看到了，看中了！"

"其中有诈！"

乔尚书就像一个含辛茹苦独力把儿子抚养成人的单身母亲，忽然听说有个小狐狸精要把她的宝贝儿子勾搭了去，恶狠狠地道："这夏土司居心不良，他想利用女儿的姿色诱引天子，所以刻意安排……"

宇无过无奈地苦笑道："乔老大人，只怕你是多虑了。陛下看中了夏姑娘，委托五皇叔登门求亲，直接许以皇贵妃封号，但……被夏夫人和夏莹莹姑娘异口同声地拒绝了。"

"欲擒故纵！这是欲擒故纵！"乔尚书的警觉心空前高涨，"夏土司所图非小啊，此女一旦入宫，恐成妹喜、褒姒之流，祸国殃民，后果不堪设想！"

宇无过无力地抚了抚额："乔老爷，你真的想多了，这夏姑娘之所以不愿入宫，是因为她已经有了心上人，她的母亲又过于宠爱女儿，宁愿放弃成为皇亲的机会。"

乔尚书呆了一呆，道："是这样吗？唔……嗯……"

乔尚书的斗志渐消，懒洋洋地坐回椅中："既然这样，还有什么问题？你急急跑来，就为此事？"

宇无过捧起茶杯，呷了一口茶道："问题是皇上不死心啊！乔大人，你猜，夏姑娘喜欢的那个男人是谁？"

乔尚书看了看宇无过，宇无过一脸诡笑，乔尚书心中灵光一闪，突然恍然大悟道："啊！竟然是你？"

宇无过一口茶喷了出去，哭笑不得地道："大人呀，你可真是……下官真是败给你了。"

乔尚书不悦地道："究竟是谁？何必卖这许多关子。快快讲来！"

"叶、小、天！"

乔尚书呆了一呆才想起来他说的是谁，缓缓地道："叶小天？不错，他也是土官，与夏家可谓门当户对。唔……你刚才说什么，陛下还不死心？"

宇无过点点头道："不错！而叶小天恰巧又被拿回京师待罪，所以五皇叔想利用这件事做文章，逼叶小天主动解除婚约！"

"岂有此理！皇家体面，全让他丢光了！"

乔尚书再度拍案而起："夏氏女乃土司之女，而土司无异于一方诸侯，纳其女为妃，此乃大忌！何况人家早有婚约在身，巧取豪夺，岂是人主所为？老夫马上会齐一班老友，上书谏阻天子！"

· ※ · ※ · ※ ·

万历皇帝此时正在参加经筵，经筵就是召集博学的大臣，为帝王讲论学问而设的御前讲席。同太傅给太子或皇帝上课不同，皇帝在这个过程中既可以听也可以问，还可以发表自己的看法，有点研讨会的意思。

今日的经筵由首辅申时行主持，讲的是唐朝谏臣魏征。万历皇帝已经长大成人，自有他的一套人生观、价值观，听那御史台都察御史顾倾城口若悬河地讲了一番魏征的功绩，把他捧得天上少有世间无，万历皇帝微微一笑，颇有些不以为然。

待都察御史讲罢，万历皇帝轻笑转首，向首辅申时行问道："阁老认为魏征此人如何？"

申时行和言官们的关系很不好，非常不好。本来继任首辅后，是申时行打破了一言堂的局面，言官们不再只是个摆设，双方的关系应该相当不错才对。

但言官们重新掌握了话语权后，第一件事就是向张居正反攻倒算，而申时行虽然和张居正有些地方政见不同，但总的来说还是同一阵营，而且是张居正的心腹。

言官们要攻讦张居正，许多事都绕不开他，于是有意无意地就连他也捎带着抨击了。申时行放出一群白眼狼来，他能忍得下这口气吗？所以首辅与台阁的关系从两年前就开始急剧恶化，申时行忍无可忍主动跳出来应战后，双方更是发展到了势同水火的地步。

顾倾城正是言官们的领袖，所以对于今日做这主持，申时行不情不愿。他正懒洋洋地在一旁"打酱油"，忽听皇上向他咨询，不禁微微一怔。

他瞟了顾倾城一眼，虽然心中极不愿为他们这些做言官的辩解，可是对早已盖棺论定的魏征，却也不好说出其他看法来，便道："魏征耿忠强谏，乃是一位贤臣！"

顾倾城微微一笑，捋着胡须，面露得意之色，能从政治对手口中听到赞美他这一派系的代表，无疑是一件乐事。

万历淡淡一笑，道："魏征最初侍奉李密，之后再侍李建成，再后侍奉唐太宗，忘君事仇，算什么贤者？"

顾倾城的脸色变得很难看，魏征是他们言官标杆性的人物，不仅是榜样，而且有实际用处，他们要做魏征，就可以理直气壮地要求皇帝做唐太宗，当然，是做那个"虚心纳谏"的唐太宗，只要"虚心纳他们的谏"就好。现在皇帝贬斥魏征，这是什么意思？

顾倾城立即上前道："陛下，魏征为官，上不负时主，下不阿权贵，中不侈亲戚，外不为朋党，不以逢时改节，不以图为卖忠，乃人臣典范！"

万历皇帝笑道："先后侍奉三主，这叫不以逢时改节吗？他是一个干吏不假，但为官者，首重节义，此人称不得名臣。"

顾倾城还待据理力争，万历已然起身，淡淡地道："从今日起，经筵不讲《贞观政要》了，只读《礼记》便可。"

申时行大感快意，立即上前一步，躬身道："遵旨！"

申时行是首辅，又是今日的经筵主持，他这么表态，此事就等于通过了。

望着皇帝离去的背影，老谋深算的申时行急急思索着："皇上此举究系何意，莫非是打算清理言官系统了吗？如果皇上有意打压谏官们的气焰，倒是我的一个大好机会，正可趁此机会出手，教训他们一番。"

顾倾城也隐隐感到有些不对劲，皇帝只是单纯地对魏征不满意，还是别有所指？皇帝就这么不咸不淡地评价了一句，随后取消了《贞观政要》的宣讲，他实在猜不透。

走向后宫的万历皇帝，眸中露出一丝隐隐的笑意。张居正死后，言官势力重新崛起，指责张居正遏阻言路、跋扈专横，这对清洗张派势力是有作用的，所以万历纵容了他们。

但是现在张派势力已经清洗得差不多了，言官们重又把矛头对准了皇帝，这令年轻的万历天子开始感觉到不舒服了。大明的言官，上至国家大事，下至后宫琐事，只要看不惯，就可以骂！

美其名曰，叫进谏，实际上在奏章上什么过分的话都可以讲，完全就是在骂皇帝。

今天这场经筵，主持官是他点的，宣讲的题目也是他定的，为的就是这一刻，借此激化内阁与台谏之间的矛盾，作为最终的裁决人，他可以进退自如。

只是，腹黑的万历无论如何也没有想到，他只是想娶个漂亮媳妇而已，却又捅了文官们的马蜂窝。

第十七章

飞鸟未尽，良弓臧否？

一

兵部尚书乔翰文找到通政司右通政党腾辉，把宇无过告诉他的事情又对党腾辉说了一遍，愤愤然道："皇帝乃人主，天下至尊，所有臣民之君父。身为君父者，岂有强抢民妇的道理，我等应该马上上书劝谏！"

党腾辉负着双手在房中踱了两圈，向乔翰文微微一笑，道："今日经筵时，发生了一件事情。乔大人还不知道吧？"

乔翰文疑惑地道："什么事情？"

党腾辉把万历皇帝对魏征和唐太宗的评价对乔翰文学说了一遍，笑吟吟地问道："大人以为，皇上仅仅是对唐太宗和魏征的品行、作为不满，还是别有目的？"

能做到尚书级别的官员没有一个白痴，乔翰文本来是想联络人上书劝诫天子，党腾辉却突然提起这件看似不相干的事，那就证明两者间必有联系。

乔翰文想了一想，恍然道："你是说，皇上嫌弃言官们聒噪，有意整顿御史台，而御史们若想自保，退缩忍让绝不可行，唯一的办法就是大锉皇帝的锐气，是吗？"

党腾辉微笑道："不错！这样一来，他们就需要一件可以斗得皇上灰头土脸的利器，叶小天这件事如果利用好了，无疑就是一件最有用的利器。"

"嗯……"

乔翰文捋着胡须斟酌起来。

党腾辉继续道："把叶小天的事告诉那些唯恐天下不乱的御史们，叶小天就会成用御史们对付皇上的那口刀了！"

乔翰文微微扬起眼皮，悠然道："而那些御史们，也就因此成了我们手中的那口刀！"

党腾辉微笑道："皇上太年轻了，有些锐气是好的，但做事不知轻重，鲁莽冲动，不知礼遇大臣，那就不好了。皇上锋芒毕露，少年得志而不知收敛，难免飞扬跋扈，此非天下之福！利用这件事给皇帝那发热的脑袋上浇一瓢冷水，不是坏事！"

乔翰文深深地点了点头："党大人所言有理！"

党腾辉道："皇帝现在还没有出手，若是有点风吹草动，皇帝及时收手，那就起不到劝诫教训的作用了。所以，我们现在应该按兵不动！"

乔翰文道："等？"

党腾辉道："等皇帝出手！"

乔翰文道："等皇帝犯错！"

党腾辉道："那时御史们才应该知道此事。"

两人相视而笑。

·※·※·※·

宇无过把消息告诉了乔尚书便回了锦衣卫衙门，他本以为接下来不会再有他什么事了，谁料当天下午乔尚书就派了心腹给他捎来一个口信，让宇无过听后怔了半晌。

乔尚书的态度竟然发生了一百八十度的大转变，乔翰文告诉他：马上把叶小天的底细向朱行书和盘托出，不必有任何隐瞒与庇护，必要的时候，他还可以帮朱行书出出主意，促成皇室对叶小天的刁难与迫害。

宇无过是大特务头子，栽赃陷害、引君入瓮的手段很明白，他又是通晓整个事件原委的人，是以简单一想，就明白了乔尚书的用意。

宇无过不禁摇了摇头，轻声道："螳螂扑蝉，黄雀在后啊！"

不过，宇无过同乔尚书一样，都是忠臣，忠臣的思维就是：我认为你不对的，那就是你不对！我所做的一切，都是为了你好！我骂你那是苦口良药，我坑你也是用心良苦……

所以，万历皇帝惨了。

宇无过立即按照乔尚书的授意，登门向朱行书讲述他"探听"来的消息。朱行书闻言大喜，他本来还担心叶小天的罪名不够重，不足以作为威胁，却不想他竟然身负命案！

叶小天杀了人，而且一连杀了四个土司，这罪行怎么判定，全在皇帝一念之间，毕竟保叶小天的人有，想他死的也大有人在，这种情况下，皇帝倾向于哪一方，就有重大影响了。

叶小天的身家性命、叶氏家族的万世传承，全都是可资利用的筹码，怕他叶小天不肯就范？朱行书仰天大笑三声，郑重谢过了宇无过，立即回宫复命去也。

"你说夏姑娘她……她不肯从了朕？"

万历皇帝眼圈一红,眼泪差点掉下来。智商超高、情商低下的万历皇帝在他擅长的领域里呼风唤雨、无所不能,而在生活情感领域里,他就像一个没长大的孩子。

朱行书道:"夏姑娘也不是不肯,臣奉旨前往夏府提亲时,夏姑娘和夏夫人听说皇上愿意纳夏姑娘为妃,并立即册封为皇贵妃,那是又惊又喜的。

"只是……夏姑娘已经定了亲,当时正是她的未婚夫从中作梗。夏姑娘一个女儿家,又和人家已经有了婚约,哪好意思再说什么,只能违心拒绝了。"

万历的心就像坐过山车似的,忽悠一下从谷底跃上了巅峰,轰隆一声又从巅峰跌入了谷底,听到夏姑娘又惊又喜时,万历也是又惊又喜,再听说她已有了未婚夫,万历又开始绝望了。

"啊!她……她已经定了亲吗?"万历一屁股跌回御椅上,像霜打的茄子,整个人都蔫了。

朱行书偷偷瞟了皇帝一眼,心中暗自得意。他是故意说一句藏半句的,不经历绝望,怎么能有柳暗花明的惊喜,怎么记得他五皇叔的不世之功?

见皇帝垂头丧气,朱行书不禁微微一笑,又道:"陛下不必失望,夏姑娘虽然定了亲,可她那夫家如果愿意退亲,这个难题不就迎刃而解了吗?"

万历又惊又喜,急忙抬起头道:"莹莹姑娘的夫家是谁,他愿意退亲?"

朱行书道:"皇上,臣去提亲的时候,她那夫家就在当场,臣当时以为他是夏姑娘的兄弟,是以也未在意,臣说罢来意,正是他立即代表夏姑娘拒绝了皇上的美意。"

万历勃然大怒,这个天杀的朱行书,他是说书的投胎转世吗?这包袱抖的,那叫一个跌宕起伏、一波三折,真该拖出去砍了!

万历皇帝怒目圆睁,瞪着朱行书,沉声道:"皇叔这是在戏弄朕吗?"

"哎哟,不好,把皇帝惹火了!"

朱行书心里暗暗吐槽,皇帝怎么急眼了,起承转合、抑扬顿挫都不懂吗?无奈之下,只好全盘托出:"陛下息怒,臣的话还没说完呢。夏姑娘那夫家,确实是不肯退亲的,不过……臣打探了那人的底细,觉得此事还是大有可为的。"

万历瞪着他不说话,朱行书咽了口唾沫,继续说道:"皇上有所不知,那夏姑娘的未婚夫婿,乃是贵州卧牛长官司长官叶小天。"

万历皇帝皱了皱眉,隐约觉得这个名字有点耳熟。朱行书见皇帝略显困惑,忙解释道:"此人原本是个流官,因为教化有功,引导山中居民出山,受到陛下褒奖,被封为世袭土官,代陛下治其民、御基地,去年曾经入朝见驾过的。"

万历轻轻"啊"了一声,终于记了起来,脸色难看地道:"是他!"

朱行书道:"正是此人!此人在贵阳犯了人命大案,因为被杀者贵为土司,贵州巡抚叶梦熊不敢擅专,已将他解赴京城,要交由陛下您亲自裁断!陛下……"

朱行书上前一步，压低声音道："叶小天有罪无罪，是生是死，全在陛下一念之间，这……不就是陛下的大好机会吗？"

万历双眼一亮，道："叶小天犯了人命案子，已被解赴京城？"

朱行书道："不错，臣查过了，叶抚台的奏本已经转到通政司，大概这一两天就会转到御前。"

"嗯……"

万历负着手，在金殿上踱起了步子。叶小天犯下命案，这是公事，而要他退亲弃婚，这是私事，应不应该假公济私呢？自幼所受的教育，使万历有些犹豫，但是一想到莹莹的可爱……

万历下定了决心，猛然停下了脚步，吩咐御前太监道："三德子，你去通政司，查一查有没有贵州巡抚的奏本。若有，叫他们立即转呈司礼监，朕要马上看！"

三德子领旨，匆匆离去。万历对朱行书道："叶小天在贵州，究竟为何杀人，你可知道？"

朱行书赶紧道："臣已经打听明白了。"朱行书马上把他打听到的消息对万历皇帝学说了一遍，这时他就是如实描述了，没必要添油加醋。如果皇帝决心以此作为对付叶小天，皇帝自会明白该怎么做，他矫过饰非的话，反而容易影响皇帝的判断。

"原来如此！"

万历明白了，这件事他可操作的余地的确大得很，他若说叶小天有罪，那就是有罪，无论怎么算，叶小天都是大罪。但他要说叶小天无罪，那些习惯了跟他唱反调的大臣们大多也不会站出来反对，因为叶小天的所作所为，其实是符合朝廷利益的。既然如此，飞鸟未尽，叶小天这具良弓，究竟该不该藏起来呢？

万历又犹豫起来……

第十八章

自己找媒人

一

万历皇帝既然亲自过问,通政司自然不该怠慢,马上就把叶梦熊的奏章送到了司礼监。

万历拿到叶梦熊的奏章,仔细阅览了一番。叶梦熊把叶小天的所作所为以及他评估的将会产生的影响,都详细写在了奏章上,他建议皇帝对此事不妨高高举起轻轻放下,因为叶小天这个人对朝廷经略西南有不可替代的作用。

然而万历皇帝已经把叶小天视为他得到夏莹莹的最大障碍,如今既有机会治他的罪,又岂肯为他开脱?经略西南,万历当然在意,但他自负英明,相信少了一个叶小天,西南也依旧会是他的囊中之物,自然不想放过叶小天。

万历看罢叶梦熊的秘奏,只是淡淡一笑,吩咐三德子道:"明日早朝结束,把内阁及三法司留下。"

次日早朝已毕,三德子把内阁众阁老以及都察院、大理寺和刑部的官员都留了下来。万历面沉似水地吩咐道:"三德子,把叶巡抚的奏章念给众卿听听。"

三德子展开叶梦熊的奏章,声音朗朗地念起来,刚刚念完叶小天与张家、杨家、展家以及曹家结怨的经过,还没念到叶梦熊的分析与判断,万历皇帝便重重地一拍御案,沉声喝道:"胆大包天!众卿以为,叶小天该当何罪?"

大理寺卿王季一见皇帝龙颜大怒,马上答道:"臣以为,纵然是张、杨、曹、展四家挑衅在先,叶小天擅用私刑,亦属目无王法,理当惩戒。可依照旧例,降其官职,以儆效尤!"

万历皇帝重重地哼了一声,又转向刑部尚书叶鲁波,问道:"叶卿以为如何?"

叶鲁波一瞧皇上的脸色,就明白王季的回答皇帝并不满意,马上答道:"臣以为,当彻底免去他的世袭土官之位,罢黜为民!"

万历皇帝依旧不满意,他冷冷地扫了一眼顾倾城,问道:"顾卿以为如何?"

经筵一事后，顾倾城变得非常谨慎，斟酌后答道："臣以为，应罢黜其世袭土司之职，流放三千里，贬为戍边罪卒，赎其罪过。如此方可保全朝廷体面，安抚贵州众土司。"

万历皇帝轻轻叮了口气，扫了申时行等人一眼，问道："众阁老以为如何？"

申时行圆滑地答道："律法之事，乃三法司之责，老臣不敢置喙！"

万历沉声道："既如此，便依三法司合议之结果，将叶小天立即拿问下狱！"

·※·※·※·

叮叮当当的一阵镣铐声响，叶小天披枷戴锁地进了天牢。玄字一号监是他从小生活的地方，如今他又回来了，只不过以前他是在牢外面，现在是在牢里面。

牢门打开了，押送他进牢房的王傲扬和刘敬银略显尴尬地道："叶头儿……"

王傲扬和刘敬银都是叶小天当牢头时的兄弟，一别经年，现在王傲扬已经熬成了牢头儿，刘敬银也成了副牢头儿。今天叶小天成了犯官，这两人哪能让狱卒押解，便亲自扮起了狱卒。

叶小天向他们笑了笑，道："无妨！"便坦然走进牢房。

这间牢房比其他牢房要干净一些，由于靠近外侧，所以也干燥许多。牢房内空空如也，只有靠墙放着一张草垫子，一看就是新的。

叶小天会心地一笑，回身向王傲扬和刘敬银拱手道："两位兄弟用心了！"

王傲扬搓了搓手，难为情地道："头儿回来，兄弟……兄弟能做的，也就是尽量让头儿住得舒坦些。别的实在也帮不上什么，兄弟无能，头儿莫怪。"

叶小天道："怎么会，你们还当我是兄弟，我就很开心了。"

刘敬银道："头儿先歇着，我去巷口弄点烧酒和猪头肉，回来陪头儿喝两杯。"叶小天笑着点了点头，王傲扬和刘敬银这才轻手轻脚地锁了牢门。

叶小天拖着手铐脚镣走到草垫子旁，往草垫子一躺，悠悠地吐出一口浊气。朱行书提亲未遂时，叶小天就预料到自己此番进京恐怕不会善了，如今果不其然……

叶小天眯起眼睛，默默地望着天窗射进来的那束阳光。每次警觉到危险时，他总能想到办法，未雨绸缪，但这一次……他毫无办法，只能硬抗到底。

他所拥有的力量在京城完全派不上用场，他的势力根基也不在京城，偌大一个北京城，他认识的重臣实在少得可怜，只有一个林侍郎。如果是旁的事，登门相求，他或者还能答应，可是让他帮忙对付皇帝……

叶小天苦笑一下。

其实叶小天也不是无计可施，真要"垂死挣扎"，他总还是有些办法的。对付皇帝最有效的办法，就是利用舆论大造声势。这一招对土匪恶霸全无用处，可是对皇帝却很有效，当初他就是用这一招把李国舅轰出了南京城。

可那样一来，就得莹莹抛头露面，夏家也要因此被他拖下水。这一次对头不是国舅，而是皇帝本人，叶小天并没有十足的把握。

夏家人丁兴旺，但多为男丁，千顷地里一棵苗的莹莹自幼就万千宠爱集于一身，她被夏家保护得太好，完全就是一朵没有经历过任何风雨的娇花，叶小天不忍心让她冲到风口浪尖上，也不太相信莹莹有能力为他撑起遮风避雨的那柄伞。

"罢了，老子原本一无所有，却从一介狱卒混成典史，得了功名，做了推官，成就一方世袭土官，什么风光富贵都尝过了。如今就算失去又有什么了不起，何况老子还有一个尊者的身份，那可是皇帝也罢黜不了的！嘿嘿！"

· ※ · ※ · ※ ·

"夫人，马车准备好了！"夏府家丁向夏夫人禀报了一声，正在厅中急急踱步的夏夫人闻声止步，向一旁的夏府管事问道："小姐可已准备好了？"

管事答道："小的已经叫人去催了，小的这就去看看。"

夏夫人道："不必了，我去瞧瞧。"夏夫人急急赶到后面夏莹莹的住处，一个丫鬟正从房中出来，一见夏夫人连忙停下施礼，夏夫人道："小姐可打点好行装了？"

那丫鬟道："奴婢正要禀报夫人，小姐执意不肯离京，婢子苦劝不得……"

"什么？"

夏夫人一听大为着急，立即走进夏莹莹的寝室，就见几个丫鬟婆子正在苦苦相劝。夏莹莹穿着一身燕居的常服，气鼓鼓地坐在那儿一言不发。

夏夫人沉下脸道："莹莹，你怎么还不准备，再晚只怕就离不了京啦！"

夏莹莹一见母亲来了，站起身道："娘，小天哥入了大牢，吉凶难料，我怎能一走了之？"

夏夫人顿足道："糊涂！此事皆因你而起，你留在京里于事无补，只会令事情变得更加不可预料。你早些离开京城，说不定他就能化险为夷。"

夏莹莹道："说不定？说不定我一走，皇帝一怒之下就会杀了小天哥。"

夏夫人怒道："那你留在京中又有何用？"

夏莹莹掷地有声地道："至少可以和他同生共死！"

夏夫人道："胡闹！简直是胡闹！"

夏莹莹认真地道："娘，女儿不是胡闹！女儿是认真的！从小到大，家里人都宠着，惯着我，我从没吃过苦，从没受过罪，也没有做过什么事……

"女儿不像妙雯姐姐一样智略无双,也不像凝儿姐姐一样有一身过人的好武功,女儿是没什么用,一直就没什么用,所以,小天哥喜欢我,我好开心!现在,小天哥遇到了危险,女儿不能一走了之,女儿一无是处,但为了他却可以义无反顾!"

夏夫人急道:"莹莹……"

夏莹莹道:"娘,女儿从未做过什么决定,这是第一次,请娘亲不要阻止我!"

夏夫人道:"你要做什么?"

夏莹莹凛然道:"我要用我的法子救小天哥出来!"

夏夫人顿足道:"你这丫头,你能有什么好办法?"

夏莹莹没有回答,而是昂然地从夏夫人面前走了出去,夏夫人急急追着莹莹出去,一直追到大门口。就见夏莹莹登上那辆准备远行的车子,吩咐了一声,那车便疾驰而去。

众多牵马等在门外、准备保护大小姐返回的侍卫愕然相顾,手足无措。夏夫人急急问道:"小姐这是往哪里去?"

侍卫统领答道:"小姐不肯回贵阳,小人方才听见小姐吩咐要去驿馆,小人要不要跟上去?"

驿馆里,三娘子正吩咐人收拾行装准备返回草原。她是草原上的实际统治者,是不可能久出不归的,如今面君已毕,她已向皇帝请旨,准备即日返回草原。

三娘子的人正忙碌着,夏莹莹风风火火地赶了来。三娘子非常欢喜,上前拉住夏莹莹的手,开心地道:"小妹子,你是来送三姐姐回草原的吗?"

夏莹莹郑重地道:"三姐,我想请你在京里再多留几天。"

"怎么?"三娘子笑道:"不舍得姐姐离开?那你跟姐姐去草原做客好啦,大草原上的风光和你贵阳山水可是大大不同的。"

夏莹莹肃然道:"三姐,莹莹想求你一件事!"

三娘子豪爽地道:"和姐姐客气什么?你说,什么事,只要姐姐做得到,一定答应你!"

夏莹莹一字一句,无比认真地道:"我想请三姐为莹莹做个媒人!"

第十九章

官居六品

一

三娘子听了很久，直到莹莹讲完她的故事，三娘子才用异样的目光看着她，道："皇贵妃可不同于普通的宫女，仅次于皇后啊，你真不想当？"

莹莹用一种更奇怪的目光看着她："我又不是男人，为什么老想着当官？"

三娘子解释道："皇贵妃不是官，胜似官。皇贵妃是……是……"

莹莹道："是皇帝的女人？"

三娘子道："唔……对啊！"

莹莹更奇怪了："我为什么要做皇帝的女人？我只想跟着自己真正喜欢的男人。女人难道不应该嫁给她爱的男人吗？"

三娘子无法质疑这个问题，却也无法回答这个问题，每个女人一生中总会有她最爱的男人，但她是不是一定要嫁给这个男人？很多时候并不是这样。

三娘子想了想，决定抛开这个问题，道："但是，皇帝是个很有权势的男人，不！他是天底下最有权势的男人，既然他喜欢你，如果你不肯做他的女人，会给你的家族带来很大的隐患。"

莹莹快乐地笑起来："我的父兄，我最了解。如果我不肯跟了皇帝，皇帝又很小气的话，他可能会对我的家族用些不好的法子，让我们不好过。

"可我要是不情不愿地做了皇帝的女人，我的太祖母、我的爷爷、叔爷爷们，我爹爹、我的叔父们，还有我好多好多的哥哥和兄弟们，他们都会不快乐，连家族的女人都保护不了，他们会觉得很羞耻！"

夏莹莹歪着头想了想，甜甜地笑起来："小天哥哥也会一辈子不开心！那么，你说，我若违心地跟了皇帝，究竟是救了他们还是害了他们？人若不开心，活着又有什么意思？"

三娘子呆呆地看着夏莹莹，终于放弃了劝说。她们两个的思想完全不在一个层面上,她又如何劝说?

她是草原上的女王,她是连大明皇帝都不敢忽视的草原之主。在整个东方,她是仅比大明皇帝略逊一筹的一个强大统治者,但是她做不到像莹莹一样,活得这么简单、这么率真。

她是阿拉坦汗的王妃,她根本不想嫁给阿拉坦汗那个粗鲁、野蛮、目光短浅、无智无勇的长子黄台吉,但她不但在几年前嫁给了黄台吉,现在又嫁给了黄台吉的儿子。

她是草原上的霸主,所有的部落都要仰她鼻息,但她要仰大明鼻息。对那些臣服于她的强大部落,她也不能为所欲为,凭着她的一己喜恶来对待。

那些拥有黄金家族血脉的部落首领,从来就不甘心真正臣服于她,一有机会,他们就串联密谋,想推翻她的统治。但她不能冷面以对,脸皮一日没撕破,她就要虚与委蛇。

她活得很辛苦、很疲惫,她也想活得简简单单,但她不能……

三娘子轻轻叹息了一声,张开她那双握过钢刀、挺过大枪、扬过套马杆的有力的手臂,温柔地环住了莹莹,像一个母亲似的,轻轻抚摸着她柔顺丝滑的头发,轻声道:"小妹子是天地所钟的灵物,三姐沾染了太多的世俗气,同样是女人,在你面前,却自惭形秽,姐姐好羡慕你……"

莹莹似懂非懂,她没有三娘子一样的人生经历,又怎能有她一样的体悟。

三娘子轻轻放开莹莹,郑重地点点头:"成!为了你,我留下!我做你的媒人,接下来,你打算怎么做?"

· ※ · ※ · ※ ·

"王头儿,有劳了。"

朱行书坐在王傲扬对面,笑吟吟地道:"王头儿若不放心,可以先搜我的身,我可以保证,身上没有任何夹带,除了这一张嘴巴。王头儿只要让我见见他,只要一炷香的时间……"

朱行书把闪闪的银锭轻轻推到王傲扬面前:"它,就是你的。"

朱行书不想亮出身份来见叶小天,即便他亮出宗室的身份,也进不了刑部大牢的门。大明的宗室皇亲,其实并不像民间百姓想象的那么威风。

除了大明的文官集团习惯性地把宗室当成仅次于宦官的奸臣,对他们一直警惕防范之外,他们的倚仗是皇帝,这也是他们不大能嚣张起来的理由。

哪怕是一个县里的税课司大使的远房亲戚,和别人结了怨成了仇,都可以去找那税课大使唠一唠，只要有了机会，那税课大使就会帮他出气。

可皇帝……不要说是皇亲宗室了，就算皇帝的亲生儿子、亲生女儿，未奉诏也见不到他。真有机会见到了，双方关系生疏得很，他们怎么开得了这个口，向日理万机、九五至尊的皇帝打这种小报告？

况且，朱行书今日要做的事虽然是秉承了皇帝的意志，可毕竟见不得光，所以朱行书隐瞒了真实身份，用银钱开路。

王傲扬摇了摇头，道："这位老哥，叶小天可是皇帝下旨拿办的，容你私自相见，这干连可不轻啊！"

朱行书微微一笑，又是一锭银子出现在桌上。有钱能使鬼推磨，他就不信这个牢头儿不动心。

王傲扬犹豫了一下，道："一旦被人发现，王某的差使可就要丢了。"

朱行书道："我会很小心的，而且，我很快就离开。"说着，朱行书又从袖中摸出一锭银子递过去。

王傲扬轻轻吁了口气，衣袖在案上轻轻一拂，好像变戏法儿似的，三锭银元宝不见了踪影。王傲扬站起身来，道："一炷香的时间，一定要准时离开。"

朱行书大喜："一定！一定！"

朱行书被刘敬银带进了大牢，王傲扬袖子在桌上一拂，三锭银元宝又出现在桌子上。叶头儿早就吩咐过，不管是谁，只要想见他的，就可以放进来。

叶小天很清楚，他的所作所为是符合朝廷利益的，正常情况下他不会有牢狱之灾，就算与他有仇的几个土司家族不断抗诉，向朝廷施压，大不了也就是贬他的官、降他的职位。

如今他既然被押进刑部大牢，皇帝难逃假公济私之嫌，这样的话，皇帝一定会派人与他接触，进行肮脏的交易。而莹莹那边一旦得了信儿，也会见他。

阳光照不到所有的角落，天威亦如是。千百年以来，牢房里自然形成了一套规矩，再重要的犯人，狱卒们也能在他们的职权范围内灵活掌握。

叶小天既然这么吩咐了，王傲扬当然不会为他设置障碍，但这人一看明显就不是叶头儿部下的人，有机会刮他的油水，王傲扬也绝不会放过，雁过拔毛的绝活，他还是跟叶小天学的呢。

※·※·※

"叶大人……"

朱行书向牢里唤了一声，又向左右看看，他进了牢房后又偷偷塞了锭银子给刘敬银，刘敬银很懂规矩，现在就站得很远，除非长了一副顺风耳，否则是听不见他们谈话的。

叶小天翻身坐了起来，眉梢微微一挑："镇国将军？"

朱行书心虚地干笑两声，道："这里没有镇国将军，只有朋友！"

叶小天讥诮地道："足下是叶某的朋友吗？"

朱行书道："叶大人如今身陷囹圄，而朱某此来是为你指点迷津、救你脱困的，不是朋友，谁肯如此帮你？"

叶小天冷冷一笑，道："那么足下打算如何救我脱困呢，是不是要我把心爱的女人献给皇上，取悦皇上，皇上就能网开一面了？"

朱行书正色道："叶大人此言差矣，你之所以入狱，是因为犯了王法，皇上公私分明，怎么会因私废公，又怎么会假公济私？只不过，皇上之所以严惩你，是因为你目无王法、目无朝廷、目无君上，如果你能做一些事，让皇上明白不管你做了什么，你对皇上都是恭顺的、忠诚的，呵呵……"

朱行书轻轻抹了抹八字胡，微笑道："相信皇上是会高抬贵手，从轻发落的。"

叶小天提着沉重的铁链，慢慢走到朱行书的面前，眼中依旧有一抹讥讽的意味："那么，我要怎么做，才能向皇上表明我的恭顺与忠诚呢？还请镇国将军赐教！"

朱行书感觉到他话中嘲弄的意味，不免有些狼狈，气恼地道："真人面前不说假话，叶大人，你明白的，这可是你唯一的机会。如果错过，你就再也没有机会了。"

叶小天仰天大笑："哈哈哈哈……将军想听真话？好！那我就和你说真话，真话只有一个字！"

朱行书欣然道："你说！"

叶小天怒视着朱行书，大声咆哮道："滚！"

"滚……滚……滚……"

咆哮声在牢房内久久回荡，其他牢房的犯人受了惊动，纷纷站起，向这边跷脚张望着，就见朱行书低着头，满面羞恼，脚步急促地向外走去。

夏府里，莹莹张开双臂，两个十四五岁的小姑娘拿着软尺正在给她量着，在莹莹面前还有两个裁缝模样的人，手里捧着上好的湖丝绸缎，供她挑选款式和颜色。

夏夫人站在一边，愁眉紧锁地看着女儿。可她知道，这个女儿执拗起来九头牛拉不回，她根本管不了。

一个老裁缝道："姑娘选定了布料就好，不过这珠玉、垂绦、金银线、霞帔、结绶等，平民和官宦是不同的，官宦品级不同也是有差别的，不知姑娘那位佳婿可有官职在身？若有官职，官居几品？"

夏莹莹笑得甜甜的："他呀？官居六品！"

第二十章

交　锋

一

"叶小天不答应？"

万历难以置信地质问道："不答应他就要死！如果他死了，又有什么还是属于他的？注定会失去的东西，为什么他还要坚持？顺水推舟有什么不好？"

朱行书一脸苦笑，对万历的质问他根本无法回答。如果世间事都能用道理说得通，哪还来的那么多纷争？道理？如果道理说得通，人家既已定下婚约，就算他是皇帝，又岂能再打人家的主意？

万历皇帝慢慢踱了几步，猛然站住，道："带他入宫，朕要见见他！"

朱行书急忙劝阻道："皇上万万使不得，皇上不见他，他身陷囹圄，还只是因为他擅自杀了四位土司，无论如何处治都说得通。一旦见了他，恐怕……"

万历乜视着他，不悦地道："不然呢，难道你还有良策？"

"这……"

朱行书退后一步，垂首不语了。但是经他这一劝，万历皇帝又不免犹豫起来，万历正迟疑间，门口人影一闪，徐伯夷倏地闪了进来。徐伯夷往地上扑通一跪，尖声叫道："皇上应该见他！"

徐伯夷办事不力，已经有些失了圣宠，不过他御前行走的特权，万历并没有明言取消，所以他还是有机会在皇帝身边晃悠。他站在门外已经听了很久，听到这里终于忍不住了。

万历一看是他，有些没好气地道："你又有什么妙计了？"

徐伯夷顿首道："奴婢没有妙计。不过奴婢以为，天子圣威浩瀚，臣子仰望，无不凛然卑伏！叶小天本一市井匹夫，偶然幸进罢了，一旦拜谒天颜，敢不凛然俯首？"

朱行书听得很不高兴，冷冷说道："这位公公太想当然了吧，我就是带着圣意去见的他，却被他毫不犹豫地拒绝了。"

徐伯夷道："这是不同的，秦武阳十二岁时就敢当街杀人，胆大包天。燕太子丹命其刺杀秦王，他也毫不犹豫地同意了。但一上秦王大殿，便两股战战，色变振恐。亲眼看到天子和见到天子使者，那是截然不同的。"

万历听了更是下定了决心，沉声道："传旨，叶小天入宫见驾！"

朱行书到了嘴边的话又咽了回去，徐伯夷唇边微露得意之色，顿首道："奴才遵旨！"

徐伯夷出了乾清宫，仰望澄清一片的天宇，不禁微微一笑。他和叶小天做了那么久的对手，对叶小天的驴脾气再清楚不过。徐伯夷知道，一旦触及叶小天心中的底线，天王老子他也不怕。如果提他见驾而当场触怒天子，那会怎么样呢？

如果这不是在宫里，不是在乾清宫门前，他真想仰天大笑三声，他已经迫不及待地想看到叶小天如何身首异处了。

当叶小天被拖出午门斩首的时候，他一定会站到叶小天面前，让他看清楚自己的面目，让他知道，他是死在自己的手上！

·※·※·※·

镣铐叮当，叶小天被两个大内侍卫押着出了牢门。王傲扬和刘敬银站在牢门口，看着叶小天被带出大牢押上囚车，由四名带刀侍卫押送远去。

王傲扬叹道："天子亲审，叶头儿这案子只怕轻不了。"

刘敬银道："听说头儿被皇帝严惩，是因为他看上了皇帝的女人……"

王傲扬道："扯淡！是皇帝看上了头儿的女人。"

刘敬银叹口气道："既然皇帝看上了，那还能算头儿的女人吗？那可是皇帝啊！跟皇上抢女人，哎！我真不知道是该佩服他呢，还是该说他愚蠢。"

王傲扬袖着双手，望着愈去愈远的囚车，幽幽地道："能跟九五至尊的皇帝争女人，不管成败，头儿这一辈子也不冤枉了。只是……头儿喜欢的那个女人直到现在都不肯来探望头儿，未免叫人齿冷。为了这样的一个女人葬送前程性命，值得吗？"

"哎！"

王傲扬和刘敬银同时哀叹一声，连连摇头。

……

夏府里面，夏莹莹凤冠霞帔地跪倒在夏夫人面前，夏夫人眼含热泪，其情其状，有些像是女儿出嫁，但现场一片悲怆，却看不出丝毫的喜气。

"娘，女儿此去若不幸而死，从此不能侍奉娘亲膝下。养育之恩不能报答，是女儿不孝，请娘亲受女儿一拜！"莹莹深深地叩下头去，额前珠帘轻轻摇晃，颊上泪水滚滚。

夏夫人哽咽道："女儿……"一语未了，她便再也说不下去，急急扭过头去，热泪簌簌而下。夏莹莹一连三拜，盈盈起身，泪眼模糊深情地看着母亲，忽然一咬牙，毅然转过身，大步向外走去！

……

徐伯夷没有去天牢，这是去提人，不是去传旨，不需要太监出动，但大内侍卫把犯官带到，还是需要他们这些在御前行走的太监们上传下达的。

徐伯夷非常关注此事，自从大内侍卫们奉旨出宫，他就在乾清门那儿等着。他是想亲眼看到死敌叶小天的下场。

"没规矩！想巴结皇帝，也不是这么个巴结法儿！"三德子站在廊下，冷笑了一声。旁边一个太监殷勤地道："干爹，不如让孩儿带几个人，去教教他做人的规矩吧！"

三德子冷笑一声道："不用，让他可着劲儿地去折腾吧，咱家倒想看看，他能折腾到什么地步！"三德子扬长而去。

到目前为止，他是真的不担心。太监最大的倚仗就是巴结上皇帝、皇后、受宠的皇妃，或者远期投资侍候太子。但是太监要想在宫里站稳脚跟，绝不能只靠主子的恩宠，必须得有自己的传承与根基。

这传承，就是老太监带新太监的派系关系，有了这个关系，才有人脉。像三德子才三十出头，刚刚巴结他的那个干儿子其实只比他小四岁半，可那也叫干儿子，这就是他的派系。

三德子上边也有干爹，虽然已经是"退居二线"的老太监，可是在宫里根基雄厚，人脉庞杂，这就可以形成一股共力。如果他们想对付什么人，在皇上面前给他上上眼药，皇上交办此人什么事时他们给拖拖后腿，很容易就可以让这单打独斗的人失去圣宠。

徐伯夷上无干爹，下无干儿，没有自成一派的势力，所以三德子根本没把他视为威胁，只是眼下此人明显对皇帝有大用，他不宜出手。但徐伯夷不懂规矩的做法，已经引起了三德子的嫉恨。太监是半个女人，是一种很记仇的特殊生物，徐伯夷被他惦记上了，后果堪忧。但徐伯夷对此还一无所知，他正抻着脖子，急切地等着叶小天的到来。

叶小天被带进宫了，大内侍卫到了乾清门一说，徐伯夷大喜，赶紧一溜烟儿地奔了乾清宫。"皇帝，叶小天带到！"徐伯夷强抑兴奋地冲进乾清宫，对万历皇帝说道。

一直心神不宁地批着奏章的万历皇帝把朱笔一抛，急不可耐地道："快快带他进来！"

徐伯夷答应一声，一提袍裾，急急走了出去。一直坐在侧座的朱行书站起身道："皇帝……"

万历这才注意到他还在场，忙摆摆手道："你且回避。"

万历不动心时还好，此刻满心萦绕的都是夏莹莹的倩影，而徐伯夷却是满脑子想的都是叶小天，这两个人一个因为爱，一个因为恨，全都昏了头脑。但朱行书事不关己，却比他们清醒得多。

这一阵子坐在那儿，朱行书越想越觉得此事自己不宜掺和，取悦了天子固然会有好处，可得罪了文官后果更加严重，相对来说，得失并不成比例，他不免就打起了退堂鼓。

这时皇帝一说让他回避，正中他的下怀，朱行书赶紧答应一声，脚底抹油，溜之乎也。

叶小天披枷戴锁地被带进了乾清宫，徐伯夷没有露面，虽然他很关心叶小天与皇帝交锋的过程，可他担心被叶小天认出来。如果叶小天在皇帝面前说出他们二人结怨的经过，恐怕皇帝会冷静下来，那就弄巧成拙了。

"你们退下！"

万历皇帝搁下朱笔，冷冷地看了一眼跪在案前的叶小天，对四名大内侍卫吩咐道。四名大内侍卫躬身退下，万历皇帝又摆了摆手，侍候在殿内的六名太监、四名宫娥也纷纷退下。

"叶小天！"

万历皇帝声音清朗，带着一种不怒自威的气度："朕嘉许你教化山民之功，许你世袭罔替之爵，待你不可谓不厚，你是如何报答朕的？"

叶小天不卑不亢地道："臣为陛下戍边驭民，惩治不法，绥抚地方，奔走唯命，以报效朝廷，报效皇帝隆恩！"

万历皇帝冷笑道："哦？你威福自恣，擅杀大臣，西南为之震荡，这就是你的忠君报国之道？"

叶小天缓缓抬起头来，道："臣奉圣命，为卧牛司长官，甫出山，便受四方土司排挤！欺君罔上，无视朝廷者，非臣！

"臣往贵阳迎接新任抚台，两次三番被人刺杀，险丧性命，挑起事端者，非臣！

"时抚台未至，阜台绥靖，臣求告无门，为求自保，只得奋起反击，臣所杀者，正是威福自恣、无视朝廷、欲杀大臣、挑起动荡的乱臣贼子，臣以为，臣纵然无功，亦不算过失！"

万历大怒，喝道："大胆！你这是在指责朕偏听偏信，忠奸不分吗？"

叶小天唇角微微露出一丝讥诮之色，道："臣愚钝，还是请皇帝直言吧，臣要怎么做，才能证明臣的忠心呢？"

"你……"

万历的遮羞布被叶小天一把撕了下来，不禁又羞又恼，脸上红一阵白一阵的。他没想到叶小天竟如此直言不讳，让他堂堂天子与叶小天赤裸裸地进行交易，一时之间他还真不太适应。

此时，午门之前一辆华车缓缓停下，一个凤冠霞帔的红装丽人姗姗下车，在高大巍峨的宫殿前方缓缓站定。如此奇异的一幕，登时吸引了从侧门进出宫苑、前往内阁等处办理公务的众文武大臣的注意。

第二十一章

大家来找碴

一

监察御史李博贤正巧经过午门，正好看见一身新嫁娘装扮的夏莹莹俏生生地立在宫前，他连一丝犹豫都没有，马上就像嗅到味儿的猎犬，急急赶了过来。

李博贤是个很尽职的言官，每个月不找几个人的碴儿，不写几道弹劾奏本，他就觉得自己很失职。

昨天李御史恰好找到一桩可以弹劾的事情，如今正要往内阁递本子。作为御史，他是有权不经过通政司而直接上书的。

近来京城连着下了几场大暴雨，这大暴雨对富有人家来说，不过是出行增加了些困难，但是对贫民来说却是一场大灾难，因为很多贫民的陋居因为倾盆暴雨而垮塌了。

北方的冬天非常寒冷，房舍无论是屋顶还是墙壁都建造得很厚重，所以一旦垮塌很容易造成死伤。结果因为这场大雨，有些贫穷百姓被砸死、砸伤，许多人流离失所，生活困顿。

万历皇帝得知后，下旨让顺天府尹全力救灾，依照贫户每人发米五斗、银五钱，压死者每人米一石、银一两，砸伤者每人米七斗、银七钱的标准发放赈济。

赈灾救济向来有油水可捞，李博贤打听到有些顺天府小吏趁机上下其手，从中捞了些好处。而且，坊司的里长们也上行下效，对缙绅人家捐献的旧衣服旧家具什么的，先可着自己和亲戚挑选留用，挑剩下的才分给贫民。

李博贤听说此事后大为欢喜，连夜写了一道奏本，准备上书弹劾。至于具体是哪个小吏贪墨、哪个坊司假公济私，他是不清楚的，实际上他听说的这件事究竟是真是假他也不清楚……

不过他也不必非得找全人证物证，既然听说了就可以告。找不到被告，告顺天府就好了，而且顺天府尹分量重，告起来更有成就感。

"姑娘……"

李博贤唤了一声，夏莹莹转过身来，珠帘之下俏靥如花，因为珠帘的遮挡，三分朦胧中更显娇丽，大红的霞帔更是为夏莹莹增色不少。李博贤乍一见，不禁被惊艳到了。

此时的莹莹，身上穿着一袭华丽艳美的嫁服，嫁服上有用白金线、黄金线及珠石等绣成的龙凤和鸳鸯的图案。头上戴着凤冠，衬得容颜娇美无俦。

品红双孔雀绣云金璎珞的霞帔上，开屏孔雀好似要活过来似的，托着她俏美的脸蛋儿、清澈明亮的眼睛、弯弯的柳眉、长长的睫毛、白里透红的皮肤，双唇像玫瑰花瓣般鲜嫩欲滴。

所谓天香国色也不过如是。夏莹莹生得太漂亮，李博贤上次见过她一面，这一次一眼就认出来了：这不就是上次风风火火地闯宫要见她母亲的那个女子吗？

凭着职业敏感，李博贤立即意识到其中必有故事。他的眼角扫到正有一个同行急急赶来，那是山东道监察御史刘恒邑，一见他已抢先站在夏莹莹的面前，顿时懊恼地站住。

李博贤得意地一笑，问道："姑娘为何一身嫁娘打扮立于宫门之外，可以告诉本官吗？如有冤屈，本官可以为你做主！"

夏莹莹看了看他，直率地问道："你的官儿大吗？"

"呃？"李博贤被她问得一呆，他低头看看自己身上的青色官袍，一时有些不知该如何作答。

夏莹莹道："我听人说，本朝的大官儿都是穿紫袍、红袍的，小官儿才穿青袍、绿袍。如果你官儿太小，那就管不了我的事，还是不要问了。我在这儿堵着，总会有大官儿出来的！"

李博贤哭笑不得，不过夏莹莹这样天真娇憨，一点也不惹人讨厌。李博贤耐心答道："姑娘你有所不知，本官的官职的确不高，只是七品官而已……"

莹莹一听大失所望，轻轻摇了摇头道："我那夫君是六品官，都被皇帝陷害入狱了，你才七品，帮不了我的。我不想害了你，你还是快走吧。"

"什么什么？"

李博贤一双小眼睛顿时射出两道激光般的炽热光芒，他听到了几个令他肾上腺素急速飙升的关键词："六品官""皇帝""陷害入狱"，李御史激动得打起了摆子。

"姑娘！姑娘你听我说……"

李御史满面红光："姑娘你有所不知，国朝里有些事情可不是官儿大就能管，官儿小就不能管的。恰恰相反，有些事儿，你官儿再大也管不了，反而是品秩低的小官儿才有权管！"

夏莹莹讶异地看着他道："当真？"

李博贤挺起了胸膛，正色道："本官李博贤，乃陕西道监察御史，自然不打诳语！本官虽只七品，可就算一品大员、皇亲国戚、勋官功臣，但有不法之事，本官都能管！"

夏莹莹从他的话中没有捕捉到自己最想听的那个关键词，不禁紧张地问道："那要是皇帝犯了不法之事呢，你也能管吗？"

"哈哈哈哈……"

李博贤仰天大笑，心里话差点儿脱口而出："皇帝犯错何止本官能管，满朝文武、士林名流……谁都能管啊！"

皇帝是什么？皇帝是杵在全天下人面前供大家找碴的一个特殊存在！是刷声望的最佳大 BOSS！

不过，李博贤可没把这个意思说给夏莹莹听，他算看出来了，这姑娘天真烂漫得一塌糊涂，对大明官制也不甚了然，如果自己这么一说，没准她又要去找大官儿喊冤，那他如何刷声望？啊不，是完美履行一个御史的职责？

李博贤笑容一敛，正色答道："本官当然能管！本官乃是言官，是御史，干的就是纠察皇帝与百官过失的事情。姑娘有什么冤屈，尽管道来！"

夏莹莹疑惑地道："纠察？"

她其实不是不懂纠察的意思，只是不太清楚这个纠察的权力究竟大到什么地步，能不能让皇帝收回成命。李博贤却有些误会了，他以为这姑娘读书少，不懂纠察的意思，赶紧又用大白话解释了一遍："就是专门给皇帝和百官找碴儿、找别扭的！"

·※·※·※·

"朕……很喜欢莹莹姑娘，而莹莹姑娘却已和你订了婚。朕希望你能退亲，你擅杀四方土司的事，朕可以保你无事！"

终于，万历还是勇敢地说出了自己的条件。说这番话时，他的脸上火辣辣的，但说出来，心里却突然一阵轻松，仿佛压在肩上的一座大山终于被搬开了。

叶小天直视着天子，他已不止一次见到皇帝，还从来没有一次这么近、这样放肆地直视着他，眼前这个人的模样既有些陌生又有些熟悉，让叶小天少了几分敬畏。

有些事，他可以忍让。有些事，却是绝对不可以让步的，哪怕对方是皇帝。既然决不让步，他又何必低头？

叶小天迎着皇帝的目光，正容说道："臣拒绝！"

万历的脸突然胀得鸡血般殷红。

叶小天道："自己的女人是不能出卖的，这是臣做人的本分！如果，臣连这都做不到，做不好臣子也就不稀奇了。

"有些人，认为朋友如手足，妻子如衣服；有些人，认为事业前程、功名利禄才是一个男人所应追求的根本，其他的全都可以放弃，但那不是叶小天，臣就是这样一个人！"

万历皇帝愤怒地指着叶小天的鼻子道："你不要忘了，是谁给了你荣华富贵！如果不是朕赐你卧牛长官司世袭长官一职，你有资格与夏家结亲？

"只要你放弃她，你就可以继续拥有这一切，美丽的女子你可以予取予求，你的子孙可以像朕的子孙一样，世世代代据其地、治其民，这……难道还不值得你交出一个女人？"

"美丽的女子，我可以予取予求，但莹莹只有这一个！天上地下，我再也找不出第二个来！交出一个女子，换来世代荣华，那样的话，臣的灵位上，供奉着的将不是荣耀，而是耻辱！"

叶小天看着万历皇帝，沉声道："臣儿子的儿子，臣知道他是臣的孙子，臣孙子的孙子，臣知道他是臣的玄孙，再往后臣都不知道该怎么叫他了，臣不认识他，他也不会记得臣。臣要为了一个他不记得我、我也不知道他是谁的人，就牺牲自己的女人？那岂非天大的笑话！"

万历皇帝厉声喝道："朕的耐心有限，朕最后只问你一句话：你，是要一个你注定会失去的女人，还是要你的身家性命，要你的富贵荣华？"

叶小天的腰杆慢慢地挺拔起来，他双手紧紧攥着铁镣。用无礼而大胆的目光瞪着朱翊钧，一字一顿地道："臣也只问陛下最后一句话：陛下是想要一个注定不会把心交给你的女人和万世骂名，还是要你的铁桶江山？"

第二十二章

决战紫禁城

一

万历皇帝被叶小天的话激怒了,他的脸都扭曲起来,显得有些狰狞:"叶小天,你的性命就悬在朕的手里,你还敢出口妄言!难道……你还敢谋反不成?"

"如果陛下想杀臣,臣马上就会身首异处,臣都已经死了,又如何谋反?"

叶小天平静地解释了一句,随即话锋一转:"但是,陛下应该记得,臣领出深山的那些百姓,他们尚未得到足够的教化,心中还没有朝廷,没有皇帝。对于臣,他们也只是感念臣对他们的帮助,所以才服从臣的命令,而非因为臣是朝廷任命的铜仁府推官。所以,臣如果死了,臣确信,他们一定会为了臣揭竿而起!"

万历仰天大笑:"为了你?就因为你想拥有一个不该由你拥有的女人而愚蠢地死去,他们就会为了你不惜向朕宣战,以卵击石?"

叶小天注视着万历,声音掷地有声:"是的!所以陛下问臣是要富贵权柄还是要一个女人,臣可以告诉陛下,臣都要!陛下若是为了一个女人挑起一场战争,哪怕这场战争转瞬就能扑灭,陛下也会遭到全天下人的唾骂,而臣为了一个女人不惜鸡蛋碰石头,却不会有一个部下提出异议!而且……"

叶小天骄傲地挺起了胸膛:"而且,臣还会受到全天下人的赞美!因为,不是每一个男人都能像臣一样这么男人,肯为了一个女人不惜同天下至尊为敌!"

叶小天稳稳地向前踏出一步,脚下的铁镣铿的一声响。叶小天沉声道:"陛下愿意成全微臣吗?"

万历皇帝如遭雷击,他慢慢地退了两步,无力地坐在龙椅上。同人不同命啊!同样的事,他做了就是昏君,别人做了就是英雄。

他并不怀疑叶小天的话,他相信一旦真的闹到这一步,叶小天所说的话一定会实现。

对于叶小天所说的一旦他身死,他的部下会揭竿而起,万历也没有几分怀疑。事实上不仅仅是叶小天，黔地大部分土司如果揭竿而起，百姓都会服从他们的命令。

那些百姓对土司的敬畏，远远超过他们对朝廷的敬畏，如果不是这样，历代朝廷又何必对黔地土司采取绥靖安抚之策？反正百姓心中是有朝廷的，只管派兵前往接收、设立流官就好了，那些土司不可能有人拥戴、追随。

这一瞬间，万历忽然有一种辛酸悲苦的强烈感受，他好羡慕叶小天。他是皇帝，但他远不如叶小天活得逍遥自在。他真想和叶小天换换，也能好好地为自己活一回。

可是，这能由得他自己吗？一时间，万历的心中充满了无尽的疲惫、辛酸、无奈、空虚，还有……厌恶，对自己的厌恶，对皇帝这个身份的厌恶！

·※·※·※·

"我是贵阳红枫湖夏土司的女儿，我的母亲受封为诏命，我跟娘亲赴京谢恩，迄今仍未接到皇帝允许我们返回家乡的旨意，可我一直也没多想……"

夏莹莹泫泪欲滴地向李博贤述说着："那日，我的母亲没有从宫里出来，宫里来了一位公公，说我的母亲生了重病，我驱车闯宫，就是因为担心母亲……"

夏莹莹驱车闯宫那天，李御史正好是目击者，还被三娘子来了一记"空中飞人"，对此当然记忆犹新，此刻听夏莹莹一说，两相印证，便知夏莹莹所言不虚。

一时间，忠正耿直的李御史臊了个满脸通红。这位李御史除了孜孜不倦地追求功名，还真没有什么可以诟病的地方。他是个很忠诚的人，身为皇帝的臣子，皇帝干出这么没格调的事来，连他都觉得无地自容。

夏莹莹继续说着："那一日，小天哥突然出现在京城，他说奉了圣旨率众山民出山，却遭到四方土司的排挤，后来更是动用刺客想要暗杀小天哥。

"小天哥迫于无奈，奋起反击，杀死了想害他的坏土司。抚台大人觉得事关重大，所以把他押解进京，交给皇帝亲自裁断。那天恰好皇帝派了一个叫什么书的镇国将军到我家提亲，被小天哥一口回绝。

"本来，小天哥说过，他是被迫反击，而且是那些坏土司无视朝廷在先，朝廷绝不会严惩他，叫我只管安心。谁料，小天哥拒绝了皇帝媒人的第二天，就来了一群大内侍卫，把小天哥抓走了……"

夏莹莹说得珠泪盈睫，饶是李御史一向方正，都有一种抬手替她拭泪的冲动。夏莹莹从袖中摸出一张红色锦缎封面的婚书，递给李博贤道："找碴大官儿，你看，这就是人家和小天哥的婚书！"

李博贤赶紧接过来翻看，夏莹莹继续道："人家虽然来自西南边陲，不及中原女子懂得礼数，可也明白一女不侍二夫的道理。既已许给叶家，岂能再嫁朱家？

"人家也知道,只要答应跟了皇帝,小天哥就能平安无恙,可人家宁愿与小天哥一同去死,也不做那自毁名节的事。今日,我夏莹莹来到宫门前,就是想以死明志!"

夏莹莹说着,变戏法似的从袖中摸出一口短刀,将刀尖对准自己的心口,哀婉地道:"反正皇帝想杀人,小天哥就一定会死。人家不如先走一步,黄泉路上等着小天哥,一道做对鬼夫妻吧!"

李博贤正在看婚书,待他看见那媒人居然是蒙古三娘子,脸羞得更红了。皇帝这脸都丢到大草原上去了,真是……常言道:主辱臣死,主忧臣劳,主自寻其辱的话怎么办?跟着一起丢人呗。

李博贤正气愤地想着,忽见夏莹莹手执一把匕首,对准了她的心口,李博贤这一吓可真是非同小可。夏莹莹要是真死了,纵然经过他的苦谏,皇帝幡然悔悟,这事也无可挽回了。

李博贤一把抓住了夏莹莹的手腕,惊叫道:"姑娘死不得,万万死不得!本官为你做主,定能保得你那夫君平安,你可千万不要自寻短见!"

莹莹不是个有心机的姑娘,智略计谋一类的东西更谈不上,但她此番所说的事九成九是真的,再加上一点从小捉弄爷祖、叔伯、兄弟时练就的本领,那半真半假的表演居然把李御史唬了个坚信不疑。

本着为皇帝负责的信念,他绝对不能让莹莹死。莹莹一旦死了,堂堂天子为了逼夺民女,害死人家男人,逼死女子,这名声就臭到家了,身为当事御史,也是他的严重失职。

李博贤紧紧抓着莹莹的手腕,把尖刀抓离她的心口,正色说道:"姑娘不必绝望悲伤,有李某在,一定能保得你夫妻平安!"

莹莹啜泣道:"天大地大,皇帝最大。你真能帮到我吗?"

"能!"

李博贤斩钉截铁地答了一句,攥着莹莹的手腕道:"御史台就在不远处,姑娘请跟我来!"

这个时候,李博贤已经不在乎让同僚知道并参与此事了,他是首倡者,注定了名垂青史的只能是他,那还怕同僚们知道做什么?多一个人,声势便壮一分,正要合众言官之力,才能阻止皇帝在罪恶的道路上愈行愈远!

李博贤拉着夏莹莹匆匆而走,倒忘了旁边还有一个眼巴巴地盯着他的山东道监察御史刘恒邑。刘御史一直站在远处看着,眼见那位嫁娘打扮的女子时而激愤,时而垂首,李御史时而怒容满面,时而面红耳赤,只把刘恒邑急得抓耳挠腮。

如今见那新嫁娘居然还掏出一把刀来,刘御史不清楚究竟发生了什么事,更是心急如焚。不过，身为清流，刘御史的节操还是有的，这笔"生意"人家李御史明显已经"接单"了，他怎么好意思厚着脸皮冲上去抢"提成"？

眼看李博贤拉着夏莹莹匆匆离去，刘御史只能怅然追望，有心追上去，又绕不过自尊这道关。同样是监察御史，他都年近六旬了，李博贤在他面前只是小字辈儿，怎么好意思。

刘御史正犹豫间，旁边忽然有人嘿嘿一笑，道："老道长，在这儿瞧什么哪？"

刘御史扭头一看，认识，熟人！说起来他们两个还是同年进士，自然熟悉。不过，两人的仕途发展之路不同，现在党腾辉身为通政司右通政，已经官居四品，而他还是个七品官，可真要论起权势地位，他可能尤有过之。

四品官？整个大明数下来，怎么着也有几百位，可御史，全国上下一共才一百多人，那可是实权在握、权大职轻的特殊官员：清流言官。

所以，党腾辉见了刘御史也不能托大，还是得尊称一句老道长。这老道长可不是指出家人，而是对监察御史的尊称。因为大明监察系统把全国划分为十三道，每道都设有监察御史，所以称其为道长。

刘恒邑怎好说他是眼热李御史得了一笔好"生意"，忙打个哈哈道："没什么，没什么，党老大人怎么这般清闲？"

党腾辉笑道："有几份重要的奏章，还是党某亲手送到宫里妥当。"党腾辉说着，便捋着胡须，望着远方只余一道红色身影的夏莹莹叹道："这位姑娘倒也真是了得，竟有勇气身着嫁服宫前明志！"

刘老御史一听，急忙问道："怎么，党老大人知道那位姑娘为何身着嫁衣出现在午门之外？"

党腾辉道："略知一二，这位姑娘呀……"党腾辉捡那能说的对刘老御史说了一些，拱拱手道："党某还要进宫，就不多聊了。改日再邀老道长过府饮酒。"

党腾辉说罢便向宫里走去。刘恒邑望着他的背影喃喃自语："原来如此！原来如此！"

他终于明白李博贤方才为何那般激动了。御史，是为刷声望而存在的官员，可要刷到皇帝这种大BOSS，而且有机会担当主攻手，那机会也是可遇而不可求的。

他做了一辈子御史，眼看就要告老还乡了，可也还没有这么好的机会呢。面子、名声，名声、面子，刘御史心中激烈挣扎了一阵，把脚重重地一跺！

"老夫又不是从你嘴里打听出来的，凭什么不能抢先弹劾？"刘御史把袍裾一撩，往腰里狠狠地一掖，便大步流星地奔了左顺门！

第二十三章

风波左顺门

一

刘恒邑风风火火地赶到大名鼎鼎的左顺门，"扑通"一声跪倒在地，望着宫中高声大呼道："皇帝无道！皇帝无道啊！"

左顺门此时已改称会极门，建于永乐十八年，与东华门相望，这是明代在京文武官员与宫中上下接本、交接公文的地方。换句话说，进宫办事的官员、要从内阁离开的官员，全都从此门进出。

刘御史掖着袍裾急急赶来时，进进出出的官员们还没太当回事，瞧他那样子就知道有急事，不过话又说回来了，这些御史什么时候不急？不知道这位刘老大人今天要告谁，告的是什么鸡毛蒜皮的小事？

不过在左顺门外下跪，还高呼"皇帝无道"这可一下子引起了众官员的兴趣，本该进门的、正要出门的官员们全都不走了，呼啦一下就围了上来。吏部考功员外郎安非谐惊问道："老道长，发生了什么事情，缘何如此悲愤？"

刘恒邑老泪纵横，叩阙大呼："皇帝昏庸！昏庸无道啊！皇帝违背祖宗成法，欲纳诸侯之女为妃，此罪一也！一国之君，不顾社稷安危，贪恋女色，此罪二也！此女已有婚约，皇帝为了把她占为己有，构陷其夫，此罪三也！公器私用，罔视国法，此罪四也……"

最会给人编排罪名的人是谁？御史呀。一件事被刘恒邑拆成了几件事，滔滔不绝一说就五七八条，听得众官员又惊又怒，工部侍郎查铭哲打断刘恒邑的话道："老道长，还请说得明白一些，皇帝究竟做了什么？"

· ※ · ※ · ※ ·

万历被叶小天气得浑身哆嗦，一时之间竟有些不知该拿叶小天怎么办才好了。

"大胆！竟敢欺君罔上，来啊！把他拖出去，午门斩首！"

但大明要处斩一个官员，必须得通过法律程序，皇帝也不能随意杀人。

但是，皇帝毕竟是皇帝，虽说大明的皇帝相对其他大多数朝代的皇帝来说苦逼了一些，却也只是相对而言。他对抗不了整个文官集团，单独对付某个官员，办法还是一大把的，比如——廷杖。

只是万历皇帝被叶小天气得头昏眼花，一时没想到这一点。他没想到，候在廊下听墙根的徐伯夷却想到了，徐伯夷把帽子往下压了压，踮着脚尖就要进殿，刚到殿门口，旁边却突然闪过一个蓝袍人，一下子把他挡在门外。

徐伯夷抬头一看，就见三德子微微撇着嘴角，轻蔑地看着他，冷冷地道："皇帝有旨意，任何人不得入内！"

徐伯夷赔笑道："三公公，这罪臣大胆，竟敢如此欺君，我等做奴婢的，哪能看得下去。"

三德子眉梢微微一扬，道："怎么？你一个普通的御前行走太监，还想干政不成？"

徐伯夷好无奈，这种时候，怎么偏偏碰上一个捻酸吃醋的主儿？徐伯夷现在只想让叶小天死，能直接提醒皇帝当然更好，可三德子这一关明显过不去。人家是从小侍候万历天子的人，他的地位可远不及人家，无奈之下，徐伯夷只好答道："小的哪敢？只是身为奴才，不忍心看着主子受辱啊。三公公，此獠目无君上，该杀！皇帝也是气坏了，怎么就没想到……打他的板子呢？"

"嗯？"

三德子正要教训他的话一下子噎在喉咙里，他睁大了眼睛，看看徐伯夷，嘴角微微露出一丝笑意："嗯！不错，还是你小子机灵！"三德子把拂尘一摆，向两边示意了一下，转身便进了乾清宫，两个小太监往门前一横，挡住了徐伯夷的去路。

"陛下息怒，陛下，您喝口茶顺顺气儿。"

三德子走进宫中一看，皇上气得面无人色，喘着粗气。三德子赶紧走过去，殷勤地把茶杯凑到万历面前，食指往茶杯中一探，蘸了些茶水，在御案上飞快地写下了"廷杖"两个字。

"嗯？"

万历注意到了他的动作，目光落在"廷杖"两字上，双眼顿时一亮。他赞许地看了三德子一眼，霍然看向叶小天，冷笑道："朕早知西南诸番妄自大，目无君上，可今日见了你，才知道你们究竟是如何猖狂！来人啊，叶小天对朕大不敬，拖出宫，廷杖二十！"

"奴婢遵旨！"

三德子打小侍候万历,一边躬身领旨,一边向万历皇帝偷偷递个眼色,向他示意,自己已经完全明白了他的意思,随即便走到殿门口,唤来站殿武士,把叶小天拖了下去。

二十记廷杖打下去,可以让人啥事没有,站起来拍拍屁股就自己走回家,也可以让人股肉糜烂,抬回家一养就是小半年。如果想要人死,那也容易,施杖刑的锦衣卫都是特意练过的,会用阴劲儿,只要掌刑太监做出暗示,他们几杖下去,就能把人活活打死。

三德子唤来站殿武士把叶小天拖下去,立即便传监刑太监、施刑锦衣卫宫前候命。徐伯夷原想着自己做掌刑太监,到时候向叶小天亮明身份,看着他又悔又恨的脸色方才快意,不料三德子从中作梗,这掌刑大太监换了主。

可徐伯夷实在不甘心只在事后听到叶小天的死讯,便涎着脸对三德子道:"小的入宫晚,还没见过施杖刑呢,公公带小的开开眼界可好?"

三德子心想:"你入宫晚?咱家七岁就入宫了,也没见过杖刑呢!"

不过这种怯他自然是不会露给徐伯夷的。廷杖的主意是徐伯夷出的,邀了圣宠的却是他,三德子再瞧徐伯夷也就不那么讨厌了。监刑太监一共八人,其实都是摆设,真正主事的只有掌刑太监,所以他也不担心徐伯夷会再抢了他的风头,便淡淡一笑,道:"你有兴趣,那就一起去瞧瞧吧!"

徐伯夷大喜,连忙躬身道:"多谢公公提携!"

三德子瞟了他一眼,一边往前走,一边教训道:"小白啊,你做事还算勤勉,人也还机灵,只要懂得规矩,咱家自然会提携你。宫里头规矩森严,最讨人嫌的就是不知进退、不懂分寸的人,你明白吗?"

徐伯夷点头哈腰地道:"小的明白!小的明白!"

施刑地点就在左顺门外,用刑杀人自然不能在内廷,见血害命,这是避讳。其实内外廷的界限是左顺门所在的那道宫墙,那道宫墙不止一个门,出了那道宫墙都算内廷之外,不过其他的门平时是不开的,要出去自然只能走左顺门。

锦衣卫大汉将军被紧急调来,从站殿将军处接收了叶小天,会齐了一干大小太监,便齐刷刷地向左顺门赶去。

· ※ · ※ · ※ ·

陕西道监察御史李博贤拉着夏莹莹急慌慌地冲进了御史台。御史台的门官见一个新娘子手里还握着一把明晃晃的匕首，不禁吓了一跳，有心上前拦阻，可是再一瞧扯着她闯进衙门的是本衙的监察御史李大人，又不禁站住了。

李博贤根本没理他，拉着夏莹莹一阵风地冲进大门，那门官想了想，吩咐几个衙役守着门口，他也跟了进去。这种奇景他一辈子都没见过，哪能没点好奇之心。

御史台作为朝廷的最高监察机构、三法司之一，其实是一个很严肃的机构，不过御史台不像刑部一样直接对外，所以衙门里并没有戒律森严的那种感觉，尤其是二进院落往后，亭台楼阁、轩榭廊舫，跟翰林院差不多。

众御史平时也不在自己的签押房里待着，除了四处转悠寻找刷声望的题材，他们大部分时间都在此处品茗聊天、吟诗作赋。所谓清流，这个清不仅指他们纠察百官，多为清廉、清明之督察官，同时也代表着他们很清闲。

此时，二进院落一个花池旁边，就有十几位御史言官正散坐廊下谈笑，李博贤拉着夏莹莹刚一进来，就已引起了他们的注意。夏莹莹那一身红太显眼了，凤冠霞帔，标准的新娘子装扮，不要说她娇美无俦，就算丑似无盐，如此打扮来到此处，也会吸引所有人目光。

廊庑下有一张石台，周围梅花状摆着五个石墩，几名御史正在聊天，看见李博贤拉着一个娇艳无双的新娘子过来，众御史齐齐站起，讶然看向他们，其中一人忍不住问道："李兄，你……这是在做什么？"

李博贤面沉似水，也不答话。他放开夏莹莹的手腕，大步流星地走过去，一抬腿就踏上了石墩，再一迈步就上了石台，站在石台上，向四下讶然围拢过来的御史们振臂高呼道："诸位同僚，国家养士两百年，仗节死义，就在今日了！"

第二十四章

奇葩左顺门

一

锦衣卫大汉将军押着叶小天赶往左顺门，还没到门口，就发现好多官员把门口围得水泄不通，大汉将军不禁有些发愣，这种场面可不多见。三德子一瞧，连忙赶上前去："哟！各位大人，这是怎么啦？"

吏部考功员外郎安非谐扭头看了一眼，道："哦，刘御史伏阙叩宫，向皇上请命呢。"

三德子皱了皱眉，这时他已看见跪在那儿老泪纵横的刘恒邑。刘恒邑正向围观的官员们悲愤地诉说着，一把鼻涕一把泪，因为太过投入，完全没有注意到三德子的到来。

三德子暗暗叹了口气，对这些咬住人就不松口的言官，不仅皇帝害怕、百官害怕，其实他们太监也挺怕的，只好佯装没看见。他对安非谐客气地道："有请各位大人让一让，咱家奉圣谕，要用廷杖！"

"耶？"

正说得投入的刘御史一下子就听到了，廷杖这个词太敏感了，他做了一辈子御史，梦寐以求的就是在有生之年能挨一顿廷杖，可惜……廷杖也不是那么好挨的。甭看后世把明朝的廷杖描述得挺厉害，可是大明的皇帝真正动用廷杖的时候并不多。

此时忽然听到"廷杖"二字，刘御史登时不哭了，也顾不及跟围观的官员痛说"血泪史"了，他瞪大眼睛看着，想知道是哪个幸运儿居然有机会挨一顿让其名扬天下的廷杖。

叶小天手铐脚镣地被锦衣卫大汉将军架了出来，官员们往旁边站了站，继续进入围观状态。刘御史擦擦眼泪站起来，暂时停止了哭诉，抻长脖子加入了围观的队列。

十六名大汉将军左八右八，呈雁翎状在左顺门外站立，八名身着曳撒的监刑太监呈反向的雁翎状站在三德子左右。徐伯夷一脸阴笑地站在右翼最后面的位置，微微低着头，目光贴着卷檐大帽，阴冷地盯着被摁倒在地的叶小天。

三德子肃然而立，高声宣道："叶小天，目无君上，口出妄语。奉圣谕，着即责打二十大杖。大汉将军，行刑！"

锦衣卫大汉将军唱一声"喏"，四名大汉熟练地一伸大杖，便交叉压住了叶小天的头和双腿，另有两名大汉提着暗红色的施刑大杖走上前来。

刘恒邑听到"叶小天"三字，身子猛然一震，方才通政司右通政党腾辉跟他说过，皇上所恋那个女子的未婚夫婿，乃贵州卧牛长官司长官，姓叶名小天，毫无疑问，就是眼前此人了。

叶小天咬紧了牙关，等着廷杖落在身上。两条暗红色的廷杖高高举在了空中，大汉将军一声喊，廷杖就重重地劈了下去。他们已经看到了三德子的示意。廷杖分"用心打"和"着实打"，至于采取何种打法由监刑官按皇帝的意思决定。

如果监刑官脚尖张开，那么就是"着实打"，可能会导致残废，如果监刑官脚尖闭合，那么就是"用心打"，受刑的大臣必死无疑。三德子的脚尖此刻就是闭合的，大汉将军就知道，皇上这是要叶小天死。

"砰！"

"啊！"

"砰！"

"啊……"

两记重棍，两声惨叫，第一声还比较短促，第二声就带上了颤音。叶小天愕然瞪大眼睛扭过头去，他一点都不痛，因为他身上趴着一个人，两记重棍都打在了那人身上。

两个大汉将军愕然举着杖，他们一时也没反应过来。他们高高举起大杖，重重地拍下去时，刘御史突然从围观人群中冲了出来，一个饿狗扑食就趴到了叶小天的身上，两记重棍抽在他的屁股上，登时皮开肉绽，殷红的鲜血迅速染红了衣衫。

"你们……不许动他！不许动他！"

刘御史如愿以偿地挨了廷杖，虽说他是被误伤，效果远不如皇帝直接下令责打他。但好歹这也是廷杖，来日告老还乡、荣归故里，也是一份可供炫耀的资历。

叶小天愕然看着这位疼得抖抖瑟瑟的老人家，心中一片茫然："这老头干吗这么维护我，莫不是要上演一场'孩子，我才是你亲爹'的狗血剧？"

刘御史放声大呼道："各位！此人就是我方才所说的叶小天！皇帝这哪是要惩治不法，分明是公器私用，意图置其于死地啊！哎哟，好疼！好疼……"

安非谙等人急忙上前想搀他起来，刘御史却赖在叶小天身上不肯起来："不成！各位同僚，各位同僚，一定要护住叶小天，一定要阻止皇帝啊！如果叶小天有个三长两短，那就是国朝的耻辱！就是皇帝的耻辱！就是我等臣子的耻辱啊！"

刘御史正大声疾呼着，远处突然一阵咕噪，众人闻声看去，就见一大片深青色官袍飘扬而来，全都是身着青袍的言官！

英雄救美的情结几乎每个男人都有，这些向来以正义使者自居的御史言官们每一个都曾有过这样的幻想。而今，他们所做的一切既可以满足自己曾经的幻想，又符合他们身为言官的使命，他们如何不群起响应？

冲在最前面的人是李博贤，李博贤一边走，一边振臂高呼，他呼的不是口号，而是一篇"战斗檄文"：

"君者，天下臣民万物之主也。唯其为天下臣民万物之主，责任至重。天下者，陛下之家也，人未有不顾其家者。天下臣民，陛下之亲也，人未有不爱其亲者。而今陛下坏祖宗之成法，即是毁其家室。假国器于私用，贪女色迫臣子，即是害其亲！"

李博贤振臂高呼着，忽然一眼看见左顺门前的情形，不由一怔，刘御史这是……

刘恒邑奋力撑起身子，高声道："诸位同僚来得正好！博贤老弟来得正好！陛下图谋臣妻，欲杖死其夫，幸被老夫护住！陛下如此作为，何异于桀纣？我等臣子安能坐视，当有志一同匡正君道！"

刘恒邑抢了李博贤的首倡之功，心中还是有些惭愧，好在他到了左顺门，正好遇上叶小天被带出来要责打，而他上前阻拦，还抢得了最好的时机，替叶小天挨了两杖。如此一来，倒也未必是抢了李博贤的功劳。

所以，他抢先高呼，言外之意，这首功还是李博贤的。不过，他先到了一步，且救下了要被皇帝杖毙的叶小天，这桩名垂青史的大事，无论如何也是绕不过他了。求名得名，大愿得遂，也就不必分得那么清楚了。

李博贤这才明白被他拔了头筹，好在刘老御史也识趣，既已挨了廷杖，又救下了要被皇帝迫害而死的叶小天，已经有了极大功劳，又把这首倡之功还给了他。李博贤头脑反应也快，马上响应刘恒邑的话：

"诸位,你们都看到了?皇上如此作为,何异昏君?我等得禄于朝廷,岂能坐视不理。忠愤所激,鼎镬不避,方能正君道、明臣职,求万世之治!今日在这左顺门外,我等就要伏阙叩请,请天子罪己悔过!"

众御史纷纷响应:"臣等叩请陛下,忏悔己过!"

一些正义感爆棚的文官也纷纷加入其中,义愤填膺地跟着呐喊起来。

徐伯夷眼见群官毕集,群情汹汹,也有些忐忑。他忐忑,是担心这么多官员抗议,皇帝会让步,让叶小天再逃过一劫。但紧接着发生的一幕让他大吃一惊,三德子竟然跑了!

三德子一见刘御史趴在地上,翘着血淋淋的屁股好像摇着一面战斗的红旗,愤懑而自豪地控诉着,而李博贤率领斗志旺盛的众言官一脸亢奋,就脚底抹油,溜之大吉也。不只他跑了,众太监、众锦衣卫大汉将军全都跑了。

"这……这……"

徐伯夷完全没搞明白,这究竟是怎么回事。好在那群大汉将军里有个熟人,熊伟熊将军。熊将军跑到他面前时,急急吼了一嗓子:"公公还愣着做什么,快跑啊!"

徐伯夷气得浑身发抖:太监们跑也就算了,你们是将军啊,你们跑什么?面对一群手无寸铁的书生,你们一个个披甲佩刀的,好意思逃跑?这点胆子都没有,要是让你们去保国卫城,还不都得举手投降?

徐伯夷半道进宫,没有认干爹,缺少点拨,又是火箭式提拔,所以不知道左顺门这儿有一条很特别的规矩,那就是:文官在这儿打死人不偿命,这是大明疆域内唯一一处打死人不偿命的地方。

左顺门原本也就是一道普通的宫门,并没有死刑豁免权,但是明正统年间,文官们在这里打死了三个人,从此这里就确立了一条并不记载于法典的特殊规定:"文官于此处打死人,无罪!"

这条特权是英宗时的大太监王振促成的。王振蛊惑天子亲征,结果土木堡一战,大明元气大伤,英宗被俘。太后下诏,立英宗长子朱见深为皇太子。当时朱见深年幼,所以又指定英宗之弟郕王朱祁钰代理国政。

当时满朝文武皆上书奏请诛杀王振及其党羽,郕王不敢做主,让大臣出宫待命,群臣大失所望,在左顺门伏地痛哭,坚请即时降旨。王振的死党锦衣卫指挥马顺要把大家撵出宫去,这一下激怒了众大臣,众大臣一拥而上,把马顺及其两个心腹活活打死。

警戒宫门的锦衣卫见状大怒，气势汹汹地冲上前来要替他们的长官报仇。如果真让这些锦衣卫动手，在场的大臣将无一幸免。危急关头，于谦冲到郕王面前建议："请殿下宣谕百官：马顺之罪当死，打死马顺的人，无罪。"

郕王听了他的话，大声宣谕，这一来锦衣卫才不敢动手，一幕喋血宫门的惨剧就此消弭于无形。从此，左顺门这里就有了一条连刑部也默认的规矩：大臣们在这个地方打死人，可循前例不予追究。

公公们和大汉将军们都跑了，就徐伯夷晚了一步，于是，他悲剧了。眼见刘御史屁股开花，众文官群情激愤，一瞧这还有个太监，登时一拥而上，哗啦一下就把他围了起来……

第二十五章

服 软

一

"陛……陛下……"

三德子气喘吁吁地跑到御案前:"奴婢奉旨杖刑叶小天,谁料有位御史突然扑上来护在了他的身上,紧接着都察院众御史群情汹汹,呼啸而至,哭天喊地,闹将起来,他们竟然……竟然……"

"嗯?"

"他们竟然痛骂陛下昏庸无道,要求陛下立即赦免叶小天,下'罪己诏'痛悔己过!"

"啊?"

万历一听大惊失色,失声道:"台谏官们怎么知晓此事?啊!叶小天,一定是叶小天预知不妙,泄露消息怂恿言官,此子用心恶毒,当真该杀!"

"陛下!"

金吾卫轮值都督王海宇匆匆走进大殿,绕到御案后面,俯耳对万历皇帝道:"陛下,臣刚刚听到一个消息。有一个女子身着凤冠霞帔,立于午门之前,引得进出官员为之侧目,后有台谏官李博贤上前一番对答后将她领走。没过多久,李博贤便带着都察院全体官员冲进宫来,那女子没宫牌,进不得宫,此刻正等在午门之外,又聚拢了一群官员围观窃议……"

万历神色变了数变,沉声道:"那女子是谁?"

王海宇道:"臣使人上前问过,那女子自称乃贵州红枫湖夏氏土官之女,名叫莹莹!"

万历皇帝撑着御案,慢慢站起身来,咬牙切齿:"朱行书!你这个混蛋!你不是说夏姑娘愿意入宫,只是惮于婚约在身吗?你误了朕,你误了朕啊!"

三德子欠身道:"陛下,众言官还在左顺门哭叫连天的,您看……"

万历听见那似乎被诅咒过的左顺门就是一阵心惊肉跳，老朱家的历代皇帝在这左顺门吃过太多的亏了。万历怔了半晌，才缓缓落座，对那些言官，他现在只剩下头痛了，还真不晓得该如何才好。

三德子欠身道："陛下？"

万历咬了咬牙，额头青筋暴起："朕贵为天子，岂能为叶小天和这班人所左右。你去，告诉他们，休被有心人利用，朕严惩叶小天，是因为他擅杀四位土官之故，绝非为了谋夺其妻。此事……此事完全是他那未婚妻为了替他脱罪，诬陷于朕，你叫他们速速散去，莫要被人蛊惑！"

三德子一听，就跟吃了个苦瓜似的，可皇上有旨，他做奴婢的不敢不听，如果不从，虽不致有杀身之祸，但一旦因此失去圣宠，对他来说，却比丢了性命还难过。

三德子灵机一动，马上跪倒，重重地叩了三个响头，道："既如此，那奴婢这就去了。"

三德子说着就哽咽起来："奴婢自幼侍候陛下，实在不舍得陛下啊！陛下有胃寒的毛病，没有奴婢在身边照应，还请陛下自己保重身体，莫要吃些冷寒食物。陛下时常目眩头晕，再累了的时候，就叫程贵给陛下按摩头颈吧，他的手艺是跟奴婢学的……"

万历听得眉头皱起，朕只是叫你去传道旨意而已，怎么说的跟生离死别似的？万历打断三德子的唠叨，不耐烦地道："朕只是命你去传旨，又不是叫你去死，你啰唆些什么？"

三德子垂泪道："皇上，我朝惯例，左顺门前打死人是不用偿命的。奴婢又是个阉人，没有罪过也会被文官们看作罪孽满身，真就被人打死了，连个冤屈都没处诉啊。现如今言官激愤，臣恐只一露面，就得被他们活活打死……"

万历这才想起左顺门是有这么一条规矩，更是悲愤莫名：寻常百姓被人堵在门口叫骂，也得还嘴吧。这些言官堵了朕的宫门，大骂朕昏庸无道，朕竟连道旨意都传不出去了？

万历恨恨地一拍桌子，对王都督道："你去，速速派兵护着三德子前往左顺门传旨，务必护得他的周全。否则，朕唯你是问！"

王海宇一听暗暗叫苦：我现在跑到皇帝跟前儿打什么小报告啊，这下被抓了丁了。王海宇不敢抗旨，只好硬着头皮答应下来，待他跟着三德子出了宫，一看熊伟盔歪甲斜地站在那儿，登时眼前一亮。

王都督清了清嗓子，厉声喝道："熊伟！"

"末将在！"

熊伟赶紧大步走上前来。王都督正气凛然地道："你去，速速带兵护着三德子公公前往左顺门传旨，务必护得他的周全。否则，本督唯你是问！"

熊伟一听，心中不禁大骂，可军令如山，实在没办法，只好硬起头皮答应下来。心中暗暗打定主意，真要见势不妙，立即脚底抹油。三公公能救就救，若实在救不得，就搬六舅公出来，六舅公是王都督的老上司，不信他不给面子，还能真打自己军棍不成？

熊伟点齐一路人马，护着三德子如临大敌地赶到左顺门，就见乱哄哄一大群人围成一团，叫骂着挥拳动腿，简直就是一帮市井匹夫，哪还有一点清流言官的样子。三德子壮起胆子咳嗽两声，见根本没人听到，只好硬着头皮高声宣道："众大臣听着，皇上有口谕！"

一听皇上有口谕传达，正围殴徐伯夷的众官员这才停手，纷纷转过身来。这些官们有的帽子歪了，有的挽着袖子，有的袍袂掖在腰带里，还有一位一只脚穿靴，另一只脚只能以白袜踩在地上。他们平素体力劳动太少，现已气喘吁吁，有几个还累得大声咳嗽。

三德子飞快地向他们脚下瞄了一眼，就见血肉模糊一个人，脸上又是血又是泥。三德子登时生起悲悯之心："这也不知道是哪位兄弟逃得慢了些，竟遭了这毒手哇！"

此时的徐伯夷，三德子根本认不出来，一旁披枷戴锁的叶小天这时也才看到被众人围殴的徐伯夷，徐伯夷满脸血泥，眼睛也青了，鼻梁也肿了，这形象他亲妈都不认得，叶小天又哪能认得出来。

三德子见那些言官御史们都向他看过来，不禁心惊肉跳，忙挤出一副谦卑的表情，用和缓的声调道："皇上口谕：朕贵为天子，岂能为叶小天和这班人所左右。你等休被有心人利用，朕严惩叶小天，是因为……"

万历皇帝让三德子去左顺门传旨，待三德子离开，万历也没心思批阅奏章了，只在乾清宫里等信。难怪万历忐忑，文官们抱成团的时候，那真是人挡杀人、佛挡杀佛。就算是皇帝，也不敢跟他们死磕。

他要夺人所爱，害人性命，这算什么？就算叶小天犯了十恶不赦的大罪，一旦他喜欢了人家的女人，这整件事也变质了。如今他匆匆找了些理由，能否说服那些一条筋的言官，万历实无把握，是以心中十分忐忑。

万历皇帝正想着，忽然一个小太监蹑手蹑脚地进来，道："陛下，首辅申时行、次辅许国、三辅王锡爵、兵部尚书乔翰文、都察院右都御史严亦非、礼部侍郎林思言……"小太监一连说了七八个名字，欠身道："求见陛下！"

万历一听心头便是一惊，言官堵了左顺门，这个时候这些朝廷大员求见，难道这件事竟已闹得满朝皆知了吗？万历皇帝失神半晌，才有气无力地道："宣他们觐见！"

呼啦啦，七八件大红袍一起涌了进来，透着一股子喜庆的气氛，但万历皇帝的心情，却是惨淡的……

谁也不知道几位大臣和皇帝说了些什么，太监们候在外边，等了许久许久，直到被言官们推推搡搡、拉拉扯扯、弄得衣衫凌乱的三德子公公回到乾清宫。

三德子自幼侍奉于御前，一瞧常在宫里侍候的宦官和宫娥也都被赶了出来，就知道里面出了状况。他没有马上进宫，而是向一个侍立宫门外的小太监低声询问道："谁在宫里？"

那小太监一扭头，瞧见三公公这副形象，不禁吓了一跳，也不敢问，只好压低声音道："回三公公的话，首辅、次辅、三辅，兵部、礼部、工部等大员，全都在里面。"

三德子紧张地道："他们来做什么？"

那小太监苦笑道："小的哪里晓得！他们一进去，就请皇帝屏退左右了。"

三德子对皇帝还是很忠心的，他正犹豫要不要进宫给皇上助威，就见次辅许国带头从宫里面出来，三德子赶紧带头欠身施礼，直到一班大员走远了，这才吁了口气，拔腿就往殿里闯。

殿里面其实还有一件大红袍，首辅申时行还没走呢。三德子急急忙忙闯进宫去，正要向皇帝表忠心，就见申首辅站在御案前，对一脸惨淡的万历天子躬身施礼："陛下，纳妃乃皇帝的私事，无关天下。臣身为首辅，本不应干涉此事，奈何群情汹汹，不得已而从之。老臣以为，是否纳夏氏女为妃，皇上自可决断，一旦有所册立，则事实已成，些许小人聒噪，不必理会的。"

万历坐在龙椅上一言不发，申时行叹了口气，长揖一礼，道："臣告退！"

申时行一转身，正好看见三德子，虽说这是御前近人，未必会把他这番话张扬给外臣知道，申首辅还是不禁老脸一红，连忙咳嗽一声，加快脚步走了出去。三德子走到万历皇帝身边，见他眼神发直，呆呆怔怔，不禁担心地道："陛下？"

两行清泪顺着万历的脸颊缓缓流下，万历皇帝哽咽道："朕贵为天子，想要一个真心喜欢的女人都不行吗？都要被他们如此欺凌吗！"

三德子鼻子一酸，声音发颤地道："陛下息怒，陛下……息怒。那些言官们也是不依不饶，依旧在左顺门前聒噪不休，奴婢制止不得。陛下您看……"

三德子把脸凑过去，让皇帝看他脸上的掌印，万历皇帝却慢慢闭上了眼睛，一双睫毛剪断了他的两行泪水。万历皇帝用梦呓般的声音道："你去，传朕的旨意，释放叶小天，羁押于馆驿之中，待百官议定其罪，听候发落！"

第二十六章

险死还生

一

夏莹莹眼看着李博贤率领众御史言官气势汹汹地冲进宫去，心中的焦急与忐忑却一点也没有放松。久在朝廷的人才知道皇帝已经被文官们"绑架"到了什么程度，在外人眼中，九五至尊的天子还是至高无上、可以为所欲为的。

一群羊斗得过一匹狼吗？

显然不能！

在莹莹眼中，那些只会耍笔杆子、动嘴皮子的御史们就是一群羊，现在这群羊去找那头大色狼了，莹莹心中只是多了一丝希望，根本没有成功的把握。

莹莹在宫门前站了许久，她已经懒得去理会进出宫门者异样的眼光，也懒得搭理那些因为好奇走过来向她询问缘故的大臣。随着时间的消逝，她的心越来越忐忑，掌心都已沁出汗水。

宫门侧门处，忽然出现了一道白色的人影。一直紧盯着午门的夏莹莹蓦然睁大了眼睛，檀口张合了几下，小巧可爱的鼻翅急剧地翕动几下，晶莹的泪突然就像泉水一般注满了她的眼睛。

她看到了她牵挂的叶小天。叶小天行刑前已经被剥去了外衣，只着小衣，发髻也被打散了，现在身着白色小衣，披头散发，与平日的形象大不相同，但莹莹一眼就认出他来。

叶小天看到了莹莹，欢喜地迎过来，先是急急走了几步，然后速度缓缓放慢下来，注视着莹莹，他的眼中也有晶莹湿润的光在闪动。

通过那些御史之口，他已经知道莹莹为他所做的一切，莹莹那一身醒目鲜艳的红色嫁服，映到他的眼中，再传递到他的心里，就化作了一团熊熊燃烧的烈火。

莹莹眼中的泪不争气地落下来，她一直恐惧着，担心从宫中抬出来的是一具身首分离的尸体，现在看到叶小天活生生地站在她面前，并是一步步地自己走出来的，莹莹心中无比满足,好像她已得到了一辈子最想要的东西。

"小天哥!"

莹莹喜悦地叫了一声,忽然拔足向叶小天飞奔过去。

莹莹跑着、笑着、叫着,飞身扑了上去,叶小天张开有力的双臂,稳稳地接住了她,两人紧紧地拥抱在一起。莹莹使出全身气力,紧紧地抱着叶小天,好像一松手他就会飞走似的。夏莹莹贴在他胸前,喃喃低语:"我好害怕,我好害怕,小天哥,你没事就好……"

叶小天抱着莹莹轻盈动人的娇躯,贴着她的脸颊,轻轻地抚摩着她的背,一句话都没说。女人喜怒哀乐到极致时,喜欢对人倾诉她的感觉,而男人大多不同,这时候,他们大多会把情感深深地埋进心底,夯实,发酵,珍藏,偶尔会取出一点,一个人悄悄地回味,却很少愿意把它拿出来与人分享。

直到莹莹放开叶小天,脸上还带着晶莹的泪。她对叶小天道:"小天哥,你没事了吗?"叶小天紧紧地握着她的小手,微笑道:"嗯!没事了,这一次,是你救了我!"

叶小天眼中露出一丝怀念,柔声道:"那个天真烂漫、不谙世事、在我眼中只会闯祸找麻烦的小丫头,现在还真是了不起呢。一出手就做出如此惊天动地的大事,文武百官为你所动,堂堂天子向你屈服!"

夏莹莹破涕为笑,咬着樱唇,眼波盈盈欲流地睇着叶小天,抬起手来在他胸口软绵绵地打了一下,娇嗔道:"好啊你!原来在你心里,人家就是一个傻乎乎的惹祸精!"

叶小天轻轻将她拥回怀抱,柔声道:"傻姑娘也好,惹祸精也罢,我偏偏就喜欢了你,从见到你的第一眼开始……"

夏莹莹被这蜜一样甜的情话打动了,温婉地贴在他怀里,静静地享受着那甜蜜温馨的感觉。

"呃……咳!"李博贤不合时宜地咳嗽了一声,叶小天和夏莹莹扭头望去,李博贤笑吟吟地道:"恭喜两位,虽经风雨,终见彩虹!"

夏莹莹赶紧向他施了一礼,诚心诚意地道:"找碴儿大叔,多谢你啦。"

刘恒邑被同僚架着,一看夏姑娘向李博贤道谢,感觉自己付出这么大的牺牲,如果不说点什么,实在没有存在感。他马上挣扎站好,慷慨陈词道:"姑娘,你不必道谢,我等御史,内存忠厚之心,外振正直之气,素以纠察过失、匡扶正义为己任。

"权者,人君统驭天下之具,岂可公器私用,滥施不法?圣人有言,凡有害于社稷人民者,皆为罪也!吾等科道,凡有益于国家者,虽死而不顾,日夜忧惧者,唯恐不能舍身以报国家……"

刘御史比李御史还能说，出口成章，听得夏莹莹一愣一愣的。叶小天却敛了笑容，非常郑重地向他们行了一礼，肃然道："各位大人，叶某多谢啦！"

这些科道官可能有些迂腐，可能为了维护言官的责任、为了追求清廉之名有些走火入魔，可是如果不是有这样一个群体存在，他能全身而退？

对叶小天来说，这些科道官就是大明最可爱的人！

·※·※·※·

中官，又叫中官坟，是埋葬太监的地方，因为太监被称为中官，所以专门辟给他们的这块坟地，就叫中官了。

这个地方也不仅仅是用来埋葬死去的太监，一些还活着，但因年迈已经不能侍候人的太监被遣散出宫后又无亲人的，也自发聚集到此地盖屋生活，同时给死去的老伙伴们看看坟。

所以这个地方，白天死气沉沉，晚上阴气森森，基本上没人来。

沦落到这里的太监在宫里一辈子，大多也能有点积蓄，再加上无儿无女，没什么消费，有的临死之前尚还有些许积蓄，就会带进棺材里了。

但是这笔钱也多不到哪儿去，而且古人大多相信一点：太缺德了是要遭报应的。最缺德的事儿是什么？不是踢寡妇门，而是刨绝户坟。人家都无后了，死后连祭祀都没指望，你再刨人家的坟，那不是极损阴德的事吗？所以就连泼皮无赖对此也颇为忌讳，轻易不会潜至此处，打主意从太监们的坟茔里寻财路。

不过，万事无绝对，有些人就是不在乎，尤其是在他走投无路的时候，比如李进忠。

李进忠，北直隶肃宁人，今年十九岁。他自幼家贫，整日里混迹街头，跟着一班泼皮无赖厮混，大字不识一个，但是因为各个行当都干过，居然懂得骑马射箭，多少有些本事。

李进忠好色、好赌，凭着他的机灵劲以及比起其他同行多少强些的本事，偶尔还能赚些外快，但他一文钱也攒不下，全都用到女人的肚皮和赌桌上了。

不过，小赌怡情，大赌哪有发财的。饶是李进忠机警，还是着了别人的算计，前两天在赌桌上一下子输了一大笔钱。对方是一个很有势力的大泼皮，手下几十号人，李进忠哪里敢欠他的赌债不还？可一时之间，他实在无处筹措这么大的一笔钱，便把主意打到了中官坟的太监们身上，干起了盗墓的勾当。

夜半三更时分，李进忠提了一把短锹，揣了一支蜡烛，鬼鬼祟祟地潜进了中官坟。那些老太监们的居处是一片混乱不堪的平房，为了谋生糊口，不少太监在院里都养了鸡鹅一类的家禽。如果李进忠想潜进去，势必惊动这些家畜。不过李进忠本来的主意也不是打这些活着的太监的主意，他的目标在那些坟茔。

李进忠因为欠了赌债还不上，白天刚刚被债主带人狠狠地打了一顿，此时一瘸一拐的。他提着短锹，蹒跚地绕过平房区进了坟地，四下看看无人，便随意选定一处坟，壮起胆子挖了起来。

这是一座新坟，土质松软，比较容易挖掘，饶是如此，待那一口薄棺露出来，李进忠也累出了一身臭汗。求财的贪念压住了他心中的恐惧，李进忠跳进墓坑，从后腰里抽出撬棍。

那棺材就是几块薄木板充数，轻轻松松就撬开了，李进忠点燃了蜡烛，往棺里一照，因为是刚刚下葬的尸体，尸体还没臭，李进忠很满意。他之所以选择这样的新坟，也是担心老坟的尸毒和恶臭，他不是专业的盗墓人，一旦弄不好，再染一身尸毒重疾，那就得不偿失了。

李进忠在尸体上摸索起来，谁料他摸了半天，竟未找到一件值钱的东西。那尸体身上穿的是太监服，拿出去也换不了两文钱。李进忠想到自己欠了赌债，再若还不上，被债主抓住不是砍手就是剁脚，必成残废，不由得怒从心头起，恶向胆边生。

李进忠一把揪住那太监尸体的衣领，狠狠地抽起了他的耳光："你个王八蛋！亏你还是混宫里的，怎么就不知道攒点钱！你怎么就不知道攒点钱！你个王八蛋！"

李进忠一边骂一边抽，不提防那尸体被他抽打着，忽地呻吟一声，竟张开了眼睛。李进忠这一惊非同小可，尸变了？李进忠吓得大叫，就要手足并用地爬出去。

但这新坟土质松软，他仓皇之间手脚又不大听使唤，手忙脚乱地挣扎半响，却没爬出多高。足踝被那"太监僵尸"冰冷的手指一把攥住，尖叫道："别……别打了，救命啊！"

"救命啊！"李进忠也尖叫了一声，突又一怔，"不对啊，该我喊救命才对，这僵尸喊什么救命？莫非……"

第二十七章

祸兮，福所倚！

一

徐伯夷竟然没死，当时徐伯夷只是被打晕过去，闭了气。三德子弄明白被"打死"的可怜太监是他后，倒是有些可怜起他来了。

要说起来，到宫里做了太监的，哪个不是一肚子辛酸血泪，要想出人头地就得往上爬，想往上爬就得把竞争对手往下踩，人人如此。虽说这小白吃相有些难看，而且对他产生了直接威胁，可人既已死，也不必和他计较了。

三德子便叹了口气，吩咐人给他准备了一具薄棺，送去中官坟埋了。一具薄棺花不了几个钱，不过毕竟算是入土为安了。

在宫里做太监的，今生几无指望，如果死了也不得安生，谁还能安心做事？所以除非是冒犯了宫中贵人被处死的，否则哪怕他身无分文，料理不了自己的身后事，宫里大太监也会出点钱安葬他，这和逢年过节要给那些苦哈哈的小太监赏钱是一个理儿。

徐伯夷被盛殓装棺，葬进了中官坟，到了午夜时分本就要悠悠醒来，只是棺中空气稀薄，延缓了他苏醒的时间，这时恰好李进忠赶来盗墓，棺椁一开，新鲜空气涌入，再被李进忠一阵掌掴，徐伯夷便适时醒来。

"你……你没死？"李进忠颤颤巍巍地问了一句。

徐伯夷听他这一问，意识清醒了些，这才发现繁星满天，再一看四周情况，顿时明白了自己的处境。徐伯夷道："我……没死，只是被人打得闭过气去，你……你是什么人？"

其实徐伯夷看到立在棺沿上的蜡烛以旁边的铁锹，心中就已猜到了对方的身份。不过对方因此救了自己的性命，否则一旦他醒来，恐怕只能活活窒息而死，所以心中倒没有什么憎恨。

徐伯夷紧跟着便道："啊！原来你是盗墓的。"

徐伯夷吃力地坐起来，道："生计无着时，便是取用些死人之物，原也无可厚非。只可惜，在下身无长物，现在谢不得你。不管怎样，总是你救了在下的性命，兄台，多谢了！"

李进忠听他一口道破自己的身份，不由得恶向胆边生，手已抄向铁锹，准备一锹拍死他，再把他埋回土里，反正是早已被判定死亡的人，不会惹出官司。可他听徐伯夷这么说，手上又是一松，如非必要，他也不想杀人。

徐伯夷这半生经历何等传奇，由一介书生而至举人，由举人而县丞，由县丞而山贼，由山贼而中官，经历了太多。同样气运的人还有一个：叶小天！

只不过他们俩是一个在走幸运，一个在走衰运罢了。李进忠的这番小动作，全被徐伯夷看在眼里。徐伯夷心中一紧，急忙又道："咱家在宫里时原本也有些积蓄。兄台救了咱家的性命，咱家不是知恩不报的人，明早回到宫中，定有重谢。"

李进忠整日厮混于市井街坊，是个油滑伶俐的泼皮，一听居然还有谢礼，杀心更是不见了踪影。马上热情地说道："看样子，在下要小了公公几岁，怎敢在公公面前称兄？我姓李，叫李进忠，公公唤我小李就成。"

徐伯夷听到这里心中一宽，道："好兄弟，这半夜三更的，你可有什么去处吗？先带哥哥去歇一歇，明儿一早你送我去宫门处，在那儿等我，咱家进宫见了皇上，便取银子谢你。"

李进忠一听"银子"，马上连声答应，像个孝子似的把徐伯夷殷勤地从棺里扶出来，收了蜡烛，提了铁锹，扶着徐伯夷离开了中官坟。

·※·※·※·

已过午夜，驿馆中三娘子的住处依旧灯火通明。

叶小天听莹莹说了她如何造势救他的过程后，固然更是爱煞了莹莹，同时也很感激三娘子。三娘子为他们做大媒，她的身份非常特殊，对皇帝而言，就是一种特别的压力，对弹劾天子的御史们来说，也就更多了一个理直气壮的理由。

三娘子虽说是事实上的草原领袖，占据地利、人和。虽说草原部落纵然不肯臣服于大明，大明也很难出兵征讨。但三娘子是自始至终贯彻臣服大明国策的人，这种情况下她能做出明显会惹皇帝不悦的事来，而且是在帮助一个萍水相逢的人，这就难能可贵了。所以，叶小天携夏莹莹备了礼物，登门向三娘子郑重道谢。

夏夫人听说女儿成功说动科道言官，有惊无险地救了叶小天回来，悬着的一颗心终于落了地。虽然夏夫人不像莹莹一般天真烂漫、不解世事，可也是经由此事，才真正体会到中原朝廷与他们贵州有何等的不同。

言官？不管什么官，敢挑战他所隶属的土司首领，在他们那儿是完全不可想象的事，更不要说居然还真的成功了。夏夫人赶到驿馆，便也适逢其会，成了三娘子的座上宾。

到了如今这个地步，夏夫人只能把叶小天当成自己女婿看待了。丈母娘看女婿，那是越看越有趣，可对女婿来说便难受得很了。岳母大人在座，叶小天不想装也得装着点儿。

他和莹莹久别重逢，又甫经大难，如果没有夏夫人在座，想必会亲热得很。可现在当真是非礼勿动、非礼勿言、非礼勿视了。如此一来，叶小天只好打起精神与三娘子喝酒。

叶小天也跟着莹莹叫三娘子为三姐，三娘子性情爽快，和叶小天甫一接触，就很喜欢他的机灵劲儿，很痛快地认了他这个弟弟。

三娘子其实是很好酒的，而且酒量很大，参加宫廷御宴的时候，她要维持一方领袖的形象，不可能开怀畅饮。此刻却又不然，而且同饮的人又很讨她喜欢，三娘子开怀畅饮起来，特意前来致谢的叶小天又岂能不陪？几碗酒下去，叶小天的眼神和舌头就直了。

他的心里倒还清楚，明白在未来丈母娘面前应该维持一个好形象，可惜身体不听使唤。叶小天既想给恩人三娘子留个豪爽大方的好印象，又想给丈母娘留下一个沉稳成熟的印象，结果便是两面为难了。

这时呆萌的夏莹莹的短板便又显现出来了，她是极爱叶小天的，可这时却完全不知道该如何帮叶小天解围，她甚至根本没意识到这时该帮自己男人解围。

叶小天面笑心苦地端起酒碗，故作豪爽地一饮而尽时，莹莹姑娘在一旁鼓掌叫好，为她的心上人加油鼓劲。叶小天努力地让自己咬字清楚，实际上口齿不清地讨好丈母娘时，莹莹就美滋滋地坐在一旁看着，只觉自己的男人憨态可掬。她觉得，自己喜欢，她娘就一定喜欢。有什么办法呢？这就是莹莹，独一无二的莹莹。

夏夫人微微蹙着眉，担心地对叶小天道："小天，今日凭着三娘子及朝中众言官的帮助，你算逃过了一劫。不过，皇上吃了这么一个哑巴亏，会善罢甘休吗？他可是皇帝呀，我看，咱们还是尽快返回贵州吧。"

叶小天看了看游弋在门外的几个带刀武士，他这未来岳母过来得晚，对朝廷上发生的事并不全部了解，只当门外那些侍卫是三娘子或叶小天的人，还不知道那是皇帝派来的人，叶小天现在正处于软禁状态。

莹莹对母亲道："娘，小天哥现在走不了。皇上虽然不再为难他，可小天哥杀死四个大土司的事儿，皇上还没处治呢。"

说到这儿，莹莹忽然沾沾自喜起来，转向叶小天道："小天哥，你真好本事呢！

嘻嘻，那可是土司呀，你不但杀了，而且一杀就是四个，你好厉害好厉害！"

叶小天现在心智尚还清醒，但已不大能控制自己的情绪，而且那烈酒现在对他来说跟水没什么区别，因为他的味觉器官已经完全麻木了。听了莹莹的话，叶小天举起酒碗，豪爽地一饮而尽。

夏夫人看着这对活宝，又好气又好笑地道："你们啊，真是不知道愁，如今这般模样居然还能喝得下去？如此说来，皇上已经留了后手，他若在此事上找你麻烦，该当如何是好？"

"伯……伯母不必担森，皇……皇桑今天呼……呼了软，就……就没办法再严……严惩我啦……"

叶小天大着舌头安慰了岳母大人几句，比叶小天几乎多喝了一杯烈酒却浑然无事的三娘子笑着帮他解释道："小天说的是对的，夫人不必担心。皇上若横了心于今日害了小天的性命倒也罢了，他既已向朝臣们让步，就算小天本该严惩，再议其罪时也只能从轻发落了。"

三娘子笑吟吟地看向夏莹莹，道："小妹子聪明得很！你这一招既出，皇上再想严惩小天，无论他是否出自公心，天下人都只会认为他是公报私仇了。

"今天既已免了小天一死，这严惩的底线也就确定了下来，那就是绝不可能判处死刑。既不能判死，判重了对皇帝来说又有什么意思？而且还会招来天下人的嘲讽，那些科道言官更不会轻易罢手，这种情况下，从轻发落是皇帝最明智的选择。"

夏夫人听到这里，不禁长长地吁了口气，道："既如此，老身就放心了。"

夏夫人之所以这么相信三娘子的判断，是因为三娘子本身也是一方政权的最高统治者，她的判断，当然比任何人都更有信服力。

叶小天大着舌头道："桑……桑姐说……说得对！不过，光这样还不够，祸兮……兮……福所倚……，皇帝这条大……大……大腿抱不了啦，我们得趁机另……另抱一条。"

夏夫人关切地道："你又想做什么？多一事不如少一事，还是不要再生是非了吧！"

"呼……"

叶小天终于装不下去了，他身子一歪，躺到莹莹的大腿上，便呼呼大睡起来。

第二十八章

大智若愚

一

　　清晨，叶小天悠悠醒转，只觉口干舌燥，正要起身拿杯水喝，忽然觉得大腿发麻。睁眼一看，就见莹莹抱着他的大腿，蜷缩着身子，像只小猫似的睡得正香。

　　叶小天敲了敲脑袋，脑海中依稀还记得昨晚岳母大人和三娘子都在，他是去向三娘子道谢的，三娘子置酒款待，莹莹一旁陪着。有岳母大人在，怎么会容他们二人宿在一起？

　　叶小天四下看了一眼，确认他依旧在三娘子所居之处的花厅，莹莹的脚边有一条薄衾，已经被她踢到一边，叶小天肚子上也搭着一条薄衾，叶小天看看莹莹睡得红润的笑脸，不禁微微一笑，心中泛起一丝甜意。

　　昨夜他喝得酩酊大醉，倒在莹莹身上便呼呼睡去。夏夫人本想让叶小天的随从把他扶回去休息，但莹莹生怕移动中会吵醒了他，所以坚持要让他枕着自己的腿好好睡一觉。

　　事情到了这一步，夏夫人已经没有别的选择，只能把叶小天当成自己的女婿看待。虽说莹莹和他尚未完婚，依照礼教大节，这是不合规矩的，不过夏夫人也非中原人氏，倒也不是非常在乎。再说，叶小天已经烂醉如泥，还能做什么？

　　三娘子是草原上的女中豪杰，草原女子对男欢女爱的事更加看得开，丝毫不觉非礼，反而有意玉成，便邀夏夫人与她同寝，就让叶小天和莹莹歇在花厅。

　　夏夫人本就有意巴结三娘子，有此强援，对夏家是极有利的，便也顺水推舟地住下了。只不过，她们都以为莹莹会辛苦得很，要嘘寒问暖地照顾叶小天一宿。莹莹自己也是这么打算的，可是小孩子性儿依旧挺重的莹莹只撑了不到一个时辰，便不知不觉地睡去了。

　　她的睡相并不老实，睡着了便会找最舒服的姿势以及最舒服的枕头，于是，本来是叶小天枕在她的腿上，及至天明，却是叶小天的大腿被她枕得发麻了。

叶小天一动，莹莹也就醒了。她揉揉眼睛，娇憨地坐起来，忽然发现自己是枕在叶小天腿上，不禁吐了吐舌头。昨夜的事她可记得清楚，这时不免有些脸红。

向叶小天表功，表示自己是一个如何温婉贤淑、体贴温柔、合格小娇妻的话自然是说不出来了，不过她也是绝不会承认本来是要照料叶小天，结果却把叶小天做了枕头的真相说出来的。

叶小天轻轻抱住莹莹，小声道："伯母呢？"

莹莹道："三姐留我娘住下，在三姐那儿呢。"

"哦！"

叶小天抚着莹莹睡得微显蓬松凌乱，却也给她平添了几分女人味儿的秀发，享受了一阵温馨、安静的感觉。莹莹温驯地偎在他的怀里，异常甜蜜。

叶小天觉得如此安闲轻松的氛围下，似乎正合适他说出自己的心事，便道："莹莹。"

"唔？"

莹莹此刻的确很安静，在叶小天的怀里依偎了一阵儿，她又起了困意。眼神蒙眬，正想再美美地睡个回笼觉呢，所以答得很是慵懒。若搁在平时，叶小天听到这么柔媚的回应，少不得就要狎戏一番，不过此刻他正有心事，倒是没起这个心思。

叶小天咳了一声，道："呃……莹莹啊，你离开贵州后，发生了很多事，很多……这个……我想跟你说说。"

莹莹打了个哈欠，往他怀里靠了靠，找了个更舒坦的睡姿，娇慵地道："那你就说嘛。"

"咳！事情是这样的……"

叶小天开始了讲述，自莹莹离开贵州时间虽短，却发生了太多太多的事情，那些诸侯争霸、钩心斗角的事情叶小天都没有讲，这些事与莹莹无关。他只捡和展凝儿、田妙雯有关的事——说给莹莹听，一直说到他被解赴京城，田妙雯临危受命。

莹莹的睡意早就没了，她已盘膝坐起，一双眼睛随着叶小天的讲述越睁越大。叶小天讲完了，有些心虚地瞟了她一眼，干巴巴地道："事情……基本上就是这个样子了"。

莹莹轻轻叹了口气，叶小天心中一紧，赶紧道："我……其实我也是……迫于……迫于无……"

莹莹有些伤感地道："凝儿姐姐好可怜啊。"

"啊？"

叶小天蓦地抬起头，愕然看向莹莹。他没想到莹莹的头一句话竟然是关于凝儿的。其实凝儿目前的处境他也不是不关切，只不过他已不是当初那个初出京城的少年郎了。这几年阅历愈增，人也越发成熟起来，他已经明白，这世间并非所有的事都是你想办就能办得到的。

尤其是情感这种事，更不是剃头挑子一头热，需要双方共同的努力才行。如果凝儿抛得下一切，他就是动用武力把凝儿硬抢过来都行，何况凝儿一身武功，展家又没限制她的来去，她想走随时都可以走。但她走得开吗？那道锁在她心里。

这道锁只能靠她自己打开，在她打开这道锁之前，叶小天就算把她强行抢走也解决不了任何问题。叶小天明白她的处境之艰难，更明白这时候自己若是与她接触，反而会火上浇油，所以动作才不多。

当然，这一方面是因为凝儿现在的特殊处境，还有一个原因，是在叶小天心中，凝儿是那种最为直率爽朗的女子，性情也最为坚强果毅，情感上的纠葛会叫她苦恼，却绝不会打败她，让她变成一个伤风悲秋的苦情女子。

可在饱受相思之苦的莹莹看来，此时的二姐凝儿一定心力交瘁，苦不堪言，不免大生同情之感。

叶小天咳嗽两声道："凝儿素来坚强，应该还好吧。现如今她只是囿于家族的束缚，不得自由。她伯父刚死，我也不好与她频繁往来。"

说到这里，叶小天苦笑一声，道："自我离京去了贵州，几无一个宁日，时时疲于奔命，纵然想要往来，怕也不得空闲。你放心吧，等时日久些，两家仇怨淡了，总有解决办法的。"

夏莹莹俏巧地白了叶小天一眼，道："哼！去见二姐和我你就没时间，倒有时间再去勾搭我大姐，是不是？"

叶小天摸起了鼻子："唔，这个不同的，我去贵阳，既为迎接抚台大驾，也是为了联田抗杨，交结各路土司。同时也是作为一方新任土司，在大家面前露露脸儿，谁想到……嗨！真的是大大地露了脸儿。"

莹莹抢白道："嗯，不只露了脸儿，还顺道儿勾搭了一个美人儿！"

叶小天见她如此表现，反应并不过激，稍稍放下了心，嘿嘿地干笑两声道："阴差阳错！阴差阳错而已。你……要是你不同意的话……"

莹莹乜着他，道："那就怎么样？你把她赶出卧牛山？"

莹莹虽然有些呆萌，人却不傻，如何不知道他是得了便宜卖乖，岂能遂他之意？这一番抢白，弄得叶小天理屈词穷，更无话说，只好讪讪地道："那样的话，我……我也不知道该怎么办才好了。"

莹莹哼了一声，有些不甚情愿地道："大姐心眼儿有点多，不过经历了这么多事，我倒觉得你身边有个女诸葛样的人也不错。你现在不比当初了，需要有人能帮到你，我傻傻的，实在帮不了你什么。"

叶小天大喜，忙握住她的手，甜言蜜语道："我喜欢你，是要娶回家做老婆的，又不是请师爷，需要你帮我什么？我喜欢你，就是喜欢你，如果一定要贪图你的本事，和贪图你家的权势、地位有什么两样？"

"是吗？"

莹莹眼珠转了转，问道："那你喜欢妙雯姐姐，有没有理由呢？"

"呃……有的！"

叶小天的脑筋飞快地一转，就决定说实话。女人嘛，总喜欢自己特别一点的，如果说他喜欢田妙雯也没有什么理由，那岂不是把她和莹莹置于同一地位了？叶小天和莹莹定情在先，对她还是有些愧疚之心的。

叶小天便道："妙雯冰雪聪明，容颜妩媚，性情温婉，楚楚可人，自然……自然是招人喜欢的。"

莹莹嘟起了嘴儿，愤愤不平地道："那凭什么你喜欢她就有理由，喜欢我就没有理由？不行，我也要理由！"

"啊？"

莹莹瞪圆了美丽的大眼睛，气愤地道："干吗，看你这么为难的样子，难道人家就没有一丁点优点吗？"

"有有有，当然有！"

夏大小姐明显是把他和田妙雯的事高高举起轻轻放下了。她活泼的性格是其中一个原因，她和田妙雯本就是金兰之交也是一个重要原因，同时也说明这个看起来呆萌得一塌糊涂的小丫头，其实也是不乏智慧的。

既然阻止不了，听明白整个过程之后，也明知道不可能再去阻止，又何必揪住这件事不放？小聪明和大智慧是两码事，莹莹能让叶小天这么喜欢，可不仅是因为她出众的美貌和呆萌讨喜的性格。

叶小天被她的大度宽容感动得一塌糊涂，一大堆的赞美立即奉上："莹莹姑娘你美得祸国殃民，聪明得大智若愚，可爱得一塌糊涂，就算盲人都会喜欢你的……"

夏莹莹学着叶小天的样子揉了揉鼻子，疑惑地道："这是在夸我吗？"忽又转为欢喜："嘻嘻，人家就当你是在夸我好啦……"

叶小天和夏莹莹在那儿"斗智斗勇"的时候，金銮殿上也在斗智斗勇，朱翊钧正跟穷横穷横的科道官以及战斗力爆表的行政官斗得不可开交，而行政官和科道官同时也在互相攻击，金銮殿上真是好不热闹！

第二十九章

楼歪了

一

早朝，万历一上金殿，便往御椅上疲惫地一坐，显得有些萎靡不振。他是天子，堂堂天子想要一个女人，居然败得如此落花流水，这个事实对朱翊钧的打击着实有点大。

忽然之间，他就有些意兴索然。九五至尊的皇帝又能怎么样？坐在这高高的龙椅上，看着齐齐俯首向他高呼万岁的群臣，万历只觉得这是一种莫大的讽刺。

"众卿平身吧……"

万历懒洋洋地扬了扬手，声音有气无力，众大臣对皇帝如此模样略感意外，因为万历皇帝给大家的印象一直都是兢兢业业。身为帝王尤其要注重仪表，朝会上岂能如此随意？

记得前两年京师大旱的时候，万历帝亲自祭天祈雨。祈雨当天，皇帝亲率百官步行十余里到天坛去，经过一番冗长而繁复的祈雨仪式后，又不顾劳顿，坚决拒绝乘辇，再次顶着烈日步行回宫。

为了表示祈雨的虔诚，当日他还特意下旨免除清道，破例让沿途百姓一睹天颜。那番举动，令群臣百姓无限感动，更有不少人潸然泪下。

如果搁在平时，马上就会有御史上前严厉批评天子了。不过今天御史们有更重要的事情要做，所以他们只是略感诧异，便把此事抛在了脑后。

百官奏事，御例都是先处置外臣使节的事，再处理地方进京大员的事，最后才轮到在京官员奏事。今日既无外臣使节，也无大员进京，直接就到了朝臣议事的步骤。

三德子刚刚说罢"有本早奏"，便是一声清越如凤雏、抑扬如名旦的高呼："臣……有本奏！"

这声音是专门练过的,不过要说得精气神儿如此饱满却也不容易。万历皇帝向声音传来之处扫了一眼,就见一个六品青袍官儿雄赳赳、气昂昂地出了队列。

金殿太大,文武两班队列太长,六品的官儿官阶又太低,所以那人是站在班尾的,这一声喊罢,他得往前走,此时正捧笏快步而上,向御前赶来。

万历一看他这副架势就有些心惊肉跳,有资格参与朝会的官员至少五品,而五品是要穿红袍的,所以满堂朱紫不仅是形容在场的都是有权有势的官员,更贴切的用处正在于大明的朝会。

在这种场合,不着红袍的低阶官员除了皇帝指定要参加朝会的,就只有一种人可以不请自来。那就是科道官,这些官职极低、但无人不可弹劾的特殊人物。

今天万历可没特意召见什么小官,那这着青色官服的人必然是御史了。

果然,真的是御史!

那个青袍人胸脯挺得老高,万历皇帝已经看清了他胸前的补子,补子上边一只独角兽就像那御史一样,雄赳赳、气昂昂的,怒目圆睁,威风凛凛,正是御史才有的补服图案:神兽獬豸。

"皇上,臣陕西道监察御史李博贤。臣欲请天子与殿上诸公,众议贵州卧牛岭长官叶小天擅杀四方土官一案。"

朱翊钧一听,沉下脸色道:"此小事也,何必大张旗鼓。朝堂之上,当议天下之大事。此等小事,卿可形诸文字,奏报于朕,由朕批送有司处理即可!"

跟我撂脸子?专门负责找碴儿的御史大人穷横穷横的,还就不怕有人给他脸色看。

李博贤马上正色道:"皇上,叶小天乃西南边陲一土官,他的所作所为,关乎西南之安危,怎么能算是小事呢?常言道:千里之堤,溃于蚁穴。吴楚争桑之战,不过是因为一棵桑树,一方土官难道不比一棵桑树更重要?须知……"

御史之可怕,除了他们得理不饶人,还有他们聒噪的本事,那唠叨的功夫实在是令人望尘莫及。万历皇帝只是不耐烦地说了一句,李御史便滔滔不绝起来。

万历皇帝皱着眉头听了一阵,眼见他没完没了,便打断他的话道:"罢了,那就议一议叶小天的罪名吧。不知众臣工对叶小天一案,以为该如何处断?"

关于叶小天在贵州的所作所为,在内阁的坚持下,已经以邸报的方式传达给了各部司衙门,文武官员们都很清楚此事。

一直以来,武将在朝堂上几乎都是打酱油的,负责站班而已。他们插话,通常是在涉及重大军事行动时,不过即便是军事行动,主要决策者也是文臣,要由他们来决定打还是不打，打的话打成多大的规模，达到什么样的战略目的，这已相当接近现代的军事决策，其战争目的也定位得很准确：为政治服务。

可叶小天一案严格说来，与他们并没有什么关系，但是今日却有多位武将主动发言，认为叶小天只是自卫反击，而事由更是那几个死掉的土官无视朝廷，叶小天之所为是捍卫了朝廷的威仪，所以不但无罪而且有功，当赏勿罚。

至于其他朝臣，也是各有看法，斩、贬、谪、流、惩、罚，各有说辞。万历皇帝今天心情不好，眼见话题一开，一只鸭子就变成了几百只鸭子，叽里呱啦吵得不知所云，心中无限厌烦。

朱翊钧不耐烦地转向首辅申时行，问道："申阁老以为如何？"

申时行为人圆滑，他是比较倾向于顺从皇帝的意思的，他当然清楚皇帝恨极了叶小天，只有赞成判处叶小天死刑才能取悦天子。不过作为文官代表，他敏锐地发现许多文臣都倾向于宽赦叶小天。

对于这些文官的态度，他也不能不予考虑，否则作为首辅、文官集团的最高代表，却处处同本阵营的人唱反调，那他很快就会被大家孤立起来，变成一个空架子。

所以，申时行只一斟酌，便提出了一个折中之策："老臣以为，叶小天之所为，罪无可恕，情有可原，可酌判流……或谪之刑。"

申首辅又打起了马虎眼，流刑是要免除官职，流放边荒的，而谪则是降低职务异地安置。头一条是为了迎合皇帝，后一条是向百官妥协，这样的说法两方面都不会很满意，但也不会因此对他产生敌对的情绪。

万历现在已经不指望处死叶小天了，申首辅的回答虽然有些圆滑，却也勉强能让他满意。他便顺水推舟地道："阁老所言有理，叶小天擅杀土官，虽有情由，不可原宥，可免去官职，充军琼州崖县。"

万历一句话，就把叶小天发配去了瘴疫横行的天涯海角。可万历话音刚落，就听文官之末又起一声清朗的高呼，那抑扬顿挫的腔调，很明显和李博贤一样，是在同一个地方出来的。

"臣，反对！臣……有本奏！"就见一抹靛青色的身影倏地一下从文班末尾闪出来，雄赳赳气昂昂地冲上前来，顿时百官侧目。

这老夫子正是刘恒邑，刘老夫子做了半辈子御史，名声并不彰显，很多朝廷大臣都不见得认得他，可现在认得他的人却极多。因为他挨过廷杖，挨过廷杖就意味着他是清流中的清流、贤臣中的贤臣，刘御史的大名已经在士林中广泛流传开来，一朝成名天下知了。

"臣，山东道监察御史刘恒邑，弹劾阁臣申时行，专恣自断，威凌皇上！"

明明是万历顺水推舟，引用了申时行模棱两可的意见，可刘御史却直指内阁首辅，显然是要挑起科道官与行政官之间的大战了。

本来打算袖手旁观的一些行政官和监察官登时精神一振，叶小天算个屁，事情关乎他所在阵营的兴衰了，这就直接关系到他本人的利益了，岂能不予关心。

刘御史一边走一边高声弹劾其罪："各部各院都设《考成簿》，记录官吏功过，送内阁考察升降，则命官之权，系于其手矣；吏部、兵部挂选官员，都得经内阁认同，则吏、兵两部形同虚设，文武权柄集于一处矣；督抚巡接办事，无不密谒内阁大臣请教；内阁首辅奉诏拟旨，独自行事。则置我圣天子如虚设矣！"

刘御史步伐不快，但声音铿锵有力，等他赶到御案前面时，稳稳站住，高声道："我太祖皇帝曾立下规矩：'后世子孙不得预立丞相，臣工敢言立相者，斩！'今内阁首辅虽为阁老，无异于宰相！臣请诛申阁老，以正朝廷！臣请削内阁之权，以正天下！"

刘恒邑临退休，事业焕发了第二春，士林声名就是权势地位，他现在有底气这么说话。

申时行也很干脆，刘恒邑点出他的名字时，他就把官帽摘下来了，刘恒邑说到第二条罪名时，申时行已经跪在地上。

这也是规矩，只要有台谏官弹劾，不管你自认为有罪无罪，又或者皇帝会不会惩罚你，你都得先免冠下跪，以领教训，要等皇帝问你时才能申诉。

腹黑宅男天子看了申时行一眼，幽幽地问道："申阁老，你怎么说？"

申时行马上慷慨陈词起来。

他高呼道："刘御史所责，皆为内阁应有之权，所议所决，无不呈交御览，从无擅自行事。内阁中若有大臣营私舞弊，皇上圣明，可罢黜之。但若因一二阁臣之故，削弱内阁之权，未免因噎废食，失去臣劳君逸的目的。如果科道以为老臣跋扈，臣自请处分，告老还乡就是，但内阁诸务乃祖宗成法，不可变！"

申时行固然圆滑，能做到内阁首辅，又岂是常人。这番话说得漂亮，完全把内阁的利益放在最前面，至于他个人，只是略略一提，最后更提出他可以去职，内阁不能削权的话来。

这一来，他就把自己扮成了整个行政官团体的利益代表，获得了全体行政官的认可与支持。果不其然，申时行话音刚落，内阁次辅许国、三辅王锡爵，六部九卿，各衙司大臣，纷纷下跪，声援起来。

武官行列、勋戚功臣行列之外就是文官行列，众行政官这一跪，满堂朱紫中，文官序列里只剩下都察院左都御史叶千尺和右都御史严亦非在那儿"金鸡独立"了。

二人对视一眼，不约而同地出班，跪倒，除冠，高呼道："申阁老自辩犀利，然听其言如何，观其行如何？今叶小天一案，还不是申阁老一言而决？阁臣跋扈，科道唯有噤若寒蝉矣。台谏官不可言，留来何用？臣请除官，告老还乡！"

二人言犹未了，可以不请自来的众言官忽然自金銮殿外一拥而入，副都御史、佥都御史居首，六科给事中紧随其后，十三道监察御史一百多人鱼贯而入，齐齐跪倒，官帽铺了一地："臣请除官，致仕为民！"

对于科道官和行政官的狗咬狗，朱翊钧平时是很乐见的，因为身为皇帝，最重要的帝王权术就是在大臣们中间搞平衡，可今天万历皇帝却没有感到一丝喜悦，只有一种辛辣的讽刺感。

在他看来，为什么有备而来的科道官把目标对准了内阁，继而瞄准了整个文官团体？为什么行政官们也把对手放在了监察官身上，而不是他这个皇帝？很简单，因为在人家眼里，真正的威胁从来都不是他。

"呵呵……"

面对纷纷摆出辞职自清的行政官和监察官，万历皇帝只感到一阵莫名的悲哀，对于高踞上座的自己，更是感到由衷的厌恶。不过，他毕竟是皇帝，而且是个很聪颖的皇帝，只是简单一思索，就做出了权衡。

要保申时行！

原因很简单，老申作为首辅，还是很听话的，而台谏官们近来却是风头正劲，得压一压。万历皇帝开口道："申阁老所言有理，刘御史所劾夸大其词了。申阁老请辞之举，朕不准。申阁老请起！"

申时行本来就没想走，一听这话，马上把官帽又扣回头上，站了起来。

万历皇帝看了看端端正正跪在那里的叶千尺和严亦非，道："科道官之职责，本就是纠察百官之失。为了能让你们畅所欲言，国朝规矩，台谏官可风闻奏事，你们有所弹劾，便是尽了本分。动辄声言辞官，岂非要挟君上？"

这帽子扣得重了点，一向以忠臣中的忠臣自许的叶千尺和严亦非面对这句诛心之语，立即顿首道："臣不敢！臣绝无此意！"

万历皇帝淡淡地道："既无此意，那就起来吧！"

叶千尺和严亦非无奈，只好拾起帽子站起。万历皇帝冷冷地道："朕令尔等所议者,唯卧牛司长官叶小天之罪,众卿不必涉及其他,只议叶员之罪便是了。"

叶千尺和严亦非与申时行、许国等人虎视眈眈地对视一眼,终于放弃了决战的念头。兵部尚书乔翰文眼见情状,向同属鹰派核心成员的几名死党悄悄递了个眼色,礼部右侍郎林思言便轻咳一声,出班奏道:"对于叶员该当如何处置,臣有一番见解,愿奏于天子裁断!"

第三十章

道貌岸然

一

朱翊钧眉头一展，赞许地看了林思言一眼，虽然还不知道他是个什么态度，起码这跑远了的话题终于又回来了。朱翊钧欣然道："林卿有话只管讲来。"

林思言欠身道："臣以为，叶小天在贵州固然有擅杀四大臣之罪，然则这四位土官目无朝廷，刺杀命官，挑起争端，亦有不容宽赦之大罪。叶小天是在受到他们刺杀的情况下愤而反击，方才杀人。

"方才首辅大人讲，叶小天是情有可原，罪无可恕，依臣看来，他是罪无可恕，情有可原。故而对叶小天，臣以为，可贬其官，这也合乎我大明祖制。对于无为、犯过而无极罪的土官，朝廷一向是以贬其官爵为惩的。"

"臣反对！"跳出来的居然不是某一位迎合圣意的勋戚功臣，也不是专门跟行政官过不去的监察官，而是与林思言同衙为官的礼部左侍郎高启愚。

高启愚跟林思言一向不合，原因无它，只因他们两个是竞争对手。高启愚做左侍郎有年头了，眼看着礼部尚书老迈，快要到了致仕的年龄，如果右侍郎之位虚悬，高侍郎就有极大可能上位，不提防半路跳出个林思言来。

林侍郎比他年轻几岁，但是精明能干，官声极好，而且官场人脉也不俗，通政司、兵部、都察院等几个要害部门都有关系极为融洽的朋友。高侍郎深深地感受到了威胁，所以自从林侍郎进入礼部，两人便明争暗斗，一刻也不消停。

高启愚躬身道："罪无可恕，情有可原。情有可原，罪无可恕。堂堂大臣，在这殿堂之上，居然玩弄这些文字游戏吗？叶小天有罪无罪？擅杀大臣就是有罪！擅用匹夫武力用诸公事，就是有罪！

"就算他是迫于无奈，他事前可曾告发于官府？事后他可曾向朝廷请罪？以上种种，一样也无，何也？盖因此人同样目无朝廷！说到底，叶小天与四位土官不过是私人恩怨，挟隙仇杀理当严惩。是故，臣以为，该当把他发配琼州！"

林侍郎冷冷地道："四土官居心不良，屡下毒手，时抚台未曾上任，叶小天求告无门，予以反击，有何不可？"

高侍郎反驳道："抚台不曾上任，还有皋台，皋台之上，还有朝廷。难道那贵州便是不法之地，只能任由他自行其是吗？"

林侍郎仰天一声长笑，道："贵州情形如何，高大人你不会不清楚吧？如果你要说那里是法治之地，朝廷管得了那些跋扈的土官，那就是欺君！土司自治其民，自统基地，自征其税，自领其兵，俨然国中之国。叶小天一案，足可以看出该地土官是何等目无朝廷！朝廷要加强对贵州的治理，改土归流是唯一的良策！"

严亦非捧起笏板道："臣附议！"

乔翰文也捧起笏板道："臣附议！"

吏部考功司郎中文竹生肃然道："贵州是否改土归流，牵一发而动全局。臣以为，该徐徐图之，不可操之过急。"

太仆寺丞胡承嗣出班道："文大人所言极是，我朝自太祖时起，就已开始经营贵州，所用之策时急时缓，因时因势而定。今贵州无事，偶有不法，未涉叛乱，骤起刀兵，恐酿大变呀……"

万历皇帝无力地扶住了额头，他依稀记得，是要议叶小天之罪来着，后来好像发展成礼部左右侍郎互相攻讦，礼部的内斗尚未战出个结果，话题又变成了一项关乎朝廷的重大国策：改土归流！这要扯到什么时候才是头？

礼部高侍郎沉声道："诸位大人，皇上要议的是叶小天之罪！这改土归流之事，还是先放一放吧！"高启愚话音刚落，云南道监察御史王留川长笑一声，又跳了出来。

礼部右侍郎林思言和都察院右都御史严亦非是好友，志同道合，同属鹰党。当然，鹰党并没有明确的政治纲领，也没有开宗立派，只是为了概括这些人，由笔者归纳总结的一个名字，朝廷诸公并不知道他们这个小团体有些不为人知的"小秘密"，只知道他们私交甚笃。可仅此一桩就够了！

监察官们是反对严惩叶小天的，林侍郎也是认为应该从轻发落的。现在高侍郎和林侍郎唱反调，林侍郎和监察系统的二把手又是好朋友，御史言官们会站在谁一边？

王御史早就憋足了劲儿要表现一把了，只是林侍郎太会打岔，莫名其妙地就把话题引到了改土归流上，现在高启愚又把话题拉了回来，正好方便他出手。

王御史捧笏向皇帝行了一礼，道："皇帝，四土官跋扈枉法，无视朝廷，害的是朝廷的百姓，动摇的是陛下的江山！叶小天愤而反击，悍然杀死四个土官，震慑的是不法之徒，维护的是大明天下。纵然有先斩未奏之罪，难道应该严惩吗？"

不等皇帝回答，王御史身形一转，便向高侍郎一指："此人居心叵测，主张严惩叶小天，实有不可告人之目的。"

高启愚又惊又怒，道："你胡说，我有什么不可告人之目的？"

王御史是语不惊人死不休，他冷笑一声，又复转向朱翊钧，高声道："臣王留川，弹劾礼部左侍郎高启愚，有谋反不轨之心！"

扑通！高侍郎直接就跪了，把官帽一摘，跟方才内阁首辅申时行一样，气得肚子一鼓一鼓的，也只能耐心听人弹劾。

万历皇帝眼见他们互相攻讦，把这一场朝会变成了一场闹剧，心中好不悲凉："我老朱家的江山，就是找了这么一批，在替朕管着吗？"

可饶是他早知道这些御史有些喜欢夸大其词，听到谋反这么敏感的事，还是不由提高了警惕。

万历坐直了身子，沉声道："御史虽有风闻奏事之权，也不可无端诬陷大臣。高侍郎有何不轨之心，你若说不出个子丑寅卯来，朕绝不饶你！"

王留川昂昂然道："皇上，礼部左侍郎高启愚主持南直隶乡试时，曾出题《舜亦以命禹》，嘿嘿！谁是舜？谁是禹？高启愚主持南直隶乡试，是当时的首辅张居正指定的人选。此人居心不良，这是要劝进张居正做皇帝呀，他故意出此命题，测试士林民意，同时也是有所暗示，希望能明白其意又想钻营的人劝进！"

高启愚都快气哭了，他真想高呼一声"冤枉"，可皇上还没问他话呢，他什么都不能说。跪在金銮殿上的高侍郎气得浑身哆嗦。万历皇帝再度转向申时行，淡淡地道："首辅以为高卿有罪吗？"

申时行一听万历皇帝依旧称高启愚为卿，显然是未曾因此怪罪，急忙说道："王御史以此暧昧陷人死罪，若皇帝信从其言，臣恐谗言将接踵而至，文字之狱，绝非太平王朝气象！"

万历皇帝微微颔首，申时行向他的同党吏部尚书黎秋雨使了个眼色，到底是官场上的老搭档，黎尚书立即就明白了他的意思，怒气冲冲出场道："王留川依仗御史特权，谗言欺君，构陷大臣，若不严惩，台谏官将肆无忌惮了！臣以为，当把王留川贬出京城，以作惩罚！"

万历对这些人早已深恶痛绝，马上毫不犹豫地点了点头，可还没等他说话，都察院左都御史叶千尺和右都御史严亦非便不约而同地出班，跪倒，除冠，高呼起来："风闻奏事乃言官之权。皇上若准了黎尚书所言，从此科道万马齐喑了！"

给事中王士性、御史李植双双跪倒，高呼道："臣王士性（李植）弹劾吏部尚书黎秋雨，阿附权臣之意，蔽塞朝廷言路！"

有人弹劾就得免冠听劾，高启愚免冠听罪还没起身，吏部尚书黎秋雨又摘了帽子，在他旁边跪下听参了。万历皇帝怒极，忍不住正话反说，道："诸御史所言有理，既如此，便罢了高启愚的官儿，叫他回家养老去吧。"

高启愚听得脸一白，他只是想跟林侍郎别一别苗头而已，哪想得到会掺和进这么多人、搅出这么多事儿来？正懊恼间，首辅申时行怒了。

申时行固然圆滑，可也不是毫无脾气。高启愚是第一个站出来附和他的人，又是堂堂一部侍郎，如果就这么被御史们赶出京城，他这个首辅算什么了？

申时行白眉一挑，袍袂一甩，跪倒在地，掷地有声地道："高启愚无罪！皇上若惮于科道，妄治其罪，臣自请除职，与高启愚一同离开京城！"

户部尚书杨巍也是申时行一党，马上也撩袍跪倒："臣自请除职，与申首辅、高启愚一同离京！"

内阁次辅许国、内阁大臣余有丁一见行政官和监察官之争已经进入白热化状态，不能再袖手旁观了，马上也出班跪倒，高声道："御史王留川蓄意挑起朝臣不和，此非秉公履责，实是包藏祸心，臣以为，该免其官职！"

万历皇帝微微眯起了眼睛，道："嗯！依众阁老、众臣工之见，该惩罚王留川喽？"

一听皇上话风似有答应的意思，刚刚才站起来的众言官呼啦啦又跪了下去："许国倚仗权势，迫害言官，闭塞圣听，应予严惩！"

"哈哈哈哈……哈哈哈哈……"

金銮殿上突然响起一阵爆笑，一个个跪在地上做痛心疾首状的大臣愕然抬头望去，就见万历皇帝坐在御椅上纵声大笑。朱翊钧狂笑不止，笑到极致，还在御案上用力地拍了几掌，直至笑出泪来。

他的心中无比厌恶、无比悲哀："朝会，究竟是个什么地方？真的是文武百官忧国忧民、心关天下的所在吗？文武诸公是些什么东西？满口仁义道德，一肚子男盗女娼！而我，我只是想要一个女人而已，却被他们横加指责！"

朱翊钧大笑着站起来，在满堂文武愕然的注视下向宝座屏风后面走去，直到他的身影完全消失，恣意狂放的笑声依旧连连不断地传来。

未几，三德子便持着圣旨从乾清宫里出来，万历彻底厌倦了被这些道貌岸然之辈像木偶般玩弄。比起这些人，叶小天反而不是那么可憎了，朱翊钧宁可放弃对他的惩治，也不愿再面对那班人的嘴脸！

第三十一章

你升我降

一

万历皇帝写完对叶小天的处治意见,把朱笔一丢,仰靠在椅子上,紧闭双目,一副心力交瘁的样子。三德子知道皇上现在心情极度不好,不敢说话,赶紧上前捧过加盖了御印的圣旨,一溜烟地跑了出去。

万历此刻心中既有对大臣们的厌倦,也有对他自己的厌倦。每日里,鸡尚未啼,他便已起,月朗星稀,方才入睡,如此辛苦,究竟图的什么?

借着叶小天一案的由头,所有的人都在兜售着他们个人的算计,这令朱翊钧无比恶心,他宁愿放弃对叶小天的追究,也不愿再被这些面目可憎的"高尚者"利用此事来大做文章。

过了许久许久,朱翊钧才吐出一口浊气,眼睛缓缓睁开,忽然一愣。在他面前跪着一个人,这个人本来绝不应该出现在他面前的。这个人居然是徐伯夷。

由于是在自己宫里,身边宫娥太监无数,再加上刚到晌午,阳光明媚,满室清明,朱翊钧竟然没有产生一丝恐惧,或许他现在了无生趣的心态也有一定的影响。

他只是愕然看着徐伯夷,惊讶道:"小白?你不是……你还活着?"

旁边引着徐伯夷进宫的那个太监叫孙暹,近前一步,正要向皇帝说明他乍遇徐伯夷的情况,徐伯夷已经哀号一声,膝行几步,一把抱住了万历的大腿,放声大哭道:"皇帝,奴婢险些被人活活打死,皇帝要为奴婢做主啊!"

万历奇道:"你怎生活了过来?三德子不是说你已气绝,运出宫去掩埋了吗?"

徐伯夷号啕道:"是!奴婢命大,当时只是闭了气,后来悠悠醒来,也亏得那棺木钉得不牢,上边覆的土也不重,奴婢就爬了出来。京城宵禁,奴婢不敢胡乱走动,天明这才回来。"

徐伯夷不说有人盗墓,是有私心的。古人大多相信命运的存在,如果一个人逢必死之局而不死,别人一般都会认为此人命格极强,是有大气运加身的人。

如果他被人打得闭过气去而不死，埋进坟地还是不死，这命格该有多强？谁也不愿意和厄运缠身的衰神做朋友，皇帝若相信他命格硬，必然也会对他另眼相看的。

一旁孙暹欠了欠身，嘿嘿笑道："人闭了气，总还是有细微呼吸的。三公公也是心糙了点儿，居然都没发现，险些就把小白活埋了呢。幸亏三公公不只心糙了点儿，这钱财上面也抠门了点儿，一个奄奄一息之人，居然能踢开棺木，挑起浮土，从坟里爬出来……"

孙暹的风凉话儿还没说完，就被万历狠狠地瞪了一眼，孙暹马上乖巧地道："奴婢多嘴。"

可他却知道，皇上虽有嗔怪之意，其实还是听进去了。万历皇帝自己在钱财上是挺抠门儿的，但他却极为不喜欢抠门的人，而且作为主子，他也不喜欢刻薄寡情之人。

今日的谗言或许动摇不了三德子什么，可他也是原本东宫旧人，常在御前行走的人，有的是机会上眼药，所谓积毁销骨、众口铄金，总有一日会撼动三德子在御前的地位。

宫里的太监是分派系的，万历为太子时的东宫系就是其中目前最强大的一派，而在东宫系中又分两派，魏朝、孙暹、王安等人是一派，三德子则是另一派，两派之间也是明争暗斗。

万历转向徐伯夷，道："你说。"

徐伯夷讷讷地道："没……没啦。奴婢苏醒过来，就……就爬出坟地，挨到天明才赶来宫里。奴婢的腰牌已经没啦，本来进不了宫，幸亏孙公公路过，听闻奴婢的哭诉，才把奴婢带进宫来。"

万历缓颜道："你为朕吃了苦头，朕会记在心里。先下去好好休息吧，嗯……你就拨在孙暹手下做事好了。"

孙暹是万历的心腹之一，主掌御马监，地位仅次于三德子。徐伯夷原在司礼监，但只是打杂的太监，现如今拨到孙暹名下，是万岁爷亲口差遣，自然不可能还当打杂太监，徐伯夷惊喜若狂，连忙谢恩。

徐伯夷跟着孙暹出来，赶紧又巴结迎合了几句。孙暹觉得此人能以一个半路出家的野生太监身份，毫无助力却爬到御前，显然是个伶俐可用的人才，把他揽为己用，对付三德子时便得了一个得力助手，所以对他很和气。

孙暹道："你身上还有伤，好生歇息几日吧。回头咱家叫人给你另行安排住处，再给你送些上好的跌打药，歇个三五日，待身子痊愈再做事也不迟。"

"谢公公恩典！"

徐伯夷答应一声，送了孙暹离开，便回了自己住处。他"死"后，所攒余财俱被同室的几个打杂太监瓜分了。不过人家既然还没死,就不好把人家的钱财据为己有了。

尤其是,徐伯夷现在已经在御马监做事,来日必有职司在身,那些打杂太监哪敢得罪,不但乖乖把自己分走的钱财送回,还加倍偿还,免得招他嫉恨。如此一来,徐伯夷倒是小发了一笔。

徐伯夷收了银子,孙暹派的小太监也到了,领着徐伯夷到了御马监管事太监们所住的院落安顿下来,徐伯夷重又领了穿宫腰牌,便直奔后宫门。

李进忠还等在宫门外,他等的时间已经很久了,其实心中已经渐渐绝望。那死太监若进了宫便不再理会他这个掘墓盗坟的大恩人,他也毫无办法,既不能告官,也不能闯宫。

若搁在平时,他早就走了,只是今天他实在无法走。因为他的债主就在不远处盯着他呢。说来也是冤家路窄,李进忠今日跟徐伯夷到了皇城附近,就被他的债主盯上了。

这几天对方索债甚急,原定的就是今日交清所欠的钱款,所以昨夜李进忠才不避忌讳,夜盗太监坟。今天他被人堵在路上,好说歹说再有徐伯夷这个真太监一旁作证,债主才放过他,不过还是一路跟了过来。像李进忠这种泼皮大多无家无业,真要逼急了大不了一走了之,他们可不敢冒险。

李进忠正感到绝望的时候,忽然看见一道人影从宫里急急走出来,那人正是徐伯夷。徐伯夷来到李进忠面前,李进忠惊喜地道:"公公真是一诺千金,我还以为……以为你不出来了呢。"

徐伯夷有举人功名,又曾做过一方县丞的人物,虽然道德恶劣,却也不会做出这等对一个泼皮失言的丑事,闻言只是淡淡一笑,道:"些许钱财,只是身外物罢了,岂会言而无信。"

徐伯夷把银子往李进忠手里一递,道:"不管如何,你是救了咱家的性命,哪怕是误打误撞,这个是咱家的谢礼,你拿着吧。"

李进忠握着银子,感激地道:"小的干的本是见不得人的勾当,公公便是不理会小的,小的也没话说。公公如此仗义,小的实在是……啊!还未请教公公尊姓大名?"

徐伯夷幽幽地道:"一个令祖宗蒙羞的残缺之人,还敢谈什么尊姓大名。你就叫我余公公吧!"

李进忠恭敬地道:"不知公公在宫中何司高就?"

问到这一点,徐伯夷微微露出一丝矜持的傲意:"御马监!"

徐伯夷把袍袖一甩,双手往身后一背,昂昂然地向宫中走去。此刻,他已经是一身御马监的管事太监袍服，宫门两侧那些盔明甲亮、威武不凡的将士纷纷向他欠身行礼。

寻常太监当然是没有这种待遇的，但御马监不同，哪怕不是大太监，只要有些职司在身，且是御马监的人，那士兵就相当巴结，因为御马监是掌兵的。

在宫中十二监里，最重要的就是司礼监和御马监。御马监与兵部及督抚共执兵权，实为内廷枢府。

同时御马监还要管理草场和皇庄，经营皇店，与户部分理财政，是明廷的"内管家"。另外，东厂隶属司礼监，西厂隶属御马监，同时达到宦官内部的一种均衡，权柄不可谓不重。徐伯夷现在在御马监做事，有资格骄傲。

李进忠瞧见徐伯夷威风凛凛的样子，心中油然升起一种羡慕之意。男儿在世，谁不想大权在握？他扭头看看，债主还在街对面守着，手中这锭银子也就勉强还上赌资。今后还是一个坊间厮混的苦小子，说不定哪一天就死在阴沟里。

李进忠忽然一咬牙，高声喊道："余公公留步！"

徐伯夷愕然回头，就见李进忠双膝一跪，朝着他重重地磕了三个响头，高声道："求公公恩典，引荐小的入宫吧！"

此时，三德子刚刚赶到馆驿，对叶小天宣读了皇上的圣旨便扬长而去。叶小天起了身，夏莹莹便从花厅里跑出来，急不可待地问道："小天哥哥，皇帝说什么了？"

叶小天微笑道："我们可以回家啦！"

"真的？"

夏莹莹闻言雀跃不已："皇帝不找你麻烦了？"

叶小天哼哼两声，挺起胸膛道："我是谁？"

圣旨被他悄悄地卷了起来，那行"即日贬为吏目，仍领卧牛山军民"的大字被二龙戏珠的黄绫掩了进去。

第三十二章

霸道"村主任"

一

力敌九五至尊的堂堂天子,抢回自己心爱的美人儿,一连杀死四方土司却仍能安然无恙,在大多数人眼中,叶小天绝对算是一个人生大赢家了。但夏莹莹并不属于大多数人。

叶小天获得的一切好处与胜利,在她看来都是应该的,都是天经地义的,而他哪怕吃上一点小亏,那都是天道不公。所以,叶小天没有对她说出自己受到的处理结果,免得这丫头愤愤不平,再惹出什么事端来。现在的结果对他而言已是最好的结局。

叶小天被贬为吏目了,从卧牛长官司长官,成了土州四等官吏中最低一等的土吏目。土吏目是从九品的官,也可以世袭,其实有点像是边远山区的一个村主任或者寨主,只不过是官方承认了其身份的村主任或寨主。

不过对叶小天来说,他实际控制的地盘和兵马没有变化,叫什么官并不重要。田家还是宣慰使呢,其地位远在土知府之上,实力不如人的时候,还不是要被人凌驾其上?

土官统治的地方,拳头才是硬道理,只要他的拳头够硬,就算只是一个小小吏目,在各方豪杰面前一样可以顶天立地。

三娘子在叶小天一案尘埃落定后便要启程返回草原了,作为草原事实上的女王,她不能久耽于中原,尤其是草原部落间的明争暗斗比中原更甚,她的地位不稳固,就更不能久离中枢了。

叶小天和夏莹莹一直送到十里长亭。他们一在南一在北,彼此的身份又特殊,此番一别,正常情况下一辈子都不可能再有相见的机会,此一别离无异于永别,想至此处,莹莹不免热泪盈眶。三娘子虽是女中豪杰,胸襟气魄不让须眉,瞧见莹莹这副模样,眸中也不禁溢出泪光来。

这厢依依惜别的时候，乔翰文、严亦非、党腾辉、宇无过等人正在总结这场战役的得失。

乔翰文侃侃道："言官御史，国之耳目，固然不可或缺。然今之科道，只知坐而论道，禁中清谈，于国于民实无益处。他们此番受到挫折，能稍抑气焰，不是坏事。

"至于内阁诸公，过于圆润了，尤其首辅，首鼠两端，殊为可鄙。天子厌恶言官们聒噪，故意偏袒之，言官们定然不会善罢甘休，来日重整旗鼓，首辅大人必成众矢之的！"

乔翰文这番话可谓一针见血，旁观者清，他看得非常准确。用不了多久，言官们就会盯上首辅，时不时便上一本弹劾他，搞得申时行疲于应付，深感如此下去早晚必被言官们抓住把柄往死里整治，干脆急流勇退，告老还乡去了。

党腾辉笑道："因循守旧者、尸位素餐者，便是统统去掉又有何不好？我观天子，因内阁与科道之争有些心灰意冷，此役之后锋芒必然有所收敛，如此甚好！"

明代文官理想中的皇帝是一个政权的象征和精神领袖，在他们文官对掐得难解难分的时候偶尔扮演一下仲裁者的身份就好，他们需要的是一个垂拱而治、无为而治的"明君"。

虽然他们舞文弄墨时也会称颂缅怀秦皇汉武、唐宗宋祖，但是他们绝不希望自己的皇帝变成那样一位统治者。雄才大略的皇帝他们不喜欢，不循常规、喜欢冒险的皇帝他们同样不喜欢。

所以党腾辉才笑吟吟地说出皇帝心灰意冷，锋芒有所收敛的话来，并非他大逆不道，而是在他看来，这才是真心为皇帝好。皇帝从此能无为而治，那才是他们的良苦用心发挥了效果。

宇无过道："叶小天不日就要返回贵州了，我们此番为了替他解围煞费苦心，希望他不会辜负我们，此去对叶抚台能有所帮助。"

乔翰文抚着胡须思索片刻，缓缓地道："老夫想法有所转变！"

乔翰文俨然是鹰党之领袖，他这么一说，众人目光顿时望来，宇无过道："不知乔老有何想法？"

乔翰文道："叶小天面对天子之威犹敢负隅相抗，桀骜之性可见一斑。此等人物不好驾驭啊，万一他惹出塌天大祸，恐怕会弄巧成拙，让叶龙潭陷入被动。"

林思言若有所思地道："可是若想让他配合我们，就不能让他蒙在鼓里。尚书大人的意思，难道是说该把我们的意图对他坦诚相告，从而得到他的配合？"

乔翰文微微一笑，道："他是世袭土官，与我等绝难达成共识的，安能实言相告？不过，只告诉他一半却也不妨，如此一来，或可彼此呼应，不致有什么失控。"

严亦非点点头，道："乔老所言甚是，我们不妨把朝廷意图对付杨应龙的打算透露给他。反正等叶龙潭那边准备妥当后，他也会看清楚朝廷的意图。此子不是甘居人下之辈，如今他已得罪了大部分的土官，又触怒了天子，举目茫茫，除了我们，绝无援手，相信他不会拒绝的。"

众人纷纷点头称是，林思言欣然道："林某与叶小天曾有数面之缘，还算有点交情，这件事就交给我去办吧。"

·※·※·※·

叶小天冲冠一怒的时候，铜仁、石阡两地局势也正发生着翻天覆地的变化。

田妙雯整治叶小安，震慑叶小天的部下之后，立即前往于家寨拜会了于珺婷。谁也不知道这两个慧黠如狐的女子究竟商量了些什么。但田妙雯离开于家寨后，于珺婷马上返回了铜仁府。

没多久，于家兵马便不声不响地被她秘密调遣到了铜仁城左近。张雨寒已经同叶小天撕破了脸，自然早已有所防范，偷袭是无法成功的，但于珺婷这一次本就没用什么阴谋诡计，在她驱逐了于扑满和于家海这两个脑有反骨的亲叔父后，于家已经统一，她已不必凡事隐忍，处处凭智略周旋。

于珺婷摆出堂堂正正之兵，正面向张家发动了进攻。双方战到如火如荼时，田妙雯兵出卧牛山，以迅雷之势杀至铜仁城，在张雨寒背后狠狠捅了一刀。张家立即兵败如山倒，张雨寒本人败走展家堡，在展家组织起了"流亡政府"。

卧牛山正面战场上有展家和曹家，还有并不安分的杨家，本来是绝不可能抽调兵马去对付张家的，但也正因为绝不可能，所以她的冒险大获成功。当展家和曹家发觉卧牛山内部空虚，想大举出兵攻陷水银山、老骥谷，直捣卧牛岭时，田妙雯已然挥师回来，稍纵即逝的战机已然不再了。

至此，叶小天一统铜仁府，铜仁除了叶派势力，再也没有第二个强有力的势力可以与之抗衡，主宰铜仁近五百年的张家如今只剩下几个嫡系后裔躲在展家苟延残喘。

不过，曹展联军虽然未能抓住战机攻占叶小天的老巢，却也并非全无收获，正面战场上他们虽然没有占到便宜，在策反离间上却取得了成功。

石阡杨家对叶小天本就是迫于武力，不得不俯首臣服，叶小天被押解京城后，杨家的遗老遗少们便蠢蠢欲动起来。

田家已经侦察到这方面的情报，田妙雯也专门派人提醒过格唣佬要小心提防。但是这位老寨主玩弄心机哪里是这些山外人的对手，杨家遗族在降低他的戒心后突然发难，以死士偷袭，重伤了他。趁格唣佬重伤，群龙无首之际，举族逃往展家堡。

此时田妙雯刚刚解决铜仁张家，率军回返，挟大胜之锐击败了曹展联军，却因长途跋涉，筋疲力尽，无力更进一步，夺回举族西迁的杨家人马，眼睁睁地看着曹展联军护着杨家全族顺利退回了展家堡。

格哚佬被送回卧牛山养伤，谁来镇守杨家堡呢？叶小天手下此时能够独当一面的大将还太少，各地慕其名望有心前来投奔的人因为叶小天尚在京师，吉凶未卜，暂时也还处于观望状态。田妙雯捉襟见肘，只好把于扑满和于家海两兄弟派去守杨家堡。

杨家堡此刻虽然成了一座空城，但这里的地势非常重要，守住此处，曹展联军在打下杨家堡前就无法对水银山和老骥谷发动攻击，来日一旦反攻，杨家堡也可以变成卧牛岭主动进攻的桥头堡。

当然，目下无论是实力还是士气军心，都不容许卧牛山发动反攻，田妙雯所做的是全力稳固内部，制造反攻条件。一切准备都是为叶小天而设，只等他安然返回，便可一声号令，风云再起。

要稳定内部，剪除张家这个心腹大患只是第一步，还需要有充足的粮秣辎重才能支持一场旷日持久的战争。卧牛岭刚刚建立，族人都是从山中迁出，这方面的储备远不及山外土族，粮秣辎重更显重要。

其他铜仁土官们只要做到俯首帖耳也就行了，根本不能指望他们出兵相助或是贡献钱粮。好在蛊教千年积蓄，又掌握着一座金矿，钱并不成问题，他们所需要的只是把这钱变成粮食、甲胄、兵器和药材。

但……有时候想花钱也并不是你想花就能花出去的。他们要采买储备的东西除了粮食和药材，无一不是朝廷违禁之物，这时大亨便起了作用，所需一切甲胄、箭矢、兵器，全靠他出面从一些秘密渠道高价购买，再运回卧牛山。

如此一来，葫县这条进出贵州的唯一通道也发挥了大作用。叶小天先前对葫县的苦心经营派上了用场，如今的葫县知县白泓畏叶小天如虎，绝对不敢刁难。再有李云聪、周班头等人照应，罗李高车马行负责运输，一切非常顺利，大量军需物资因此源源不断地输往卧牛山。可谁知，在连续几次顺利地采买运输后，突然出了大事故。

一开始，大亨只是少量采买，运作熟练后，他才加大了采买力度，一次性购买了足以支撑卧牛山兵马连续作战两个月的军需物资，这笔物资所花费的钱财即便对拥有一座金矿的蛊教来说，也是极庞大的一笔支出。可谁知，就是这样一笔庞大的军需物资，突然不翼而飞了。

第三十三章

反 击

一

　　山脚下，纺织娘的"轧织"声交织成一片，一轮弦月笼在薄薄的云层中，满地清辉。草地上扎着六七顶帐篷，外围的帐篷呈梅花状，正好把中间的两顶帐篷保护起来。

　　中间两顶帐篷中的一顶窗口，还有微弱的灯光露出来，主人显然还没有入睡。清淡的月光下，已经熄了灯火的另一顶帐篷里忽然钻出一只黑影，大小如狼，可看那纤细的腰身又似一只狐狸，它悄悄地接近还亮着灯的帐篷，忽然一头钻了进去。

　　叶小天正坐在灯下有一口没一口地呷着茶。离开京城的前夜，礼部右侍郎林思言突然造访，这令叶小天大为惊讶，但林侍郎紧接着说的话更是令他大吃一惊。

　　叶小天一直以为朝廷对杨应龙没有戒心，却不想朝廷不但早就清楚杨应龙的野心，而且早就在布局防范。四川巡抚李化龙、贵州巡抚叶梦熊，这一龙一熊南北夹峙，已经开始为播州布下一张天罗地网。

　　林思言告诉他，只等杨应龙反意一露，朝廷就会予以沉重打击。但，战端一开，必然生灵涂炭，朝廷还是希望能以最小的代价来解决此事。

　　所以，朝廷很重视叶小天，林思言希望他能利用土司的身份配合朝廷铲除杨应龙。比如，利用他是土司一员的身份，刺探杨应龙的底细，了解贵州大小百余位土司中有哪些是杨应龙的死党。

　　再比如，在李化龙和叶梦熊整合内部完毕，开始对杨应龙进行合围的时候，配合朝廷官兵行动。还可以利用他的土司身份，尽可能地说服当地土司们忠于朝廷，协助平叛。

　　作为回报，朝廷会在一定程度上默许他一些肆意妄为的做法，在他扩张卧牛山领土和势力的时候，给予一定的便利和支持。叶小天听得怦然心动，几乎是毫不犹豫就一口答应下来。

生意做到富可敌国的，莫不与朝廷有着最密切的关系；能成为一方霸主的，莫不与朝廷有着最密切的关系；能成为世家的，也莫不与朝廷有着最密切的关系。

红尘世界，你想飞黄腾达，就离不开这个掌握着最高权力的庞然大物。叶小天迄今为止，真正牢牢控制在手中的只有卧牛山一席之地。虽说他在铜仁混得风生水起，但那是因为他没有侵犯铜仁众土司的领地。

他试图依托铜仁进攻石阡，结果如何？杨家、展家、曹家反应之激烈，已然到了不死不休的地步。可是如果不扩张领地，他凭着初出茅庐的锐气，或可风光一时，但叶氏后人必定泯然众人。

依照叶小天最乐观的估计，在他有生之年不遗余力地扩张，且不会遭遇大的挫折的话，他可以在三十年后拥有像之前的铜仁张氏一样大的领土。至于想继续扩张，成为四大天王级别的人物，那根本就是痴心妄想了。

因为，那不仅需要几世的积累，还需要外部的机缘打破贵州现有的政治格局，叶家才有可能脱颖而出。否则作为土司集团的一员，作为这张土官之网的一环，不可能跳得出去。

但是这一切，都是把朝廷置于其外的考虑，一旦朝廷置身其中，且能利用得好的话，沧海桑田将旦夕可变。叶小天这一路都在认真思索如何利用好这个千载难逢的机会，所以虽舟车劳顿，歇息下来时也在紧张考虑。

帐帘儿一掀，夏莹莹小狗似的钻了进来，叶小天忽有所觉，还不等看到她，便是一笑。

外边虽然只在周围扎了五顶帐篷，但明里暗里保护他的人可不仅限于那五顶帐篷中的勇士，能够悄无声息钻进他帐子的只有一个人，自然就是夏莹莹夏大小姐。一路上，叶小天的侍卫们已经见惯了这种把戏，所以但凡见她悄悄爬过来时，都只当她是空气。

"又偷偷钻过来！"

叶小天笑着迎上去："小心叫伯母看见，我好不容易才装出来的形象，可就全毁在你手上啦。"

夏莹莹从地上爬起来，俏巧地白了他一眼，道："没良心，人家也很困了，可还是强撑着等娘亲睡了才来看你，你还这样说人家。那人家回去好了。"

夏莹莹说着作势要走，叶小天一把拉住，将她扯回了自己怀抱，俯身欲吻。夏莹莹佯嗔地扭过脸儿去，负气道："不亲不亲，人家……"

她一句话还没说完，一支冷箭嗖的一声穿透帐篷，射了进来。那箭力道极为凌厉，穿透厚重的帐幕，依旧劲道十足，应该是可贯重甲的弩箭。这劲矢正好擦着二人的脸颊射过去，矢尾在叶小天脸上擦出一道血线。

劲风刮面，夏莹莹嫩颊生痛，扭头看见叶小天的模样，不禁惊叫起来。

"噤声！"

叶小天急吼一声，一把抱住夏莹莹，便贴地滚开……

· ※ · ※ · ※ ·

"究竟是怎么回事？"

罗李高车马行里灯火通明，大亨阴沉着脸质问孙伟喧。

已然成家立业、有妻有子的大亨，在叶小天面前依然还是一副嘻嘻哈哈、不甚着调的模样，但是在他的部下面前，却早已树立了上位者的威严。

罗李高车马行的大管事孙伟喧跪在大亨面前，满面愧色。他双手撑地，臂肌绷起如岩石，显然在强抑愤怒，那英俊的时常挂着一缕微笑的脸庞带着扭曲的恨意，重重顿首道："属下无能，把唐汉三、颜水圳当作好兄弟，谁料他们却被展家重金收买，居然背叛了东家……"

孙伟喧呼呼地喘了两口大气，恨声道："属下已经派人四处打探他们的消息，还请高李两位少寨主发动山寨人马搜寻，他们携带着大批辎重，绝逃不远的。"

唐汉三和颜水圳是罗李高车马行的两个管事，当初和孙伟喧一样，都是普通的伙计，因与孙伟喧交好，孙伟喧得大亨重用后，他们二人也跟着飞黄腾达起来。

现如今大亨的生意主要是做商铺，而高李两位少寨主根本不是做生意的料，所以这车马行实际上是完全由孙伟喧来主持了。罗李高车马行已经成了这条驿路上相当知名的一家车马行，生意繁忙，孙伟喧一人哪里忙得过来，那唐汉三和颜水圳便成了他的左右手。

照说，罗李高车马行也没亏待了他们，给他们的薪水是很丰厚的。但是展龙付出的代价更高，财帛动人心，居然说服这两个人横下一条心，投靠了展家，由他们护送的这批物资连人带货消失得无影无踪。

大亨重重地一拍桌子，喝道："糊涂！他们需要把物资运走吗？只消把那些辎重一把火付之一炬，就达到目的了！"

孙伟喧额头冷汗涔涔："属下该死，属下愿以死谢罪！"

这批物资是罗李高车马行承运的，雇主是卧牛长官司。罗大亨和叶小天是兄弟，人家追不追究是一回事，但是依照行规，罗李高车马行收了重金为人运输这批货物，货物不但丢了，而且是车马行的人监守自盗，必须得全价赔偿，这是江湖道义。否则就算卧牛长官司看在叶小天面子上不追究，罗李高车马行也不用开了。因为牌子已经砸了。

孙伟暄当然明白其中利害，东家如此信任，他却害得东家要倾家荡产，如何不羞惭得无地自容。孙伟暄一言说罢，伸手便探向腰间，扣住刀柄用力一抽，反手便把锋利的刀刃横向自己的脖子。

当的一声，华云飞适时劈出一刀，刀尖点在孙伟暄的刀刃上，在他颔下刮出一道血痕。

华云飞冷冷地道："你一死，便能解决车马行的问题了吗？这条驿路你最熟，唐汉三和颜水圳两人你也最熟，能否找到他们，就靠你了！"

罗大亨道："不错！那么大的一笔军需辎重，如果他们付之一炬，一定会被人发现。现在并无人发现何处起火，可见他们并不想把那笔物资烧掉。这样的话，你还有将功赎过的机会！"

这批物资是卧牛岭采买的最大一宗物资，一旦落到敌方手里，就是此消彼长，实力对比立即易势。而且这笔物资耗费了大量金钱，对拥有一座金矿的蛊教来说也是不容忽视的一笔财富。就是有座金矿，也得大浪淘沙，才淘得出金子不是？

尤其令人头痛的是，卧牛岭采买的这批物资中除了不少药材，还有大量军需物资，箭矢、刀枪、甲胄，甚至还包括火药，这都是见不得光的东西。卖家手里也没有多少存货，这次出了高价一次购入，如果失去，就算能马上再拿出一笔钱，卖家也未必有货卖给他们了。这样的话在与展曹张杨四家联军的对抗中，必然会吃大亏。

打仗，可不仅仅是凭着士气、战力往上堆人，军需辎重在其中起着相当重要的作用。不过这些物资都是违禁品，白泓白知县可以看在叶小天面上装聋作哑扮不知道，却不可能派遣人手、设立关卡去帮他们追查"黑吃黑"的案子。

他们无法报案，只能动用自己的力量，无形中就为查清这批物资的下落增加了许多难度。

华云飞的双眉剑一般扬起："既然他们不舍得把这批辎重烧掉，那就一定会运走，要想运走不外乎水陆两条路。我们一边查，一边堵，只要他们不懂得五鬼搬运，我就不信他们插翅而飞！"

"我明白了！"

孙伟暄脸上露出坚毅的神情，对罗大亨道："东家放心，属下一定查到他们的下落，追回被掳的物资！如果办不到，情愿提头来见！"

孙伟暄向罗大亨重重地磕了一个头，霍地站起身来，大踏步地走了出去。孙伟暄走出罗李高车马行的正堂，抬眼看了看天边那轮弦月，眸中忽然诡谲地露出一丝比那月光更加清冽的光芒。

第三十四章

扑朔迷离

一

叶小天抱住夏莹莹贴地急滚，但弩箭还是正中他的小腿，顿时痛彻入骨。

其实叶小天若是没有贴地急滚，这一箭反而未必会射中他，因为他们是在帐中，刺客根本看不到他们的位置，只能大致估摸着可能的所在发箭急射，可好巧不巧的，叶小天自己凑了上去。

不过，身在局中，如何能准确判断对方的箭矢是否能命中自己？一旦箭矢临体，再想躲避已不可能，没有人能有那么快的速度。叶小天没有别的选择，卧倒在地安全性毕竟更高一些。

他的反应极快，抱住莹莹贴地一滚，马上卷向帐边。帐中若是有人，活动区域必然以帐子中间位置居多，很少会紧贴帐围子，叶小天已从箭矢射来的角度判断出对方是从山上发射的弩箭，居高临下，无死角发射，避到帐围子边上安全性高些。

叶小天避到帐围子边上，马上忍痛奋力扯过沉重的毡毯，盖在他和莹莹身上。有了外边厚厚一层毡帐，再加上身上的地毯，就算再有劲矢射中他们，经过这两层阻隔的缓冲，也不致要了性命。

"山上的守卫必然被解决了，一定是曹展张杨派来的人！"叶小天一边忍痛轻拍莹莹的后背，安慰她镇定，一边急急思索。

他既然在山脚下扎营，山上当然要派有守卫，因为那是进可攻、退可守的一处要害所在。这片山坡上没有密林可以藏身，饶是如此，叶小天派在山上警戒的也有八人之多，除非八人同时毙命，但有一人及时发出警讯，他也不会如此狼狈。

而他对手下的忠心也是绝不怀疑的，要知道这些人都是他从山里带出来的。从山里带出来的人不见得就一定不会被世俗繁华所诱惑，从而失去原本的信仰与忠诚，但是绝不会这么快就堕落。而且他们一直集体活动，纵然有人想打他们的主意，也绝不可能私下接近、收买。

那么，就只有一种可能：八个人全军覆没了。而且是无声无息地全军覆没！虽说山上平坦，并非丛林，这八个人其实无法发挥他们擅长的丛林作战的本领，可是能无声无息将八个侍卫全部干掉，来敌显然极其不凡。

"保护大人！"

外面侍卫们怒吼起来，暗夜之中，敌人又是居高临下地使用远程武器，他们是很吃亏的。但是他们毫无惧色，立即全力扑向叶小天的营帐，一排武士护住大帐，一排武士举起大盾向山坡上发起反击。

叶小天大吼道："收缩防御，不必反攻，以静制动！"

侍卫们忠心耿耿，不畏生死，叶小天却不想让他们白白送死。对方已经占据优势，如果强攻上山，恐怕得牺牲一半的侍卫。对方能无声无息地干掉八个守在山上的侍卫，不知在上边还有多少阴险的部署，一旦反攻上去，伤亡必大，如今唯有以静制动才是上策。

好在对方也只能打个出其不意，既然没能杀了他，虽然占了先机和地利，在重重防御之下，更不可能杀了他。叶小天要等对方按捺不住主动进攻，这才能抢回主动。

卧牛山勇士对叶小天的命令，完全顺从。是以，叶小天一声令下，他们立即向大帐收拢，用大盾架设防线。

"哎呀！我娘！娘，你怎么样啦？"莹莹惊魂稍定，忽然想起母亲，不禁焦急起来。她还不知道叶小天小腿上中了箭，这一挣扎，碰到叶小天腿上的箭矢，痛得叶小天闷哼一声，登时冷汗滚滚。

"呀！你受了伤，你伤在哪里，重不重？"莹莹吓得花容失色，带着哭音问道。

叶小天道："我没事，不必担心！伯母，千万莫动，伏地躲避！你们要护住夏伯母！"

夏夫人的声音在嘈杂的呐喊、叫骂声中传来："老身没事，莹莹，千万不要乱动。"

对方显然是下过一番功夫的，他们知道哪顶帐篷中住的是叶小天，所有的箭矢都是向叶小天这边集中的，夏夫人被呐喊声惊醒后，马上就明白发生了什么事。

虽说夏夫人不懂武功，可她的阅历又岂是莹莹这等烂漫少女所能比拟，马上便镇定地翻身落地，把床榻覆在了自己身上，根本不用担心自高处射下的箭矢。

叶小天和莹莹听到她的声音这才安定下来。叶小天定了定神，又吩咐道："护住大帐后，分派两路人马，从左右两翼缓缓登山。敌暗我明，步步为营，不可冒进！"

外边沉声答应一声，侍卫统领立即依照叶小天的吩咐开始分派人马。

山坡上，黑黝黝一方岩石旁，立着几道人影，他们身着黑衣，面蒙黑巾，与岩石浑然一色，完全看不出形迹。

"公子，他们派人从两翼摸上来了。"

"撤！"

"公子，现在还不能确定他究竟死是没死，我们……"

"机会，永远都有！"

言犹在耳，那被称为公子的黑衣人已经飘然远去。古有剑侠空空儿，一击不中，远遁千里。这黑衣公子竟有古剑侠之遗风，只一击，无论成败，也不察成败，便立即遁走。其对利害得失的判断，冷静得可怕。

· ※ · ※ · ※ ·

天亮了，叶小天瘸着一条腿，从草地上拔出一支矢箭，这支矢箭几乎尽没于土，足见其劲道。

叶小天看着那只做工精良的矢箭，脸色显得极其凝重。一名侍卫匆匆赶到他身边，低声禀报道："大人，山上的八个兄弟，都被人暗杀了。"

叶小天沉声道："怎么死的？"

他的手轻轻抚摸着矢箭，就听那侍卫道："八个人，全部是被人摸近，徒手扭断了脖子！"

叶小天霍然扭过头去，如果这八人是被弩箭所杀，他还不至于如此惊讶。但是八个一流的猎人，竟然被人悄然接近，无声无息地徒手干掉，这本事就有些令人惊怵了。

那侍卫看出了叶小天的吃惊，解释道："大人，夜色昏沉，如果以弩箭射杀，未必能一击便中要害，八人中总会有人来得及发出警讯。反而是悄然接近，才能无声无息。来人武功很高明，但一人之力再如何厉害，其实也没什么。"

叶小天有些释然，轻轻点了点头。那八个人虽然原本就是山中猎户，但机警和本领显然不及华云飞。像华云飞这样的猎人，一千个猎户中也挑不出一个，对手只要轻身功夫高明，悄然接近——解决，其实也不是何等为难。这种个人的武勇，一旦用之战阵，用处极有限。倒是这矢箭……

叶小天拈了拈手中那枚制作精良的矢箭，真正令他担心的，就是这个！这种可怕的武器，对方究竟还有多少？如果对方掌握了大量这种武器，那将是他的噩梦。

叶小天认得出，这是军弩！既非猎弓，也非山民自制的那种竹弩，它的杀伤力和那些完全不是一个等量级的。如果拥有大量军弩，完全可以左右整个战局。

叶小天担心的是，如果曹展张杨四家联军真的耗尽家财，从秘密渠道取得了大量军弩，那他也不用打了，还是乖乖退回山里去为好。虽说这种造价昂贵的军弩，连大明军方都无法普遍装备，可是对贵州土官们来说，他们所谓的"大量装备"和大明军队的"大量装备"并不是一个概念。

叶小天有点自己吓唬自己了，他并不知道这种军弩是如何难以取得。实际上对方手中一共只有十具，而且……这十具军弩还是田妙雯不惜重金委托大亨搞来的，本来是打算装备于卧牛山，用以在战阵之上行"斩首"之计。

可惜，这批价值不菲的重要军资，已经完全落入敌手。而这个敌人，更是他完全没有想到的一个人。

"小天哥，你的腿……"

莹莹赶过来，有些心疼地看着叶小天，他的腿被射穿了，此刻包扎处犹渗出殷红的鲜血。

"我没事！"

叶小天轻轻拍拍她的削肩："我担心贵州那边有变，我得马上赶回去。我再拨些侍卫给你们，你和伯母不妨慢行于途，咱们约在铜仁再聚吧！"

"我……"莹莹想要拒绝，她清楚，杀手的目标是叶小天，叶小天要和她们分开，是为了她们的安全着想。夏家自有侍卫，再加上叶小天留下的人，在不是对方主要目标的前提下足可自保。但叶小天……

可是看着叶小天的眼睛，到了嘴边的话又被她咽了回去。莹莹也在悄然长大，她虽然依旧有些任性，却也分得清轻重。于是，她担心地点了点头，轻声道："你一路小心！"

叶小天点点头，转首望向贵州方向，前方层峦叠嶂，叶小天的目中露出了浓浓的杀气。现如今他已和朝廷达成了秘密协议，原本的他就无法无天，现如今开了挂，此一去还不闹个地覆天翻！

第三十五章

曹社之谋

一

水路、旱路都是罗李高车马行走惯了的,所以他们的人出现在这儿并不奇怪。但是老江湖注意到,这些罗李高车马行的人来去匆匆,似乎并不是在运送货物,而是在寻找什么人或什么东西。

黑道、白道也陡然忙碌起来。因为失窃的物资多为违禁之物,罗大亨和华云飞无法借助于官道的力量,但这并不妨碍他们半公开地借助白道上的士宦缙绅、各堡寨首领的力量。

有近来在商道上崭露头角的罗大亨出面,再加上一旦协助办理此案,卧牛长官司叶长官会欠他的人情,没有哪个缙绅或堡寨首领会不给面子。

至于混黑道的,黑道的上层永远都和官道有着千丝万缕的联系,官道不方便出面的脏活儿,通常都会借助他们的力量。华云飞通过几个泼皮,联系到了他们的大哥,通过他们的大哥,又联系到了真正掌控大权的人物,所谓江湖,到了他们这一层次才算真的踏了进去。

巨额的奖赏,再加上可以搭上卧牛山叶长官的交情,黑道大哥们不遗余力地发动了全部小弟,帮助他们搜索唐汉三、颜水圳的下落。但,唐汉三和颜水圳就像变成了空气,消失得无影无踪,始终找不到他们的一点蛛丝马迹。

罗李高车马行实际上的主事人孙伟暄孙大哥,在黑白两道都是响当当的一个人物。可此刻他却像一条疲于奔命的狗,头发蓬乱、满面灰尘,双眼都是血丝,他到处寻找,已经几天几夜不曾合眼。

罗大亨虽恼他识人不明,误交匪类,坏了自家大哥的大事,眼见他如此辛苦,心头的怨恨也不觉化成了怜悯。但,尽管罗大亨这位东家亲自开口让他稍事休息,不必过于劳累,孙伟暄却只管答应着依旧奔波不休。水陆码头、各种关隘,随处都可以看到他风尘仆仆的身影。

"孙大哥，你歇一下吧，再这么下去，唐汉三和颜水圳那两个王八蛋还没找到，你就先要累垮了。"

"我没事！"孙伟暄的嗓子已经完全沙哑了，他看了眼跟在身边、陪着他奔波数日的几个好兄弟，拍拍递水给他的边峰的肩膀，道："是大哥糊涂，连累你们了！"

边峰激动地道："大哥千万不要这么说，你为了咱罗李高车马行所做的一切，大家伙儿都看在眼里。这一次全是唐汉三和颜水圳那两个天杀的混蛋丧天良，与孙大哥你有什么关系？"

另一个叫宋尧日的伙计也道："是啊！这事儿可怨不到大哥你的头上，兄弟们心里都有一本明白账。我看东家也没有深责你的意思，孙大哥，你就别自责了，兄弟们拉家带口的，今后还要倚仗你领着大家伙儿继续讨口食呢。"

孙伟暄苦苦一笑，道："这次若不能找到唐汉三和颜水圳，追回失窃物资，我是无颜苟活于世了。东家向来仁厚，你们放心，无论结果如何，东家对你们都会有个妥善的安排。"

边峰和宋尧日等人还要再劝，被孙伟暄打断道："好啦！不必说了，天色已晚，赶紧弄点儿吃的。大家好好休息一下，明天一早，咱们越境探查。我估摸着，寻找了这么久还没信儿，说不定他们已经把东西运出了葫县。"

边峰心事重重地答应一声，旁边已经有伙计就地挖了灶坑，开始埋锅造饭。孙伟暄仰望着天边通红的晚霞，悠悠地出了一口浊气，道："我去河边洗把脸。"

宋尧日把装干粮的褡裢递给一个正趴在地上吹火的兄弟，对孙伟暄道："大哥，我陪你去。"

孙伟暄面色沉重地摆了摆手，独自向小溪边走去。

溪水潺潺，孙伟暄掬起清澈的山泉水洗了把脸，望着流动的河水微微有些出神。小河紧贴着一侧悬崖，夕阳完全被崖壁挡住了，所以别处还是晚霞漫天，此处却已显得有些阴冷。

孙伟暄缓缓地吁了口气，身子往后一靠，倚着一棵老柳，放松了身体，慢慢闭上双眼。这几天没头苍蝇般地奔波，饶是他身子精壮，也快累散架了。微闭着双眼，此时竟有一种天旋地转的感觉。

依稀间，他似乎又回到了当初接受使命的那一刻：

"公子，请吩咐！"

"我要你去葫县。"

公子很淡定地吩咐着："葫县对我非常重要，其重要只在于那条穷尽无数人力物力凿山辟岭修建出来的驿道。不过，葫县如今刚刚改土归流，朝廷和各方势力都在关注着那儿，本公子正是韬光养晦的时候，不能让人知道我也在打葫县的主意……

"所以，我无法给你任何帮助，我要你用你自己的办法在葫县站住脚。我不需要你控制那条驿路，只要能做到在我需要的时候，这条驿道随时可以为我所用，就是你的大功一件。"

"属下遵命！"

他做到了，他用远超一般车把式的高明驭车本领，成功地引起了葫县几大车马行的注意。

在常自在、谢传风以及罗大亨等人纷纷不惜重金，欲把他聘为己用的时候，他又冷静地分析了加入哪家车马行最具前途，最终眼光独到地选择了刚刚成立不久的罗李高车马行。

他的选择没有错，罗李高车马行现在等同于是他的车马行，占据了葫县驿路运输七成份额的罗李高车马行，现如今在整条驿道上也是数一数二的大车马行。在他手底下讨饭吃的车把式、伙计、武师们全加起来不下五千余人。

这些人全都奉他为大哥，他毫不怀疑，哪怕是他跟东家决裂，另起炉灶，这五千人中大部分也会毫不犹豫地跟着他走。

几年下来，他几乎都快要忘了自己本来的身份。公子把他丢在葫县后，似乎也把他忘记了，一副任他自生自灭的模样，从不与他取得联系，也没有交付任何任务给他，直到这一次。

孙伟暄想到这里，不禁苦笑一声，顺手拈起一枚石子，轻轻抛入水中。石子落水，荡起一片涟漪，涟漪摇碎了他的倒影，他的眼睛渐渐瞪大起来，水中的倒影虽然支离破碎，但那分明是两个倒影，一坐，一站！

孙伟暄霍然回首，立即一个翻身，双膝跪倒在地，毕恭毕敬地道："见过公子。"

那黑衣公子轻轻一笑，转身翩然行去。孙伟暄急忙站起，快步跟了上去。

"公子！"

孙伟暄跟进灌木丛中，向站稳的黑衣公子再施一礼。黑衣公子背负双手，仰望着天空，抹额的系带在脑后微微随风飘动："叶小天命大，我动用了你那批货里的十具劲弩，还是没能杀得了他。"

孙伟暄微微一惊。

黑衣公子又道："这小子机警得很，已经日夜兼程，向贵州赶回来了。如果不是他腿上有伤，恐怕我都未必抢得在他的前头。"

黑衣公子慢慢转过身，一双晨星般明亮的眼睛盯着孙伟暄："叶小天既然没死，再想杀他就更难了。所以，我想改变计划，不妨先剪除他的羽翼。"

这黑衣公子赫然就是田彬霏。田彬霏自然是恨不得叶小天死掉的，但他更明白叶小天活着对田家具有多么重大的意义。他为什么改变主意，突然想干掉叶小天？甚而还要削弱卧牛山的实力？

孙伟暄深深地垂下头去，一如既往地恭顺："请公子吩咐！"

田彬霏道："这批军需对卧牛山至关重要，如果他们已经知道这批物资被运往展家或曹家，必然会派人前来追劫。叶小天有一个最大的短处……"

田彬霏的眉梢微微地扬了起来："他成长太快，但根基太浅，手下有可用之兵，而少可用之将。死一个，他的实力就少一分。等他成了孤家寡人的时候，再要杀他，易如反掌！"

孙伟暄心头一凛，做卧底是一件最痛苦的事，尤其是他在葫县做了多年的卧底。人孰无情？虽然他始终忠于他的公子，可这并不代表他对罗李高车马行、对罗大亨没有感情。

罗大亨是罗李高车马行的东家，又是叶小天的兄弟，如果知道了这笔物资的下落，他会不去追赶？而听公子的意思，他是要利用这批物资为诱饵，把叶小天的得力手下一一剪除啊！

孙伟暄苦涩地道："公子，属下不明白，卧牛山势力，对公子重振田氏至关重要，何以还要……还要……"

田彬霏冷冷地瞪了他一眼，孙伟暄还没说完的话登时憋在了喉咙里。

田彬霏一向只需下达命令，哪有需要向部下解释的时候。不过考虑到孙伟暄这枚棋子在其中的重要作用，田彬霏还是耐住了性子，缓缓说道："因为，韧针已经是卧牛岭的女主人，而且她已经有能力控制卧牛岭，叶小天活着已远不如他死掉对我的帮助更大！"

孙伟暄不希望罗大亨死掉，硬着头皮继续说道："这样的话，再找机会杀掉叶小天就是了。何必……何必削弱卧牛岭的力量呢？叶小天一死，那可都是能为公子所用的力量呀！"

田彬霏冷冷一笑，道："可惜，其中有些人是不会为我所用的！这些人死掉，再杀了叶小天，韧针才能真正地掌握卧牛岭！人才，我有！我缺的是兵，所以，叶小天要死，不能为我所用的人，也要死！"

田彬霏这句话说完，已经站到孙伟暄面前，一句一语双关的话，听得孙伟暄不寒而栗。在田彬霏的威压之下，孙伟暄不觉低下了头颅，根本不敢迎视田彬霏闪烁着寒芒的眼睛。

"谁？"

田彬霏的目光突然箭一般越过孙伟暄的肩膀，盯向灌木丛后。

第三十六章

成 魔

一

灌木丛后站着一个人，一脸的惊怒与不敢置信，正是边峰。如此庞大的一笔物资出了岔子，边峰知道孙大哥心中的压力有多大，这几天的往来奔波，孙大哥水米难进，他都看在眼里，他跟到河边来是想开解开解孙伟暄。

这一天天的奔波，很多艰险难行的山路是无法骑马的，全靠两只脚板量路，饶是他身体强壮，也累得不行了。所以他脱了鞋子，光脚走过来。赤着双脚踩在砂石的地面或柔软的草地上都能缓解疲劳。

却也因此，他一路走来无声无息，竟连机警的田彬霏也是在他听闻机密，惊怒中发出些微动静，这才注意到他的存在。

"孙大哥……"边峰悲愤地看着孙伟暄，颤抖地道，"孙大哥，你告诉我，这不是真的，出卖车马行、出卖兄弟的人不是你，你告诉我！"

"小边……"

孙伟暄又惊又怕，慌忙迎上去："小边，你听我说，我……"

"你不要过来！"边峰如见蛇蝎，步步后退。

田彬霏负着双手，用有趣的目光看着他们，突然道："杀了他！"

孙伟暄一惊，惶然看向田彬霏，用乞求的目光看着他："公子，他……他只是一个苦哈哈的车马行伙计，公子开恩。"

田彬霏笑吟吟地看着他，眼神渐渐变得凌厉起来。孙伟暄是他从小培养的死士心腹之一，对于这些亲手培养出来的死士，他向来言出法随，何曾向人解释过，何曾迟疑过。可今天，他已经破了一回例，向孙伟暄解释过一回，他不想再破第二个例。

孙伟暄满眼乞求，田彬霏的目光却似在朔风吹拂下的水面，渐渐凝结成冰。

边峰怒吼道："你背叛东家，背叛兄弟们，你不配当我大哥！"

边峰返身狂奔而去，他必须马上把这个秘密告诉兄弟们。孙伟暄望着边峰狂奔的背影，本能告诉他，应该立刻阻止，但感情却控制着他的双脚，让他寸步难行。数年好兄弟，他难以抉择。

田彬霏眼看着边峰逃去，甚至想大声呼喊，但他依旧站在那儿，只是悠然说了一句："身为死士，你应该明白，背叛的下场！"

孙伟暄的身子猛地一震，他不是一个人，他还有父母，还有一个弟弟和一个小妹，拒绝执行家主的命令，惩罚的将不是他一个人，而是他的全家。这也正是死士们从不抗命的重要原因之一。

人生在世，总有你割舍不下的东西，只要掌握了它，就能控制你的命门，叫你唯命是从。想到那个比他小了五岁的亲兄弟，想到那个才十二岁就知道给他缝制衣衫的亲妹子，想到老父亲鬓边花白的头发，孙伟暄如同受伤的孤狼，惨烈地嚎叫了一声，红着双眼掷出了他腰间的刀。

"兄弟们，孙伟暄就是劫走……"

"噗！"

一口雪亮的钢刀，从他的背后凶猛地贯入，带血的刀尖从前胸露出半尺，边峰奔跑的速度顿时缓了下来。他又奔跑几步，终于停下，吃惊地低头看着自己胸口露出的刀尖，双膝无力地一软，膝头重重地磕在草地上。

"对不起，对不起……"孙伟暄追了上来，他握住了刀柄，泪流满面。他没有勇气去看边峰，闭着双眼用力拔出了他的刀。

田彬霏负着双手，闲庭信步般跟在他的身后，眸中微微露出满意的神色。无论如何，一切总还是在他的掌握之中的。

"孙大哥！边峰？你……你……"

宋尧日隐约听到边峰的呼喊，向这边迎了过来。他看到的是，夕阳下，边峰跪在地上，头颅软软地垂下，孙伟暄站在他的身旁，手中持着一口带血的钢刀。

天边最后一丝夕阳，给那刀头淌下的一线血丝镀上了一层金色的光边，随着风，轻轻地飘扬着，却绵延未断。宋尧日如见魔鬼，惊愕地一步步退却，孙伟暄提刀站在那儿，浑身瑟瑟发抖。

田彬霏摸着下巴，沉吟片刻，缓缓地道："你找到了唐汉三和颜水圳的下落，查清了那批货物的去向，但是却中了他们的埋伏，你的兄弟，全死光了！但是你带回来了消息……"

"呵呵……"田彬霏笑起来，"这个主意不错。陷阱，就从这里开始吧。"

孙伟暄身子剧烈地一震，慢慢抬起头，双目赤红如血。

既已入魔，还能回头吗？

他手中的刀如重千钧，但还是被他慢慢举了起来……

·※·※·※·

"大人，您还是歇息一下吧，属下找辆车……"

旷野中一棵大树下，叶小天的侍卫把那染血泛黄满是灰尘的绷带扔到一边，将金疮药小心地洒在伤口上，又换了一条洁白的绷带重新为他缠上。眼见那伤处因为一路奔波不断迸裂，伤口无法痊愈，忍不住焦急地建议。

"不成！"叶小天神色焦虑，"他们既然会在半路对我下手，铜仁这边不会没有动作。必须尽快赶回去！"

叶小天当然放心不下，铜仁是他的根本所在，如果那里有什么闪失，他就成了无根浮萍，一切尽成泡影。

叶小天踮着脚尖站起来，属下立即牵过了马，另有两个侍卫急忙驾起叶小天。尽管有两人扶持，伤处还是牵动了，痛得叶小天蹙起了眉头。他在鞍上坐定，沉声道："立即上路，争取明晚就赶到葫县！"

……

葫县罗李高车马行里，两个彪形大汉架着一个浑身是血的人匆匆抢进大堂，后边跟着一群愤懑的伙计。罗大亨和华云飞已然闻讯，急急迎上前来。

"东家，我……我找到货物的下落了，他们藏身于落雁峡，是……扮作官兵过关的，难怪我们……找不到……"孙伟暄一语未了便晕厥过去。罗大亨赶紧道："快！快找郎中来！"

众伙计武师匆忙架起孙伟暄，灌水的，裹伤的，乱作一团。另有人急急抢出去寻找郎中。华云飞急急思索道："落雁峡？原来他们是先往南行，通过驿路进入大万山司，然后再往西行，由水路前往石阡。"

罗大亨从昏厥的孙伟暄身边走回来，沉声道："他们还没把东西运往石阡！走落雁峡，西去之路要经过落牛山脉，距大哥的根基之地太近，看来他们也是不敢轻举妄动。"

华云飞道："不错！他们本来的目的，应该是想等风声稍稍平息，再把物资运走。但是现在既然被孙伟暄发现了他们的踪迹……"

两兄弟对视一眼，异口同声地道："他们一定会马上行动！"

华云飞沉声道："事不宜迟，我马上带人赶往落雁峡！"

罗大亨没有和他客气，道："你先去！如能拿回货物最好。如若不能，哪怕逼他们把物资毁掉，也不能反而壮大了他们。我马上派人通知卧牛岭在前方设卡拦截，随后便去助你！"

"好！"

华云飞急急出了大堂，立即带齐他从卧牛山带来的人马，又从车马行抽调了四十个精壮的武师，急急赶往落雁峡去了。

罗大亨写下一封秘信，叫人立即送往卧牛岭，亲手交给他大嫂田妙雯，随即便集结车马行的勇士。

车马行本就需有自己的武装，哪怕是在中原。在贵州这崇山峻岭间做车马行，武装更是不可或缺。所以大亨这车马行，其实还等于是兼着镖行的功能，手下有不少武师，就是伙计们也大多会几手功夫。

高李两位少寨主是车马行的东家之一，平时虽然只拿分红，不管事情，出了这么大的事却不能不过问了。一俟得知消息，他们也立即挑选精壮，赶来相助。

一时间，大亨竟集结了五百多名骁勇善战之士，五百多人杀气腾腾地冲进了大万山司，把大万山司的土知县洪东吓得不轻，还以为他们要进攻自己的老巢。

洪东知县急急忙忙召集士兵，旗幡招展地迎到渡口，才知道是虚惊一场。大亨率人进了大万山司便向西一折，冲出了崇山峻岭，奔向落雁峡去了。那里虽也属大万山司，但是除了高山峻岭，渺无人烟，自然不可能是要图谋大万山司。

……

又是夕阳西下，叶小天率领贴身卫队风尘仆仆地赶到了葫县，此时天色已晚，他已来不及进城。叶小天也无意进城，罗马高车马行设在驿站旁边，而驿站是设在驿路旁，本来就在城外，那里才是他苦心经营的地盘。

叶小天赶到罗李高车马行，立即便听说了近来发生的一系列事情。田妙雯已把铜仁张氏驱逐出境，彻底控制了铜仁府。而流亡的张氏政权寄寓于展家，展龙联合了投靠于他的张家、石阡杨家，再加上肥鹅岭曹家，四家合一，实力大增。

而且四家之中，本以曹家这位石阡长官司长官为尊，但现在曹瑞希、曹瑞云两兄弟惨死，继位的新任土司无论血统、威望、能力都远不及展龙，展龙已经成为曹展张扬的首领。

叶小天听说之后，本想马上去追赶大亨，但此时天黑如墨，这种情形下不要说是山间小路，就算是那条南北通达的驿道，由于地势险要，都不宜通行，只好按下性子等待天明。

这个夜晚，很多人将无法安眠。

这个夜晚，很多人将从此长眠！

第三十七章

请君入瓮

一

夜色过于黑暗，无法连夜追赶，叶小天就在罗李高车马行歇宿下来。稍事安顿后，他就赶到了孙伟暄的住处。

孙伟暄伤势不轻，屋子里有浓重的药味儿，他对叶小天详细讲述了货物失窃以及发现踪迹的过程。叶小天听到那批货物中有一批军用劲弩，紧张的心情不觉放松下来。

从孙伟暄所述情况看，这种制作精良的军用劲弩十分难得。大亨不惜重金也只得到十具，如此看来他所担心的情况就不会出现了，叶小天最担心的就是敌人拥有大量这种压制性的远程武器。

同时，货物失窃的时间在他遇刺的五天之前，如果说盗取货物的人就是半路行刺他的人，这也说得通。叶小天尽管仇人不少，但这些仇人现在几乎已全部抱成了团，所以行刺者和盗窃者属于一伙的概率很大。

叶小天点点头道："他们是有备而来，以有心算无心，又买通了内鬼，非你之过。不要想得过多，好好休息吧。"

孙伟暄挣扎着坐起来，激动地道："不！东家那么信任我，我却出了这么大的纰漏！叶大人，明日上路，请带上小人。小人一定要亲眼看着那批货失而复得才甘心。"

叶小天知道他是大亨的得力臂助，所以对他也是呵护有加，瞧他脸颊苍白、挣扎坐起也显吃力，不禁蹙眉道："你身上伤势不轻，便是赶去也无济于事，还是留在车马行休养吧。"

孙伟暄道："大人，货物一日不找回来，小人便一日不安，就请大人开恩，让小人同去吧，只要见到货物，小人的心病也就去了。小人会找兄弟抬着，不会拖累大人的行程。"

叶小天犹豫了一下，拍拍他肩膀道："那你现在就好好休息。明日一早，咱们出发！"

孙伟暄欣喜地道："是！"

叶小天笑了笑，他对这个忠心耿耿的热血汉子颇有好感，心中暗暗生起维护之心。如果这批货真的追不回来，大亨就是再想维护他，必然也要严惩，不然无以向整个车马行交代，那时要保全他也只有叶小天才可能了。因为他是托运货物的人，只有他有资格宽宥。

· ※ · ※ · ※ ·

华云飞带着人把落雁谷搜了一半时，天色就黑了，但华云飞并未就地安营，他命人打起火把，连夜盘查。

这等人迹罕至之处，几乎没有道路可言，路况极其凶险。除了脚下磕磕绊绊，草丛灌木中还有不少毒虫毒蛇，一旦燃起火把，更易引起它们的攻击，所以几乎没有人能在这样恶劣的环境下行动。

华云飞是个例外，作为最出色的猎人，他懂得采撷哪些草药加入火把，燃烧出可以驱散毒虫毒蛇的气味，他可以在视线如此昏暗、根本无路可寻的地方，发现有人走过的蛛丝马迹，所以他可以连夜向前搜索。

华云飞已经从那些很容易被常人忽略、即便是被人发现、也很难从中做出什么判断的线索，分析出这座山谷中的确藏过大量的物资，而且才刚刚被运走不久。

他甚至判断出，这批货物的总量，大概只及失窃货物总量的三分之一。这批失窃的货物着实不少，对方想全部运走根本办不到，十有八九是把那些笨重的、用处又不是非常大的东西销毁灭迹了，又或者掩埋在了什么地方。

可是这一来，华云飞更要加快速度追下去，因为对方不舍得放弃、不惜一切也要运走的东西，肯定是对方最重视的东西。这些东西必然也是卧牛山最需要或对卧牛山造成不利影响的东西。

诸如军械、甲胄、药材，还有十几桶火药……

华云飞搜索出谷不足三里，大亨就率人跟了上来。他比华云飞晚出发半天时光，不过华云飞是一边搜索一边前进，大亨却是只管向前赶路，自然追得上。

大亨一路急急赶来，业已筋疲力尽，眼见华云飞还在沿路搜索，便阻止道："云飞，昏天黑地的，你我都走得这么艰难，他们携带大批货物，怎么可能连夜赶路。一旦我们追上他们，少不得一场厮杀，若是大家都已筋疲力尽，便是追上了又如何夺回货物？与其劳师动众连夜追赶，不如等到天明再追。"

华云飞见部下皆已疲惫不堪，又听大亨这么说，也觉得自己有些操之过急，便答应下来。众人就在山边停下，草草吃了点东西，纷纷歇下了。

华云飞若是连夜追赶，还真的不会有什么所获。他依据线索，判断出对方从这条山路只运了三分之一的货物不假，不过他没想到的是，这三分之一并不是最重要的货物，恰恰相反，是粮食等最不紧要的货物。

田彬霏劫取这批货物本来的目的就不在货物，而在于以此为诱饵，引出卧牛山的重要人物，进而一网打尽。所以在劫取货物后，田彬霏立即把它们一分为三，分批隐藏。

眼下，华云飞追踪的是第一批，如果他追不上，携带货物的人会牵着他们一直往前走，按照他们规划的路线，直到卧牛山方面出手。

如果华云飞追上，他们会立即销毁或掩埋货物，轻装疾行，赶到第二批货物的埋藏地，起出货物继续充当诱饵，直到卧牛山派出人马，并被他们引入埋伏圈。

自一开始，田彬霏的计划就不在货，而在人。

夜色苍茫，山中一个被临时充作住处的山洞口，田彬霏负着双手，眺望远处如墨的山峦，脸含微笑。

他很清楚这批货物对卧牛岭有多么重要，他相信此计至少可以引出一至两名卧牛岭的主要首领。可卧牛岭上总共才有几个可堪大用之才？死两个，就是无法弥补的重大损失了。

他清楚小妹在卧牛岭的处境，小妹很厉害，赢得了叶老爹和叶母的支持，又有李大状和华云飞鼎力相助。但于扑满、于家海两兄弟、格哚佬寨主、蛊教长老派，却只是由于叶小天临行前的嘱咐才服从她。

而且他们之间也有一个制衡的关系，田妙雯正是巧妙地利用了这种制衡，才能在卧牛岭言出法随，并不算是真正收服了他们。如果他们之中死掉几个，立即就会打破这种平衡。

田彬霏本来的计划是同时执行刺杀计划，干掉叶小天，刺杀失败他并不气馁，他不相信叶小天真有神佛庇佑，叶小天并不知道试图谋害自己的人是他，这样他就有的是机会继续出手。

他会藏身暗中，不遗余力地干掉所有阻碍小妹彻底掌控卧牛岭的人。当叶小天死去，妙雯又彻底控制了卧牛岭，这一切还不就是他田家的？至于曹展张杨这几个窝囊废，他根本就没有放在眼里。

必要的时候，他会把这批物资的消息告诉那几个废物，如果能把他们一起干掉最好，如果不能，他西有石阡童家可以驱策，东有卧牛岭这支敢战之兵，再加上藏在暗中的田家势力，他也有把握迈出重现祖先辉煌的第一步！只要给他迈出一步的机会，就再也无人能阻止他一直走下去，直至巅峰！

天亮的时候，叶小天率人从罗李高车马行出发了。由于孙伟暄一再要求，叶小天叫人弄了滑竿来，抬着孙伟暄和他一起上路。

葫县知县白泓得知叶小天到了本县，忙不迭乘轿前往驿站拜会，仓促中连县太爷的仪仗都来不及打。可惜他还是来晚了，等他赶到驿站时，叶小天早已出发了。

洪东知县这两天也被折腾得不轻，华云飞带人闯进大万山司的时候，他就跑出来一趟，结果连华云飞的面都没看到。等他返回不久，又听说更加强大的一股武装进了大万山司，洪东知县忙不迭挥军返回。等他赶到，还是没有看到对方的背影，大亨带着人已冲向落雁谷了。

此时天色已晚，洪东知县只好在渡河码头住下来。等到天明用过早餐，刚刚率领士兵返回不过十多里地，后边飞马驰至，告诉他葫县又有第三批人进了大万山司。

洪东知县懊恼万分地返回，等他赶到，和前两回如出一辙，叶小天亲自率领的第三批人马也不见了。洪东知县不走了，他气愤地在渡口驻扎下来，倒要看看葫县方面第四批兵马什么时候到，结果这一等就是三天，然后……当然没有然后了。

叶小天很快就追上了华云飞和大亨，三兄弟相见分外欢喜，可失窃的物资总是在前方若有若无地留下一些线索，他们来不及畅谈别后离情，便全力赶去。

此时，大亨派人从官道急趋卧牛岭报信的人也把消息送到了田妙雯的手上，田妙雯立即决定，联合果基家和于家，三方各出耳目，布下天罗地网，搜查这批失物的下落。

一切，都在按照田彬霏的规划完美发展着，毫无意外……

第三十八章

莫衷一是

一

"据我们掌握的情报，那批物资已经运到了石阡杨家的地盘上……"

说到这里时，田妙雯微微蹙了蹙秀眉，之前送来的情报显示那些可疑人的位置与此刻所报告的位置相距太远。如果他们是徒步跋涉，两次情报间隔的时间与距离倒也相符，可是他们携带着大批物资，又没有一条平坦的道路可供行走，这速度就有些太快了。

但是，她虽然有些疑惑，却也只能认为对方是下了大力气，想了些什么特别的运输方法。因为情报分别来自党延明和于家。党延明是她的心腹，是她麾下的得力干将，这么多年来还没出过纰漏，他的情报既然如此说，应该不假。

而于家是地头蛇，卧牛岭的武力固然超过于家寨，可要论到在地方上根深蒂固的关系网、耳目之庞繁复杂，再给他们二十年的时间也赶不上，那是多少代的积累，所以于家送来的消息也不容置疑。

田妙雯纵然有所疑虑，也只能相信。她语气稍稍一顿，道："这批物资对我们很重要，必须得夺回来。"

"主母，石阡杨家现在的情形很混乱。自从杨家举族迁往展家，我们能控制的只有杨家堡这一个地方。原本隶属于杨家的那些村寨、乡镇，对我们敌意太深，凡事阳奉阴违，并不合作。

"我们一旦派兵进入杨家的地盘，便如盲人瞎马。而那里距展家和曹家已经很近了，他们既然劫掠了我们的东西，没道理不派兵接应。在他们的地头上交战，我们恐怕会吃大亏。"

出言反对的是格旎佬，他的话不无道理，但每个人看问题的角度不同，很大程度上还要受其阵营的影响。格旎佬就是一派阵营的代表，如果概括一下的话，他属于保守派。

经过叶小天的雷霆手段，蛊教势力被强势洗牌，大长老和二长老的影响彻底消失，已经没有人能掣肘他这个教主，但并不代表所有长老的见识和思想也都能在这种高压下转变。

格旎佬、格益佬等长老迫于叶小天的强势，选择了屈服，但他们骨子里依旧倾向保守，这与争权夺利无关，而是他们真心认为遵守蛊教传统老死山中才是对蛊教最有利的。这种认知自然影响了他们对一切事物的看法，进取心严重不足。

田妙雯听了他反对的话，有些疲惫地靠回椅上。那初来卧牛岭时新嫁娘般的容光焕发、神采飞扬，这些日子已经不复见到，她的脸上有掩饰不住的疲惫。

其实论起操持一个大家族、掌控一方大势力的本领，田妙雯远胜叶小天，可问题是，横空出世的卧牛山势力是叶小天一手打造的，空降下来的田妙雯凭着高明的手段和主母的身份才勉强镇压住了他们。

若想对他们如臂使指，这需要一个漫长的过程。除非这些部下全都是没有思想的傀儡，才有可能在证明她有资格指挥自己后，就立即毫不犹豫地执行她的任何命令。

耶佬听了格旎佬的话，不悦地道："纵然我们不想夺回这批物资，难道展曹张杨四家就会放弃对我们的攻击？这场仗早晚要打，何需顾虑？"

格益佬道："旎佬所言是老成之见！在人家的地盘上，我们先已失了地利，而且他们可以就近出兵，很可能他们还早有伏兵。我们贸然行动，殊为不智！"

引勾佬反对道："你以为这批物资对我们可有可无吗？"

格益佬道："这不是可有可无的问题，而是是否会中计、是否得不偿失的问题！"

李大状沉下脸道："这批物资中，有些很犀利的攻城器械，尤其是火药！这本是我们准备用来攻打他们经营数百年、稳如磐石的城堡用的。如果落入他们手中，反过来用在我们身上，会怎么样？

"诸位！我们的堡寨多为木栅木墙，比起他们土石所垒的城堡远远不如，这些火药就连他们的城堡都能炸开，如果用在我们身上会如何？此时畏首畏尾，届时死伤岂不更加惨重？"

最好战的于扑满和于家海两兄弟此刻正镇守石阡杨家留下的城堡，不在这里。但格哚佬、代韵溪等一批掌兵的人却在，他们立即纷纷响应李大状的话。代韵溪更是摩拳擦掌地道："主母，韵溪愿领一路人马，前去拦截这批物资，把它们夺回来！"

说起来，叶小天这卧牛岭虽然不是贵州土司中势力第一等的，可麾下成分之复杂却是当之无愧的第一。一方势力一旦成长起来，成为一股极庞大的力量，其内部必然山头林立。

山头林立会造成内耗，但是对其发展其实好处更大，各种不同的想法形成各种不同的派系，有的激进，有的保守，有的着眼于外，有的着眼于内，最高统治者就得综合考虑各方面的意见和利益需求。

如此一来，就能最大限度地避免最高统治者凭着一己意愿发动战争，出现穷兵黩武之现象，又或者穷奢极欲不思进取。但任何一种体制又都要有相应的时机来配合，才能相得益彰。

目前卧牛岭正处于起步阶段，这时候高度的集权比起相对的民主更有利于快速发展。但掌控卧牛岭时日尚短的田妙雯还做不到这一点，所以内部常有不同意见，这些意见通常代表着内部一方势力，田妙雯不敢等闲视之。

但田妙雯也没有坐等时间的沉淀来积累她的威严，叶小天用强势手段打压了蛊教内部意见严重相左的派系，给她打好了基础。田妙雯正在此基础上进一步扩大战果。

当初被叶小天从金沙谷释放出来的那些人，大多被田妙雯加以重用。像代韵溪，叶小天当初只把她当成一个蛊术高手使用，为他充当刺客，现如今她已成为一寨首领，成了田妙雯的得力臂助。

通过类似的手段，蛊教中保守派的势力正在逐步萎缩，许多见识了山外繁华世界的百姓，热切向往山外的生活。一旦见识了这花花世界，又有几人甘于那沉闷无聊的山中生活？这都成了叶小天迁民于山外战略的稳定基础。

这些举措如今已初见成效，虽然眼下还没有明显地做到政教分离，但是如果叶小天不在了，眼下的卧牛山也再不可能像当初大长老出山那样，轻而易举地就把人马带回山去，蛊教将因此分裂，一派留在山外，一派重返深山。

这一幕在很久很久以前曾不止一次出现，正因如此，当时的蛊教教主才痛下决心，迁居深山与世隔绝。眼下因为叶小天这个教主的不懈努力，这种势头再次出现了。

不同的是，当时的蛊教强烈反对出山，所以分裂势力大多自立门户，成为山外一方土司，现在则是教主本人热衷于出山，如果分裂，对蛊教的伤害尤其大。

到时候退回深山的蛊教掌握着道统，留在山外的教主掌握着教权，这种分裂的巨大伤害是双方都难以承受的，这也是田妙雯必须容忍这些反对意见的原因，她不能用简单粗暴的手段来解决。

可在田彬霏看来却不然，他不需要考虑卧牛山的利益，一个分裂的蛊教，彻底做到政教分离，才能为其所用，成为他的强力臂膀。反而是统一的蛊教，无法为其所用。

叶小天若在，或叶派势力彻底成熟，他将无法影响这股势力分毫，哪怕是叶小天死了，这股势力也能选出新的属于叶氏的领袖，纵然他的妹子开帘听政，也无法左右这股势力为其所用。

若是教派势力占据上风，叶小天一旦身故，蛊教就会另选新教主，他还是竹篮打水一场空。只有眼下，卧牛山势力内部还存在严重分歧的时候，杀死叶小天，造成蛊教分裂，留在山外的一派才会放弃宗教，化为世俗势力，才能为其所用。

田彬霏选择了最好的时机，眼光不可谓不毒辣。

李大状是叶小天的师爷，虽说他足智多谋，可叶小天不在，他能控制的人几近于无，谈不上什么影响力。华云飞不在，纵然在，能控制的也只有他精心打造、渐成雏形的那支死士队伍，这样的力量只能用在最紧要关头，以武力铲除对手，这时也用不上。

此时能决定大局的还是以蛊教为班底的力量。而这个班底却意见相左，格哚佬、代韵溪、耶佬等人与格旎佬、格益佬等保守派各持己见。引勾佬愤愤然转向冬天，道："冬长老，你意下如何？"

冬天沉吟片刻，缓缓地道："既然知道了那批货物的下落，自然不能无动于衷。不过，旎佬、益佬所担心的也不无道理。老夫以为，可遣一路兵马，如能抢回物资最好，如有埋伏便及时返回，免得招致更大损失！"

冬天忠于叶小天，但并不代表他就会无条件地服从田妙雯。做出这样的选择并非他不忠，只是谨慎的天性加上缺少冒险精神。

尽管他的回答有些模棱两可，可毕竟还是赞同出兵的，格哚佬和代韵溪立即抢着道："属下愿领一路兵马，夺回我们失窃的物资！"

"不！我亲自去！"

田妙雯做出这样的决定是不得已，格哚佬心机不足，代韵溪心细一些，但擅长用蛊与领兵打仗是两回事。旎佬等人的担心其实不无道理，对方既然劫了东西又已运到他们的地盘附近，岂能没有动作。

如果代韵溪失败倒也罢了，万一代韵溪中伏损兵折将，保守派的影响势必占上风，那时田妙雯的处境将更加困难，只怕坚持不到叶小天回来。

田妙雯是个很要强的人，她不仅要替叶小天维护好卧牛岭，还想把它壮大，到交到叶小天手上时具备立即反攻的条件。出于这些考虑，田妙雯做出了亲自带兵去劫回物资的决定！

李大状一听急忙劝道："主母大人，使不得！你是卧牛岭之主，一旦有个什么闪失……"

田妙雯凛然道："我意已决，不必多言！韵溪，你带一路人马，由我亲自率领，去把属于咱们的东西，夺回来！"

第三十九章

飞蛾纷纷

一

"拦住他们！"田妙雯一路急行，忽然看见前方一队人马，正驱赶着车辆急行，不禁大喜。

东西已经运进石阡境内，她要到敌境内夺回物资，无异于虎口夺食，这时机动力就显得非常重要，必须快去快回，所以田妙雯带的全是骑兵。

不过，贵州此地本就不适合马战，豪门大户养马也多是为了骑乘远行，所以她这支人马近四百人，真正适合作战的骏马不多，倒是适合在山间行走的川马、滇马不少，但也总比两条腿走路快些，而且这种马惯于驮乘物资，抢回东西后正好用之载回。

田妙雯一声令下，代韵溪等人立即加快了速度向前奔去，华云飞更是一马当先，不但冲在最前头，而且已经开始弯弓搭箭，要利用他的神射阻止前方那支急急而行的车队。

大亨骑的是一匹高头大马，不过他的身体过于肥硕，饶是他的胯下马雄骏，也禁不起这位老佛爷，被他压得汗湿马鬃，此刻还能照常赶路就不错了，哪还快得起来，不过大亨也是挥鞭如雨，拼命地打马追赶。

华云飞和大亨是在田妙雯率军下山时与他们遭遇的，田妙雯业已从他们口中得知叶小天返回的消息。只是路上出了点意外，所以他们暂时分开，叶小天率人往另一条路上去了。

田妙雯听说叶小天已经回来，这一喜真是非同小可。

两人虽然不似叶小天与莹莹一般甜甜蜜蜜，也不似叶小天与凝儿一般同生共死，偏偏是她第一个与叶小天成就姻缘，拥有了叶小天妻子的名分。

叶小天不在卧牛岭的这些日子，田妙雯顶着叶家主母的名头，内外维护，呕心沥血，不知不觉间就把自己真正当成了卧牛岭的一分子。

夜深人静，孤衾寒冷时，她也不止一次想过那位莫名其妙地就成了她的夫君，却还不曾圆房就赴了京城的丈夫。思念就在这个过程中，不知不觉沁入了她的骨髓，听到叶小天回来的那一刹那，她几乎要欢喜地跳起来。

如此，她更要抢在见到叶小天之前，拿回那批重要的军事物资。她知道叶小天与莹莹情深，她知道叶小天与凝儿曾同生共死，而她虽是叶小天的妻子，倒是相互算计的时候居多，如果不是阴差阳错、时势相逼，她不会选择叶小天，叶小天同样不会选择她。

所以她心里有一种危机感。尤其是她还有克死三个未婚夫的光荣历史，这位百媚千娇的大家闺秀，在清高的外表下隐藏着的其实是深深的自卑。

她并不觉得自己的相貌和身世比起莹莹或凝儿来有什么优势，在她看来，她唯一超越这两位闺中好友的地方，就是她操持一个大家族的本领。所以，她一定要把叶小天交给她打理的一切完美地交还到叶小天手上。

"追过来了！"

"快！上盘山道！死守道口，大人很快就会来接应我们的！"

前方驱赶着车马急急而行的看似商贾的那群人立即慌了手脚，一见旁边有条盘山道，立即慌不择路地驱车过去。既已被人盯上，他们就没理由继续伪装了，车上装着赃物，一查就是人赃并获，根本没有隐藏的办法。

此时，他们正好处在一个三岔路口。向前的道路是通向石阡府展家的，左侧一条岔道通向老马骥谷方向的山脊，也正是田妙雯等人赶来的方向。而右侧则是一条盘山道，盘山道的一侧是峭壁，另一侧是无遮无掩的悬崖，其下有百余丈深。

这种情况下，如果他们继续前行，肯定会被田妙雯等人追及，所以倒不如拐向那条盘山道。这样一来，尚可凭险要地势死死守住物资，静候援军。

他们的盘算是正确的，也是面对追兵最好的办法。田妙雯一眼就看穿了他们的打算，她此行为了快进快退，免得被人一窝端了，领的都是骑兵，一共不过三百多人，哪里耗得起？真要等展家前来接迎，那就大势去矣，她不禁急道："阻止他们！速战速决！"

华云飞一连三箭，第一箭射死了赶车的一个车把式，第二箭射死了护卫在马车旁的一个骑士，趁着那马车失去控制，马身微微一侧，第三箭又射向那马的前胸。

那山道很是狭窄，只消有一车通过，旁边就只能供一两行人通过，绝无可能二车并错，华云飞是想射死头车头马，堵塞道路，阻止这车队逃逸。可惜马终究与人类有别，他这势在必得的一箭固然射中了，也没能立刻取了那马的性命。

这第三箭未能一箭封喉，那马吃痛之下，反而加快了速度，向盘山道上狂奔而去……

· ※ · ※ · ※ ·

"公子，罗李高车马行的人已经追进卧牛岭！依照计划，他们已掩埋了诱敌的货物，轻车前行！"

"好！"

"公子，叶小天追上了他们，不过他们似乎是发现了一些端倪，兵分两路，一路追着空车下去，一路扑向了掩埋点。"

"可惜！不知是谁去了掩埋点，最好是叶小天追去石阡，就此一命归西！"

"公子，卧牛岭人马也按捺不住了，他们出动了大约三百人，看方向也是奔了石阡。"

"哈哈哈哈……不出我所料！"田彬霏放声大笑，折扇一收，往掌心轻轻一砍，"我这个妹子呀，就是要强！我就知道她不甘心，不过是一批军资罢了，何苦呢？何必呢？"

田彬霏摇头扼腕，看似不以为然，但眉梢眼角都是笑意。物资被劫，派去夺回物资的人再死个精光，到时候小妹必受责难。不过，卧牛岭本就分化成了两派，必然还有死保小妹的一派。

叶小天回来是个变数，但问题也不大，他隐在暗处，想下手，机会多的是。以前不动手，只是因为叶小天是他重振田氏不可或缺的重要助力。现在既然没有叶小天，他也可以利用小妹来掌控这股力量，凭什么还要他活着？

"公子！公子！卧牛岭人马追过水银山了，不过……不过小的藏身山间，似乎看见……"

"嗯？"

田彬霏不悦地瞪着那个吞吞吐吐的探子："不过什么？"

那探子讷讷地道："好像……似乎是大小姐亲自带队追去了。"

田彬霏先是一怔，随即脸色大变，苍白如纸。他一把将那探子揪到面前，厉声道："什么似乎好像，究竟是不是大小姐亲自追去？"

那探子被田彬霏这一追问，颤声答道："是……是大小姐！除非有人长得跟大小姐一模一样，否则小的绝不会看错！"

田彬霏失神地松开双手，慢慢地退了两步："韧针！韧针！你去做什么！那等险地，你去做什么？为了叶小天，难道你就如此不遗余力？啊！"

说到后来，田彬霏忽然一声惊叫，惶然四顾道："马！快取马来！"

田彬霏藏身山间，哪来的马匹，几个部下惶然道："公子？"

田彬霏一眼看见那探子骑来的黑马，立即大步流星地赶过去，腾身上马，一抖马缰，飞也似的冲了出去。

他的几个部下惶然追了几步，高声叫道："公子！公子！"

田彬霏充耳不闻，他现在满脑子想的都是他心爱的妹妹被他亲手设下的埋伏炸得粉身碎骨的场面，一想起来就心如油煎，他只恨不得背插双翅，立即飞到鸡冠岭，救下他的妹妹，哪里还顾得上其他。

·※·※·※·

"大人，你看！"一个侍卫用刀撬开一口箱子，对叶小天道。

满满的一箱子药材，叶小天不识药，但他手下的这些山中勇士大多识得些药材，禀报道："大人，这似乎都是制炼上好金疮药的药材，最宜用于军中。"

"这一箱子是盔甲，大人，你看！"叶小天一行人没带锹镐，不过藏东西的人本来埋得也不深，掩土便被他们用刀枪撅开了。

叶小天吩咐道："把孙伟暄扶过来！"

孙伟暄被两个人搀着，一瘸一拐地走到坑前，往里边一看，便激动地道："大人，没错！这就是我们失窃的东西！不过……这些东西大概只有我们失窃物资的三分之一。"

叶小天狐疑地道："奇怪！他们为什么要把东西掩埋于此？"

一个侍卫道："怕是眼看我们追得紧，逃不掉，所以才把东西藏起来吧。他们赶着空车上路，便以为我们只会追下去。却不知华三爷最擅长查觅踪迹，他们车子一轻，车辙便浅，马上就被发现了。"

叶小天摇了摇头："说不通，东西本来在落雁谷藏得好好的，他们行踪一暴露，就该知道押着这么多东西逃不过我们的追赶。就算当时想不到，昨日被云飞追赶时也该想通了，何不于昨夜趁着天黑藏匿？其中有诈，必然有诈！"

孙伟暄心中一惊，却又莫名地一松，他对叶小天谈不上什么感情，对罗大亨却不然。他杀死那几个兄弟也是在公子强迫下不得不为，他当时若不杀，那些人也要死在公子手上，而他也必然要死，甚至还连累家人。

但是如果有机会让这相处了几年的好兄弟们活着，他当然不情愿他们死，所以叶小天斟破其中蹊跷，孙伟暄的心情非常矛盾。

叶小天的眉梢渐渐挑了起来，他不是能掐会算的神仙，此时还猜不到其中有什么诡计，却知道追下去一定有鬼。叶小天凛然道："快！马上追上大亨他们，叫他们停下！"

第四十章

风云三岔口

一

此刻，展龙正召集四家的主事人商量一桩大事。展家在场的是掌门人展龙，张家却有两个：张绎和张雨寒。张绎是张铎张胖子的亲兄弟，在张铎、张雨桐父子相继死去后，他本是最有资格继承张氏土司的一位，但他却让贤给了张雨寒。

如今的张家，内忧为患，连根基之地都失去了，要做这个家主，荣耀与权柄没多少，责任倒是极重。张绎自知才能本领不及张雨寒，所以果断让贤。好在他大哥的江山在此前已经传给了张雨桐，他借口自己是长辈，不好再从侄子手中接过传承，故而由张雨桐的堂兄张雨寒来继承也算合乎情理。

曹家嫡房两兄弟都死光了，又没子嗣留下，这土司之位便落到了他们的堂弟曹瑞雨手里，至于石阡杨家现在的主事人却是个外姓人——韦业。他是被叶小天扶植起来的小女土司的亲舅舅。

眼下众人所议的事情，就是由韦业提起的。

展龙道："韦兄所言当真？"

韦业傲然道："当然！实不相瞒，我的人已经押着货物进了石阡府，就等我们前去救援了！"

田彬霏一直图谋重振田氏，他能未雨绸缪，在葫县布下孙伟暄这枚棋子，在他重点图谋的石阡府又岂止童家这一枚棋子，韦业也是他苦心经营下收买的人。

只不过，童家是完全在他的掌控之中，对田家来说至关重要。而韦业，原本只是石阡杨氏土司的内弟，顶多给他通风报信扮个耳目的角色。不过随着杨羡达被杨羡敏害死，杨羡敏又被叶小天诛杀，他作为新任女土司的舅父，居然成了杨氏残余力量的一个重要人物。

杨家的那位女童土司还太小，凡事多依赖母亲，而她的母亲又依赖这娘家兄弟，韦业如今完全可以做得了那小女土司的主，所以才有资格与这几位同堂议事。

张绎狐疑地道："韦老弟，为何我们从未听你说起过此事？"

韦业老脸微微一红，讪然道："这个……我也不知此事能否成功，只是派出一些人去见机行事罢了。不想他们竟然真的办到了，我也是刚刚才收到消息，只是卧牛岭的人业已循踪而来……"

韦业神情有些忸怩，说话吞吞吐吐。但在场的都是聪明人，马上就替韦业补全了理由。

展曹张杨四家中，如今实力依旧完整的是展家和曹家。张家是除了几个嫡房正宗，被田妙雯和于珺婷一口吞个精光，什么都没剩下，他们逃出来的这几个人，只有摇旗呐喊给展曹联军提供道义名分的能力，别无用处。

只有杨家舍了大批的土民和村镇，将整个杨家堡的人马全部搬到了展家堡，寄人篱下。张家只有区区几个人，展家还能以宾客相待，但杨家这么多人，展家可没有能力招待，很大程度上就得靠他们自食其力。

杨家的人因此铤而走险，劫掠卧牛岭的物资就顺理成章了。这批物资到手，不管是自己用还是换作粮食，都可以缓解杨家目前的窘境。

展龙、曹瑞雨、张绎和张雨寒甚至猜到，如果不是他们返程时泄露了行踪，被卧牛岭穷追不舍，韦业依旧会对此事秘而不宣。

虽然对韦业吃独食的事稍有不满，不过韦业劫掠了卧牛岭的物资，还是令他们很高兴。如今韦业要靠他们出兵打退来犯之敌，确保物资无恙，也就失去了独吞的资格，这更令他们贪心大起。

展龙马上道："我明白了！我这就派人前往接应！"

曹瑞雨道："我带来一百二十名侍卫，都是我曹家第一流的勇士，也可派出一百人前往接应！"

展龙似笑非笑地道："曹兄，在我展家地盘上，如果还需你曹兄派出亲信卫队助战，岂非显得展某太无能？"

不等曹瑞雨再说话，展龙便大声喝道："来人！"

展龙唤来一名亲信侍卫，大声吩咐一番，那侍卫立即领命而去，匆匆调动展家士兵，循路前往接应。由此往铜仁方向去，唯有一条路，倒无须了解来人会走哪条路。

展龙吩咐完了，这才对张雨寒、张绎、曹瑞雨和韦业傲然道："任他卧牛岭了得，如今既然进了我展家地盘，我也要叫他有来无回！诸位，我们不妨同去，瞧瞧他卧牛岭人马落花流水而去的模样！"

听了韦业所言之后，展龙就起了把这笔物资据为己有的念头。东西是他护送回来的，杨家又托庇于他的门下，到时纵然不满，也只能敢怒而不敢言。展龙不肯让曹瑞雨派亲兵相助，也是不想再有人分一杯羹。

至于张家，现在只有动嘴皮子的能力，若非展龙觉得他们是铜仁旧主，还有那么点作用，早把他们轰出门去，倒不虞他们与己相争。

· ※ · ※ · ※ ·

田彬霏挥鞭如雨，骏马飞驰，几有踏燕之速，所过之处，只掠起一抹轻尘。黑缎子似的马股颜色更深了，那是马儿沁出的汗水。它载着探马斥候一路疾驰，去向田彬霏报信，还未及歇息片刻，便被田彬霏驾驭着以更快的速度飞驰回来，实已筋疲力尽。

田彬霏骑术很高明，他双腿挟紧马腹，随着马儿打浪一般起伏着身体，人马合一，但他额头也是汗水涔涔，小半出于急行，大半出于惊恐，他的眸中正有浓浓的恐惧。

整个局都是他布的，他不惜动用两枚深埋的棋子，就是要促成卧牛岭的分化，让田家掌握这样一支可以亮在明面上的势力，可他万没想到追讨失窃物资的领头人居然会是他的亲妹妹！

不应该！不应该啊！田彬霏在心底里嘶吼：小妹根本不懂武功，卧牛岭的人又没死绝，为什么要让她出战？小妹是卧牛岭之主，卧牛岭诸将凭什么让小妹出战？这些天杀的！天杀的！

田彬霏跑得满头是汗，可头皮却冷飕飕的，抑制不住的寒意直透心底。他很清楚自己设下的计策是何等毒辣，他不敢想象，当他赶到时，他的小妹已然粉身碎骨，又或者深埋地底化为朽土。

盘山路上，一骑绝尘。田彬霏从大山的另一侧，飞驰电掣地赶来。

此时，在田妙雯的命令下，卧牛山人马正向固守盘山道的人马发起猛烈攻击。田妙雯只一看他们的架势，就知道他们是要固守待援，只消拖延稍久，展家堡方面一定会派出援军，那时就大势去矣，是以下令速战速决！

代韵溪提刀亲自督战，卧牛山兵马本就悍勇，在主帅如此催促之下更是奋勇向前，人人争先。

死守道口的人不过十余人，虽然仗着地利，卧牛山的人无法发挥兵力优势，可人家死伤了可以替补，他们却是死一个少一个，渐形不支。

指挥这支人马的人有一个很儒雅的名字：雪宁，他姓魏，魏雪宁。和孙伟暄一样，他也是田彬霏麾下的死士。

死士不是街头甩卖的大白菜，他们的人数并不多，而且没有哪一方势力舍得大肆挥霍死士。如果不是从小培养，他们也不放心把这人列为可以参与机密的死士。

今日诱敌入彀的这批人马中，真正的死士只有他一个。其他勇士都知道算无遗策的公子早有安排，很快就会有人来接应。只有魏雪宁一人知道，根本不会有人来，当敌人攻到他们身边的时候，就是他引燃火药，把敌我一起送上西天的时候。

他不能故意失败，那样的话即将中计的敌人会警觉，不知真情的部下也会起疑心，所以他只能假戏真做，苦苦挨到现在。

"大哥，兄弟们快撑不住了！"

"再坚持一会儿，公子的伏兵马上就到！"魏雪宁向浴血奋战的兄弟们说着，缓缓靠向车子，车上载满了火药，除了火药别无他物。这车上的火药，是田妙雯所购火药的两倍……

当田彬霏骑着一匹黑马，从山道的另一侧飞驰电掣地赶来时，谁也没有注意到，从田妙雯等人赶来的那条山脊上，也正有一条黑色的影子风一般疾掠而来，他在草丛灌木间时隐时现，仿佛一头敏捷的黑豹。

这只是一个人，仅仅是一个人，凭着双腿，速度竟然如此惊人。他以令人难以置信的速度，狂奔到三岔路口，眼见前方还在激战，他所担心的事情还没有出现，一口真气泄下，顿时觉得心跳如鼓、双腿酥软。

不要把武功想象得无所不能，轻功提纵术可以在爆发的情况下大幅提高人的纵跃能力，利用内息的调节再加上苦练的外功，一个高明的武人要做到八步赶蝉也未必不能做到。

但这一切，都必须是短时间、短距离内，是一种特殊的爆发。用来长途奔驰，其消耗难以想象，而这个黑衣人就是化不可能为可能，用最快的速度狂奔过来，他此刻还没有瘫软成泥，已经殊为可贵了。

那黑衣人大口大口地喘息着，气流急骤，吹得他脸上的蒙面巾也是一起一伏的。他一面快步赶上去，一面厉声大吼："田姑娘，尔等速速后退，前方有诈！"

第四十一章

群英会

一

　　田妙雯不会武，罗大亨也不会武，他们两人上前的话反而需要别人保护，所以他们一直待在后面关注前边的战斗。
　　田妙雯关注这笔物资能否失而复得，罗大亨是罗李高车马行的东主，更加关注能否拿回这笔失窃物资，所以离战斗现场并不远。
　　那黑衣蒙面人一声大吼，引起侍卫的注意。陡然发现后方有人，侍卫们立即拔刀相向，如临大敌！
　　那黑衣人急促地呼吸着，继续大喝："田姑娘，车上有古怪，这是诱你等中伏的计谋！速速后退！"
　　田妙雯眸光一闪，马上回首娇喝道："韵溪，速退！"
　　大亨还想质问这蒙面人如何知道这个消息、对方究竟有什么阴谋，但是一见田妙雯如此吩咐，马上也毫不犹豫地大叫道："云飞，回来！"
　　大亨这些日子与卧牛岭打交道，其实就是跟田妙雯打交道，田妙雯的智慧、谋略他都深有体会，已然佩服得五体投地。既然田妙雯信了对方的话，他自然也信之不疑。
　　换句话说，他不是信了黑衣蒙面人，而是信了田妙雯。但田妙雯其实又何尝会信了陌生人的一句话，但权衡利害，田妙雯宁可相信他的说辞。
　　眼下纵然后退，盗窃军需的那批人也无力逃走了，再要追的话也容易。可要是黑衣人所言属实，穷追不舍恐有大难临头，莫如暂且退下来，再向这黑衣人询问究竟。
　　黑衣蒙面人急不可耐，顿足道："快快快！你们也马上后退，他们设下毒计，恐以火药对付你们，威力甚大，在这里也不安全！"
　　田妙雯身边侍卫闻言顿时色变，马上护住田妙雯往后退，其中一人甚至还一弯腰，抢过了田妙雯的马缰绳。既然主母已经相信了这个蒙面人的话，那么对这蒙面人的话就不能等闲视之了。

此时火药应用并不广泛，在中原地区，除了军中，好多地方的百姓包括大城大阜见多识广的人，都未必识得火药。但贵州本属西南边陲，见到火药的机会相对多一些，再加上此地开山辟道应用火药更加广泛，所以很多人都知道火药的可怕。

罗大亨一面拨马后退，一面扯开了喉咙急叫："云飞，不要打啦！马上滚回来！快快快！快啊！"

"什么？"激战中的华云飞听到了罗大亨的呼喊，不禁微微一呆。

代韵溪同样觉得古怪，眼看就要突破敌人最后防线了，主母为何令她急退？不过她对田妙雯已是言听计从，当下毫不犹豫，挽个剑花迫退一名敌人，便娇喝道："全部后退！"

魏雪宁已暗中晃燃了火折子，眼见且战且退地就要把他们全部引上盘山道，不想他们却突然又向三岔路口退却，心中大急，再也顾不得等待，马上猛地一掀车上篷子。

他早在那里留了火药捻子，火折子往上一凑，火药捻子顿时哧哧地燃烧起来。一个断了臂的护卫踉跄撞到车旁，听到异响，嗅到火药味儿，扭头一看，顿时大骇，骇然之下甚至忘了断臂之痛，惊呼道："大哥，你做什么？"

魏雪宁眼中含泪，惨然狂笑："对不住了，兄弟们，九泉之下，大哥再向你们赔罪！死吧！死吧！统统死吧！"

"不要啊！"

那断臂大汉疯狂地扑向货车，想扯断那火药捻子。因为代韵溪等人急急后退，得到一丝喘息之机的几个幸存的弟兄也都向这边看过来。虽然他们都不明白发生了什么，可是一看到那哧哧燃烧的火药捻子，如何不晓得其中厉害，顿时纷纷惊叫起来。

代韵溪和华云飞等人离得远，根本看不清车上发生了什么，但是对面之敌的惊恐万状，他们却是看在了眼里。猎户出身的华云飞最是机警，马上厉喝："速退！"

他一转身，搀起一个受了伤的兄弟便疾掠过去，代韵溪也不急慢，娇呼道："快撤！快撤！"一群人撒开双腿，亡命般地扑向三岔路口。

盘山道上，一骑突至。

那是一个山弯，那马冲得迅疾无比，到了近乎九十度的山弯，那匹黑马因为跑得太快，再加上长途奔驰，马腿突突急颤，已然停不住脚步，竟然一头向悬崖外撞去。

好在田彬霏身手高明，眼见急勒马缰也扯不住胯下坐骑，在那战马前蹄跨出悬崖的刹那，他陡然腾空而起，双足在马股上用力一踹。

那马本来就止不住奔势，再被他一踹，悲嘶一声，轰然跌下悬崖，但田彬霏借这一踢之势，鹞子一般在空中一个盘旋，竟然稳稳落在了地上。

他急急扭头一看，正好看见那几辆停在山道上的车辆，还有几个部下，大喜喝道："不要动手！"说罢展开八步赶蝉的轻功，迅捷如飞地猛扑过去。

"轰！"

最外侧距三岔路口最近的那辆车子猛然爆发出一团火光，剧烈的爆炸把正扑向车子的几个勇士像暴风雪中的一片片败叶似的迅速撒碎、喷向空中。

"轰！"

"轰轰！"

后面四辆车上的炸药被迅速引燃了，相继爆炸。田彬霏大骇，陡然身形一转，就要返身逃去，但凶猛的气浪席卷之下，半人高的石头都凌空飞了起来，何况一个百十来斤的人。

随着汹涌的气浪，田彬霏也像一片狂风中的败叶似的飞了起来，飞出盘山道，向下方近百丈的峭壁悬崖落去。在他之后，是因剧烈的轰炸崩坍的岩石和泥土，泥沙俱下，滚滚如流……

"你是谁，为何……"

田妙雯被部下拉着马急而退，正向那黑衣蒙面人询问着，身后突然响起剧烈的爆炸声。田妙雯被那剧烈的爆炸震得一哆嗦，陡然回头望去，就见黑烟冲天，旋即整片岩壁都崩溃了。一眼望去，仿佛整座山都在倾倒下来。

代韵溪、华云飞等人被爆炸的气浪吹得飞向了空中，好在他们此时即将奔到三岔路口，侧方已是缓坡，不然得摔个粉身碎骨。

近处已是如此触目惊心，田妙雯根本没有注意到远处被抛落悬崖的那道身影……

爆炸一起，那本已筋疲力尽的黑衣蒙面人竟然猛然跃起，把那快把胯下骏马压趴下的大亨一头扑下马去，护在身下，大吼道："统统趴下！"

这黑衣蒙面人到底反应敏捷，应对的措施也是对的。他一声大吼，反应快的立即扑下马来，匍匐于地，反应慢的又恰好运气不好的，虽然逃过了被活埋的大劫，却还要应对那四下乱飞的石头。

拳头大小的碎石因爆炸力四下激射，又因棱角分明，一旦撞中人体，登时便是一个窟窿，许多人不曾直接被炸死，却因飞沙走石而毙命。

田妙雯脑筋反应快，可惜动作没她的脑筋反应得快。幸好她后边还有不少护卫，纵有飞石击来，也有这些肉盾抵挡。只有飞来的一块碎石，刮着她的胳膊飞过，就只这一擦，便刮去一块血肉，疼得田妙雯闷哼一声，一头跌下马来。

轰隆隆的爆炸声传来，正急急而行的叶小天猛然勒马望去。远远的，可以看见因爆炸激起的浓烟灰尘，在那青绿的山野间腾跃而起。

叶小天心头一沉，原本的疑惑豁然开朗。他已经完全明白了对方的毒计，究竟有谁中计了？云飞和大亨是追着他们去的，万一……

叶小天心头一阵惊恐，不由自主地加快了速度："快！马上赶过去！"

展龙率领亲兵，带着曹瑞雨、韦业、张绎等人正姗姗而行，忽然感觉地皮一阵震颤，爆炸声远远传出，抬头一看，就见远处山巅之上缓缓腾起一抹烟云。

张绎惊疑不定地道："这是怎么回事？"

韦业暗叫可惜，依照公子的安排，如果能等这些人赶到再引燃火药，把双方主要人物一举干掉，那才是最圆满的局面。可是看这情形，显然是追兵迫近，公子的死士被追及，不得已引燃了炸药。

事已至此，也只好执行第二计划，利用展龙这些人，把那些漏网之鱼统统干掉，为大小姐彻底执掌卧牛岭剪除障碍。韦业马上痛呼道："他们引燃了炸药！"

展龙急问道："什么炸药？莫非有埋伏？"说着手上一紧，押住马缰，就欲拨马而走。

韦业目中含泪，道："是我杨家死士，那车上运有十余桶炸药，我吩咐过，一旦事情泄露，被人追及而来不及策应，则引燃炸药，与敌偕亡。"

韦业眺望远方，悲痛地道："看此情形，他们已被追及了！"

展龙一听大喜过望，借此消灭卧牛岭的有生力量，损失的还不是他展家的人，同样是一桩大喜事。

展龙立即一拨马头，兴奋地道："快！我们马上赶过去，若有漏网之鱼，可聚而歼之！"

一行人加快了速度急急前行，走不过二里地，便见到展龙先前派出的人马正裹足不前，惊疑观望。一见展龙等人赶来，展家人马立即上前禀报道："土司，前方突然发生剧烈爆炸，不知发生了何等变故，属下已派了探马前往察看……"

展龙把大手一挥，喝道："不必探了！那是杨家的死士被卧牛岭人马追及，引燃炸药与敌偕亡了。速速赶去，若有漏网之鱼，一举歼灭！"有了展龙这句话，那支停滞不前的队伍立即恶狗抢食一般向三岔路口急急赶去。

第四十二章

狭路逢

一

"快！快救人！"

惊天动地的爆炸声结束了，崩溃的山体也缓缓停止了倾泻沙石流。滚滚的烟尘被山风吹着渐渐散去，田妙雯立即下令救人。她耳边轰鸣，不自觉地就提高了嗓门，饶是如此，被剧烈的爆炸震得耳鼓轰隆作响的众人也只是勉强能听见。

虽然在那黑衣蒙面人的示警下，他们退得迅速，但还是有几个人被铺天盖地而来的沙石流掩埋了，不过他们被掩埋的地方已经接近沙石流倾泻的边缘，或许还来得及救出来。

田妙雯伸着手臂，殷红的鲜血已经浸湿了她的衣袖，正顺着手臂滴滴答答地淌着。侍卫冲过去掘土救人了，韵溪从地上爬起来，昏头昏脑地定了定神，发现田妙雯受了伤，赶紧撕下衣襟为她裹伤。

田妙雯看着那黑衣蒙面人，大声道："多谢阁下救命之恩，却不知阁下如何知道他们早有毒计？"

"哼！"

黑衣蒙面人以轻功疾掠而来，此时早已毫无余力，却把胸膛一挺，一副高人模样，傲然道："内中详情，你不必知道。只需知道老夫对你们没有恶意就好了。"

他说着向前走出两步，眼角向草坡下微微一扫。华云飞被爆炸的气浪掀下了山坡，大亨一爬起来就鬼哭狼嚎地扑了下去。黑衣蒙面人看到大亨搀着华云飞已经蹒跚地出现在草地上，不禁暗暗松了口气。

黑衣蒙面人朗声道："此地闹出这么大的动静，恐怕展家堡那边很快就会有所动作。你们还是快快返回卧牛岭吧，迟恐生变！"

田妙雯眼见这黑衣蒙面人要离开，急忙推开为她裹伤的代韵溪，急急赶上两步，高声道："还未请教恩人尊姓大名！"

黑衣蒙面人朗声一笑，曼声吟道："萍水相逢，何须姓名。老夫去也……"

"爹！你咋来了，你蒙着脸干啥？"大亨扶着华云飞一边吃力地往坡上走，一边咋咋呼呼地喊了一嗓子。

"哎……哎……哎……"

黑衣蒙面人贴着路边潇洒地走过，大亨这一嗓子把他吓得一个趔趄，那土路的沿儿本就松软了，登时坍陷下去。黑衣蒙面人已然筋疲力尽，高明身手施展不出，双臂好似鸭子要腾空飞起似的扑棱了几下，终于站立不稳，一跤摔下坡去。

黑衣蒙面人翻滚到罗大亨脚下，一抬头，就看到一张胖脸杵在他的眼前，眼神中满是关切："爹，你没事吧！"

黑衣蒙面人瞪起虎目道："臭小子，谁是你爹！"

大亨笑道："爹，你说你多大的人了，快别闹了！"

黑衣蒙面人瞪着他，恨恨地一把扯下蒙面巾，果然是那位"扫地不伤蝼蚁命，爱惜飞蛾纱罩灯"的洪百川洪大善人。

大亨嘿嘿笑道："爹，我就说吧？你说你那模样、你那声音，你儿子我怎能认不出来啊，是不？对了爹，你咋跑这儿来了？"

洪百川没好气地瞪着儿子，心头却是没来由地一暖：这个混账东西，倒没白养他这么多年，居然一眼就认出我来了。

只不过，欣慰归欣慰，这一下就得想个理由解释了。而且这一身武功只怕也瞒不住了。好在他已接到兵部指示，叶小天已经与他们鹰党合作，算是半个自己人，便是被知晓自己的底细，也不至于有什么凶险。

田妙雯带着代韵溪等人从坡上急急下来，一瞧华云飞没事，田妙雯也松了口气。叶小天当初为了毛问智是如何大杀四方、百无忌惮，整个贵州无人不晓。如果华云飞或罗大亨今日再出个什么意外，田妙雯绝不怀疑，叶小天马上会不管不顾地与展曹张杨四家全面开战。

她走到近处时，已经听到罗大亨所说的话，不禁惊讶不已："这人是大亨的父亲？那个葫县商贾？他居然有这样一身出色的武功？"

如果仅仅如此也不算什么，哪一行当都有龙虎隐藏，武功一道可以强身健体，可以护身保命。但总的来说，武行纵然不算贱艺却也不是什么荣耀，远不如诗词歌赋、琴棋书画有格调，没什么可炫耀的，所以平时不展露自己会武功并不是什么了不起的事。问题是一个商贾怎么可能了解如此大事，而且在紧要关头赶来示警？

田妙雯警觉地看了洪百川一眼，道："原来是伯父。伯父救了我等性命，小女子感激不尽。"

洪百川知道她接下来必然会询问自己为何获悉敌人的阴谋，一时之间他还没有想到一个妥善的答案,是以马上打断田妙雯的话道:"此处发生爆炸,恐展家堡很快就会派人前来查看,我们且速速撤走!"

洪百川言犹未了,就听坡上一声狂笑:"哈哈哈,果然有卧牛岭的漏网之鱼,把他们给我杀掉!统统杀掉!"

铁蹄践踏,展开了屠杀……

·※·※·※·

展龙率领展家堡人马赶到,正当其时。

由于剧烈的爆炸和飞溅的碎石,许多马匹或因受惊或因石子激溅负痛逃散。而卧牛岭的人根本顾不上收拢马匹,轻伤者在给重伤者裹伤止血,还有人正在奋力刨着沙土,试图救出掩埋其下的人。

他们没有称手的撅土工具,再加上下边埋的是人,真有锹镐也不能用,只能徒手刨土。而此时展龙一行人飞驰电掣地赶来,有些卧牛岭的人甚至来不及捡起自己的兵刃。

骑兵如果毫无阻拦地冲进步卒的队伍,而对方又没有密集的枪阵,几乎毫无疑问就会是一场大屠杀。只是一次冲锋,就有数十人被展家堡的骑士收割了性命。

这个伤亡数字对眼下的情况来说还算是少的,之所以伤亡大幅减少,是因为飞溅的碎石满地都是,马足踏在上面一样行走不便,所以一轮冲锋只到一半,战马的机动力就消失殆尽。

不过展龙一方毕竟已经占了先机,展龙立即大吼一声道:"下马,步战!"说罢当先跃下马来,向一个逃过第一轮袭杀、刚刚扬起长刀的卧牛山战士扑去,当头一刀,旋即横挥一刀,把那勇士开膛破腹。

"杀!杀!"

展龙、曹瑞雨等人哪个不是对卧牛岭深怀仇恨?尤其是被人端了老窝的张绎、张雨寒以及举族迁徙寄人篱下的韦业等人,更是恨极了卧牛岭一脉,这一动手,下手狠辣,毫不留情。

"主母快走!"

"大亨快走!"

代韵溪和洪百川不约而同地喊了一句,各自护住了他们最在乎的人。

洪百川一身卓绝武功,可是在如此规模的大混战之中,个人武力并不是决定性的力量,更何况他此刻空有一身杀人的技巧,却因不惜内力用轻功提纵术狂奔而来,早已没有力量了。

代韵溪有心冲上去救援自己的部下，但两相比较，还是田妙雯更重要。敌势凶猛，难以两全，她现在唯一的选择就是保住田妙雯。但田妙雯怎么能走？随她来的都是最忠诚信服于她的人，如果把他们撇下任人屠杀，她如何向叶小天交代，如何还有面目担当卧牛岭的当家主母大夫人？

罗大亨也不能走，东西是从他的车马行丢的，他独自逃命让别人拼命？大亨干不出这种事儿。更何况华云飞眼见卧牛岭一方的人纷纷被杀，早已红了眼睛，拔刀扑了上去，他岂能丢下兄弟独自逃生？

大亨弯腰抱起一块石头，吼叫道："老子跟他们拼了，杀啊！"他高举石头冲向山坡。田妙雯也推开代韵溪，沉声道："救人！快！"

"大亨！大亨啊！你个不省心的东西，真要活活气死老夫！"

洪百川气得吹胡子瞪眼睛，却也只能无可奈何地追上去。代韵溪眼见田妙雯不肯逃走，也只能重重地一顿脚，银牙一咬，厉喝道："留两个人护着主母，其他人跟我上！"

代韵溪飞身冲上山坡，几个杀红了眼的展家堡士卒一见这少妇细腰袅袅，容颜俏美，手无寸铁地就冲过来，狞笑一声就向代韵溪扑来。

代韵溪信手一挥，翠袖之中便飞出一片蚊蝇，看起来那真是一片蚊蝇，飞在空中仿佛一缕轻烟，向迎面扑来的五个展家堡士卒扑面而去。一触及他们的脸面，五个展家堡士卒就惨叫一声，仿佛被沸油泼在了脸上，登时抛下刀剑，十指抓向自己的脸。他们的脸皮被那细小的飞虫一触，立即溃烂起来，看起来触目惊心。

又是一个展家堡勇士猛扑过来，忽见五人异状，不禁吓了一跳，身子猛地一停，代韵溪一扬手，一只拳头大小的毒蜘蛛就出现在他的脸上，这人大叫一声，脸面乌黑，仰面便倒。

代韵溪这蛊毒当真厉害无比，只可惜但凡是蛊，都要用蛊主鲜血饲养，这可不是可以批量生产的大规模生化武器。代韵溪的蛊毒虽然厉害，可惜存量太少。这两次出手，她的存货已然不多，幸好她的身手也不错，脚尖一挑，拾起一口单刀，扑向正面之敌，居然敏捷如狸猫。

"杀啊！"大亨高举一块石头，胖硕的身躯震得地动山摇，迎面之敌瞧他这气势倒也不敢小觑，急忙一抖剑花儿，向他当胸便刺。

"扑通！"大亨跑得太急，脚下踩中一块碎石，向前一抢，结结实实地摔在那人脚下，手中捧着的石头正砸在那人脚面上，不只把那人脚骨砸断，就连五根脚趾都砸得稀烂。

第四十三章

小天驾到

一

"嗷！"

被砸中脚面的展家堡勇士疼得像狼一样嗥叫起来，但只嗥了一半，紧跟大亨而来的洪老爷子就对他喉头来了一记"鹰喙"。虽说洪大善人现在已是内力全无，可这喉头却是人体极脆弱的地方，那人"呃"的一声，仰面便倒。

大亨从地上爬起来，依旧抱着那块石头，大赞道："爹真是好本事！儿子怎么从不知道爹你会武？"

洪百川没好气地道："你知道个屁！快闪开！"

眼见一人当头一刀向儿子劈来，洪百川急忙一扳儿子肩膀，不料他现在体力匮乏，大亨又太过肥硕，竟未达到应有的效果。洪百川情急之下，急忙又向外一推。

大亨被父亲向身边一扣，毫无防备之下，身体为了保持平衡，本能地做出了相反力道的运动，父亲又突然变力向外一推，等于给他加了一把助力，大亨斜着栽了出去。

大亨这一摔，固然避开了那当头一刀，手中的大石也正砸在旁边与代韵溪交战那人的髋骨上，痛得那人身子一滞，便被代韵溪一剑刺中胸膛。

这一次大亨再也抱不住石头了，狼狈地爬起来，洪百川已然一脚踹飞那个当面之敌，呼呼直喘地对大亨道："混账东西，你不懂武功，待在这儿有何用处？快跟爹走！"

大亨道："我不走，东西是我丢的！现在大家都为找回失物拼命，儿子走了还有脸见人吗？打仗亲兄弟，上阵父子兵，爹，咱们并肩杀敌！"

洪百川气得暴跳，这个混账儿子哪有杀敌的本领？拨拉算盘珠子还行，若非他在旁护佑，这肥猪也似的身子，早被人剁了十七八块。奈何他这儿子从小就跟他唱反调，但凡他有什么主意，就别想让他回头。

知子莫若父，洪百川对这混球儿子无可奈何，只好脚尖一踩，将一杆长枪呼的一声竖了起来。洪百川把枪往儿子手中一塞，喝道："拿着！"

罗大亨接过那枪，精神大振，他双手攥紧，大喝一声，呼的一声扫将出去，居然无师自通地来了一招"横扫千军"。洪百川忙不迭一个"斜插柳"的身法纵跃出去，险险被他一棍扫倒。

大亨虽有一身蛮力，这一棍……一枪在手，倒也虎虎生风，一时之间旁人还真难以近身了。

……

叶小天急急而行，别看他方才看那爆炸处似乎不远，可正谓"望山跑死马"，这翻山越岭的哪那么容易赶到。眼见前方发生剧烈爆炸，云飞和大亨生死不知，叶小天心急如焚，是以抄的山路近道，这一来行了一阵便再难骑马。

叶小天毫不犹豫，立即翻身下马，拔刀劈开荆棘丛。一见叶小天如此姿态，那些侍卫马上抢到他前面，几口长刀上下翻飞，仿佛一台割草机，不断向前推进着。

……

三岔口之战，田妙雯一方渐形不支了。

他们人手本就少于对方，再加上一场大爆炸，碎石飞溅，不只伤了许多人，还惊得许多马匹落荒而逃，再被展家堡来了一拨骑兵冲锋，伤亡惨重，尽管人人拼命，还是不免落了下风。

此时，他们只能收缩防线，依托那道草坡和山地一角苦苦挣扎。洪百川这段时间倒是渐渐恢复了些体力，虽然为了他那不省心的儿子，他一直跟在拿着大枪当棍使的大亨身边替儿子揩屁股，不过这种体力消耗比起之前实在不可同日而语。

尽管如此，他也只能勉强护得儿子周全，无法凭一己之力左右战局。洪百川的"一窝蜂"是一支可战之兵，可惜他们平时都有公开身份掩饰，各执一业，有所行动时再听候洪百川的命令集中。

这一次事起仓促，洪百川根本来不及召集他们。即便召集了，除非他们事先就有所策划，隐在暗处突施"斩首战术"，否则在这么多人的混战中，二十多个技击高手所起的作用也有限。这支人马，其功能类同于特种部队的作战小分队，并不是正面作战的野战军。

大亨是罗李高车马行的东主，他失窃了货物，洪百川岂能不关心。他就这一个儿子，虽然他也有自己的志向和理想，但是随着年纪的增长，不可避免地把生活的重心转移到了儿子身上。

洪百川利用他的消息渠道暗中打探下手劫掳物资的人，最先的怀疑目标当然是集结于石阡展家的四人帮，在一无所获之后又转向了在驿道上讨生活的绿林道和黑道群雄。

田彬霏这一方势力埋藏实在太深,洪百川既不会想到竟有这样一股势力,也无法察觉他们的存在。幸好,田彬霏担心小妹这次采购来的火药威力不足以把中计的人葬送掉,他又通过黑道购买了一批。

而洪百川在黑道和绿林道中是一位威望卓著的老前辈,这件事被他打听到了。洪百川正愁没有线索,虽然以为此事与自己正在调查的事不会有所关联,但还是抱着侥幸心理调查了一番。

这一来便无心插柳柳成荫了。洪百川一路查找这批火药的买家和去向,竟然不知不觉地就追到了大亨失窃物资的这条线上。他依旧不知不惜重金购买火药的人是谁,但不管是谁在购买火药,本来就自成渠道的事儿,他不把这批火药单独运走,反而要和之前从车马行劫掠的物资藏在一块儿,再冒着被人发现的危险一起运走,这其中也很明显是大有问题了。

这等蹊跷,如何瞒得过洪百川这样的老江湖。洪百川打听到此事后,依旧不想暴露自己的身份,他本想去车马行找儿子,用些巧妙的法子把消息透露给他,通过车马行发动卧牛岭的力量来解决此事。

谁料他赶到车马行时,却惊闻儿子居然追踪着线索去了。洪百川惊骇之下立即追来,此时手中竟无一兵一卒可以调动。

"主母,我们不成了!"代韵溪提着剑退到田妙雯身旁,"属下护着您杀出去吧,或可还有一线生机!"

田妙雯摇了摇头,她不会武功,但眼力却够好。眼下的形势她看得很清楚,根本已是无路可逃。此时死死抵挡,尚还可以暂时稳住阵脚,一旦试图撤退,就是一面倒的掩杀,绝无一人可以逃走。

事已至此,田妙雯反而镇定下来,瓦罐难离井口破,大将难免阵上亡。老天爷不是永远都站在他们这一边的,什么宏图壮志,今朝都要化为流水。

"一切有为法,如梦幻泡影,如露亦如电……"田妙雯慢慢闭上眼睛,耳边不期然地想起了这句话。她想把叶小天交托给她的一切,最完美地交还给叶小天,可惜……美梦难圆。

"死战吧!"田妙雯张开了一双美眸,眼神亮晶晶的,"是我把大家带上了绝路,妙雯对不住你们!"

"杀!杀光他们!"

展龙兴奋欲狂,他提着带血的刀,疯狂地指向萎缩成一团几乎人人带伤的卧牛山人马,迫不及待地下着命令。他们已经看到了田妙雯的身影,万万没想到居然可以钓到这样一条大鱼,张绎、韦业等人都是满心狂喜。

曹瑞雨高声宣布:"杀光他们!所有勇士,曹某每人赏五贯钱,杀光他们!"

他们生恐夜长梦多,所以攻势一刻也不稍停,眼见胜利在望,更是以悬赏刺激兵士们的勇气。展家堡一方士气大振,曹瑞雨的亲兵也投入了战斗,疯狂地向田妙雯一方掩杀过去。

"想不到,老夫今日竟要死在这里!"

洪百川横血刀于胸,黯然一叹,不舍地看向儿子。他偌大年纪,生死本已不放在心上,可惜他英雄一世,如今却不能救得儿子。

大亨向老子咧嘴一笑:"幸亏儿子早早给你老人家生下了孙子,咱们家,没绝后!"

"噗噗噗……"

展家堡兵马如狼似虎地扑到面前,刀枪在空中闪烁着道道带血的寒芒,这一个巨浪拍下来,一定可以拍碎本已无法再坚持下去的防守阵营。但是,一阵足以掀翻巨浪的狂风突如其来。

劲矢密集如雨,每一支劲矢都裹挟着一股劲风,数十支劲矢齐射,形成的强劲风力,当真如同一阵狂风卷过,在那电掣而至的劲矢后面,当真有许多绿叶被劲风扬到了空中。

绿叶尚在摇摆浮升,那一支支劲矢已经贯入了一具具人体,攒矢如雨,冲到田妙雯、华云飞等人面前的展家堡勇士像被割倒的麦子,齐刷刷倒下一片。

"怎么回事?"

展龙等人骇然望去,就见灌木丛中跃出数十条大汉,一轮齐射后,第一排正端着劲弩,准备射出第二轮,错身站立的第二排正以右足用力上弦。在这数十条大汉中间,有一个人提着一口锋芒毕露的彝刀,正大步走过来。

叶小天!

化成灰他们都认识的叶小天!

第二轮弩箭离弦了,呼啸着,从叶小天左右激射而出,那正袅袅落下的绿叶被劲风激碎,再度飞扬腾空。前一排弩手弯腰、上弦,后一排又稳稳地端起了劲弩。

叶小天与死神一起,又来了!

第四十四章

劫后余生

一

展龙很痛苦,他明明拥有超过叶小天十倍的兵力,只要扑到近前,用人堆也能把叶小天活活压死,可是现在他却只能被一面倒地屠杀。

那强大的军弩在这个距离内,面对一群连甲胄都没有的士兵,简直就是死神的镰刀在收割一群毫无抵抗力的绵羊。在大明军中已几近淘汰的弩,在这里竟然大放异彩。

弩自先秦时起,就是军中利器,宋朝时可单兵操作的神臂弩更是闻名天下,有效射程达一百二十丈,同时期欧洲最优良的单兵十字弩射程不过四十丈,英法百年战争中锋芒毕露的英国长弓有效射程也仅七十多丈,大宋之弩甲于天下。

但是从元开始,弩便没了市场。蒙古人征服天下的利器是复合反曲弓,它的射程只比神臂弩少十余丈,可发射频率却快得多,再加上蒙古人擅骑射,靠机动力作战,弓的作用就完全压过了弩。

到了明朝,火器发展渐渐完善,万历朝时单管火铳的年产量达到数十万支,完全可以满足军队需要。此时的鸟嘴铳射程已经和神臂弩相近了,但是要掌握、操作鸟嘴铳却比弩容易得多,这种情况下冷兵器之王弩就被彻底打入了冷宫。

这也是大亨花费重金就能买到军弩的主要原因之一,军中现在只是象征性地配备着一些弩,但是已经不受重视,这才给贪婪的军官以可乘之机,可以偷偷变卖掉。

但叶小天的弩自何处而来呢?从湖广道天门山永定卫得来。永定卫的编制有五千六百人,半数以上都使用火器,另外还有刀牌手、长矛手、炮手、弓箭手若干,弩手寥寥无几,但永定卫的军械库里却有九十具军弩躺在那儿。

叶小天大嘴一张,就向永定卫讨来三分之一。他路上遇刺之后,深感这种射程极远且无声无息的弩机之可怕,尤其是用它来行刺,简直是防不胜防,所以路过永定卫时,一下子就要来三十具。

换作其他人，不可能从永定卫要出哪怕一具弩机，但叶小天能。因为他已经和鹰党合作，而鹰党的老大是兵部尚书乔翰文。永定卫指挥使箫声则是乔翰文当年的侍卫长。

　　叶小天就在劲矢的攒射中大步地向前走去。两排弩机手沿路上，早把上弦发射的功夫练得烂熟，前后两排弩手轮流发射，火力片刻不停，弩矢破空声中不断有人重重跌倒，抽搐几下便绝了气息。

　　"他妈的，他们究竟有多少弩箭？这还有完没完？"韦业躲在一具马尸后面惊恐地大呼，展龙扭头看见自己的人马像割韭菜似的一茬茬被放倒，心如刀绞，这可都是展家堡的核心力量啊。

　　奈何从他们藏身之处到叶小天的弩手站立位置之间是一个浅浅的U字形，如此一来，就使得无物遮掩的人即便扑倒在地也很难躲过射杀，展龙果断喝道："撤！马上撤退！"

　　虽然对方只有二十多个人，可这劲弩的杀伤力太可怕了，更可怕的是，他们的矢箭似乎无穷无尽。如此凌厉的射杀，让他们连冲过去一搏的机会都没有，再这么等下去，只怕要被屠杀殆尽。

　　展龙撤退的命令一下，展家堡众人如蒙大赦，立即或蹲身或爬行地逃离现场。有些人甚至抓住他人的尸体抵挡弩箭。他们或像鸭子似的扭着屁股蹲身而行，或像泥鳅一样在地上扭动，终于爬过坡地时，却再一次绝望了。

　　坡地的另一边突兀地出现了一群大汉，足有百余人，严阵以待。他们大多身着黑色的衣袍，高大英武，脸膛黑红发亮，轮廓分明，犹如刀削，编发盘辫，腰间各式腰刀或横跨或斜插，手中则张着猎弓，用冷峻凶狠的眼神盯着他们。

　　展家堡的人目瞪口呆，这些人一身黑彝打扮，一看就是凉月谷果基家的人，可……他们是从哪儿冒出来的？这是三岔路口啊，一侧已被炸药炸毁，一侧通向展家堡，还有一侧正被田妙雯等人占据，难道他们是插翅飞来的不成？

　　但他们马上就发现了，通向展家堡的山路口，从那悬崖峭壁之上，正有不少黑彝沿着柔韧的古藤猿猴一般攀缘而下，其速飞快。

　　叶小天掘出埋在路上的物资，发觉内有蹊跷全力追赶的时候，就已命了脚程快的人去向凉月谷求援。凉月谷是距这里最近的己方势力。好战的格龙毫不犹豫，立即便带了人来。

　　展龙提着血淋淋的长刀，艰难地爬过那道鬼门关似的坡地，丢开用以遮挡弩矢的一具刺猬似的尸体，刚刚站起身来，就见他的人马呆头鹅似的站在那儿。

　　他的怒喝声刚刚冲到喉咙，就看到了前方肃立如山的黑彝战士，展龙顿时也呆若木鸡，手中刀当啷一声落了地。张绎、张雨寒、韦业、曹瑞雨相继爬了过来，随后就和他一样陷入了呆滞状态。

直到他们手中的刀被人缴械，他们才如梦方醒："貌似……我们展曹张扬四大家，被人一窝端了啊！"

"妙雯，你受伤了？"

叶小天快步走到田妙雯等人面前，看到洪大善人也在，叶小天颇感诧异，不过他的注意力马上就被田妙雯臂上的伤给吸引住了。叶小天快步过去，轻轻握住田妙雯的手。

"你这混蛋，终于回来了！"田妙雯咬着嘴唇，杏眼含嗔，但话只说了一半，眸中就浮起泪光。她笑中带泪地张开双臂，一把将叶小天抱得紧紧的。

虽然两人已经有了夫妻之名，但叶小天进京的时候，他们还是相敬如宾的一对夫妻，他们没有过花前月下、卿卿我我，甚至没有过什么较多的接触，连接两人感情进展的几乎一直是刀光剑影。

但是险死还生的这一刻，田妙雯终于发现，两人之间一点生疏隔阂都没有。他们两个的感情发展或许不是那么常规，但在这血与火的考验中，他们真的只是出于各自家族利益的考量？真的只是出于一份责任感，才为对方无怨无悔地付出？

当田妙雯紧紧抱住叶小天的这一刻，她忽然明白：那都是她用来欺骗自己的谎言。爱在不知不觉中降临，她早已爱得很深、很深……

·※·※·※·

田彬霏做了一个梦，梦中，他似乎堕入了燃烧着烈焰的地狱，脚下就是喷涌流动的火红岩浆，而周围都是狼齿似的险恶山峰。他努力地想要爬上去，可惜双腿似乎已不听使唤，任他用足了全身气力，也难以驱使自己的双腿迈动一步。

终于，他筋疲力尽，双手不由自主地从紧紧抓住的岩石上滑落，绝望地向火红的深渊跌去。他忍不住惊恐地呼喊起来，双臂徒劳地摆动着，可他的身体依旧向下跌去，一阵阵眩晕的感觉扑面而来。

他绝望地看向那大河般滚动的岩浆，只觉自己越跌越近，似乎马上就要摔进那火红的岩浆化为灰烬。但，那岩浆的河似乎也在不断地陷落着，他不断地陷落，却始终无法化作那只扑进烈焰的飞蛾，只能无尽地坠落……

"啊！"

田彬霏一声凄厉的呼喊，猛然醒了过来，满头满脸都是汗珠。

"你醒了？"

旁边有一个好听的女人声音响起，田彬霏大口大口地喘息着，循声望去，就见一道姣好的背影，细细的小蛮腰，衣下丰盈圆润的美臀，形成一道流畅优美的风情曲线。

一头飞瀑似的乌黑秀发披散在她的肩头，在她面前有一张八棱的铜镜，镜子打磨得非常光滑明亮，纤毫毕现，镜中现出一张妩媚无比的容颜来。

田彬霏骇然道："是你？你怎么在……"

田彬霏立即一掀被子，想要跃到地上，但他随即就发出一声惨叫，骇然发现他已失去了双腿，双膝以下已然不见，厚厚的绷带缠在腿上，最外层都被鲜血染红。

镜中人悠然道："你知不知道，那三岔路口后来情形如何？"

田彬霏身子一震，顾不得自己失去双腿的惨痛现实，急忙问道："妙雯她可无恙？"

"你可真是一位好兄长！"

镜中人对镜贴着花黄，懒洋洋地道："田妙雯无恙，叶小天及时赶到，救下了她。至于适逢其会的展曹张杨四家，被叶小天一窝端了，现在都做了他的俘虏……"

镜中人把发生在三岔路口的事对田彬霏说了一遍，轻笑道："枉你机关算尽，可惜都为他人做了嫁衣啊……"

田彬霏忍不住簌簌地发起抖来，他一把抓向那女人的香肩，喝道："你怎么会在这里，你……"

那女人蛮腰一扭，就避开了田彬霏这一抓，田彬霏从榻上一下子跌落下来，他扶着妆台坐起，突然看到铜镜中露出的模样，登时又是一声惨叫。原本俊美无双的他，此刻脸上伤痕累累，肌肉外翻，竟然狰狞如厉鬼。

田彬霏一把将铜镜抓在手中，瞪大眼睛看着镜中那张鬼面，身子无法抑制地哆嗦起来。

那女人轻轻叹道："你从悬崖跌落，幸有藤蔓缠绕才不致粉身碎骨。但一路擦碰剐伤在所难免，我及时将你救下，也只能勉强保住你的性命，其他的实在是爱莫能助了。"

当啷一声，铜镜落在地上，镜子没有碎，但田彬霏的心碎了。

那女人走近了，双手轻轻地搭在他的肩上："我知道，你为了重振田氏付出良多，你败了，但田家还没有败！因为——还有我！彬霏，以后跟着我干吧！"

第四十五章

夜宿正宫？

一

张绎、张雨寒、曹瑞雨三个一脸沮丧的土司、土舍，还有气鼓鼓的土司展龙，以及杨氏女土司的舅舅韦业都被带到了叶小天的面前。

"你们真是好本事啊，居然想得出这样阴险的计策！我以前倒真是小看了你们。说吧，唐汉三、颜水圳现在什么地方，可是被你们收买了？"

面对叶小天的质问，几人面面相觑，最后张绎开了口："我们不知道，我们没有收买车马行的人，计策也不是我们想出来的。这一切，都是……"张绎很没义气地看向韦业。

韦业脸儿一白，如果把这事独自承担下来，岂非一切后果都要由他来承担？如果供出田大公子也不妥，叶小天可是已经娶了田大公子的妹子做夫人，就算两家因此一拍两散，还是会迁怒他这个外人。

韦业马上怒视着张绎道："你看我做什么？你们一个个的都是土司、土舍，我是什么？这等大事难道是我能干得出来的？你们想把罪过都栽到我头上不成？"

展龙没有理会这几个人的狗咬狗，他怒视叶小天，咬牙切齿地道："你这恶贼，每次都死里逃生，真是老天没长眼！你犯下如此大罪，居然没有受到朝廷的惩罚？你一定是朝廷安插进土司之中的奸细！"

展龙倒也不是只有一身蛮力，眼下连他都落到叶小天手里，武力寻仇已成泡影，他便想疏离叶小天和整个土司集团的关系。只要他的这番话流传出去，总会给叶小天制造些麻烦。

叶小天叹了口气，道："谁说叶某没有受到朝廷的惩办？叶某已经被朝廷贬为卧牛岭吏目了，这可都是拜诸位所赐啊！"

"吏目……"

展龙等人面面相觑，如果他们现在正在展家堡，听说此事一定会放声大笑。吏目,那可是最低一级的土官啊。可他们现在却是这位叶吏目的阶下囚。

曹瑞雨色厉内荏地道:"你已被朝廷贬为吏目,一个小小吏目,难道还想以下犯上,对我等不利!你说,想对我们怎么样?"

曹瑞雨很害怕,曹瑞希是怎么死的他很清楚。曹瑞希死了,曹瑞云也死了,他这个本来没机会染指曹氏土司之位的人意外地成了土司。

所以他不得不对叶小天宣战,这是继承土司之位必须要继承的责任,可只有他自己才知道,如果可以,他宁愿和叶小天斩鸡头烧黄纸,做拜把子兄弟,也不愿意和这么可怕的一头疯驴子做对。

时势所逼,走到了今天,他比任何人都要害怕,都要后悔不迭。

"杀了他们!"

"点天灯!"

"用剐刑!"

"开腹剜心!"

喊得丧心病狂的正是于扑满和于家海这两个加起来一百多岁的好战分子。叶小天回来了,而且对头的首脑人物被一网打尽,他们两兄弟当然可以放心地离开驻守的杨家堡,赶回来拜见主公。

叶小天摇了摇手,道:"先把他们押下去,我还要审问!"

疑窦很多,叶小天一定要弄明白究竟是谁设下了这一毒计,又是如何收买了唐汉三和颜水圳,不过他才刚回卧牛岭,有太多的事情要处理,对已经成为他阶下囚的几人,倒不必急于审讯。

展龙等人被叶小天的部下粗暴地押了下去,叶小天眼神向旁边一瞟,正好与洪百川偷偷瞟过来的目光对上。

两人相视打个哈哈,叶小天笑脸一收,突然问道:"今天多亏伯父示警,我卧牛岭才避免了重大伤亡。小侄对伯父真是感激不尽,只是……却不知伯父您是如何知道他们所设毒计的呢?"

洪百川叹道:"此事说来话长……"

叶小天微笑道:"小侄洗耳恭听!"

洪百川咳嗽两声道:"实不相瞒,老夫昔年行商于岭南,曾经义助过一位染了瘴疫的异人,那异人为了报恩,传授老夫一门奇术,可以占卜吉凶是非。大亨与老夫父子连心,他将陷大难,老夫心血来潮,有所感应,占卜所得更是大凶,是以急急赶来示警。"

叶小天无语地瞪着洪百川:还要脸吗?就算想撒谎你也编个像样的理由啊,你这不是污辱我的智商吗?

洪百川也在回瞪着叶小天：老子救了你的如花美娇娘，也不见你感激涕零，你还想怎么样？居然刨根问底的，老子就是一本正经地跟你编瞎话，你能怎么着？咬我啊！

罗大亨听了洪大善人的话顿时大惊失色："爹啊，你还有这种本事呢？我都不知道，那爹你快给我算算，妞妞下一胎是生男还是生女啊？"

慈眉善目的洪大老爷转脸看向儿子，马上就变得凶神恶煞："生个屁！"

一物降一物，卤水点豆腐。罗大亨就是生来专克洪百川的，大亨把脖子一梗，愤愤然道："生个屁也是管你叫爷爷！"

"一窝蜂"的龙头老大把虎目一瞪，就要与儿子大战三百回合，叶小天冷眼旁观，已然看出洪老大这是在故意装疯卖傻，可他既已心生疑窦，又岂会轻易放过。

叶小天嘿嘿一笑，正要把被这不着调的父子俩岔开的话题再扳回来，华云飞突然急步进来，走到他身边，附耳道："大哥，老太爷老夫人听说你回来了，从后宅迎了出来。"

"什么？"叶小天眉头一皱，低声回道，"不是说了诸事缠身，切勿打扰老人家吗？我还想料理完此事，再去拜见爹娘，这是谁多嘴了？"

华云飞苦笑道："人多眼杂的，谁知道。你回来是喜事，想必有下人急着禀报老太爷老夫人，讨他们一个欢喜。"

叶小天叹了口气，起身对洪百川拱了拱手道："伯父难得到我卧牛岭来一趟，且不忙着走，就在岭上住几天吧。也好让小侄聊表敬意。小侄先去见过父母，回头再与伯父攀谈。"

洪百川听了不禁眉头一皱：这小子贼心不死，还是不肯放过我呀。眼看叶小天迈步向外走去，洪百川扭头瞪了儿子一眼："混账东西，老子回头再找你算账！"说完便大步追了上去。

罗大亨悻悻然道："我又怎么了啊！"

眼见父亲追着叶小天去了，罗大亨虽然依旧是一副浑浑噩噩的表情，眸中却飞快地掠过一丝忧虑之色："爹啊，这可不是儿子不帮你，你编出这么蠢的瞎话儿来，连你傻儿子都骗不过，如何骗过我那精明的大哥……"

"小天贤侄留步！"洪百川快步追上叶小天。叶小天回过身，似笑非笑地看向洪百川。洪百川左右看看，咳嗽两声，凑近了叶小天。华云飞很自觉地领着众侍卫退开几步。

洪百川嘿嘿一笑，道："小天贤侄，此去京城，可是见过了一位礼部侍郎林大人？"

叶小天目中精芒一闪，洪百川只这一问，他马上就明白了洪百川的身份。他没想到鹰党图谋贵州之略竟然如此长远，这位葫县有名的大善人，竟然就是鹰党安插于此的一个暗桩。

洪百川看到叶小天恍然的样子，不禁微微一笑，对叶小天道："贤侄现在知道老夫的身份了？"

叶小天皱了皱眉，道："大亨不知道伯父的身份？"

洪百川沉默片刻，道："老夫虽是朝廷中人，可所作所为却无疑是密谍暗探之流，纵是至亲，又岂能轻易泄露？"

叶小天道："伯父，也许在你眼里，大亨还是个没长大的孩子。但我知道，大亨实是大智若愚，你的身份原本或能瞒得过他，但经过今日之事，他不可能不起疑，你还是不告诉他吗？"

洪百川微笑起来："他怀疑又能如何？我是他爹，他是我儿子，他只要知道这一点就行了。我希望大亨开开心心、太太平平地活着，无论是江湖险恶还是宦海风波，我都不想他有所沾惹。"

叶小天默默地点了点头："伯父放心，我会帮你……瞒着他！"

叶小天跨过月亮门，正看见他的爹娘在大哥大嫂的搀扶下急急走来。一眼望去，父亲的身影似乎佝偻得更厉害了，而母亲头上的白发在阳光下也闪闪发光。

"儿啊！儿啊！你可回来了，你没事吧，皇上没难为你吧？"叶母带着颤音儿，眼中泪光闪闪。叶老爹微笑着，努力维持着父亲的威严，但叶小天也能看出他的欢喜与激动。

叶小天鼻子一酸，不由自主地便跪了下去。他的父母和大亨的父亲是截然不同的两种人，但相同的是，对儿女的爱厚重如山。

叶小天和爹娘、哥嫂还有他调皮的大侄子聊了许久，好在经田妙雯这个好媳妇的一再调教，叶父叶母都已清楚，他们的小儿子已不再是天牢的一个小小牢头儿，而是一个小朝廷的主人，有大把的公务要料理。

所以叶母只是依依不舍地叮嘱儿子晚上记得到后宅来全家一起用餐，便放他离开了。叶小天让大哥大嫂送父母回了后宅，并未马上赶往前面，他略一思索，扭头对华云飞道："妙雯呢？"

华云飞道："大嫂回来后先安顿了受伤的士卒，又去探望了战死者的家眷，刚刚才由韵溪嫂子搀着回了房。"

叶小天深深地望了云飞一眼，云飞这声大嫂喊得非常自然，看来在自己离开这段时间，田妙雯在卧牛岭的所作所为，至少是征服了华云飞。否则以他的冷傲性情，不会露出这么信服的姿态。

叶小天拍了拍华云飞的肩膀，道："你我兄弟重逢，回头再仔细聊过，我先去看看你大嫂。"

　　华云飞点点头，叶小天便向田妙雯的住处走去。虽说他是一个小朝廷之主，可毕竟不似皇帝派头那么大，可以皇帝、皇后各据一座寝宫，所以田妙雯的住处，当然也就是他的住处。

　　一个念头不免就浮上了叶小天的心头："今晚，我睡哪儿呢？我睡那儿吗？"

第四十六章

一家之主

一

田妙雯作为叶小天正式迎娶回来的正室夫人，必然要住在大屋，也就是土司老爷所在的住处。不过这住处当然不是一室一厅的陋居，这是上下两层的小楼，左右还有侍卫、奴仆、丫鬟的住处，再加上前边的高墙和门廊，是一个回字形建筑。

所以田妙雯虽住在大屋，但并未住进叶小天的寝室，虽说她已嫁了，可丈夫和她未拜堂、未洞房，就随随便便搬进他的住处不妥当。女孩子都是矜持的，何况田妙雯性情清傲。

寝室旁边有一间小厅，本来充作书房的，奈何小天从来不读书，一直闲置着，如今被田妙雯改造成了她的闺房。房间不大，但屋主人显然很是用心，雪白的壁上一副字画，窗沿上一盆兰草，博古架上几件古董，便形成了一种独特的味道。

仅三扇的绢花蜀锦屏风，遮住了一张四柱雕栏的踏花床。田妙雯坐在榻沿上，代韵溪坐在旁边的锦墩上，正为她重新裹着伤口。在三岔口时，匆匆忙忙，包扎只起到止血效果就好，这时才腾出空来重新上药包扎。

旁边梳妆台上一张木盘，盘中散放着已经解下的绷带，血迹斑斑。一瓶打开的金疮药，散发出淡淡的药味。一见叶小天走进来，代韵溪"呀"的一声轻呼，连忙起身，拘谨地唤道："大人！"

叶小天向她笑笑，道："你下去吧。"代韵溪看了眼田妙雯受伤的手臂，叶小天道："我来！"代韵溪欠身一施礼，悄然退下。叶小天便走过去，在她刚刚坐过的锦墩上坐下。

叶小天蘸了药酒，温柔地擦拭伤口周围，进行清洁，非常细致耐心。他把金疮药轻轻撒上去，又用最小的力道轻轻抹匀，因为他知道那创口哪怕是最轻微的碰触都会痛。

当一切处理完毕，他拿起一条雪白的绷带，为田妙雯裹紧伤口，只有这时才用了力道，但仍然非常小心。直到绷带在创口处平整地裹了三圈，他才加大力道，以便创口更易收拢。

整个过程非常自然，叶小天很自然地坐下，很自然地把田妙雯的手臂搭在自己腿上，为她清理、敷药、包扎。田妙雯就静静地坐在那儿，整齐细密的睫毛下，一双澄澈的眼睛，时不时地在他脸上飞快地一瞟。

女儿家的身体当然是不能随便给男人看的，虽说贵州风气与中原有所不同，但田妙雯恰恰是严格按照传统礼教进行培养的女子，在某些方面她甚至比中原女子要求更高。

但……这是她的丈夫啊。这个男人已经是她名正言顺的丈夫，一生陪伴的人，所以，她接受得很自然、很平静，仿佛本就该如此。直到叶小天包扎完毕，轻轻握住她纤细的手腕，在她内臂处轻轻地吻了一下。

田妙雯的手臂非常纤柔美丽。

内臂是很敏感的地方，被叶小天一吻，田妙雯吃惊地轻呼，下意识地就要缩回手臂，但叶小天在吻下的同时，就已紧紧攥住了她的手臂，她难以移动。

田妙雯扬起眸子，就看到叶小天淡淡的笑容："别动，会痛。"

田妙雯强作镇定，事实上被这一吻，手臂上像通了电流，酥酥麻麻的，哪里还有痛的感觉。她的冷静、她的从容，都是从小严苛训练出来的本事，其实她的内心绝不似此刻的外表一般冷静。

而那看似冷静的脸颊，此刻也正有两抹嫣红悄然升起，从晶莹剔透、白皙光滑的肤色下淡淡地泛出来，那是隐在肉纹理的，和涂抹于外的胭脂所产生的效果截然不同。

"我不在的这些日子，辛苦你了。"叶小天轻轻说了一句，田妙雯轻轻摇头，柔声道："都是贱妾分内之事，何言辛苦。"

叶小天又是一笑，拿过她另一只柔荑，双双合拢在自己手里，搁在自己膝上，望着她的眼睛："今晚搬进大屋。"

只一句，便打碎了田妙雯的雍容高雅、端庄冷静，那颊上嫣红已艳若桃李。田妙雯羞得垂下双眸，抽了抽手没有抽取，便又咬了咬薄红如杏脯的嘴唇，勇敢地低声道："好！"

羞也羞，慌也慌，窘也窘，但她还是大大方方地答应下来。一个"好"字吐出口，便似一勺蜂蜜灌进嘴儿，甜蜜的滋味沁满了心脾。

叶小天大为欢喜，这真是个极特别的女子。而这样一个无双的女子，却是属于他的。事实上，屈指数来，他的哪一个女人不是天下无双的？

叶小天嘿嘿一笑，对田妙雯道："我回来了，便不许你再如此辛苦。先好好休息下吧,我去处理些事情。今晚家宴,你我同去。"

"好!哚妮和遥遥,领寨中妇孺往山中去采撷药材,应该也快回来了,晚上叫她们一起去吧!"

"好!呵呵,之前我还没有迎娶你这位贤内助,自也不好予她名分。这样吧,从现在起,哚妮就是卧牛岭四夫人,晚宴的时候,你来宣布。遥遥,那是亦妹亦女,虽不同姓,亲如一家,自然要参加的。"

夫妻俩都是聪明人,就只这简短的一句对答,可不知是做了多大容量的沟通。

哚妮是妾,正常来讲,家宴是身份平等的家人之间的聚会,她是没资格参加的。但哚妮又不是一个可以等闲视之的妾,她老爹可是叶小天麾下一支主要势力的领袖。田妙雯需要请示男主人,知晓他心中对哚妮如何定位,她才好尽到自己的本分。

叶小天则是告诉妙雯,他从未把哚妮当成可以买卖的婢妾对待。以前给她妾的身份是不得已,自从成为土司,他就有资格把哚妮抬为夫人了。

叶小天被叶巡抚要押送京城问罪时,仓促地把卧牛岭交托给田妙雯,许多事都来不及交接。此时也是向田妙雯又明确了一件事,那就是本非叶家血统的外姓女子遥遥今后在叶家是什么身份。

这些都是大宅门里的事儿,叶小天在外打拼,本就需要一个贤内助料理此事,理所当然也就要让她知道自己的想法。

田妙雯温婉地点头,听叶小天一说,她就知道该如何对待哚妮和遥遥了,一个正确的定位,对于今后的和睦与稳定都至关重要。

"夫人,属下有要事禀报!"

楼廊上忽然传来党延明的声音,田妙雯顿时神色一凛。

这是叶家的内宅,外姓男子轻易不得进入的,所以如非要事,党延明不会闯进来。即便他闯进来了,得知叶小天这个家主正与主母在房中独处,轻易也不敢再报名求见,除非……这事的紧要程度已经超过这一切。

叶小天显然也明白,立即沉声喝道:"进来!"

叶小天话音刚落,党延明便迫不及待地推门进来,向二人一抱拳:"夫人,属下有要事禀报……夫人!"

田妙雯慢慢站了起来,脸色有些紧张。党延明跟着她嫁到了叶家,还有什么事是不必向叶小天讲,而要单独禀报她的?除非……是田家的事。

看党延明这脸色,可不像什么喜事啊……

·※·※·※·

叶小天又回到了三岔路口。华云飞带着人和尚未离开的格龙分别扼守住了各条要道，以防展家堡方向再有人赶来。

但这安排纯属多此一举，展龙、曹瑞雨、张雨寒、张绎等人被一窝端了，就像一颗陨石砸到了展家堡那一亩三分地上，所有的人都被震晕了。现在展家堡内混乱不堪，趁机谋夺权力的，惊恐想要逃散的，叫嚣报仇雪恨的，互相指责辱骂的，最快也得三两天工夫才能稍稍理出点眉目，此时此刻哪还能对他们构成威胁？

悬岩下，一块一人多高、六七人合抱的巨大岩石被二十多个大汉前方挖坑，后边攒棍地终于搬开了。

巨大石块下边本有两只脚露在外面，巨石移开后……岩石下只有一些散碎的肉糜，衣物相对完整，勉强可以看出一个人的形状。

田妙雯颤抖了一下，手指紧紧地抓住了叶小天，似乎只要一松手，她就会瘫软在地。叶小天抱住她的削肩，安慰道："大兄吉人天相，这具尸体未必是他。我来带人收敛，搜集遗物再加确认就是了。韵溪，你陪夫人……"

这时，田妙雯的目光已经落在那衣物的腰带位置，她忽然双膝跪地，伸出双手，从那血泥污染的腰带位置猛地抓起一把泥土，飞快地剥离着，泥土中赫然露出几抉碎裂的玉佩。

"哥啊！"

田妙雯一声撕心裂肺的痛呼，哭声未了便昏厥过去。

第四十七章

来去匆匆

一

田妙雯一身重孝，哭得梨花带雨。叶小天只能无奈地拥着她的香肩，轻声道："人死不能复生，妙雯，节哀。"

田妙雯轻轻拭去腮边的清泪，对叶小天道："家兄过世，田家今后该怎么办，该以何人为主，总得有个结果才行。贱妾请相公恩准，回娘家一趟，为家兄料理后事。"

叶小天忙道："理当如此。要不要我陪你回田家？"

田妙雯轻轻摇了摇头，低声道："你才刚回来，如今形势，卧牛岭万万离不开你。妾身独自返回家族，足矣。"

叶小天点了点头，道："那好，我马上安排人护送你回去。"

田妙雯犹豫了一下，有些话，她本想等叶小天回来，两人的关系更近一步时再对他坦言。但此刻急于返回田家主持大局，安排继任家主人选，这一去短时间内是回不来的，有些事还是早早交代才好。

田妙雯转身从梳妆台的抽屉里取出一本薄薄的册子，递给叶小天道："这里边记载的东西，请郎君在妾身走后再看。其中所载，妾身实不想让郎君知道，但有些事，却又实在不能瞒着郎君……"

叶小天好奇心大起，但田妙雯既然这么说了，自也不好当场打开，只好接过册子，轻轻点了点头。

田彬霏一死，田氏群龙无首，田妙雯作为嫡支长房的大小姐，必须得回去主持大局。她很快就离开了，直到离开卧牛岭，田妙雯才长长地吁了口气，好像压在肩上的一座大山暂且被搬开了。

别人不了解她大哥一些有悖人伦的怪异心思，但田妙雯清楚。所以田彬霏为何出现在爆炸现场，旁人都只道他是和洪百川一样打听到了消息，赶去向胞妹示警，田妙雯却隐约猜到了大哥的真正打算。

田妙雯很清楚，叶小天是个聪明人，即便他现在想不到，也不代表这个秘密会随着大哥的逝去而深埋地底。田妙雯知道，张扬展曹四家俘虏中，一定有大哥的人。叶小天现在只是顾不上审问，回头他一定会查知真相。

所以，田妙雯选择回田家主持大局，一方面是因田家群龙无首，需要她来镇场子。二来也是给叶小天留出充分的时间与空间，等他弄清楚真相时，何去何从，从他是否愿意接迎自己回来便可知道，不必把脸面输光。

目送田妙雯走下山去，叶小天长长地吸了口气，轻轻打开了那本册子。只看了片刻便被吸引住了。叶小天一页一页地翻着，越看眉头越是皱起，那上面记载的都是叶小安犯下的糊涂事。

田妙雯也知道要向丈夫说起他亲兄长的不是，很容易弄得里外不是人，所以务求证据确凿。她吩咐党延明秘密调查的与叶小安有关的每一桩事，都有时间、地点与人证。

叶小天根本不需要真的去求证，看到田妙雯的记载，就知道册子中所言确实无误了。叶小天越看越怒，越看越懊恼，终于忍无可忍，把那册子撕个稀烂。

……

叶家大宅旁一幢毫不起眼的民居中，叶小安瞪着一双发红的眼睛，冷冷地从几人脸上扫过。

严世维手中是一对地高九的烂牌，谢德林的手中是一对天杠，而刘乃铭更惨，手中根本没有对子，只一个梅花十点、一个红挑十点，加起来只算个位数，是惨到不能再惨的零点。

叶小安暗暗冷笑，但面上却仍扮出一副紧张的模样，只有他的上家栾振杰还没开牌了。但叶小安手里是一对至尊宝，而且他是庄家，通杀，就算栾振杰也抓到一副至尊宝，还是输。他根本不需要扮出一副紧张模样来惑敌，实际上他已经可以直接亮出自己的底牌收钱了。

但他喜欢等下去，这就是赌博的乐趣，他喜欢看着对方紧张，但是当他亮出那对至尊宝时，对方的一切努力都将化为泡影，只有沮丧，那是他最开心的时候。

叶小安手气一直不好，最近一直在输，却不想否极泰来，这一把竟然抓到了一对猴王。现在他只恨之前下的注还不够高。

栾振杰咬牙切齿半响，把他的底牌狠狠地抓起来，拍在桌子上，众人定睛望去，齐声欢呼："双鹅！哈哈，双鹅！叶老爷，你又输啦。哈哈哈，我们就不信你会是一对双人、双地或双天！"

"哎！我的确不是双人，也不是双地、双天！"叶小安一脸沮丧，暗里却是心花怒放，终于忍不住哈哈大笑起来："可我却是一对……"

叶小安抓起至尊宝，就想威风帅气地拍在桌子上，可他手中的牌还没拍下去，门就被人一把踢开了。

叶小安愕然抬头望去，就见侍卫统领宝翁沉着脸立在门口，把手一挥，喝道："统统带走！"

叶小安愕然道："宝翁，你们干什么？"

一群凶神恶煞的大汉冲进去，将严世维、栾振杰等人一把揪起，拖着就走。叶小安抓着一副"至尊宝"，愕然坐在那儿。直到所有人都被拖走，宝翁返身要走时，叶小安才怒喝道："宝翁，你竟敢以下犯上，想造反不成！"

宝翁按着刀，头也不回："奉土司大人之命，抓捕严世维等一众蛊惑土舍的狐朋狗友！"

叶小安呆在那里，直到宝翁的人影消失在门口，才缓缓看向他自己的手中，他的至尊宝啊！连着输了半个月了，好不容易抓到一对至尊宝，居然没有机会亮出来。

严世维、谢德林、刘乃铭等人被带到了叶小天面前。叶小天背负双手，冷冷问道："谁是严世维？"

两个把严世维反扭双手的武士将他向前一押，叶小天的目光便盯到了严世维的身上："叶小安是我的兄长，你与家兄交厚，本是你的福气。若能引导家兄向善，做一个良师益友，我也不会亏待了你。可惜……"

叶小天目光一冷："你不知珍惜，偏要做一个狐朋狗友！家兄本是纯朴良善之人，生生被你教了个五毒俱全！"

两个武士将他们从严世维袖中摸出的牌九扔在严世维脚下，对叶小天道："大人，这是属下从他们身上搜出来的。他们暗藏牌九，与土舍老爷赌牌时，便好做手脚，以骗钱财。"

"好！很好……"

叶小天冷笑："他既以双手引导家兄向恶，那就给我剁去他的双手！"

严世维脸色一变，他原以为就算被叶小天发现，顶多也是斥责一顿驱他远离，从此不得踏进卧牛岭一步，哪知叶小天居然会命人斩去他的双手。严世维似乎这时才想起叶小天是个土官，在他的辖地内他就是土皇帝，生杀予夺，一言而决。

"不要啊！土司老爷饶命，小的再也不敢诈骗土舍老爷的钱啦。小的把钱都退回来，从此洗心革面！土司老爷……"

严世维的乞求声未了，便是一声惨呼。那些侍卫对叶小天的话执行起来绝无一刻迟疑，干净利落。严世维被硬生生砍断了双手，活生生痛晕过去。

栾振杰、谢德林、刘乃铭看见宝翁用托盘呈上的一双断手，只唬得两股战战、冷汗淋漓。叶小天冷冷地瞟了他们一眼，喝道："滚出卧牛岭，再让叶某看见，就砍了你们的狗头！"

栾振杰、谢德林等人如蒙大赦，连忙点头哈腰地答应着一溜烟儿逃走了。

叶小天淡淡地瞟了眼疼昏在地的严世维，道："扔出卧牛岭！"

侍卫们拖起严世维就走。叶小天苦苦一叹，便向叶小安呆坐的那处民宅走去。他刚刚回来，不知有多少事要料理，可事关胞兄，也只得暂且搁下一切，全副精神用在兄长身上，免得一个不妥当便伤了兄弟感情。

·※·※·※·

展家大小姐凝儿与母亲所居的院落早已成了展家最荒凉的地方。偌大一个院落冷冷清清，院子里已经有野草这一丛那一丛地长出来，仿佛很久没人居住的模样。

展龙继任土司后，并未把叔母和堂妹赶走，但却从此绝足于此，对她母女不闻不问，还削减了叔母和堂妹的月例钱，调走了所有丫鬟奴婢。此时，这处院落仿佛便是冷宫。

展凝儿在厨下生着火，煎着药，砂锅里热气腾腾。原本只会舞枪弄棒，对针织女红、厨艺烹饪全然不懂的凝儿，现在已经学会了煮饭、煎药、缝补衣裳。

凝儿无法离开，因为她多病的母亲在这里。她也曾想过带母亲回外公家，但母亲不肯。她觉得既然嫁到展家，就已是展家的人，无论展家人怎么对待她，她也没有离开展家的道理。

母亲是凝儿最大的牵绊，母亲不肯离开，凝儿也就只好留下，照顾多病的母亲，忍受亲族的白眼和冷落。现在的凝儿再不是当初那个天真烂漫、率直爽朗的苗家小姑娘，她成熟了。

药煎好了，凝儿拿布垫着端起砂锅，用纱布蒙在上面，将药汁沥到碗里，端着黑漆漆的药汤向母亲的卧室走去。她沿着长廊刚刚走到母亲门口，忽然看见那个已经许久不曾有人出现过的月亮门处涌进了一大帮人。

大嫂、二嫂、堂伯、堂叔……

展凝儿讶然站住，就见大嫂二嫂领着一群族亲长辈在她的面前纳头便拜，号啕大哭道："小姑，你大人大量，莫要怨恨你的兄长，无论如何，你要救他一命呀……"

第四十八章

假手于人

一

凝儿眼见大嫂、二嫂跪在面前哭天抹泪的，大为惊讶，忙把药碗搁在一边，伸手去搀两个嫂子："大嫂、二嫂，快快请起。你们这是做什么？大哥他……怎么了？"

大嫂号啕道："凝儿啊，你大哥糊涂，自不量力地与叶土司为难。现如今，他被叶土司给生擒活捉了！凝儿啊，你大哥纵有千般不是，也是你一家人，如今只有你出面才能救他性命了，你可不能撒手不管啊。"

二嫂也哽咽道："凝儿，你大哥是有对不住你的地方，可他也是因为父仇才恼了你，其实他还是很关心你的。你也是展家的人，一家人再怎么闹别扭也不能生分了。现在你大哥的性命全在你的手上，你可一定要救他回来啊！"

展大嫂如此苦苦哀求情有可原，那是她的丈夫，公公的仇……这儿媳妇是不怎么在意的。可她的男人遇了风险，她就要变成寡妇了，自然要放下身段，央求据说与叶小天有一段情的展凝儿。

至于展二嫂，她丈夫展虎之死与叶小天有莫大的干系，她对叶小天恨不得食其肉、寝其皮。可是……展家嫡宗这一房的成年男子就只剩下展龙一人了，展龙要是死了，嫡宗这一房怎么办？

她和展大嫂都给展家生下了儿子，可这几个孩子最大的才六岁，六岁当然也可以当土司，但那通常是在太平时候才能顺利继位。眼下展家外有强敌，族人会让一个孩子在这个时候成为展氏家主？

曹家就是前车之鉴啊，一旦被支房族人趁机篡夺了大权，嫡宗就彻底沦落了。展龙和展虎是亲兄弟，展龙做土司，展虎的孩子长大了也是极得宠信的土舍，如果换了支房的族人做土司，整个原嫡宗正房的人全都要被边缘化了。

一面是死去丈夫的仇，一面是自身与孩子未来的处境与地位，两相权衡，展二嫂只能理智地放弃仇恨，宁可向叶小天屈服，也要力争把大伯子展龙救出来。

展凝儿这些日子被困院内，完全成了盲人、聋人，对外界的一切全然不知。听到这里不由愕然道："叶小天？他打到咱们展家堡来了？大哥被他给抓去了？"

展大嫂和展二嫂支支吾吾地说不出话来，旁边一位旁支的长辈叹了口气，对展凝儿道："凝儿，其实是这么回事……"

那长辈把韦业劫取卧牛岭物资，以此为饵诱使叶小天部将上钩，意图把他们全都炸死的前后经过对展凝儿说了一遍，展凝儿顿时待在那里。

那长辈满脸苦涩地道："凝儿啊，咱们展家和曹家、张家、杨家的人全都被抓了，现在各个家族都是一团混乱。如果叶小天趁机来攻，我们根本无法反抗。

"凝儿啊，你与叶土司有旧，如今只能由你出面，希望叶土司能网开一面啊。他若肯接纳赎金，释放土司，那是最好。如若不然，也希望你能劝说他高抬贵手，莫要兵临展家堡……"

那长者话音未落，展大嫂便怒吼道："七叔，你别是老糊涂了吧！什么如若不然，哼！我就知道，你们一个个的巴不得展龙回不来！"

展大嫂又转向凝儿，哀求道："凝儿，你大哥是死是活，可全在你了。你无论如何不能见死不救啊！"

展凝儿心肠一软，可是想到母亲重病在身，展龙却把自己母女当成囚犯一般对待，缺医少药、撤走所有丫鬟侍婢的种种举动，又不禁满腔怨恨，冷哼一道："大嫂、二嫂、七叔，你们也看到了，凝儿在展家，现在就如同一个囚犯！世上可有这样的一家人？如果不是因为家母，凝儿早就远走高飞，不敢高攀这样的展家了。现在你们要我去向叶小天求情？"

展大嫂没想到自己这般放下身段，展凝儿居然不受宠若惊，不由勃然大怒，立即尖声骂道："女大不中留，当真不假。你长这么大，难道不是吃展家的米长大的？家主有难，你竟袖手旁观，世上竟有你这样冷血无情的女人！"

展二嫂慌了，连忙去扯展大嫂的衣袖。展大嫂愤然一甩，腾地一下站了起来，指着展凝儿的鼻子怒吼道："你是展家的人，展氏家主有难，能救而不救，依照族规，当诛！展凝儿，你莫非想死？"

展凝儿是个吃软不吃硬的性子，她若继续放下姿态央求一番，展凝儿也就答应了。却不想展凝儿只是抱怨了一下，她就原形毕露。凝儿听她这么一说，也不禁愤怒起来，冷笑连连，下意识地就向腰间摸去。不过这些日子，她只在家中侍候老母起食饮居，那短剑并非随身携带："展龙不在，大嫂便威风八面不可一世了。想杀我展凝儿，谁有这个本事，只管来！"

"凝儿！"

展凝儿身后突然传出一个虚弱但充满威严的声音，展凝儿急忙转身，却见神情憔悴、脸色蜡黄的母亲正扶着门框瞪着她，凝儿高耸的胸膛顿时变成了含胸的模样。

"娘……"凝儿再如何桀骜，也不敢对母亲有丝毫不敬。

展夫人咳嗽几声，道："不要与大嫂、二嫂怄气，你大哥陷于敌手，无论如何，你要救他出来！"

展凝儿道："娘，我们……"

展夫人怒道："还不去？"

展凝儿气愤地跺了跺脚，转身就走。展大嫂大喜，连忙道："还是婶娘明白事理。二嫂，小姑性情莽撞，你陪她一起去，凡事商量着来。"

展大嫂说着，向展二嫂递了个眼色。展二嫂顿时明白，这是大嫂怕凝儿出工不出力，叫她跟去监督，展二嫂连忙答应一声，追着展凝儿去了。

·※·※·※·

田妙雯坐在车内，车子颠簸着，田妙雯随着颠簸轻轻摇晃着身子，泪儿不时溅落在她的膝头。

虽然她痛恨长兄一次又一次地毁了她的终身幸福，厌恶长兄那不正常的情感，但是从小到大，长兄宠她、疼她、保护她，对她呵护得无微不至。

也许，田彬霏对她不是单纯的兄长感情，但也并没有任何猥琐的打算，他只是恋恋不舍地守候在她身边，嫉妒接近她的任何人，似父、似兄又似夫地照顾着她。

而今，长兄逝去，而且死得如此凄惨，田妙雯怎能不悲痛欲绝？许久许久，田妙雯才拭了拭腮上的珠泪，轻轻掀开了窗上的珠帘。一直骑马陪在车外的党延明立即弯下腰来。

田妙雯掩饰着自己的悲伤，用平静的声调道："告诉童家，立即占领肥鹅岭！"

党延明领命，一骑绝尘而去。

大兄已经逝去，死而不能复生，虽然他是自作自受，但是他交卸下来的责任，田妙雯责无旁贷。她会从家族旁支中挑选一个杰出子弟扶持成为田氏家主，还要送给他一份大礼：一片扩充的江山。相信大兄也会因此含笑九泉的。

……

"你为什么会在三岔口？"田彬霏实非常人，那会让常人失去理智的悲惨遭遇，他却能迅速接受，并恢复了冷静。

田雌凤赞赏地看了眼这个本家兄弟，虽说他双腿已废，脸面狰狞如厉鬼，可就是这样一个残废，坐在那儿，依旧有种高高在上的气派，使得他狰狞的模样也带上了一种特别的高贵气质。

田雌凤道："石阡铜仁两府打打杀杀，你以为杨天王会不加理会？北有四川总督，南有贵州巡抚，西有水西安氏，杨天王要扩张势力，唯一的选择就是向东，他百务缠身，无暇理会此事。不派我这个心腹人来，又有谁才能做得让他称心如意？"

田彬霏嘿的一声，沉默有顷，又道："你嫁给杨应龙，目的是借杨家的势力，重振田氏？"

田彬霏的头脑很清楚，就算他残了，田雌凤也不会脑残到让他诈死埋名去报效杨家。既然她救了自己，且要求跟她一起干，唯一可能的共同目标只有振兴田氏，故有此问。

田雌凤笑了，道："怎么可能？一个十五六岁的小女子，哪有可能想到这样的宏图大志？怎能肯定自己一定被杨天王看中？怎能肯定一定会受杨天王宠爱，甚而超过大夫人？怎能肯定一定能在精明的杨天王眼皮子底下建立自己的势力？"

田彬霏轻轻点了点头，道："不错！十三岁入宫时的武媚娘，想的也应该只是能得到皇帝的宠爱，捞一个妃嫔的名分。但时势给了她机会，她便不再是武媚娘，而是武则天了。"

田雌凤笑道："和聪明人说话就是省力。不错，我嫁给杨天王，仅仅是因为杨天王看中了我，我没的选择。田家败落，我们白泥田氏这一支流落播州寄人篱下，怎能拒绝播州之主？

"嫁给杨天王后，我所想的也只是固宠，邀宠献媚是为此，千访百计让我的胞兄成为天王的左膀右臂是为此，设计激走大夫人还是为此。但是这一切都做到了的时候，我忽然发现……似乎无事可做了。而有一件我从不敢想的事，现在却似乎大有机会，换了你是我，你做不做？"

田雌凤说着，双手托着白皙圆润的下巴，折腰轻挂榻前的炕几，妩媚地瞟向田彬霏。

田彬霏冷静地道："杨应龙有野心，志在天下。他绝不会支持田氏重新崛起，哪怕田家愿意全力支持他，甘为附庸，他也不会相信。他会不择手段地把田家吞下去，变成杨家的一部分。"

田雌凤的眉撩人地挑了起来："没错！当我发现我已无事可做，只剩下一件本不该由我去做但大有可能由我来完成的大业摆在了我的面前，我最苦恼的就是我该怎么做，才能既不伤了夫妻情分，又能完成重振田氏的大业。"

田雌凤看着田彬霏，一字一句地道："当我发现那大难不死的人是你，我就想到了，这是上天给我机会，让你来帮助我完成这桩壮举。彬霏，现在全天下都认定你死了，你可以向田家可信之人透露你还活着的消息，暗中继续控制田氏。另一方面，再化身成为白泥田氏的一员，协助我，用我所掌握的力量，重振田氏！"

田彬霏沉默良久，慢慢露出一丝笑容。他脸上有伤，创伤筋肉模糊，这一笑更显狰狞："好！我答应你！不过，你也要答应我一件事！"

"你说！"

"田彬霏已经死了，不会再有一个死里逃生的田彬霏，偷偷出现在其他田氏族人面前！我还活着的消息，只有你知道。我希望你能永远保守这个秘密，直到把它带进棺材！"

第四十九章

家务事

一

"大哥,像严世维那种人算是什么好朋友?他们带着你去花天酒地也就算了,可是他们撺掇你做的那些生意,分明就是在坑你,在利用你,难道你还看不出来,你这是误交匪类啊!"

"我不是小孩子!不用你来教训我!"

叶小安怒气冲冲地瞪着叶小天:"那是我的朋友,你说他们是匪类?你说是匪类就是匪类了吗?你交的那些朋友我看着还不顺眼呢,难道我就可以斥骂他们,把他们赶走?"

叶小安越说越气,指着叶小天的鼻子道:"我的朋友,妥与不妥,就算是咱爹,也只能背后教训我,断然没有当着我朋友的面不给我留丝毫脸面的道理。更没有断我朋友双手的做法。叶土司,你好大的威风!"

一提到严世维,叶小天难忍心头怒气,脸色顿时沉了下来。

依照常理来说,他做的确实太不合乎情理。他大哥交友不慎,被人利用,那是他智商不足。人家既没有偷,也没有抢,你把人轰走也就是了。断人双手,确实也太霸道。

但,叶小天就这么干了。这与叶小天的性情并不符合,他这么做自有这么做的考虑。

按常理不该如此?常理归常理,但贵州就是个不讲常理的地方。身为土司,他对利用大哥、坑害大哥的损友严加惩处,纵然看起来有些过分,谁又能为此来找他的麻烦?

另一个,他的势力根基其实很浅,手下可用之将也不多。如果他大哥能有些出息,将是他的得力助手。

但如果胞兄不争气,对他这股新兴势力影响必然也大。历代王朝初建时,几乎都没有大奸、大恶、大庸之辈，其实并非没有，而是大浪淘沙，被淘汰了。

如果一方势力中有这样的人物，而且不被清除，纵然其统治者雄才大略，也很难在争霸战中成为最终的胜利者。即便胜利，其王朝气运也将极为短暂。因为这个时期，统治核心的每一个人，都有举足轻重的作用。

如果叶小天的统治集团中有这么一个害群之马，他会毫不犹豫地清洗掉。比方说如果于家海贪墨、无能，那叶小天绝对会把他从自己的阵营中清除出去，但叶小安是他胞兄，是他唯一的亲兄弟。

叶小天很难做到大义灭亲，把胞兄清理出去。而且这样做也不适宜树立他的形象。当初在贵州，他为了毛问智冲冠一怒，义气之名噪于西南。随着他的归来，铜仁当地自由民中有一技之长者，已经陆续赶来卧牛岭。可以想见，接下来，贵州各地会有更多有才学的散士才子来投。

海纳百川，方能成其大。想称王称霸，这都是一个必需的过程。如果这时把自己的胞兄排挤出去，会造成什么影响？必然会有大批有才学的人犹豫观望。所以决不能予人一种大业未成，先逐兄长的印象。

可叶小天又不能坐视严世维等引着胞兄越走越远，堕落到无可救药的地步。所以他只能跋扈一回，砍去严世维的双手，以此来杀一儆百。此事一经传开，相信再有觉得叶小安愚蠢易骗，想趁机捞取好处者会好好思量。

叶小天并不知道严世维的秘密身份和真正动机，只当他是觉得兄长易欺，否则处治就会更重。

可这样的做法，自然大伤叶小安的自尊。他本来就觉得自己与叶小天一母同胞，模样甚至一模一样，可境遇成就却是天壤之别，就有些自卑。自卑的人格外敏感，叶小天简单粗暴的做法他自然难以忍受。

叶小天规劝道："大哥，难道你忘了当初把魏汉强当成知交好友，却被他骗走全部银钱，连油面坊都抵兑出去的事了？大哥，你太忠厚，所以识不破那些人的伎俩。他们见你身为土舍，手有余财，又欺你老实，觉得有机可乘……"

叶小安涨红了脸道："好端端的你提起油面坊做什么？是，油面坊的生意我做赔了，这笔欠债还是你千里迢迢远赴湖广送信，赚了钱替我还上的，这份恩情我一辈子都记得。你不用左一遍右一遍地提醒。"

叶小天终于怒了，大喝道："大哥，你不要胡搅蛮缠好不好？我提起此事，难道是为了提醒你是我替你还的债？我是你的亲弟弟，这世上谁会害你我也不会害你，你难道宁可相信严世维那班人，也不相信你自己的亲兄弟？你好好想想吧，自从认识了那班人，你吃过多少亏，又被他们骗走了多少钱！"

叶小安被他说得面红耳赤，怒道："人有三衰六旺，我只是这几年恰巧运气不好罢了,与严大哥他们有什么相干?他们怎么害我了?所有的事都是我自己拿的主意,你想说我愚蠢无能,你就干脆直说,不用拐弯抹角、指桑骂槐。"

"叶小安!你真是不可理喻!不要以为你比我早出生半个时辰,我就不敢揍你,你再犯混试试!"叶小天驴性儿又犯了,挽了挽袖子,怒视着叶小安。

叶小安与叶小天同龄,身体条件也差不多,但智商有限,性情又怯懦,所以小时候与街坊间小伙伴玩耍,常常被人欺负。这时候,常常是精明伶俐的弟弟叶小天出面,替亲哥哥撑腰找场子。

如此一来,叶小安就养成了依赖兄弟的习惯,两兄弟间拌嘴呕气动手打架的次数也屈指可数。仅不多的几次动手中,也都是叶小安落败,所以在他心中已经落下了阴影。

一旦叶小天真的生了气,做出要动手的姿态,他马上想到的就是要挨揍了,根本没有能打赢弟弟的想法。这已成了深植他内心的一种本能反应。所以一见叶小天大怒,叶小安登时怯了。

他马上向门口退去,一边退一边道:"我是你哥哥,我交什么朋友不用你管。不然我宁可回京城,也不在你这里做什么窝囊土舍……"叶小安说着已退到门口,一溜烟儿逃了。

叶小天望着哥哥逃去的方向,恨恨地一跺脚,道:"怎么就这么不省心?"

门旁倏地闪出一道人影来,正是他的大嫂。叶大嫂满脸赔笑地对叶小天道:"兄弟啊,你可千万别生你大哥的气。你哥小时候被蛇吓过,坏了脑子,人有些憨笨。"

叶小天叹了口气,道:"我知道,嫂子你也别多想。大哥是我的亲哥哥,我生气归生气,也不会把他怎么样。只是眼看他被人欺骗利用,心里着实生气。嫂子还是劝劝大哥吧。"

叶大嫂心中满是苦涩,如今的她哪里还能管束叶小安?只好应声答道:"我知道,我知道,你都是为了你大哥好。可这蠢笨的东西,好心当成驴肝肺,我这就去劝劝他,兄弟你消消火儿。"

叶大嫂一边赔笑说着,一边倒退出门,急急追着叶小安去了。叶小天郁闷地从房中出来,就见李秋池从远处走来。一见叶小天,他马上加快脚步,走到面前,对叶小天拱手道:"东翁,展家堡派人来,想求见东翁。"

不等叶小天说话,李秋池又踏前一步,压低声音道:"来的是展姑娘。"

叶小天的目光闪烁了一下,轻轻一点头,马上加快脚步向前厅走去。

李秋池却扬声唤道:"东翁且慢!"

叶小天诧异地转身看向他,问道:"怎么?"

李秋池追上前来,低声道:"这是东翁与展家尽释前嫌、结为秦晋之好的绝好机会，可东翁要是这么爽快就去见展姑娘的话，呵呵，只怕难以尽如所愿了。"

叶小天心中一动，他这个师爷是贵州第一讼棍，论起揣摩人心、坑蒙拐骗的功夫堪称上佳。他这么说必有所指，叶小天马上虚心就教，问道："先生有何指教？"

李秋池唰的一声打开那"夜郎第一状"的扇子，故作潇洒地扇了几下，道："展家请展姑娘出面，必然是想利用东翁与展姑娘的旧情，希望东翁看在展姑娘面上释放展龙。那么东翁放是不放呢？"

"这……"

李秋池淡淡一笑，又道："如果学生猜得不错，他们此来定然还准备了赎金。有展姑娘软语相求，东翁恐怕不好拒绝。如此一来，若东翁收了赎金，释放展龙，展家只会认为这是依照土司间战争做出的惯例解决办法。

"如果东翁看在展姑娘面上分文不取，那就是惑于美色，非大英雄所为。而且，展家照样不会领大人的情，东翁或者能得偿所愿，以释放展龙为条件，迎娶展姑娘过门，却很难做到尽释前嫌，更谈不上秦晋之好。"

叶小天沉吟道："先生所言甚有道理，那么先生之意是？"

李秋池马上附耳过去，对叶小天悄悄言语一番。叶小天双眼一亮，欣然点头道："先生所言甚有道理，既如此，那我就不露面了，你去安排吧！"

第五十章

分而治之

一

卧牛山聚议大厅里,此刻十分热闹。左边三排椅上坐的是石阡杨家的人,杨家的小土司坐在最上首,才八岁的小姑娘,抹着泪儿,一脸畏惧。她身旁围着几位族中长老,弯着腰与她低声窃语,也不知是在哄她不要哭,还是在面授机宜,告诉她一会儿见到叶小天该如何低声下气。

张家的人坐在对面,一个个神色木然。坐在首位的是张孝全,也就是当初收受戴同知好处,在府衙门口以替兄报仇为名杀死朴阶的那个张绎庶子。

张家流年不利,张铎、张雨桐父子相继去世,现在张绎、张雨寒又成了卧牛山的阶下囚,这个本来只有混吃等死一途的庶子居然成了张家的核心人物。

看他坐在那儿一脸木然,也不晓得他是真心想要解救父亲和堂兄出来,还是巴不得他们身首异处。如果那样,张家固然是没落了,可对他而言,却是大大的好事。

曹家倒是没有来人,据说在曹瑞雨被擒之后,曹家的人为了争夺土司之位已经打得不可开交。曹家瑞字辈的还有曹瑞风、曹瑞雪两兄弟,但二人已不约而同地放弃了得到土司之位的机会。

成为土司是一种极大的诱惑,可是自从贵州出了个叶小天,貌似土司就成了高风险的职业,曹家已经一连栽了三个土司,他们实在是不想冒这个风险。

但风雪两兄弟对土司没兴趣,更年轻一辈的人却不然,曹家三房的东西南北四兄弟以及四房的春夏秋冬四兄弟对土司之位极为热衷。三房和四房在争,三房和四房内部几兄弟也在争,现在也不知是东风压倒了西风,还是春天赶走了冬天。

展家的人站在大厅正中,其实厅中座位还很多,他们大可坐下等候。但展凝儿不坐,其他人自然也不好入座。

展凝儿此刻非常激动,她已经很久没有见到叶小天了。这些日子,她心中好不凄苦,她多想对叶小天倾诉心中悲苦,扑进他的怀抱,接受他的慰藉。

其实展家对凝儿根本谈不上束缚，虽然大伯之死曾经给她造成很大冲击，可是从她和展龙大打出手，之后又冷斥大嫂二嫂的行为，可以看出家族根本束缚不了她。

她受制于展家唯一的原因只有她的生母。她的母亲和从小离经叛道的凝儿不同，那是真正的大家闺秀，在她心中，家族的利益从来都是高于个人诉求的。

展凝儿本性崇尚自由，却因对母亲的爱，不得不委屈自己，她想把这些苦楚都说给自己的男人听。但是……当一道人影从屏风后面闪现出来时，凝儿大失所望，那不是她朝思暮想的叶小天，而是李师爷。

李大状一露面，杨家和张家的人就呼啦一下围了上去。木然的也不木然了，悲切的也不悲切了，一个个满面紧张，七嘴八舌地问道："李先生，叶大人怎么说？"

"李先生，叶大人什么时候接见我们？"

"李先生，我们张家可是先来的，还请先安排我们见见叶大人吧。"

"各位！各位！请静一静！"

李大状摇着扇子，向众人淡淡一扫，拿腔作调地道："我们吏目大人忙得很，无暇接见你们。你们有什么事就跟我说吧，李某会说与我们吏目大人知道。如果有什么事需要面谈，会再通知你们。"

在场的有土司，有土舍，有头人，个个都是身份极尊贵的人，而李大状却是一口一个我们吏目大人，这情形就好比市委书记、市长、县长一大堆人跑到某个小山村去，村主任却摆架子不露面，派个村里的会计告诉他们："我们村主任太忙啦，没空见你们，有什么事跟我说吧。"

问题是面对如此摆谱的李大状，众人却是一点脾气也没有。杨家小土司急得直扯自己舅公的衣袖，她那舅公便对李大状点头哈腰地道："李先生，犬子糊涂，受奸人蛊惑，与叶大人为敌，如今沦为阶下囚实属活该。我们石阡杨家愿意从此一切唯叶大人马首是瞻，只希望叶大人能高抬贵手，饶犬子一命，给我们杨家一条活路啊。"

张孝全也满面赔笑地道："李先生，家父与堂兄受奸人蛊惑，与叶大人为敌，落得这般下场，那是罪有应得。不过，叶大人大量，还望能高抬贵手啊，只要能释还家父与堂兄，要什么条件，我们都答应。这次，我们张家带来白玉马一双、翠玉西瓜一只，羊脂玉瓶一对……"

"受奸人蛊惑？你们一个个的都说受奸人蛊惑，奸人是谁啊，嗯？你们告诉我，奸人是谁？"李大状扇子一收，大咧咧地点在面前几个人的鼻子上。

杨家舅公和张孝全不约而同地看向展凝儿，展凝儿气鼓鼓地瞪圆了眼睛，喝道："你们看我做什么，难道我是奸人？"

张孝全嘿嘿一笑，道："姑娘不要误会，我们说的自然不是你。不过……"

杨家舅公接口道："不过，是展龙展土司，却不是姑娘你。我们杨家举族迁徙，是谁收留？张家离开铜仁，是谁怂恿？"

展二嫂怒喝道："你们这些狼心狗肺的东西，当初像条丧家犬时，就对我展家苦苦哀求，现在就要把一切罪过都推到我展家头上不成？"

杨家舅公和张孝全齐刷刷转向李大状，卑躬屈膝地道："李先生，你看到了……"

李大状冷哼一声，道："这些狗咬狗一嘴毛的事情，李某没兴趣听。张孝全……"

张孝全赶紧上前一步，满脸赔笑地望着李大状，就像是一条哈巴狗儿在等着主人抛出骨头。

李大状慢条斯理地道："以我们大人的实力，便是做个铜仁知府也不为过吧？可我们大人却把铜仁土知府的宝座始终留给了张家，仁至义尽了吧？张家是怎么对待我们大人的呢？呵呵，想必不用我多说，你也明白。"

张孝全满头冷汗，连声道："是是是，这件事的确是我们张家做得不对，我们……"

李大状打断他的话道："事不过三，再要我们大人继续退让，那是不可能了。所以，这一次，张家的知府之位必须让出来。"

张孝全满脸苦意，涩然道："李先生……"

李大状斩钉截铁地道："此事没的商量！想要我们卧牛岭息事宁人，这一条，你必须答应！"

张孝全听到"你必须答应"这句话，顿时心中一动，赶紧试探着问道："那家父与堂兄……"

李大状道："我们大人已经上书巡抚大人，弹劾张绎与张雨寒了。这两个人纵然死罪可免，也不能再为张家之主。我们大人的意思是，由你来继任张氏之主的位子，同时由我们大人保举，任命你为铜仁府同知。不知你意下如何啊？"

李大状这一做法，是要把流亡在外的张家集团召回铜仁，许他一个同知的虚衔养起来。如此一来，可以避免张家继续被别人利用，从而潜移默化地抹杀张家对铜仁的影响。

一个流亡在外时时发声挑事的张家，和一个接受现实、愿奉叶氏为主的张家，对摧毁张氏根基所起的作用是截然不同的。

张孝全惶恐道："这……这……张某做不了主啊。再说，有家父和堂兄在，哪里轮得到张某当家做主，张某只是一个庶子……"

李大状冷冷地瞟了他一眼，道："只要你答应我们的条件，我们卧牛岭自然会全力支持你。如果有叶家和于家支持，谁敢把你从张氏家主的位子上轰下去？"

张孝全一听顿时心花怒放。这位仁兄是什么人物？戴同知花了一千多两银子，他就敢去宰了朴阶，害死可以追问出杀害嫡长兄真正凶手的证人，气得他亲爹活活晕死过去。

张孝全生怕再拿腔作势会失去这样的机会，当下也顾不得吃相难看，连忙道："好好好，只要有叶大人的支持，张孝全愿为门下走狗，鞠躬尽瘁，死而后已！"

这话有些肉麻，但是当时上下尊卑、阶级观念浓厚，这么说话其实也不像后人想象的那么不堪。

曾经，张氏弹指一挥，就能把叶小天蝼蚁般辗死，张家一个旁支土舍，就敢率兵试图杀死叶小天，而今，张氏家主对叶小天却要以"门下走狗"自居了。

李大状微笑颔首，道："好！张土司，这边请。"

张孝全被引到了旁边的小书房，桌上早已摊开放好两份公文，张孝全拿起一份一看，却是向贵州巡抚供认张家伙同展、曹、杨三家意图杀害叶小天的自供状，第二份是向朝廷请罪，并自请贬谪为同知，并推举于珺婷为知府、戴崇华为监州的奏章。

张孝全看到这里，冷汗顿时就下来了。这两份公文只要他一签字，从此莫想见容于父亲和堂兄，家族里必然也将有很多人视其为叛徒。但是……但是……

这个本来绝对没希望染指张氏家族家主宝座的庶子想到了李大状的承诺。如果他不是家主，张氏哪怕一统整个贵州，与他又有什么干系？如果能成为家主，哪怕成为叶小天的门下走狗，以张家丰厚的底蕴，他一样可以逍遥自在。宁为鸡头，不为牛后，何去何从，还用多想什么？

仅仅犹豫挣扎了不到一盏茶的工夫，张孝全就咬着牙签了字。传承五百年的铜仁之主张家，从这一刻起，彻底放弃了曾经的荣光。从这一刻起，叶小天对铜仁的整合才算是画上了一个圆满的句号。

铜仁，从此变成了叶小天的后花园。

第五十一章

冷 落

一

张孝全再回到大厅的时候，神态气势与离开时已截然不同。他离李大状半步远，在后面跟着。那个年代，走路怎么走，行礼怎么行，座位怎么排，都能很容易地体现出尊卑来。张孝全此举明显就是在执门下礼。

李大状笑吟吟地回身道："张土司，从现在起，你就是我们卧牛岭的贵客啦。"

张孝全受宠若惊，连忙道："哪里哪里，不敢不敢。"

李大状微笑道："土司大人，我卧牛岭虽然简陋了些，风景倒也雅致。还请土司大人在此多待几日呀，我家大人还要与你面谈的。"

张孝全被他一口一个"土司大人"喊得眉开眼笑，虽然他接受了卧牛岭的条件，这所谓的土司大人很快就要名存实亡，变成一个只有虚职的同知土官，但这依旧是原本他想都不敢想的伟大成就，心中当然只有欢喜而并无失落。

陪同张孝全而来的张家人听李大状一口一个"土司大人"地称呼张孝全，不禁面面相觑，心下骇然。情知其中有异，不过他们能把张孝全捧为带头人，可见他们的身份地位还远不及张孝全，如今又身在卧牛岭的屋檐下，却也不敢多说什么。

李大状傲然道："张雨寒、张绎，挑衅生乱，谋杀土官同仁，罪大恶极！今张孝全大人大义灭亲，愿意出面检举，代表张家向朝廷请罪。我家大人感其赤诚，愿联合铜仁府一众土官，向朝廷保举张孝全大人为张氏家主，继任张氏土司，并荐举张孝全大人为铜仁府同知，共同维护铜仁地方之安定，维护黎庶之平安。"

展家和杨家的人都在听着，这其中的利害他们如何听不出来？雄镇铜仁五百年的张家，至此算是彻底完了。张家还会保有一个世袭的土官职位，但只是虚职，张家将彻底沦为为叶小天摇旗呐喊的小喽啰。

对张家来说，这是一个噩耗，对张孝全个人来说，却是因此成了人生大赢家。张孝全由卧牛岭的知客领着，高高兴兴地奔了客房。

张家的那些人固然有很多人对此深为不满，但他们也都清楚，张孝全只是一个被叶小天看中的傀儡而已，真正决定一切的是叶小天，他们有能力同叶小天对抗吗？没有，那就只能忍耐。

田家的人，无论是田彬霏、田妙雯还是田雌凤，都不曾忘记过先祖的辉煌，他们有的穷尽一生都在争取恢复这份荣光，有的一有机会就会萌生这份野心。

但是张家这些人，却没有一个有这样的志气。疾风知劲草，一个家族，并不是每一个后人都能被培养成劲草。可悲的是，张家后辈之中，算得上劲草的只有一个张雨桐，而他已经死了。

……

李大状送走了张孝全，便笑眯眯地转向了那位怯生生的杨家小土司，和蔼的就像一只看到了小鸡崽的老狐狸："呵呵呵呵……"

李大状未语先笑，牙花子都露出来了："杨土司，请到书房就座。我家大人目前公务繁忙，授意在下与土司大人谈谈，呵呵……"

小土司杨蓉被他的笑声吓得退了两步，李大状刚要继续说话，旁边忽然响起一个冷冷的声音，声音中压抑着隐隐的怒火："你们叶大人什么时候才能不那么忙？"

展凝儿忍无可忍了，自从她站在这儿，就仿佛成了一团空气，大厅里人来人往，好像压根没有注意到她的存在。展凝儿一团怒火压了又压，终于火山般爆发了。

"我什么时候才能见到叶小天？"展凝儿踏前一步，怒气冲冲。

李大状瞟了她一眼，一脸诧异，好像才看到展家一行人："原来是展姑娘，我记得我方才已经说过了，我们大人忙得很，现在无暇接见客人。"

展二嫂连忙上前，赔笑道："李先生，这是我们展家的大小姐展凝儿展姑娘，相信先生说与叶大人知道，他就会亲自赶来相迎的。"

李大状淡淡一笑，道："呵呵，李某已经禀报过我家大人了，由李某接待处理，正是我家大人的吩咐。"

展二嫂笑容一僵，展凝儿却是脸儿一白。展二嫂一直以为此行有展凝儿将无往而不利。展家尽管和叶小天有仇，但从叶小天以往种种行为来看，他们却无法否认叶小天是个极为重情重义的汉子。

他们相信，只要打出凝儿这张牌，就可以让叶小天无原则地释放展龙。正因有此判断，展大嫂和展二嫂才不惜纡尊降贵，向展凝儿下跪乞求，可是听到李大状冷酷的回答，本已觉得胜券在握的展二嫂忽然觉得一切正在失控。

展凝儿颤声道："你说……你说叶小天知道我来了，他却要你接待我？"

李大状微笑颔首："正是！"

展凝儿气极，她为叶小天承受了这么多的委屈，只希望能得到叶小天一句慰藉的话、一个温柔的拥抱，可是没想到……展凝儿眼中迅速蒙上了一层泪光，悲愤交加地道："这个混蛋！他在哪里，我要见他！"

李大状脸色一沉，厉声道："姑娘慎言，我卧牛山之主，岂容轻辱！"

随着李大状一声怒吼，厅旁四名武士立即扶刀踏进一步。展凝儿大怒，挺起胸膛高声道："要动手吗？展凝儿就在这里，你让叶小天滚出来，叫他亲自动手，展凝儿决不皱一皱眉头！"

展二嫂赶紧拦在中间，对李大状赔笑道："我家小姑不懂事，先生莫怪，先生莫怪。"她回头向展凝儿急急递了个眼色，再度转向李大状，谄媚地道："既然先生做得了主，那和先生谈也是一样的。"

李大状阴阳怪气地道："我们卧牛山之事，自然是叶大人一言而决。李某只是大人的师爷，上传下达、出谋划策而已，可做不得主，只是做我们大人的耳朵，先替大人听听罢了。"

展凝儿听得气往上冲，又要冲上前去，早被展二嫂往前一挡，赔笑道："是是是，那就请先生先与我们谈谈。"

李大状冷冷地道："凡事总得有个先来后到吧？你们等着吧！"

李大状转身面向杨家土司小女娃儿杨蓉，笑眯眯地道："杨土司，这边请。"

杨蓉讷讷地看看李大状，牵起母亲的手，一脸怯怯的表情。杨蓉的舅公小心翼翼地道："我家土司年岁尚小，有些事只怕不好专断，却不知老朽和她的娘亲可否陪同？"

李大状扇子一摇，道："自无不可！"

展凝儿气极，道："好！你个叶小天！姓李的，你告诉那个混蛋，我跟他从此再无任何瓜葛！"

李大状讶然道："貌似我家大人和姑娘你现在也没有什么瓜葛吧？"

展凝儿气得浑身发抖，她满腔悲苦，本以为此来能得到叶小天的呵护，谁料却受此奇耻大辱，再站在这里她简直要无地自容了。展凝儿二话不说，愤然转身离去。

展二嫂想追上去，李大状冷冷地道："你们若是今日走了，就不必再来。"只一句话，就硬生生地拴住了展二嫂的双腿。

展二嫂的心凉了，原本倚仗叶小天和展凝儿的关系，她和展大嫂已经商量了一些最有利于展家的谈判条件，而且乐观地估计叶小天一定会答应，可如今再看……

自己真是太幼稚了。叶小天是一方雄主，地盘和权利才是他最热衷的。他怎么可能因为一个女子向展家让步？现在展龙在他手中，他已控制全局，换作任何一个男人，也不会放过这个扩张的好机会吧。

展二嫂失神地站在厅中，连李大状领着杨蓉土司和她的舅公、母亲离开都不知道。她只清楚，原本的倚仗已不足恃，她现在需要调整自己谈判的底线。但无论如何，她必须得把展龙救出来，否则……纵然展家没有灭，他们这嫡房也要完了。

展凝儿迈开腿，怒气冲冲地出了大厅，快步走向院外。展凝儿本想就此回展家堡，但刚刚出了院子大门，眼泪便忍不住了。她急忙往旁边一折，拐进一片林子，扶住一棵白桦树，放声大哭起来。

多少天的思念，多少天的委屈，没想到今天等来的不是情郎体贴的呵护与宽慰，却是如此无情的羞辱。这一瓢冷水，浇得她的心都凉了。

她知道叶小天与展家已经有化解不开的仇恨，她的大伯、她的二堂兄都算是死在叶小天手上，现在大堂兄又成了叶小天的阶下囚。可是，她总觉得冤有头、债有主，这事固然会给他们之间的关系抹上一层阴影，却还不至于到了绝望的境地。

但叶小天的无情，扑灭了她心中那丝微弱的希望。叶小天的无情，更令她悲痛欲绝。从不以软弱示人，更少痛哭流涕的展凝儿，此刻真是哭得肝肠寸断。

"啊……凝儿……"

旁边伸来一只手，轻轻拍了拍她的肩。凝儿好强，急忙擦擦眼泪，强忍悲声扭头一看，就见叶小天笑眯眯地站在那儿："凝儿啊……啊！"

叶小天第一声"啊"是称呼凝儿顺口带出的语气词，第二声"啊"却是一声惨叫。凝儿一见是他，气便不打一处来，一脚飞起，便把他踹上了树……

第五十二章

九九重阳之战

一

叶小天佝偻在树杈上,无力地呻吟道:"凝儿,你什么时候才能变得温柔一些啊?"

展凝儿回答他的是一个气势威猛的侧踹,飞起一脚,狠狠踹在树干上,那树顿时如遇狂风,猛地摇晃起来。叶小天惨叫一声从树上摔下来,一屁股坐在地上,金星乱冒。

展凝儿柳眉倒竖,揪着叶小天的衣领,一把将他提了起来,怒斥道:"姓叶的,你个无情无义的王八蛋!我展凝儿算是看错了你,今天不打死你,本姑娘跟你姓!"

叶小天喘了两口粗气,苦笑道:"你听我说成不成,其实我……"

"其实你个屁!"展凝儿用力一搡,叶小天又是一个屁股蹲儿坐在地上:"我才不要听,你这混蛋最会骗人。我又笨,才不要再被你骗!"

"好大胆!竟敢对我们大人动手,兄弟们,上!"宝翁带人恰好巡视至此,将此一幕完全看在眼中,忠心耿耿的侍卫们顿时勃然大怒,呼啦啦就抢上前来,把展凝儿团团围住,刀枪剑戟毫不留情地向她招呼过去。

展凝儿固然一腔悲愤,又兼武功高明,可四下都是兵器,一时之间也腾挪不开。

"好大胆!竟敢对我的女人动手,凝儿,我来啦!"

叶小天一见表忠心的时候到了,马上张开双臂向凝儿扑去。他笃定那些侍卫绝不敢向他招呼,果然,一见叶小天扑上前来,那些将兵器狠厉地劈向展凝儿的侍卫们大吃一惊,生恐伤了尊者,立即撤回兵刃。

叶小天一把抱住了展凝儿,心中登时闪过一个念头:"哇!凝儿的手臂好壮,好有力!"

叶小天的第二个感觉是:"哇!凝儿的臀部好结实,好有弹性。"

"哇……"

叶小天脑海中连续闪过两个"哇"，紧接着就真的"哇"了一声，被恼羞不已的凝儿一翘屁股撞开了去。那一个浑圆、结实的屁股，正顶在叶小天的小腹上。

宝翁等人一看，原来人家是在"打情骂俏"，虽然他们打情骂俏的方式有异于常人，不过尊者他老人家本来就不是常人嘛。有些殊异于常人的举动再正常不过，当下倒拖枪戟，屁滚尿流而去。

展凝儿霍然一转身，剑就架在了叶小天的脖子上，怒视着叶小天。剑锋锐利，叶小天不自觉便一阵战栗。但他凝视着凝儿，道："凝儿，你说过，永远不对我动手动脚的。"

"我什么时候……"展凝儿怒气冲冲，但只说到一半，便蓦然想起当初在黄大仙岭上向叶小天发誓从此不对他动手动脚的一幕……

展凝儿心里一酸，眼泪又不争气地流下来。

叶小天用两根手指把那剑锋小心翼翼地挪开，将凝儿轻轻拥进自己怀里，低声道："傻丫头，我可能会对你那么绝情吗？那都是做给你嫂子、做给展家人看的，你个笨蛋……"

展凝儿抽抽搭搭地问道："为什么？"

叶小天温柔地替她擦去眼泪，柔声道："很少看你这么哭呢，哭起来还挺好看，这时的你才有些女人味儿啊！"

"少废话！"

展凝儿哪儿学得会小鸟依人，叶大老爷温情脉脉，本以为展凝儿会就势扑进他的怀里，谁料展凝儿一探手就拧住了他的胳膊，疼得叶小天"唉唉"叫着弯下腰去。

展凝儿怒道："还不快说，你这小贼又有什么阴谋诡计！"

·※·※·※·

"哈哈哈哈……"

李大状笑得后牙槽儿都露出来了："杨土司，你想好了没有，我们卧牛岭这条件，可是宽容得不能再宽容了呀。"

杨蓉的母亲悲愤地道："征兵之权，归卧牛岭！用兵之权，也归卧牛岭。便是税赋之权，也要由你卧牛岭派人督管。我杨家只保留司民之权，可你卧牛岭又要我杨家接受朝廷司法辖治，如此一来，等于是民治之权也被拿走，我们杨家还剩下什么了？"

李大状皮笑肉不笑地道："还剩下富贵、身份、官职、平安，司法之权归于朝廷，也是为了向朝廷有个交代嘛。"

杨蓉的舅公怒道："是你卧牛岭要向朝廷有个交代！你们夺我之地，掠我之民，侵我之权，不给朝廷点好处，就不怕朝廷问罪吗？"

李大状脸色一冷，道："老先生，你这么说就没意思了。如果你们没有诚意，那就请回吧。你这外孙女儿是土司吧？还是我们叶大人扶持起来的土司呢。瞧你们孤儿寡母的，我们大人慈悲为怀，相信也不会再为难你们了，石阡杨家一定能太太平平的。"

杨蓉的舅公和母亲哪里相信李大状所说的秋毫无犯，就算卧牛岭真的不再侵犯杨家，凉月谷果基家呢？水银山下的于家呢？哪怕没有叶小天示意，他们也不会放过这个好机会吧？

但凡稍有内忧外患，杨蓉还保得住土司之位吗？之前还有她舅舅替她撑腰，而且舅舅韦业还颇有才干与心计。当然，这都是因为在韦业背后还有一个田彬霏在指点、帮忙，只不过这个秘密就连他的至亲也不清楚。

而今没了韦业，只有舅公这个黄土埋到了脖子的老家伙以及母亲这样的女流之辈，哪能帮到她什么。年仅八岁的杨蓉小土司休想保得住这个位子。

明明是叶小天把杨家害到了这个地步，如今竟要倚仗叶小天才能维持杨家的地位，怎不叫人一掬同情之泪。

杨蓉的母亲满面凄苦地道："李先生，这样的条件实在是太苛刻了，还请大发慈悲啊。"

李大状的笑容愈发地冷了："呵呵，我给你指的阳关道你不走，还要我如何大发慈悲呢？这一纸文书，就是你满门富贵与安全的保障，你们不妨好好考虑一下。"

杨蓉看看娘亲，又看看舅公，这两人也全然没了主意，唯有一脸愁苦。李大状用两根手指拈起那一纸合约，笑吟吟地递到了杨蓉的面前："杨土司，你只需按个手印，很容易的……"

· ※ · ※ · ※ ·

叶小天把他的打算对展凝儿仔细说了一遍，道："你明白了吧？我要娶你，如果是以背叛你的家族为代价，你一定很不开心，将来想回个娘家都谈不上。我要他们对你我的结合乐见其成，甚而举双手拥戴。"

展凝儿忔着他道："你是说，要彻底消除我们展家对你的敌意？不要异想天开了，这怎么可能，我大伯……还有二堂兄……"

叶小天打断他的话道："世上没有什么事是不可能的，只要他们觉得我对你展家的恩情超过仇怨，就不会迁怒于你，也不会怨恨我！"

展凝儿道："你对我展家能有什么恩情？"

叶小天道："如果我有机会救你展家于危亡之中，这份恩情比不比得过你大伯和你堂兄之死？当然，前提是展龙不能再做展氏家主，这也是我坚持不肯放他回去的原因。"

"我展家怎么会有危亡之险？"

展凝儿喃喃自语了一句，突然瞪起了眼睛："叶小天，你又想对我展家做什么？我告诉你，不管如何，我总是展家人，我们展家已经这么惨了，我不会容忍你继续欺负我们展家！"

叶小天急忙揽住她的肩膀，道："怎么会呢？我向你保证，只是羁押你堂兄一段时间，绝不害他性命。我也绝不会乘人之危，再向你展家动什么手脚。"

展凝儿瞪着他："那我展家存亡之危又从何而来？"

叶小天伸出食指，向天边落日处一指："从西而来！"

……

公鹅岭，肥鹅岭，是石阡府两座别具特色的山岭，这两座山岭都以鹅为名，巧合的是，两处山岭上都矗立着一座土司府。

公鹅岭是石阡府长官司副长官童家的土司老宅，肥鹅岭是石阡府长官司长官曹家的土司老宅。

此刻，正有一路兵马从公鹅岭方向朝肥鹅岭方向急急而行。几百年来，土司们之间常有纠纷，但通常都是小打小闹，土司的权力架构以及高高在上的朝廷的存在，注定了他们之间不会发生大的斗争。

但此刻，沿途所经村寨的百姓所见到的，却是一支规模庞大的军队：足足四千战兵，浩浩荡荡，不绝于途。都是些年轻剽悍的勇士，杀气盈野。

石阡童家，西有播州蛟龙，东有曹家恶虎，于夹锋中求生存，迄今屹立不倒，位居石阡第二土司，其真正实力其实还在曹家之上。只是因为有播州杨氏牵制，所以得不到发挥。

但现在不同了，按照田家的授意，童家已经"投靠"了杨应龙，没有了后顾之忧。曹家又连逢大难，内部争权，成了一盘散沙。童家岂会放过这个好机会？

更何况，播州三夫人和田家大小姐又分别下了命令给他，让他出兵攻打曹展两家。天予不取，必遭天谴啊！所以，童氏土司童云亲自领兵，直取肥鹅岭。

肥鹅岭只是他的第一站，接下来他还要挟大胜之锐，趁展家群龙无首，直取展家堡。理由？欲加之罪，何患无辞，童老爷子当然早已想好了理由。

这一战，被童老爷子定名为"重阳踏秋之战"！这一战，他要像九九重阳出游赏秋一样，登肥鹅岭远眺，在展家堡遍插茱萸，饮菊花酒，乘兴而归。

这一天，是九月六日。

第五十三章

心疾去

一

小至一个家族,大至一个王朝,先辈们总希望给子孙后代留下一份富饶、强大、无内忧外患的基业。但,任何一个强大、富饶、安定、没有内外威胁的政权,总不免渐渐衰落。

尽管这样的朝廷、这样的家族中不乏有识之士,尽管"生于忧患,死于安乐"是尽人皆知的道理,但是没有身临其境,谁能于安逸之中始终保持警惕心并付诸行动?少有的有识之士又如何可能唤醒众多沉溺安乐中的人?

对于曹家来说就是这样,在石阡,曹家一家独大,自然也就少了忧患意识,如果不是曹瑞希野心勃勃,想进一步扩张领地,曹家连现在的战斗力也无法保持。

反之,童家西有播州杨氏虎视眈眈,东有曹瑞希不怀好意,又始终受到矢志重新崛起的田氏控制,所以还保持着相当强的战斗力。

其实这种情形普遍发生在八大金刚级别的土司人家,他们向上已经没有发展空间,对下又一直保持着威权,承受的压力最小,所以内部的腐朽堕落渐渐腐蚀了他们的力量。

这时候,如果有位下者向他们悍然发起挑战,就会讶然发现:原来曾经无比辉煌的八大金刚如今也不过如此!他们只剩下了猛虎的威风,而失去了猛虎的尖牙和利齿。

反倒是四大天王,由于朝廷一直想削弱他们的力量,进而施行改土归流,使他们时时感受到压力;内部又出了杨应龙这个野心家,仿佛沙丁鱼群里混入了一条鲶鱼,搅得他们不得不肃政整军、严阵以待,所以还能保持一定的实力。

如今,童家失去了播州杨氏的掣肘,便一举展现出了超过曹家的实力。而曹家即便是曹瑞希坐镇的时候,力量也要略逊于童家,何况曹家目前连逢大难,内部争权,已然是一盘散沙。

此消彼长之下，曹家更加不是对手，童家发兵攻打肥鹅岭又是出其不意，所以童云率兵攻占肥鹅岭，居然仅仅用了一天，这头肥鹅就彻底落到了童家手里。

当然，仅仅占领一座肥鹅岭并不意味着彻底消灭了曹氏势力，但肥鹅岭是曹氏土司统驭土民的象征，肥鹅岭失陷，意味着曹家势力的彻底衰落。

曹瑞希任土司以来，巧取豪夺，陷害头人，甚至连同属曹氏家族的势力，只要一有机会也会兼并、吞没。他在位时，被侵害者面对他的狠辣手段既不敢怒也不敢言，他死后畏惧于曹家的势力，这些受害的土官权贵依旧不敢有所表现，而只能把仇恨和愤怒深埋心中。如今却不然了。

曹氏败落，落井下石者比比皆是。对于童家的入侵，敲锣打鼓表示欢迎的人中居然包括大量曹家下属的大头人、小头人、远房亲戚。如此种种，注定了曹家再无可能翻盘，曹家的彻底陷落已是不争的事实。

童云在出兵之前就已很清楚会有这样的结果，对于东邻这个强敌，童家可是从来没有忽略，一直密切关注着他们的一举一动。百年磨剑，一朝爆发，赢得干净利落。

所以，童云丝毫不在乎遁进山里去的曹氏残余力量，而是把目光投向了展家。追进深山作战损失必重，曹家残余只能苟延残喘，已经无力卷土重来。失去了部属和土民的拥戴和支持，他们在山里连一个冬天都熬不过去，又何必大费周章地去攻打，倒是展家……

按照童家和叶小天的秘密盟约，实际上是坐地分赃的盟约：石阡杨家归卧牛岭叶家，肥鹅岭曹家归公鹅岭童家，两者之间的展家堡，则双方各凭本事，谁先占有就是谁的。

毕竟当时双方没有想到会有此刻这样的发展，更不曾想到展、曹、张、杨四大家族的头面人物会被叶小天一勺烩了。正常状况下分别吃掉曹家和石阡杨家就很困难了，攻占展家堡并不是那么容易的事。

但是如今情势急转，有机会直取展家堡，以最小的代价攫取这片领土，童家又岂会放弃这个机会？童云也怕他的盟友叶小天抢先对展家下手，所以才会如此迫不及待。然而，他又怎能揣摩得到叶小天的打算？

如果出兵对卧牛岭更有利，叶小天真会因为展凝儿便放弃这样的机会？他对凝儿的情意毋庸置疑，但是他同时还是一方首领，代表着一个利益集团，他不会白白牺牲手下的生命，只为取悦心爱的女人。

如果占领展家堡更有利于卧牛岭，他一定会以迅雷之势迅速出兵。论起机动力，在这崇山峻岭之间，可没有任何一方土司的人马会比他的丛林野战部队更敏捷。

至于说迎娶凝儿，缓和凝儿和家族的关系，总有其他办法的。但叶小天只是羁押了展龙，丝毫没有染指展家堡的意图。他没有出兵，而且按住了对展家堡垂涎三尺的凉月谷果基家和水银山于家，让他们也不得妄动。

很多年后，在欧洲大地上出现了一座"展家堡"，叫柏林。当时也有两路兵马想攻占这座堡垒，一路兵马叫英军，一路兵马叫苏军。

英军还有一个帮手，叫美军，如果美军肯出手相助，英军很可能会抢在苏军前面攻下柏林，把它据为己有。但是，作为英军的盟友，美军自有它的打算：

美军能占领柏林，但消化不了柏林，把它交给盟友？盟友终究不是自己，到时候能对盟友产生多大影响，完全看盟友的心情了。可是把它交给盟友的对手，盟友便只能继续依赖它，它在欧洲能发挥的作用反而远远大于把柏林交给自己的盟友，所以，它做出的选择是：拱手相让！

其结果如何呢？英军的统帅丘吉尔如此评论：苏联攻克柏林才不过从波兰东部跃进几百公里到达德国东部，而美国却因此把手从大西洋西岸越过几千公里插进了欧洲，从而主宰了整个世界。

叶小天所面临的局面当然不能简单类比于此，但却有异曲同工之妙。这作用，在童云尚未挥军东向杀奔展家堡时就已显现出来了。

展二嫂无功而返，展家发现他们唯一可资利用的武器——展凝儿，完全失效，登时寸步大乱。展家核心成员济济一堂，七嘴八舌，纷纷乱乱。

有人趁机建议，国不可一日无君，家不可一日无主。值此危难之际，展龙土司又成了叶小天的阶下囚，展家必须马上另选一位家主，以统领家族，应对困难。

还有人提出，既然美人计不起作用，不如按照土司们之间发生战争的传统解决方案，割地赔款，赎回土司。暂且应付过目前的困难，总有报仇雪恨的一天。

当然也不乏强硬派，高呼"宁为玉碎、不为瓦全"，要倾全族之力，与卧牛岭决一死战。

"决一死战？现在卧牛岭气势正盛，我们拿什么和人家决一死战？"虽然不是展家嫡系长房，但辈分很高的展伯豪冷笑一声，"叶小天分明就是我们展家的克星。我们展家本来好端端的，如果不是当初伯雄意图嫁祸叶小天，也不会惹祸上身。现在展家比起当初大有不如，你们还要与卧牛岭决一死战？是生怕我展家败亡得还不够快吗？"

展凝儿是和展二嫂一起回来的，向家族的人说明了此番交涉的结果后，展凝儿并未离开。而展氏家族的人忙着兜售各自的主张，也无人顾及她，所以展凝儿听到了这番话。

展凝儿一凝神，马上问道："九叔，你说我大伯当初意图嫁祸叶小天，是什么意思？"

如果展伯豪说"杀害"，展凝儿只会以为展伯豪是在说展伯雄于花溪行刺一事，不会产生其他联想。但展伯豪说"嫁祸",这就分明不是指花溪行刺一事了。

如今展家已经到了这般模样,展伯豪还有什么好隐瞒的,遂冷哼一声道:"不就是伯雄派人刺杀田家大小姐的事吗？我们展家和田家无冤无仇,杀田家大小姐做什么？

"就因为伯雄想杀叶小天以取悦播州杨天王,却又不愿招来卧牛岭的疯狂报复,才想杀死田大小姐,嫁祸给叶小天,借田家的手除掉他。

"可惜啦,天不从人愿,田大小姐不但没有死,而且恰巧被叶小天所救……嘿!偷鸡不成蚀把米,赔了夫人又折兵,反而因此促成了田家和卧牛岭的合作,真是自作孽,不可活啊!"

展凝儿听到这里整个人都呆在了那里。她一直有个心结,就是叶小天义助田妙雯,把不知来历的刺客之名归于展家堡,频频向展家发难,她的伯父是在这种情况下才愤然加入曹张联盟,密议刺杀叶小天。所以,事由的起因还是在叶小天。

凝儿对叶小天情根深重,但又自觉有负于家族,尽管她表面上表现的不是那么明显,其实心里一直很纠结。她需要一个原谅自己的理由,而听到这件事的时候,她豁然开朗,那心结也解开了。

第五十四章

一场游戏一场梦

一

"各位头人，大事不好。童家发兵攻打我展家堡，距此已不足十里了。"厅中众人正七嘴八舌，一个家丁突然闯入大厅，慌慌张张地喊了一句，大厅中顿时静了下来。

展鹏举愕然半晌，诧异道："你把话说清楚，来的是凉月谷果基家、于家还是卧牛岭叶家？"

那家丁气急败坏地顿足道："四少爷，是童家，童家！公鹅岭的童家啊！"

展伯豪怪叫道："不可能！中间还隔着一个曹家，童家怎么可能打过来？"一语未了，展伯豪脸色倏变。曹家？曹家现在比展家还要乱，童家能出现在这里，只有一个可能，那就是曹家完了。

有这么快吗？昨天还和曹家的人商量如何应对眼下局面啊。此刻，童家已经杀到展家堡城下，难道仅仅一天工夫曹家就陷落了？童家大举出兵，就不怕播州杨家趁机抄他们的后路？

这一刹那，展家众头人脑海中便飞快地闪过很多可怕的设想。展凝儿沉不住气了，她和展伯雄这一房的个人矛盾并不会让她放弃对整个展氏家族的爱与关切。

之前叶小天就对她说过，展家的威胁将自西而来，展家堡西面是曹家，曹家的西面是童家，童家的西面是播州杨家。凝儿一时也未理解叶小天所说的威胁自西而来究竟指的是谁，她把曹家和播州杨家都怀疑到了，反倒是一直隐忍不发的童家被她忽略了。

但不管她设想的是哪一家，她都认为这威胁不是短时间内会发生的。她没有想到她前脚刚刚踏进展家堡，后脚人家就攻了来。展凝儿一握腰间短剑，沉声道："童家来者不善，马上鸣锣召集士兵，我去西城看看。"

没有人应和，展鹏举等人都用异样的目光看着她。展伯豪咳嗽一声，缓缓地道："凝儿，你回房服侍母亲去吧，运筹决断有老夫，冲锋陷阵有鹏举，还轮不到你来发号施令！"

展凝儿呆了一呆，脸色迅速涨红如血。她的目光向展氏同族一一望去，看到的是冷漠，是提防，是不屑一顾。展凝儿的眼中渐渐露出失望的神情，握紧了剑柄的手无力地垂下。

她默默地转过身，迈着沉重的脚步向外走去，没有人在意她的离去。当凝儿迈步走出大厅的时候，留在她耳畔的是刺耳的争吵声：

"冲锋陷阵有鹏举？九叔，鹏举四弟还年轻，家族里比他年长稳重又擅武勇的大有人在。您可不能因为他是您的亲侄儿，就把他捧在前头啊，展家如今这个局面，他撑得起来？"

"伯豪，什么叫运筹决断有你？展家什么时候轮到你来当家做主了？我展伯飞的岁数足足比你大了一轮，你当我已经死了不成？"

"呵呵，老二，就你那病恹恹的身子，还能做什么？我这也是希望二哥你多活几年，才想多背负些责任嘛。就咱们展家现在这状况，难道当家做主是一件很有趣的事情？"

展大嫂尖声叫道："我们当家的还没死呢，你们就开始商量起谁来当家做主了？我告诉你们，妄想！就算我们当家的死了，他还有儿子，他还有我这个掌印夫人，展家轮不到旁人指手画脚！"

展凝儿已经出了门，正沿着门廊缓缓而行，厅中激烈的争吵不时传入她的耳中，凝儿听到他们大军临境、死到临头，居然还在为了权势你争我夺，不禁满腔悲怆。

展凝儿不期然地想起了外公安老爷子曾对她说过的一番话。她曾求助于外公，想借由外公说服她固执的母亲，一起搬到安家。当时自然而然地就说到了展家目前的情形。

面对凝儿的忧心忡忡，外公不以为然："一个人缺衣少食，身体羸弱，会生病。一个人锦衣玉食，脑满肠肥，同样要生病。生病不是坏事，那是因为他的身体已经吃不消了，在提醒他。

"熬过这场病，改掉不良的习惯，那就能健康长寿。熬过了这场病，陋习不改，依然故我，至少在生病的过程中，他也得停止那些严重伤害身体的恶习，让他不堪重负的身体得以喘息。"

懵懂的凝儿问道："如果这病太重，撑不过去呢？"

土司王如此回答："撑不过去，那就是天要收他，人力难以胜天啊。如果到了这一步，就算他谨小慎微苟延残喘，就能继续活下去？大限一至谁难逃？"

"外公，人家实在不太懂你的话。母亲很执拗，展家那么对待她，她也无怨无悔。凝儿又劝不动她，外公能否给她写封信，劝她回来住段时间，散散心呢？"

"呵呵，你母亲不是小孩子了，你有你坚持和在乎的东西，她也有。你说她是固执也好、愚昧也罢，但是在她眼里，你所坚持、在乎的东西，才是她不屑一顾的。孰是孰非，哪儿说得清呢？"

安老爷子负起了双手，慢腾腾地踱开了去："这个地方、这里的家族，很多都已存在了上千年。千余年来，每隔百余年，总要折腾折腾，生上一场大病，病愈了，它就活得更精神。从洪武、永乐到现在，差不多也该到了又大病一场的时候了⋯⋯"

此时此刻，再度回想起安老爷子的这番话，曾经懵懂的展凝儿豁然开朗，她终于明白了外公的意思：小到一个人、一个家族，大到一方势力、一个国家，经过长期的苦难或长期的安定之后，积累下来的弊病和问题就会促使它"生病"，这是一个自我调整的过程。

这个"身体"撑得过去，它才能更健康地发展。即便不能痊愈，这场大病也能把积累的弊病和问题宣泄一下，延长它的寿命，这其实并非坏事，强行压制、阻止它的发作，反而容易造成它的"猝死"。

也许叶小天、曹瑞希、于珺婷、杨应龙这些不安分的人，就是寄生于这个积病之躯，与之共生却又希图改变它的那股力量。不管他们是正是邪、是好是坏，他们都是应天运而生，是这个病弱之躯试图自我调整修复的手段。

看看展家吧，曾经以为它是多么强大，一直延续着、维持着祖先的辉煌，直到大难临头，才发现它是如此不堪一击，它的内部早已腐朽不堪，不经历一场血与火的淬炼，它怎么可能去芜存精？

展家目前所经历的一切，在外公看来，就是它必须要经历、要熬过的一个考验。安家袖手旁观，除了展家之前更贴近播州杨家，恐怕这也是其中一个原因。

· ※ · ※ · ※ ·

安老爷子所思所为就一定对吗？没有人知道。但是有一点可以因此确定了：安老爷子的人生哲学更倾向于无为而治。

对大明帝国的文官们来说，他们也希望皇帝无为而治。皇帝无为而治，他们才能一抒抱负。文官集团的这种想法，与想要有所作为且聪慧精明、精力旺盛的年轻天子的想法显然是相悖的。

万历皇帝本以为搞臭了张居正，他就彻底脱离了这个治世名臣的阴影，可以像秦皇汉武一样有所作为，但他很快就发现，他陷进了一个更大的泥潭——来自文官集团的束缚和阻力。

这束缚和阻力看起来远不及张居正时强横霸道，但它柔韧、顽强，朱翊钧就像一头扑上蛛网的"小强",一次次努力抗争,却始终无法摆脱,反而纠缠得越来越深。

如此种种,令这年轻的天子越来越是心力交瘁。而此时,他忽然在无聊、无趣的人生中找到了一抹鲜活的绿色,可以给他看似尊荣、实则枯燥乏味的帝王生活增加一丝乐趣——萌萌的夏莹莹。

然而,他中意的女子却被叶小天野蛮粗暴地抢走了。叶小天和夏莹莹本就两情相悦,实际上他才是横插一手的人。但这一点他不会认识到,因为他是皇帝,他是整个天下的主人。

"这个天下,是朕的!"

朱翊钧一直是这么想的,可叶小天狠狠地给了他一记耳光,把他打醒了:"老子不想给你的,就不是你的。"

朱翊钧捂着被抽肿的脸颊,就像一条狼狈的恶龙,眼睁睁地看着胜利的小王子带着萌萌的小公主扬长而去,而他却什么都不能做,这件事对他的打击非常大。

他对身边的一切都充满了厌恶,这种厌恶感终于在这一年的重阳之际积累到了极致,像洪水一样爆发了。

从七月份开始,南北各地相继发生了旱涝灾害,开封、陕州、灵宝等地大雨不止,伤亡人畜不计其数。通州大风雨,损失漕米八千多石。江北蝗灾、陕西大旱、江南大雨……

黄河沿岸的饥民吃起了草木,陕西富平、蒲城、同官等县的百姓甚至吃起了观音土。万历皇帝打起精神,派人分赴各地进行救济。救灾一直持续到九月初,刚刚有所缓解,政争又开始了。

监察官奋起精神继续攻击行政官,行政官奋然反击监察官,与此同时,他们居然还有精力一起向皇帝发难:请立皇太子、请分封诸王并迁离京城、请进封皇长子生母恭妃……每日朝堂之上,聒噪之声不绝于耳。

万历皇帝对这一切深恶痛绝,上朝于他而言,就像一场玩厌了的游戏,他终于决定换一种活法了。

第五十五章

几家愁绪

一

"这个叶小天根本就是目无朝廷嘛！皇上仁慈，只贬了他的官而未加重处。他不思报答，反而变本加厉，刚刚回到贵州便重又挑起土官之间的争端，甚至还抓了曹、展、张、杨四家的土司，现在竟恶人先告状！大人……"

花晴风拿着叶小天状告展、曹、张、杨四家的公文，义愤填膺地看向叶梦熊，但一瞧抚台大人那脸色，声音戛然而止。

叶梦熊浓黑如剑的双眉微微蹙着，眼角皱起了淡淡的鱼尾纹。他的手里正拿着薄薄的一页纸，手指却拈得非常用力，显然是在借以压抑怒气。

叶梦熊是一方封疆大吏，百战沙场出来的老臣，城府极深，喜怒不形于色。花晴风做他幕僚有段时间了，对他的性情颇为了解，还很少见他有如此动怒的神态，自然不敢再多言。

叶梦熊看的是一份邸报，上边记录的大都是朝廷动向、军国大事。皇帝身为大明这个家天下的大当家，他的私事自然也会被纳入国事的范围，所以上边时不时地还会有点花边新闻。

比如万历皇帝有一天醉酒，招来两个宫娥为他歌舞，被管束他甚严的张居正严厉批责了一顿，又告到太后那里，让他下跪自责一事，就曾载于邸报，供天下官员阅览。

由于当时的传播条件所限，邸报传到地方需要很长时间，此刻叶梦熊所看的新闻其实已是二十多天前的旧闻了。

叶梦熊此时所看的都是关于大明帝国皇帝的消息。皇帝对他所扮演的角色、对满朝文武，都产生了一种强烈的厌倦感，所以这位年轻的、心性未定的皇帝，采取了一种极端的报复措施：不上朝了。

不郊、不庙、不朝、不见，宅男皇帝懒得再天天上朝做那面子功夫，宅在深宫不肯露面了。朱翊钧给出的理由是"头晕眼黑，力乏不兴"，服药之后依然"身体虚弱，头晕未止"。但是，他却能在一天之内连纳九嫔。

大臣们对皇帝拒绝上朝这种不负责任的举动深感愤怒，虽然朝会本来就成了一种形式，真正的军国大事都是皇帝召见相关机要大臣，于朝会之外密议决定的。于是，弹劾奏章雪片儿一般发往宫廷，成百上千，堆垒如山。

或许，只有那位徐伯夷徐公公才能从中看出几分端倪：被万历皇帝在一天之内封为嫔妃的九个美人儿，其实多多少少都有点像莹莹，或者鼻子，或者眼睛，或者神韵……

叶梦熊乃当世名臣，一向以天下为己任，对皇帝如此自甘堕落的行为自然深感痛心。他愤怒地捶了一记桌子，把花晴风吓了一跳，连忙把献宝似的捧在手里的公函往回缩了缩。

叶梦熊长长地吁了口气，缓缓抬起眼睛，对花晴风淡淡地道："什么事？"

花晴风赶紧把叶小天的那份公函又递了上去，道："大人，这是卧牛岭吏目叶小天呈报大人的一份公函，您看……"

叶梦熊接过公函，正眯着眼睛仔细地看着，门口突然闪进一个人来，脚下极是轻快，狸猫一般，到了近前也不说话，就把几份公函轻轻放到了桌上。

花晴风侧目一瞧，登时气不打一处来。来的这个混账东西当然就是他的宝贝小舅子苏循天。苏循天鼻孔朝天，对他姐夫一副不屑一顾的样子，花晴风看在眼里，更是气极。

苏循天这个混账小子在他做了抚台大人师爷后，从卧牛岭巴巴儿地赶了来，向他好一番哭诉：什么叶小天并不重用他了啊，在卧牛岭受人排挤啦，现如今卧牛岭群龙无首，他也不知该何去何从了啊……

苏循天鼻涕一把泪一把的一番哭诉，哭得花晴风心软了。这世上谁真心对他好？当然是自己这个姐夫，实打实的亲人，叶小天那种外人，靠得住吗？

花晴风利用他给抚台大人当师爷的机会，把苏循天也给办到了抚台衙门，做了抚台大人面前的书办，掌管文书，核拟稿件。

叶梦熊作为一方封疆大吏，军、政、司法一把抓，师爷相当于参谋，而掌案书吏就相当于秘书。花晴风和他内弟苏循天在抚台衙门扮演的就是参谋和秘书的角色，问题是等他把内弟给办进抚台衙门，才发现这个王八蛋是吃了铁秤砣，居然还是一门心思地在为叶小天做事。

眼下，花晴风刚刚把一份眼药递到了抚台大人案前，苏循天就跑来递上几份公函，花晴风马上就猜到，必定与叶小天有关，否则他这个没良心的小舅子，才没那么积极。

果不其然，苏循天递到叶梦熊面前的正是铜仁张孝全向抚台大人供认几大土官合谋，意图杀害叶小天的罪状。还有一份则是石阡杨氏土司杨蓉供认罪状的公函。

与此同时，张孝全还递交了一份奏章，向朝廷请罪。自请贬谪为同知，并推举于珺婷为知府、戴崇华为监州。石阡杨氏则提出愿将司法之权上交朝廷。

叶梦熊之前已经接到过京里乔翰文的来信，知道叶小天已经答应与他们配合，共同对付野心勃勃的杨应龙。如今叶小天和杨应龙虽然尚未直接交手，叶小天现在也不具备同杨应龙交手的实力，但是在他背后站着朝廷这个庞然大物，铜仁、石阡两地的政局变化关系着他们在贵州的整个战略布局，也是他们要挤压杨应龙成长、扩张空间的一个关键。

此时看到这几份公函，叶梦熊自然知道这一切的背后都有叶小天的推动。叶梦熊不禁抚须微笑起来，因为皇帝怠政而产生的不悦也减轻了许多。

他们曾经想把改土归流的葫县当成朝廷楔进贵州的一枚钉子，可惜功败垂成。但现在看，却是失之东隅，收之桑榆。无意之间，却在一致对外的土官们中间插进了一根钉子——叶小天。

这根钉子要利用好，可不能让它折了、弯了，要好好栽培，才能大加利用啊……

花晴风失望地看到，抚台大人的脸色多云转晴，心中好不沮丧。当抚台大人伏案疾书，他和苏循天悄然退到书房外面时，花晴风按捺不住地质问苏循天道："循天，我一直弄不明白，你我乃至亲，我对你又一向不薄，为何你却屡屡攘助外人？"

苏循天本欲不理，可走了两步，终又站住，回身看向花晴风，肃然道："姐夫，你在抚台大人身边，可以了解到许多常人所不知道的内情，难道你还看不出，叶小天正气运如虹？

"你看不出朝廷和抚台大人对他青睐有加？你看不出叶小天能在铜仁搅风搅雨，是因为安、宋、田三家明里暗里地支持他，或者牵制着杨应龙，这才为他营造了如此局面？

"姐夫，得道者多助啊！我书读得比你少，都明白这样的道理，为什么你就是不明白？在葫县时，顺逆之间，你素来不言不动形同木偶。我一直觉得，你太过懦弱。

"可……那时的你也仅仅是懦弱而已。现在的你呢？怎么做逆于形势，你就偏要去做什么！比起懦弱，这种愚蠢才是不可救药。我也弄不明白，你究竟是怎么了，为什么偏要跟叶小天一直过不去？"

花晴风哑口无言，苏循天摇摇头，扬长而去。花晴风默默地凝望着他的背影，阳光透过庑廊上面的横栏，斑斓地映照在他的身上，明暗之间那道身影渐渐远去、消失……

苏循天的声音一直在花晴风耳畔回响着：为了什么？究竟为了什么？

花晴风不断地自问，一个朦胧的念头渐渐清晰起来：曾经的误会，即便他真的没有因为苏雅的解释而完全释疑，其实从之后叶小天与苏雅再无任何接触的事实也足以证明了。

他之所以不断地针对叶小天，处心积虑地想要打败他，究竟是为了什么？也许只因为一点：叶小天是他懦弱无能的见证者，只要这个人还在，他就忘不了曾经的自己是何等不堪。

他要打败叶小天，仅仅是为了证明他自己。证明他并不是那么懦弱、无能，只有让叶小天倒在他的脚下，他才能重拾勇气与信心。他要打败的其实不是叶小天，而是让他无地自容的过去。

然而为了达到这一目的，现在的他，所作所为难道就不丑陋？花晴风默默地低下了头，看着他斜斜长长的身影。风吹着他的袍子，轻轻抖动着，地上那身影看上去就像一条没有骨头的虫子，是那般丑陋。

"我该何去何从呢？"花晴风的心情，就像吹在身上的秋风一般萧瑟。

第五十六章

良辰美景

一

雄镇石阡数百年的曹家和铜仁府的张家一样，表面看来固若磐石，但是数百年下来，内里早就存在了种种问题。仿佛一棵参天大树，看似枝繁叶茂，内里早已充满蛇鼠蚊虫，一阵大风吹来，便轰然倒塌。

叶小天的出现，是英雄造时势，也是时势成就了英雄，如果他的出现不是恰恰在这样一个时点，未必就能产生这样的效果。同样，既然时势已经发展到了这一步，哪怕没有叶小天的出现，历史也会以另一种形态和方式，完成这种演变。

一日之间，肥鹅岭曹家便被摧毁了。童家挟大胜之锐直扑展家堡，展家堡虽然内部纷争不断，但覆巢之下安有完卵的道理他们还是明白的。而且对展家来说，童家已经很难再有奇兵之效，是以双方竟胶着起来。

对于石阡这番乱局，其始作俑者叶小天，却出人意料地做出了观望姿态。此时的叶小天，甚至不在卧牛岭。

铜仁，于府。

叶小天匆匆下了马，门口早有文傲站在那儿，大门洞开。文傲未及和叶小天寒暄几句，便领着他急急向内走去。

"怎么搞出这么大的阵仗……"

叶小天见府中三步一岗五步一哨，不禁微微皱起了眉。生孩子而已，又不是出兵打仗，用得着这样吗？再者说，虽然关于他二人的流言蜚语早就传遍了铜仁城，但于珺婷毕竟还没出嫁，这样大张旗鼓地……

文傲微微一笑，道："大人，莫要小看了数百年经营所产生的雄厚根基。哪怕一个王朝倒行逆施、天怒人怨，一旦亡国，还有遗老遗少矢志复国呢。何况张家固然腐烂，但是对于张氏族人及其直属土民一向关照。不可不防范。"

叶小天道："这个顾虑也无妨，只是……她还不曾出嫁，这么大的阵仗，风声难免外露，我担心珺婷的风评……"

文傲哑然失笑，道："大人多虑了，于家内部不安分的人已经被清洗一空，整个铜仁府也再没有于家的强敌，我们土司想做什么又有谁能置喙？风评那东西济得何事？我们土司就是要让所有人知道，我们于家未来的继承人，其父何人，其母何人，哼哼！如此一来，纵然有些人还有些异样心思，轻易也不敢有所蠢动了。"

叶小天听得苦笑不已。说起来，他做事本该我行我素，可是如今却畏首畏尾，还不及于珺婷大胆，也不知道是不是江湖越老胆子越小，又或者只是因为对自己女人的维护。

"站住！男人进来做什么！"叶小天急匆匆走到了后宅产房外，还不等他进屋，就被一个腰围十丈、身高也是十丈的胖大妇人拦在外面。

叶小天，无根无底一外乡人，顶着个冒牌典史的身份就敢向县太爷也畏之如虎的葫县豪强挑衅、凭一己之力就搅得整个贵州波掀浪涌，他是十万大山中星罗棋布千百山寨的总瓢把子，紫禁城中跟皇帝叫过板的大英雄，被那胖大妇人一喝，却是点头哈腰、满脸堆笑。一旁那位武功高明的文大先生和他一样，连连鞠躬，满面赔笑。

那胖大妇人怒哼一声："不懂规矩！"叶大老爷和文大先生一脸谄媚地笑着，目送那妇人将那胖大肥硕的身子愤愤一转，刷地一放帘子，扭着屁股走回去了。

此时此刻，你再了不起的男人，也得规规矩矩、小心翼翼地陪在外面，哪里还看得出半分往日威风？

"哇……"

一声嘹亮的婴儿啼哭声从房中响起，正哈着腰、搓着手，一左一右站在门边的叶小天和文傲不约而同地挺直了身子，脱口叫道："生了！"

叶小天下意识地就要闯进房去，可手刚一触及门帘，又硬生生地忍住，他也不懂这其中有些什么规矩，虽然心急如焚，这时却是不敢越雷池一步。

婴儿的啼哭声非常嘹亮，中气十足，文傲听得眉开眼笑："听这声音，一定是个男孩。叶大人，您听听，这声音响亮的，哈哈哈……"

叶小天脸揪得跟个包子似的，心疼不已地道："怎么还哭啊，刚生的小人儿，这么扯着嗓子哭，会不会把身子哭坏了？"

过了一阵儿，婴儿的哭声没有了，文傲兴奋地道："可以进去了吧？怎么还不让我们进去呢？老夫不进去也就算了，大人您可是孩子的生身父亲哪，这些婆子也没人出来说一声。"

叶小天的脸继续揪得跟个包子似的，忧心忡忡地道："怎么不哭了呢？刚刚还哭得那么响亮，突然没了声音，会不会出什么事啊？"

文傲："这……"

终于，那身高十丈、腰围也是十丈的胖大妇人又出现在门口："可以进来啦！脚步轻一些，别带起了风。"

叶小天连忙答应一声，像一个朝圣的信徒，虔诚地跟在那胖大妇人后面，屁颠屁颠地进了房间。

进了正厅，拐进东厢，绕过屏风，在一群婆子丫鬟中，叶小天的眼睛就不够用了。榻边站着一个接生婆子，怀里抱着一个襁褓，榻上躺着于珺婷，只露出一张脸庞。

于珺婷的脸潮红，头发湿漉漉的，完全没了平时的娇媚无双。但她脸上却洋溢着欢喜、满足和一种前所未见的母性光辉，使她显得比往常更加美丽。叶小天一双眼睛扫过那襁褓，再扫过于珺婷，脚步迟疑着，不知道是该先去看看他的骨肉，还是先去安抚一下孩子的母亲。

于珺婷微笑着看着他，用有些虚弱但甜蜜的声音道："让他……抱抱孩子。"

接生婆子把襁褓递向叶小天，叶小天急忙伸出双臂，小心翼翼地接过，仿佛他接的是一个一碰就破的气泡。

小小的襁褓特别轻，叶小天瞪大眼睛看着襁褓中露出的那张小脸，那小家伙刚刚出生，居然瞪圆了一双眼睛正在左顾右盼，浑然没把正看着他的老爹放在眼里。

初生的小孩子大多会闭着眼睛，不哭的时候如此，哭的时候也是如此，就连吃奶都是嗅着蹭着去找奶头儿，有些小孩子甚至要这样七八天，才会逐渐睁开眼睛。

但这个也要看孩子吸收营养的程度，于珺婷是一方土司，每日吃的是什么东西？再加上她自己就是个武功高手，身体素质极好，所以这孩子甫一出生，就精力旺盛。

孩子用一双乌溜溜的眼珠，好奇地打量着这个新奇的世界，叶小天登时笑得合不拢嘴儿了："这小子，眼神好贼，一看就是个吃不了亏的主儿，哪像他爹我这么忠厚老实。"

躺在榻上的于珺婷和站在一旁的文傲同时撇起了嘴角，叶小天忠厚老实？那天底下还有不老实的人吗？

文傲向旁边的婆子问清了孩子的情况，轻轻挥了挥手，满堂奴仆立即退了下去。文傲也悄然退下。叶小天抱着孩子在榻边坐下，于珺婷立即示意他把孩子放在自己身边。

叶小天把那小人儿放在于珺婷身边，两人开心地看着孩子的小脸。许久许久，于珺婷才轻轻叹了口气，亲昵地对小人儿道："你这小家伙，可是把你娘折腾苦了。"

叶小天佯怒地道："你放心，我会替你报仇的，这小子以后要是不听话，老子随时打他屁股！"

"你敢！"

于珺婷俏巧地白了他一眼,道:"我都不舍得打呢,才不许你动她一根手指头。还有,一口一个儿子,谁告诉你是儿子了,她是个女孩儿。"

"是吗?"叶小天赶紧凑过去,仔细看孩子的脸蛋儿,惊讶地道:"难怪看着这么像我,原来是个女孩儿,将来一定不会太丑。"

于珺婷瞪了他一眼,娇嗔道:"什么话,难道像了我就很丑?"随即她便幽幽地叹了口气,道:"女儿……我是蛮喜欢。就是担心由她来继承我的土司之位,会不会有人不甘心,再让她和我一样受苦。"

叶小天挺起胸膛,傲然道:"谁敢!谁敢欺负咱闺女,老子灭了他!再说了……"

叶小天冲于珺婷挤眉弄眼地道:"咱们还可以再生啊。再给她生个弟弟,那么做姐姐的就可以快乐无忧了。"

于珺婷大羞,轻轻拍了他一记,嗔道:"女儿在呢,你说的什么混话。"

叶小天失笑道:"她还这么小,什么都听不明白的,你担心什么。"

叶小天在厅中欢喜地兜了两圈儿,忽然兴冲冲地赶到于珺婷身边,道:"我可不可以把女儿带回山去让爹娘看看,两位老人家一定欢喜得很。"

于珺婷不舍地道:"那……总也得待孩子满月以后再说。到时,我要带着孩子一起。"

叶小天忙不迭地道:"成成成,全都没问题!"

于珺婷用手指贴着女儿嫩滑的小脸蛋儿轻轻摩挲了一阵,柔声道:"女儿都已出生了,她的名字你这当爹的可已想好?"

叶小天洋洋得意地道:"那是自然!我叶某人做事向来谋而后动。这名字我早就想好了,男女皆宜。"

于珺婷喜道:"快说来听听。"

叶小天道:"古语云:良辰、美景、赏心、乐事,四者难并也。叶家偏要凑全了它,咱们家大闺女就叫叶良辰,可好?"

第五十七章

天残地缺

一

"叶良辰是什么鬼？"风流儒雅的杨天王乜着严世维，一脸诧异。

严世维解释道："这叶良辰乃于土司之女。名字是叶小天取的，不过于土司并不满意，而且这孩子将来很可能要接任她的土司之位，不可能从了外姓，如果姓于，那么……"

杨应龙不耐烦地摆了摆手，打断了严世维的话。于珺婷本是他内定的二夫人，现在却和别人连孩子都有了。不过，杨应龙对此毫不在意，他还曾经想聘展凝儿为妻呢，但他的目的就是为了刺激叶小天攫取权力，一旦达到目的，也就毫不迟疑地解除了婚约。对于珺婷，他当然也没什么好可惜的。在江山面前，女人于他而言，实在是连一件衣服的分量都不如。

田雌凤娉娉婷婷地走上来，把一杯氤氲着香气的蒙顶黄芽放在杨应龙手边，嫣然道："天王饲喂的这头猛虎，可是气候渐成了。现如今，整个铜仁已在他的掌握之下，石阡又被他搞得四分五裂，咱们是不是该把这头放出笼的猛虎关起来了？"

杨应龙微微眯起了眼睛，道："我本以为，要让他成了气候，怎么也得五至八年，不曾想此子如此了得，居然这么快就彻底掌握了铜仁，又把石阡弄得四分五裂……"

严世维被叶小天砍断了双手，对他恨之入骨，巴不得叶小天立刻就死，马上进言道："天王，叶小天为了义弟毛问智，不惜与四家土司决裂，以一己之力悍然反击，很是得民心。现在，各方豪杰义士纷纷投向卧牛岭，甘为叶小天效力，叶小天又控制了铜仁。如果再让他得到石阡，其实力将凌驾于八大金刚之上，虽尚不及天王您，恐也有尾大不掉之势，应该果断下手，取他性命了。"

杨应龙点点头，忽然问道："那叶小安如今怎么样？"

严世维道："叶小安对其胞弟叶小天有诸多不满，这一次叶小天砍了属下的双手，把属下逐出卧牛岭，叶小安更是愤怒，已经与叶小天到了形同路人的地步。而且，叶小安和属下依旧保持着秘密联系，因为属下的双手为他而断，他对属下颇感歉疚。"

杨应龙微笑道："这么说，此人可堪一用了？他扮叶小天可像？"

严世维道："叶小安与叶小天本就是一母同胞，自幼就在一起，存心想模仿叶小天的言行举止，有何难处？只要他诚心乔扮，又在先入为主的情况下，恐怕除了他的父母和妻子，再无一人能分辨得出，至少是不能确定。不过……"

严世维沉吟了一下，道："他虽对叶小天深怀怨恨，却还不至于到了加害手足的地步。"

杨应龙淡淡一笑，道："你不是说，当初是他做生意赔了钱，却害他兄弟远下湖广送信？他还心安理得地受用了兄弟的狱卒之职？明明一切是他选择的，当初甘之若饴，现在看兄弟因为送一封信奇遇连连，终成大业，又心生懊悔与嫉妒？"

杨应龙端起茶，轻轻呷了一口，淡淡地道："利不足以断其亲，恨不足以绝其情。但双管齐下，那手足之情也就淡薄到了极点，只需再稍稍施加外力，藕已断了，还怕丝连？"

严世维道："天王英明！属下这就去办！"

·※·※·※·

"天王要对叶小天下手了。"

"偷龙转凤？"

"不错！"

"叶小安……此人虽与叶小天形貌一般，谈吐也可模仿。但至亲至近之人，恐怕不易瞒过。"

"人逢大变，总会有所改变的。稍有异样有什么关系？再者说，天王一旦得手，短时间内只会让叶小安巩固其地位，而不会让他做出与以往大相径庭之事，旁人纵然稍有疑惑，那般情景下，难道敢直指土司大人之非？至于至亲之人……"

田雌凤慧媚如狐的妙眸中掠过一丝狠辣："哪怕他们看出不妥，事已至此，恐怕也只能缄默不语。如果他们不识相……哼哼！"

坐在她对面的是一个少了双腿的男人。他的脸上遍布一条条蜈蚣似的伤痕，让他的脸看起来就像是用人皮缝合起来的，显得异常恐怖。他坐在一辆特制的木轮椅上，膝下空空荡荡，一阵风来，衣袂便无力地飘荡。

此人正是田彬霏，但他现在已经改名叫田是非，物是而人非。

田雌凤的大哥田一鹏、二哥田飞鹏虽知此人来历蹊跷，可他们自然是不会往外说的。至于他人，又有几个知道白泥田家究竟有多少人，此人是最受天王宠爱的三夫人找来的智囊，那就一定要尊敬。

田彬霂望着田雌凤神采飞扬的俏脸，道："杨应龙一旦攫取了山苗的武力，又控制了铜仁，分崩离析的石阡府很容易就会落入他的囊中，到时候播州势力大张，必行谋反事！以一隅之地对抗朝廷，他能行？"

田雌凤哂然道："古往今来，有哪一支力量不是从无到有、从小到大？如果按照你这说法，陈胜吴广还造的什么反，他们连一隅之地都没有；刘邦一小小亭长，凭什么敢问鼎天下？楚只三户，凭什么敢放言亡秦；魏蜀吴又从何而来？"

田彬霂默然不语，田雌凤兴奋地道："如果天王可得天下，则我田氏要做夜郎王又有何不可？就凭天王对我的宠爱，还有我两位兄长所掌握的力量，以及你……你的智慧和你暗中隐藏的力量！"

田雌凤得意扬扬地道："你不必否认，我知道你一定掌握着一股力量，否则你凭什么试图恢复田氏祖上的荣光？我不会说与天王知道，但你不要以为天王对此就一无所知，叶小天试图利用他，他心知肚明。石阡童氏虚与委蛇，他一清二楚。天王只是将计就计罢了，只要他能换掉叶小天，别人算计再多，最终不还是要落入他的彀中？"

田彬霂慢慢地垂下了眼帘。他和田雌凤都想恢复田氏荣光，而且巧合的是，都想利用杨应龙。不同的是，田雌凤这个女人是想扶保杨应龙夺天下，从中分一杯羹。而他本来的打算是想等杨应龙谋反，调动他全部的力量协助朝廷平叛，凭此倚天之功，求得朝廷重新分封思州、思南两州之地的管辖权。

所以他和田雌凤，可谓殊途而同归。要说成功的难度，其实都不小。要说成功的希望，也都一样渺茫。这样的话，田雌凤的主意似乎也并非不可一试。

杨应龙原本只是想从安宋田杨四大家之末，一跃成为四大天王之首。如果没有这个慧黠而颇具野心的女人怂恿，杨应龙未必会有想问鼎天下的念头。

田彬霂死过一次后，变得更加冷静了。他冷静地思考着，就凭田雌凤在杨家的地位，以及她两个哥哥身为两路兵马大总管的实力，杨应龙一旦举事成功，那么田氏以其大功，要分封田氏于夜郎称王，未必不可。

如果杨应龙失败呢？

田彬霂眸中掠过一丝诡谲：他的力量本就隐在暗处的，不必暴露出来，一旦杨应龙举事不利，田家马上倒戈一击，投向朝廷一方，一样可以借此事立下功劳。就算不能因此获取封地，也必然会有其他嘉奖，延长田氏气运。

想到这里，田彬霂慢慢挺直了腰杆儿，虽然他双腿已断，只能坐在轮椅上，身姿却挺拔得仿佛一口出鞘的宝剑："好！我答应你！那我们就帮扶天王，共谋大业吧！"

·※·※·※·

叶小天在于家住了三天，和于珺婷一起，每天陪着他的宝贝女儿。于土司生女，这是一件大事，消息传开，知道的人又何止是铜仁一地。但目前能赶来送礼祝贺的却是近水楼台的铜仁官绅。

不过于珺婷毕竟没有成亲，叶小天也不曾入赘，两人都不宜出面，这些迎来送往的事儿就全都交给文傲先生负责了。

三天后，叶小天要离开了，孩子还太小，现在不能带去卧牛岭。而此时局势动荡，他也不能久离卧牛岭。叶小天正依依不舍地和珺婷娘儿俩告别，文先生突然急匆匆地闯了进来。

文先生还很少有这么沉不住气的时候，叶小天和于珺婷马上意识到必有大事。叶小天急忙站起，道："文先生，何事慌张？"

文傲看看他们两个，苦笑道："叶大人，红枫湖夏家的车队到了铜仁了。"

叶小天本与莹莹一同离京的，半路遇刺后叶小天情知有变，立即快马加鞭直奔葫县。莹莹母女迟至今日方才赶到。

叶小天听说莹莹来了，也觉有些难为情。一时迟疑不决，是该前往迎接，还是偷偷溜回卧牛岭避免尴尬，不料文傲又跟了一句："夏姑娘一到铜仁，就听说了我家土司生女的事，她……咳咳，她奔这儿来啦！"

第五十八章

天然呆

一

"要不,你……先回避一下。反正她未必知道你在这儿。"

见叶小天神色有些犹豫,善解人意的于珺婷柔声提议道。不过这句话一出口,她心头便是一酸。

这是孩子的父亲,是她的男人,她虽没有成婚、没有招赘,却丝毫不担心人言可畏,可以把他们的关系公之于众。

但是别人的任何言行她都可以不在乎,却不能不在乎夏莹莹。莹莹与叶小天早已情订终身,她和莹莹两人的身份相当于一个外室、一个正室。作为外室,她没那么厚的脸皮,面对正室还要理直气壮。

如果是田妙雯,虽然也挂着正室的身份,珺婷还是不惮于面对的,因为田妙雯智略无双,很小就开始打理田家,虽然是个女人,可更是一个智将、一个军师、一个辅佐家族继承人的重要族人。

于珺婷知道自己的态度对卧牛岭的帮助有多大,对叶小天的助力有多大,而这恰恰是田妙雯需要考虑的重点。所以她在田妙雯面前坦然自若,有勇气分庭抗礼。

而莹莹,那是世上最纯净剔透的一颗宝石,她的感情不掺杂任何杂质,没有爱情之外的任何考虑与取舍,这些世俗红尘的一切,根本不曾对她产生过任何影响。

她喜欢叶小天,仅仅就是喜欢叶小天这个人,不会考虑他的官职、地位、前程。在这样一个纯真无邪、天真烂漫的姑娘面前,于珺婷所有可为倚仗的东西都算不了什么,她又何来的胆量面对。

然而,这是她自己的取舍。叶小天是不可能入赘的,她将来也可能会由一个众人皆知的外室,变成叶小天的夫人之一,但不是现在。哪怕她做了叶小天的女人,她现在依旧是于家的顶梁柱,在能够放手于家之前,她无法到叶家去服侍二老、陪伴丈夫,做一个贤媳良妻。

"不必！我在这儿等她！"

叶小天几乎可以想象得到莹莹兴冲冲地到了铜仁，以为很快就可以见到她的情郎，却骤然听说她的情郎正在别人家里，两人还有了孩子，该是何等气愤。

如果可能，他当然希望逃之夭夭，先让莹莹消了火气再说。但，他不能走，他是男人，该由他来担当的他必须要承担起来。莹莹不是一个会恶语相向的泼妇，可哪怕一句不当的话，对珺婷都可能造成伤害。他只能留在这里，必须留在这里。

于珺婷眼中溢出了泪花儿，酸楚地道："叶郎，不怪你，这是我自己的选择。你和我都有愧于她，同时出现会让她更生气。不如让我和她单独谈谈，我只想要你的一个孩子，叶家的一切我都不会……"

一根手指搭在了她的嘴唇上，叶小天慢慢地摇了摇头，起身迎向门口。于珺婷看着他挺拔的背影、轩昂的气宇，泪水迅速模糊了眼睛。

虽然她的武功甩叶小天一条街，她的智谋丝毫不比叶小天弱，可她骨子里还是个女人，希望她的男人能顶天立地，能为她遮风避雨，叶小天做到了。

莹莹来了，风风火火，一身火红色的披风，下巴尖尖，明媚照人，仿佛一只成了精的火狐狸。一路的舟车劳顿让她消瘦了一些，倒是显得更加可人了。

"小天哥！"

莹莹一声呼唤，于珺婷眼中伟岸的大男人登时就矮了，腰杆儿倏地一下就软了，叶小天点头哈腰，满脸赔笑："莹莹，你终于赶到了啊，辛不辛苦，很累了吧？这地方的路太不好走，身子都快颠散架了吧，哈哈哈……"

叶小天都不知道该说什么了，但什么都不说显然更不好，只好慌不择言地打着哈哈。

"哼！你说你要先回来，哈？铜仁恐有大事，哈？必须得你来主持，哈？分开走，我和我娘更安全，哈？你这个坏蛋，花言巧语的，一天不骗人就不开心，是不是啊？"

莹莹兴师问罪，一根纤白如玉、细细长长的手指一下一下地点在叶小天的胸口，叶小天连连后退，面红耳赤。他当然没有骗莹莹，但……面对莹莹的指责，他竟没有勇气去辩驳。

于珺婷撑着身子坐起来，为她的男人解围："莹莹姑娘，求你不要为难他了。一切都是我的错，是我对不起……"

于珺婷还没说完，躺在旁边吐着泡泡悠闲玩耍的叶大小姐突然哇的一声哭了起来。

莹莹现在是真的有些生气了，其实生在她那样的大家族，早就见惯了男人三妻四妾，对此并不以为然。要不然她也不会接受田妙雯和凝儿先后走进叶小天的生活，她气不过的是叶小天对她的哄骗。

不过饶是如此，从小在那种特殊环境下长大的莹莹既天真又善良，纯洁得一塌糊涂，她既然对于世俗种种浑不在意，又怎么会大光其火？那兴师问罪不如说是报怨、撒娇的成分居多。

但……于珺婷一插嘴，把所有的事儿全揽在自己身上，反而真的惹恼了莹莹，莹莹双手一叉腰，杏眼圆睁，正要嘲弄她几句，叶大小姐"哇"的一声，莹莹的眼睛马上瞪得更圆了，但眼神儿已经由愤怒变成了惊奇。

她慢慢走过去，看着那哭得惊天动地的小丫头。于珺婷紧张起来，下意识地就想抱过自己的女儿，担心莹莹会有什么不当的举动，但叶小天却在莹莹背后摆摆手，示意她不必防范。叶小天对莹莹知之甚深，这个女孩儿，根本不会有伤人之心，更何况是这么可爱的孩子。

于珺婷犹豫了一下，选择了相信叶小天。而且她一身武功，自然分娩，恢复得又快，真要是莹莹想做什么不好的举动，她也来得及出手。

"哇！"

莹莹惊奇地瞪大了眼睛，小嘴巴张成了O形，她歪着头看着叶大小姐，惊叹道："他好小啊，手指头好细，就跟……就跟挖耳勺似的……"

于珺婷和叶小天互相看看，一脸愕然。莹莹试探着伸出双手食指，被叶大小姐立即紧紧握住，莹莹又大惊小怪地叫起来："哇！他好有力气，他居然能握住我的手呢。"

莹莹欢喜地回头叫叶小天："小天哥，你快来看，他挺喜欢我呢。你快看，他不哭了，他正瞅我呢。嘻嘻，那大眼睛，真漂亮。"

叶小天如释重负，他走过来，把手轻轻搭在莹莹的香肩上，柔声道："那当然，小孩子凭着本能识人，一个人是好是坏，他们最清楚。莹莹这么可爱，良辰当然会喜欢你。"

"什么良辰，她叫于千雪。"孩子她娘不干了，大声抗议。

"叶良辰！"

"于千雪！"

"叶良辰！"

"于千雪！"

"我是孩子她爹，我说了算。"

"孩子是我生的，我说了算！"

"你们别吵了！"

莹莹大小姐怒了，这两个人打扰她哄小孩子嘛。

莹莹大小姐怒视二人一眼，伸手去扒孩子的襁褓。

"哇！"

莹莹大小姐又叫起来："是女孩儿，是女孩儿，哈哈哈，好可爱！好可爱！"

夏家阳刚气太重，连着几代要么没有女娃儿要么只有一个女娃儿，夏大小姐从小就被一群群的堂兄堂弟、堂叔堂伯包围着，骤然发现这是一个女孩儿，更是笑不拢嘴了。

"要叫于千雪！一定要叫于千雪！"莹莹立即变节，投向了于珺婷一方。

叶小天不服，道："我是孩子她爹，她得跟我姓，我给她取名字！"

"我不管！于千雪比叶良辰好听！"莹莹蛮不讲理地说了一句，转向于珺婷："对吧？"

"对对对！"于珺婷立即点头，忽然明白过来，为什么在叶小天的女人中，智谋无双者有之，奔放霸道者有之，但是所有人都从未把莹莹视作敌人。

她的亲和力是无敌的，没有人能抗拒她的魅力，任何人都不会觉得她对自己有任何威胁，于珺婷喜欢上了莹莹。

"好可爱呀，好可爱呀……"莹莹继续大发感慨。

叶大小姐身边围了好几个人，有人关注，她就不哭了，只睁着一双乌溜溜的眼睛看着众人，把夏莹莹看得心痒难搔："太可爱啦！我也想要，我想要女儿，一定要生女儿……"

夏莹莹握着叶大小姐一双小小的手掌，开心地宣布。

叶小天和于珺婷对视了一眼，眼中都露出一抹轻松与欢喜，谁会想到，一桩本以为会让他们很难堪的事情，竟然会出现这样的结局？也许，只有天下无双的莹莹，才能营造得出这样大欢喜的场面。

不过，莹莹这一关好过，岳母大人那一关就未必了。当叶小天离开于府，赶去见到他的岳母大人夏夫人时，夏夫人可是面寒如冰，神色冷肃得很。

第五十九章

婚姻大计

一

夏夫人面沉似水地对叶小天道:"小天哪,我们家莹莹认识你可是够久了,那时,你还是一个一文不名的穷秀才。现在可好,你先迎娶了田家女,又跟一个没名没分的女人先生了孩子,你把我家莹莹置于何地?"

莹莹眨眨眼,雀跃地道:"娘,小天哥的女儿好可爱……"

"闭嘴!"夏夫人狠狠地瞪了莹莹一眼,训斥道:"惯会装疯卖傻!想帮他也不是这个帮法,娘还不是在帮你?吃里爬外!"

莹莹吐了吐舌头,偷偷和叶小天碰了下眼神儿,用口型告诉他:"我帮不了你啦!"

叶小天听了夏夫人的训斥,心里不禁想道:我也想和莹莹成亲哪,要不是我那岳父老大人反对,我和莹莹生的孩子现在都会打酱油了,如今你却来怪我?

可嘴上他却赔笑道:"这其中阴差阳错,太多纠葛,一时半晌,小婿也说不清楚。总之,小婿是绝不会亏待了莹莹的,嗯……啊……这个……"

夏夫人喝道:"别支支吾吾的,那咱们就当面锣对面鼓,说个清楚明白吧。莹莹为了救你,身着嫁衣,立于午门。如今你和莹莹的关系闹得也算是天下皆知了,你准备怎么办?"

叶小天道:"娶她!小婿这次回来,一定尽快请媒人登门,定下婚期,迎娶莹莹过门。"说到这里,叶小天不觉伸出手,莹莹受其所感,也伸出手来,两手紧紧握在一起,四眸相望,情意绵绵。

夏夫人依旧沉着脸,道:"我这女儿,万千宠爱集于一身。夏家虽然不是皇室,可这女儿尊荣显贵也是不逊公主,你要娶她,给她什么名分?"

叶小天道:"夫人!自然是夫人!"

说到这里,他稍一犹豫,有些难以启齿地道:"这个……小婿被抚台大人移送京城法办时，卧牛岭群龙无首，小婿于危难之中，将卧牛岭托付于田家姑娘妙雯，方才保了基业。

"如今万万没有背信忘恩的道理，相信小婿若是这样一个刻薄寡情的人，岳母大人也不放心把女儿交给小婿。所以这掌印夫人，小婿只能交给田姑娘。莹莹是小婿至爱，自然也不会亏待了她，莹莹就是二夫人了，不知岳母大人以为如何？"

夏夫人自家事自己知，她的宝贝女儿天真烂漫，既不擅理家，也不会喜欢理家，叶小天的势力如今蒸蒸日上，确实需要一位贤内助。再者说田氏虽然没落，可身世之尊贵却犹在夏氏之上，没有让人家屈居其下的道理。无奈下心里已经允了，可总觉得还是亏了女儿。

想至此处，夏夫人不由暗骂丈夫：这个没眼光的老家伙，莫欺少年穷的道理都不懂吗？当初推三阻四，不肯让女儿下嫁，结果一个稳稳当当的大夫人身份，现在要双手奉送他人。

其实夏夫人这迁怒就未必在理了。人生之路比世间行走之路还要复杂千万倍，不同的选择，来日之发展也是天差地别。

如果当初叶小天幸得秀才功名，旋即被夏家认可，和莹莹成就夫妻，那叶小天还会有动力回到葫县，不惜一切也要建功立业吗？

别的且不说，一旦成了夏家女婿，夏老爹也不会容许自己唯一的女婿带着女儿去那块是非之地，势必要动用夏家的关系，把他安置在一个更稳妥的所在，叶小天也就不会是今天这副模样了。

正是之前种种经历、种种选择或被选择，才有了今日之叶小天。

叶小天见夏夫人神情犹疑，以为她不太满意这样的答案，想了一想，又继续说道："朝廷若有赏赐时，小婿会力争诰封，诰封之身必先给莹莹。"

夏夫人一听，神色便缓和下来。土司是当地自称的官职，朝廷方面还会另赐一个官名，符合朝廷官制的。

土司夫人也是如此，掌印夫人、二夫人、三夫人等等这是土司府对夫人的身份、地位的排列，朝廷方面还会诰封，从一品到九品，会按照其丈夫的地位，封其妻子为相应的夫人。

比如丈夫是三品官，妻子就可以封为三品淑人，丈夫是四品，妻子就可以封为四品恭人。叶小天现在被贬为吏目了，但世袭官就是世袭官，妻子也是从一过门儿就有资格被封诰命，七品以下称孺人。有了叶小天这句承诺，莹莹一出嫁就能被敕封为孺人。

可叶小天所掌握的力量现在较八大金刚也不逊色，他可能会一直做吏目吗？他升六品，莹莹就是安人，升五品，莹莹就是宜人，至于四品……夏夫人还真不敢设想，毕竟叶小天走的是文职行政官序列，不像她丈夫走的是武官勋职系列。

武官官职都是虚职，封到二品都不稀罕，可文职序列是和实权密切相关的。按照叶小天的承诺，那就是田妙雯做掌印夫人，这是土司府公认的第一夫人。但朝廷诰命会先可着莹莹来，那就是在朝廷方面，莹莹是第一夫人。

夏夫人听到这里终于满意了，颔首道："算你还有点良心。既然如此，老身做主，这桩婚事就这么定了吧。明年八月，择一良辰，你们二人完婚。你须早些派人登门求亲，种种烦琐……哎，明年八月，实在仓促了些。"

夏莹莹吃惊地道："明年八月？娘，这么久啊，你还说仓促。"

夏夫人没好气地瞪了她一眼，道："矜持些，你可是个姑娘！"

夏莹莹吐了吐舌头，又不说话了。

夏夫人训斥道："便是你的嫁衣绣服，就得八个最好的绣娘，绣上整整一年才能完工。现在还有三个月过年，日夜赶工，明年八月也就勉强能完工。夏氏嫁女，要准备的事儿多着呢，就是遍撒请帖，广邀各路亲朋好友，这来来回回一番书信，不也得几个月时间？不从容些如何筹备？"

夏莹莹耷拉着脑袋道："喔……"

叶小天见夏夫人不再诘难，还趁机议定了婚事，暗暗松了口气，连忙答应下来。婚约既定，叶小天诸务缠身，不好久耽，便即告辞。莹莹刚要跟出去，就听身后传来一声威严的呼唤："莹莹……"

夏莹莹不情愿地转过身，嘟起小嘴儿："娘！"

夏夫人把她叫到身边，轻叹道："傻丫头，你呀，心太大，什么事都不放在心上。娘不替你算计着，吃了亏可怎么办？"

夏莹莹低声嘟囔道："才不会呢，小天哥不是那样的人。"

"啪！"

莹莹的翘臀上挨了一记，夏夫人没好气地道："真是女生向外，这就维护起他了，娘还不是为了你好。哪怕觉得你们两人再如何妥当，做父母的，也希望你能稳稳当当的，这一番苦心啊……"

想到女儿很快就要出嫁，夏夫人不禁感伤不舍起来。

莹莹轻轻抱住了她的母亲，柔声道："娘，女儿知道，娘都是为了女儿好，女儿知道……"

· ※ · ※ · ※ ·

"今日且含羞，我胸中自有森罗甲胄，从龙奋九州岛，管教他在车前伏首。记男儿谈笑觅封侯……"

叶小安做韩信扮相，在台上这一出戏唱得较之叶小天毫不逊色，可能还要略高一筹。

这两兄弟都是喜欢听戏唱戏的，小安幼年时被蛇钻进被窝吓出了毛病，从此怯懦胆小，智商也似有受损。但也恰因此，做事比较专注，因此在学戏上比叶小天还要造诣深些。

一个票友能唱到这般地步，实属难得，台下那些梨园子弟登时发一声喊，大声鼓掌叫好。侧面帷幕内，正做小丑打扮的严世维袖着双手，看着台上的叶小安，嘴角噙着一丝阴冷的笑意。

"恶事临身我怎知，无端胯下被人欺。举证河尚有澄清日，岂可人无得运时！"

叶小安在台上字正腔圆，严世维已经转过身，悄然走去。

叶小天赶走了大哥身边的那些狐朋狗友，叶小安无所事事，几天后又迷上了唱戏。叶小天每日事务缠身，哪会想到自己的胞兄竟然被人算计进了偌大一桩阴谋，更不晓得他迷上唱戏也是被严世维算计的。

叶小天自己也是喜欢唱戏的，想着大哥就算喜欢唱戏，也比之前吃喝嫖赌要好得多，两兄弟关系已经闹得很僵，便也不好管他。严世维藏身戏班子之中，借此又和叶小安搭上了线儿。

别看叶小安平时那样一副模样，可在扮戏上还挺有天分，这时扮作韩信，瞧起来也自有一股英雄气概。严世维引诱他唱戏排解郁闷情绪，借此重新建立联系，另一方面也是趁机训练他扮龙像龙、扮虎像虎的本事。

戏剧表演虽然夸张些，可基本功是一样的，严世维一面利用可以和他朝夕相伴的机会继续大进谗言，中伤离间他俩兄弟感情，一面借由演戏锤炼他的演技。

杨天王苦心经营良久，"偷天换日"之计，就要开始了。

第六十章

天下第一奸诈无耻

一

叶小安在铜仁城梨园中大唱韩信的"胯下之辱"时，展家堡正在上演楚霸王的"垓下之围"。

由于曹家倒行逆施，对于童家的入侵，几乎没有任何一支原属于曹家的旁系势力肯死力反抗，曹家嫡系又在守卫肥鹅岭一战中损失惨重，余部遁入深山，所以童家可以长驱直入，直逼展家堡。

童云这老家伙颇懂计谋，他到了展家堡城下，并未即时发起攻击，对这座经营数百年的坚固堡垒进行强力攻克，而是驻扎下来，专打来援的展家各部土舍、头人的人马。

展家曾经一再反击，但是展龙已被叶小天扣押，堡中各派势力都对土司宝座生起了觊觎之心，这种情况下他们都想保存自己一方的实力，如何做得到全力以赴？

眼看大兵压境，无力反击，赴援的各路旁系人马又相继丢盔卸甲，落败而去。矛盾重重的展家各派不得不再次召开全族会议，商讨对策。

展家的议事大厅内一片肃静，气氛却显得异常沉重。

展伯飞咳嗽两声，沉重地道："之前我们曾派人向安老爷子求助，人已经回来了，想必大家也都知道安老爷子的回复了。安老爷子……不想管。"

展伯豪讥诮地道："安老爷子当然不会管。有了危难就去求安家帮忙，平素却与播州杨家眉来眼去，勾勾搭搭。安老爷子又不是你亲爹，凭什么给你揩屁股？"

掌印夫人展大嫂到底是个女流，虽然精明，却只精于后宅中事，不曾料理过家族之事，根本听不出这句话实际上是在指责她的公公，原展氏家主展伯雄疏离水西安氏、投靠播州杨氏的政策失误。

但厅中大部分人都听明白了这句话，想到眼下的困境，不由对展伯雄一脉产生了更大的怨气。

展鹏举愤愤然道："我们也曾派人向抚台告状，可恨叶梦熊那老匹夫，反过来竟然指责我们不听号令，蓄意挑起事端。他居然还拿出了石阡杨氏那些叛徒所写的供状，叫我们向朝廷请罪，自请处罚，才肯出面干涉，真是岂有此理！"

展伯飞道："如今我们外无强援，大军压境，诸位族人，有什么主张？"

众人面面相觑，全都没了言语。

过了许久，展伯豪道："凭我堡中实力，未必就不能击败来犯之敌，只是群龙无首，各怀心思，一盘散沙的情况下如何作战？展家落到今日地步，我大哥伯雄和继任土司展龙都有责任。现如今伯雄已死，展龙又成了卧牛岭的俘虏，老夫以为，展家堡必须另择土司，统驭全堡，方能解除危难。"

这句话展大嫂倒是听明白了，马上尖刻地质问道："听这话音儿，九叔是要从你侄儿手中抢夺土司之位了。"

展伯豪老脸一红，辩解道："老夫偌大年纪，怎么会做这种事。可家族已经到了存亡之际，总要有人出来统领全局才行。掌印夫人，你有本事合聚各方之力，击败来犯之敌？"

展大嫂登时语塞，展二嫂怯怯地插嘴道："要不然……咱们和卧牛岭再商量商量，请他们出面调停？"

满堂目光顿时集中到了她身上，展鹏举瞪着她，毫不客气地道："我说二嫂，你别是得了失心疯吧？我展家有今日，全因那叶小天而起，现在我们土司还在他卧牛岭做阶下囚呢，你居然异想天开，想让叶小天帮咱们解围？"

展二嫂涨红着脸，道："我当然知道这一切都是叶小天所为。但……现在围城的是童家，叶小天却按兵未动。如果他也出兵，咱们展家堡还能撑得下去吗？所以我想……我想叶小天应该是不想对咱展家赶尽杀绝。"

展大嫂一听叶小天就怒从中来，忍不住喝道："展龙至今被他关着不肯释放，你还说他对我们展家不肯赶尽杀绝？"

展家众人互相看看，递一个了然的眼神，却没有说话，还是展鹏举年轻气盛，忍不住阴阳怪气地道："掌印夫人，叶小天扣押我们土司，还真就未必是想对整个展家不利。"

展大嫂瞪着他道："你说这话是什么意思？"

展鹏举却不理她了，转向展伯豪道："九叔，您看呢？"

展伯豪重重地一拍椅子扶手，对展伯飞道："老二，解铃还须系铃人，咱们豁出这张老脸，亲自上一趟卧牛岭？"

展伯飞也不愿再由展大嫂、展二嫂这种女流之辈出面代表展家，况且如果展大嫂出面，恐怕她唯一的要求就是释放展龙，这既不切实际，也非他们所愿，马上点头道:"成!为了展家,咱们这两把老骨头,就上一趟卧牛岭吧!"

……

童家虽然兵临城下,但是并没有能力包围整座展家堡,展家堡想派少数人马出入还是办得到的。只是他们的根基在这里,无法丢下全部基业和家眷轻身逃离,所以才不得不苦苦支撑。

如今只派少数人快马突围,童家是来不及反应的,是以展伯飞和展伯豪这两个老家伙顺利地离开展家堡,赶到了卧牛岭。可惜他们并没能上得了山,因为叶小天发下话来:"只跟土司谈!"

展家现任的土司展龙就被关在卧牛岭,叶小天却和只和土司谈,这意思再明白不过,他已经不满意让展龙做展氏土司,希望展家"另择贤良"。这一要求倒是正合展家二老的心意,于是两把老骨头就在卧牛岭下争起了土司之位。

二人争了一天相持不下,忽然意识到如果展家堡被攻破,谁当土司其实都没有意义,而要保住展家堡,叶小天的态度至关重要。两人马上派人上山,小心翼翼地向叶小天讨教。

叶小天没有召见他们,却派了一个人来。李秋池白衣飘飘,摇着大扇,跟一头夜猫子似的,闯进了展家二老的营地。

"李先生,不知叶大人是什么意思,还请李先生不吝赐教啊!"展家二老把李秋池奉若上宾,小心翼翼地求教。

李秋池当初身为状师讼棍,在民间耀武扬威,可在这些真正的权贵们面前,向来是卑躬屈膝的,何曾有过如此威风的时候?此刻眼见展家两位老土舍对他毕恭毕敬的样子,不禁心中大畅。

李秋池笑眯眯地道:"两位老大人,展伯雄父子一脉相承,所作所为我家大人甚是不喜。也正是展伯雄父子倒行逆施,才害得展家落到如今这般田地啊,展家不该另择贤明为主吗?"

展伯飞凑上前去,赔笑道:"展龙年轻识浅,血气方刚,确实不堪大任。老夫身为展家耆老,确也有意为家族另择贤良,只是一时想不到何人可孚众望。常言道旁观者清,却不知李先生有什么合适的人选吗?"

看他一张老脸笑得菊花一般,谄媚得无以复加,简直就是在脸上写满了"请选我!请选我"。

展伯豪马上也上前道:"老夫有个侄子叫展鹏举,成熟稳重,崇尚和平,不知李先生对他可有所耳闻?"

"没听说过!"李大状一句话,把展伯豪噎了个半死。

李大状面对败军之将,也懒得假惺惺继续打官腔了,直截了当地道:"李某心中有一人选，倒是蛮合适的，不如说出来两位老大人参详参详？"

展伯飞和展伯豪对视一眼，心中忽地想到了一个人。展伯飞顿时变色，道："莫非李先生所说的人就是我那侄女凝儿，展家这么多的男丁，嫡宗也有，旁系也有，无论如何轮不到一个女子当家。"

展伯豪也沉声道："展家虽大军压境，却还未到山穷水尽的地步，这样的条件，我们万万不能答应！"

展伯飞和展伯豪反应如此激烈，早在李大状预料之中，以凝儿的条件，如果她是男子，倒是目前最适合挑起这份重担的人选。可惜她是女子，而且和叶小天有一段情，这件事展伯飞和展伯豪也清楚。

让展凝儿做土司，等于是把展家双手奉送于卧牛岭，展家二老不惜放下身段，要的就是展家能够解除危难，并且以一个相对独立的身份存续，岂肯把展家打包做了陪嫁，被叶小天一口吞下？

如果是这样一个结局，他们宁可拼死一战。这两个老家伙不惜卑躬屈膝，甚至在李大状面前扮小丑儿，可不是因为怕死，而是想为展家争取更多机会。

李大状哂然一笑，摇头道："两位老大人想多了，李某所说，并非展姑娘。"

展家二老神色一缓，道："那么……却不知叶大人属意于哪个人选？"

李秋池缓缓地道："李某听说，展家有个少年，名叫展一驰，虽年方十一，却聪颖伶俐，好生培养一番，不虞不成大器。两位老大人以为如何？"

展伯飞一呆，道："展一驰？啊！"

展伯飞突然想到了，急忙扭头看向展伯豪，展伯豪神色凝重地道："展虎长子？"

李秋池微笑道："不错，展家嫡房诸子中，此子年纪最长，论血脉远近，也仅逊于展龙一房，可以说是继任家主最合适的人选。两位老大人以为如何？"

展伯飞迟疑道："他尚未成年，如何担此大任？"

李秋池淡淡地道："只要有我卧牛岭出面，为你展家解此大难，三五七年内，还有什么大任需要他一个少年担当起来？有你二人扶助调教，这少年又天资聪颖，相信用不了多久，他就是一个合格的当家人了。"

听到后一句话，展家二老心中电光石火般一闪，登时明白了所有的利害关系。

叶小天是绝不可能放虎归山，让展龙重新回到展家做土司了，如果是展龙之子做土司，那时释放展龙，就和展龙做土司没什么区别，所以这一房是一定要排除在外的。

那么，为什么要选展虎之子呢？展虎同样算是死在叶小天手上，展虎之子未必就不恨叶小天，但一个活着的父亲和一个死了的父亲，对孩子所能产生的影响是截然不同的。

虽然展龙展虎这两房一向同气连枝，但那是因为展龙这一房是土司，展虎这一房作为展龙这一房的近枝，关系越密切，获得的利益越大。如今若是让展虎这一房的子嗣做了土司，除非展虎这一房舍得放权，还政于展龙这一房，否则他们两房必然分化，展虎这一房既然有了做土司的机会，会舍得放权还政吗？结果不言而喻。

如此一来，展虎一房面对展龙一房的威胁，在内必然要团结、依赖展伯飞、展伯豪这样的耆老，对外则需依赖叶小天的强力支持。这样一来，展家二老这种热衷权力的人可以满足欲望，而卧牛岭和展家堡也能在相当长的时间内保持和平。

至于永久的友好，那是幼稚者的幻想，石阡杨家一对亲兄弟都能斗得死去活来，寄望于两个部族永远和睦相处岂不可笑。水银山周围各部落当初若不是亲如一家，又怎会相互联姻，现如今还不是打破了头？

当然，这也缘于叶小天的强大自信，人家不在乎。想通了这个道理，展家二老两眼放光，不约而同地道："先生此言大妙！一驰正是我展家最合适的土司人选！"

李大状正故作风雅地摇着扇子，虽然此时秋风瑟瑟，实在不必凉上加凉。听他二人表示赞同，李大状哈哈一笑，折扇一收，欣然道："既如此，两位老大人就请回吧。早日选定土司，展家土司就任之时，我家大人当带兵亲往祝贺、拥戴，确保贵土司安稳就位。"

展伯飞吃惊道："什么，带兵去？"

李大状乜着他道："不带兵去，如何退童家的兵？"

展伯豪结结巴巴地道："李先生莫要欺瞒老夫，童家和卧牛岭，分明早有勾连。所以四家土司刚被羁押，童家就能发兵直取肥鹅岭，再攻我展家堡。童家的兵，难道还要叶大人带兵击退？"

李大状把玩着扇柄，悠然道："带兵击退自然是不用的，不过，我们叶家曾与童家约定，谁先带兵进了展家堡，另一方就得卷旗而归。可以王见王，不能兵见兵。所以……"

展伯飞敏锐地抓住了这一点，马上质问道："如果你卧牛岭假意祝贺，趁机夺城，怎么办？"

李大状眼珠一转，勉为其难地道："这样的话，不如添个彩头儿，以为保障，如何？"

展伯豪道："什么彩头？"

李大状悠然道："我家大人的三夫人之位还虚悬着，不如叶展两家就此结为秦晋之好。到时候，一则道喜，二则送聘，假送聘之机而谋姻亲之族，这是要受天下人唾骂的，从此信誉扫地，再无一人敢信任。你不会以为，我家大人会冒此奇险，夺取展家堡吧？"

展伯飞和展伯豪面面相觑，终于明白了叶小天的全部打算。真他娘的坑啊！这个世界上还有比叶小天更无耻、更贪婪、更奸诈的混账王八蛋吗？苍天哪，怎么不一个雷活劈了他！

第六十一章

我牵驴,你拔橛

一

秋意渐浓。

卧牛岭的桂花开了,香飘满山,而夏花却也依旧开得绚烂。紫薇仿佛一张美丽的地毯,铺在起伏的沃野上,紫色花球随风而动,起伏如浪。

牵着马儿走在这美丽景致之中的展伯飞和展伯豪两个老爷子的心情却是惨淡的。此次卧牛岭之行,他们无疑是签订了一份"丧权辱国"的条约,但……这却是他们心甘情愿签订的。

如果不答应叶小天的要求,只要展龙不被释放,他们也有能力迫使展龙的妻儿放权,从而另立土司,但……有意义吗?如果展家很快就要覆灭,谁做这短命的土司又能怎么样?

安家看来是铁了心要袖手旁观了,巡抚明显又在偏帮叶小天,他们别无选择。目前这个结局,还算是两位老人家勉强能够接受的,所以两位老人家走出卧牛岭的时候,已经商定了解决此事的办法。

展伯飞和展伯豪回到展家堡,对此行结果一言不发,径直返回家族的议事大厅,整个家族的重要成员纷纷跟入,展鹏举迫不及待地道:"二伯,九叔,两位老人家此去卧牛岭,究竟结果如何?"

展伯飞和展伯豪对视了一眼,展伯飞缓缓地道:"此行很不顺利!"

众人顿时心中一沉,展伯豪道:"叶小天拒绝与我们谈判,他只要我们展家土司去和他谈。"

展大嫂怒道:"我丈夫就是展家的土司,现如今被他关在牢里,怎么跟他谈?这分明就是搪塞我们展家!"

没有人回答她的这句话,展伯飞和展伯豪都用冷漠的目光看着她,展大嫂蓦然明白了什么,脸色顿时苍白如纸。她猛地退了一步,倏地转头看向其他族人,希望有人声援，但她失望了，展氏族人看着她的眼神都很冷漠。

曾经，他们也为展伯雄的死而愤怒过，但其中有几分是因为展伯雄这个人呢？或许更多的是因为叶小天冒犯了展家堡的威严。当展家一步步败落到如今这个地步，他们发现已经再也不可能击败叶小天的时候，这份愤怒就转移到了制造这场灾难的人身上：

为什么展伯雄要鬼迷心窍，答应杨应龙一个虚无缥缈的承诺，便试图对叶小天下手，更是采用了嫁祸这样愚蠢的主意，把田家也彻底得罪了。展家落得今日这般下场，全是展伯雄惹的祸！

展大嫂颤抖起来："我的丈夫，还为了展家，被那姓叶的关在地牢里，难道……难道你们竟然要背叛他？"

展大嫂声音尖厉，在静寂的大厅中隐隐回荡着，仿佛这厅中空无一人，愈发显出她的孤单、无助。

许久，展伯豪沉重的声音缓缓响起："就算没有叶小天这件事，我们展家也不能久无家主。展龙被抓已成事实，叶小天也没有释放他的可能，我们展家群龙无首，如何应对眼下困局？所以，老夫以为，应该议立一位新的土司……"

展伯豪话犹未了，展大嫂就尖声道："我丈夫还没死呢，凭什么另选土司？"

展伯飞冷冷地道："我大明英宗皇帝被瓦剌俘虏，朝廷都能另立景泰帝，一个小小的展家，怎么就不能另立一位土司？"

展大嫂怨毒地诅咒道："英宗皇帝可是复辟了皇位的，当初拥立景泰的全都没有好下场！"

展鹏举听两位老爷子说要号召族人另立土司，心头顿时一阵火热，在年轻一辈中最具能力与威望的只有他了，这土司舍他其谁？

展大嫂这么一说，展鹏举生怕这番话会吓退一部分族人，马上反驳道："大嫂，复辟皇位成功者，古往今来能有几人？何况，若非景泰帝病危，英宗皇帝又岂能复辟？同样的事，可未必能在我展家重现！"

展伯飞怒声道："好了！你们不要争吵了！老夫做此决定，可不是为了老夫自己！老夫偌大年纪，这把老骨头还能熬几年？说到底，一切都是为了我展氏家族的存续兴亡！"

喝住了展大嫂后，展伯飞又放缓了声，道："回来的路上，我和老九核计了一下，决定在后辈子侄中另选一人担任土司。老九，你说说吧。"

展伯豪咳嗽一声，捋着胡须向众人望了一眼，见众人都眼巴巴地看着他，尤其是他的亲侄儿展鹏举，目光热切无比，不由暗暗一叹，缓缓说道："老夫与二哥商议了一番，觉得一驰那孩子，聪颖伶俐，可堪大任。所以，我们两个老头子决定，拥立展一驰为我族土司！"

展伯豪一言既出，满堂哑然。展一驰？那孩子年纪尚小，目前都没资格在这大厅中参与议事，大家实未料到，两位长者属意的人选居然是他。

展大嫂气得浑身发抖："就算要另立土司，也该由我的儿子来继承他爹的位子！我儿一聪只比一驰小一岁，凭什么要立一驰为家主？"

展伯飞用力一拍椅子扶手，怒喝道："妇人之见！你怎么还不明白？我们展家现在要解围，只能依靠叶小天！但你这一房，与叶小天有不共戴天之仇，人家能坐视我展家改立你儿为土司？"

展伯飞一句话，就把展伯雄之死缩减为展龙这一房的私仇，把整个展家摘了出来。激愤之中，展大嫂却未注意展伯飞的险恶用心，尖声叫道："老二家的孩子难道与叶小天就没有不共戴天之仇？一驰的父亲就是死在叶小天手中！"

这样一说，展二嫂立即幽怨地看了她一眼。展二嫂连丈夫都死了，别无倚仗。论名分又不及长房，所以一向跟在展大嫂身边充当摇旗呐喊的小喽啰，可如今她的儿子竟被提名为土司，二嫂的一颗心激动得都快跳出了腔子。如果不是积威之下，二嫂为了儿子的大好前程，此时就得冲上去和大嫂撕扯了。

展伯豪冷冷地道："展虎是展龙授意，跟踪刺杀叶小天的，却因行踪败露，被护持叶小天前往京城的官兵杀死，与叶小天何干？冤有头，债有主，不要错认了冤家！再说，展虎家里的可没说要复仇，你能保证展龙一经释放，也不言复仇？"

展大嫂哑口无言，气愤地转向展二嫂，道："二嫂，你怎么说。"

展二嫂嗫嚅地道："我……我一个妇道人家，哪有什么主意，一切都听两位老爷子的。"

展伯飞和展伯豪两个老爷子相对苦笑，听他们的？他们也不过是情势不由人，被迫按照叶小天的主意走罢了。

其实两人一直有点不理解，叶小天为什么要指定展虎的儿子担任土司。要说与叶小天的仇恨，主要就是展龙、展虎这一支，如果他肯支持展氏旁支不是更好？

可现在眼看展大嫂恨不得一口吞掉展二嫂的气势，他们才明白叶小天的算盘打得有多精。如果叶小天支持他们两个捧旁支上位，嫡房两个女人加一堆孩子，根本不是对手，展家可以迅速团结起来，确立新的核心。

可是立嫡宗二房的子嗣为土司呢，嫡宗的长房和二房之间就必然分化。等他们地位稍稍稳固，叶小天就会释放展龙，到时候面对这位前土司、亲大伯，二房就更得依赖旁支和叶小天。

如此一来，旁支虽然坐大却不足以总揽全局，嫡房彻底分裂，再难抱成一团，叶小天在其中所能起的作用就至关重要了。那时候，展家二房抱他的大腿都来不及，还谈什么与他作对？

展伯飞和展伯豪分别向那些平素亲近的族人递个眼色，众人立即纷纷表态拥戴支持。很快，正在寨子里和小伙伴们撒尿和泥巴，玩得满头大汗的展一驰被带到了议事大厅，懵懵懂懂地被带到主位上坐下。

众人齐齐长揖，高呼"土司"，展一驰抹一把头上的汗水，冲着他娘展二嫂叫道："娘，我口渴！"

展二嫂喜极而泣，望着坐在那张她从不敢奢望的宝座上的儿子，心情激荡，不能自已。

……

展伯飞和展伯豪本以为改立土司是相对麻烦的一件事，不曾想解决得却是如此顺利。他们本以为与卧牛岭联姻，将展凝儿嫁与叶小天为三夫人很容易，却不想反而在这件事上遇到了麻烦。

展大姑娘拒绝出嫁。

展大姑娘的理由之一是：母亲痼疾缠身，父亲早逝，她作为母亲唯一的女儿，要在膝前尽孝。孝道大义在前，谁能逼她出嫁？

展大姑娘的理由之二是：伯父死于叶小天之手，她不能嫁于仇人，忘却仇恨。

展大姑娘的理由之三是：她好歹也是展家的大小姐，展家位列八大金刚，比卧牛岭一小小吏目不知高贵多少倍，她岂能屈身下嫁，而且还是个三夫人？这有辱展氏门风。

展大姑娘的三个理由义正词严，说得本就不善言辞的新任掌印夫人展二嫂灰溜溜地离开了她们母女居住的小院儿，把情况对展伯飞和展伯豪两位老爷子一说，两位老爷子就急了：

你这不是得了便宜还卖乖吗？想当初你为了嫁给叶小天寻死觅活的，这事儿谁不知道？如果不是你老娘生病，你受了羁绊不能离开，你早跟那叶小天私奔了，现在你倒成了最维护展家的人了！这真是不是一家人，不进一家门。叶小天奸诈无耻，叶小天这未来的三夫人也真是摆得下脸子啊！

可想归想，明知展凝儿是装腔作势，两个老爷子也毫无办法。事情都已到这个份儿上了，如果凝儿不肯嫁，叶小天不肯出兵解围，展家这一通折腾，图的是什么？

无奈，两个老爷子亲自带队，领着全族有头有脸的人物，发扬三顾茅庐的精神，一次次前往展凝儿母女俩居住的小院儿，把那院中丛生的野草都踏平了，终于达成协议：

为了解决展家的危机，展凝儿同意委身出嫁，如此一来，凝儿反而成了拯救家族的大英雄，她是为了解决家族面临的存亡危机，牺牲自己，委身邪恶大魔王叶小天。

展母痼疾缠身，作为孝女，凝儿不舍离开母亲。好在两地相距并不远，凝儿出嫁后，她的母亲可以暂时移住卧牛岭，由凝儿奉养。

为了让凝儿的母亲同意，两位老人家又苦口婆心地劝了这位兄弟媳妇许久。展母虽然外柔内刚，性情执拗，却最重视家族，展家的人轮番出面劝说，她自然就答应了下来。

……

展家堡下，童家久攻不下，童云也不免有些焦躁起来。他没有包围展家堡，而是陈兵于展家堡西门之下，反正这是展家的根基，不怕展家弃堡而逃，强攻损失太大。

如果展家真要弃堡而逃，那倒正合他意，展家如果携老扶幼、尽带细软离开展家堡，速度一定快不了，他随时可以移兵追赶，到时掳获了展家妇孺与数百年积累的财货，就算展家的青壮年逃走，也成了无根之萍，不足为患。

而今这种胶着状态，反而是他所最不愿见到的，曹家还没彻底平息，虽然他们童家假意投靠播州杨应龙，由此换来了后方的安定，但大军久离，也难保杨应龙不生异心。

可就此偃旗息鼓，童云同样不舍得，如果再能一举占据石阡展家，童家的势力将扩大三倍，到时候就算对付播州杨家也有了一搏之力。童家就算脱离田氏暗中的控制，也是轻而易举。

这倒不怪童云对田家不够忠诚，他毕竟是姓童的，就算田氏还是思州、思南两州之主时，童家也是相对独立的。童家的家主，还是从自己家族出发考虑事情，这是天经地义的。

这么多年来，由于童家所处地域狭长，正好在曹家和播州杨氏中间，夹缝中求生存，所以不得不依靠田氏暗中力量的支持，从而依旧对田氏俯首听命。

可一旦童家所掌握的力量已经完全不必依靠田家帮助，甚至超过田家，为什么还要俯首听命于田家？之后能与田家建立同盟，共进共退，也就对得起两家几百年的交情了。

有此一层考虑，童云现在对展家堡真是弃之不舍，逐之难得。最初他最怕叶小天及时率兵赶到，与他分一杯羹，现在倒是迫切盼望叶小天能够出兵，两家齐心协力拿下展家堡，各自瓜分一半也好过现在这样不死不活。

童云蹙着眉头询问他手下的一个大头人岳正清："叶小天在干什么？如今大好形势，卧牛岭为何按兵不动？"

岳正清答道："土司老爷，属下派人打探过，据说铜仁于土司生了孩子，而这孩子的亲生父亲正是叶小天，叶小天去铜仁府逗留了很长时间。而且，展家的展凝儿与叶小天素有情愫，由于展凝儿的关系，所以叶小天一直不愿与展家兵戎相见！"

童云不屑地冷哼一声："英雄气短，儿女情长，成得了什么大事？"

这时，童云的师爷吴曦兴冲冲地走进了童云的大帐，高声叫道："老爷，卧牛岭出兵啦！卧牛岭终于出兵啦！"

童云大喜，赞道："不错！这才是英雄所为，岂可为一女子，放弃大好机会？总算他醒悟得早。如此一来，我两家联军，拿下展家堡，易如反掌！"

吴曦提醒道："老爷，有卧牛岭联手，我们要拿下展家堡固然容易，可这展家的土地、人口、财帛如何分配，却成了一桩麻烦。叶小天此人胃口不小，恐怕……"

童云被他一言提醒，颔首道："不错！这事不能不防！"

他走到帐口，望着展家堡敦厚的堡墙，冷笑道："这展家堡，我一个人吃不下，他叶小天也是一样！收兵，等他叶小天来谈！这块肥肉如何分割，总要白纸黑字地写下来，才好一起用兵！"

童云一声令下，正在攻城的童家兵马立即收拢回营，童云坐在中军帐内，他估计叶小天到了展家堡城下，一定会先来见他。如果不见，就让他叶小天先攻城，损失一大，不怕他不肉疼，到时必然还要来与自己协商。

童云泡了一壶茶，跷着二郎腿一边喝茶一边等叶小天，那壶茶都快喝成白水了，才见师爷吴曦火烧屁股般跑进来。童云不悦道："急什么！叶小天来啦？"

吴曦气急败坏地道："老爷！大事不好！叶小天，他进堡啦！"

"啊？"童云大吃一惊，瞪圆了眼睛，"进堡了？怎么可能？他怎么能这么快就攻克了展家堡？"

吴曦哭丧着脸道："他不是攻克啊！他领着好多人马，到了展家堡东门，展家就打开了大门，吹吹打打地把他迎进了城去！"

童云下巴差点脱了臼："怎么可能！怎么可能！"

话犹未了，大头人岳正清又急慌慌地闯了进来："土司大人，你快去看看，叶小天正在堡上，请你城下相见呢！"

童云莫名其妙，急匆匆出了大营，赶到堡下一看，果不其然，叶小天正站在堡内箭楼上，向他热情地招着手，招呼道："童老前辈，别来无恙啊！"

第六十二章

墙头会

一

童云仰望着站在堡楼上笑容可掬的叶小天，那五官眉眼清晰可辨。

贵州没有太过雄峻的城池，当然像杨应龙的海龙屯另当别论，那儿真是易守难攻，不过那主要是依据山势自然地形建造，并非城墙如此高大雄厚。

展家堡的堡墙自然也谈不上太高，不过两丈有余，上边的箭楼离地不过三丈多高，童云自然把叶小天的五官眉眼看得清清楚楚。童云惊疑道："叶大人，你……你怎么进去了？"

叶小天眨眨眼，道："当然是被请进来的。"

童云道："请进去？这……展家堡为何要请你进去？"

叶小天一脸诧异地道："这有什么好奇怪的。有战就有和，展家觉得再打下去对人对己都无好处，与叶某一番商议，决定通婚求和。叶某也不想多生是非，自然应允。叶某此番前来，一为祝贺展家拥立土司之喜，二为下聘求婚，与展家大小姐凝儿姑娘喜结连理，自然就被迎入堡中了。"

童云眼前一黑，一口老血差点儿喷出去，他在展家堡下鏖战多日，损兵折将，结果却成全了叶小天，让他和展家背后勾勾搭搭一番，哼着小曲儿就进了城。

可是，他能指责什么吗？双方的合作本来就是遥相呼应，互相制造机会，至于人家用什么方式达到目的，这能有所约定吗？

再者说，当初双方划地分赃时，说好了童家占有曹家，叶家控制石阡杨家，对于展家则各凭本事，谁先得手就归谁。现如今叶小天都站在展家堡城头了，这笔账怎么算？

大头人岳正清恨得牙齿咬得咯咯响，对童云道："土司大人，这叶小天太过狡猾，咱们不理会他，强攻入城！"

师爷吴曦冷静分析道："万万不可！强攻展家堡，就算夺下来也是得不偿失，何况现在叶小天已与展家联姻，他会袖手旁观？老爷，曹家余孽尚未尽除，如果我们纠缠于展家堡下，万一曹家死灰复燃，就连后路都断了。"

童云恶狠狠地瞪了他一眼，道："还用你说？"

他又恶狠狠地瞪了堡上的叶小天一眼，愤愤然一拱手："叶大人好手段，老夫领教了。咱们后会有期了！童某告辞！"

叶小天在堡上向他招了招手，热情地扬声道："童老前辈慢走，不远送了啊！"

童云愤愤然走出两步，猛一止步，又向呆立在那儿的岳正清和吴曦喝道："还不走！等人笑话吗！"

……

眼看童家拔营而去，叶小天暗暗吁了口气。

他倒不担心童云会动手，因为他并没有违反双方的约定，只是他所采用的办法让童云恼火。正是由于童家兵临城下，给了展家堡极大压力，这才促成了展家向他屈服。童家有被利用之嫌，难免心中窝火。

但，童家会因此与他翻脸吗？如果同样的机会摆在童家面前，童家也会毫不犹豫地做此选择，利益面前就是如此。如何决断关乎家族势力，就不是个人意愿可以左右的了。

叶小天快步下了箭楼，一直候在箭楼下的展伯飞、展伯豪两人立即上前赔笑道："有劳叶土司为我展家堡解围，老夫等已设下盛宴，为叶土司接风洗尘。"

叶小天急忙道："有劳两位长辈了。凝儿是两位长辈的侄女，既与小侄联姻，小侄也就是您二位的晚辈，在两位至亲长辈面前，小天怎敢托大。二伯、九叔，先请！"

叶小天如此放低身架，听得展伯飞和展伯豪飘飘然受宠若惊。旁边的展氏族人见叶小天对他们展家长老如此礼敬，脸色也好看了许多。

实际利益已经拿到手了，叶小天又怎会在乎那点儿面上功夫，对展家长者恭敬一些，更有利于双方今后的合作。

当下，叶小天就随着展伯飞和展伯豪有说有笑地向宴客厅走去，若是不知道双方先前恩怨的人，只瞧他们此刻模样，只怕还以为双方是世交，那份亲密和睦实在无可挑剔。

叶小天虽然带兵入城，其实只是为了起到震慑作用，既震慑展家，也震慑童家。此刻走在展伯飞和展伯豪面前，却并没有侍卫前呼后拥。

但叶小天并不担心他们会摆下一桌鸿门宴，原因很简单：拥立土司不是儿戏，立了土司就是立了土司，作为拥立展一驰为土司的主要人物，展伯飞和展伯豪已经彻底上了这条战船，下不去啦。

他们想占住这份拥立之功，今后依赖叶小天的地方还多着呢。更不要忘了，展龙此刻还在卧牛岭吐纳天地灵气，吸收日月精华。

如果他们敢把叶小天怎么样，卧牛岭也不用发兵来打，只要把展龙一放，这位根正苗红的展家嫡裔、前任土司"出了关"，会如何对待这两个老家伙？是以叶小天完全不担心。

饭菜准备得非常丰盛。除了展伯飞和展伯豪一对老人家豁得出脸面，放得下身架，其他人面对这昨日的大仇、今日的座上宾，其实心里都有点别扭。

不过叶小天会做人，更不会占尽了便宜就连面子都不给人家留，他举杯周旋，满堂游走，该叫叔叫叔，该称兄称兄，彬彬有礼，一团和气。人家叶小天是掌握着展家命运的人，尚且如此谦卑，展家人还有何话说？到后来，整个酒宴的气氛便彻底融洽起来。

尤其是展家二嫂，展家连逢剧变之下，居然把原本绝无希望问鼎土司之位的她的儿子捧上了土司宝座，她现在别无他想，一门心思地只想把儿子的地位维持住。从此以后，展氏家族土司之位，就可以在她这一房一直流传下去，对叶小天这个大恩主兼今后的重要保护者，岂有不竭力巴结的道理。

夫仇是夫仇，可往者往矣，比起活着的儿子以及预期可见的长远利益，又有什么放不下的？何况她的丈夫确实不是死在叶小天手上，而是想去刺杀叶小天，却被押送叶小天赴京的军卒所杀，这足以给她一个理由，让她说服自己。

在叶小天当众承诺愿全力支持展一驰为土司，并与展家堡建立攻守同盟，以维护展一驰的地位后，展二嫂更是感激涕零，那仇怨早已烟消云散了。

叶小天周旋于宴会厅内，一番"唱念做打"，缓和了卧牛岭和展家堡的紧张气氛，虽然那酒每次都是浅尝辄止，这时也有了六七分醉意。酒宴散了，众人纷纷退下，展伯飞和展伯豪两个彻底放下了自尊的老头子又凑到了面前。

展伯飞道："小天贤侄，呵呵呵，今儿是你下聘的日子，凝儿那丫头害羞，可就不方便露面了。你的住处，老夫就安排在凝儿居处旁边的院落，你看……要不要过去与她聊一聊？"

凝儿会害羞？叶小天虽然有些醉了，却也根本不信。不过……姑且听之。听了展伯飞的话，叶小天眨眨眼睛，迟疑道："这个……这样好吗？"

展伯豪马上道："你二人本就相识，夙有情愫。如今久别重逢，有什么好不好的？哈哈哈，老夫也是从年轻时候过来的，理解！理解！咳！如果贤侄担心他人非议，有损凝儿清誉，那两处院落之间本有一道小门儿……"

展伯豪说着，一柄钥匙已经塞到叶小天手里，一脸奸笑地道："贤侄可……"

叶小天看着这对没羞没臊的皮条客，把那钥匙重又塞进展伯豪手中，正色道：

"小天已与凝儿定下婚约,今日聘礼也送来了,长相厮守,就在明年,也不急于一时,两位长辈的好意,小天心领了。礼不可废,成亲之前,小天与凝儿是不会相见的!"

叶小天的形象,在展伯飞和展伯豪心中登时变得无比高大。望着一身正气的叶小天,两个老头子只觉无地自容,只能愧然叹服道:"叶大人,真君子也!"

……

黄金叶满地,枝蔓老墙头。

秋月横空,清霜满地,叶小天鬼鬼祟祟地爬过了墙头。

叶小天轻轻跳到地上,拍拍身上的土,鬼头鬼脑地四下一打量,只有正房还亮着灯。正房处应该就是凝儿和岳母大人的居处了。

今日叶小天下聘,凝儿不便出面,但岳母大人叶小天是见过的。岳母虽然身体纤弱,但那清冷的神色,不苟言笑的表情,给叶小天的威压可着实不小。要不是岳母不能久坐,提前离席,叶小天又怎能谈笑自若、肆意发挥。

"如今可怎么办?要怎么告诉凝儿我来了呢?"叶小天蹙眉思索半晌,实在计无所出,只好走一步看一步,蹑手蹑脚地向正房处走去。

墙角藤蔓下,展凝儿站在那里,看着叶小天鬼鬼祟祟地走向正房,嘴角不由轻轻抽搐了几下。

凝儿姑娘……当然不是来爬墙头的,反正她自己是绝不承认的,她只是在园中散心,恰巧撞见叶小天爬墙头。

眼见叶小天那副偷鸡贼的模样,展凝儿又好气又好笑,她悄悄跟在后面,凭她的功夫,叶小天自然毫无察觉。

眼见叶小天到了正房窗下,蘸湿了手指想去戳破窗纸,凝儿急了,正房是她和母亲的住处,她听说叶小天就住在隔壁院子后,找个借口溜了出来,想翻墙去会情郎,又有些少女的矜持,犹豫不决半晌。

现在也不知母亲歇下没有,若是已经宽衣,怎好被女婿看到,凝儿马上冲过去,在叶小天肩头拍了一下,叶小天吓了一跳,可还没等他发出惊呼,嘴巴就被一只柔荑捂住了。

"智障者,是我!"凝儿还怕叶小天挣扎,惊动母亲,忙又凑到他耳边低语了一句。

叶小天听到凝儿的声音,放松下来,伸出舌头促狭地舔了一下捂在嘴上的小手。

"呀!"凝儿千方百计防止叶小天发出声响,不想却是自己发出了声音。她急急缩回手,侧耳听听室内,母亲并未发出动静,这才放心。凝儿嗔怪地瞪了叶小天一眼,把他拉到一边,低声道:"你来做什么?"

叶小天涎着脸笑道:"娘子,我今日已到贵堡下聘,你我婚约已定,来年就要完婚。今儿来看看自己媳妇,有何不可?"

"谁是你媳妇儿?"展凝儿娇嗔一声,忽然又瞪起了眼睛,"想当初,水西三虎,那是何等威风……"

叶小天讪笑道:"就别往脸上贴金了!"

展凝儿恨恨地瞪了他一眼道:"你闭嘴!反正……反正我们三姐妹,威风得很。如今可好,全都被你姓叶的收了房。这也就罢了,我们三姐妹义结金兰时,我可是排名第二,现如今你把掌印夫人给了大姐,诰命夫人给了三妹,我呢?我有什么?"

叶小天苦笑道:"嗨!那都是形式上的事情,只是面子功夫,你在意那些做什么,我的为人你也清楚,我不会委屈了你……"

展凝儿愤愤然一扭身,道:"我不管!面子功夫怎么啦,我总要顾忌娘亲的面子,与你做了夫妻,我自然是愿意的,可娘亲总有些不高兴,我知道她为何不开心……"

叶小天为难了,这面子功夫也不是说给就给的啊。田妙雯临危受命,在他赴京问罪期间维持了卧牛山稳定,劳苦功高,这掌印夫人非她莫属,而且从能力上来说也相匹配。莹莹与他早已两情相悦,也不能委屈了她,到了凝儿这里,还有什么名分好给?

可凝儿做此要求也无可厚非,每个人都不是只为自己活着,凝儿做此要求,绝不是为了她自己,而是为了她母亲的感受。叶小天无计可施,只好厚着脸皮施展水磨功夫了。

叶小天张开双臂,把凝儿拥在怀里,甜言蜜语道:"你吗,等你我成了亲,我多陪陪你,成不成?"

凝儿大羞,嗔怪地一摇身子:"去!人家跟你说正经的,你胡言乱语些什么,谁……谁想要你陪啦!"

叶小天并不松手,贴着她柔嫩的脸颊,柔声道:"多陪陪你,你才能早于她们先生孩子呀,咱不跟她们比现在,比将来!她们再了不起,将来有了孩子,都得管你的孩子叫声大哥,那多威风。"

展凝儿也知道自己再提什么要求是为难他了,不过总要说一说,让他知道自己受的委屈,才好更疼爱自己一些,这时被他搂着说些疯话,身子先就软了,心也渐渐软了,便娇嗔道:"你就知道欺负我!"

叶小天一听就知道难题解决,别看凝儿泼辣,其实刀子嘴豆腐心,很好哄。叶小天心中欢喜,那在她背上不断抚摸的双手便不老实起来……

忽然叶小天身子发僵,凝儿低声道:"怎么啦?"

叶小天两眼发直地看着站在门口的岳母大人，急忙双手一抬，向岳母大人露出一副比哭还难看的笑脸。

叶小天想了想，把从凝儿屁股上移走的双手欲盖弥彰地拍了下去，"啪"的一声，双掌齐齐落在凝儿的屁股上，清咳一声，一本正经地道："有蚊子！"

第六十三章

众矢之的

一

叶小天一向胆大包天，天王老子（杨应龙）他不怕，玉皇大帝（万历）他也不怕，可他就是怕泰山泰水老大人。

大概是他情路坎坷的缘故，所以一见岳父岳母他就紧张，努力想在他们面前营造一副乖巧无害的形象，可惜天不从人愿，偏偏就被人家姑娘的娘看到了这样的一幕。

更愚蠢的是，叶小天也不明白，自己当时是怎么想的，他一向善于随机应变啊，可他居然做出了这样莫名其妙的举动，居然当着人家亲娘的面，又在屁股上拍了两巴掌，还说是在打蚊子。这……叶小天无地自容了。

安夫人的嘴角抽搐了几下，淡淡地道："天色已晚，叶土司……"

"吏目！吏目！小的是吏目！"叶小天脚跟并拢，腰上跟安了弹簧似的点头哈腰地纠正，可话一出口，他差点又给自己一嘴巴，应该自称"小婿"才是啊，怎么能自称"小的"。

安夫人顿了顿，没好气地道："叶吏目，你该回去睡了！"

"哦……"叶小天觉得自己一再发挥失常，定是酒喝多了的缘故。既然言多必失，那就不要说话。

安夫人和凝儿眼睁睁地看着叶小天转过身，走出长廊，到了墙角，一掖袍裾，抬头瞅着墙头，开始寻摸可以蹬踹的脚窝，母女俩的嘴角同时抽搐了几下。

安夫人压低声音道："那儿有门！"她不能不压低声音，倒不是为了显示威严，而是因为不如此，她就压不住想笑的感觉。

"啊？哦！"叶小天恍然大悟，灰溜溜地向院门走去。

"娘，我……我送送他……"

展凝儿忸怩地说了一句，见母亲没有反对的意思，立即向叶小天走去。

院门儿轻轻一掩，叶小天和展凝儿同时松了口气。

凝儿低声娇嗔道:"你傻啊!怎么还要翻墙?"

叶小天沾沾自喜:"我故意的,怎么样,有没有逗笑你娘?"

凝儿撇嘴,不屑地"喊"了一声:"当着我娘的面,还打我屁股,说是有蚊子,这也是故意?"

叶小天干笑两声,忽又紧张地道:"这……会不会让你娘很讨厌我啊?"

凝儿白了他一眼,哼道:"有贼心,没贼胆!不用怕啦,族中长老都一致同意的事情,我娘不会反对的。她呀,对维护展家比对维护我这个女儿更上心呢。"

叶小天松了口气,道:"那我就放心啦!今天真是好险,幸好我没做别的,要不然……"

凝儿瞪眼道:"你还想干什么?"

叶小天扮出一副色眯眯的样子嘿嘿地笑了两声,脸凑上去:"来,亲一个!"

凝儿扭过了脸去:"不亲!"

叶小天抻着脖子不动:"不亲我就不走!"

凝儿顿足:"哈!我娘不在旁边,你就胆儿肥了是不是?"

眼见叶小天跟拉碑的石龟似的抻着脖子不动,凝儿又气又羞,扭头看看,门还虚掩着,便飞快地凑过去,在他颊上轻轻吻了一记。

叶小天惬意地闭上眼睛:"不是这里,要亲嘴!"

"滚!"凝儿飞起一脚,踹在叶小天的屁股上,叶小天就答应一声,屁颠屁颠地滚了。

凝儿长长地吸了口气,平缓了一下情绪,轻轻推开院门,见母亲还站在廊下,凝儿的脸就红了,她轻轻地走过去,低下头轻声道:"娘……"

安夫人道:"不用说了,娘也年轻过……"

安夫人叹了口气,道:"娘也知道,自你伯父去世,实实地委屈了你……"

凝儿惊讶地抬起头,安夫人眼中有一抹笑意:"你是娘身上掉下来的肉啊,娘怎么能不疼你?小天这孩子或许有些滑头,不过看得出,他是真的喜欢你,你爹死得早,娘除了你已别无牵挂。只要你能过得和和美美的,娘就放心了。"

"娘!"

凝儿眼圈一红,忍不住张开双臂扑过去,一把抱住安夫人,喜极而泣。

隔壁墙头,叶小天站在荷花缸沿上,探头探脑地看着这一幕,心想:"这是没事了吗?"

"大人!你怎么啦?"叶小天背后,巡视至此的侍卫长宝翁忽见墙头有人,大惊失色,立即拔刀冲过来。好在月光明朗,宝翁一眼就认出那是自家大人,忍不住惊呼了一声。

"哎哟！"叶小天被他一叫，吓得脚下一滑，扑通一声，砸进了缸里。宝翁赶紧收了刀上前捞人，隔壁凝儿母女侧耳倾听片刻，忽地扑哧笑了……

※ ※ ※ ※

海龙屯，高高在上，直插云霄，仿佛天上宫阙。

三层殿宇之内的最上层，三夫人田雌凤，大阿牧陈萧，兵马大总管田一鹏、田飞鹏，家政赵文远等人都在。

从杨应龙麾下的势力分布来看，田雌凤一派的势力占了大半，难怪她能脱颖而出，以天王智囊的身份参与，这可是掌印夫人都没有的殊荣。

他们面前有几案，膝下有蒲团，行的是汉唐古礼。在田雌凤身后一张几案前，跪坐着一个面蒙青纱的男子，杨应龙见过此人的真面目，这是一个残疾人，肢体残缺，五官尽毁，乃是三夫人雌凤从族人中发掘的一位智囊。

杨应龙曾和他对答过，对他的才学和眼界都很赏识，只可惜此人是个残废，容貌更是可怖。杨应龙是志在天下的，重点栽培的属下来日都是要替他守护一方的大臣，此人完全不符合条件，只好忍痛放弃，由着他去辅佐自己的"爱妃"。

大阿牧正在朗声讲述贵州时局的变动："朝廷对叶小天维护之意昭然若揭，先前叶小天连杀四个土司，挑起轩然大波，去了一趟京城，却只是受到了贬官的处分，对他的实力没有丝毫影响。

"叶小天返回卧牛岭后，更是变本加厉，立即向石阡众土司发起挑衅，现如今石阡杨家、展家已经相继落入他的掌握之中。童家则吞并了曹家。童家虽已投靠天王，毕竟是一支独立的力量，一旦童氏做大，想要挣脱天王的控制也容易，此事不可不防。"

赵文远现在已荣升家政，忙也献计献策："大阿牧所言有理。天王切不可对童家太过信任，毕竟不是直属于我播州的力量，须防他首鼠两端。"

杨应龙缓缓点头，目光与田雌凤微微一碰，露出一抹笑意。他要移花接木，以叶小安取代叶小天的事，因为太过机密，知者寥寥，除了他的枕边人田雌凤，便连这忠心耿耿的大阿牧都一无所知。

播州北南西三面合围，没有发展空间，也形不成战略纵深，他欲图大业，唯一的希望在东面——原来属于田氏的两州八府。

只要他能控制卧牛岭势力，就掌握了最东面的铜仁和石阡的一半，夹在中间的童家，不怕他不俯首称臣。这些人都是他的心腹，如今到了关键时候，有些事也该让他们知道了。

杨应龙领首道:"你们所虑甚有道理,我会注意的。不过,童家目前毕竟已经投靠了本土司。倒是控制了铜仁全境和石阡一半领土的叶小天,目前已隐隐跃居八大金刚之上,不容小觑。此人可有什么动静?"

赵文远欠身道:"叶小天先是控制了石阡杨家,继而与展家联姻,并且扶持展虎之子为土司,分化了展氏嫡宗长房,由此控制了展氏。展氏依赖于他,夹在两者中间的石阡杨氏也就更加死心塌地地忠于叶小天了,手段甚是高明。"

大阿牧陈萧道:"属下刚刚收到消息,叶梦熊要召见叶小天。看起来,朝廷的战略很清楚了,朝廷知道直接出面,会引起整个贵州所有土司的警惕,所以故意纵容叶小天为祸,他们再悄悄跟在叶小天背后捡便宜。

"叶小天是新晋土司,要想壮大就得四方攻伐,如此一来,成为朝廷鹰犬,靠朝廷撑腰就成了他唯一的选择。同时,叶小天还勾结了一些不甘久居人下的土司,如田氏、于氏,控制了一些势微的土司,如石阡杨氏、展氏。一旦真的让他壮大起来,恐怕会有更多的土司起而效之,这样的话……"

"这样的话,有好处!也有坏处!"

田雌凤打断了大阿牧陈萧的话,在这殿堂上,除了杨天王,也只有她才有资格打断一位大阿牧的话:"坏处是,叶小天分明就是朝廷楔进我贵州的一颗活钉子,一旦让他成功,朝廷就会通过他,把贪婪的手伸进来。好处是……"

田雌凤莞尔一笑,悠然道:"不甘久居人下的土司越多,贵州就会越乱。贵州越乱,天王才越有机会乱中取胜。所以,现在问题的关键就是叶小天。如果天王能控制叶小天,且又不被朝廷发觉,那么……朝廷所做的一切,就是为天王作嫁衣!"

"控制叶小天?"陈萧肃然道,"这怎么可能?"

"当然可能!"一直坐在田雌凤背后,静静听他们分析辩论的田是非(田彬霏)缓缓抬起头来,用不容置疑的声音道,"天王对此,早有安排!"

众人讶然看向杨应龙,杨应龙怡然一笑,道:"不错!此番叶小天去贵阳,本土司就要施展'偷天换日'之计,等他回来,就将为我所用!"

第六十四章

小卒过河胜似车

一

　　临冬的第一场雪来了。傍晚时分便洋洋洒洒，仿佛从天上撒下了细密的盐沫子。天亮的时候，叶小天习惯性地一摸旁边，没有触及那温热、光滑的肌体。旋即就听窗外一声欢呼："哇！好大的雪！好漂亮啊！"
　　这是哚妮的声音。
　　叶小天懒洋洋地穿衣起床，推开房门。正在院中和两个小丫鬟奔跑嬉闹打雪仗的哚妮赶紧站住，孩子似的吐了吐舌头，不好意思地道："啊！人家……太忘形了，吵醒了老爷。"
　　叶小天笑道："无妨，今日要去贵阳，本就要早起。"两个小丫鬟悄悄溜掉了，哚妮跑到叶小天面前，脸蛋上泛着两抹动人的红晕，欢喜地道："老爷，你快看，好大的雪！好大的雪啊！"
　　叶小天向院中看了看，心中一阵难过：真的是好大雪啊！那厚度，大概……刚能盖过脚面，老爷我当初在京城，动辄就是齐膝深的小雪好嘛？这样的大雪，不忍卒睹啊！
　　哚妮还像喜鹊似的叽叽喳喳："我有好多年没有见过这么大的雪了，记得上一回看见这么大的雪，人家才七岁吧，咦？好像是八岁……"
　　叶小天忍俊不禁地道："成了，你喜欢就去玩吧，不然一会儿太阳一照，这大雪就化光了。"
　　哚妮道："不啦，人家侍候老爷更衣用膳，今天老爷要出远门儿呢。"
　　叶小天道："不急，我先去看看爹娘，交代一番。"
　　叶小天前脚走出院门，刚刚还端庄文静地站在那儿目送他离开的哚妮便雀跃地叫唤起来："小翠小绿，快出来打雪仗啊！"
　　叶小天听到她的声音，好笑地摇摇头："真是孩子脾气，什么时候才能长大？"

叶小天跨过月亮门，正好看见大哥叶小安迎面走来。叶小安一见叶小天心里就有点发虚，本想脚下一转躲开了去，可他能往哪里躲？只好硬着头皮迎上来。

两兄弟冷战过一段时间，可毕竟是一母同胞的亲兄弟，且自幼感情就非常好，关系渐渐也就缓和了，不至于见了面连句话都不说。叶小天站住，道："大哥。"

叶小安刚接到严世维叫人捎来的信儿，说是近来要排一部大戏。本就喜欢听戏唱戏的叶小安，在戏班子里人人恭维，轻松惬意，最是舒坦。一听大为兴奋，准备再跑一趟铜仁城，争取扮个主角什么的。他生怕兄弟阻挠，是以心中忐忑，只含糊答应了一声。

叶小天道："大哥，我要去一趟贵阳城，抚台大人召见我。这一去恐怕最快也得小半个月才能回来，家里面还请你多担当着些。"

其实叶小天从没给过叶小安压力，耐不住叶小安性情敏感，再加上他媳妇恨铁不成钢，一见面就把叶小天搬出来和他比。百般的数落之下，叶小安一见叶小天就压力山大。

如今一听叶小天要去贵阳城，叶小安顿时松了口气，本来想请求似的说要去铜仁耍耍的话儿已经到了嘴角，也就咽了回去。等二弟一走，他还不是海阔凭鱼跃、天高任鸟飞？

叶小安脸上露出一丝轻松的笑容，道："好，你放心吧。哥蠢笨得很，卧牛岭的事儿帮不上你什么，二老这里你却不必担心。"

叶小天道："话也不能这么说，哥你只是太老实了，容易被小人相欺。我琢磨着，来年辟地耕田，将建大批农庄。这方面的事，大哥倒是能帮衬兄弟，详细情形我还没想好，等我从贵阳回来再说。"

二人聊了一阵，叶小安往前院走。叶小天望着他的背影暗暗叹了口气，他这兄长，与他是孪生兄弟照理说各个方面都应该差不多，只可惜小时候被钻进被窝的长虫惊吓了，以致胆量、智商的发育都受了影响，也是没办法。

农业社会，以农为本。肯把它交给大哥打理，叶小天也是下了狠心的，到时候他会安排能人帮着兄长。但主要打理的人肯定是他大哥，叶小天并不是想安排个虚职敷衍了事，只希望能由此树立起大哥的自信。

·※·※·※·

一辆轻车行驶在山道上，在那薄雪上碾过两道长长的车辙。车厢中，一只红泥小炉烧得旺旺的，温暖如春。案上一盘残棋，田雌凤和田彬霏对面而坐，目光注视在棋盘上，但二人的交谈却与这盘残棋没有任何关系。

"只不过是让叶小安'死'而已，这件事，根本不需要劳动你亲自前来。"田彬霏拾起一枚黑子，淡淡地道。

田雌凤淡淡一笑，微微俯下身子，看着案上棋盘。车上温暖如春，她也就只穿了一件春衫，俯身向下时，领口处引人入胜。

"没错！如何安排叶小安去'死'，本来的确用不着我，也用不到你。不过，这件事关系重大，万万出不得丝毫差错，所以，我必须得亲自来，亲手布局，方才安心。"

田彬霏闭上了眼睛，沉思片刻，又蓦地张开，道："先让叶小安'死'，是为了来日以叶小安替代叶小天时，不致引发太多猜疑。"

田雌凤嫣然道："不错！如果同时动手，一死一活，只要叶小安表现得稍不如人意，就会引起有心人注意。你要知道，叶小天身边，庸才极少，聪明人极多。但……叶小安先已死了，再神不知鬼不觉地换成叶小天，那就万无一失！"

田彬霏苦笑道："移花接木！没想到杨应龙的胃口如此之大，想法如此奇异。我一直有些奇怪，以他的聪明才智，既然有意于石阡和铜仁两府，又怎么会让叶小天一再得手，原来是有意饲虎！"

田雌凤含笑道："所以我才觉得，天王雄才大略，比紫禁城里那位大明天子要高明百倍，想要问鼎天下，未必不可成功！"

田雌凤懒懒地抻了下腰肢，胸腹间露出一道诱人的曲线："长风真人在我百般央求之下，曾经不惜以泄露天机为代价，为天王卜算出一道'乾卦九五'的上上之卦，这可是称帝的吉兆！"

田彬霏不屑地道："江湖术士所言，何以当真？"

田雌凤是极其迷信玄学的，当即正色道："天地之间，自有玄奥。有道之士毕生浸淫其中，能够窥破天机并不稀奇。只是你我凡夫俗子，理解不了其中奥妙罢了。"

田彬霏摇摇头，依旧不以为然，却也不好再说。

田雌凤掀开轿帘儿向外面看了一眼，回眸笑道："快到铜仁了，咱们此去，就是要住到长风真人修行的七星观内。你和这位真人接触一下，就知道我所言不虚了。"

·※·※·※·

车马在抚台衙门前停下，叶小天下了车，拥紧了大氅，仰头望向门楣。

上一次来至此处，正是曹展张杨四家披麻戴孝，催促新任巡抚杀他立威的时候，此刻再来，曹张两家已经不在了，杨展两家已尽在他的掌握之中，物是人非，别有一番心境。

如今的他不再是当初只坐拥卧牛岭一地的一方小土司，而是掌控着铜仁，影响着石阡，威权日重，凌驾于八大金刚之上的新锐人物，虽然还没资格与四大天王和这位抚台大人分庭抗礼，却也可以在抚台大人面前拥有一席之位，虽然他此刻只是土官之中级别最低的一个吏目。

"大人！大人！大人，你终于到了啊！"苏循天一溜小跑地迎了出来，笑逐颜开。

叶小天一见苏循天，也不禁大为欢喜，连忙迎上去，把住他的手臂，制止了他行礼，欣然道："循天，好久不见！"

苏循天见叶小天对他一如既往，依稀还似当年模样，毫无架子，心中感动，便也不再矫情，挺直了腰杆儿，反握住叶小天的手，欢喜地道："自大人去了京城，属下便奉掌印夫人差遣，到了这抚台衙门谋了差使，我是真想回卧牛岭啊！"

叶小天笑道："怎么，在姐姐、姐夫身边，不开心吗？"

苏循天撇嘴道："姐姐什么事儿都要过问，还拿我当小孩子。姐夫就更别提了，若非看在姐姐面上，我理都懒得理他。"

说到这里，叶小天压低声音道："抚台大人那里动静如何？"

苏循天也低声道："我看大人所作所为，似乎甚合抚台心意。"

叶小天微微一笑，他之所为当然正合抚台心意。叶抚台到贵州来，最大的使命就是针对朝廷日益明了其野心，却苦于没有凭据直接兴兵镇压的杨应龙。

杨应龙意图东进，扩张势力，从而大展拳脚。叶小天这条混江龙，就成了朝廷布在那儿的一枚重要棋子，吏目怎么啦？"小卒过河胜似车"，说不定将死老帅的关键一步，就靠他叶小天呢。

第六十五章

不再可控的棋子

一

"卧牛岭吏目叶小天,拜见抚台大人!"中气十足的一声唱报,引得堂上众衙役齐齐侧目。

"吏目?这抚台衙门,还从没有过这么小的官儿跑来拜见的。这可是抚台,封疆大吏,四大天王在他面前也要矮半头的天子近臣啊!"

叶小天进来了,小胸脯挺得高高的,一见高高在座的叶梦熊,连忙疾行三步,一撩袍裾,就要跪倒参拜。

两人现在的级别差得太远,叶梦熊又不是在书房接见,而是在公堂之上,叶小天没办法,只能大礼参拜。不过,他这参拜的动作虽然不慢,可每一个动作他都要定格一下,就像在台上唱戏,时时摆个造型,等着台下看客吹口哨、叫好、扔个铜钱什么的。

叶梦熊瞧这痞赖小子不情愿下跪,不禁微微一笑,他是何等人物,岂会在乎那些繁文缛节,当即扬声道:"叶吏目免礼!"

叶小天双手挽着袍裾,膝盖刚弯下去,倏地一下又挺直了:"谢大人!"

叶梦熊抚了一把花白的胡须,睨他一眼,道:"看座!"

侍立于案首的花晴风微微一惊,急忙扭头看了叶梦熊一眼。叶梦熊正抚着胡须,笑望着叶小天,从侧首看去,只能看到他那张一向方正严肃的脸上露出的柔和线条,那眼角细密的鱼尾纹,都是微微上扬的。

花晴风突然明白了,抚台大人公堂相见,并非是要给叶小天一个下马威,反而是在给他撑腰造势。小书房接见固然会显得亲近,但小书房里接见的,可以是地位平等的朋友,可以是亲近的下属,也可以是门下走狗。

抚台大人这是在告诉所有人,在他眼中,卧牛岭的这个小吏目已经拥有极高的地位,至少可以和八大金刚平起平坐了。他也确实够资格与八大金刚平起平坐了,八大金刚里边的两个，已经栽在他的手里。

这件事使得其他六大金刚人人自危，这六大金刚的领地与叶小天的势力并不接壤，倒不虞这只吃人的老虎会危及他们。但是叶小天给其他土司们做出了一个榜样：许多经过多年发展、实力已经不逊于八大金刚甚至超过八大金刚的土司忽然发现，原来一直凌驾于他们之上的八大金刚不过如此，腐朽得已不堪一击，所以纷纷蠢蠢欲动了。

这其中大概只有红枫湖夏家还好一些，倒不是因为夏家人口众多，而是因为夏家的地盘距贵阳太近，其生产生活方式汉化得最彻底，所以受到的冲击反而最小，尤其是夏家和安家走得很近。

苏循天去搬了张椅子来，叶小天谢了座，便坦然地坐下来。看到花晴风的复杂目光，叶小天向他微笑颔首。

花晴风暗暗叹息了一声，心中的嫉恨就像被秋风卷起的一片败叶，被吹得不知所踪。嫉恨，也要实力相近才会产生，当一个人已经发展到你遥不可及的地步，那是连嫉恨的念头都生不起来的。

叶小天初至贵阳时，只是一秀才身份，完全是一个打酱油的角色，如果不是他在花溪与格龙决斗，之后又在栖云亭群嘲崔大儒与众士子，谁会知道他的存在？

叶小天二至贵阳，连番挑起恶战，杀得鬼哭狼嚎，倒是凶名远扬了。奈何展曹张杨四家白衣叩阍，逼得新任抚台也不得不顺应民意，把他押送京城受审，可谓起也匆匆，落也匆匆。

这第三次来，叶小天成了土官中最低阶层的吏目，但他的威势，却在无声无息中张扬开来，他俨然已成为金刚级的大人物。

如今再有抚台大人为他造势，花晴风如何还能执迷不悟，以为凭自己身为抚台幕僚的身份可以拿捏他？叶小天还没出手，只凭气势，就把他打回原形。

叶梦熊公开召见叶小天既然只是为了帮他造势，谈的内容当然也是堂堂正正、冠冕堂皇。两个人一对一答，扯了半天不咸不淡的屁话，叶梦熊这才欣然宣布：移驾小书房，与叶吏目再作畅谈。

书房的门一关，闲杂人等尽皆隔绝于外，叶梦熊那假惺惺的模样就全然不见了。叶小天也不再是一副毕恭毕敬、谨小慎微的模样。

他也不等叶梦熊客气，就从茶台上取过一杯还飘着淡淡雾气的香茗，呷了一口，笑嘻嘻地对叶梦熊道："本家老伯，今天为小天撑场子搏门面的一番苦心，小天感激不尽。"

叶梦熊怔了一怔，才明白他口中的"本家老伯"是指自己，心中不禁苦笑，他为官这么多年，还是头一回看见这样的年轻人。不过，叶小天在京中所发生的事，他已知之甚详，在天子面前，这厮尚且是一副浑模样，叶梦熊又怎能指望他在自己面前会循规蹈矩。

叶梦熊也呷了口茶，对叶小天道："你在铜仁，做得很好。老夫希望你能巩固现有，继续西进，逐渐渗透，封堵住杨应龙东向之路。"

鹰派众人只告诉叶小天杨应龙有不轨之心，朝廷在他反迹未露前又不能兴师动众不教而诛，所以希望通过封锁、弹压的手段，遏制他的野心，将一场弥天烽火化为无形，却没告诉叶小天他们的真正用意：迫其尚未准备充分，便提前发动。是以有此一说。

叶小天放下茶盏道："继续东进，恐怕童家就要不开心了。另外，大人真的相信锁住杨应龙的四向之门，他就会消弭野心，安分守己？而不是逼得他狗急跳墙，铤而走险？"

叶梦熊垂着眼帘，淡淡地道："杨应龙不是蠢人，审时度势的眼界，他应该还是有的。一旦事不可为，老夫相信他唯一的选择就是偃旗息鼓。只要在他有生之年反不起来，他的后代可未必会有他这样的野心与胆魄。时移势易，大祸弥于无形，莫大功德。"

叶小天摇摇头，跷起了二郎腿："小天却不这么想。大人这么做，实际上是把隐患留给了将来。既然明白他有反意，莫如主动出击。如果说是抓不到他的把柄，不便不教而诛，就该引诱他主动露出马脚，这才能掌握主动。缝缝补补的，总归不是个办法。"

叶梦熊听得心中一动，叶小天的想法，其实与他们倒是不谋而合。如果叶小天能明白他们的通盘计划，一定能和他们配合得更好，莫不如……

这个念头刚刚浮上心头，就被叶梦熊冷静地打消了。叶小天现在也是土官，他鼓动朝廷对杨应龙下手，很显然是想趁乱吞并扩张，取得更大的地盘，掌握更大的势力，这一目的与朝廷是相悖的。

鹰党的想法，是要逼杨应龙起兵，搅起贵州之乱，朝廷趁机出兵，不仅要一举占据播州，还要趁各路土司元气大伤的机会，一劳永逸地解决贵州的归属问题，把它直接掌握在朝廷手中。两者目的并不统一，如何可能亲密合作？

叶梦熊深深地吸了口气，道："刀兵一起，首当其冲的就是无辜百姓！皆为朝廷子民，陛下何忍为之？你的格局，要放大一点。"

叶梦熊捻着胡须想了想，道："你且在贵阳住下来吧，下一步该如何做，老夫还要与你详细商量。现如今铜仁、石阡两府格局，也需等展、张、杨、童数家赶到，才能明确下来，否则总有后患。"

叶梦熊沉吟了一下，又道："另外，石阡府司法之权上交提刑司，直接遣派流官负责，很好！不过此事还需你全力维护，否则就是无根之木，徒具形式，司法之权是收拢不上来的。"

叶小天起身道："好！那小天就在贵阳住下，等候大人进一步的指示。"

叶梦熊点点头道："你去吧！有时间不妨去拜访一下安老爷子，他的态度，举足轻重！"

……

叶梦熊纵然不说，叶小天也是要去拜见安国维的。安国维身为安、宋、田、杨四大家族之首的掌门人，在贵州的实际掌控力还在叶梦熊这位封疆大吏之上。叶小天和他接触不多，但每一次，都给他留下了深刻印象。

南明河畔，初次考校于他时，他还以为安老爷子是夏莹莹的族中长辈。第二次他在铜仁混得风生水起时，又收到了安老爷子一封支持他率众出山，化流官为土官的亲笔信。

安家与展家有姻亲关系，但是面对叶小天的渐渐坐大，乃至他对展家的威胁，安老爷子却一直没什么表示。这位土司王似乎真的垂拱而治，笑看风云变幻，完全没有插手的意思。

真是这样吗？

如果是，他又何必为了一个初露峥嵘的叶小天，写下一封亲笔信来提点他？也许，这就是叶梦熊所说的格局，到了安老爷子这种地位，他的一举一动已经不再依据个人喜恶、个人感情了。

他站在更高处，以领地为经，以部族为纬，每一方行走于其中的势力，都是他手中的一枚棋子，他有这个资格。叶小天现在就是这棋盘上的一颗棋子，不管他愿不愿意。

但是，尽管做不做棋子还不是现在的叶小天所能决定的，往哪一格走，却没人能左右他，所以，他有资格见见这位国手。总有一天他也要跳出棋盘，化为执子的棋手！

第六十六章

当仁不让,我来!

一

叶小天到了昆仑园,通名报姓之后,马上就被引进园去。小雪在飞,温泉却在一片雪白间趟开一条九曲小溪,有袅袅的雾气氤氲其上,溪旁雪地上有红梅绽放,似一团火。

泉旁有雅轩,轩窗儿开着两扇,隐隐可见轩中有人,叶小天迈步进去,就看到临窗有坐榻,榻前有泥炉,炉中炭火红旺。棋盘、棋子、下棋的人、观棋的人,一应俱全。

榻上坐着两个人,左首是盘膝而坐的安老爷子,安南天站在他旁边负手探头,正在帮他看棋,右首那边却是一位以汉晋古礼跪坐着的女子,纤腰楚楚,看见叶小天进来时,蛾眉微微一挑。

"相公!"那女子柔声一唤,微微扭转了娇躯,双手交叠扶在榻上,向叶小天顿首行礼,这古礼由她行来,当真是优雅曼妙之极。

叶小天微微一惊:"妙雯,你也在这里。"

田妙雯还未及答话,安老爷子已经催促道:"丫头,快着些,你要输啦!"

田妙雯向安老爷子微微颔首示意:"老爷子棋艺高超,妙雯自愧不如!"

安老爷子哈哈一笑,抛下手中棋子,看向叶小天:"老夫这轩厅,一小小吏目能踏足其中的,你是头一个。"

叶小天沾沾自喜地答道:"晚辈能成为那个唯一,很开心!"

"哈哈哈……"安老爷子抛须大笑,睨着田妙雯道:"丫头,你嫁了一个很有趣的男人。"

田妙雯嫣然一笑,姗姗下地,往榻边一站,一如站在安老爷子身边的安大公子。叶小天没来,她是田家现在的主事人,有资格与安老爷子平起平坐。叶小天来了,她就是她男人的女人,她男人要跟安老爷子交谈,她就只能侍立一旁。这角色的转换,对田妙雯来说，异常自然从容。

叶小天坦然地走过去，也和安老爷子一样，盘膝坐到了榻上，不卑不亢。他当然有资格在安老爷子面前如此从容，别说他是一个小小吏目，就算他是一个捧着镅了七八遍的破碗沿街讨饭的乞丐，能做田家大小姐的男人，他就有资格坐在这里。

安老爷子也是一个妙人，连一句客气话都没有，直截了当地道："当初田家那两个蠢货内讧，被朝廷利用，趁机出兵，两田都想吞并对方，一统田氏两州，结果呢？"

田妙雯站在一旁，听到安老爷子评价自家祖先，神色丝毫不动。那是自家祖宗，她不能评说。但是她心里何尝不是这么认为，如果不是利欲熏心、太过愚蠢，怎么能让朱老四钻了空子？

安老爷子一枚枚地捡着棋子，道："结果两州被拆成了八府，田家一代复一代想要争回祖上的荣光，迄今未见成效。现如今你小子这么不安分，小心也被人利用，辛辛苦苦，最后都为他人做了嫁衣。"

叶小天笑眯眯地欠身道："不知道老爷子所说的他人，是指姓朱的那位呢，还是姓杨的那位？"

安老爷子眼皮也不撩，只抬起手来，任那一枚枚棋子叮叮当当地落进棋罐，缓缓地道："不管是姓朱的还是姓杨的，胃口都不小。年轻人，你现在的确是顺风顺水，不过除了你自己的本事，这也是各方都在纵容的结果。小心被养肥了的时候……呵呵，现在已经有人磨刀霍霍了……"

叶小天的神色正经起来，道："纵容晚辈的，应该包括老爷子您了。磨刀的，应该不包括您吧？"

安老爷子这才抬起头来，望了叶小天一眼，目光又缓缓地垂下，看着那放着棋盘的炕桌："这桌子有四条腿，一向四平八稳，可是现在其中的一条腿快烂了，马上就要缺一条腿，它不稳了。

"老夫想再做一条桌腿钉上去，让它重新站稳了，可另外有些人却觉得不如把剩下的三条腿都锯掉，那样它就更安稳了，你觉得该怎么办呢？"

叶小天好像忽然间也变成了一个木匠，他认真地打量着那张明明还四平八稳的炕桌，捏着下巴沉吟半晌，一本正经地道："把桌腿都锯掉，下边怎么放干果盘呢？还是再加一条桌腿为好！"

安老爷子微笑起来，盯着叶小天道："那你愿不愿意做那条新桌腿呢？"

叶小天很庄重地看着安国维："我愿意！"

·※·※·※·

"其兴也勃焉，其亡也忽焉！别人能给予你的任何帮助，终究只是外因，还需你自己立得住……"

"老爷子的嘱咐我明白，打铁还需自身硬嘛！"

"哈哈，你明白就好……"

这是叶小天临走时，两人的最后一句交谈。

安大公子把两人送到了门口，眼见二人要告辞，终究忍不住，咳嗽一声道："咳！叶大人远来是客，怎好仓促来去？今日午后未时，安某设宴为叶大人接风如何？呵呵，石阡那边有些事情，还要向叶大人请教。"

叶小天现在绝对有资格受安南天的邀请，作为安家的长公子，安南天要维持土司王的名头，也需要一些强大的盟友，叶小天毫无疑问是他最好的选择之一。至于吏目身份，拳头够大、够硬才是根本，一个名义上的东西有什么用处？

安南天这是有目的地与叶小天拉交情了，不过他特意提到石阡，显然也不仅仅是为了拉交情，还想问问他表妹凝儿的近况。只是田妙雯就在旁边，他实在不好向叶小天问起。对他来说，问起表妹的事来没有什么，对叶小天来说，当着他有名份的妻子问起另一个女人，只怕要让他为难。

叶小天颔首道："安兄美意，岂敢拒绝！"

安南天欣然道："好！午后未时，咱们万箭楼见！"

叶小天蹙起眉头道："这是什么地方，听起来……"

安南天哈哈大笑："就是当日你我曾经饮宴过的那座八仙酒楼，自你上次在那里遇袭之后，现已改称万箭楼，不过生意比从前更胜十倍了！"

叶小天："呵呵……"

叶小天乘车而来，田妙雯乘的也是车，而且是大青牛拉着的有汉晋古风的油壁香车。田妙雯上了车，叶小天旋即就跟了上去，他和田妙雯虽然还未同床共榻，可毕竟已是夫妻。

进了车中坐下，叶小天自然地握住了田妙雯的手，她的手有些凉。车子启动了，田妙雯轻轻吁了口气，软软地偎到了叶小天身上，仿佛想从他身上汲取一丝力量。

叶小天能够感觉得到她的憔悴与疲惫，怜惜之意油然而生。二人静坐半晌，叶小天才柔声道："家族里的事，处理得不太顺利吗？"

田妙雯轻轻捏着眉心，无力地道："家家有本难念的经……"

叶小天道："怎么？"

田妙雯道："家兄在时，我觉得里里外外、上上下下，也算井井有条。大兄一过世，我忽然就发现，有些独力难撑了……"

其实有个原因她还没说，这也是主要原因：她已经嫁人了！

嫁出去的姑娘泼出去的水，哪怕她能力再强、威望再高，现在也不算田家的人了。她在田彬霏"死后"还能回到田家主持大局，这已经是别人做不到的事。但她对田氏的掌控力大不如前，这也是必然。

叶小天静静地听她说着："童家一直由大兄负责联系，大兄过世后，童家又陡然扩张了一倍势力，对田家便有些阳奉阴违。我担心再这么下去，很快童家就会脱离掌控。"

叶小天道："这也正常。谁掌握了更强大的力量，再想驾驭他都会更困难。童家的事就交给我吧，只要我这边给他点压力，他就会发现还是离不开田家！"

田妙雯摇头道："不那么容易！安、宋、田、杨四大家，杨应龙最不忿的，就是杨家兵强马壮，名分上却还屈居田氏之下。他想扩张势力，北边、西边、南边都不能打主意，也只能盯住东边我田氏故地，而我田氏复兴的希望，也在故地上……"

叶小天道："这件事，也交给我吧。杨应龙或许已经知道我和他的秘密联盟并不靠谱，不过，盯着他的人太多，他现在还需要我继续折腾来替他打掩护。"

田妙雯苦笑道："还有我田氏内部，我与大兄对田氏家族的掌控一向很强。但这不代表族中没人有贪欲有野心。这么久了，我还没能确定由谁来继任，不是因为没有人选，而是选谁都嫌威望不足。

"这也是我和大兄当初控制太强的弊端，离了我们，没人能独当一面。如果内部不能调和，我扶任何一人上位，纵然不会让田家四分五裂，也会使田家离心离德，那不是现在的田家所能承受的。"

叶小天道："这就是你今天来拜访安老爷子的原因吧？"

田妙雯蛾眉紧蹙："是！我想，如果有安老爷子的支持，或可压得住他们的蠢蠢欲动。"

叶小天道："安老爷子如果肯为你撑腰，当然镇得住他们。问题是，对安家的事，安老爷子都在逐步放手，不是关乎大局的事都不亲自插手，对田家他能涉入多深？干涉少了，用处不大，干涉多了，田家岂非要变成安氏附庸？"

田妙雯苦笑道："所以，安老爷子拒绝了我。"

叶小天想了想，道："这件事，也交给我吧！"

"你？"田妙雯有些诧异地看向叶小天。

叶小天挺起了胸膛："没错！我！我去京里时，卧牛岭全靠你苦苦支撑，现如今你遇到了麻烦，我不出手，这样的男人要了何用？"

　　田妙雯瞧着他，心中不禁淌过一丝暖流，虽然她觉得姑爷子干涉家族事务名不正言不顺，也不觉得叶小天有这个能力解决田家的麻烦，但她就是喜欢叶小天这种神采自信，天大的困难他也不放在心上，还有他对自己的体贴。

　　但叶小天显然是很认真的："我跟你回田府！"

　　"啊？"

　　"啊什么，我是田家的姑爷子。既然到了贵阳，不住田家住哪里？"

　　"这个……"

　　田妙雯心里忽然有点慌，有点乱，家族里的人可不知道他们两人至今还没圆房呢，叶小天要住进田家，当然要与她同床共榻，可她还没做好心理准备呢。

　　叶小天紧跟着又接了一句："还有，我要借你身边的党延明一用！"

　　"借他干吗？"

　　"向他问点事情，仅仅是问点事情！"

第六十七章

回 门

一

叶小天还是第一次到田府，田府与其说是田府，不如说是田庄。没错，在城郊，整整一个村庄，居住的都是田家人。

但不管是谁来到这里，都不会把它当成一个村庄，光是那鳞次栉比的建筑群，青砖黛瓦的构造，就不可能是一个小村所能具备的。整个村庄都是这样的建筑，那种古老威严的气势便跃然而出了。

村口有牌坊，再往里边是一座接一座的牌坊。这牌坊可不是随便能立的，从那一座座古老的牌坊，你就可以了解到这个古老的黔中望族的历史究竟有多么辉煌、悠久。

田氏历史始于何时？没人知道，只是在有史料所载的公元前706年，田氏就已是黔中望族。

蛮夷之地，地广人稀，当时就拥有四千户部曲，田氏望族当时已然何等强大可想而知。叶小天坐在车上，仰望着一座座牌坊，也不禁感受到了那种悠久的历史底蕴。

坐在他旁边的田妙雯眸中却露出一丝黯然，低声道："失去两州之地时，我们就举族迁到了这里。这些牌坊，都是从故地移过来的……"

叶小天听到这里，眉头不禁跳了跳。黔地行路之难，他再了解不过，这么多的石制大牌坊要一一拆卸开，再转运到此地，其工程量之庞大可想而知，仅此一举的耗费，换一个小一点的土司，就能花尽他大半积蓄。

田妙雯道："我们田氏的荣光，现如今只剩下这些记载着祖先荣耀的牌坊了。但我们田氏子孙把它们立在这儿，不是为了虚荣和炫耀，是要记着我们的祖先为我们创造了什么，我们失去了什么。失去的，我们要拿回来！"

叶小天轻轻握住了她的手，但他没有再说什么。天道无常，没有什么庞大的势力可以千秋万代，即便雄霸如始皇，威武似唐宗，现如今又留下了什么？

田氏之败，方式和平，所以后人依旧掌握着巨大的财富，同时也是人才辈出。这比一个帝国之败，后人被杀戮殆尽、幸存者也受到严密监视和控制不同，这才让田氏留有一丝元气。

但，在一棵已经朽败的老树上再发新芽容易，重新再长成一棵参天大树却不可能了。

田家嫡房的居处仿佛村中之村，一道高大的门楣，门前有淡青色的下马碑、上马石。下马碑是给路经门口或造访的客人们准备的，级别低于府中主人，至此就要下马步行，以示尊敬。

上马石是府中主人出门时登乘马匹时使用的，上边有深深的磨痕和脚坑，可见它已使用了多少春秋。下马石也是有的，但它不叫下马石，因为"下马"不是吉利词，自然要加以避讳。

下了车一进大门，笔直一条大道，尽头金碧辉煌，仿佛一座殿宇，那是田氏祖祠。左右有一道道门户，每一道大门进去，都是一座独立的院落，那是地位崇高的族人和嫡系子孙居住的所在。地位越高，居住的院落距祖祠越近。

田妙雯落后半步，与叶小天走向祖祠尽头，一路行去，来往的族人看见，一瞧两人的行路，登时就明白了他的身份。

田家大小姐出嫁，本就是一桩离奇事，没有三媒六证，没有登门迎娶，直接便跑到卧牛山当掌印夫人了，堪称千古一大奇事。如今田家姑爷子的到来更是稀奇，事先也没告知，也不让族人相迎，就这么随随便便地走了进来，仿佛家族中的人今早出门，晌午返回一般自然，这对小夫妻特立独行的表现倒真是令人刮目相看了。

"大小姐……"

"这是外子。"

"姑爷好！"

……

"韧针回来啦！"

"五叔好！这是外子。"

"哈哈哈，欢迎欢迎，你就是小天吧？哎呀，你可是头一回登咱田府的门哪，以后一定要常来……"

一路行去，每一个看到他们的人都先向田妙雯打招呼，但眼睛却都在看着叶小天。有的好奇，有的亲热，有的却隐隐带着一丝警惕与戒备。这可是干掉过四个土司的杀神，整个贵州大小百余位土司，就出了这么一个奇葩人物，想不忌惮都不行。

所以，当他们走进田妙雯独居的院落，田妙雯忽然轻笑一声，对叶小天道："我估计，大兄过世后，我一个出嫁了的姑娘还能镇得住他们，很大原因还是因为你呢，我的男人！"

　　这一句"我的男人"微微带着些娇羞，听得叶小天心中一荡，脱口问出了他最关心的一个问题："今晚我睡哪儿？"

　　田妙雯登时晕染双颊，轻啐他一口道："我家这么大，还怕没你睡的地方？"

　　叶小天咳嗽一声，厚着脸皮道："不担心，不担心，其实我需要的地方也不大。咳！娘子，你我早有了名分，可还没有圆房呢！"

　　田妙雯可没想过今日竟会把叶小天带回家来，心里本就慌慌的，被他这么直白地一问，心中更是慌乱。饶是她机警百变，也不知该如何应答了，连忙转移话题道："你不是要见延明？我已叫人唤他来了。"

　　田妙雯话音刚落，就听大屋外报："党延明求见！"

　　田妙雯道："你们聊吧，我回去换身衣裳！"

　　不等叶小天回答，田妙雯就逃也似的离开了，被叶小天那双富有侵略性的目光看着，她实在不自在。叶小天的眼神儿就像一双钩子，仿佛能剥去她的衣衫，叫她心慌意乱。可这是她丈夫，实在生不起反抗之心。

　　田妙雯急急走进自己的闺房，先一眼就看到了她的那张黄花梨的精雕云字纹的月洞床，心想："今儿晚上他睡哪？"

　　田妙雯咬了咬嘴唇，有些失措地走到梳妆台前坐下，镜中朱颜真真，春意上眉头，那妩媚撩人的风情，实在不是她所熟悉的自己。她好像看到了一个完全不认识的女人。

　　田妙雯咬着嘴唇，瞪着镜中女子，瞪了许久，忽然抓起一柄象牙梳子，又羞又恼地投向镜子，再不看那镜中春心荡漾的不知羞女子，蛮腰一扭，转过了身去……

·※·※·※·

　　小书房内，一炉檀香。

　　檀香袅袅，田妙雯的一缕情思却静不下来。

　　她一手托着香腮，翠袖半褪，露出一截雪白的手腕，皓腕中晶莹剔透一尺玉镯。另一只手却拈着一枝花。

　　玉瓶中已经插了几枝，蜡梅、水仙、山茶，田大姑娘应该是想插一瓶"雪中三友"。

　　曾师从金陵插花名家谢恬露谢大师，在插花艺术上造诣颇深的田大小姐，这一瓶花插得那叫一个凌乱不堪，若是让谢大师瞧见，估计能活活气死，但要让红枫湖的夏莹莹姑娘瞧见，却一定引为知己。

瓶中已经插了蜡梅和水仙,不!那不算是插,只是随意丢进去的,她的手中正拈着一枝山茶,有一下没一下地点着瓶中,眼神飘忽,也不知心神去了哪里。

"大小姐!"

"大小姐?"

门口接连传来几声呼唤,田妙雯终于听见了,坐直了身子:"进来!"

党延明迈步进了书房,向田妙雯抱拳施礼:"大小姐,姑爷已经询问完毕。"

田妙雯脱口道:"他问你什么了?"

不等党延明回答,田妙雯突然又道:"算了,不必告诉我!"

党延明到了嘴边的话又咽了回去,田妙雯道:"姑爷呢?"

党延明道:"有几位族中长辈听说姑爷登门,过来看他,正在厅中叙话。"

田妙雯"哦"了一声,道:"你去吧!"

党延明恭应一声,刚要转身离开,田妙雯突又问道:"他问你……"

党延明回身垂手而立,眼望田妙雯。田妙雯想了想,有些烦乱地摆摆手:"算了,不必说!"

"什么不必说啊?"随着声音,叶小天笑吟吟地走了进来。

党延明忙欠身道:"姑爷!"

叶小天点点头,走向田妙雯,党延明趁机退了出去。

"啊!你在插花?插得真好,这意境,就是'天人合一'吧?如水中之月、镜中之像,言有尽而意无穷也!"

叶小天不懂插花,不过在牢里时曾听一位插花造诣颇深的犯官说过几句,博闻强记的他马上把仅记的几句赞美之辞说了出来。

田妙雯看了看他,发现他不是在嘲笑自己,也不是在故意调侃,当真是赞叹不已,再看看那插得一团凌乱的"岁寒三友",一颗芳心也不禁有点凌乱了。

"咳!"

故作风雅的叶小天胡诌了两句,自觉已经充分表现出了他的见识不凡,便在椅上施施然地坐了,笑道:"方才你三叔、四叔、七叔、十三叔都来了,我看他们对我都挺客气的,甚至……有点巴结,这应该都是冲着你的面子。田家的情形,貌似没你说的那么严重嘛。"

田妙雯苦笑道:"你说的这几位长辈,都是有意于家主之位的。"

田妙雯给叶小天斟了杯茶,叹道:"我们田家,的确不会出现像石阡杨家兄弟的惨况,也不至于像展家一样博弈得那般惨烈,因为一直以来的传统,我们田氏都是长房一家独大,牢牢控制着所有权力,其他各房都被死死压制着,动弹不得。"

叶小天颔首道:"我明白!田家已不比当年,力量一旦分散,更没有复兴祖上荣光的希望，所以必须集权于长房！"

田妙雯道："不错！正因如此，除了我长房一支，其他各房的力量都太单薄。大兄过世后，田家的核心力量又尽在我的掌握之中，所以没人能翻得了天。"

叶小天蹙了蹙眉头，道："那你还担心什么？"

田妙雯露出一丝苦笑，道："我已不算是田家的人了，权力总要交出去的。正因为各房都很弱，没有任何一房有能力、有威望让各房归服，所以无论我选择谁为家主，其他各房都不会服气。"

田妙雯屈起手指，数说道："权力集于长房，但事情总要各房去做吧？我三叔就负责我田氏的商业运营，掌握着最大的财富；四叔主管农业与畜牧，所以人手的调配，主要由他负责；七叔负责家政，整个家族的日常事务由他管理，所以威望极高。十三叔负责族规刑法，各房都有些怕他……"

田妙雯深深吸了口气，道："家兄承担着重振家族的重任，常常奔波在外，岂能被琐事缠身？这些事必须交由家族中其他人打理。家兄在时，没人敢生野心，但家兄已然不在，我又是嫁出了门的人，他们之间谁能服谁？"

叶小天皱眉道："既然你实际上还掌控着田家的绝对权力，管他们服气不服气的呢，你只要选定了继任家主的人选，把核心权力交给他，还怕他震慑不住各房子弟？"

田妙雯摇头道："当初大家平起平坐，称兄道弟，现今你尊我卑，上下有别。就算是一刀一枪打下江山的开国皇帝，还要苦恼于老兄弟们不知进退。何况被扶保的人，权位得来如此容易？"

"他们也不需要鼓起勇气武力相争，只要心怀不满，从此离心离德，消极做事，我今日交出去的一切，很快也就分崩离析了。"

叶小天沉声道："行霹雳手段，加以震慑，谁敢阳奉阴违？新任家主的威望既然不能凭着一身本事赢来，只要他在家主的位置上稳稳地坐一阵时间，也就树立了。我当初赴京期间，你能果断联络于氏镇压张氏，将一场大祸弥于无形，那是何等果断？如今怎么优柔寡断起来了？"

田妙雯默然，半晌才道："话是没错，可事涉族人亲人，谈何容易？"

田妙雯一句话，忽然令叶小天心有所感。是啊，他处事何尝不是坚决果断，但手下换了任何一个人做出大哥那些混账事，早就被他处理了，可是对大哥，他还不是束手无策？

叶小天轻轻握住田妙雯的手："那么，你属意的家主人选是谁？"

田妙雯道："七叔家的长子田嘉鑫！"

叶小天点了点头："我知道了！"

田妙雯有些紧张地道:"不许伤害我的族人!"

叶小天眉头挑了挑,略带一丝邪气:"当然不会!"

田妙雯欣慰地道:"谢谢你!关心则乱,我是真不知道该怎么办了。"

叶小天道:"你我夫妻一体,何必言谢!对了,今晚……我睡哪儿?"

田妙雯没好气地掐了他一把,娇嗔道:"就知道想着这个……你睡地铺!"说着扑哧一声笑,晕染双颊,艳如桃李。

第六十八章

饮　宴

一

叶小天和田妙雯这对小夫妻在书房中，你一言我一语，情愫渐炽。这种温馨甜蜜的精神爱恋，对于先成亲、后恋爱的田妙雯来说，实是一种前所未有的体验。

当叶小天微笑着站起身，对田妙雯道"时间不早了，我先去万箭楼。安家大少请客，可不能叫人家久等"时，田妙雯竟油然生起一种依依不舍的感觉。

"早点回来，别喝太多酒！"

田妙雯温柔地叮嘱，本也没有别的意思，只是感情所致，本能的反应。但是注意到叶小天有些促狭的眼神，田妙雯顿时娇羞起来，有心斥他满脑子尽是不良想法，但话到嘴边儿，却又抿住，只是白了他一眼。

叶小天嘿嘿一笑，向田妙雯扮个鬼脸，却也没有继续挑逗她。欲擒还纵，点到为止，这样才有味道，尤其是对田妙雯这样高贵且智慧的奇女子，那种成就感，让他登上车子时，还有一种飘飘然的感觉。

"呃？"

叶小天上了车才发现，田妙雯把她的油壁轻车借给了他，此次出行坐的竟然不是他那辆从铜仁府带来的长途马车。这车舒适倒是舒适，奢华倒也奢华，就是……

叶小天看着那慢腾腾的大青牛，只能苦笑一声，倒在座位上假寐。车都已经出了庄子了，总不成再回去换回来，再说，他也挺享受这种被关心的感觉。

……

牛车缓缓地驶进了贵阳城，一瞧那青牛还有式样奇特的车子，再加上左右侍卫，贵阳城百姓就知道必是权贵人家出行，自然而然就避让了开去，门官更是不敢刁难。

牛车刚上长街，旁边便有一行快马驰过。正坐在车中假寐的叶小天完全没有察觉。那一行快马匹匹雄骏，马上的骑士青衣箭袍，腰悬利刃，同样一看就不是寻常人家。

最前边是一个少女，银绫小袄素罗裙，眉眼如画，甜美异常。

宋家在贵阳亦有官邸，宋家的人似乎早就知道大小姐要来，大门洞开，宋晓语到了府前也不下马，径直驰进了府去。宋府门楣高大，车马纵横，不在话下。

但宋晓语那些部属可不敢府中驰马，纷纷在府前下马，从侧门进入府中。

"大小姐……"宋府管事跟着宋晓语，快走进客厅时，悄悄拭了拭鬓角，那里已经有冷汗沁出。

宋晓语是突然离开小西天的，在她走后将近两个时辰，宋家的人才知道消息。本来宋天刀是想亲自追赶的，但宋家老爷子却制止了他："让她去吧，这孩子，这些日子郁郁寡欢，快要憋出病来了！"

"爹，她去贵阳城，一定是听说了抚台大人召集石阡各部调停争端一事。这一去，只怕会惹出事端来。"

"能惹什么事？"

"这……爹，你也知道，因为田彬霏的死，小妹她……"

宋老爷子抓起一杯凉茶一饮而尽，把茶杯往桌上重重一顿："那又怎么着？她再能惹祸，还能比得过卧牛岭的那个小混蛋？那个小兔崽子都没事儿，我宋家的闺女，我倒要看看，谁敢办她！"

就这么着，宋晓语一路直奔贵阳，后边根本没有追兵。不过宋老爷子也通知了贵阳这边："只要不是想把天捅出个窟窿，由她去。"宋家自然有办法抢在宋晓语赶到之前把消息送到。

但问题是，什么程度才叫"不是想把天捅出个窟窿"？

宋老爷子没说，自己领会。这个度可就不好把握了。宋府管事当然冷汗浃背，他只是宋晓语的远房族叔而已，远到了五百年前他们的祖先是亲兄弟，真真正正的五百年，这实在有点远了，又不能拿出长辈的架势来控制她。

宋晓语在厅中坐下了："十五叔，我让你查的事你查得怎么样了，田公子他……当初为什么要赶去三岔山？"

宋府管事揪着一张包子脸，低声道："据说，是因为有人设下埋伏，想对田妙雯姑娘不利，田公子不知因何获悉了这一消息，急忙赶去示警，结果他赶到的时候，正好奸人引爆了火药……"

宋晓语眼圈儿红了，眼中泪光莹然，沉声道："设伏的人是谁？"

宋府管事的脸揪得更紧了："据说，是石阡杨家的一位外管事，叫韦业。是现任杨氏土司杨蓉的亲舅舅。"

宋晓语眸中闪过一抹仇恨之色："韦业！田妙雯呢，她大兄死了，她就不想报仇？"

宋府管事轻咳两声道:"田家人心中,第一等大事就是匡复祖业。田公子一死,田大小姐马上就回了娘家,以免家族无主,分崩离析。这些日子,她还在忙于家族事务,想是一时还抽不出身。"

"好!她没空,我来!"宋晓语拍案而起,"这次抚台大人召见,这个韦业也会来吧?"

宋府管事有心劝阻:"你只是定了亲而已啊姑娘,你又不曾真个嫁到田家。田彬霏是田氏家族的家主,他的仇,怎么也轮不到你来替他报啊!"

可是看宋晓语俏脸铁青,宋府管事哪里还劝得出口,只好苦着脸道:"杨蓉土司年幼,据说家族事务多委之于他,他……应该会来!"

宋晓语一口贝齿紧紧地咬了起来,眸中杀气腾腾。

· ※ · ※ · ※ ·

八仙楼,自从展曹两家兵困酒楼,万箭攒射,意图困杀叶小天之后,火了!

自然风景是一种风景,人文风景则更具韵味。西湖那等地方,最让人流连忘返、回味无穷的是才子佳人发生在这里的一幕幕悲欢离合、一首首歌赋吟咏,但贵阳民风剽悍,万箭楼这种地方对他们的吸引力更大。

所以,八仙酒楼客似云来,生意兴隆远胜从前。但今天慕名而来的酒客不免要失望了,因为今天的酒楼被人包了。

当初包下酒楼的是叶小天,最尊贵的客人是安大公子,今日包下酒楼的是安大公子,最重要的客人是叶小天。

酒楼掌柜的殷切盼望最好再发生一起兵困万箭楼的事件,让他的酒楼名冠黔中。可惜,往者已矣,还有谁敢再来这么一出?

万箭楼上,丝竹弦管齐奏,十分悦耳。叶小天和安公子并肩而坐,几个美貌侍女持壶把盏,亦酌亦歌,十分有趣。

堂前,几名美艳舞姬轻挪莲步,慢扭细腰,在那猩红毡毯上翩翩起舞。舞姿婀娜,随着乐曲身体扭摆出极具诱惑的曲线,看得二人连声叫好。

"此次抚台大人出面,调停铜仁、石阡两地各位土司争端,想必可以平息那里的种种纷争了。却不知叶老弟你接下来有什么打算?"安公子呷一口酒,笑眯眯地看着美人儿起舞,貌似随意地向叶小天问了一句。

叶小天瞧着那舞姬如风中柔柳般摆动着曼妙动人的身子,答道:"其兴也勃焉,其亡也忽焉,安老爷子的这句话,小弟一直记在心里!"

叶小天举起杯,向安公子示意了一下,呷一口酒,又道:"安老爷子说的不错,小弟一向顺风顺水,其中一个很大的原因,是各方面各怀心思、各有打算,所以对小弟有所纵容。而与小弟为敌的展曹张杨几家,又各有自己的问题。可要是小弟不知进退,继续大肆扩张,恐怕就会有人要出面弹压了!"

叶小天笑吟吟地,半真半假地道:"不管是播州杨家,还是抚台大人,要是不高兴了,想辗死小弟这只蚂蚁,还不是易如反掌?更不要说,还有令祖这位慈悲为怀的佛爷坐镇了。"

安公子哈哈一笑,道:"这么说,叶老弟是打算停住脚步,巩固根基了?"

叶小天道:"不错,小弟这棵树,现在长得够高了,可惜枝干太细,根系也不茂密,禁不住什么大风雨。如果一味求高,一阵风来,它就折了。还是停下来,长粗、长壮为好。"

这时,那舞姬们一曲舞罢,纷纷娇笑着向两人涌来,容颜妖娆,犹如三春桃李,汗润蝉鬓,凝脂般的肌肤里透出红霞般艳丽的颜色,更显娇艳。

本来一旁侍酒的侍女纷纷退到一边,众美人儿在他们身边坐了,一个坐在叶小天身边的舞姬娇嗔道:"两位公子究竟有没有看人家跳舞呀,只管自己聊天,也不顾人家舞得辛苦。"

说着,那美人儿就拉着叶小天的手,按在了自己腰间。肌肤滑腻,富有弹力,叶小天不禁心中一荡。

安公子大笑,顺手搂住一个舞姬的小蛮腰,对叶小天道:"看,美人娇嗔了,哈哈哈,好!我们不聊别的,只聊风月,只聊风月。"

叶小天瞧了瞧陪坐在他左右的两个舞姬,鼻似凝脂,腮似新荔,生就的润玉笑靥,当真秀美绝伦,也不禁暗暗赞叹:"这万箭楼好大的本事,竟有这样的绝色佳丽充作舞姬,难怪能一跃成为贵阳第一酒楼。"

不料他刚想到这里,就听安公子得意扬扬地道:"怎么样,这几个美人儿,可是为兄费尽心思才网罗到手的第一等舞姬,姿色还过得去吧?"

叶小天这才知道,原来这些绝色舞姬是安公子自己带来的,不禁连连点头,道:"昔日在金陵时,小弟也曾去过当地有名的风月场,内中娇娃远不及安兄网罗的这些舞姬,姿色一流!"

叶小天这样一说,左右两个舞姬心中欢喜,便往他怀中一偎,曲意奉迎起来。安公子得意扬扬地笑道:"既如此,叶老弟不妨好生享用。嘿嘿,人生得意须尽欢哪,你也是该停下脚下,好生享受享受了。"

叶小天微微一笑,饮了一口醇酒,心想:"看来,这是安老爷子的授意了。他说的坏掉的那条桌腿儿,当然是指杨应龙。可杨应龙却并不像一条桌腿儿一般,是他想换就换的。

"不管他是想主动出手,还是想坐等杨应龙出错,显然他是不想以霹雳手段解决此事,因为那一定会导致天下震动。作为土司王,安家必然要承受重大损失,这倒也正合我意……"

这一场酒,叶小天和安南天觥筹交错间,便把双方未来的意图和打算了解了个七八,安家和叶小天的目的虽然并不相同,但接下来的打算却是不谋而合,这场酒自然也就喝得非常愉快。

及至西方迟暮,二人方才作别,各自散去。叶小天乘着那牛车,优哉地又回了田府,被田府家人引着进了田妙雯所居的院落,叶小天忽然停住脚步,举起袖子嗅了嗅,再扬空挥一挥手,生怕留下那舞姬身上的脂粉甜香。

今儿晚上可是他的一个重要时刻,一朵高贵、妩媚、雍容、华艳的牡丹花正搁在那净水瓶中,等着他去亲手采撷。

叶小天正按袖散香,忽然发现娉娉婷婷一位美人儿正在廊下站着,登时身子一僵,赶紧哈哈一笑,快步迎上前去:"妙雯,你在等我?"

田妙雯把他方才的举动都看在眼里,瞧他那糗样子,嘴角忍不住抽动了几下,强忍笑意,淡然道:"郎君不必如此,你在外边逢场作戏,我是不会在乎的。"

"哇!果然有大妇风范,不愧是我叶小天慧眼识才,亲手选中的掌印夫人!"叶小天放了心,马上默默地为田妙雯点了三十二个赞!

田妙雯蛾眉微微一蹙,又道:"不过,狎玩娈童龙阳,虽说是士子风流时尚,可人家心里总是觉得怪怪的,你以后应酬往来,女子也就罢了,能否不教男人侍酒陪伴呢?"

叶小天大惊失色道:"什么?男人!安南天的那些美貌舞姬,都是男人?"

田妙雯没好气地道:"不然他为什么要把他们养在外面,不在府中设宴?"

叶小天摸过人家身子的双手和被人家摸过的地方登时一阵发麻,登时怪叫道:"啊呀!可恶心死我了!我要沐浴!我要洗澡!娘子,快叫人备热水!越烫越好!"

第六十九章

田氏双雌

一

田家大宅内院落套院落，单从外面看，每一个院落似乎都不大，走进去才会知道别有洞天，那又是至少也有前后三进的一个大院落，从这里随便拎出一个院落，放在寻常村镇都得是村中首富人家才有的规模。

田妙雯这最靠近祖祠的院落自然更大。叶小天由六个青衣丫鬟侍候着穿堂过户时，就有些震撼于其宏大。卧牛岭上那幢土司建筑比起这里来，实在是小得太多，恐怕仅只田妙雯独居的这处院落，要建造起来所花费的金钱就得数倍于他的土司府。

等他看到那座浴堂，更是被深深震撼了。足有一亩地的一座池子，那水自然不可能是烧出来的水了，而是地底温泉。水面上雾气氤氲，仿佛仙境。

"姑爷请宽衣！"一个年方十五，眉目宛然如画，神情甜美的小丫鬟说了一声，一双素手就探到了叶小天腰间，替他宽衣解带。

"不不不，我自己来，我自己来！"面红耳赤，慌忙拒绝，然后跑到屏风后面自己宽衣，再探出头来窘迫地叫小姑娘们离开？那可不是叶大老爷的做派。

"镇定！一定要镇定！不能露怯！"叶小天强作镇定，站在那儿任她宽衣，仿佛他叶大人见多识广，早就清楚……不！是早就经历过如此豪门做派，司空见惯、习以为常的样子。只有他的心跳和呼吸，暴露了他的紧张。

"兜裆布会给我留着的吧……"

故作淡定的叶小天想，但……它也被那清秀少女毫不犹豫地解开了，叶小天登时变成了初生婴儿，一丝不挂。幸好他脸皮够厚，这几年大风大浪也见识多了，依旧一脸淡定。

看那少女纤手虚虚一引，叶小天登时会意，便迈着沉稳的步伐走向浴池，踏着条纹的大青石台阶一步步走进温泉里，叶小天立即坐了下去，"呼"地吐出一口憋久了的浊气，紧绷的身子放松下来。

但，他随即就发觉两双光溜溜的玉腿踏着左右的清浪走下来。

什么情况？

叶小天偷偷一瞄，见她们身上其实还穿了类似亵衣的简单布料遮住要害，这才悄悄松了口气。六名美貌侍女，两人捧着浴具和澡豆，两人侍浴揩身，另外两人呢？

很快他就看到了，那两名侍女捧了填漆剔红的托盘，上边放着青花细瓷的小碗和银匙款款走来。"原来洗澡的时候还要喝汤水止渴啊……"一副处变不惊模样的叶小天心中恍然大悟。

这澡洗得香艳，却也洗得难受。叶小天又不能对姑娘们动手动脚，那就只能犹如一个初生婴儿般任由她们摆布，如此一来，再香艳的沐浴也如同受刑，难受得很。

闺房之内，田妙雯正对镜梳妆。她也沐浴过了的，身上只着一袭薄软的睡袍，凹凸有致的曲线温柔流畅，丰腴粉嫩的肌肤饱满丰润，明明还是一朵含苞未放的花朵，却已拥有了淡雅的幽香，哪个男人能抗拒这种气息？

青铜菱花镜里，粉靥如花，贝齿轻咬红唇，纤手曼拔金钗，一头乌亮的长发便披垂而下，更显妩媚了。

她拿起象牙梳子，在那柔滑的秀发上轻梳几下，楚楚动人的眼波流转着，不期然地想到那个正在后宅沐浴的男人，青丝间掩映的妩媚小脸便泛起了一抹嫣红。

这时一阵脚步声响起，绕过六扇花梨镶金嵌玳瑁螺钿美玉屏风，停在了她的身后，田妙雯娇躯一紧，心中小鹿立即不争气地砰砰乱跳起来……

·※·※·※·

铜仁七星观本是长风道人的道场。不过他一而再地装神弄鬼，结果却因为叶小天的不按常理出牌，弄得他连连出错，威风扫地，又怕招来叶小天的报复，只好仓皇逃离了铜仁，迁转贵阳发展了。

不过，他在铜仁的根基并未抛下，洪百川和王宁也不会允许他抛下。这两人扶持这个神棍，可不是为了配合他装神弄鬼骗钱，而是为了渗透到贵州的官绅阶层，最大可能地搜集情报，并且影响这些贵人。

如此一来，铜仁七星观自然就得以保留了，叶小天得势后，也没找这三番两次站错队的神棍麻烦，所以他在铜仁的根基完好无损。待长风道人在贵阳再遇叶小天，感觉到他对自己没有恶意，又巴结馈赠"鼎炉"重新建立交情，他也就有了胆量重启铜仁道场。

如今长风道人等于在铜仁和贵阳各有一座道场，他也不时地分赴两地讲经传道，广收信徒。如今这段时间，他正好在铜仁。

他到了铜仁没多久，就接到他的寄名女弟子田雌凤的来信，说要来铜仁小住一阵。长风道人当然欢喜，这就意味着他又能大大地发一笔财了，他的这个寄名女弟子，出手可从来都大方得很。

但这一次，他明显感觉到了诡异，他的这名女弟子，貌似不是来铜仁游赏散心或者密晤权贵那么简单。常常有人在道观中急急往返，貌似只为传一句话，且行踪诡异，甚至半夜三更还有人来去，出入诡秘，怎么看都像是在策划什么阴谋诡计。

长风道人作为一个出色的神棍、一个江湖骗子，这点眼力还是有的，他一面叮嘱弟子们要视若无睹，莫惹出事端，一面试图利用田雌凤对他的信任套出其中秘密。

但田雌凤虽然被他的手段所惑，坚信他是一个活神仙，却也不会把这种秘密和盘托出，长风道人从田雌凤那里打听不到消息，更加忧心忡忡，这时候自然就要向他的幕后老大求助。

"王大人，田雌凤这次来铜仁，不知道想图谋什么。她不会惹出乱子来，连累了我们吧？还有啊，她身边那个双腿残缺了的谋士，阴沉沉的，每次看我的眼神儿，都叫人心里发毛。"

王宁做老道士打扮，捋着胡须一脸沉思。

长风道人又道："这铜仁现如今可是叶小天的地盘，那人神鬼不忌、胆大包天。如果田雌凤意图对他不利，惹恼了他，田夫人是拍拍屁股就回播州了，我们可走不掉啊。一旦被他误认为是田雌凤的同伙……"

长风道人越说越怕，紧张地道："他可是杀土司都跟杀猪似的一个狠人呀！"

"嗯……"

王宁身为锦衣，密谍，已经知道叶小天现在与他们合作的内幕，他也不希望叶小天出什么岔子。王宁想了想，道："利用田雌凤对你的信任，多多注意她的举动，有什么异动及时告诉老夫！"

王宁起身，急急去找洪百川了。

·※·※·※·

"漂母进食哀韩信，吕蒙正把寒炉拨尽。姜子牙八十钓于渭滨，时来后做公卿。"

叶小安唱一句，忽然倒了嗓儿，台下看客登时一阵哄笑："下去吧！下去吧！"

叶小安心里一慌，等那净、丑问完"你是今时人，怎么比得古人来"时，接口再唱"时人何异古时人？自古贤愚不等"时又跑了调儿，台下更是一片哄笑。

叶小安唱的这出戏叫《杀狗记》，讲的是东京汴梁有对兄弟，哥哥孙华与无赖柳龙卿、胡子传结为酒肉朋友，弟弟孙荣见兄长不思上进屡加劝谏。孙华不听劝谏，反将孙荣逐出家门。孙荣无奈，只得在破窑内安身。

一日大雪，孙华与柳、胡喝醉酒后半夜回家，途中跌倒在雪地上，柳、胡不但不救，反而窃取了孙华身上的羊脂玉环和宝钞，扬长而去。幸好孙荣经过，将孙华背回家中。

孙华不但不念兄弟救命之恩，醒来后不见了身上的玉环和宝钞，反诬孙荣偷去，便把孙荣打了一顿，又赶出去。孙华的妻子为了规劝丈夫，便买来一只狗，杀死后穿上人的衣服，假作尸体，放在门口。

孙华半夜酒醉归来，误以为是死人，吓得急忙逃去求柳、胡二人帮忙埋尸，柳、胡二人不肯帮忙，倒是他寄居破窑的兄弟孙荣不怕牵累，要帮他埋尸。

结果二人赶回家门时，正碰上为了赏钱向官府报案的柳、胡二人。这时孙华妻子出来说明真相，孙华看清了柳、胡二人的真面目，幡然悔悟，与自己兄弟重归于好。

叶小安来得晚，排练时间本来就短，再加上这段曲目他越唱越觉得有影射之嫌，心里不太舒服，如今一个倒嗓，又受到观众嘲笑，心里就更慌了，发挥连连失误。

台下看客中早有严世维安排的几个无赖，本来他就算没唱错也要喝倒彩闹事的，何况他确实出了丑，一只茶壶登时就飞上了台，叫骂声不绝于口。

叶小安可不是靠这一行吃饭的戏子，他好歹也是一位土舍老爷，如何受得了这种气，登时停了唱戏，冲着台下无赖喝骂起来。

那些无赖正要闹事，登时冲上台来，双方扭打在一起，台下看客一看出了事，桌椅板凳乱飞，生怕伤到自己，纷纷向外逃去。

"准备动手！"

大幕侧方，严世维眼中带着阴冷的笑意，看着台上台下乱作一团，向几名手下冷冷地盼咐了一声。几名手下点点头，将一个被他们拧着肩膀、口中塞着破布团的男子往前推了推，这男子高矮胖瘦与叶小安相仿，脸型眉眼也有五六分相似，脸上同样画着脸谱，穿着一样的戏服。

戏班子的人和无赖们打成一团，侧方的帷幕也不知被何人点燃了，趁着浓烟滚滚，混乱不堪，严世维把手一挥，几个手下立即拖起那男子冲向混战的人群。

叶小安被打得头破血流，正在地上仓皇倒退，想要脱离混战的人群，忽然身子一轻，双膀便被两双有力的手臂扶起。叶小天抬头一看，就见严世维正站在面前，叶小安欣喜地叫道："严大哥！"

严世维道："噤声，咱们走！"他一摆头，两个架起叶小安的人抬腿就走，叶小安只当他亲爱的严大哥要救他脱困，既不声张也不抵抗，还生怕被人看见，再招来那些无赖，急忙低了头，借着浓烟的掩护逃走。

等无赖们纷纷逃走，戏子们艰难地从地上爬起来时，愕然看见叶小安叶大爷躺在地上人事不省，脸上血肉模糊，鲜血和油彩融合成了一种诡谲的颜色，整个鼻梁骨都被砸坍了。

"叶大爷！叶大爷？"老班主扑上来推搡了叶小安几下，趴在他胸口听了听，尖叫起来："死啦！叶大爷死啦！"凄厉的惨叫声在整个戏园子里回荡起来……

戏园子后门外停着一驾马车，叶小安被人脚不沾地架出去，直接送上了马车，马车登时启动，离开了原地。

车中有灯，照着一张妩媚动人的面孔，灯光下雪白的半边脸儿被映得一片晕红，另外半边脸儿却藏在阴影里，仿佛一位狐仙。

叶小安一瞧如此艳媚的美人儿，不禁瞪大了眼睛，一脸惊讶。那美人儿嫣然一笑，将一方雪白的手帕递了过去，柔声道："叶土舍，擦擦血吧。"

"这美人儿……"

叶小安突然明白过来，这一定是严大哥给他找的粉头。严大哥竟然找得到如此人间绝色！一念至此，叶小安心花怒放，也不觉得身上疼了，他痴痴地接过手帕，悄悄地碰了一下人家温滑如玉的柔荑。

"哼！"

旁边忽然响起一声不屑的冷笑，叶小安这才发现车中坐的不只是他和那位娇艳无双的小娘子，移目过去，角落里还坐了一人，一身黑衣，脸上蒙着一块黑纱，只露出一双阴冷的眼睛。

叶小安吓了一跳，忽然觉得自己的揣测似乎有些误差。这时他的肩膀被人轻轻拍了一下，叶小安扭头一看，就见是一只雕琢的五指不分的木手，叶小安一抬头，就看到了严世维诡谲的笑脸。

叶小安结结巴巴地道："严大哥，她……她是谁？你为什么要把我带上车子？"

严世维没有回答，对面的娇艳女子轻声笑道："奴家姓田，田雌凤。叶土舍不必担心，人家找你来，是要送你一场天大的富贵，可不是想要害你性命。"

叶小安并未安心，听这美丽女子一说，他如何还不明白人家是有备而来，而他的严大哥也和对方是一伙的。

叶小安就像一只被困住的小兽，瑟缩了一下身子，色厉内荏地威胁道："你们想对我干什么？我可告诉你们，我兄弟是卧牛岭的叶小天，那是我亲兄弟！"

第七十章

脱　茧

一

听到叶小安饱含威胁的话，田雌凤眼中的笑意更浓了："叶土舍，你是兄，他是弟，处处依赖自己的兄弟，你这做兄长的难道不觉得羞耻吗？"

叶小安的脸色腾地一下涨红起来，质问道："你要怎样？"

田雌凤道："何不取而代之呢？"

叶小安微微一愣，看了看田雌凤的脸色，见她不像是在说笑的样子，慢慢摇了摇头，露出一副黯然神色，沮丧地低下头道："虽然我不想承认，可我……我没有我兄弟那身本事……他能做到的，我做不到……"

叶小安本不愿说出这句话，一母同胞的兄弟，身材、相貌一般无二，可论起本事来却有天壤之别，他惹下的麻烦，都是弟弟帮他解决，他今日的富贵地位，都是他弟弟给予的，要说心中一点也不难受，那这人真就是没心没肺了，再加上妻子时时拿他与兄弟比较，令他对此更是敏感。

可眼下这些人分明是不怀好意，小安不知道他们打算怎么对待自己，也只好厚起脸皮，把他不愿承认的事实说出来。这句话一说出口，叶小安脸上就火辣辣的。

田雌凤和田彬霏的眉头不约而同地跳了跳："这智商，确实成问题啊。难道他以为我们绑了他，是要把他立起来，和叶小天打擂台吗？此取而代之，非彼取而代之啊！"

田雌凤摇了摇头，道："把他带下去！"

叶小安惶恐地道："你们要干什么？不……"话犹未了，一只手就捂到了他的嘴上，一根涂抹了迷药的手指在他鼻翼下轻轻一抹，叶小安极力挣扎了几下，突然晕厥过去。

两双大手扣住叶小安的肩膀，像拖死狗似的把他拖了出去。严世维还站在那儿，微微欠身，垂首而立。田雌凤看了一眼他的木手，缓声道："你也退下吧，你做得很好！天王不会亏待了你！"

严世维心中一阵激动，连忙欠身道："誓死为天王效忠！"

他很清楚三夫人在天王心目中的地位，三夫人既然说了这句话，那就是一个最大的保证，他虽然失去了双手，从此却有了更高的身份和地位，或许他会得到一个头人的身份，那样的话不要说失去双手，再失去双腿也值得。

严世维一脸感激地退下了，田彬霏沉默半晌，道："叶小安假死，瞒得过去吗？"

田雌凤那双妩媚的眼睛微微眯了起来，弯如弦月："死人和活人，相貌会发生很大的变化，再加上被破了相，就更加难以辨识了，这种情况下，或许只有他的父母或妻子勉强还能看出一点异样。

"可是……从卧牛岭至此，至少也得两三天路程，老弱妇孺行路更慢，等他们赶到，尸体已经存放了好几天，那时模样与生前的变化更大，什么破绽也难以发现了。"

田彬霏点了点头，让叶小安冒充叶小天当然不容易，最难处不在于气质和相貌，这都可以模仿，在形貌相同且人人都以为那个与他形貌相同者已经死亡的前提下，是很难发现异常的。

真正为难处，在于他是否了解只有叶小天才了解的事情。本来这一点也不是非常为难，只要这人够机警，完全可以以静制动、随机应变，但这叶小安的智商……

恐怕这任务对他来说真的很难。不过这一点，相信田雌凤应该也会有所考虑。田彬霏看了田雌凤一眼，田雌凤会意，微微一笑，道："这的确是个麻烦，不过，在没有真凭实据的情况下，纵然有人有所怀疑，他敢说出来吗？纵然说出来，取得了众人信任，他们又能怎么办？"

田雌凤又道："叶小天如果真的死了，在内忧外患之下，卧牛岭的最佳选择，也是由其胞兄继任其位，何况叶小天现在本来就没有子嗣可以继承其位。而由其兄继位，既然两人形貌相同，莫如由其冒充叶小天，以稳定军心、震慑敌部，我们不插手，卧牛岭也会做此选择吧。何况……"

田雌凤慵懒地挪了下身子，一双美丽的眸子定在田彬霏身上："何况，还有一位大能人，将成为他身边的第一谋士。有此人在，想必些许麻烦，都能解决！"

田彬霏愕然道："我？"

田雌凤嫣然道："这件事我会安排。我相信，纵然有人认为叶小天不是叶小天，也不会有人怀疑你是田彬霏！"

田彬霏的目光陡然变得复杂起来，自从他变成了这副鬼样子，可谓心如死灰，如果不是恢复田氏荣光的执念还在支撑着他，他根本不想活下去了。而今，他却有充分的理由再回到小妹身边，这一下子激发了他生的渴望，田彬霏的目光……一下子活了。

田雌凤看到田彬霏目中突然焕发的生机，满意地一笑。

此时的田彬霏，比任何时候都更关心此事的成败了，他认真地想了想，忐忑道："看叶小安方才模样，虽然对他兄弟颇多怨恚，但手足之情未了，他会配合我们吗？"

田雌凤悠然道："让他配合我们害他兄弟，或许还有些问题。但，如果他兄弟已经死了，让他去占有他兄弟留下的一切，你说他会不会答应？"

田彬霏目光掠过一丝喜悦，有些迫不及待地道："那么，接下来我们要做的，就是对叶小天下手了吧？"

田雌凤沉声道："不错！从叶小安'死亡'的这一刻开始，偷天换日，就正式开始了！"

第七十一章

新　生

一

　　晨曦悄悄透进窗棂，让室中的一切隐隐现出些轮廓。梳妆台上的灯早已燃尽，薄薄的帷帐内更加朦胧，天光尚早，鸡犹未啼。
　　田妙雯忽然张开了眼睛，身旁忽然多了一个男人，这从未有过的体验，让她一时之间有种不真实的感觉，但心里却忽然变得特别踏实、甜蜜。
　　田妙雯小心翼翼地下了地，回头看了熟睡中的叶小天一眼，赤着脚儿，踮着脚尖像贼似的向后溜去。
　　田妙雯用最快的速度梳洗完毕回来了。翡翠烟罗对襟窄袖小袄，曳地水袖百褶凤尾裙，腰系合欢结，发挽双飞燕。自她出现在卧牛岭，就已做妇人打扮了，可唯有此时，才最像一个新婚妇人。
　　此时的她，一看就有一种容光焕发的感觉。首饰不多，青丝发髻之上不过一珠一翠、一金一玉，疏疏散散，便有画意。
　　那身衣裳配得也好，春服宜倩，夏服宜爽，秋服宜雅，冬服宜艳，见客宜庄服，远行宜淡服，花下宜素服，对雪宜丽服。此刻她的衣衫颜色便稍显艳丽，愈发透出几分喜俏。
　　叶小天还没醒，不知为什么，一看他还在熟睡，田妙雯竟心头一松，有种甜滋滋的感觉。
　　她在榻边悄悄蹲下，双手托着下巴，望着他，微笑。这是她的闺房，她的闺床，她是此间唯一的主人，但此刻有一个男人躺在她的闺床上，她却一点也不恼，反而满心欢喜。
　　就这么看着那个熟睡的男人，看了好久好久，终于他那好看的睫毛眨动了几下，似乎就要醒来。田妙雯吃了一惊，急忙坐到梳妆台前，拿起象牙梳子。
　　田妙雯的秀发滑如丝绸，柔顺如水。田妙雯梳理了几下，秀发未见更加整齐，倒把一颗心梳得慌乱了。她悄悄乜过去，就见叶小天正侧身躺在床上，托着腮，饶有兴致地看着她笑。

田妙雯便红了脸，低着眼，羞羞怯怯地道："相公早！"

"娘子早！"

叶小天说着，翻身坐起，大大方方地一掀被子。田妙雯吃了一惊，想要去遮掩什么，忽又意识到不对，急忙又止住。但她的紧张神态已然落到叶小天眼中。

叶小天顺着她方才的眼神看去，看到床单上一小滩艳红的"梅花"，先是一愕，随即就忍不住地哈哈大笑起来。田妙雯有心冲上前去遮掩，终究只能羞不可抑地逃出去。

"这个混蛋！"

田妙雯站在廊下，娇羞地跺了跺脚。忽然一抬头，就发现廊下洗脸的婆子、庑下淘米的丫鬟、院中洒扫的老仆，一个个目瞪口呆地看着他们心目中天生威风八面、从无这般小儿女姿态的大小姐。

田妙雯站住了，双手往身后轻轻一负，凤目含煞，俏面生威。众人顿时松了口气："对嘛！这才是我们的大小姐嘛！刚刚一定是我眼花了！"于是，洗脸的继续洗脸，淘米的继续淘米，洒扫的继续洒扫……

· ※ · ※ · ※ ·

一起用过早餐，带着叶小天见过了各房的叔伯长辈，田妙雯脸上的红晕才渐渐散去，恢复了从容。

叶小天觉得很有趣，不管是哚妮，还是莹莹，事后都洒脱得很，少有似妙雯这般羞涩良久的。

不过既然知道她在此事上如此面薄，叶小天也就不再去羞她，田妙雯也是因此才渐渐变得自然起来。

"妙雯，你说的那个田嘉鑫，方才在你七叔家怎么没见到？"二人回了田妙雯所居的院落，一进院门儿，叶小天就低声问道。

田妙雯道："昨日他去城里办事，不曾回来。怎么，你要见他？"

叶小天握了握她的小手，田妙雯的小手此时温热柔滑，与之前截然不同。"我说过要帮你，当然要从速着手。"

田妙雯目光微微一闪，隐隐有些明白了："你是打算……"

叶小天道："有你这说一不二的嫡宗长房大小姐鼎力支持，旁人还是不买账，不就是因为他没有威望，没有根基吗？既然没有，我现在就帮他树威望、立根基。"

"郎君……"

田妙雯的柔荑本来是由叶小天温顺地握着,这时不由反转过来,轻轻地握住了叶小天。她向他柔柔一笑,便扭头吩咐道:"等十四哥回来,叫他来一趟。"

十四哥?

叶小天一直以为这个田嘉鑫是个十七八岁的少年,因为是田妙雯选中的接班人,所以他下意识地以为此人比田妙雯小。当这人站到叶小天面前,叶小天才发现这是一个三十七八的中年大汉。

身材魁梧,浓密的络腮胡子,但是眼神非常沉稳。所以没有给人一种张飞般的感觉,反而有些沉稳内敛,山一般厚重。

叶小天一见就觉得田妙雯没有选错人,此人或许进取不足,但守成有余,对眼下的田家来说,已是极好的当家人。不过,人不可貌相,仅仅片刻工夫,田嘉鑫就颠覆了叶小天对他的第一印象。

田氏,长房一家独大。

世人只知田家有田彬霏、田妙雯,别人是什么阿猫阿狗?在田彬霏、田妙雯面前,田家的人素来毕恭毕敬,就算是比田妙雯长一辈甚至长两辈的人,都没有胆量在她面前倚老卖老。

如果田妙雯真想强立哪个族人为家主,她还真能立得起来,整个过程绝对没有人敢质疑。如果不是田妙雯担心她一旦离开田家,那些对新任家主不服气的人就阳奉阴违,人心离散,从而把田家仅存不多的力量都内耗了,她早就直接指定继任人选了。

田氏长房雌雄双杰太过霸道的结果,就是整个田氏家族的阳刚之气被镇压了,族人在他们兄妹面前只知唯唯诺诺,离了他们兄妹就六神无主。田嘉鑫算是田妙雯的堂兄,可是见了她,拘谨之态尤甚于党延明这样的外姓部属。

"大小姐!姑爷!"

田嘉鑫垂首而立,一脸忐忑地道:"不知大小姐有何吩咐?"

田妙雯呆了一呆,一时也不知该如何回答。下意识地望向叶小天,叶小天暗暗苦笑:看来,不能着急树立威望、根基,得先把这头温驯听话的老牛调教成一头猛虎才成啊!

第七十二章

一人一世界，一语立豪门

一

田嘉鑫这几天的经历奇异得就像是一场梦，有时一觉醒来，他真怕这真的只是他的一场梦。他终于相信，这是他真实的经历。而这一切，让他脱胎换骨，改变了一生。

他一直记得非常清楚，那天他刚从城里回来，就有人告诉他，大小姐要见他。由于田氏长房百余年来一直集权于手，对整个田氏来说，虽属同族，却如皇帝与皇室的关系，地位差别形同天壤。

田嘉鑫不敢怠慢，立即去见田妙雯。一见田妙雯便毕恭毕敬，丝毫不敢摆出堂兄架子。他恭敬地唤了一声大小姐，就习惯性地垂手而立，等着田妙雯吩咐了。

这时他眼角的余光注意到，那位初次见面的姑爷轻轻拍了拍大小姐的手臂，便走上来，很客气地跟他打了声招呼："这位就是十四哥吧？常听妙雯说起你……"

姑爷很亲热地打着招呼，拉着他的手请他坐了，接下来姑爷告诉他，今日要宴请安大公子，请他陪同赴宴。田嘉鑫自无不允，但他陪着姑爷进了城，才发现今日前来赴宴的不仅仅是安家大公子，还有宋家九叔，宋家九叔辈分虽尊，年纪倒是与他们相仿。

除此之外，还有叶抚台大公子，陈阜台的三公子，红枫湖夏家的十六少……这些人物，每一位背后都站着一方豪门或者站着一位权倾一方的大人物。

这些人物中的任何一个，身份地位都不比死去的田家大少爷田彬霏低，论起如今的影响力和能力，甚至还犹有过之。而他田嘉鑫不过是田家七房的一个不为人知的子弟，在族中兄弟行里排名十四的一个小人物。

他跟这些人根本不在一个等量级上，如果田彬霏还活着，今日赴宴的人是田彬霏，他只有默默地肃立其后的份儿。可是他惊讶而激动地发现，这些豪门公子哥儿，居然全都把他当成了可以与之平起平坐的人。

若是说这些人不明白他的真正身份那也不尽然，叶姑爷很清晰、很大声地对所有来宾说明了他的身份，而这些人好像根本就不明白他这样的身份代表不了田家，根本就不够资格与他们平起平坐。

他们居然请他上座，让他坐在上首第二席，仅次于年岁最长的陈阜台家三公子，就连安家大公子都坐在了他的下首。

这些衙内们虽然自己没有官职在身，也还没有掌握家族，但是由于父辈和家族的影响，官场习气和规矩已经不知不觉地渗透到了他们的生活之中，论资排辈的习惯已深入骨髓。

别看他们平时嘻嘻哈哈、什么都不在乎的样子，彼此情投意合的公子哥儿们关系好得能穿一条裤子似的，一掷万金不在话下。但是一些似乎不值一提但是关系到家族影响、身份地位的细节，他们却很在乎。

正因如此，田嘉鑫才感到不可思议，甚而受宠若惊。他很明白这些世家子弟对这些细节的重视，唯其如此，才深感震撼。

这还不算完，接下来的几天，不是叶小天宴请别人，就是别人宴请叶小天，其中可能会有一两人是上一次聚会圈子中的人，但更多的是一些新朋友。这社交圈子自然在扩大，每次都受到叶小天邀请的田嘉鑫越来越多地进入水西顶级衙内们的视线。

在此过程中，每一次叶小天都邀他同往，每一次他都惊讶地注意到，这些衙内们对他表现出来的尊重和亲热。

当他接触的都是这一层面的人，且与这一层面的人称兄道弟时，他在田家人心目中的分量也渐渐不同了。这种变化，他清楚地感觉到了。

受人宴请得多了，当然也得回请，礼尚往来，这是国人的传统。但是觥筹交错对这些豪门公子们来说，实际上是一种负担，所以不够资格的人，是连宴请别人的资格也没有的。

在叶小天半真半假的笑谈催促下，田嘉鑫终于鼓起勇气第一次向这些豪门公子们提出了邀请，宴会地点就设在田家。

距离宴会开始还有一个时辰，他就赶到了宴会厅，把早已拟定的菜单又斟酌了一遍。到宴会前小半个时辰，他就坐不住了："要是人家不肯赴宴怎么办？要是只有一个两个公子托词不来也就算了，万一今日宴请之人十之八九都不肯来怎么办？"

田嘉鑫越想越忐忑，尽管他并非没有见识的人，也知道这些豪门公子纵然肯赴约也绝不会提前赶到，此时无一人并不代表什么，但他还是甚感不安。

可此时，他连一个商量的人都没有，田家的人都在冷眼旁观，叶小天又不在府上。

叶小天此刻正与安大公子同车赶来。"你大力栽培田十四郎，他就是你选定的田氏家主人选吧？"安南天懒洋洋地靠在椅上，乜着叶小天。虽然是询问的语气，但他早已有了肯定的答案。

几天之前，叶小天设宴回请他之前，曾经派人给他捎过一句口信儿："小弟欲邀田家十四郎同往，希望安兄能助我造势。与会诸友那里，也请安兄打声招呼。"

田妙雯从未对任何人说过她中意的继任家主人选，甚至没有做出过任何暗示。田家自永乐之后所面临的形势，使她习惯了暗中行事，不到一切尽在掌握，她不会公之于众。

但叶小天的行事风格却与她完全不同，他似乎根本不担心一旦遭遇反弹或失败的后果，就这么昭告天下了，恨不得敲锣打鼓地告诉全天下人，田嘉鑫是他要力捧的人。

"十四郎不是我选的，而是妙雯选的。"

安大公子撇了撇嘴："你们夫妻一体，有区别吗？"

叶小天微笑道："有，人由她选，我只是帮她站脚助威。"

安南天看了叶小天一眼，没有说话。叶小天道："田家虽名列四大土司之列，不过以往与各位公子府上的交往都嫌少了些。如果有暇，还请大公子能多携好友，往田家走动走动。"

安南天道："当然是同去的朋友越多越好，对田十四郎越礼敬越好喽？"

叶小天笑道："不错！这个忙对安兄来说不过是举手之劳，安兄不会推辞吧？"

安南天能推辞吗？他飞快地权衡了一下其中利弊，发现还真没有拒绝的理由，只能苦笑着点了点头，但仍做出一副勉为其难的模样道："好吧，你既然开了口，我还能拒绝吗？"

叶小天哈哈大笑，拍了拍安南天的大腿道："大公子，小弟欠你一个人情。不过，你也不亏啊，来日田嘉鑫成为田氏之主，会忘了你安大公子今日襄助之力？你又何必做出这副不情不愿的模样。"

安南天苦笑，这正是他无法拒绝的原因。叶小天的人情，如今已是任何人都无法忽略的一份礼物，而且田嘉鑫一旦成为田氏之主，必有回报。锦上添花莫如雪中送炭，这个道理安大公子岂能不明白？

但是，无论如何，从这件事中获益最大的人始终都是叶小天，选定田嘉鑫为家主继任人选的是叶小天的妻子，找来这么多顶级衙内为他造势的是叶小天，田嘉鑫岂能不心存感激？

叶小天获得的还不仅仅如此，要知道这一次叶小天调动了不少人，每一个都是能量巨大的衙内，每一个人背后都有一股庞大的势力，他们都能被叶小天调动为田嘉鑫造势。

安南天能有这份呼风唤雨的能力，更多的是由于整个安氏家族所掌握的人脉资源。但叶小天呢？

安南天可以确定的是，叶小天已经形成了一股不容任何人忽视的力量。但是在他背后没有庞大的家族势力。

唯一给过他帮助的是蛊神教，但是能把食古不化的蛊神教带出山，这是历代蛊教教主都没成功的一件事，这就是他的本事。

化封闭的教派力量为世俗力量，这其中的强大阻力既有内部的也有外部的，其力量极大，足以牵扯住教主裹足不前。但叶小天却能控制这力量，实际上他给予蛊教的，远远超过了他的所得。

杨应龙之所以想出偷天换日之计，也是因为卧牛岭势力的形成完全取决于叶小天一个人。所以他一旦能成功地取代叶小天，就能掌握这股势力，这一点在其他势力中是无法复制的，但在卧牛岭就可以。

只靠一人的能力与魅力，是很难形成一股势力的，更难成为一方豪门。但一股势力、一方豪门，在它形成的最初时代，却恰恰是由一个创造传奇、极具个人魅力的英雄来造就的。

一人一世界，一人一豪门，这就是如今的叶小天。

第七十三章

有情女

一

韦业是今天刚到的铜仁。张、展、曹、杨四家以及童家正陆续向贵阳赶来。展、曹、张、杨四家的联盟，如今已被叶小天搞得七零八落，所谓联盟早已不复存在。

张家一次次不死心，一次次被叶小天打回原形，现如今已经彻底失去了反抗之力。叶小天给张家开出的条件是：放弃张家在铜仁的残余基业，允许他们保留细软浮财，来去不禁。

也就是说，张家的土地、产业和土民，都要交出来，但是几百年来张家所掌握的浮财细软，叶小天并不没收，允许他们保留。他们愿意留在铜仁又或者迁离铜仁，概不为难。

张家哪敢留在铜仁？张家已经决定搬离贵阳，就像一百多年前田氏家族的大迁徙。此次他们是举族而迁，所以动作最为迟缓。

展家在叶小天立二房、压长房、提携旁支的分化打击下，现在更是死心塌地地依靠了叶小天。石阡杨家更是如此，他们这次来铜仁，不过就是补一个手续，在抚台叶大人的主持之下，把石阡、铜仁两府的变化合法化，用当地土司间的说法就是"讲断"！

讲断就是土司们放弃武力冲突，用谈判的方式处理彼此间的矛盾。这种情况下，他们当然不会担心此来会有什么凶险，而且他们已经落得这步田地，也没什么气派威风可摆，所以韦业此来低调得很，只带了二十名随从。

韦业骑着马，没精打采地走在大街上，虽然有些事，他的外甥女还是交代给他去做，但是在杨家，他的地位大不如前。本来他还有个秘密靠山田彬霏，可田彬霏也死了，韦业大受打击。

他是个有野心的人，否则也不会被田彬霏收买，只是竹篮打水。现在懊悔当初为何猪油蒙了心，选择与卧牛岭为敌，如果他当初投靠的是叶小天……哎！

韦业正暗自追悔着，前方突然出现一排佩刀大汉，抱着双臂，冷冷地堵住了街口。一瞧这些人杀气腾腾的样子，街上百姓登时纷纷逃散。

路上有个算命盲人，左手打一道幡子，右手捏着一位老妇的手，正翻着白眼儿给她算命："大娘，从这八字来看，你这媳妇儿，是八字克子女，命中注定无子嗣啊！"

那婆子怒道："我就知道，我说呢，这都成亲两年半了，还没给我生孙子。哼，回头我就让儿子休了她！"刚说到这里，就见一排持刀大汉杀气腾腾而来，那盲人怪叫一声，撒腿就跑，他矫健地闪过一头骡子，跳过一个枣摊，一头扎进了小巷，绝尘而去，惊得那婆子目瞪口呆。

韦业微微一愣，勒住了坐骑，他并未慌张，这儿可是贵阳，权贵云集之地，敢像叶小天那样肆无忌惮杀人的疯子并不多，再说他们杨家现在谈不上有什么对头，谁会摆出这副阵仗来对付他？

韦业本能地以为对方认错了人，这时在他们身后又有一排大汉扶着刀缓缓而来，整齐的一排武士，气势雄浑。韦业见了也是暗暗心惊，连忙高声宣示身份："石阡杨家，奉抚台大人命，前往贵阳讲断，拦路者何人！"

前方大路上又有一行人大步赶来，前头竟是一位姑娘，银绫袄、素罗衫，双目微红，俏脸含霜，前方站的一排大汉立即闪开一条道路，放那两列武士拱卫着的姑娘走了进来。

韦业握住腰间刀柄，紧张地道："姑娘，是不是认错了人？在下……"

那位俏丽的姑娘正是宋晓语，她用冰冷的眼神看着他，沉声道："你是韦业？"

韦业心中一惊，人家都叫出了他的名字，显然就是为他而来，可他根本不认识这个少女，更想不出两人之间有什么恩怨。韦业急道："在下正是韦业，不知姑娘拦路，所为何来？"

宋晓语的眼睛微微地眯了起来，她没有再说话，只是从袖中缓缓抽出一条白色的丝带，慢慢系在了头上，前后追随、围堵的大汉们也都从怀中摸出一条白绫，缓缓系在额头。

韦业大惊，变色道："姑娘，你是不是认错了人？姑娘且慢动手，你我说个清楚……"

宋晓语把手一挥，冷冷喝道："杀！一个不留！"

· ※ · ※ · ※ ·

有叶小天、安大少、陈三少等人帮田嘉鑫"抬轿子"，田嘉鑫的威望迅速树立了起来。

不要小看了叶小天的这些手段,在田家人眼中,素来都是和他们的大少爷田彬霏平起平坐的那些衙内们如今频频登门,和田嘉鑫称兄道弟,田嘉鑫威仪自生,在他们心目中的地位渐渐便不同以往了。

在此过程中,田嘉鑫的自信心也渐渐树立起来,田妙雯选择他为继承人,说明此人在田氏子弟中本来就具备相当的能力,他所欠缺的其实不是才干和本领,而是因为久居人下,只知听命行事,缺少驾驭他人的威仪和气势。

如今叶小天找了安大少等本地顶级衙内给他做磨刀石,田嘉鑫就像一口未开刃的精钢钝刀,锋芒渐渐展露。田妙雯把田嘉鑫的变化都看在眼里,自然是喜出望外。

"还是相公厉害,十四哥要成势了,族中一些人渐渐看明白了大势,已经开始向他靠拢。"田妙雯说着,用牙签插了一块蜜瓜,递到叶小天嘴里。

叶小天枕在她丰盈结实的大腿上,笑眯眯地道:"其实真要说到治理一个家族,我远不及你。只不过,你一出生就是嫡宗长房、天之骄女、理所当然的家族统治者,自然不会明白像十四郎这样先天不足的人该如何树立后天的威势。而我不同……"

田妙雯微微动容,心悦诚服地道:"不错!你在葫县做典史、做县丞,在铜仁做推官,直至如今跻身于土司之列,每一次都是从无到有、从小到大,再也没有人会比你更清楚,该如何从一个人人都看不起你甚至对你深怀敌意的小人物,一步步爬到令人仰视的高峰!"

田妙雯继续道:"十四哥羽翼渐生,我想,应该多给他一些权力了,这样有助于他更快地打造他的班底和根基。"

叶小天深以为然,道:"不错,外力之助,终究只能起一时作用,还是要让他做成几件大事才好。另外,那些有可能与十四郎相争的人,也都是在家族中担任较重要职务的人,他们做事总不会完美无瑕吧,若有失误,不妨严惩。"

田妙雯目光一亮:"嗯,施之以威?"

叶小天道:"还得又打又拉。你来扮那恶人,就得你十四哥扮那善人了。"

田妙雯登时会意,想到她选定的家主人选很快就要卓尔不群,可以承担她交付的使命,心中好不欢喜。大门外响起了党延明沉稳有力的声音:"姑爷,韦业出事了!"

田妙雯心中一惊,赶紧推开叶小天,叶小天坐起身来,愕然想了想,这才记起韦业是什么人。叶小天趿鞋下地,绕过屏风,来到正堂,就见党延明正垂手恭立于正堂之外。

叶小天招手让他进来,问道:"你说的这个韦业,可是石阡杨家小土司杨蓉的亲舅舅?他出了什么事?"

党延明沉声道:"当街被杀!"

叶小天惊道:"何人动手?"

党延明道:"宋家,宋晓语姑娘。"

田妙雯已经从闺房中跟了出来,听到这里,神色黯然,半晌才轻轻地道:"宋家大小姐,是位好姑娘,可惜……我大兄,没有那个福分。"

叶小天慢慢吁出一口长气,他和田妙雯都清楚田彬霏为何死在那时,但宋晓语不知道,宋晓语只是和田彬霏定了亲,如今竟为了田彬霏,甘冒大不韪,当街杀人,他也不禁为之触动。

这可与他当初杀人不同,那时贵阳处于"无主"状态,叶梦熊还未上任,如今在贵阳杀人,那就是挑衅叶抚台的威严。衙内们赴个宴,都要讲究论资排辈,更何况是手掌军政司法大权的一方封疆大吏,叶抚台的官威岂容轻辱?这事儿,麻烦了!

田妙雯激动地道:"我要救她!"

叶小天,沉声道:"不行,你不能出手!"

田妙雯的柳眉挑了起来:"她是为我大兄报仇,无论如何,我要救他。"

叶小天慢慢摇了摇头:"你不能出手!"

叶小天道:"人要救,但救人的人,不能是你。这事儿,交给十四郎吧!"

田妙雯担心道:"他?他怎么成?此事非比寻常,十四哥恐怕还担不起来……"

叶小天拍拍她的手臂,缓缓地道:"这样有情有义的姑娘,我又岂会坐视不理?你放心,十四郎那里,我会帮他!"

第七十四章

关键人物

一

韦业此来贵阳只带了二十个人,更重要的是,他这二十个人只是很普通的侍从,石阡杨家现在已经没有属于自己的武力,他们的武装和防务都由卧牛岭接手了。这般情况下,他这些人如何是"小西天"铁卫的对手?

宋晓语带来的这些人都是她的贴身侍卫,作为长房大小姐,这是宋氏家主配给她的一支私人武装,完全听命于她一人。在宋家的培养之下,他们都是能够独当一面的豪杰。

此一战,毫无悬念。当韦业被宋晓语踏在脚下,看到她手中扬起的利刃时,他依旧不明白这位面寒如霜的姑娘究竟和他有什么仇恨。韦业嘶声吼道:"在下是石阡杨家的人,我和姑娘无仇无怨啊!"

宋晓语冷笑:"无仇无怨?这一刀,是我替田公子送你的,你记住,我叫宋晓语!"

"田公子?"韦业目光一闪,骇然大悟。他没想到,之前得田彬霏授意,把设计对付卧牛岭的"功绩"揽在他自己身上,最终遭到的报应居然是来自田彬霏的未婚妻。

"我冤枉啊!事情不是这样的!我……"韦业急急挣扎起来,这个秘密他一直藏在心里不肯说出来,因为一旦说出真相,他从此就不能见容于石阡杨家,一旦离开杨家,天大地大,他还能到哪里去?

可现在钢刀加颈,什么都顾不得了,他必须得说出真相,唯有说出真相,才能保住性命。荣华富贵,在身家性命面前,一文不值。

"刀下留人!"与此同时,远处也传来一声大吼,声如霹雳。一道青色身影飞奔而至,后边急急跟来十多个人。

急急赶来的是巡检官张梓萌。抚台叶梦熊进驻贵州之后,首先要掌控的就是贵阳府，若连贵阳府都控制不了，谈何掌控全局，操控整个贵州？那岂非空中楼阁，痴人说梦？

是以对贵阳府，叶抚台大力整顿，要害部门、要害人员，全都换上了他的心腹。巡检官张梓萌就是他的心腹之一，往昔叶大帅镇抚辽东的时候，张梓萌是为他牵马坠镫的马夫。

大帅亲兵，起步要比别人高得多。

如今叶梦熊做了贵州巡抚，他昔日的亲兵小卒张梓萌也就成了掌控贵阳治安的巡检。巡检官儿不大，区区九品官，手下只有十二名正式捕快，此外还有丁勇、役丁再加上捕快们所雇的帮闲，全加起来也只有两百多人，这就是张巡检巡弋贵阳城、弹压全城治安的全部力量了。

人手似乎少了些，但长街混战却瞒不过他，在这位精明强悍的巡检大人治理下，贵阳城的泼皮无赖中已不知有多少人成了他的眼线耳目，宋晓语带人困住韦业的时候，就有人飞奔去向他报信了。

此时张梓萌刚刚赶来，老远看见宋晓语扬起手中刀，顿时勃然大怒。他追随叶大帅多年，是尸山血海里杀出来的勇士，不比寻常司法官。自他到任，但凡他要抓的人，胆敢反抗者，都是一经擒获，立即先砸断双腿，再解赴有司法办，一时间凶名远播，罕有人敢在他眼皮子底下作案，想不到现在竟有人当街杀人。

张巡检也不管那是一个娇滴滴、俏生生的大姑娘，大吼一声，就把他的腰刀掷了出来。那刀"呼"的一声，幻化成一团刀轮，呼啸着直奔宋晓语姑娘而去，这一刀劈中，怕要被劈为两半。

宋晓语理都不理，就像根本没有看见如此凶猛的一刀，韦业还未及说出真相，宋晓语已经红着眼睛，狠狠一刀劈了下去！噗的一声，血光迸溅，韦业尸首分离，二目怒凸，至死都不相信他会落得如此下场。

"铿！"

张梓萌掷出的刀被宋晓语手下一名武士挺刀撞去，将那腰刀磕飞，但那武士也不由自主倒退两步，手中刀迅速出现一道裂痕，只要再稍稍碰撞，必断无疑。

张巡检一见那姑娘在他呵斥之下竟然还敢杀人，瞋目大喝道："大胆！竟敢无视本官，当街杀人。把他们抓起来！反抗者格杀勿论！"

张梓萌一声令下，那些捕快、丁勇、役丁们立即冲了上来。宋晓语大喝道："弃械，不许反抗！"

她虽矢志为未婚夫田彬霏报仇，却也不愿为家族惹来祸事，一个巡检官官儿不大，却代表着朝廷，如果拒捕杀官，罪名无异于反叛，这个后果她承担不起。

宋晓语的那些侍卫从小被灌输的理念就是一生一世追随宋大小姐，这条命早就卖给她了，一听宋晓语如此吩咐，他们毫不犹豫，立即将刀剑掷在地上，束手就缚。

张梓萌脸色铁青，虽然瞧这一行人模样就知道绝非寻常人物，但他丝毫不惧，这位巡检老爷眼中只有抚台大人叶梦熊，对这些土官世家可是一点也不感冒。

张巡检沉声大喝道："好大胆！好威风！竟敢当街杀人，视我朝廷如无物吗？给我拿下！"

宋晓语昂然而立，束手就缚。她要杀韦业，完全可以采用暗杀手段，以宋家的势力，只要抓不到真凭实据，就算是抚台大人也奈何不了她，可她偏偏就选择了公开杀人，戴孝杀人。

她还没有嫁到田家，但她却已把自己视作了田彬霏的未亡人。她从小就喜欢田彬霏，自从两家订下婚约，她知道自己总有一天要成为那个翩翩公子的妻子，更是悄悄关注着他的一切。

不知不觉，爱恋已深，当她得知田彬霏的死讯，心中织造了多年的美梦也破灭了。她不想暗中动手，在她看来，为夫报仇，天经地义，她就是要堂堂正正，田家不肯为他们的大少爷做的，她心甘情愿去做，为他复仇，为他去死。

冰冷的铁链锁住了她温凉如玉的秀项，宋晓语扬起双眸，看向灰茫茫的天空，依稀似乎又看到了那位俊美无双的公子正站在云巅，眸中含笑地看着她。

宋晓语的眸中渐渐溢起了晶莹的泪花，大仇已报，生无可恋，死只是她解脱相思之苦的手段而已，她又有什么好怕的，她的良人，会在奈何桥上等着她吧？

· ※ · ※ · ※ ·

田嘉鑫从大房田大小姐处出来，有点六神无主。他急急回到自己的居处，吩咐下人准备车马，随即便去向父亲问计。他的父亲田七爷一向负责田氏内政，是田氏土司的"总理"，能够维持一门千百号人的家政事务，能力自然出众，一旦碰到难解之事，田嘉鑫就会请教父亲。

自从大公子暴毙，大小姐嫁去卧牛岭，田七爷的心思就活了，他并不觉得其他各房就比他七房出色，他也想争一争家主之位，如今形势越来越明显，大小姐显然是属意于他的儿子，十有八九是要由他的长子田嘉鑫继任田氏之主，田七爷这些天当真是心花怒放，常常是睡觉都要笑醒的。

今日一见儿子心神不属的模样，田七爷顿时心中一紧，眼看儿子就要大位到手，可别是做了什么错事让大小姐不高兴了？这个时候，可容不得半点差错啊。

田七爷赶紧掩上房门，对田嘉鑫道："出了什么事，莫非你捅了什么大娄子？"

田嘉鑫愁眉紧锁地道："爹，小西天的宋家大小姐宋晓语，今日当街杀了石阡杨家的外戚韦业，被抚台衙门给锁了。"

田七爷讶然道："这关咱们田家什么事？"

田嘉鑫苦笑道："宋姑娘是为了咱们大公子才杀了韦业，于情于理，我田家都不能袖手旁观。可宋姑娘这样公开动手，就是冒犯了抚台大人的虎威。大小姐要我负责搭救宋姑娘，儿实在不知该如何着手啊。"

田七爷听了顿时蹙起了眉头，他知道田妙雯如此安排，是为了给他儿子再奠一基，如果他的儿子能圆满解决此事，就能把他的地位拔升到一个无人企及的地步，成为家主众望所归，谁也难以挑衅。

然而此事可是涉及两大巨头，一面是小西天的宋家，一面是封疆大吏叶巡抚。宋晓语被抓，宋家是肯定要出手的，用得着田家出面？既然田妙雯做此安排，就说明宋家很可能保不下宋姑娘。

那样的话，就是宋家和叶抚台这两大巨头之间的博弈了，就是安老爷子怕也不好出面，他田七爷的儿子何德何能，能调解这两大巨头之战？这是一个不可能完成的任务。

田嘉鑫黯然道："我知道这是大小姐对我的一个考验，也是我的一个机会，可是这件事实在难办，只怕要让大小姐失望了。"

田七爷心中忽地一动，缓缓说道："大小姐很显然是想立你为田氏家主，为了替你造势，大小姐煞费苦心，姑爷更是身体力行。如果这件事根本不可能成功，大小姐何必要让你做这件事，把好不容易才帮你树立的威信毁于一旦？"

田嘉鑫眼睛一亮："爹是说，这里边还有回旋的余地？"

田七爷斩钉截铁地道："一定有！只不过……爹也想不出该如何着手了。"

田嘉鑫苦笑道："爹这不是等于没说吗。"

"那也不然！"

田七爷捻着胡须，露出一丝狡黠神色："你尽力去做吧，使尽浑身解数，能做到哪一步，就做到哪一步。我想，这只是大小姐对你的一个磨砺，却未必是把最后的希望放在你身上。"

田嘉鑫患得患失地道："这可是无解之局啊，大小姐真的会留有后手吗？"

田七爷已经肯定了自己心中的想法，镇定地道："一定有！你可不要忘了咱们家那位姑爷子，那可是一个专门化不可能为可能的奇人啊！"

第七十五章

同人不同命

一

"小西天"宋家的大小姐当街杀人,被杀者还是石阡杨家的外戚,此事迅速惊动了贵阳所有高层权贵,一时间不管抱有什么目的,所有人都把目光投向了巡抚衙门。

宋晓语一案牵扯到了"小西天"宋家和巡抚大人叶梦熊,一方是地头蛇,一方是过江龙,这场博弈将会透露出很多有价值的情报,对许多权贵人家来说,凭借对这些事情的推断分析,就可以决定他们未来在许多大事上的取舍。

鉴于宋晓语的特殊身份,巡抚叶梦熊亲自升堂问案,宋晓语倒也干脆,但有所问,言无不尽,寥寥几语便审理完毕。供状递到宋姑娘面前,她眼都不眨,干净利落地画了押。

叶梦熊沉声吩咐:"把女犯宋晓语打入大牢!"

一旁的师爷花晴风吃惊地看了巡抚大人一眼,见叶梦熊面沉似水,一股肃杀的威严扑面而来,却也不敢多言,只是挥挥手,示意衙役把已经加了刑具的宋晓语带下去。

"退堂!"

叶梦熊拂袖而去,转过屏风后忽又站住,紧跟上来的花晴风急忙欠身听候训示,叶梦熊一字一顿地道:"自即日起,本官概不见客,亦不接受任何拜帖、请柬!"

"是!学生马上嘱咐门房!"

花晴风微微直起腰,看着叶梦熊远去的背影,轻轻摇了摇头,这次宋姑娘当街杀人,只怕抚台大人要据此大做文章了。

水东宋家一直与播州杨家有矛盾,而叶梦熊任贵州巡抚,主要目的就是要干掉杨应龙这个腹心大患。如此看来,水东宋家和叶梦熊应该是盟友。

但实际则不然,贵州土官四大姓,现仅余三大寡头,就是安、宋、杨三家。宋家与杨家为敌,却并不代表宋家就会俯首听命于抚台大人,在防范朝廷插手干涉"内政"这一点上,杨家和宋家是态度一致的。

没有安、宋这样的土官寡头配合支持,叶梦熊就不能掌握贵州,更难施行针对播州杨应龙的计划。鹰派之所以看重叶小天、扶持叶小天,甚至放纵叶小天的"胡作非为",实在是因为对贵州针插不入、水泼不进,只能另辟蹊径。

如今宋晓语落到了叶梦熊手中,这就成了抚台大人撬动宋家的一个大好机会,叶梦熊又岂会放过。

门政大爷听了花师爷传来的吩咐好生不爽,他们做门子的,就要人来人往才有得赚,既不见客也不收拜帖、请柬,那他们如何捞外快?

"小的知道了。"

门政大爷当场撂了脸子,悻悻地答应一声,掉头就走,把个后脑勺丢给了花师爷。花晴风还真拿这些门政大爷没办法,因为这些门政大爷都是抚台大人的近人,追随抚台的时间比他久得多。

那门政大爷满脸写满了不高兴,怏怏地走到抚衙门口,把眼向左右一横,喝道:"关门啦!从即刻起,任何客人,大老爷都不见!任何请柬、拜帖,大老爷都不收!凡有公事往来者,角门儿出入!"

四个青衣小帽、挺胸腆肚的门子一瞧门政大爷如此吩咐,忙不迭就去关门,恰在此时,田嘉鑫急急赶到了抚台衙门,一瞧大门要关,赶紧喊道:"且慢,且慢,在下要见……"

门政大爷把眼一翻,没好气地道:"抚台大人有命,概不见客!"

田嘉鑫大步流星地赶到他的面前,一锭一两重的纹银以行云流水般的动作迅速麻利地塞进了他的手心,赔笑道:"田某只是想见见抚衙的苏循天苏书办,有劳足下知会一声。"

门政大爷怔了一怔,见个书办而已,居然出手就是一两银子,豪绰啊!那门政脸上马上多云转晴,客客气气地道:"有劳公子爷您到角门儿处稍候片刻,小的这就给您知会一声。"

拿了人家银子,那门政便勤快起来,一溜烟地奔了签押房。

·※·※·※·

"吱扭扭扭……"

门轴发出令人牙酸的声音,秦悠歌一个踉跄,被人推进了一间光线阴暗的牢房,牢房中站着两个满脸横肉的粗壮狱卒,仿佛牛头马面,他们前面还站着一个一脸凶相的婆子,秦悠歌标致的脸蛋儿上顿时露出惊惧之色。

她本是一个极泼辣的妇人，与人发生纠纷时，能叉着腰儿一口气骂上两个时辰，话都不带重样儿的，在坊间是个无人敢招惹的女人。可到了牢里才三天，她的泼辣傲气就消磨光了。

连着两天水米不进，还有其他女犯在狱婆、狱卒的授意下刻意刁难，一天挨三顿打。晚上还轮番被人骚扰，不能睡觉。

如此三天，再如何傲骨铮铮的人也要温驯如猫了。秦悠歌被折磨了三天，早就服了软，照理说不该再受此折磨。不过，谁让她长得标致呢，自从她一入狱，司狱、牢头儿、狱卒们就纷纷盯上了她。

昨儿晚上，司狱官高英杰特意嘱咐婆子，让她洗了个冷水澡，调到一个僻静的小牢房，高司狱趁着酒意闯进去，本想快活一番，谁料却被她反抗中抓花了脸，看今日这番阵势，怕是一场折磨逃不过了。

秦悠歌进了牢房，还不等说话，那狱婆劈面就是狠狠几记耳光，扇得她眼前金星乱冒，随即那狱婆恶狠狠吩咐道："吊起来！"

两个粗壮狱卒扑上来，将梁上垂下的粗大麻绳捆猪一般捆住她的手脚，用力拉起，悬吊空中。那狱卒抓起一根竹片，不由分说，便朝她没头没脸地抽将起来。

秦悠歌痛得惨叫不止，那狱婆骂道："小贱人，既然想树贞节牌坊，就不要犯了王法。既然犯了王法，还要什么贞节！"一边说一边抽，秦悠歌身上片刻工夫就不见一块好肉了。

秦悠歌是邻里纠纷，错手杀人，若她早知会落得如此凄惨下场，恐怕当初绝不会那般气势凌人，如今后悔也晚了。在这些牢头、狱卒们眼中，女犯一旦进了监房，什么人格、尊严、贞操都不存在了，从此就是任凭他们摆布、玩弄的一个玩物。

凄厉的惨叫声在整个牢狱里悠悠传去，牢房里的女犯们听了反应不一。有些体态迷人、五官标致的女犯一脸麻木。类似的经历，她们早体验过了，也早就屈服了。

她们不只被司狱、牢头儿、狱卒们玩弄，受审时见过她们模样从而对她们有了兴趣的一些书办、衙役也把这里当成了免费的妓院，个个前来领教，张三才去，李四又来，甚至昼夜不绝。

在这种地方，根本是叫天天不应，叫地地不灵，失身破节，不过是家常便饭。至于那些为虎作伥的女犯，则幸灾乐祸。

这时只听"叮当"锁镣声响，又有一个女犯被人带进了牢房，牢中巡弋的狱卒、关押的女犯一看见她，登时就如见到了猎物一般，两眼射出怵人的光来。

在这牢里关了最久的犯人也没见过如此美貌的小娘子被关进来，那柔美的身姿、水灵灵的模样，叫那些把入狱女犯一向视作可恣意享用的玩物的牢头狱卒们兽性大发。而那些为虎作伥的牢霸们瞧这姑娘如此美貌，举止间优雅高傲得很，登时满心嫉恨。

一个女牢霸唇角露出一丝狰狞的笑意，冷冷地吩咐道："有新姐妹进来了，大家一会儿上点心，好好招待一下。"

正当她们摩拳擦掌之际，却见那新犯被单独关进了一处牢房，不一会儿工夫，又有五六个狱卒赶来，抬着床榻、垫子、被褥、矮几……看得犯人们目瞪口呆。

那位俏美的姑娘双手抱膝，坐在牢房一角，痴痴出神，对这些狱卒的举动理也不理。又过一会儿，又有一群官儿们匆匆赶来，这些女犯只是看其官袍、官帽，晓得他们是官，对其品级、职务却不晓得。

但，牢里的狱卒是认得的，提刑按察使司的佥事大人，正五品的高官。布政使司理问所的理问大人，从六品的大官，贵阳府的通判大人、推官大人、巡抚衙门的花师爷……

高英杰高司狱是这大牢的最高统治者，而他此刻却只能站在这些官员们外侧，黄花鱼儿般贴在牢房与甬道之间狭窄缝隙间点头哈腰。

这些来自各有司衙门的官员指手画脚地就如何改善此牢房的采光、空气、陈设、卫生等各个方面纷纷提出了自己的意见，副司狱陈阳手里捧着个簿子，奋笔疾书，一一记录。

一个五大三粗的女牢霸眼见如此情形，探手出去，扯了扯栅栏外一个狱卒的衣袖，小声讨好地问道："齐差官，那姑娘……是什么人呢？"

"我怎么知道！"

那狱卒没好气地冲她翻了个白眼儿，悻悻然地扭过头去。他是真的不知道那姑娘姓甚名谁、是何身份，他只知道，这棵水灵灵的小白菜纵然被关进了他的地盘，也绝不会变成他的盘中食。

那狱卒忽然又想起了什么，扭头叮嘱道："这位姑娘，你们谁也别招惹，给我当奶奶供奉着，要是惹她半点不高兴，小心老子剥你的皮！"

第七十六章

穿针引线人

一

角门儿打开,身穿青布直裰,头戴六合一统帽的苏循天从抚衙内走了出来。他这六合一统帽是六瓣的,高帽大沿儿,扣在头上英气勃勃。

苏循天走出角门儿站定,目光往左右一扫,面前只站着田嘉鑫一人,瞧他一身装扮气度,就知道是大户人家子弟,苏循天忙拱手道:"在下就是苏循天,是足下找我吗?"

田嘉鑫毕竟是大户人家子弟,怎也比一个衙役书办身份高贵,再者说他是田大小姐选定的家主继承人,来日是要代表田家的,如今虽有求于人,倒也不能卑躬屈膝。

田嘉鑫便点点头,不卑不亢地道:"正是田某,能否请苏先生移步茶坊,田某有些事儿想要请教苏先生。"

苏循天眯起眼睛看了看他,点点头道:"自无不可,田公子请!"

巡抚衙门周围有许多茶楼酒肆、瓦子勾栏,档次还都挺高。田嘉鑫带着苏循天进了一处茶坊,一进门便是青砖墁地,照壁迎人,左右疏竹,有曲乐不知从何处逸来。

两个交领短衣、纤纤细腰上系着腰裙、下系月华裙的俏美少女盈盈迎来,向二人施礼,道一声:"恭迎贵客,这边请!"便把二人迎进了一处茶室。

一张茶台矮几,大有汉晋古风,室内挂着几幅水墨字画,氛围极是雅致。

两位俏美少女请两人对面坐了,问了二人口味,便在两侧跪坐下来。外首那位少女素掌轻拍,外边便进来一个青衣小厮,听她小声说了一遍,迅速把器具都取了来,麻利地放在茶台上及茶台旁。

炭火红旺,水本就是热的,迅速滚沸开来。一个少女烹茶、沥茶,另一位姑娘则麻利地把瓜仁、杏仁、栗丝、盐笋、芝麻、玫瑰等物选配于杯中,滚茶一沏,香气四溢。

两位少女显然是茶道大家,不但茶烹得好,人生得俏,动作也是既麻利又优雅,快而不乱，还不至于喧宾夺主，影响了二人说话。

田嘉鑫向苏循天微微一笑，道："这座茶坊，是我田家开的，说话不必有所顾虑，所以邀请苏先生至此，只是为了说话方便，若有简陋之处，还请先生恕罪。"

苏循天还是头一回有机会到这般上等茶室享用，他多少也是有些眼光的，自然看得出此间的档次高低。且不说那庭院中种种布置尽显高雅，就是这茶室中的每一样器具，都是昂贵之物，还有那两个美少女，如此姿容，却只做一个茶婢，这岂是寻常去处。

不过，如今的苏循天也早不是当初那个只能倚靠姐夫，在一处县衙里厮混的二等衙内了，养气功夫多少有些。他淡定地笑道："田公子太客气了，却不知公子今日邀我前来，究竟有何话说？"

田嘉鑫神色一正，肃然道："今有'小西天'宋姑娘当街杀人一案，苏先生可听说过了？"

田嘉鑫并没有太多客套，这是因为他知道苏循天的底细。苏循天是叶小天的人，叶小天是他们田家的姑爷子，两人之间有这层关系，不需要太多拐弯抹角。

田嘉鑫之所以先找上苏循天，不是因为他未卜先知，已经晓得巡抚大人避门拒客的吩咐了。而是因为以他此刻的身份，还不够分量去求见抚台，所以想迂回一下，先从苏循天这里了解一下情况。知己知彼，才好做出正确的应对。

而苏循天是卧牛岭的人，这也并非秘密，叶小天此次到抚衙来，苏循天曾经亲迎至门口，二人一路进去，还有说有笑，极是亲密，这官场上一举一动，都不知有多少双眼睛在盯着，苏循天和叶小天的关系自然无人不知了。

叶小天与苏循天此举，其实是在明示巡抚叶梦熊："他就是我的人！"

叶梦熊心中有数，那他就是抚台衙门和卧牛岭穿针引线的人，如果叶小天对此极尽掩饰，那就是他在巡抚身边秘密安插眼线，这就是大忌了。可此举也就成全了田嘉鑫，稍一打听，他就知道见何人合适了。

苏循天点点头，道："在下知道此事，说起来，这是小西天宋家和抚台大人之间的事，田公子何以如此关注？"

田嘉鑫正色道："宋姑娘与韦业本无恩怨，她当街杀人是为了替我们田家的大公子报仇。如此一来，我田家就没有袖手旁观的道理了。"

苏循天低头喝了口茶，仔细想了想，推心置腹地对田嘉鑫道："公子仗义，不过愚意以为，公子此时出面，未免操之过急了。"

田嘉鑫目光一凝，道："此话怎讲？"

苏循天道："公子，叶抚台坐镇贵州，枢要之处就在贵阳。宋姑娘在贵阳府当街杀人，若她是寻常百姓，意气杀人，反而不严重了。恰因她身份尊贵，这便成了倚仗门庭，无视抚台虎威，抚台大人岂能轻恕？"

田嘉鑫皱起了眉头，苏循天又道："抚台大人有所欲、有所求啊，现在他在等着宋家出手。此时不管是谁，强自出头都是不合适的，哪怕是安老爷子也是一样。公子出面，岂非弄巧成拙？"

田嘉鑫其实也明白这其中的道理，只是大小姐把此事交给了他，眼看这就是他继任家主之位的终极考验，成则荣膺家主，败则一切成空，他明知不可为也只能硬着头皮上。

这时听苏循天分析，正合他心中所思，田嘉鑫不禁心头一沉，失望地道："以先生所见，难道我就只能袖手旁观？"

"那也不然……"

苏循天转着茶杯，微微一笑："公子不是不能出手，而是不该在此时出手。抚台大人的虎威是不容冒犯的，'小西天'宋家又何尝是个任人揉捏的软柿子呢。

"宋家大小姐被捕，宋家必定出手，那抚台大人放不放人呢？放了，威风扫地。不放，宋家就成了抚台大人的对头。如果有宋家与抚台处处为难，抚台大人必定举步维艰。那时候，双方都有意求和，便需要一个穿针引线、代为搭桥的人了……"

田嘉鑫低头沉思起来，苏循天笑眯眯地看他一眼，转首看向他身旁侍茶的美少女，自两美婢迎客，他只多看了这姑娘两眼，这姑娘便晓得坐到他身边来，实是知情识趣得很。

姑娘生得甜美，不但养眼，还可佐茶。瞧着她那眉眼如画，再品一口香茗，苏循天更觉得有味道了。

其实在田嘉鑫赶来之前，他就已经得叶小天授意。田嘉鑫没有冒冒失失地求见抚台，而是先找他出来商量，算是已经经过叶小天的第一个考验了，现在他已经说得很清楚，就看田嘉鑫能否想明白了。

田嘉鑫苦苦思索着，苏循天说得很有道理，不过他隐隐觉得这其中还有一个关键之处：就算小西天和抚台大人斗到骑虎难下之际，需要一个穿针引线之人替双方搭桥架梯，难道那人就一定是他？

旁人可不知道他田嘉鑫意图搭救宋姑娘，就算知道，人家也未必相信他有那个能量。就算相信他有，难道就会把这个同时可以讨好小西天和抚台大人、壮大自家声势的好机会让给他？

就算安老爷子懒得与他一个小辈相争，那些二流土司中却有大把人等着这个机会。这些二流土司，比起他这个没落家族的非掌门人，也是更加尊贵啊！

这里边一定有个关键之处，可以确保机会落在他手上的关键，这个关键究竟是什么？

"非掌门人……非掌门人……"田嘉鑫的双眸渐渐亮了起来，他突然明白过来，这个关键之处，正在于此。

他需要找对时机，但选择权不在他手中，而在叶梦熊叶抚台手中。如果叶抚台与小西天相持不下，需要有人出面调停，各取所需时，叶梦熊会选择谁？

如果别人能调停此事，他田嘉鑫同样能调停此事，然而借由此事扶持一个小辈登上田氏家主之位，对叶抚台来说，可不仅仅是送了一个人情，更重要的是，这位田氏家主的确立，与他有着密不可分的关系。

换了他是抚台，他也会毫不犹豫地选择田氏未来家主了。而对他来说，有了抚台大人的支持，这家主之位也更是稳如泰山了，这是双方的最佳选择，舍他其谁啊！

"我明白了……"

田嘉鑫有些敬畏地看了苏循天一眼，他可不知道这番点化其实是叶小天授意于苏循天，只当这是苏循天帮他出的主意。姑爷手下果然是人才济济，派到抚台衙门，负责沟通联络的这么一个人，都有这般超卓于常人的见识，难怪姑爷赤手空拳，便打下偌大一份家业。

田嘉鑫心悦诚服地道："苏先生一番金玉良言，田某获益匪浅。先生的恩德，田某铭记在心！"

苏循天一双色眯眯的贼眼看得人家小姑娘秀靥泛红，羞答答地低下头，都不敢看他了。他这才笑嘻嘻地转过脸儿来，道："田公子客气啦。抚台这边，在下会帮公子看着，两雄争风，但有什么风吹草动，都会及时告知公子。"

"多谢苏先生！"

田嘉鑫从袖中摸出一张纸来，递到苏循天面前，苏循天垂眼一瞧，赫然是一张房契。田嘉鑫微笑道："这幢房子不算大，胜在就在抚台衙门左近，方便先生上衙办公。"

不等苏循天拒绝，田嘉鑫又转向一旁那位羞羞答答的小姑娘："熏然，从今天起，你就跟了苏先生吧。苏先生是大有前途的人，饮食起居，你好生侍奉着，也算是有了一个好去处。"

这茶坊是田家开的，可田嘉鑫却还不是田氏家主，没资格将家族财产转赠他人，如此又赠房子又赠美人儿，可全得七房自己掏腰包儿。但是相对于获得田氏家主之位，就算散尽家财，那也值得。

苏循天被田嘉鑫的大手笔惊得呆了一下,他忽然记起前几天还向叶小天嘟囔过身边缺个知冷知热的人,老大不小的岁数了,姐姐姐夫也不说帮他张罗着,没想到今天连房子带女人突然就全了。

想到这里,苏循天心里有点毛毛的:"巧合!一定是巧合!如果这也是大人算计到了的,那他可真成了妖孽了。"

第七十七章

风云变幻

一

"田嘉鑫！哈哈，十四郎很不错啊！他果然先去找了苏循天，妙雯，你选的人，有头脑。"

叶小天喝着茶，向田妙雯赞了一声。田妙雯柳眉一挑，微显傲意："那是，我田家旁支子弟，虽然一向不曾受过重点栽培，但我田家不过没落百余年，却有千载底蕴。这底蕴可不是那么快就能消磨光的，田家儿郎，锋刃不出，但大都可以称为藏兵，一旦开了锋，那就是利刃。"

"小西天"宋家老宅，宋氏家主宋英明听了贵阳府传来的消息，登时哑然。

女儿带了她的随身侍卫奔赴贵阳时，他就知道这个为情所困的女儿为何而去，眼见女儿为情所苦，宋英明对韦业自然也是恨之入骨，不过是一个没落土司的外戚旁支，杀也就杀了，只要女儿开心，纵然麻烦一些，他也愿意为女儿承担下来。

只是……他没想到女儿会在贵阳城内动手。最好的地点，本该是埋伏于途，在韦业即将入城，放松警惕的时刻才最好啊。他更没想到，女儿居然是"明火执仗"，就算要杀，也该隐藏了身份动手啊。

如今宋晓语不但选择在贵阳城内动了手，公开了身份，还被巡检官抓个正着，宋英明也有些无奈了。他这女儿，其实一向乖巧，始终像个没长大的孩子，没想到骨子里竟是如此刚烈。

无奈归无奈，那只是因为他也清楚，这么做哪怕不是为了挑衅叶梦熊的威严，实际上也起到了这样的效果。叶梦熊必须得有所表示，他们"小西天"是理屈的。

可是另一方面，他又很愤怒。理屈归理屈，可宋家在夜郎故地，已是三大寡头之一，有资格跳出天道规则，就算叶梦熊觉得这是在挑衅他的虎威，想要有所表示，置一雅致院落软禁他的女儿也就是了，断然没有把她打入大牢，同一帮贱民囚犯关押在一起的道理。

这是羞辱，对宋家莫大的羞辱。虽然宋天刀已经告诉他，布政司、提刑司、抚台衙门、贵阳府全都派员入牢视察，妥善安置了他的女儿，并不会让她受什么委屈。

但是刑不上大夫，宋家的小公主，岂可被关进大牢？这是挑衅，这是对"小西天"威信的挑衅。很显然，这是对宋晓语当街杀人，直接挑衅他巡抚大人权威的针锋相对的报复。

宋天刀看着宋英明，请示道："爹，让儿子去贵阳，救小妹出来吧。"

宋英明轻轻摇了摇头："叶梦熊既然做此姿态，就不会轻易让步了。你不行，对付这头老熊，我亲自去。"

宋英明缓缓起身，一步步走向堂外，一边走一边道："传柬，邀程番长官司、上马桥长官司、洪番长官司、木瓜长官司、水东长官司、底寨长官司、养龙坑长官司诸长官，共赴贵阳城！"

宋英明作为一方政治寡头，第一时间他就明白，叶梦熊种种作为，并非是针对他的女儿，而是利用他女儿提供的这个好机会，要同水东宋家展开一场博弈。

自叶梦熊到任，先是控制了贵阳府全境，又纵容叶小天，从而插手了石阡、铜仁两府事务，而对其他地方，叶梦熊还只有威慑作用，很难做到如臂使指。

夜郎故地，有四分之三分别掌握在水西安家、水东宋家、播州杨家手中。叶梦熊要利用这个机会，把他的"熊掌"探进水东宋家的地盘。这尊镇守"小西天"的大佛，不得不移驾贵阳府，客地作战，与巡抚叶梦熊交交手了。

面对叶梦熊这一方雄霸，宋英明可不敢等闲视之，既然决定交手，自然要邀齐所有部属和盟友，向叶梦熊施加最大的压力，全力以赴，解决危机。

· ※ · ※ · ※ ·

"小安死了？"

叶小安在铜仁梨园唱大戏，因为与戏迷发生冲突被殴打至死的消息传到卧牛岭，叶母悲痛欲绝，白发人送黑发人，叶母几度哭至晕厥。叶老汉毕竟是男人，对于情绪的控制远胜叶母，却也是含泪欲滴，黯然伤神。

叶大嫂虽然一直瞧不上丈夫的懦弱无能，对他富贵后吃喝嫖赌，恶习重重，更是深恶痛绝，夫妻俩极不和睦。可是嫁鸡随鸡，有这么个人杵在那儿时，神憎鬼厌，恨不得他消失，真没了这么个人，她却有种天塌下来的感觉。

李大状现在在卧牛岭，俨然就是"家政"的身份，仅次于"总理"一职，再往上就是土司本人了。不过现如今的卧牛岭势力还没壮大到需要设立有权控制内政外政、文武两途的"总理"，所以他算是叶小天之下文职第一人。

听说叶小安被人打死，腹黑的李大状竟然心生窃喜，对那位土舍老爷，他实在是烦透了。可叶小安是叶小天的亲兄弟，就算掌印夫人对他都忌讳多多，李大状又能怎么样？

现在叶小安死了，李大状真是满心欢喜，恨不得冲上卧牛岭最高处，振臂欢呼一番。不过这么做当然是不行的，李大状对着镜子努力酝酿了半天情绪，等他离开居处，走进后山土司家族院落时，已是面带戚容，一脸惨淡。

"老太爷节哀啊……"

李大状嘴唇颤抖着，扶着叶老汉的胳膊，泣声劝慰了一句，又转向叶母，举起衣袖拭了拭眼睛，藏在袖中的一片生葱往眼睛上一抹，再放下衣袖时，已是泪眼迷离。

"老夫人，千万保重身体啊！哚妮夫人，你快扶老夫人去歇息一下，这要熬坏了身子可怎生得了？土舍夫人，学生马上派人把噩耗禀报土司大人，一会儿学生就赶去铜仁，把土舍老爷接回来。"

一瞧李大状如此，叶老汉和叶大嫂都很感动，叶大嫂道："多谢李先生操持，我跟你一起去铜仁，去……接他回来……"

一语未了，叶大嫂又是号啕大哭，桃四娘赶紧上前好言劝慰，这时哚妮已经搀着哭得两眼红肿如桃的叶母向屏后走去。

"也好，那学生这就为土舍夫人安排车马。"

李大状悲痛地说了一句，迈着沉重的脚步走出房门，出了院落，抬头看了看贵阳府方向，暗自思忖："这个王八蛋，要死什么时候不好死，怎么偏挑这个时候死，真是连死都要讨人嫌啊。报丧的事又不好故意拖延，大人去贵阳分果子了，可别因此误了大人的正事才好……"

第七十八章

魔鬼的诱惑

一

田彬霏并不知道，在贵阳府正有一位以他的未亡人身份出现的姑娘，为了他当街杀死了他的"仇人"韦业，他也不知道他一生呵护珍爱的妹妹，正积极为他培养接班人，以接过他背负一生的责任和唯一理想：振兴家族。

他现在叫田是非，换了身份，从某种程度上，他似乎也跳出来了原本的身份赋予他的责任和义务。他现在要做的，仅仅是保证叶小安的"死"还有他的"新生"。

李大状陪着叶大嫂赶到了铜仁，一个人死掉后的模样和生前会有很大的区别，缺了生气，样子就会变得异样起来。如果他又受过伤、破过相，那仅有五六分相像的人，就会有七八分相似。

而死人与生前会有所不同，这是尽人皆知的事，所以七八分相似的模样，哪怕看在他至亲的人眼里，也会觉得本就应该是这样，如果与生前相貌一模一样，反而不正常了。

更何况李大状陪着叶大嫂赶到铜仁已经是五天之后的事了，所以他们看到"叶小安"时，完全没有什么怀疑，事实上一见那相像的模样，又是在先入为主的情况下，叶大嫂悲呼一声，已经扑到尸体上痛哭起来，哪可能去细细检查尸体。

至于李大状，则站在一旁，满面悲戚。他的注意力全都放在如何让目光显得更真诚，时不时调动一下嘴角的肌肉，让它生动地抽搐几下，仿佛他正强忍着痛哭失声的冲动，更不会仔细端详那个死鬼。

铜仁于家听说叶小安惨死之事后，已经出面帮忙做了善后，提供了一口质料上等的棺椁。戏园子也被封了，戏班班主、众戏子、乐师等人也都被拘在园中。

至于当日的观众，这可就不容易找了，那票又不是实名认证的，实际上根本就没有票，门口交了钱便可进园子，谁晓得当日来看戏的都有些什么人。至于当日捣乱的波皮，就更没法找了。

而且叶小天现如今在铜仁府是众所皆知的不可招惹的第一号凶人，当死在戏园子里的那个戏子其实是叶小天的胞兄的消息传开后，整个铜仁府所有在道上混的人个个惊惧。

尽管此事与他们没有一丁半点的关系，可他们无法证明自己的清白。谁晓得叶土司震怒之下会不会来个宁杀错勿放过，所以铜仁的城狐社鼠、三教九流，能逃的全逃了。

如此一来，整个铜仁立即风清月朗，不过由此一来，也更难分辨当日在戏院子里捣乱的人究竟是谁了，但凡逃走的，个个都有嫌疑，怎么查？

田彬霏暗中关注着李大状一行人的举止，对叶小安之死其实毫不在意的李大状丝毫没有了平日的精明，他和叶大嫂接收了"叶小安"的尸体，简单了解了一下当日的情况，委托于家代为调查凶手的下落，便护送着灵柩返回卧牛岭去了。

看着李大状一行人离开铜仁城，坐在茶楼上的田彬霏微微一笑，向两个下人招招手，便登上滑竿，听着那滑竿发出的美妙声音，返回了七星观。

· ※ · ※ · ※ ·

寺，廷也，有法度者也。庙，居之于朝廷同尊者也。而观，于上观望，窥测天意，以求天人合一之所在。

七星观，虽然自长风真人入驻香火鼎盛，香客如云，但也仅限于前观，后观依旧是外宾止步的修行之所，极是清幽。

不过，这里现在却有一群并非道士的人长住，而且其中还有女人，只是他们捐献的香油钱实在惊人，观中修道之士无论上下，都视之如衣食父母，不会挑剔他们扰了自己的清修。

田彬霏的滑竿儿从观后角门儿抬进来，便直接进了后观。

祈禳殿，存思堂，滑竿儿停下，田彬霏又被抱上一辆木轮车，便被人推了进去。

"你不用说了，我是不会答应你们的！"

存思堂上，人人都认为已经死掉的叶小安正站在那儿，脸色苍白，满眼恐惧地看着田雌凤。田雌凤妩媚妖娆，与田妙雯有六七分相似，比初为人妇的田妙雯更年长几岁，仿佛一枚熟透了的桃子般娇艳欲滴。

这样的美妙妇人，再加上她的巧笑嫣然，换作其他场合，只怕要看得叶小安魂销无比。但此时叶小安看着她，却像是看到了一只罗刹女鬼，似乎她马上就要张开血盆大口，嚼得他尸骨无存。

"你回来了？怎么样？"看到田彬霏，田雌凤放弃了对叶小安的劝说，微笑着迎向田彬霏。

田彬霏看了叶小安一眼，刻意加重了语气："卧牛岭派了李秋池，陪同叶小安的妻子来到铜仁，已经接收了尸体，扶棺返回卧牛岭了。"

叶小安本就脸色苍白，听到这话，仿佛被一记重拳击中了脑袋，踉跄退后两步，一屁股坐在椅上。他还活着，但所有人都认为他已经死了，就连他多年的枕边人，与他育有一子的女人，也是一样。这一刹那，他有一种被整个世界抛弃了的感觉，那是一种无法言说的恐惧。

田雌凤微微一笑，对田彬霏道："好得很，我立即派人通知天王，咱们这边偷了天，那边就好换日了。"

田雌凤向田彬霏递了个眼色，示意他趁着叶小安心防已失，继续劝说，便姗姗地走了出去。他们这番话根本就没有背着叶小安，也根本无须回避，这件事要办成，叶小安必须要参与其中，又何必瞒。

田彬霏轻轻推动轮椅，来到叶小安面前，他坐在轮椅上，与坐在椅上的叶小安差不多一般高，但一个腰杆儿挺拔，一个委顿在那里，高下立判。田彬霏看着叶小安，就像掌人生死的神祇俯视着一个蝼蚁般的存在。

"叶小安，从现在开始，你已不存于世了。所有的人都认为你已死去，包括你的父母和妻儿！"

叶小安怒视着田彬霏："我还活着！"

蒙面巾上露出的那双眼睛带着一抹笑意："有什么区别？如果我现在杀了你，不会有人知道你又死了一回，你的家人甚至不会为你再悲伤一次。你真的还活着？"

叶小安艰涩地咽了口唾沫，眸中露出绝望之色。

田彬霏悠然道："你是叶小天唯一的手足，可叶小天对你怎么样，你心里有数，他有把你当过兄弟吗？那么多外人都可以掌握大权，可你这位亲兄弟却没有一点实际的权力，可悲啊！"

田彬霏往叶小安的心里埋着恶毒的种子："如果他信任你、重用你，委你以大权，谁敢轻视你？而现在的你，在卧牛岭算是什么东西？一个可有可无的人，不！是一个人人憎恶的废物！"

叶小安抬起头，恐惧而愤怒地瞪着田彬霏："你怂恿我杀害我的弟弟？"

田彬霏嘴角绽起一抹轻蔑的笑意，只是隔着蒙面巾，叶小安看不见："你也配？杀叶小天？呵呵，叶小安，你觉得你有那个本事吗？"

田彬霏不屑地看着叶小安："你答应或者不答应，叶小天都要死！杀他的人，不是你，而是我！他，只能死在我的手上！"

田彬霏傲然扬起了下巴，随着他说话，蒙在脸上的黑巾轻轻起伏着："卧牛岭的根基太浅了，别看它现在风头甚劲，可它就连梅邑洞司那样的三流小土司都比不上！"

田彬霏毫不客气地指评着："如果梅邑洞土司死了，他的家族不会遭到撼动，新的土司可以立即即位，梅邑洞治下的大小头人们不会心生异志，也不会树倒猢狲散，可是卧牛岭做得到吗？

"什么叫底蕴，这就叫底蕴，它需要千百年的酝养。再如何天纵奇才，他可以如彗星经空，灿烂无比，却无法利用他的英明神武，弥补这需要无尽岁月才能孕育出来的底蕴。"

田彬霏又推了一下轮椅，他的轮椅前缘已经抵在叶小安的膝上，本该是他双腿的地方，只有空荡荡的袍裾。

田彬霏盯着叶小安，一字一句地道："叶小天，一定得死！叶小天死了，卧牛岭还会存在吗？卧牛岭不复存在的话，你的父亲、母亲、你的妻、子，还会存在吗？你应该知道，叶小天招惹过多少仇家，一旦失去了卧牛岭势力的庇护，随便一只阿猫阿狗，都能把你叶家打进十八层地狱，永不超升！"

如果失去了二弟，如果失去了卧牛岭，叶家人会遭遇怎样的下场？只稍稍一想，叶小安就禁不住遍体生寒。

田彬霏就像一个循循善诱的长者，正在说服教育一个愚蠢的晚辈："你没有背叛你的家族，你的弟弟也不是你杀的。你只是在不得已的情况下，为了不让你兄弟耗费无数心血一手打造的势力消散，而勇敢地承担起这份责任啊！"

听着田彬霏的话，叶小安的眼神有些迷惘起来，他觉得田彬霏说的每一句话都很荒唐，但又似乎大有道理。

田彬霏道："如果没有杨天王的帮助，你能上位吗？你在卧牛岭是个什么局面，你很清楚！当叶小天死后，你叶土舍登位会有人扶保你吗？凭你的能力，站得住吗？"

"杨天王一世枭雄，叶小天自不量力，欲与天王争雄，天王轻而易举就能灭了他。叶小天一死，卧牛岭势力烟消云散，因此陷入绝地的，只能是你们叶家，而不是其他任何人！"

"对杨天王来说，举手之间灭杀了叶小天，也就起到了震慑的作用。卧牛岭这股力量，还没看在天王眼里。归顺天王、服从天王，你不过是给天王的锦绣江山添了一朵花，而天王垂恩栽培，对你、对你们叶家来说，却是雪中送炭啊！"

叶小安的眼神儿更加迷乱了，经田彬霏这么一说，他心中的罪恶感顿时减轻了。他所抵触的，是加害他的兄弟。亲兄弟啊，打断了骨头还连着筋呢，从小一起长大的亲兄弟，纵然现在常常因为彼此的理念与行为而酿成冲突，又岂能彻底消除那骨肉亲情？

可是，如果叶小天得罪了杨天王，不得不死，他的死与叶小安是否答应冒充叶小天没有必然联系，那么，荣华富贵他要不要？权柄地位他要不要？自己与家人的安全，他要不要？

看到叶小安迷乱的眼神儿，田彬霏微笑起来："你那兄弟能有今日，很大程度是倚仗他所掌握的蛊教力量。而蛊教最强大的本领，就是蛊术，你虽然不懂蛊术，但你在卧牛岭这么久，应该也听说过它的种种神奇之处。

"而我就精通蛊术，我的蛊术比你那位胞弟还要高明得多，我所掌握的蛊术之中，有一门秘蛊，甚至可以操控一个人，你也不想让我迫于无奈，把你变成一具行尸走肉吧？"

田彬霏这句话就有些夸张了，但是蛊术早已被世人神化了，在叶小安心旌摇动的时候，这无疑又加了一块说服他的筹码。

"你好好想一想吧，我不逼你！不管你答不答应，叶小天都要死！复仇？你没那个能力！天子处死一个大臣而保全他的家族，他的家族是臣服于天子呢，还是不自量力地思谋反叛？你久居京城，见多识广，不妨好好想一想。杨天王，就是此地的天子！"

田彬霏就像是在放风筝，紧一紧，又松一松，说完这句话，他就转动轮椅，悄无声息地离开了。叶小安坐在那儿依旧保持着委顿的坐姿，但胸膛却急剧地起伏着，就像刚刚激烈地奔跑过。

"话语如刀，直指人心哪！"田雌凤吩咐人给杨天王送信，安排完毕已经回来，但她没有进房间，而是站在外面听着，等到田彬霏出来，田雌凤不禁由衷地赞了一声。

田彬霏微微一笑，推动轮椅向前行去，田雌凤漫步随在一旁："刚刚收到贵阳那边的一些消息，事关田家，你要不要听听？"

"不要！"田彬霏果断回答，"关心则乱！我做不到不关心，莫如不知道。"

田雌凤诧异地看了他一眼："你一生致力于恢复祖上荣光，现在真能割舍得下？"

"不需要割舍！"

田彬霏双手按住轮椅，停止了前行："田氏家族不用我操心，如果我不在田家就会垮，那么我就是在，也休想带领田氏家族恢复祖上的荣耀。何况，小妹已经回去，纵然我在，也不见得比她做得更好！"

田彬霏说着，极目眺望着远方，目光闪动。他的确是相信他的消失会让家族在阵痛之后，更加健康强壮，何况他还会暗中维护着家族。但是，是否有利用这个理由把小妹羁绊在家族中的私心，那就连他自己也不清楚了。

"做正事吧！"

失神片刻，田彬霏涣散的目光渐渐凝聚成锐利的光芒，淡淡地道："叶小安在大势面前，他会屈服的！接下来，我们该去换日了！叶小天，一定要死！"

第七十九章

讲　断

一

铜仁张氏彻底搬离了他们统治了五百多年的铜仁府，辗转迁徙到贵阳，他们已经在贵阳城外买下了七百亩土地，涵盖了田地、木林和一条河流，看来是打算在此效仿田氏，打造一座家族式的城镇。

一到贵阳城，张家的人就听说了韦业被杀的消息，心中不免生起几分悲凉。然而，此时此刻他们又能怎么样呢？他们搬离铜仁，不仅仅是惧怕，也是一种表态。

几百年的苦心经营啊，根系之繁之深，恐怕任何人也挖之不绝，唯有把这棵大树连根拔起，它遗留于土壤中的那些扯断的根系才会渐渐枯死，或者渐渐生长成为一棵独立的植株。

张家主动迁徙，才能让叶小天和于珺婷放心，放弃任何可能的对他们的迫害。张氏后人到了贵阳，来得无声无息，根本没有人注意到他们的到来，准确地说，是上层权贵们没有人注意到他们的到来，哪怕是那般庞大的一支车队，足足有数百辆牛车骡车，数千口人的到来。而宋英明只带一二十名铁血侍卫，风尘仆仆地赶到贵阳城，却仅仅在小半天内，就已无人不知。

自从宋晓语当街杀人，他们就知道，一场大人物之间的博弈，将要在贵阳城展开。而这场博弈的双方操盘手，就是宋英明和叶梦熊。宋家天刀，虽然是年轻一辈中的翘楚，可让他对弈叶巡抚，资历尚嫌不足。

宋英明到了贵阳城，居然连他的别业都不去，一阵风般径直冲向抚台衙门。而叶梦熊做得也绝：不见！理由是尚未做终审，他身为主审，不宜私晤犯人家属。

叶梦熊居然做得这么绝，人人都以为宋英明会勃然大怒，调集他在贵阳城中的力量直接撞开抚衙大门了，可是更令他们大跌眼镜的是，宋英明竟丝毫不怒，只提出了另一个要求：他要见见女儿。

照理说，这一点也是不合乎规矩的，那是杀人重犯，不是寻常的小偷小摸。可问题是宋英明也不是寻常人，叶梦熊并非食古不化，他当然明白见好就收的道理。

于是，宋英明就畅通无阻地进了提刑司大牢。

宋英明穿着便袍，牢中女犯都不晓得他的身份，但是看那平日里阎王一般威风的正副司狱忽然变成了小鬼儿，踮着脚尖一路小跑地跟在此人身后，而且脸上带着无比谦卑的笑，她们马上就知道此人的身份了：宋天王。对她们而言，他是居于九天之上的天神一般的存在。

"打开牢门！"

"这……"

狱卒摸着钥匙，迟疑着看向他们的司狱大人，高司狱笑脸一收，嗖地上前，移形换影一般，奇快无比。他一把抢过狱卒腰间的钥匙，把他狠狠地拨拉到一边，迅速打开了牢门，点头哈腰地道："宋老爷子，您老人家请。"

宋英明看了看牢中摆设，脸上阴郁之色稍减，叶梦熊还没做绝，否则纵然拼着元气大伤，他也要不惜与叶梦熊一战了。宋天刀沉声道："小妹，爹爹来看你了。"

宋晓语抱膝团身坐在榻上，正在痴痴出神，这么多人到了牢门前，她都恍若未见。听到宋天刀的声音，她才蓦然清醒过来："爹！"

看到站在牢门外的宋英明，宋晓语先是一喜，腾地就下了榻，欲待扑出牢门，看到宋英明半白的头发，心中一酸，忽然就双膝一屈，跪了下去，向宋英明深深地叩了个头："爹，女儿不孝。受父母大人养育多年，未曾有半点报答，还要给父亲平添许多麻烦，女儿不孝……"

宋晓语说着，两行清泪流下。宋英明鼻子一酸，眼睛微微发红，迈步进了牢房，踩着薄毡的地面，走到宋晓语面前，轻轻抚着她的头，低声叹道："傻丫头，傻丫头啊……"

宋英明弯腰把女儿扶起来，正容说道："女儿莫急，爹很快就救你出去。"他又侧目横了候在外面的高司狱一眼，冷冷地道："老夫的宝贝女儿，你好生侍候着，但让她受半点委屈，老夫叫你尸骨无存！"

高英杰吓得扑通一下跪在地上，连声应承："宋老爷子放心，小的就是吃了熊心豹子胆，也断然不敢叫大小姐受半点委屈！"

※·※·※

程番长官司、上马桥长官司……一位位土司大人相继赶往贵阳。就连宋英明都吃了闭门羹，他们当然不会自讨没趣，去敲巡抚大人的门。

而事实上，他们也不需要去，他们赶来贵阳，表面上甚至没有一点与此事有关的样子，但是谁都知道他们就是为了宋家而来。他们来，只是表明一个态度——与宋家共进退，而这一点，才是不容任何人忽略的最关键处，它的作用，甚至是凌驾于律法之上的。

然而，律法方面，宋英明也没有放松。既然叶梦熊说终审未定，那就是还要做最终裁决。这样一件案子，其实早已上升到政治层面，法律本身的意义微乎其微，但是这个面子功夫还是要做的，于是贵州四大讼师的三位，全都被宋家聘下来了。

贵州四大讼师，以李秋池为首，但是李秋池做讼师，固然赚得盆满钵满，可惜社会地位却始终提不上去，他也不知是受了什么刺激，突然跑去葫县给人做师爷了。

这厮眼光也毒，居然投靠了当时还只是一个县丞的叶小天，如今他赫然已是卧牛长官司的"家政"，这可就不是师爷那么简单了，来日必然成为一方头人，传承百代。

当然，叶小天现在只是一个吏目，没资格封什么"总理""家政""头人"，可谁都晓得那只是一个笑话，他的势力有增无减，巡抚叶梦熊都让宋天王吃了闭门羹，叶小天却能成为他的座上宾，世上有这么霸道的吏目吗？

令人羡慕啊，其他三大讼师每每想起此事，都有痛心疾首之感，怎么这雨点儿，偏就砸到李秋池头上了？他们只道是李秋池眼光毒辣，要是他们知道李秋池一开始前往葫县竟是与叶小天为难去了，又不知该有何想法。

叶梦熊任由杨英明调兵遣将，我自岿然不动。他只把定一条原则，你"小西天"有没有造反的决心？只要没有，你奈我何？

……

叶小天此来贵阳城，本来是做好了成为全城瞩目的新贵人物的打算，没想到因为宋天王与叶梦熊之间的这场博弈，根本就没人注意到他了。

犹记得他成为卧牛岭土司，初至贵阳时，满心以为会成为贵阳的风云人物，谁料贵阳顶层的权贵几乎无人关注他这个自鸣得意的新晋权贵。要不是后来发生了花溪血案，他也就无声而来，无声而返了。

此次叶小天来贵阳，可谓是最大的胜利者。可惜只是在叶巡抚亲自接见他时风光了一把，随着宋晓语姑娘的到来，他迅速变成了一个陪衬。就连在田家，现在最引人注目的也是田嘉鑫，叶大老爷彻底被人遗忘了。

叶小天倒是乐得如此，他如今也算是一方枭雄了，总不能凡事都亲自出手打打杀杀吧。高居九重天幕之上，一言决人生死，一念定人贵贱，那才是真正的大人物该有的表现。

在朝，这样的大人物是皇帝及其内阁的综合体，在贵州，安老爷子也算是这样了不起的一个大人物，叶小天虽然比起他们还远远不及，但是却也该过了亲自冲锋陷阵的时候了。

就说铜仁张知府、于监州吧，除了同等身份的大人物之间的博弈，有几件事是需要他们亲力亲为的？如果凡事都需要他们亲自出面，只能证明这股势力还未成形。

叶小天倒是很享受现在这样的生活，每日与田妙雯游览贵阳山水名胜，悠游自在，胜似神仙。但是叶梦熊却不想他这么清闲，在曹家、童家、展家和杨家的人相继赶到贵阳之后，一个青衣皂隶便出现在了田家大院的门口。

"抚台大人有命，请贵府姑爷、卧牛司吏目叶小天，于明日辰时三刻，前往抚衙，抚台大人要亲自出面，为石阡、铜仁两府诸土司'讲断'！"

展家、杨家和铜仁张家已经被叶小天整治得没了脾气，抚台大人还没调停，张家就已经把家都搬到贵阳来了，他们哪里还有可能同叶小天争风，认命啦。

至于石阡曹家，倒是还不死心，他们也确实有理由不甘心，虽说曹瑞希一直就对童家没怀什么好心眼儿，可曹家和童家毕竟不曾有过真正的大冲突，曹家联合展家，本来是想分割杨家、侵占卧牛岭的，谁知咬人的狗是不叫的，一直不声不响的童家突然出手，一下子就抄了曹家的老窝，他们找谁说理去？

可惜，形势比人强，叶梦熊对叶小天是明显偏袒，对童家吞并曹家，居然也毫无异议。对曹家的哭诉，叶梦熊置若罔闻，只是象征性地问询了几句，便做出了由童家御曹氏故土、子民的决定。

"多谢大人为下官主持公道！"

叶小天和童云双双离席，向叶梦熊施礼道谢，一旁曹、展、杨、张四家神色无比怪异："主持公道？你们夺我土地、占我子民，把我赶出故地，还说是为你主持公道？"

童云激动得浑身发抖，满面红光，这可是开疆拓土之功啊！叶小天就淡定多了，对童云来说，这是远超父祖的莫大功绩，祖祠族簿上都要重重地写上一笔。而对叶小天来说，他的全部江山都是他亲手打下的，作为卧牛叶氏的始祖，他有什么好激动的。

童云只需要向叶梦熊长揖道谢，叶小天现在被贬成吏目了，级别相差太多，要施礼就得下跪。叶小天不情愿，僵着两条腿慢腾腾地刚蹲下去，就见叶梦熊淡淡地扫了他一眼："叶小天！"

叶小天趁势站住了："下官在。"

叶梦熊淡淡一笑："你年纪不大，傲骨倒是够硬，本官一生，南征北讨，东挡西杀，为朝廷立下莫大功勋，才有今日这一省巡抚之职。论年纪，可做你的祖父，论官职，与你天壤之别，叫你跪一跪本官，委屈了你吗？"

叶小天脸一红，仔细一想，无论从哪一方面算，向这位当世名臣跪上一跪似乎也没有什么，叶小天有一点好处：知错能改。当下神色一正，对叶梦熊道："大人教训的是，下官知错了！"

叶小天正容站定，正要向叶梦熊行跪谢之礼，叶梦熊已经站了起来，离开公案，面南背北地站定，忽然神色一肃，沉声喝道："叶小天，接旨！"

叶小天吓了一跳，旁边不管是正兴奋的还是沮丧的，也都愕然抬起头来。叶梦熊看着叶小天，揶揄地道："怎么，你叶大人还是不肯跪？"

叶小天干笑道："大人说笑了。咳！臣叶小天接旨！"

叶梦熊徐徐展开从袖中摸出的圣旨，缓缓展开，抑扬顿挫地念了起来。听那意思，大概是说叶小天自从受到惩处，便改过自新，安分守己，约束部众子民，扶助弱小，搭桥铺路，造福乡里……所以皇帝老爷决定让他官复原职。

陪跪于一旁的张家、展家、杨家、曹家等人听得泪如雨下："不就是叶小天把他抢的地盘的司法权都交给朝廷了吗，用得着把他描述成一个慈眉善目的大善人吗？"

叶梦熊念完了那又臭又长的圣旨，将它卷起，叶小天立即高举双手，郑重接过，叶梦熊似笑非笑地道："叶长官，恭喜啊！皇恩浩荡，希望你能体会上意，做好一方牧守，莫要让皇帝失望。"

叶小天毕恭毕敬地道："大人的教诲，下官记下了。"

叶梦熊摆了摆手，对张、展等家族的人道："你们退下吧，叶小天留下，老夫还有话对你说！"

叶小天垂首肃然道："是！"

众人鱼贯而出，堂上一清，待众人离开，叶小天那拘谨乖巧的模样儿登时不见，他也不等让座，便走到一旁坐下，笑嘻嘻地对叶梦熊道："大人好手段，这一记敲山震虎使得好！"

叶梦熊乜了他一眼，在上首坐了，冷哼道："老夫敲的什么山，震的什么虎？老夫怎么不知道。"

"老大人，自己人，就不用这么假惺惺了吧？"

叶小天笑嘻嘻地道："宋天王那里正招兵买马、磨刀霍霍，大人挑在此时给我们'讲断'，居然还变出一副圣旨来，算是个什么意思？大人您这是在告诉那些赶来铜仁向您老人家示威的那些土官，您不是土官，您总有一天会离开，可是只要您在一天，就代表着朝廷一天，您能让人贵，也能让人贱，大势所致，他们想帮着宋天王对付您老人家，最好掂量掂量后果得失啊，对吗？"

叶梦熊冷哼道："胡说八道，以小人之心，度君子之腹！老夫堂堂正正，襟怀坦荡，行事至正，身为巡抚，牧守一方，一言一行，代表朝廷，岂会偷偷摸摸、遮遮掩掩？"

叶梦熊义正词严地训斥罢了，身子忽地一侧，稍稍压低了些声音："设立司法衙门的事，你可要配合本抚好好办理啊！朝廷对此甚是重视，出不得半点差错。"

叶小天："……"

叶梦熊又道："还有，宋英明不救回女儿，绝不会善罢甘休。老夫倒也不是定要与他女儿为难，可宋家一向藐视本抚。藐视本抚就是藐视朝廷，这次总要给他些教训才好。然则，世事难料，万一真要闹到骑虎难下的境地……"

叶小天咳嗽一声，一本正经地道："抚台大人放心，您就铆足了劲儿地跟他干吧，真要闹到不可收拾的时候，小的给您搬梯子。"

叶梦熊抚须颔首："孺子可教！"

第八十章

讲断人也讲断

一

"古法？呵呵，你要和朝廷讲古法吗？要说古法，汉初便有'今人相杀伤，虽已伏法，而私结怨仇，子孙相报，后忿深前，至于灭尸敛业，而俗称豪健'之说，朝廷又是如何处理的呢？'若已伏官诛而私相伤杀者，虽一身逃亡，皆徙家属于边！'"

说话的是刑科司吏曹凝，精于律法，据说一本《大诰》他能倒背如流。此刻，宋家聘来的三大讼师正与抚台衙门和贵阳府的刑房、推官署等官员唇枪舌剑。

夜郎第二状师谭笑生淡淡一笑，傲然上前道："你也说虽已伏法而私结怨仇，你也说已伏官诛而私相伤杀。请教，韦业害死了田家公子，他是已经伏法了呢，还是已经官诛？"

夜郎第三状师赵甲庸缓步上前，沉声接口道："韦业既未伏法，也未就诛。他还活蹦乱跳的，此来铜仁，他居然是代表杨家，接受抚台大人'讲断'来的，曹司吏可不要说他此来是要伏法的。"

赵甲庸在夜郎四大状师中排名第三，但年纪最大，若搁在后世，像他这样名闻一省的大律师社会地位可算是相当尊贵，但是在这个年代，讼师很不招朝廷待见，虽然讼师都是读书人出身，却也不受士林待见，所以他们既依附于官府而生，又和官府天生对立。

赵大讼师性情素来沉稳，此番要打官司，对头是抚台大人，依他一向的脾性本来是不会出这个风头的，但这次邀他出面的可是"小西天"宋家。且不提宋家的酬劳是何等丰厚，而且一旦这场官司打赢了，他的名声就不仅限于贵州一地，而是要名扬天下，所以就连赵老讼师也是摩拳擦掌，爽快出面了。

曹司吏冷笑道："韦业不曾伏法，那是因为没有人告到这抚台衙门里来，否则你以为抚台大人会不受理吗？你们藐视王法，有了冤情不向抚衙举告，而是兴私兵报仇，我大明律法里可没有这么一条。"

"举告？就算抚台大人肯接受举告吧，可宋姑娘尚未出嫁，要举告也是该由田家人来举告。宋姑娘如何抛头露面？宋姑娘明明尚未出嫁，只为一纸婚书，便以田公子妻子自居，此谓之节，当大力褒扬。

"宋姑娘因'节'而杀人，情有可原，理当宽赦。据我所知，我朝虽不鼓励私相复仇，但是因'孝'、因'节'、因'忠'、因'义'而杀人者，是有过宽赦先例的。"

这回说话的是四大状师中的纳鋈迦，这是一位纳西族人，但自幼生长于贵阳城内，接受汉家教化，谈吐气质一如汉儒无异，也是一位以笔作刀、铜齿钢牙的有名讼师。

曹司吏矜持地道："是否宽赦，那是法理之外、主审之官决策之事了。如今抚台大人不赦，显然是认为此案重大，影响恶劣，纳讼师此等言语，看似有理，却不足为据。"

谭笑生厉声道："情理与法，时而合，时而分，并不统一。盖因如此，圣人治世，亦不拘于法。十二年前曾有一案，江南余姚有一男丁名曰孙文，幼时父为族人杀死，及其长成，趁其不备，猝而杀之，未几获赦。

"何也，孝道也！父为子纲，夫为妻纲，今宋姑娘为早有婚约在身的田公子复仇，与余姚孙文一案有何不同？孙文赦得，宋姑娘便赦不得？抚台大人铁面不赦，不怕坏了三纲五常吗？"

这顶大帽子祭出来，性质就严重了，刑科众书吏、府衙的推官等一干人等一拥而上，抻长了脖子理论起来。要比打口水官司，谭笑生、赵甲庸、纳鋈迦等人怕过谁来，登时唾沫随手势而飞，脸色共猪肝一色，把个抚台大堂当成了泼妇骂街之地。

二进厅堂里，分坐左右的宋天王和叶抚台就斯文多了，他们不要说唾骂，连一句言语都没有，整个二进大堂里静悄悄的，只有偶尔的轻微啜茶声。

"哎！宋大人呵护爱女的心思，叶某是明白的，叶某也有子有女嘛。可王子犯法，与庶民同罪啊！令爱当街杀人，本抚很难做啊……"

叶梦熊抚着胡须，慢条斯理地说着，根本看不出曾是一位统兵数十万、镇守北疆令敌酋望风而逃的大帅。

"如今，亏得卧牛岭叶土司教化地方有功，铜仁、石阡两地多位土司、头人纷纷上书朝廷，请求朝廷置府衙、一统司法，上意大悦。否则单单听说令爱倚仗豪门，肆意杀人，必然龙颜大怒，那时，只怕本抚也要被动了。"

宋英明闻弦音而知雅意，马上不屑地瞟了叶梦熊一眼。"我女儿在你手上，就想威胁我水东宋家拱手交出司法之权吗？简直是做梦！"

土司最重要的几项权力有世袭权、行政权、赋税权、征兵权、司法权，其中最常用的，对土民来说影响力最大的，就是行政权、赋税权和司法权，这是土官行使其职权的基本权力。如果没有这三项权力，征兵权就无法实施，世袭权在手也无济于事，那样的世袭官和世袭铁匠、世袭狱卒还有什么区别？俨然就是中原的齐户编民了。

宋英明慢慢地吸了口气，道："是啊，这件事，是小女冒失，给抚台大人添了麻烦。宋某疏于管教，恕罪，恕罪！"

说到这里，宋英明又叹了口气，道："近些年来，播州杨氏蠢蠢欲动，不断挑衅生事，倚仗其兵强马壮，欺凌其他土司。我水东宋氏与播州杨氏只隔一条乌江，杨应龙常启战端，宋某不得不长期坐镇小西天，应对野心勃勃的杨应龙，以致忽略了对子女的教育，实在是惭愧啊。"

叶梦熊淡淡一笑，宋英明这是在邀功啊，替朝廷遏制杨应龙扩张野心的人是他宋英明，西南边陲的平静，他宋英明有不可或缺的重大作用，可谓劳苦功高。

可那又怎么样？宋家的地盘就在播州之南，就算不是为了朝廷，难道宋家就会向杨家拱手称臣，任由杨应龙的势力长驱南下？宋家抵制杨家是为了宋家自己，叶梦熊才不领情，他需要的是宋家向朝廷交出更多权力。

叶梦熊咳嗽一声，不动声色地道："播州杨氏桀骜不驯，常常惹是生非，本抚对此也有所察觉。不如叶某请示朝廷，于小西天以北乌江沿线设立卫所，以保地方，宋大人以为如何？"

宋英明脸色一变，对于行政权叶梦熊不便赤裸裸地插手，便拐弯抹角地想干涉司法，遭他拒绝之后，这又打起军事权的主意来了。"卫所、土司"相结合的军事建制，这在一些地方已经施行了，主要是在一些交通要道以及地方土官力量薄弱、不足以抗拒中央的地区。

比如葫县，早在它还是葫岭儿，由两位小土司管理期间，当地就驻扎了一支巡检武装。因为那里是入黔的要道关隘，同时当地的土官力量太小。

一旦容许朝廷在他的地盘上建立武装，那可如附骨之疽，再也休想抛得掉了，而且依附这些卫所，必然将有大量的汉民寄居，继而扩张成村、成镇、成城，渐渐侵袭、同化他们。

宋英明马上明确拒绝，道："多谢抚台大人美意，杨应龙虽有侵犯之心，但我水东宋氏尚有抵抗之力。若骤兴天军，恐令杨应龙惊惧，一旦狗急跳墙，做出什么不轨举动，恐烽烟四起，不是百姓之福，亦非朝廷所愿。此事，还是从长计议吧。"

叶梦熊冷笑两声，道："宋大人这也是老成谋国之见，既然你想从长计议，那就从长计议罢。关于令爱当街杀人一案，叶某是很想通融一二的，但……正因杀人者是你的女儿，影响深远啊！"

叶梦熊悲悯地叹息了一声，花白的眉毛微锁，好像真的在为宋英明想主意。宋英明盯着他，目光如剑："巡抚大人这么说，就是不能通融了？"

"能……倒是能的……"

叶梦熊慢吞吞地道："杀人偿命，国之大典。叶某苦思冥虑，才想到在'节'之一字上做些文章，也唯有在这一点上做做文章，才能让令爱免去死罪。不过……"

叶梦熊瞟了宋英明一眼："死罪可免，却也不能就此无罪释放，否则国法威严无存。"

宋英明微微眯起眼睛："大人之意，小女得在你这牢中关多少年？"说到此处时，宋英明声音已冷，寒气逼人。

叶梦熊完全没有受到宋英明的威势影响："不需坐牢，为亲为节而杀人，还是可以通融的，所以这死与不死、罪与不罪，其实都是可以商量的。不过毕竟是一条人命啊，岂可安然出狱？要释放令爱不难，须得依律杖六十，方可释放！"

叶梦熊瞟了宋英明一眼，加重语气道："我朝自建国至今，共有五起因孝亲而杀人的案子，皆得以宽赦，但被赦之人犯，都受了杖刑，例不可改，这已是本抚为了你宋大人，所能做的最大通融了！"

宋英明一听，顿时无名业火直冲百汇，眼神凌厉了起来。

受杖刑，那是要当众脱去裙子亵裤，被大棍击打的，就算是看在他宋天王的面子上，施刑者不敢使力，只是做做样子，哪怕那皮儿都不会打破，可那是他宋家的小公主，当众裸臀受刑？那宋晓语离开大堂第一件事，就得是自尽向祖宗谢罪，宋家也将因此而成为笑柄！

本来，死罪宽赦为杖刑，对普通小民来说，那绝对是天恩浩荡，主审慈悲，可同样的处理方法放在宋家小公主的身上，那就是比绞刑处死还要严重的处罚了。

宋英明缓缓地站起身来，一字一句地道："这就是叶抚台看在宋某薄面上，给予小女的通融？"

叶梦熊也缓缓地站了起来，宋英明屹立如山，气势骇人，叶梦熊这一立起，气势雄浑，浩瀚如海，虽不比宋英明的凌厉无匹，竟也没有落了丝毫下风。

叶梦熊淡淡笑道："不错！这就是叶某最大的通融，宋大人难道还不满意？"

叶梦熊不怕，根本就不怕，传承千年的宋氏家族会为了一个女儿，即便她是族长之女，就悍然造反吗？这是绝不可能的，就算宋英明肯，也会被整个宋氏家族的诸多长老联名否决，甚至罢黜这位已经疯了的家主。

不要说大明江山已定，就是当初朱元璋甫得江山，天下不稳的时候，安氏家族的当家人奢香夫人被大明都指挥使马晔寻衅挑事，裸其背、鞭笞其体，奢香属下四十八部兵马群情汹汹，奢香虑及后果，都没敢造反。

像杨应龙这样权欲熏心、胆大包天之辈毕竟是少数，叶梦熊断定宋英明不敢反，女儿又不能不救，所以他就敢不断加码，务求从宋家撕下一口肉来。可是……

"哈哈哈哈……"宋英明放声大笑,声震屋瓦,"如此说来,那就多谢你叶抚台了!宋某等着你慈悲为怀,宽赦小女吧!"

宋英明把大袖一拂,转身就走,走到厅门口时霍然站住,回首看向叶梦熊,掷地有声道:"宋某此去,先辞家主之位,再自革出门!从此与宋家再无半点干系!"

一直淡定的叶梦熊听到这句话倏然变色,他有想过谈判破裂,可他没有想到宋英明竟然如此刚烈,时人谁不重出身门庭,可他竟然要自革出门、与水东宋家撇清关系。这么做,他是想干什么?

宋英明撂下这句话,立即大步走了出去,龙行虎步,杀气腾腾。叶梦熊脸色无比凝重,宋家不出点血,他是绝不能让步的。否则一遇激烈反弹,他就退让通融,他如何一统贵州势力,如何把各大土司聚拢到他旗下,继而对杨应龙出手?

可他万万没有想到,这宋英明既不肯出让司法权,也不允许朝廷在水东建立卫所,偏又是性如烈火。没错,宋英明是不敢为了女儿把整个宋氏家族带上造反之路,可他为了女儿,却可以抛下他的一切。

叶抚台只考虑了他身为一族之长的一面,却忽略了他身为父亲的一面。如今两人的谈判彻底决裂,一旦真的杖刑宋家千金,可以想象得到,宋英明会做出多么可怕的事来,叶抚台骑虎难下了。

"来人!"

叶梦熊一扬眉,沉声一喝,门口由他的亲兵转为家丁的两个青衣大汉立即闪进门来,叶梦熊沉声喝道:"速传卧牛长官司叶小天来见我!十万火急,不得片刻迟延!"

第八十一章

利字摆中央

一

曾经有只无法无天的猴子，所到之处，总是搅得天翻地覆，他制造的最大的一场热闹，也是最大的一场祸事，就是"大闹天宫"，玉皇大帝派人往西天请佛祖出手。

曾几何时，那只猴子修成了正果，从一个招惹祸事的灾星，变成了受人敬拜的神。如今，叶小天自京师归来，占据铜仁，掌控石阡杨氏，挟制石阡展氏，影响石阡童氏，赫然也成了神灵。

随着叶梦熊的召唤，叶小天倏然出现，不过来的不只是他，还有一个三十多岁、国字脸、方下巴、下颌宽厚的男子。两人走进叶梦熊的书房时，是并肩而入的，也就是说，此人的身份地位，不在叶小天之下。

叶梦熊微微眯起眼睛，望了此人一眼……不认识！

叶梦熊道："叶长官来了，坐，请坐！这位是……"

田嘉鑫自从踏进府门，心里就开始紧张，他想长吸几口气，停下来休息一下，或可让自己平静下来，但他不愿让叶小天看出来，强自忍耐，反而造成了气短。

这时听叶梦熊一问，田嘉鑫"呼"地喘出一口大气，急忙踏前一步，长揖一礼，恭声道："两思田氏，田嘉鑫，见过抚台大人。"

书房相见，不叙官礼，他是不用跪的，这一礼倒也妥当，不过虽然是熟了的动作和言语，还是透出几分急促，叶梦熊还是不知道他是什么人，微微皱了皱眉，看向叶小天。

叶小天微微一笑，拱手道："抚台大人，这位是田家十四郎，能文能武，性情沉稳，拙荆一向甚为青睐。"

叶梦熊恍然大悟，这是田家选出来的新任家主人选啊。叶梦熊微生不悦，不管来者是谁，他今日要找叶小天商议的乃是秘密大事，怎好教他人在场？想到这里，叶梦熊忽然心中一动。

从以往的交往来看,叶小天不是不知轻重的人,那他偏要把这田嘉鑫带在身边,就大可商榷了。

叶梦熊是何等人物,马上就想通了其中关键。虽然他还有些怀疑这田嘉鑫的能力,但是有叶小天照拂着,相信田嘉鑫能发挥应有的作用。叶小天带田嘉鑫来,肯定有"借势"的打算,但是田嘉鑫若坐稳了家主之位,那时谁敢说田嘉鑫被立为田氏家主,其中没有叶抚台青睐之故?

对急于打开局面、进一步扩大影响的叶梦熊来说,这显然是一桩两利之事。叶梦熊马上微笑起来,再也不介意叶小天的"强行推销",向田嘉鑫亲切地点了点头:"原来是田十四郎,请坐!"

叶小天和田嘉鑫双双落座,小厮上了茶来,叶小天咳嗽一声,道:"大人,听说今日'小西天'的宋大人驾临抚衙,与抚台大人还生出些不愉快?"

叶小天主动谈起这个话题,正合叶梦熊心意,叶梦熊叹了口气,道:"是啊!宋英明爱女心切,本抚是理解的。然则,杀人偿命,欠债还钱,国法岂同儿戏?本抚也是爱莫能助啊。"

叶小天道:"不知宋大人提了什么要求?"

叶抚台哂然道:"他能提什么要求?宋姑娘因'节'杀人,罪无可恕,情有可原,本抚依照因'孝'杀人等旧事,也欲网开一面,宽赦了她,但人可以宽赦,可不能不予制裁,本抚欲依律杖宋姑娘六十棍,宋英明甚是不满,拂袖而去了。"

叶小天心想,若只是拂袖而去,你就不会这么急吼吼地找我来了,恐怕是两个人彻底谈崩了,你也不想于杨应龙之外,再树一大强敌吧。如果真跟宋家结了仇,也不需要他们像播州杨应龙一般心怀叵测,只需凡事不从,凡令不行,处处扯你后腿,你叶抚台就难以掌控贵州了。

叶小天也不说破,只是眉头微微一皱,故作关切地道:"宋大人和抚台大人皆是朝廷柱国之臣,若是失和,岂是地方之福、国家之福?咳!十四郎可以从中斡旋,以求将相之和吗?"

田嘉鑫趁着叶小天与叶梦熊说话的当口儿,暗暗调匀了呼吸,见叶小天侃侃而谈,从容不迫,不免暗自惭愧。他终究是世家大族出身,一俟悟通,便也从容下来。

这时叶小天刻意问计于他,田嘉鑫精神一振,急忙道:"抚台大人维护国法,自无不妥。不过,宋姑娘毕竟是一个女子,且又是豪门贵胄,不比寻常小家碧玉,如若杖刑,恐与宋家颜面及宋姑娘本人,都是无法承受之辱。虽然宋姑娘冒犯了大人的虎威,但是念她是为夫报仇,节义可嘉,大人能否网开一面,免去这杖刑呢?"

"嗯……"叶梦熊抚着胡须,做起了沉思状,眼角却轻轻地乜着叶小天:"小子,如果只需老夫让步,还找你们来做什么?"

叶小天看了田嘉鑫一眼，没有说话，如果田嘉鑫处理不来，碰一回钉子也有助他的进步。不让他成长起来，妙雯放心不下，就得时时牵绊于田氏家族事务，该放手时还是得放手的。

田嘉鑫见叶抚台沉吟不语，又想了想，本意是想援引土司、土司家族仇杀可以赎金买罪的旧例，不过这是一个敏感话题，一则宋姑娘只能勉强沾得上这条律例的边儿，再者当初叶小天一案，已经打破了这条旧俗，就连叶小天都押送京师，由天子特赦，再予贬谪之处罚，宋姑娘如果能援引此例，又何需要他们出手，如果不识时务，提出这一条来，恐怕只会惹得叶抚台嫌弃。

田嘉鑫转念又想，试探着说道："一般女子涉案，通常不入牢坐监，由家人领回管教，其过其罪，由其家族代偿。宋姑娘所犯虽然不是寻常小案，但囿于其身份，再加上她是为情为节，仗义出手，大人是否考虑过，可以惩罚宋家，以儆效尤呢？"

叶梦熊习惯性地微微眯起了眼睛，对田嘉鑫的话题开始有些兴趣了："哦？若依十四郎之见，宋家该受何等惩罚，才既维护得皇家体面、朝廷威仪，又能彰护宋姑娘的贞烈节义之风呢？"

田嘉鑫飞快地思索了一下，没有贸然作答。这条件怎么开，可是大有学问，他要先探明双方的底线，才好对症下药，如果鲁莽地提出一个解决方案，却是双方早已谈崩的内容之一，他就要陷入被动了。

叶小天在叶梦熊面前不似田嘉鑫一般拘谨，见他苦苦斟酌，又不好直言不讳地询问叶梦熊，便替他开口，问道："想必宋大人与抚台大人也曾有过商议，不知抚台大人提过什么建议呢？"

叶梦熊稍一沉吟，道："老夫以为，宋姑娘心有怨愤，不知经由官府，擅行私刑杀人，韦业本有取死之道，宋姑娘却也因此触犯国法，全因水东百姓少受教化、不知有法。

"如果能在水东效仿石阡杨、曹旧地设立司法衙门，有巡检司负责地方治安，便可潜移默化，使得百姓有法可依。如此功德，足以抵得过宋姑娘一人之罪，只可惜……"

叶梦熊冷冷一笑，结果不言而喻。

田嘉鑫忙道："那么，宋大人就没有提出些解决之策吗？"

叶梦熊懒洋洋地换了个坐姿，道："那倒没有，宋英明只是向老夫请罪，说他因为与播州杨家常生事端，是以专注家族事务，对子女疏于管教。播州杨应龙对属下过于纵容，使得其与其他土司接壤地区常常滋生纠纷，本抚也是屡次告诫过他的。听宋英明诉说烦恼，本抚意欲在乌江沿岸设立卫所，由朝廷出面，隔断两司，免生是非，谁料宋英明却以为本抚欲插手其辖地，愤然离去了。"

田嘉鑫终于听明白了，行政权叶梦熊是没法剥夺的，那是土官五权最根本的东西，所以他想迂回一下，从司法权着手，如果能成功地建立朝廷的司法体系，至少可以夺走水东四分之一的统治权。

宋英明又不是白痴，自然拒绝，于是叶梦熊退而求其次，又想在水东设立朝廷卫所，卫所驻军兵力有限，而且对地方上的行政权、司法权毫无影响，甚至土官依旧还有自己的军队，只是于此之外，又多了一股军事力量。

卫所对当地土民的影响力就要远逊于夺得司法权了，但是毕竟也会产生一定的影响，尤其是威慑作用，这是一口未必落下来但是悬在头上总是让人不太舒服的刀。宋英明是一族之长，自然不能为了爱女就割让整个家族的利益，所以这一点显然也没有谈拢。

田嘉鑫苦思冥想，他最先想到的还是罚金，可再多的罚金，对财大势雄的宋家来说也不过是九牛一毛，对叶梦熊来说，在意的更加不是这些，宋家或会同意，叶梦熊又岂会在乎？

田嘉鑫心头怦然一动，忽地想到一点，可以在双方各让一步的情况下，都获得一个体面的下场台阶，田嘉鑫的眼睛蓦然亮了。

叶小天一直在关注着田嘉鑫的眼神儿，一瞧他神色，就知道他已想到了些解决之道，只是不知此事能否成功，犹自在分析判断，叶小天不禁微微一笑，轻轻摇了摇头。

谈判谈判，本就是一个双方不断试探、磨合、调整的过程，只要双方都有必须和解的需要，总会找到一个平衡点的。但这个需要不断提出自己的设想，在不断的否定当中寻找肯定，一个人在那儿闷着头分析怎么成？

说起来，这倒不是田嘉鑫智慧不足，还是因为他习惯了居于人下、听命行事，对于上意，习惯了反复揣摩，不敢轻率提出建议或意见的一种思维习惯。

这不是田嘉鑫的能力问题，只需要他渐渐适应新的身份，改变思维方式即可，如今事态紧急，可容不得他反复思忖。叶小天便道："十四郎似乎有些想法，不妨说出来听听，或可对大人有所启发。"

叶梦熊也颔首道："不错！有什么想法，不妨大胆地说出来，对与不对，都没什么关系。反正咱们是关起门来说话，私下探讨嘛，呵呵……"

田嘉鑫略有些不好意思地笑笑，道："抚台大人，在下倒是想到一个办法……"

叶梦熊鼓励地看着他："说来听听！"

田嘉鑫道："那在下就直言不讳了。宋姑娘有罪，不可不罚。但是影响宋氏一族根本的东西，宋大人纵然是一族之长，想必也不敢擅自应允。如果……宋家肯改纳贡为纳税，大人以为，可以由此赦免宋姑娘之罪吗？"

叶梦熊一呆:"纳贡改为纳税?"

贵州土官税赋权也是自治的,他们对朝廷通常采取纳贡的方式表示臣服,比如安氏土司向朝廷贡献过宝马,播州杨应龙前几年向朝廷敬献过大木。如果改纳贡为纳税……

叶梦熊抚着胡须,轻轻合上了眼睛。

这个税,指的是田税。明朝的农业税本就极低,而黔地贫瘠,农业不算发达,农业收入在土官收入中更是只占据极少的部分,征收税赋不会激起宋英明的强烈反对。

更何况黔地农业落后,完全靠天吃饭,自然灾害频繁,还可以常常报灾,包括做些手脚,无灾报有灾,小灾报大灾,再加上税赋的征收、田亩的多少,都掌握在土官手中,这个税赋更是可有可无了。

但是对朝廷来说,它在乎的不是这一点点银子,而是其中的重大意义,这让朝廷对贵州的直接统治又迈进了一大步,如果能因为水东的税赋政策改变从而推动整个贵州税赋的缴纳制度的建立,这是具有重大意义的。

朝廷获得的仅仅是个虚名吗?却也不尽然,对朝廷来说,这是一条可松可紧的绞索,需要的时候,朝廷就可以勒紧这条绞索,你既然是纳税,我丈量田亩理所当然吧?我核查你的实际收入天经地义吧?如果你有偷漏税赋,这几乎是必然的,想查谁都是一查一个准儿,我想制裁你合法合理吧?如此一来,朝廷可以在很多方面进行渗透、施加影响。

当然,这些都是后话,饭要一口一口地吃,路要一步一步地走,至少在施行税赋政策的头几年,绝不能做这些事,而且不能露出一点这样的意思。如果想以水东为诱饵,在贵州全省都推行改纳贡为纳税的政策,水东更要用来做示范,那更是最少也得在几十年内不可能采取更进一步的措施。

但……这毕竟是一个美好的开始啊!

再说,纳贡政策不仅不如税赋政策更能证明朝廷的存在、施加更多的影响,而且朝廷每每收了贡奉,回馈的礼物价值都要在数倍乃至十数倍之上,已成惯例,难以改变。如今若改纳贡为纳税,朝廷财务上也可以减轻很大负担。

这个让步固然比不上交出司法权或者允许朝廷驻军,但总归是有了一个良好开端,想到这里,叶梦熊炯炯有神的目光望向田嘉鑫,道:"十四郎可能说服宋英明吗?"

田嘉鑫道:"在下愿全力以赴!"

"好!"

叶梦熊站起身来,道:"如果宋英明肯答应,那就是有功于国。于国有功,朝廷自当加恩,因恩而赦,合情合理。这件事就拜托贤侄了!"

田嘉鑫喜上眉梢，有了叶梦熊的这句话，接下来的事就好办了，一旦他办成此事，叶梦熊这边必有表示。他本来就不是庸才，在叶小天的不断造势栽培下，声望地位在家族中日渐提高，如果再有巡抚的赏识，这个家主之位，谁也抢不走了。

田嘉鑫随着叶小天向叶梦熊告辞离开，一出府门，田嘉鑫便向叶小天长长一揖，肃然道："大恩不言谢！"他又不蠢，叶小天的所作所为，他自然心中有数。

叶小天微微一笑，道："十四郎本有鲲鹏之志、超世之才，惜乎没有发挥余地罢了。叶某所为，不过是牵线搭桥，代为引见，接下来如何，可就全看十四郎的了。"

田嘉鑫微微一惊，道："姑爷不陪十四去见宋家家主？"

"不必去！"

叶小天淡淡一笑，说道："抚台已经退了一步，他后边还站着朝廷，没办法再退了。接下来，只能看宋英明识不识趣了。改纳贡为纳税，对宋家来说，利益损失极微，至于长远如何，也不是朝廷一方就说了算的。朝廷有那个能力，今日不让步，来日依旧会有变化，朝廷没那个实力，今日答应了朝廷的，也不过是画出来的一张大饼。相信宋英明会做出一个明智的选择。"

田嘉鑫微露惭色，道："姑爷，十四今天才是真的服了你！我们田家的大小姐，也唯有姑爷这样的豪杰人物才配得上！既如此，那十四便自往宋家一行！"

叶小天笑道："好！那我先回去，等你回来，为你摆酒庆功！"

两人便在府衙门前分了手，田嘉鑫片刻不停，直奔宋家，叶小天也回转田家庄。依照他的想法，是解决了此事后，再往红枫湖走一趟。虽然说他和莹莹正式定了亲，在成亲之前按习俗不应再相见，叶小天却不是那么在乎这些世俗规矩的人。

但是，当叶小天回到田家庄，踏进田府大门的时候，李大状派来向他报丧的信使也风驰电掣地赶到了贵阳城外的十里亭，随着叶家信使的到来，杨应龙的"偷天换日"计划最关键的一步也正式展开了。明里暗里，不知多少人在根本不知情的情况下，为了这一计划，全力开始了运转……

第八十二章

交 接

一

田彬霏所居的院落与田妙雯所居的院落相对。门扉不锁,院内也没有侍卫巡弋,但没有人敢逾越雷池一步,实际上田家有许多人一辈子都不知道这座毗邻祖祠的大宅里边究竟是什么样儿。

每个田家人都拜过祖祠,但并不是每个田家人都有机会进入长房大宅,这里就像调兵遣将的白虎堂,又似发号施令的内阁中枢,就连田家还不谙世事的顽皮小娃儿们,上树掏鸟窝、爬狗洞、躲猫猫,都会自觉地避开这里。家人的告诫让他们从小就明白,这里是田家至高无上的所在。

自从田彬霏"过世",这里就像落了一道无形的锁,再也没有人进去过,原本住在宅内的下人也都搬离了这里。田妙雯推开门走进院子,就见一地黄叶随着门扉开启风的流动,在地上轻轻滚动,就像一个安眠的灵魂忽然唤醒了它们。

那一天已经过去很久了,但是田妙雯踏进这所院落,还是感到一种不可遏制的哀伤。她在院子里静静地站了许久,独立中庭,任那黄叶在裙下沙沙地翻动着。

许久,她才轻移脚步,走向田彬霏的书房。很久了,在田妙雯的吩咐下,没有人敢擅自闯入,所以这书房也少了人每日洒扫擦拭,可房间看来依旧是一尘不染。

博古架上有无价的藏宝,墙壁上有价值连城的古画,一桌一椅、一几一凳,都是古董。这套家具,是田氏历代家主使用过的,传承已近千年。当初田家迁离老宅时搬至此处,按照原样建造了书房,按照原样摆了进去。

田妙雯在田彬霏惯常处理事务的那张浮雕兽面纹漆木案前的蒲团上跪坐下来,轻轻抚拭着桌面边缘浮凸的木雕图案,追思缅怀片刻,轻轻叹了口气,摸着桌面浮雕上一只异形小兽口中的含珠,轻轻滚动了起来。

那桌面浮雕是一面有上古之风的古兽图案,四角各有一只异兽,或背生双翅,或利爪如龙,口中都含木珠一颗。这颗木珠是镂空的、能移动。

田妙雯并不是随意地抚动,左三圈,右两圈,再左一圈,每次都是选择木珠上的一道木质纹理与桌面木质纹理相吻合处停下。当四只木珠都依此拨动完毕,桌下承载桌面的四条飞熊状案腿中靠近主位的两条噔的一声,各自从口中吐出一截巴掌大的木块。

田妙雯取出木块放在桌上,看起来平平无奇的两块木头,当田妙雯随手拿起一旁的青铜烛台,在木块中间位置轻轻一顶时,奇迹出现了,木块中间被顶出一根圆柱体。

田妙雯将两根圆柱轻轻拔下来,双手灵巧地一拔、一掰、一拧,每一次动作,手中木块都发生着变化,这并不是两块完整的木块,而是用榫卯结构拼凑起来的,随着田妙雯的动作,它被不断拆解,变成了一堆奇形怪状的木头。

两块木头拆完,桌案上多了一堆奇怪木料,田妙雯又开始一一组装起来。她曾学过这套木材的两种组合方式,但是之前使用的机会太少,所以比较生疏。

用了很长时间,那堆木料在她手中组合成了一把钥匙,一把木制的奇形钥匙。她拿起钥匙,走到一旁的博古架前,深吸一口气,把它插进了博古架上似乎用来装饰的一道没有规则的孔洞。

用力转动三圈,一旁的墙壁响起了沉重的声音,墙壁像一扇障子门,向一侧缓缓移动着,从那厚厚的墙壁来看,外包的木板里面,是厚重的一扇铁门,铁门中出现了一排暗格,每间暗格里都摆放着一口匣子。

这些匣子被田妙雯搬到了桌上,打开来便有一股呛人的气味,每口匣子里都有防虫蚊的药物,田妙雯从匣子里取出了一摞摞的文牍,分门别类地放在桌上。

田家的密谍系统、商业系统、在中原秘密购置的田地、在西南由田家暗中把持的矿山……

田家的底蕴,其实远比它暴露在表面的力量要庞大得多,就像一棵被人锯断了的巨树,地面上只剩下磨盘大的一截树桩,但地下依旧是庞大的根系。

最后一口匣子田妙雯没有打开,因为那口匣子只能由家主掌握,那口匣子里装的是人脉,是田家用金钱、人情,一代代经营下来的庞大人脉。

官绅士宦,三教九流,唯有那人死去,藏在这匣中的有关那个人的一切才会销毁,否则谁掌握了这些秘密,谁就可以让那些人在力所能及的范围内为他做事。

田妙雯没有注意到这口匣子的漆面比其他匣子显得更干净,因为那暗格中本就非常干净,些许的差别是很难注意到的。

她轻轻抚摸着摆放在桌面的一切,这些都是田家一代代人苦苦经营的积累,是田家最终极的力量,永乐大帝的诏命成了田氏复兴不可逾越的一道天堑,但田家并未失望,它一直在积蓄着力量。

对田嘉鑫的考验已经到了最后关头，以田妙雯的睿智，已经知道唯一的结果。过程或者还会有些坎坷，但结局已经注定，经过这番考核，在田嘉鑫登上家主宝座的道路上已经没有障碍，她可以放心地交权了。

"该是把它们交给十四郎的时候了……"

田妙雯轻轻叹了口气，心中空落落的，相依为命的哥哥不在人世了，她从小为之奋斗的目标也随着她的出嫁终于要放弃了，心中难免产生一丝失落……

· ※ · ※ · ※ ·

贵阳有两大土官的府衙，注意，这不是土官在贵阳置下的别业，而是府衙，权力机构。

这两座土官府衙，一座叫宅吉，是水西第一土司宣慰使安家的府衙。另一座叫北衙，是水东第一土司宣慰使宋家的府衙。两家从洪武初年就共同成为执政宣慰使，共掌贵州事务。

更加巧合的是，当年水西宣慰使过世，儿子年幼，当时是由他的掌印夫人奢香执政；而水东宣慰使宋钦也在洪武初年过世，因为孩子年幼，由其掌印夫人刘淑贞执政。

这两个女人成了当时贵州地方政权的最高统治者，女性统治者更理性，执政手段更柔和，或者正因为这个原因，当时的贵州地方统治者与性情刚烈至极的洪武大帝相处极为融洽。

从那以后，宋家和朝廷的关系一直很融洽，直到今天，因为宋家这一代的家主是个外柔内刚的豪杰，而朝廷委派的督抚大员叶梦熊，同样是个外柔内刚的英雄，撕开那层表面的柔和之后，两人的碰撞异常激烈。

北衙内，气氛非常紧张。家主宋英明从抚台衙门回来，第一件事就是宣布要自除家主之位，传位于儿子宋天刀，并且要把自己逐出家门，这一下可把宋氏家族留在贵阳城内的人吓得不轻。

宋天刀眼见父亲脸色铁青，也是心惊胆战，率领众人跪地恳求，宋英明横了心坚不改口，冷冷地对儿子道："洪边十二马头，下辖的水东、贵竹等十个长官司，自今日起，全部交给你了，你好生打理家业，不要让为父失望！"

宋天刀如何不明白父亲心中的打算，急得连连叩首道："父亲，儿子明白父亲的打算。有孩儿在，怎么能让父亲大人去冒这样的险，儿自请族谱除名。救回小妹的事，交给儿子去办吧！"

宋英明拍案道："混账！一死，何其易也！为父偌大年纪，还能活得几年，你不去承担那重任，难道要老夫承担？"

正说着，下人来报，说是两思田氏的十四郎田嘉鑫求见。以田嘉鑫的身份地位，见宋天刀尚还勉强，本没资格见宋英明，可宋天刀现在巴不得有个人来打破这种僵局，登时两眼一亮，道："快！快请！不，我亲自去迎！"

田嘉鑫一路已想得透彻，提出的建议是目前缓和宋氏与抚台之争的最好解决方案，对宋家的利益触动的也不多，只要晓以利害，就是一个台阶，宋英明必会应允。

再加上他之前已经见过叶梦熊，心态调整得也就比较好，见到宋英明时，神态沉稳了许多。田嘉鑫一见宋英明，便长揖一礼："小侄田嘉鑫，见过宋世伯！"

宋英明淡淡地道："田家十四郎？你见老夫，有何要事？"

田嘉鑫道："宋家小妹是为我家大郎入狱的，田家上下愧惭之至。小侄此来，一是谢过宋家与宋家小妹对我田家的关爱；二来，也是想为营救小妹出狱出一份力！"

宋英明目光一凝："十四郎已然是这一代的田氏家主了？"

田嘉鑫直起腰来，不卑不亢地道："正是！"

他当然还未正式成为田氏家主，虽然田妙雯的态度已经很明确了，一日不曾坐稳尊位，他也不敢如此自称，但是随着一场场交涉，他也开了窍儿，你做不了主，人家凭什么跟你谈？想讲断，也得有资格，有时候善意的欺骗也是难免的。

田嘉鑫辈分虽低，可是既然成为田氏家主，那就有了与宋英明平起平坐的身份，宋英明讶然看了他一眼，道："贤侄请坐！"

宋英明请田嘉鑫在客首位置坐了，沉声道："小女被叶梦熊那老匹夫关进大牢，老夫亲自交涉，那老匹夫犹自不肯松口。贤侄何敢言计，可以让那老匹夫放人？"

田嘉鑫苦笑道："小侄哪有伯父您的面子大？只是伯父关心爱女，情急了些。说起来，宋家小妹在贵阳府当街杀人，抚台大人并无心与伯父您为难，只是他刚刚树立的威信，受此挑衅，颇为难堪罢了。

"我田家大郎被韦业杀害，田家乃是苦主。苦主出面，抚台大人再如何不讲情面，也得考虑一二。经小侄一再斡旋，抚台大人也怕触怒您这水东猛虎，决定退让一步，故而小侄毛遂自荐，壮起胆子做您这两位老大人的调停人。"

"叶老匹夫肯让步了？"

若非不得已，宋英明又何尝愿意拼个鱼死网破，听到这里，不禁问道："他不再对小女施加杖刑了？他要什么条件？"

田嘉鑫道："叶抚台不再提出过分要求，也愿意立即开释宋家小妹，但朝廷体面也不能不顾，他答应，只要伯父肯改纳贡为纳税，以归化之功来赎宋家小妹杀人之罪便可。"

"纳贡改为纳税？"

宋英明微微动容，田嘉鑫紧跟着道："伯父，我黔地贫瘠，本也不靠农耕，农耕岁入极少，对任何一位土司而言，都无足轻重，此其一；朝廷知我黔地情形，按田亩纳税，税额素来不及中原田地一半税赋，是以负担甚小，此其二。

"黔地气候多变，风雨无度，田地收成有限，一旦改纳贡为纳税，恐纳不了几石粮，反因灾害，还要朝廷时时赈济贴补，何乐而不为？小侄年轻识浅，这些见识也不知对与不对，伯父以为如何？"

"嗯……"

宋英明抚须沉思起来，如果改纳贡为纳税，在银钱上面，朝廷可能确实得不到什么，而且还要有所补给，但朝廷对于贵州的掌控手段会变得更加灵活，对贵州的控制力会变得更强。

这一点，他很清楚，但这不是一时半晌的事儿，而从长远来说，变数也太多，今日的一些打算，势易时移，来日如何如何，难说得很。如果是这样的条件，是否可以答应他呢？

宋天刀不是个肯吃亏的主儿，但今日父亲都要自革出门，决死一战了，如今有了解决的办法，他当然希望父亲能接受这一调停意见，放弃决死一战的打算。马上出言赞成道："父亲，这个办法对我宋氏并无损害。相信族人也不会有所非议，不如就答应了他吧。"

田嘉鑫现在本还做不得田家的主，但今日调停一旦成功，他必成家主无疑，眼见宋英明犹自迟疑，便把心一横，提前做了主，道："宋家小妹是为我田家大郎而仗义出手，田家没有坐视的道理。我田家现有田地六百亩，愿投献到伯父名下，充为纳税之地！"

宋英明乜了他一眼，慢慢吐出一口浊气，道："田家已不比当年了，同为四大姓之一，老夫把田家情形看在眼里，也是心有戚戚焉。今日救女，是老夫自己的事，你肯居中奔走，心意也就到了，再图谋你田家那点田地，老夫岂不被人戳脊梁骨！"

宋英明重重地一拍椅子扶手，道："罢了！那老夫就答应他，明日就上表朝廷，自请纳赋。叶老匹夫可不能得寸进尺，再提要求！"

田嘉鑫狂喜，道："那是自然！既如此，小侄这就再往抚衙一行，接了令千金，恭送回府！"

虽然宋英明的奏表还没写，但是他是什么身份，既然已经答应，就断无反悔的道理，叶梦熊自也不会等看到他的奏表再放人。

宋英明点点头，看了儿子一眼，宋天刀会意，忙道："我与田兄一起去！"

田嘉鑫与宋天刀急急赶到抚台衙门，叶梦熊听说那头犟牛终于肯退让一步，也是暗暗松了口气，当即写下一张手谕，叫二人持之去大牢提人。田嘉鑫与宋天刀奔了大牢，将宋晓语带出来，送回北衙，再告辞离开时，已然是暮色苍茫。

晚霞满天，绚丽如火。田嘉鑫终于办成这桩大事，心花怒放，他打马如飞，急急赶回田家庄，正要去向姑爷和大小姐报告喜讯，就见大小姐陪着姑爷从院子里急急出来，旁边还有几名侍卫。

一瞧叶小天一副远行打扮，田嘉鑫便是一怔，赶到近处，瞧见叶小天双眼红肿，泪痕宛然，不由吓了一跳。宋英明和叶梦熊这样一对巨无霸之间的较量，姑爷都能插手其间，游刃有余，这要何等大事，能让姑爷这等超凡人物落泪？

田嘉鑫骇然道：" 姑爷，出了什么大事？"

第八十三章

风雨欲来

一

　　叶小安死了。叶小安是何许人也,田嘉鑫完全不清楚,他也不在乎,这个人在他心中跟阿猫阿狗没什么区别,但这只阿猫阿狗有个兄弟叫叶小天,那就不同寻常了。
　　贵阳三教九流各色人等,没有人不知道当初叶小天为了一个人——没人记得他的名字了,大概好像姓毛,是叶小天的结义兄弟,搅了一个天翻地覆。
　　他以区区一新晋小土司的身份,悍然向传承数百年之久的展曹两大土司家族开战,不惜一切,也要斩其头,绝其命,以仇敌之血,告祭他那结义兄弟的在天之灵。这一次死的是他的亲兄弟,此去叶小天会干出什么事儿来?
　　"十四哥,随我来!"
　　田嘉鑫正望着叶小天离去的背影想得心惊肉跳,田妙雯唤了他一声,举步向田氏长房大宅走去。田嘉鑫回身看见,先是一惊,继而一喜,田妙雯要带他进大宅,目的还用说吗,恐怕……是要把传承交给他了。
　　田嘉鑫急赶几步,追上田妙雯,恭敬地道:"姑爷手足情深,不过……事件起因只是泼皮闹事,打死叶土舍时也不知他真实身份。以姑爷的权势要替兄报仇,处死几个泼皮不过是一句话的事儿,田家一时还离不了大小姐……"
　　田妙雯踩着一地黄叶,衣带飘飘,声音也恬淡飘然:"十四哥,你还没有站稳的时候,我是最不能离开的一个,但是当你该登上家主之位的时候……"
　　田妙雯缓缓站住脚,慢慢转过身,一双秋水般澄澈明亮的眸子定在田嘉鑫身上:"我是最该走的一个,不是吗?"
　　田妙雯的眸子似流泉见底,明镜照心,田嘉鑫只觉自己心中所思所想,在田妙雯的注视之下无一丝可以遁形,登时慢慢低下头去。
　　田妙雯微微一笑,懒得揭破他真正的想法,转身继续向书房走去:"今天,我就把田家的传承交给你。你要在三天之内把它彻底熟悉,有不明白的及时问我,三天之后，我要回卧牛岭！"

田妙雯轻轻推开了房门，迈步走了进去，有些担心地道："小天这人，哪怕是已经修成了真佛，一旦触及他的禁鳞，他也依旧会疯魔起来。我得去看着他，他的地位越高，越容不得出错！"

这一次，田嘉鑫没有多说什么，只是恭训地低下了头，道："是！"

随着这一低头，他就看到了田彬霏一贯使用的那张汉风的古案，看到那条案，他顿时一呆，桌上有一堆削锯成各种奇形怪状的木头，田嘉鑫不明白大少爷的书案上为什么会出现这样一堆东西，好像……是一堆积木？

田妙雯在书案后坐下，对田嘉鑫道："坐！"

田嘉鑫见书案对面有一张蒲团，便跪坐下来。虽然他早已知道会有这么一天，呼吸还是不由自主地急促起来。

田妙雯缓缓开口了："十四哥，你有没有玩过鲁班锁？"

"啊？"田嘉鑫露出有些痴呆的表情。

田妙雯莞尔一笑，伸手拿起两块木头："这东西，跟鲁班锁差不多，我先教你如何组合。它的拆卸和安装，都有一定的顺序，依照这个顺序，不可错乱一步，你才能完整地完成……"

田嘉鑫木然看着田妙雯把那两根木料通过榫卯结构巧妙地组合在一起，唇角不受控制地抽搐了几下："难道我们田家的传承……是木匠？"

·※·※·※·

"整件事都有一定的顺序，依照这个顺序，每一环节都必须正确，才能天衣无缝。错一步，满盘皆输……"

说话的不是正在教田嘉鑫组装鲁班锁的田妙雯，而是人人都以为他已死去的田家前掌门人，如今的播州三夫人身边的第一智囊田是非。

"最关键的一步在于'换'，如何换得不动声色、不露破绽，关系到全局成败！你们可准备妥了？"

站在田彬霏前面的人穿着两截衣，挽着袖筒、裤腿，赤着双足，脚趾习惯性地张开，稳稳地抓扣着地面，他脸上有隐隐的水锈，一看就是常年在水上讨生活的人。

"先生放心，我们已经在江上演练了一百多次，闭着眼睛都能重复每个步骤。每个兄弟，都水性如龙！"这人叫白问舟，公开身份是乌江上最大的一家船行的船老大，而实际上却是杨应龙多年经营、安排在这里的暗桩之一。

这一次为了完成"偷天换日"计划，杨应龙动用了大量隐藏力量，毫无保留地交给了田雌凤和田彬霏，任由他们驱策，只要能完成这一计划，哪怕这些隐藏力量全部葬送，对杨天王来说也是一本万利。

田彬霏点点头，又转向另一人："要神不知鬼不觉地把叶小天换掉，这非常不容易，他如今身份不同，每至一处，总有人前呼后拥，不事先做好安排是办不到的。所以，要让叶小天按照咱们给他设定的路线走，这才成。你们那边，不可出了纰漏。"

这人身材魁梧，穿一身襕衫，看他气度，应该是官场中人，只不知他是播州那边的人还是对岸水东宋家的人。播州和水东势力犬牙交错，接壤地区几百年来就时而归你时而属我，当地有些小部族为了生存，通常是谁来了就臣服于谁，朝秦暮楚，家常便饭。

"先生放心！"这人一说话，声音嘶哑，就像两块铁板摩擦着沙子，似乎声带受过伤，"在下负责的区域内，绝不会出现半点差错！"

"很好！如果出了差错，你提头来见！"

田彬霏目光似刀，冷冷地盯了他一眼，看得他心中一凛。他也算是称雄一方的人物，但是被田彬霏这么一看，惧意油然而生。他们都不认得这个田非田先生，但他们都知道，田先生是天王派来主持此事的关键人物，生杀大权，一手独掌，岂敢怠慢了。

这时，田雌凤款款走入，房中几人一起躬身："三夫人！"

田雌凤微微颔首，在田彬霏身边落座，道："都准备好了？"

众人齐声道："是！"

田雌凤沉声道："好！你们各自准备去吧，其中机密，只许你几人知晓，谁若泄露半点风声，不论有心抑或无意，我诛你全族！"

众人凛然听命，待众人退下，田彬霏才道："叶小安怎么样？"

田雌凤嫣然道："还能怎么样，当他迈出第一步的时候，就注定无法回头了。"

田彬霏沉声道："仅仅无法回头还不成，他必须得铁了心全力配合，虽然是亲兄弟，要冒充也不容易，如果他心志不坚，更容易露马脚。"

田雌凤道："我明白，这一路我都在不断向他灌输，他本来就渴望权力，本来就不甘心，心魔一旦在他心底里扎下了根，他蜕变得更快！"

田雌凤妖娆的双眸微微地眯了起来，就像只波斯猫一般妩媚："你自幼就是高高在上的天之骄子，你不会明白，当一个人忽然意识到他能掌握更多，他能得到梦寐以求的一切时，他会变成什么样子……"

田雌凤越说声音越轻，到后来仿佛幽幽的呓语。她说的，也许不仅仅是叶小安，还有她自己。

曾几何时，她也只是一个天真烂漫、只想追求一份令她心动的爱情的少女，当她无意间成为播州杨天王的夫人，她的野心也仅仅是让她的家族在播州更加稳定。直到她成为杨应龙最信任、最宠爱的女人，她的野心就不断地膨胀……

正因为她自己曾有过这样的经历，所以她笃定，即便叶小安现在还有些犹豫不决，当他以叶小天的身份接掌了叶小天的权力、地位、名望，也一定会迷失其中，再也无力自拔。到那时不需要她扬鞭催促，叶小安为了牢牢抓住到手的一切，也会死心塌地地做播州的傀儡。

田彬霏听了田雌凤的话，沉默良久，缓缓地道："你所说的，我本来是不明白。但现在，我已经明白了一些，不要忘了，你所改变的只是身份和地位，而我……比你变得更彻底，我明白……自己让自己从人世间消失，变成另外一个人的感受。"

田雌凤妩媚地道："你的感受一定很不好。"

田彬霏冷冷地道："很不愉快！"

田雌凤柳眉一扬，柔声道："但叶小安不一样，你变成现在这副样子，损失了很多。而叶小安是得到，得到他以他的本来身份一生也求之不得的一切。"

田彬霏缓缓闭上眼睛，咀嚼着这句话，似乎要把自己代入叶小安的境遇，许久才慢慢地道："一样，不会愉快的！"

田雌凤吁了口气，轻笑道："那是你，不是他！叶小安是什么？一块俗不可耐的泥巴，怎么能跟你这样贵如玉的公子爷相提并论？"

田彬霏淡淡地道："但愿如此吧！你该离开了，接下来的事，不能有杨家的影子。"

"我是田家的人！"田雌凤抢白了一句，娇笑一声，神色渐渐变得凝重起来，"成败与否，在此一举，拜托公子了！"

田彬霏的神情也严肃起来："田某必全力以赴！"

第八十四章

意 外

一

路不太好走，下过雪，很快化成水，车马行人经过就踩成了泥，泥再凝固，就化成了一副难以形容的抽象画。这幅画铺在山脚下，弯弯曲曲，一直铺展到天边。

于是，后来的行人便更难行走了，即便叶小天心急如焚，速度也快不起来，有些泥巴凝固后很结实，马蹄踏上去，也未必能一踏而碎，还容易折了马腿，所以他只能耐着性子，沿着这崎岖的山路一步步量过去。

贵州的冬天不像京城一样滴水成冰，漫天鹅毛大雪，但这里湿冷的空气比起北方的天气来说其实更加难挨。只有他们一行队伍走在山脚下的古道上，行商少了许多。

旗帜漫卷，有股压抑的气氛。随行的人马已经知道叶土舍猝死于铜仁城的事情，对于这位土舍大人，叶小天的亲兵大多没有什么感觉，对叶小安所知较为详细的人甚至暗暗松了口气。

但是，那是叶小天的胞兄，两兄弟即便有多少不愉快，也割舍不断这份骨肉亲情。叶小天的悲伤，使得他的队伍也都保持了沉默。叶小天骑在马上，系着大氅，神色黯然，整支队伍默默地随行在他前后。

转过前方的山脚，忽然出现了一支人马，看起来是一支商队，几辆大车在泥泞难行的山路上颠簸。是空车，大概也知道路难行，所以此次往贵阳卖了货，没有再采买当地货物，而是空车返回。

叶小天目不斜视，一行快马很快追上了那支商队，正要从他们旁边越过，路旁忽然传来一声惊喜的呼唤："小天贤侄，是你？"

叶小天下意识地一勒坐骑，转首望去，也是微微一惊，急忙翻身下马，拱手道："原来是洪伯父，小天失礼了。"

如此道路，坐车不如骑马，那人也是骑在马上的，慈眉善目，体态圆润，正是大亨的父亲洪百川。叶小天如今虽贵为土司，但他与大亨是结拜兄弟，对洪百川自当执子侄礼，从未因他的商贾身份而有轻忽之意。

洪百川翻身下马，笑吟吟地迎上前来："贤侄这是回铜仁府？"

叶小天颔首道："正是，伯父也是回铜仁？"

洪百川笑道："不错，快过年了，回家抱孙子过大年去，哈哈……"

洪百川笑着对叶小天道："这天气，山中道路难行，不得已，转到这边了，贤侄想来也是同样的原因？"

叶小天苦笑道："不错，峡谷关那条路，冬季实不好走。羊肠峪就更不用提了，播州杨氏辖下的部落与水东宋氏辖下的部落又起了纠纷，把那一带都做了两族的战场。再者说，如此天气，自水路走，看似绕了道，其实反而更快，所以小侄也是往马场江去。"

洪百川欣然道："独自上路，正觉无趣，不如同行，那老夫便与贤侄做了同道吧。"

对此提议，叶小天自无不允，两人上了马，两路人马并作一路。洪百川十分健谈，路遇故人，兴致很高，但他很快就发现叶小天情绪极其低落，不禁问道："小天贤侄，你赤手空拳打下偌大一片江山，年纪轻轻便成黔东翘楚，坐拥千百虎贲，威震一方，又有娇妻美眷，上苍恩宠集于一身，还有什么事不开心的？似乎……心情很不好？"

叶小天黯然道："人生不如意事，十之八九。家兄猝死，小天此次返回铜仁，是去奔丧的。"

"啊……"洪百川轻呼出声，一脸讶然，半响才道，"贤侄节哀顺变。"

叶小天轻轻点了点头，没有说话，只有马蹄声，敲得人心中空荡荡的。

·※·※·※·

傍晚，叶小天一行人住宿在羊角寨。这里距马场江只有四五里地，但是天色已晚，晚上行船非常危险，出再多的钱也没有船老大肯答应。如果连夜赶到码头，也只能在码头借宿，他们一行人马众多，未必有地方妥善安置，所以留宿羊角寨是最佳选择。

羊角寨不是寨，而是一座城，或许在很多年前，这里只是一个寨子，今天它已发展成一座城，但名字一直没有变。羊角寨这个名字也很普通，不要说放眼整个大明，仅贵州一地，同样名字的地方至少也有四五个。

这里已属水东，得知叶小天途经此地，大头人贾云童亲往相迎，欲设宴款待。叶小天此行是回去奔丧的，哪有心情与他周旋，婉言谢绝了他的美意，倒是住进了他为之安排的大宅。洪百川作为叶小天的伯父，自然也随之住了进去。

夜色深沉，叶小天的住宅外面四名佩刀侍卫笔直地站在那里，廊庑下一道人影忽然出现，怀中抱着一个圆滚滚的东西，仿佛一个西瓜。后边还跟着一个小厮，托着一个托盘。

"嚓"的一声，四口锋利的长刀出鞘，有人低喝："谁？"

"是我！"洪百川笑吟吟地走了出来，怀中圆滚滚的东西在灯光下发出乌黑亮泽的光，那是一口黑坛子，侧面贴着一张红纸，是一坛老酒。洪百川站住了："旅途寂寞，老夫来陪小天贤侄喝几杯，舒缓舒缓心情。"

"这……"四名侍卫面面相觑，同行了一路，他们已经认识洪百川，这是自家大人都以礼相待的一位长辈，他们也不好拒绝，但又不能替叶小天答应。

"是伯父来了吗，请他进来吧！"房中忽地传出叶小天的声音，四名侍卫立即左右一分，还刀入鞘，其中一人上前一步，为洪百川开了门。洪百川向他们颔首示意，走进了门。

房中，灯下，叶小天正在自斟自饮，已经有了几分酒意。看到洪百川进来，叶小天起身长揖一礼，没有说话。洪百川走过去，把酒坛子放在桌上，拍了拍叶小天的肩膀："一个人喝闷酒，不爽利，伯父陪你喝。"

桌上有几道简单的下酒菜，已经吃得七零八落，洪百川把那几碟小菜推到一边，那捧着食盘的小厮便把几道携来的小菜又一一摆在桌上。洪百川在对面大马金刀地坐下，看一眼叶小天，道："贤侄还在伤心？"

叶小天绽出一个惨淡的笑容，没有说话，洪百川大手一扣便抓过酒坛，"啪"地一拍，那结实的泥封便应声而落，洪百川拔下木塞，为叶小天的空碗斟酒，又自斟一碗，放下酒坛，望了叶小天一眼，目蕴笑意。

洪百川举起碗来，漫吟高声道："何以解忧？唯有杜康！贤侄，伯父跟你喝一杯，来！咱们干！"

· ※ · ※ · ※ ·

马场江码头，一艘大船停泊在岸边，船体随着滚滚江水轻轻起伏着，船舱中一间间舱室的灯光或明或暗，交织出一副静谧优美的图画。

最顶层一间舱室中，田彬霏盘膝而坐，眉心微锁。

在他对面，一名青衣人面上带着淡淡的苦笑："看起来，他们似乎要畅饮一夜了，你要求的，我做不到。"

如果叶小天此时能看到这青衣人，一定会大吃一惊，因为此人正是羊角寨城主，水东宋氏辖下的大头人贾云童。他傍晚刚刚安排叶小天入住，还要设宴为叶小天接风，此时竟出现在田彬霏面前。

贾云童并不认识对面这位残缺了肢体的蒙面人，但他认得这位蒙面人交给他的一件东西的副本。他是水东宋家的人，但是他曾经欠了田家……准确地说，是欠了田彬霏田公子的一个大人情。所以，当这位自称田是非的蒙面人用这份人情请他帮忙时，他没的选择，只能答应。做完这件事，他也就还清了这份人情，从此两讫。

他并不知道对方的具体计划，也不知道对方的真正身份，他以为这是田家派来执行某个秘密任务的人，任务的目标当然是叶小天。对方想做什么他也不知道，田是非只是告诉他，利用他在府中设下的秘道，候叶小天睡着，悄悄散布让人沉睡不醒的迷药，再送他的几个人进去一趟。

田是非告诉他，绝不会伤害叶小天的性命，也不会窃取任何东西，他们只是进去查找一件东西，看仔细了就会原路退回。

对于田家的承诺，贾云童是信得过的。田家已经没落，信誉和名誉，是田家存世的最大保障，田家不会自毁承诺，所以为了还上这份人情，贾云童答应了。

居安思危是世家豪门必须考虑的问题，所以大户人家通常都设有秘道，其区别只在于秘道的多和少、建造的精巧与否罢了。但是如何确保叶小天会停留在羊角寨？

为了做到这一点，田彬霏可谓煞费苦心，沿途的山路状况、两族的争斗，这其中都有他的暗中运作，叶小天一路行程的速度，也在他的精确计算之内。所以他设计了三处执行"偷天换日"计划的所在，这第一处就在贾云童那里。

这些事说来简单，但是为了能让叶小天住进贾云童为他安排的所在，田彬霏不只动用了杨应龙暗中经营的力量，还包括他自己所保留的底牌。田家传承给田嘉鑫的那口只有掌门人才能开启的密匣，已经被他事先动过手脚，有一部分涉及潜在力量的秘密资料，现在在他手中。

可世事无绝对，谁也没想到半路竟然冒出个洪百川，偏偏他还为了宽慰叶小天，跑去与他夜酌。田彬霏精心准备、调用了无数人力、物力，耗费了一份珍贵的人情所做的一切努力，都因为半路跑出来的这个洪大善人而毁了。

但田彬霏心性何等沉稳，他并没有因此沮丧，沉默良久，他从怀中取出一件东西，当着贾云童的面打开，让贾云童看了看，等他确认了东西的真假，又看了底下的签名，便当着他的面凑到灯火前，那份信函迅速被点燃了。

贾云童吃惊地道："你这是……"

田彬霏淡淡地道："谋事在人，成事在天！此事虽然未成，但是贾大人已经完成了你的承诺，这份人情，你已经还上了！"

贾云童心中一阵激动，每个人都有自己不欲为他人所知的小秘密，他也不例外。

但这份秘密掌握在他人手中，总是一块心病，现在总算是还上了，这份信函一烧，从此一身轻松。

贾云童忍不住赞道："任何受永乐大帝如此算计的人，纵然不是粉身碎骨，也要一蹶不振。唯独田家，又存续了百余年，雄风犹在，这其中果然不是没有原因的，贾某佩服！"

田彬霏淡淡一笑，将那烧得只剩一小片的信纸松开，让它在空中燃烧着，飘落到地面，化为一片灰烬："此事不成，也是天意！贾大人此番回去，就当此事从未发生过吧！"

贾云童欣然道："那是自然！贾某不傻，自然不会对任何人提起此事，自找麻烦！"

贾云童迈着沉重的步伐而来，带着一身轻松离去。江上，船头，孤灯下，田彬霏一人默然盘坐良久，轻轻击了击掌，一道黑色的人影立即闪进船舱，欠身而立。

田彬霏道："第一计划，已经失败了。明日，在大江之上，执行第二计划！传令下去，第三计划也要做好准备，回到卧牛岭的，必须是叶小安，而非叶小天！"

夜色无痕，一个险恶的计划还未开始便结束了。江水澎湃，另一个更加大胆的计划，开始了紧锣密鼓的部署……

第八十五章

等待拯救的"大兵瑞恩"

一

第二天一大早,叶小天的侍卫们就起来洗漱,吃完早餐后就牵出马匹,整理鞍鞯,等候出行。

叶小天和洪百川畅饮了一宿,此时应该宿醉未醒,不会一早就离开羊角寨,但是既然没有得到准确的吩咐,侍卫们还是做好了随时出发的准备。

"吱呀"一声,房门开了,洪百川迈着稳稳的步子从房间里踱出来,随后走出来的就是叶小天,正在院子里给马搭扣鞍鞯的侍卫立即停下手头的事情,向他投以注目礼。

令他们意外的是,他们以为叶小天借酒浇愁,一夜宿醉,此时应该萎靡不振,但叶小天却神色奕奕,脸上似乎有一种奇异的光彩在流转。

"准备上路!"叶小天沉声吩咐了一句,目光徐徐一扫,又道,"我们卧牛岭的敌人可不少,都给我打起精神来,一路之上,不可出半点差错!"

侍卫们握拳当胸,朗声答复:"誓死捍卫大人!"

叶小天点点头,眯起眼睛看了看天上的太阳,又扭头看了洪百川一眼,阳光下他的目光显得异常深沉。

贾云童一早赶来问候,恰碰上叶小天一行人马准备离开,贾云童知道叶小天此行是回乡奔丧,也不敢挽留,忙把叶小天送出城去,殷殷告别。

叶小天策马行于途,不过几里路,虽然道路难行,速度不快,日上三竿时远处一条大江也豁然在目。叶小天轻轻地吁了一口气,绷紧的脸微微放松下来。

昨夜的一幕,至今想来仍历历在目,令他久久难以平静。

昨夜,洪百川劝酒,叶小天也不言语,举起碗来,与他遥遥一碰,举手欲饮,却被洪百川一把攥住手腕。叶小天讶然望去,就见洪百川脸上慢慢露出诡谲的笑意,他压低声音道:"贤侄以为,老夫真是与你偶遇吗?"

叶小天虽然有了几分酒意，但神志仍然清醒，听洪百川话中有话，不禁抬起眼睛。洪百川俯身向前，低声道："贤侄，伯父是刻意在路上等你啊！"

"伯父为何等我？"

"报一喜，报一忧！"

"何为一喜，何为一忧？"

"呵呵……"

洪百川微微一笑，攥住叶小天手腕的手指一根一根地放开，眼神往旁边一睃，旁边那垂手低头、容貌清秀的伶俐小厮便抬起头来，向叶小天浅浅地一笑："大人还认得我吗？"

叶小天看看这眉清目秀的少年，似乎有点眼熟，可一时又想不起在哪里见过，那少年见他面露困惑，便竖掌于胸，道："福生无量天尊！叶施主真不记得小道了吗？"

"啊！"叶小天轻呼一声，脑海中电光石火般一闪，猛然记起了他的身份："你是……你是长风道人身旁的那个小道僮？你怎会在此？"

那小道僮笑道："大人记起来了，小道正是明月。叶大人，小道此来，是受家师差遣，替令兄叶土舍报平安的。"

"你说什么？"叶小天一把抓住了他的手腕，厉声道，"你再说一遍！你替谁来报平安？"

洪百川微笑道："贤侄少安毋躁，内中情形，一言难尽。伯父之所以乔隐形色，如此接近你，就是担心你身边会有他人的耳目，不可高声，不可高声啊！"

叶小天看了看一脸淡定的洪百川，又看了看面含微笑的小道明月，深深地吸了几口大气，慢慢镇定下来，重新坐回椅上，定定地望着明月，等着他说。

明月低声道："叶大人，令兄叶小安，并没有死！"

叶小天眸光灯花般闪烁了一下，刚刚平静下来的呼吸再度急促起来，明月道："那一日，家师带我等从贵阳返回铜仁道场七星观，不几天便有家师寄名弟子播州三夫人田雌凤到访……"

明月知道叶小天此时心急如火，也不敢卖关子，急忙把事情的来龙去脉仔细说了一遍。

田雌凤顺利伪造了叶小安之死后，把真的叶小安藏在了七星观，行动比以前更加隐秘。这当然引起了长风道人的不安，可不想给自己找麻烦。

他的七星观矗在叶小天的地盘上，叶小天是什么人，他再清楚不过了，叶小天从一个无根基的推官一步步爬到一方土司的位置上，这一切他都看在眼里，对叶小天他是由衷地佩服，深怀忌惮。

田雌凤是播州杨应龙的三夫人，如果她只是虔诚向道，那倒也没有什么，可是看她如今举动，分明是对铜仁有所图谋。这要一旦惹出祸事来，田雌凤拍拍屁股就走了，他怎么走？叶小天那个杀人魔王，杀土司老爷都跟砍西瓜似的，他一个出家人算得了什么？

自从田雌凤带回叶小安，长风道人虽然不知道她带回来的人是谁，可人关在他的七星观里，许多事就发生在他眼皮子底下，他却能从一些蛛丝马迹嗅到阴谋的味道。

长风真人如今可也不是一个普通的神棍了，他在不情不愿中，已经被洪百川、王宁等人裹挟成了一个锦衣卫的外围人员，如今心生不安，自然要向他背后的"天尊老爷"王宁求助，王宁的目光何等老辣，早就察觉到其中的诡异之处了。

杨应龙、田雌凤夫妻二人都崇信玄之又玄的东西，所以长风道人名噪贵阳城的时候，田雌凤就闻名而至，主动拜访。但，贵阳豪门何其多也，其他相信长风道人乃是有道全真的权贵人家也不在少数，为何只有田雌凤能拜在他的名下成为寄名弟子？

因为当初发现田雌凤时，王宁就吩咐长风道人多下点功夫，取信于田雌凤。洪百川、王宁这一路锦衣密谍潜伏于贵州，侦伺地方动静，最主要的防范目标就是杨应龙。杨应龙的三夫人既然主动送上门来，他们当然想利用长风道人，和她建立更密切的关系。

在这种情况下，以有心算无意，长风道人便成了田雌凤的师傅。如今田雌凤住进了七星观，王宁明里暗里自然会监视着她，如今长风道人也感觉到了不妥，两人一拍即合，王宁便开始展开调查。

田雌凤把叶小安藏在她所居住的院落静室内，防范虽然严密，却也只是针对外人，她是真的相信长风道人是个修行有成、年逾数百岁的世外高人，根本没想到他是一个神棍，防范的重点自然不是针对观中道士。

王宁十分高明，他让长风道人出面，吸引住田雌凤的注意，在长风道人玄之又玄的讲道声中，悄悄潜进了那座明显受到特殊"照顾"的静室，乍然看见叶小安，把王宁吓了一跳。

叶小安实在是太没有存在感了，王宁完全忽略了他的存在，尤其是外界盛传叶小天的胞兄叶小安已死，他更是没有把他看到的这个人和叶小安联系起来，他的第一反应就是：叶小天被田雌凤控制了。

叶小安见到王宁也很惊讶，王宁知道叶小天和鹰派已经有合作，这种情况下要想取信于他，也不能再隐藏身份，便把自己的真实身份和盘托出，叶小安听他说明身份不禁大喜若狂。

叶小安怯懦、软弱、智商不高，容易被人左右，从小循规蹈矩，面对严世维的引诱时，很容易沉迷。

但是，他的本性并没有磨灭，手足之情不是那么容易抹杀的。而且恰是由于他的软弱，从小时候被小伙伴欺负要靠兄弟叶小天给他撑腰，及至长大成人有了麻烦要靠叶小天帮他解决，他对叶小天的依赖越来越重。

其实叶小天一直是他的终极庇护，是他最信任也最依赖的人。他受严世维挑唆，愤愤不平于一群外人受到叶小天的重用，那种心理近似于失宠后的嫉妒。

他的智商不高，可他明白，他的一切来自叶小天。当严世维暴露出他的真面目，叶小安就知道自己被人家算计了。从小到大，他被太多人以太多方式算计了，小到被人坑走一块灶糖，大到被人把父亲用一生积蓄给他置下的油面作坊骗走……

一旦他知道又被人给骗了，还怎么会相信严世维、田雌凤、田彬霏一类人的说辞？田彬霏的话其实很有诱惑力，但那是说给聪明人听的，越聪明的人越容易被他的话所左右，权衡分析一番后乖乖就范，但叶小安……他的思维太简单了。

当他明白自己上了当，被人算计了，任你再说得如何天花乱坠，他根本就不走心。他简单的思维里是这样一个程式：他欺负我老实，他在坑我，他不是好人，我得找我兄弟帮我。

从小到大，叶小天给他擦了太多次的屁股，叶小安没有丝毫的觉悟，接受得心安理得，谁叫他们是兄弟呢。也恰因此，他怎么可能害他的兄弟？可他被关在这里，形同囚犯，他一点办法都没有。

这时候，救星从天而降，王宁来了。那是朝廷的人啊，在他这样的顺民心中，朝廷就是正义的化身、老百姓的保护神……

若是换个聪明人，很可能还要猜疑一番：你是锦衣卫？锦衣卫怎么就这么巧出现在这里，你不是严世维派来试探我的吧？如此一来，少不得还要有一番试探、了解。

但叶小安不会，他一听说对方是朝廷的人，马上就把对方当成了正义的化身。人家身份的真假问题，他根本没有虑及。叶小安如见亲人一般，立即一把鼻涕一把泪地说起了掏心窝子的话。

王宁听了叶小安的话，头皮冷飕飕的。

叶小天不仅仅掌握着蛊教，只要他愿意，可以源源不断地从山中抽调兵力，更重要的是，其实高居云巅之上的那些人早就注意到贵州风云暗动，早晚必有一场大战，叶小天则是这场乱局中突然冒出来的一个变数。

安老爷子乃至鹰党、朝廷，各有各的打算，但他们都想利用这个变数来影响未来的局势，所以叶小天才能混得风生水起。这其中当然有他自己的努力，他若似叶小安一般是块扶不上墙的烂泥巴，天王老子来给他保驾护航也没用。可他有这个能力，此外各大势力明里暗里的扶持与纵容，就起了关键性的作用。

否则的话，他凭什么打破贵州上千年来的政治格局，创造一条全新的上位途径？

但是，谁也没想到，杨应龙居然比他们还早地就盯上了叶小天，并且制订了这么阴险至极的计策。一旦让他成功，而其他各方势力还不知道自己苦心栽培起来的这股力量已经被他掌握，后果不堪设想。

王宁能潜进静室，却没办法带着叶小安从静室里逃出去，他好言安慰一番，叫叶小安不动声色，继续装傻充愣，他保证一定把消息告诉叶小天，又悄然离开了。

叶小安倒不用装傻充愣，他那是本色演出，对他来说，这毫无难度。朝廷都出面了，他兄弟马上就知道了，于是叶小安吃得香、睡得着，心安理得地等着他兄弟来解决麻烦，救他脱困了，就像从小到大一样，谁让他们是兄弟呢。

叶小天听了洪百川送来的消息，也不知是该哭还是该笑。大哥没死，他想大笑三声。但是想起杨应龙此计的阴毒，他又不禁暗暗心惊。如果不是因为锦衣卫早就注意到了杨应龙，如果不是他大哥天良犹在，如果他毫不知情地被人算计了，此事的后果可想而知。

可洪百川知道的情形也就是这么多，对方打算什么时候动手，以什么方式动手，他一无所知。这些事，田彬霏等人是不会告诉叶小安的，他们一直在做的只是说服叶小安，让叶小安死心塌地地为其所用。

叶小天现在只知道叶小安被带离了七星观，对方显然是准备动手了。如何防范，如何救出大哥，这是很棘手的问题。

一夜计议，他们也没有讨论出一个可行的方案，如今只能走一步看一步。叶小天和洪百川根本就不知道，他们昨夜所住的地方，就是对方为他精心准备的第一个陷阱，而此时，他们正走向第二个陷阱。

他们对杨应龙偷天换日计划的核心关键点已经掌握，但如何破解却还无从下手。第二张大网在马场江上悄然张开了，这一次他是否能避得过去，谁也不知道。

叶小安正等着叶小天的拯救，可谁来拯救小天呢？天知道！

码头，到了！

第八十六章

黑牯口

一

马场江码头的江面很宽，水面趋于平缓，仿佛一面大镜，映着天上的流云和对面高高的山峦。码头上比较冷清，相对于其他季节，此刻寥寥无几的船只停泊在那儿，有种野渡无人舟自横的意境。

远处，有激越、高亢的山歌声飘来，歌于山之巅，飘于水之头，别具意蕴。歌是盐工们唱的，他们此刻正在对岸那陡峭的崖壁栈道上行走着，身上背着盐篓或者挑着扁担。

深山里有盐井，盐的质量很好。就地熬煮，煮出的盐巴要由盐工一篓篓地背出山来，才能销往各处。峭壁上的那条古栈道即是为此而铺设，一面是悬崖峭壁，一面是万丈深渊，古道的山石路早已被盐夫们的双脚磨得非常光滑。

"早出晚归多辛苦，为养家口来挣钱，背盐路上多崎岖，稍不注意把命搭"。听着盐歌，苍凉之气扑面而来。

叶小天和洪百川的人马在码头停住了，自有人上前去寻找码头上的人，叫他帮忙找船。收了些散碎银子，码头大哥立刻屁颠屁颠地忙碌起来。

很快，他就回到了叶小天和洪百川面前，点头哈腰地道："大老爷、大公子，码头正停着三艘大船，不过里边有一艘是要往水西销盐的，不往东走。另两艘往东的，一艘只是暂时停靠，另一艘要在这儿停三五天，小的跟他们说好了，捎带您这一行人到铜仁府，一百五十两银子，您看……"

叶小天微一思索，和洪百川递了个眼神儿，道："我们这么多人，还有许多马匹，一艘船太拥挤了些，这三艘我都包了。"

那码头大哥微微一呆，笑道："公子，恐怕小的话您刚刚没听明白，另外两艘船……"

叶小天打断他的话道："我听明白了，一艘要往西去，一艘过两天才走嘛！三艘船，我都包了！叶某是讲道理的人，不会亏待了他们，这一往一返，每艘船我给五百两银子。"

码头大哥苦起脸道："公子，人家西行的那条船是要去水西贩盐的，恐怕不愿意往东折腾几天，至于另外一艘要过几天才走的，是一位富商的私船，恐怕人家也不在乎赚这么点钱，小的……"

"叶某是讲道理的人，但是如果讲道理行不通，我会不讲道理！"

叶小天一摆手，侍卫立即气势汹汹地涌上前去，一面走，腰间的刀已然徐徐出鞘。码头上的船工、力工愕然望来，眼见明晃晃一片刀枪涌到面前，这才如梦初醒，慌忙逃避。

叶小天的侍卫冲上船去，片刻工夫，一袋袋已经装船的盐巴就被丢了出来，另一艘富贾的私船上面倒是没什么东西，但是有守船的一个管家，也被如狼似虎的卧牛岭战士给拎下了船。

那管家吓得脸色苍白，逃出老远，才站住脚跟，回身嚎叫："你们好大的胆子！你们这群强盗，黄鹤楼知道不？我们这条船可是黄鹤楼黄老爷的船！崔三良知道不？崔三良可是十三洼的大头人！我们黄老爷和崔老爷是什么关系知道不？"

"呼！"

一杆长矛划过长空，准确地落在他的脚下，锋利的矛尖贯进坚硬的地面一尺多深，矛杆在他眼前抖成了扇面儿，"嗡嗡"的急颤声让他的心也引起了共鸣。

远处，一个彪悍的大汉咆哮道："再敢聒噪，老子下一矛直接穿了你，知道不？"

黄府管家待了片刻，"妈呀"一声怪叫，撒腿就跑。叶小天对这一幕丝毫没有注意，等那船上清理得差不多了，叶小天向洪百川一束手："伯父，请！"

叶小天也是昨夜才知道洪百川的锦衣密谍身份，着实令他惊讶了一番，不过两者没有利害冲突，反而是密切合作的伙伴，再加上大亨这层关系，他倒也很快就处之泰然了。

自从叶小天直接命人清船，旁边那码头大哥就知道这人不好惹，早就闭紧了嘴巴，屁也不敢放一个，这时听叶小天说话，才知道这不是一对父子。

叶小天和洪百川向前走去，那码头大哥有心追上去，却被两口雪亮的钢刀一逼，怯怯地站住，向那两个凶神恶煞陪了个比哭还难看的笑脸。洪百川道："贤侄担心那艘东去的船有陷阱？"

叶小天道："他们把我大哥带离了七星观，显然是要动手了。利用的必然是我返回卧牛岭'奔丧'的这个机会，那么，他们任何时间都可能下手了，不能不防。"

洪百川点点头，目光落在那艘明显奢华一些的船上，这船显然就是准备过几天东去的黄鹤楼黄老爷的私船了。洪百川笑了笑，道："这三艘船，两艘货船，过于简陋，只有这艘……你不会选坐这艘吧。"

叶小天道："坐也无妨，除非他们已知消息泄露，否则不会留此后手。如果有陷阱，十有八九就是正要向东的那艘船。不过……小心驶得万年船……"

洪百川道："所以，你要坐本该向西的那艘盐船？"

"正是！"

· ※ · ※ · ※ ·

"计划要万无一失，就得天衣无缝！所以，我们不可抱有丝毫幻想，任何一种意外都必须考虑在内，整个码头，大船小船，但凡能漂在江面上的，都必须确保掌握在我们手中。"

"这……恐怕有些为难。田公子，虽说冬季江上船只来往较少，可也不是绝对没有，我们要控制……"

"这是你的事，不想让不该出现的船出现在马场江码头，那就控制上下游，找个理由劫住一切驶往马场江的船只。直到叶小天登船为止，不许有一艘不受我们控制的船出现，我不管你用什么代价！"

"是……"

马场江下游，有一片狭窄的激流区，当地人称之为黑牯口。江口两边有从山里汇聚而来的两条山泉。平时看，那泉水潺潺，溪流甚浅，但是如果遇到暴雨，山洪在狭窄的山溪河床上越积越高，流速越来越快，到了江口时，往往是先听到咆哮的水声，才见到巨浪涌来。

届时，两岸山洪冲击大江，激起巨浪滔天，水雾氤氲数里，十分壮观。此刻不是雨季，但是由于雨季山洪的暴发，将江底淤泥冲刷出一个陷坑，所以水流至此轰然直下，形成一个小瀑布，再加上此处江道狭窄，水流湍急，就形成了大大小小的一些漩涡。

由此西行，需要用纤夫才能把船拉上去，由此东行，大船还好些，小船则容易舟船倾覆，是事故多发地带。

岸边不远处傍山是一片高脚楼区，参差地掩映在丛林中。田彬霏此刻就在其中一座高脚楼内，从窗口正好可以把远处的江面尽收眼底。

听到叶小天征了三艘大船，彻底检查后登船向东驶来的消息，田彬霏唇角微微露出一丝得意的笑容。

田雌凤派来协助田彬霏行事的刘浚华想起之前田彬霏的吩咐，原本不以为然的心思顿时变成了无比钦佩。这田彬霏行事果然谨慎，难怪此人会成为三夫人倚重的智囊，做事当真滴水不漏。

田彬霏淡淡地道："好啦，叶小天已经来了，你去张网吧！成败，在此一举！"

刘浚华凛然，立即答应一声，等他快步下了楼梯，想到即将执行的大事，一颗心也不禁怦怦地跳了起来。

"啪啪啪！"

田彬霏三击掌，两个黑衣人悄然出现在他的身后。

田彬霏道："事成之后，干掉刘浚华。"

两个黑衣人没有作声，只是向他一揖，又悄然隐去。

不是每个人都有资格了解全部底细，这件事的成败对杨应龙来说实在重要，除了几个参与其事的大头领，普通参与其事的人都是各自负责一段事，根本不知道整个事件。

但具体负责执行"换日"计划的刘浚华却是知道的，所以事后杀人灭口，早就得到了田雌凤的允许。

田彬霏派出的这两个人也不是杨应龙派来的，以自己人执行灭口，他们嘴上不说，也会暗自心寒。这两个杀手是田彬霏的人，不是以田是非的身份所掌握的人，而是真正的田家大公子田彬霏所掌握的人。

作为田氏家主，他秘密培养并掌握着一支精干的私军，这支私军是完全从属于他一个人的，由其单线指挥。田氏族人大部分都不知道这样一支力量的存在，就算是田妙雯，也只知道有这样一支力量，但是不清楚它的一切，也不知道如何联系、支配。

田妙雯一直以为这样一支力量的详细情况是放在唯有掌门人才能知悉的那份密匣中，事实也是如此。但她没有想到大哥并没有死，而且派人潜进田府，从这个密匣中抽走了一部分资料。

叶小天的船刚一离开马场江码头，暗中监视他行动的人立即向上下游关卡、码头发出了讯号，被以各种理由延滞在上下游码头上的船只这才纷纷驶离码头。

叶小天和洪百川乘坐盐船，其他人马分别登上三艘大船，另两艘大船一前一后，把叶小天的大船护在中间，乘风东去，其速果然比在泥泞坎坷的陆地上要快了许多。

大船一路下来，陆续有舟船逆流而上，叶小天也不在意，他正在船舱里和洪百川计议着如何解决这个困局。

既然已经知道对方的计划，只要小心防范着，对方是很难得手的。回去之后把此事晓谕一众心腹，更能防患于未然。但是如何把叶小安救出来呢？这却很棘手。

"贤侄，如果你对外宣扬已经知道令兄还活着，已经知道他们的计划……"

叶小天摇头："难道他们觉得家兄没有利用价值了就会放人？安知他们不会恼羞成怒，杀人灭口。只要家兄一死，我所有的言辞都成了蓄意制造事端向杨应龙挑衅，旁人连尸体都见不到，会相信我的话吗？再说，我也不能拿家兄的性命来冒险。"

洪百川默默地点了点头，此事的确为难，饶是他智计百出，这时也没了主意。这时就听船舱外响起了船老大的声音："落帆！锚手小心着，各位贵客坐稳了，马匹照看好，可别受了惊，黑犼口到啦……"

第八十七章

换　日

一

叶小天听到船老大的叫喊声，顺手便扶住了舱室的窗口。

黑牯口？一段江水有名字，必然有些特别，要么风景异常秀丽，要么水情地势不同寻常，这是必然的，绝不会有人闲极无聊，为每一段江水都起个名字。不过，叶小天现在哪有心情走出船舱去瞧风景，他也只是扶住了船侧，防止颠簸罢了。

洪百川一身武功何等了得，他的下盘功夫尤其扎实，这时只是双脚微微一分，甚至没有用力，只等大船顺流而下的那一巨大起伏，再根据船体的起伏卸力就好。

但江面上的情况却远比他们想象的复杂。下游有大量的船只正在等着往上游赶，两岸有许多纤夫等在那里，用纤绳把一艘艘船拖过那道"水坎儿"，再解了纤索去拖下一条船。

下游的船由于此前被延误，所以一旦开关，驶出来的船只比较多，小瀑布下游便聚集了大量船只。

依照惯例，除非下游有船正由纤夫拖曳着"爬"过瀑布，上游过来的船才暂时抛锚避在一旁，否则要先给上游的船让道，原因是：上游的船走得快，只要落帆，避免风的影响，再由有经验的船夫把舵，让船稳稳地穿过小瀑布，船就能顺流而下，迅速让出河道。

叶小天这艘盐船上的船老大已经接到前船示意，此时恰无下游船只被纤夫拖曳而上，左边河道边有一艘大船停泊着，正由纤夫们拴系着绳索，所以船老大马上向船上客人示警一声，便打起了一面小红旗，摇晃着向下游示意：他要飞流直下。

下游的船虽然多些，基本上都是依次分列左右，江面中间水域都让了出来，那宽度足够让上游的三艘大船依次而下。

最前边的是黄大富商的船，这船轰然一声砸下小瀑布，对如此大船来说，不过就是船头一沉，重重地砸在水面上，激起数丈高的水浪，继而船体顺流而动，压低的船头再翘起来，在此过程中只要稳住了舵，又没有大风，船体没有发生倾覆，就算安全过关。

但是下游这时恰有一艘蜈蚣快船飞驰而来，江面中间是由船只避让出了一条水道的，那蜈蚣快船也不看前方情形，大剌剌地就冲了进来，迎面正好是那位黄姓商贾的大船从瀑布上面砸下来。

"轰……"

水浪冲天，下游那艘蜈蚣快船上的水手手忙脚乱，大呼小叫地摆舵转帆，试图避让，可仓促间动作猛了些，整艘船等于横在了江面上，船上水手奋力划水，但是由于船体是横于水面，前后不远就是等着过黑牯口的其他船只，一下子就撞了上去。

"快闪开！你他娘的瞎了眼睛……哎哟！"

黄姓商贾的船上水手愤怒地大骂，同时紧急转舵，但他才骂到一半，自己的船头就向蜈蚣快船的船尾部分狠狠地撞去。船老大正急急转舵，船头方向正向那蜈蚣快船的船尾避让，只是事起仓促，避不过去了。

两艘船一撞，蜈蚣快船禁不起这么大力的碰撞，船尾"咔嚓"一声，裂开了一道大口子，而黄姓商贾的大船已经转了舵，止不住冲势，便义无反顾地冲进了正在江面右侧依次排列等候过江的那些船只，一头扎进船群，撞得好几艘船都人仰马翻。

黄姓商贾的船上不少人站立不稳，纷纷摔倒。这艘船上载着的叶小天的侍卫，有那好奇跑到船舷边看如何过黑牯口的，吃这一撞，竟然翻出了船舷落入水中，此时已是冬季，水寒如冰，纵然他们死不了，这场活罪也是难免的。

"怎么回事？谁他娘的敢挡我们老爷的船？我们老爷可是九曲峰的大头人，四里八乡的你访一访，谁不知道我们刘大宅刘老爷的名号？"

这时下游驶来一艘大船，眼见前方撞了船，还是不停，蜈蚣快船和黄姓商贾的船分别撞向左右，船头卡在两岸其他船只中间动弹不得，船尾相连，拱接在一起，形成一个三角形的空档。这艘大船一直驶到这处空档区，填塞进去，这才抛锚，船头一个管事模样的人叫嚣起来。

这时上游叶小天的那艘盐船也顺流直下，冲了下来。负责瞭望的任务主要属于前边黄姓商贾船上的水手，他们见下游船只很守规矩地左右分列，江面中央位置空了出来，便向后面的船打了讯号，直接冲了下去。

如此一来，叶小天所在的那艘盐船也没等待，因为这艘船大，船上载了这么多人马吃水也深，借着这股冲劲一鼓作气冲下去比较容易，如果先抛锚等待，再利用江水流速让船驶动，船行太缓，要过这道坎儿反而吃力，一个不慎，龙骨卡在坎儿上，那就出了笑话。

谁料这时下游突然有船明明见到前方有那么多船只左右候在江上，居然直接驶了上来,且与黄姓商贾的大船撞在一起,这时他们再想停船已经来不及了。

船老大一声高呼:"都抓稳了!趴下,要撞上啦……"

"轰……"

他们这艘大船的船头重重砸下瀑布,激起数丈高的水花,继而一跳,向前冲去,不出所料地撞在黄姓商贾的大船的尾部,吃这一撞,他们这艘大船变了向,朝蜈蚣快船的船头方向撞去,把蜈蚣快船整个儿撞翻了。

下游刚刚驶来的那艘大船离得太近,这几艘卡在一起的船受这大力一撞,一起向下方挪移了两丈左右的距离,最先相撞的两艘船左右一分,让叶小天的船直接和下游那艘船的船头撞在了一起,正在船头愤怒抨击别人对他们头人老爷大不敬的那个管事二话不说,凌空一个前滚翻,一头扎进了滚滚江水,停止了聒噪。

船舱里面,洪百川吃了个暗亏,他本以为只是船体要颠簸一下,没有去扶东西,结果这船重重一撞,力道从上下作用变成了前后左右,他连人带椅向后面滑去,重重地撞在了舱壁上。

洪百川还没坐稳,就见叶小天"哎哟"一声整个人手舞足蹈地飞到了空中,又向他怀里一头扎来,手肘无意间又击中了洪百川的腹部,饶是洪百川一身武功,吃这毫无防备的一撞,一时也是痛得喘不上气儿来。

惊魂未定的各艘船上水手纷纷爬起,跑到船舷边指责大骂,被撞下水中的人在冰冷的江水中挣扎呼叫。两侧受了无妄之灾的那些船只也不甘示弱,水手、客人们纷纷涌到甲板上加入叫骂的行列。而黄姓商贾的船和叶小天的大船上的马儿受了惊吓,也四处乱窜起来,整个江面船只横七竖八,乱作一团。

"贤侄没事吧?"

"我没事,怎么就撞上了?"

叶小天和洪百川互相问候了一句,恼火地冲出船舱。

那船老大正脸红脖子粗地破口大骂,叶小天冲到甲板上,一瞧江面混乱情形,便是眉头一皱,再往水中一瞧,便重重一拍那船老大肩膀,道:"且不必理论,救人要救!"

"啊!公子爷……"

那船老大虽然恼火下游冲过来的几艘船不讲规矩,可他更怕这位手下许多凶神恶煞的叶姓老爷,连忙赔笑道:"小的这就救人,小的这船毁了,公子爷您可得替小的做主啊!"

叶小天道:"船,我赔你一艘新的,快救人!"

"好好好,小的……公子爷小心!"

"什么?"叶小天先是一呆,随即就觉一股不受控制的巨大力量从后面重重地撞来，叶小天登时双脚离地，飞到了空中。

"贤侄！"洪百川大惊，大手一张，屈指如爪，狠狠地向叶小天扣来，可惜差之毫厘，叶小天便凌空落向滚滚江水。

船老大本就是靠在船舷上的，被这大力一撞，重重地撞在船舷上。再一看，叶小天落进了江水，船老大呆了一呆，声调拔高了八度，女人似的尖叫起来："救人哪！快救人哪……"

他刚喊了两句，就被稳住了身形的洪百川飞起一脚踹进了水里："快他娘的救人！你们，统统下去！"

洪百川向那些满面惊色刚刚爬起的水手们一指，那些水手吃洪百川一瞪，不敢犹豫，纷纷跳下水去。叶小天的部下侍卫多从山中来，实在不识水性，纵然有些曾在小河小湖里扑腾过的，也做不了这奔腾江水中的弄潮儿。

明知道自己下水根本救不了大人，只能成为被救对象，他们也就明智地没有下水表忠心，而是扑在船舷一侧，紧张地盯着水中混乱的场面。只会狗刨的叶小天一被撞进水，在水中起伏了几下，就不见踪影了，真把船上一众侍卫吓了个魂飞魄散。

洪百川回头看了一眼，方才这一撞，原来是后边那艘船止不住，又撞了上来。洪百川苦笑一声，扭头再看向水中，就见那船老大忽地从水面上冒出头来，欢呼道："我救到了，我救到了！"

洪百川眼神何等锐利，虽然那人一身是水，狼狈不堪，不易辨认容貌，但还是一眼看出不是叶小天，而是刚刚那艘船上那位喋喋不休的管事大爷。

洪百川怒道："不是他，快找叶大人，救不到人，杀你全家！"

船老大扭头一看，被他提着衣领，嘴里汩汩流水的家伙果然不是叶小天，登时把手一松，一个猛子又扎进了水里。再过片刻，船老大又浮出水面，大手抓着一人的头发，他提起那人脑袋先看了看，欢呼道："救到了，我救到了！"

洪百川一看，果然是叶小天，不禁大惊，立即抓住一截缆绳，纵身一跃，飞向江中，那船老大犹在欢呼，洪百川已凌空飞至，探手一扣叶小天的衣领，就把昏迷不醒的叶小天从水里提了出来……

第八十八章

绝望陷阱

一

叶小天的狗刨技术在这水情异常复杂的大江里面显然毫无用武之地,他被提上盐船时已经因为溺水而昏迷了,洪百川不敢怠慢,立即把他俯压在膝上,催吐灌进他肚子里的水。

料峭江风片刻工夫就让叶小天的衣服开始发冷发硬,好在这地方本就不是滴水成冰的北方,尚不至于凝结成冰碴。随着洪百川的拍打,叶小天悠悠醒来,无力地呻吟了一声。

围拢在叶小天身边的侍卫们顿时松了口气,洪百川吩咐道:"快把叶贤侄扶进船舱,生起一炉火来,给他换身衣服,免得着了风寒。"

众侍卫纷纷上前,搀扶着有气无力的叶小天进了船舱,洪百川缓缓走到船头,江水中的救援还在持续当中。叶小天这边有许多侍卫落水,不能不救,从下游冒冒失失地闯过来的那艘船上也有人落水,他们也在组织人员施救。

与此同时,双方大船上的对骂声,以及受了无妄之灾的其他船上的水手船夫的叫骂声,还有各方船老大愤怒地分析责任、呼吁赔偿的声音交杂在一起,整个江面的混乱有增无减。

洪百川吐出一口浊气,心中忽地怦然一动。他此来是向叶小天示警的,他知道杨应龙的一个大计划:以叶小安取代叶小天,从而掌控卧牛岭。

刚刚叶小天落水,在那一刻可是脱离了他们所有人的视线,被他提出水面的这个人,究竟是不是叶小天?会不会这就是杨应龙布下的一个局?

洪百川心头悚然一惊,他急忙扭头看向船舱,稍一犹豫,视线又转回混乱的江面:"不太可能吧,如果他们是选在此处下手,成功的机会极少,几乎是不可能……"

洪百川蹙着眉头暗暗分析:首先,杨应龙得能确保叶小天选择从水路返回铜仁,当然,他可以在陆路制造障碍,诱导急于返回铜仁的叶小天选择水路,以杨应龙的庞大能量，他办得到这一点。

以杨应龙的能力，他甚至可以在陆路、水路、山路上全都设下陷阱，不管叶小天选择哪一条路，都有陷阱等着他。这种漫天撒网的方式，对杨应龙来说，并不难。

但是……杨应龙可以处处设下陷阱，可以操纵船只相撞，可他能操纵叶小天的落水吗？能抓住这个稍纵即逝的机会吗？如果这是杨应龙做的局，其中最大的难处在于：他们不能确定叶小天面对事故做何反应，这是他们事先无法进行策划的。

如果叶小天不能落水，不能脱离大家的视线，他们的准备再周密，这项计划也不可能完成。那么，对方的把握在哪里？除非……

洪百川作为锦衣卫密谍首领，具备很强的策划能力，他眯着眼睛，缜密地分析着：船只一旦相撞，叶小天一定会走出船舱探看，但他当时站在什么位置，后边紧跟而来的船只的连环相撞能不能恰巧让他落水，这都无法保证。

除非是被叶小天征用的这些船只也在对方的算计当中，不管叶小天选择马场江码头上的哪一艘船，这艘船上的船工统统都是杨应龙的人，他们才能确保一旦相撞不能让叶小天自然落水的时候，再由船工动其他手脚。

这样的话，对于时机的把握，对于执行人员固然异常严格，对杨应龙却也并非绝对不可能办到……

洪百川越想越觉不安，他马上返回船舱，就见叶小天已经换了一身干净衣服，蜷缩在被子里，旁边生着一炉火。叶小天嘴唇发青，哆哆嗦嗦地吩咐着："船体受损，一时行不得了，且靠岸停下，给我弄些姜汤来暖暖身子，祛祛寒气……"

洪百川唤道："贤侄！"

叶小天抬头看见洪百川，露出一副苦笑的模样："洪伯父，这可真是流年不利啊……"

洪百川盯着叶小天的神情举止，紧张的心情慢慢松弛下来："应该是我多疑了。叶小安并不情愿害死自己兄弟，如果此人已经成了叶小安，他的神情不该如此从容镇定，应该是我多疑了……"

·※·※·※·

江面上船只交错、叫骂声迭起、船工水手纷纷入水救人的当口，江水下已经有几个水性极好的人，拖着一个人悄然潜开，从一艘艘船底潜游过去，在大江右岸登陆了。

各艘船上的人此时全都集中在朝向江南的一侧船舷上，眺望江上船只碰撞事件，根本没有人注意到他们的存在。他们一登岸，立即借由一艘艘船只的遮挡，飞快地拐进了江边的一片石垃子。

在大江两岸，各有一条溪谷，溪水潺潺，水很浅。但是由于雨季山洪的冲刷，溪谷现在很宽很深，而且由于地形复杂，有些区域岩石居多，有些区域泥土居多，所以山洪冲刷出来的溪谷并不是笔直的，而是弯弯曲曲的。

雨季过后，溪谷中还长出了许多野草，此时枯黄干脆的野草丛布满了溪谷两侧，几个人藏到石垃子后面，滑进溪谷，沿溪谷向上游走，即便是有人刻意地看着这边，也很难再发现他们的踪影了。

溪谷上游两三里地外，半山腰的位置，有一辆四轮车静静地停靠在一侧溪谷内，车轮下碾压着一丛野草，溪谷里没有风，田彬霏坐在车上，沐浴着冬季温暖的阳光，仿佛打起了瞌睡。

溪谷下游四个人，抬着一个昏迷不醒的人飞也似的赶过来，守卫在田彬霏身边的几名侍卫身形微微一动，齐齐左转，手按刀柄，直到看清那几人的模样，攥在刀柄上的手这才悄然挪开。

田彬霏听到声音，慢慢张开了眼睛，四个水淋淋的大汉出现在他面前，其中一人伸手一抓抬着那人的头发，一张嘴唇铁青、脸色苍白的面孔呈现在田彬霏的面前。

那人兴奋地道："先生，我等不辱使命。叶小天，我们带回来了！"

说话的人是刘浚华，他说话的时候声音都在发颤，小部分原因是因为冷，但更多的是因为激动。他相信自己这次一定会得到巨额的奖赏，他相信眼前这位坐在四轮车上的先生，也一定已经想好了该如何奖赏他。

看着这位坐在四轮车上蒙着面、只露出一双眼睛的人，刘浚华心中充满敬畏，只有彻底参与了整个计划的他，才明白眼前这位蒙面人进行了多么精确缜密的策划。

每一种可能、每一种变化、每一种应对、每一种安排……

正是在他的精确策划下，这件事才能完成得如此顺利，如此完美。

"也许，能坐四轮车的人，都是智近于妖的人吧！"刘浚华想。

田彬霏的目光落在了叶小天的脸上，皱了皱眉："死了？"

刘浚华赶紧应道："没死！先生放心，属下从小就在江里讨生活，怎样才能溺死人，属下心里有数。他只是晕迷了。"

田彬霏露出了笑容："救醒他！"

刘浚华等四人也顾不得换下自己的衣服，立即对叶小天施救，很快，叶小天悠悠醒了。

"把他放在那儿吧，你们辛苦了，且去换过衣服，回头必有重赏！"

"多谢先生！"

刘浚华激动地向田彬霏道了声谢，旁边两名扶刀侍卫向他们打了个手势，四人忙跟着这两人走开，一旁草丛中放着一个大包袱，解开来是四套衣服，四人喜悦地脱下湿衣服，赤裸着身体弯腰去拿衣袍。

"啊……"

草丛中猛然传出一声惨叫，接着是第二声惨叫，第三个人只来得及发出一声怒骂，随即便传来两声重重的肉体摔倒声。

又过片刻，那两名侍卫手里拿着一件衣服，用衣服悠闲地拭着刀上的血迹，从草丛中缓缓走回来，重新站到了田彬霏身边。

田彬霏坐在四轮椅上，仿佛根本没有听到旁边的动静，他的目光一直定在叶小天的身上。叶小天仰躺在草丛中，阳光照在身上，他胸膛的起伏正在变得明显起来。

终于，叶小天张开了眼睛，刺目的阳光使得他马上抬手遮住。叶小天感觉到旁边的枯草以及异常安静的氛围，心头陡然一惊。他霍然坐了起来，一见面前无人，只有山溪流淌，立即便扭过了头。

叶小天一扭头，马上便看到了一双眼睛，眼神谈不上多么锐利，但是很深邃。那双眼睛正在看着他，就像一个淘弄古货的行家，正在翻来覆去地看着一件古董，辨别它的真伪，寻找它的瑕疵。

叶小天又往左右看了看，脸色登时变了，即便他不知道杨应龙的计划，看此情景，也很清楚自己落入了他人掌握。当他从洪百川那里获悉了杨应龙的计划后，眼见如此情景，更是不寒而栗。

田彬霏叹息一声，悠然说道："我算计一个人，从来不曾耗费过如许之多的心神，甚至连自己都要搭上，呵呵……不过不管怎么说，最终我还是成功了。"

"你是谁？我和你认识？我们有仇吗？"叶小天质问着，想到可怕的后果，声音不由颤抖起来。自从他离开京城，一脚踏进江湖，什么大风大浪都遇到过了，但从来没有像今天一样凶险、无助。

他没有任何助力，他陷进了别人为他精心设下的陷阱。

"不是要有仇，才能恨一个人！"田彬霏很耐心地向叶小天解释，"也不是一定要恨一个人，才会算计他！这些道理，你应该懂。"

叶小天想不出可以逃脱的办法，但是只要对方还没有杀死他，他就不会绝望。永不放弃，才是叶小天的性格。他努力让自己镇静下来，问道："你究竟是谁，想对我怎么样？"

叶小天只能装作惘然不知，如果让对方获悉他们的计划已经被他知晓，他只能死得更快。

田彬霏笑了，虽然他蒙着面，但叶小天从他眼角的笑纹，可以看出他笑得很愉快。"我究竟是谁，你没必要知道。对于一个马上就要死的人来说，你知道了也没什么用！"

田彬霏弹了弹手指，两名刚刚拭净了刀上的血的武士立即大步向前，逼向叶小天。

田彬霏叹息地道："我不会让你活着，哪怕多活一刻，因为你的命太硬，我不想出一丝意外！我救醒你，只是想亲眼看到你的挣扎，亲耳听到你的惨叫，这样我才会愉快！我已经很久没有快乐过了！"

两双铁钳般的大手扣住了叶小天的肩膀，这是两个练家子，被他们扣住手腕，叶小天丝毫挣扎不得，另一个大汉上前，从怀中摸出一根绳索，麻利地把叶小天倒绑起来。

随即，田彬霏挥了挥手，两个大汉拖起叶小天，毫不迟疑地向一旁的草丛中走去。身后传来那蒙面人愉快的声音："推我过去，我要亲眼看着他死！"

叶小天被拖出十余步，眼前豁然出现一个大坑，不远处就是潺潺的溪水，溪水和大坑之间挖了一道渠，中间只填了一锹土堵在那里。坑中厚厚一层白色，那是……那是石灰！

这正是贵州土司惯常用于处死人犯的手段。叶小天再也无法保持镇静了，可他只惊呼了一声，就被人狠狠地推进了石灰坑，溅起的石灰迷了他的眼睛，钻进他的鼻孔，立即烧灼起来，痛得他大叫起来。

一个大汉狞笑一声，从坑边拔起一把铁铲，用力挖开堵在水渠上的那锹土，溪水汩汩而下，坑中的石灰立即沸腾起来，被绑得死死的叶小天马上像热锅中的一条泥鳅，凄厉地呼喊着在坑中扑腾跳跃起来。

可坑很深，他双手被反绑，根本无法从坑中爬出来。田彬霏的四轮车稳稳地停在坑边，田彬霏闭着眼睛，倾听着石灰坑中凄厉高亢的惨叫声，忽然放声大笑……

第八十九章

两手准备

一

黑牯口的混乱局面结束了，几方受损船只的船老大都出面了，一些有身份的人物介入维持，河道被迅速清理出来，那些没有受到撞击的商船和货船继续赶路了。

受损船只全部集中到了大江右侧，受损严重的船只需要拖上岸去修补，关于责任人和赔偿问题则由出面主持大局的各方头面人物以及船老大们协商解决。

九曲峰大头人刘大宅被告知受他所阻，三船连撞，一头栽进大江的那位叶公子是近来风头正劲的卧牛岭长官叶小天，不由惶恐之极，连忙屁颠屁颠地亲自赶去向叶小天赔罪，满口答应所有损失由他负责。

这九曲峰大头人刘大宅是隶属石阡童家的一位头人，叶小天的赫赫威名对他是如雷贯耳。既然碰上了比他来头更大的人，他哪里还横得起来。叶小天此时也没什么精神搭理他，随便应付了一阵，便打发他离开了。

侍卫们见叶小天脸色红润，仿佛刚喝了一坛老酒似的，觉得有些不对劲，一试他的额头，滚烫不已，顿时惊慌起来："不好！大人落水受了风寒，此刻高烧不退！"

洪百川一直在船舱中盘桓，冷眼打量这个叶小天的行止举动，一时却也看不出有什么不妥。容貌模样一般无二，洪百川悄悄检查过换下来的衣饰，也与叶小天船难前一般无二，实在看不出什么端倪。

不过，叶小安与叶小天本就是孪生兄弟，相貌模样没什么区别再正常不过了，至于说衣袍，如果这场船难真是杨应龙所为，连这么大的事都能操作得如此完美，提前掌握叶小天的穿着并弄出几套一模一样的衣物来毫不稀奇，所以洪百川始终疑窦未去。

这时一听叶小天高烧不退，洪百川立即闪到他的面前，刚一伸出手去，不等触及他额头，就知道他真的是高烧不退了，那手只贴近了他的脸颊，就能感觉到烫了。

洪百川忙道："贤侄受了风寒，很严重！我看那山腰上有处山村，不如到村中歇养,再找个郎中诊治一下。"

叶小天此时没精打采,昏昏欲睡,"嗯"了一声,有气无力地道:"我们……登岸吧。船,一时半晌怕是修不好了,需得再雇……雇两条大船。"

洪百川道:"这些事不需贤侄操心,老夫自会安排!"

洪百川招招手,便有两个侍卫上前,搀起叶小天,给他披上大氅。洪百川又看了叶小天一眼,试探地道:"贤侄,你我在路上所议之事,不可拖延得太久啊,你看……是不是由我派人先回去安排一下?"

洪百川心中疑窦不去,此时终于忍不住出言试探了。他们路上议过何事?只有一件事,就是杨应龙裹挟了叶小安,试图移花接木,冒名顶替叶小天。两人商议了一路,也没商议出如何救出叶小安的稳妥办法来。

此时洪百川故意含糊地提出此事,就是在试探这个叶小天。只要这个叶小天是真的,必然明白他所说的"路上所议之事"指的什么,只消这个叶小天说出只言片语,他就能打消疑虑。

叶小天正由贴身侍卫扶着,虚弱地向倾斜的船舱外走,听到这句话,忽然停住,深深地看了洪百川一眼:"路上所议之事?洪伯父,急也不急在这三两日吧?"

洪百川紧盯着叶小天的神情变化,道:"眼看就要过年了,如何不急?错过了时间,这批年货就要砸在手上了,还是得早早安排,才好应节出售,牟取暴利啊!"

叶小天看着洪百川,神情有些古怪,眼神的变化令人难以揣测,似乎他正在琢磨着什么,过了片刻,叶小天忽然一笑,道:"买卖上的事,的确不宜拖延,伯父不妨使人先回去操办,如果不放心,伯父先回去也是一样的,我们分开走,车船方面也更好安排。"

叶小天说完,向洪百川客气地点点头,由侍卫们搀扶着走出去了,洪百川怔立当地,手脚冰凉,心头寒气森森:"假的!这个'叶小天'是假的!他是叶小安!怎么会这样?这要何等了不起的安排,才能在如此不可控制的情况下成功换人?"

人,就在他眼皮子底下,已经被换掉了!

他该怎么办?他能怎么办?

揭穿叶小安的真正身份?他能吗?

纵然洪百川说出他与叶小天密议的内容,又有何为凭?叶小天的侍卫们谁会相信?如果真的相信了,那卧牛岭还会存在吗?恐怕那时唯一肯留下来为叶小天矢志报仇的就只剩下华云飞一人了吧?

出手猝杀?如果叶小天已经落到杨应龙手中,他出手猝杀叶小安,他唯一能够得到的就是卧牛岭的烟消云散,以及叶小天的死忠派属下对他不死不休的追杀,因为,他什么都证明不了。

"我该怎么办？"

一向心志如铁、泰山崩于前而不变色的洪百川终于变色了。

· ※ · ※ · ※ ·

"叶小天"被两名侍卫扶着走下踏板，立即有几名早已候在岸边的侍卫弄来一副滑竿，七手八脚地把他扶上去。竹制的座椅上已经铺了厚厚一层褥子，身上又给盖了一层毛毯，他便在众人簇拥下向山村里走去。

"叶小天"无力地吁了口气，歪靠在滑竿上，闭上了眼睛，心里有一种说不出的感觉。没错，他不是叶小天，而是叶小安。或者说，他曾经是叶小安，现在是叶小天。

类似的场面，他已经演练过无数次了，通过各种方式，摇身一变成为他的兄弟叶小天，每次都有人负责试探、质疑他，再由他去应对，解决。哪一次类似的场面，都和今天一样逼真。

不过，他心里隐约觉得，这一次应该不是演练，而是真的。理由不是因为洪百川的出现，他和洪百川并不熟，他在之前的演练当中，已经见过属于卧牛岭的、他更熟悉的人，那些人可以变成杨应龙的人，洪百川当然也可以。

所以，他并不是看到了曾经见过几面的洪百川才相信这次是真的，那完全是一种直觉。如果这一次是真的，那么就意味着他的弟弟叶小天已经落到了杨应龙的手里，甚而死在杨应龙手里。

小二已经死了吗？

叶小安鼻子一酸，眼泪差点儿掉下来，但他紧闭着眼睛，那泪水只是湿润了他的眼睑，没有流出来。类似的演练，他已经历过无数次了，面对可能的这么一天，他的心态也不断地调整了无数次。

自从落到杨应龙手里，他就知道从一开始他就被人算计了。他一直觉得比亲兄弟还亲、还能理解他的严世维，真的是从一开始就在做局算计他，从那一刻起，他一直幻想着比他聪明的弟弟能识破阴谋，救他出去。

直到他在被困的静室中遇到那个自称是朝廷中人的蒙面人，他这份希望更大了。然而，他在梦中梦到过无数次的被小二解救出去的场面始终没有出现，倒是一次次的"换人"演练，渐渐使他产生了一种错觉：会不会……当初遇到的那个蒙面人，也是杨应龙一方派来试探他的？

不过，严世维也好，那个残缺了双腿的田先生也好，始终没有提起这件事，他虽远不及自家兄弟聪明，却也不至于蠢到主动问起此事，所以这个小秘密就一直埋藏在了他的心底。

他也曾想过万一，在一次次的演练当中，尤其是后面几次，负责对他怀疑并试探、质问的人赫然正是真正的卧牛岭中人，他开始绝望了，他觉得面对如此阴谋，恐怕他那一向聪明的弟弟，也是不能逃过。

还记得，在某一次换人演练中，赫然出现在他面前的人居然是于扑满，卧牛岭的于扑满于三爷。那一次，他几乎以为就是真的，险些便向对方主动坦白自己的真正身份。

幸好他存了一分小心，怯懦有时候也不是坏事，会让他变得更小心，当他心中挣扎再三，终于鼓足勇气，想等于三爷护着他回到卧牛岭便说出真相时，愕然发现——演习结束了。

叶小天暗暗惊出一身冷汗，他这才知道，原来人家威胁他的"一旦不肯配合，就杀死他的妻、子"的威胁并不仅仅是恐吓，就连于三爷都被杨应龙收买了，要杀死他的家人有什么难处？

除了于三爷，究竟还有谁已经被杨应龙收买？他不知道，他不敢再相信任何人。他对叶小天的部属本就只是认识而不熟悉，在他看来，于扑满能背叛，那么其他任何一个人都有可能背叛。

这时他不得不考虑，如果杨应龙的计划真的成功，小二真的被人替换、杀掉后，他该怎么办。这时候，田彬霏曾经对他剖析过的利害不由自主地就浮上了他的心头。

如果他们家小二真的落入陷阱，被人换掉，那就必死无疑了，那时他该怎么办？一旦他说出真正身份，他有把握让卧牛岭势力还靠拢在他身边吗？

蛊教势力是一定会离开的，当初小二被蛊教长老"绑架"回深山的事他也有所耳闻。一旦小二已死，那些正在渐渐失去昔日荣光，只保留了教权，失去对山民部落生杀予夺大权的长老们毫无疑问会立即把部众撤回深山。

一旦他们离开，叶小天的势力根基就散去了大半，更何况于三爷已经投靠了杨应龙，一直没有出面的于家海于四爷恐怕也……那卧牛岭还剩下什么？他还剩下什么？

他忽然发现，其实他根本无法选择，这根本就是一盘死局，不管他情愿或是不情愿，只要他的兄弟死掉，他唯一的选择只有冒名顶替，不管出于什么目的，唯有如此才能维持卧牛岭的完整。

他一直梦寐以求的就是别人的尊重、赞许和权力，他想证明他并不比他们家小二差，可现在给了他机会，他的心中却是一片茫然，他忽然怀念起什么都不用他操心的悠闲岁月来。

可是，那时光一去不复返了，他再也不能依靠他们家小二来帮他解决麻烦，这一回，一切都得靠自己。为了自己，为了家人，为了复仇，他必须得撑起来。

"可我能成吗？"叶小安扪心自问，禁不住一阵心慌，他的手紧紧地抓住了滑竿冰凉的扶手："一时为傀儡，未见得一世为傀儡，勾践若非有后来的成功，比我还不如！"

叶小安给自己打着气，眼看着越来越近的高脚楼，想到在那里等着他的那个可怕的蒙面人，暗暗咬紧了牙关……

第九十章

难以两全

一

前方已经是村寨的范围了，虽然高脚楼散落在山林中，并没有一个明显的村落范围，比如在外围设一道寨墙、扎一道篱笆什么的，但是村民经年累月地在这一区域内活动，还是有着明显的生活气息的。

侍卫扭头看去，就见他们的土司老爷歪倒在滑竿上，闭着双眼，脸色潮红，似乎已经睡着了。侍卫心中一紧，赶紧加快了脚步，但是抬滑竿的人动作更轻了，生怕吵醒了"叶小天"。

叶小天……从现在起，世间再无叶小安，只有叶小天，虽然在有限的知情人眼中，死掉的才是叶小天，活着的才是叶小安，还是姑且把他称之为叶小天吧。

他躺在滑竿上，其实并没有睡着，只是半睡不醒，就像一般人发高烧时一样，他没有睡着，能听见、感觉到外界的事情，只是身体机能反应迟钝，懒得反应。

他的风寒也是计划的一部分，在下水之前，他就服下了一种可以制造高热效果的药，这药一则可以让他避免真的受江水影响发起高烧，又会制造真实的高烧效果。

这么做的目的很简单，哪怕是已经演练了上百次，刚刚变身成叶小天时，面对层出不穷的新问题，他难免也会应付不来，进而产生紧张的心情，而这是最容易出问题的。

所以让他暂且生生病，可以借此过程缓解他的心情，让他适应新的身份。由此也可看出田雌凤、田彬霏一群人的准备缜密、详尽到了何等地步。

寨子里的老首领迎了出来，他见过些世面，不像普通村民，只是远远地站着，带着些好奇与戒备。

叶小天的侍卫宝翁不等那老首领慢条斯理地问个清楚，就急吼吼地道："村子里有没有郎中，我们大人着了风寒，急需救治。快找郎中来，只要治好我们大人的病，少不了你的好处！"

那老首领为难地道:"我们这村子太小,还真没什么郎中……"

旁边跟着的一个年轻人提醒道:"叔公,你怎么忘了,再兴叔懂医道啊,奴牛儿得了担肩瘤,不就是再兴叔给治好的嘛。"

老首领轻轻一拍额头,自语道:"哎呀,看我这记性,我怎么把再兴给忘了,对对对!我那大侄儿会看病。他读书多,什么杂七杂八的书都看,医道也略懂些。"

宝翁一听只是看过医书,就觉得不太靠谱,不过自家大人得的又不是什么疑难杂症,只是高热风寒罢了,他既然能治担肩瘤,治治风寒应该也没什么问题,便道:"快!快领我们去这个懂医术的人的家!"

宝翁随叶小天出山久了,也清楚打发这种人最有效的手段,当即摸出一锭散碎银子塞了过去。那老首领得了一锭散碎银子,喜得眉开眼笑,登时殷勤了许多,赶紧屁颠屁颠地领着他们向村中走去。

老人领着宝翁等人七拐八绕,闪过几座高脚楼,来到一处屋舍前,直接推开了篱笆门,走进去仰着脸儿冲楼上喊:"再兴啊,再兴,老叔给你领来一位病人,这可是位大贵人,你给看看啊!"

宝翁瞧这院子,就是寻常山居人家,高脚楼下拴着一头驴子,却没有牛,要说到这牛,那是农村的主要畜力,还真不是什么人家都有的,家里没有牛,家境只怕一般得很。

一道竹梯通向二楼,老竹的扶手,已经有些岁月了,有些地方由于经常摩挲,一片锃亮。楼上传出一个男人的声音:"是老叔啊,你带人上来吧,侄儿不方便啊!"

宝翁有些恼怒,一个村夫而已,居然偌大架子,你有什么不方便?宝翁正想着,就听嗒!嗒!嗒一阵响,一个很矮的身影,从楼上房里挪了出来。

这人看上身分明是个成年人,但下身已完全不在了,他手里搬着一个板凳儿,用板凳挪移着身子,到了楼栏边,向下招了招手,满脸的伤疤,看起来异常狰狞。

宝翁这才明白,此人不是倨傲,他是真的不太方便。

· ※ · ※ · ※ ·

洪百川伫立船头,呆呆地看着"叶小天"一行人消失的方向,久久不曾移动一下,几乎要被人当成一尊杵在船头的雕像。小厮打扮的明月走到他身边,扭头看看左右没人,便低声道:"大人,你有心事?"

洪百川长长地吸了口气,转向明月,神色凝重:"你马上回铜仁,去见大亨!"

明月奇怪地挑起了眉头,看着洪百川。

洪百川道:"叫他无论如何都要找到华云飞,老夫要见见他,有一件大事相商!

对了，你记得嘱咐大亨，叫华云飞千万谨慎，与老夫见面的事，不要让任何人知道，记住，是任何人！"

华云飞正在负责替叶小天培训专属于他的死士队伍，由于身负重任，已经不在叶小天身边担任贴身侍卫，他的行踪也不太好掌握了，但大亨作为他的结义兄弟，却一定知道他的下落。

明月应道："是！"

明月肩头晃动了一下，想走，却又站住："大人，究竟出了什么事？我看你的脸色，似乎很难看……"

洪百川慢慢转向山寨方向，一字一顿地道："我们担心的事，就在我们眼皮子底下，发生了！"

明月的身子猛地震动了一下，骇然道："什么？难道？"

明月霍然向山寨中看去，又看向洪百川，脸上带着不敢置信的表情。

洪百川轻轻点了点头，低沉地道："没错！我们一再小心，还是……失败了！从水中捞出来的这位……"

明月倒抽一口冷气，神色也变得严峻起来："我马上就走！"

·※·※·※·

宝翁带着人，把那再兴叔的家暂时当成了自家土司老爷的安顿之所。三天的工夫，他已经搞清楚了这位再兴叔的一些情况。

这个庄子，主要由田、李、宋三姓构成，这都是黔中大姓，或许在很遥远的年代，这个村子的田、宋两家祖先与传承至今的田、宋两大土司家族还有着亲戚关系，目前当然是毫无瓜葛了。

再兴叔叫田再兴，是这村中独一无二的读书人。田再兴的父亲做过一任贵阳府的小吏，是个读书人。田再兴是那小吏的独子，在山溪中捉鱼时，适逢山洪暴发，被卷入浊流刮花了脸，受了重创的双腿也不得不截去，以保全性命。

经此沉重打击，田再兴的父母郁郁寡欢，几年就相继亡故了。田再兴行动不便，每日里都在家中靠读书排遣，倒是有了一肚子学问，只是以他如今的状况，仕途是走不了啦。也没哪位官员和士绅会聘请这样的人担当书办、账房，他不得不做了"隐士"。

不过，此人的医书还真不是白看的，尤其能活学活用，善用当地的草药偏方治疗疾病，他替叶小天切脉诊治后，开了一道方子，叫村里人去山上"照方抓药"，弄了些连久居山中的宝翁都不认识的草药回来，煎煮成汤，给"叶小天"服下，那高烧居然渐渐就退了。

但高寒骤退，身子还虚，"叶小天"虽归心似箭，也就在田家暂时住了下来。与这田再兴时常攀谈聊天，大有相见恨晚之感，便邀他随自己去卧牛岭，愿聘其为幕友。

对刚刚建立势力、根基尚不稳的叶小天来说，人才当然是不拘一格，此举无可厚非，宝翁等人也没觉得有什么不妥，可看在洪百川眼里，却知道此人一定是杨应龙一方的人。

洪百川不甘心，曾经又试探过"叶小天"几次，已经彻底确认：他真的不是叶小天。但洪百川对此束手无策：可怕的不是在不知不觉间，卧牛岭的统治者已经被人掉了包，而是他明知道已经被人掉了包，却无计可施。

之前王宁与被困的叶小安曾经有过接触，但仓促之间，叶小安只是向他说起过自己被人陷害以及杨应龙一方想要实施的阴谋，自然没那闲工夫说书一般对他讲述每一个试图说服他的人的长相、身体特征。

所以洪百川并不知道这个残缺了双腿的人就是整桩事件的策划人之一，但他身为密谍，替朝廷做了很多事，也未见得全都是光明正大的事。别忘了，他还有一层身份，是"一窝蜂"的大盗首领，他干过太多见不得光的事了。

所以，他很清楚叶小安此刻的心理。叶小安天良未泯，不想配合外人害死自己兄弟。但是如果自家兄弟的死已成事实，不管从哪一角度考虑，他都没有选择，只能矢口否认自己的真实身份，硬着头皮冒充下去。

洪百川扪心自问，如果换作是他，在这般情况下，也只能做此选择。除非你把活的叶小天带到他面前，可叶小天现在在哪？恐怕早已变成一具尸体了吧。

洪百川现在的心情也很矛盾，他想找到华云飞，是想说服华云飞一同揭穿这个假叶小天的真面目，但这真的是最合适的解决办法吗？他不知道。

如果在叶小天已经死掉的情况下，他仅仅是想阻止卧牛岭势力为杨应龙所用，他还有另外一个选择：刺杀假叶小天，彻底瓦解卧牛岭势力。

但是从叶小安之前的反应来看，他并不情愿害死自家兄弟，就算是被杨应龙控制了，他也未必甘心，那么……能不能策反叶小安为己所用？叶小天死不死并不重要，重要的是这股力量能否为朝廷所用。这件事显然不能轻率决定，他还得上报朝廷，由鹰党的核心人员来决定取舍！

第九十一章

一家人

一

红漆的柄，白色的鼓面，鼓面上绘着一个穿着红兜兜、怀抱大鲤鱼的胖小子，鼓两侧各有一绺红线，各缀一颗磨得光滑的酸枣核，轻轻一摇，酸枣核打在鼓面上，便"咚咚"直响。

一个白白净净、眸如点漆的胖娃娃，躺在襁褓里，两只小脚丫露在外面，嘴巴用力抿着，吐着泡泡。一见那拨浪鼓摇起来，她便瞪大眼睛，仔细看看，咧开嘴巴无声地欢笑，然后伸出小手，努力地抓呀抓的。

叶大娘抱着孙女儿，叶老汉站在一旁，摇一摇拨浪鼓，看到孙女儿憨态可掬的样子，忍不住便也露出开心的笑容，和那襁褓中的孩子一样，笑得天真无邪。

叶小安去世的消息传开没两天，于珺婷就打点行装带了女儿赶往卧牛岭。虽然由于她的身份和肩负的责任，她不能下嫁卧牛岭，但是她和叶小天的关系，事实上现在于家和叶家都很清楚。

她是叶小天事实上的妻子，大伯子过世，她不能无所表示。再者，叶小天不在，她也有义务替他到膝前尽孝，那么带上一个奶娃娃，无疑是让悲伤的老两口舒缓心情的最好方法。

人，总不能一直活在过去，想起死去的大儿子时，叶老汉和叶大娘还是会情不自禁地伤心，但心里的阴霾毕竟渐渐散去，尤其是逗弄着可爱的小孙女时，他们开始露出了笑模样。

于珺婷穿着一身素罗衫子，气质娴静幽雅的仿佛一株空谷幽兰，只看那贤良温婉的劲儿，叶老汉老两口儿是绝对想不到这个没名分的儿媳妇是如何精明强干、心狠手辣，更不会想到这样一个娇怯怯的姑娘，竟有一身超卓的武功。

"公公，婆婆，于家姐姐……"哚妮一阵风儿地进了花厅，打断了花厅中温馨甜蜜的气氛，有些气喘，但两颊红红的，流露出难以抑制的兴奋："郎君回来了！"

正站在一旁，含笑看着公婆逗弄爱女的于珺婷顿现喜色："他回来了？"

· ※ · ※ · ※ ·

叶小安一行人刚刚到了山下，消息已经迅速传到山上。山坡上已经修整出一条比较平坦的山道，两匹骏马拉着的马车可以直趋山上。叶小安和田彬霏坐在同一辆马车上，其他人策马追随其后。

在叶小安的侍卫群中有两张生面孔，一个瘦长脸儿，清秀的眉，鼻尖和脸颊上还有几颗俏皮的雀斑，看起来也就十七八岁年纪。他老老实实地骑在马上，半松半紧地挽着缰绳，似乎马术很不过关。

在他旁边的那人身材比他壮实一些，黝黑的肤色，盘头，布褂，双腿紧张地夹着马腹，似乎还要紧张一些，看起来马术也不怎么样。

这两个人，年纪相差不是很多，却差了足足一辈儿，长雀斑的那个是老首领的大孙子，黝黑肤色的是老首领的本家侄儿，都是跟着田再兴出来见世面的。

叶小安在山村里时那副气派，大队人马簇拥，任谁也能看得出他不是寻常人，听说他有意提携自己那个残废了的侄儿，老首领马上厚着脸皮提出派两个族人追随照顾田再兴，所以他们也就随着下了山。

车里面，在叶小安膝前摆着一只火炉，火炉已经固定在了车子上，不怕一路的颠簸和此时上山车子角度的倾斜。

田彬霏微微侧了侧头，从窗口看到山上正有一群人急急迎下来，便稳住了身形，低声道："沉住气，不要说太多的话！如果有人问你什么，没有把握就先含糊过去，引诱他们说清楚！记住，你是卧牛岭之主，想答就答，不需要主动回答别人任何问题！"

叶小安脸上的肌肉绷得紧紧的，用力点点头，艰难地吞了口唾沫。

田彬霏乜视了他一眼，对他紧张的样子似乎不太满意："你不是说，从小就和叶小天扮来扮去的？存心扮作他时，你爹娘都分辨不出？这么紧张做什么？"

坐在他旁边的叶小安苦笑一声，道："说是这么说，可是小二这几年做了大官，和以前不大一样了，我……我也不知道再冒充他还能不能被人看破。"

田彬霏冷哼一声，道："先入为主的情况下，哪那么容易看破？就算稍有疑惑，谁敢信誓旦旦地指认你就一定不是叶小天？记住，卧牛岭上你最大，兄弟过世，心情不好，稍有异常也正常，沉住气！"

"嗯！"

叶小安只是答应一声，长长地吸气、吐气，镇定着自己。

田彬霏道："眼下的话，要应付卧牛岭那些属下很容易，蒙过你的父母也不难，倒是枕边人这一关，不是那么好糊弄的。不过这也好办，大哥死了，要服丧，以此为借口，避免与她同房就是了。"

叶小天现在可是有个四夫人哚妮，是以田彬霏有此提醒。时人服丧，不仅仅要为父母服丧。伯父伯母、叔父叔母和兄长过世，也要服丧。

服丧期间当然不该同房，只是很多人并不遵守这一点，这种私密事只要他自己不对外宣扬，旁人也无从知道。但是对这个假叶小天来说，这无疑是防范最熟悉的人识破其真面目的最好借口。

叶小安听了田彬霏这句话，脸色突然涨得通红，扭头看了田彬霏一眼，带着怒气道："这个不劳你吩咐！我不是畜生！不会做那猪狗不如、天打雷劈的事情！"

田彬霏冷冷一笑，悠然道："你做……我也不介意！只要你有本事不被识破！所以，你可要努力了！"

叶小安勃然大怒，额头的青筋都绷了起来，他狠狠地盯了田彬霏一眼，呼呼地喘着粗气，却终究没有发作。

田彬霏眼神闪烁了一下，忽然笑道："现在有没有镇定下来，不再慌张了吧？"

叶小安怔了怔，发觉被田彬霏这么一激，他异常紧张的心情好像真的放松下来了。

·※·※·※·

到了铜仁境内，洪百川就与"叶小天"一行人告辞了，一离开"叶小天"一行人的视线，洪百川立即快马加鞭，直奔铜仁城。究竟该如何解决此事，他最终还是要听从上头的决定，但是在他看来，就算是上头最多也只有两种选择。

一，揭穿假叶小天的真面目，或者不惜一切干掉他，彻底瓦解卧牛岭势力，避免其为杨应龙所利用。

二，将计就计，把叶小安当成叶小天，让他顺利控制卧牛岭。再利用他不甘心当傀儡、不甘心兄弟惨死在杨应龙的阴谋之下的心理，策反他为朝廷所用。如此一来，他的作用甚至比叶小天更大。

因为叶小天与杨应龙是针锋相对的，而这个叶小安，在杨应龙看来，则是已在掌握之中，如果能从杨应龙手中抢过对他的控制权，关键时刻再行反戈一击，他能起到的作用当然比叶小天更大。

还有第三种选择方案吗？在洪百川看来，没有。如果只有这两种选择方案，那么无论最终选择了哪一种方案，恐怕都离不开华云飞的帮助。

华云飞是叶小天的结拜兄弟，在卧牛岭各派系势力中很超然。同时，他正负责叶小天死卫的培养和训练，拥有很强大的力量，很多时候能发挥的作用，远比他们这些锦衣密谍更大。

此刻，叶小安正站在叶小安的棺椁前面，看着自己的棺椁，那里边躺着另一个自己，是种什么感觉？恍如来世！

叶小安见到了自己的亲人，父亲、母亲、妻子、儿子，还有弟妹，彼此相见，叙及到"死"去的他，白发苍苍的双亲潸然泪下，他那一直总是看不惯他这儿那儿的妻子，哭得声音都已沙哑，叶小安禁不住热泪滚滚。

所有人都以为叶小天兄弟情深，到了大哥的棺椁前真情流露，谁会明白他此刻流下的眼泪，包含了更丰富、更深沉的情感。

一失足成千古恨，再回首已百年身。一旦犯下严重错误，就会成为一个人终身的憾事，因为世上没有卖后悔药的，当你认识到自己错了的时候，该错的都已错了，无法再弥补。

但是对叶小安来说却又不然，人人都认为他死了，但他没有，他以另一个身份，反思着那个已经死去的自己所做的种种荒唐。这种触动，远比父母的教育、兄弟的愤懑、妻子的唠叨更具教育意义。

他不是一个能被当头棒喝便幡然醒悟的智者，可是通过这种方式，看着棺中的另一个自己，他的认识比谁都深刻。此时他才知道，曾经的自己错得有多么离谱。

叶小安泪眼模糊地抬起头，看着满面悲戚的亲人，一直以来，都是他的兄弟撑着这个家，现在他的兄弟不在了，他再蠢、再笨，都必须得接过这个担子，继续守卫他们的家园。

田彬霏坐着四轮车，静静地待在灵堂的一角。这车子是途中请能工巧匠现做的，他原来那辆四轮车在他成为田再兴的时候就没再出现过了，一个"山野村夫"本不该拥有那样一辆车子。

看着叶氏一家人，看着真情流露的叶小安，田彬霏的眼底掠过一丝极其复杂的神色："这一次，也许真的是我输了！这一局，我究竟能赢多少？多少？"

第九十二章

应　对

一

　　叶小天归来，部属们当然要来拜见。当叶小安离开灵堂的时候，李大状已然快步迎上来，对他低低禀报了一句："大人，大家都在前堂，等候大人训示呢。"

　　李大状说着，飞快地瞄了一眼被人推着四轮椅，他已经知道那个蒙面人的身份：大人归来途中无意间结识并招揽过来的师爷。

　　对稳居叶小天幕友第一人的李大状来说，他绝对是个潜在的竞争对手。面对李大状投来的审视、不友善的目光，田彬霏只是微微一笑。

　　叶小安点点头，类似的场面，他也演练过很多次了。这是他顶替小二身份后必然要过的一关，而且要经常面临这种局面，所以对类似场合下如何表现以及可能遇到的问题，田彬霏都安排了人反复陪他演练过了。

　　叶小安转过身，歉疚地看向爹娘，眼睛还是红的，声音也有些沙哑："爹，娘，儿子先去前厅处理些公事……"

　　叶老汉和叶大娘已经在卧牛岭住了这么久，风风雨雨也经历过几回了，如何还不明白他们的儿子此刻已不仅仅是他们的儿子。叶老汉点点头，道："儿子，你去忙你的。"

　　叶小安点点头，又看向两眼哭得桃子似的妻子，曾经，每每听她聒噪，恨不得撕了她的嘴，此刻看她这副模样，叶小安一阵心酸。他犹豫了一下，才哑着嗓子道："大嫂，别太伤心了。大哥……的仇，我会报！"

　　叶小安慢慢转过身，深深地吸了一口气。无论他情不情愿，无论他出于何种目的，他现在都必须完美地扮演好小二的角色。主动与被动，只是心念上的不同，可是因此能焕发出来的动力却绝不相同。

　　这一刻，与小二从小到大共同经历的点点滴滴都涌上他的心头，他努力让自己扮演得更完美。就如他登台唱戏时一样，扮演一个角色，揣摩一个角色，融入一个角色。

叶小安迈着稳重的步伐向前走了几步，忽又站住，微微侧首，这时的举止、神韵，与叶小天当真是一般无二："于大人，你也一起来吧！"

叶小安当然知道于珺婷和小二的关系，但他并不清楚私下里小二如何称呼于珺婷，称她为珺婷、小婷还是什么更亲密的称呼？他不清楚，但当下这个场合，他称之为于大人，却也丝毫不错。

于珺婷点了点头，把怀中的女儿轻轻递给婆婆，又握了握她的小手，心中忽地生起些不快："小天回来后，还没认真看过女儿。"不过想到叶小天此刻的心情，便也释然了。

·※·※·※·

聚义厅内，其部属比往昔扩充了近乎一倍。坐在近上首的当然是李大状、格哚佬、于家海、于扑满等老臣子，在其之下的却大多是生面孔，这都是近来不断投向卧牛岭的各方豪杰。

"百川归海，人才往附"，这是一股势力真正形成并迅速壮大的必然过程，没有人只靠着最初起兵时的三五个兄弟便能支撑越来越庞大的势力集团。归附的人当然也未必个个都是真正的人才，但沙里淘金，总要给他们一个试炼的过程。

眼前这些人，都是经过初步试炼，被选拔出来的人才，已经充实到了卧牛岭势力的各个基层。叶小天时不时就要离开卧牛岭，他的势力依旧能稳定发展并蒸蒸日上，离不了这些人的努力。

叶小安登上首座，简单慰勉了大家几句，说了说此行贵阳所获。这些都是公开的信息，事实上他还没回来，卧牛岭这边已经全部知晓，但是听他亲口又说一遍，许多人还是禁不住激动起来。

卧牛岭已经获得朝廷的认可，成了掌控铜仁、弹压石阡的一方庞大势力，较之四大天王虽有不及，却已远超普通土司，其影响力甚至超过一些金刚级的土司。

每个投奔卧牛岭的人都希望它发展壮大，自己才有用武之地，才能建功立业，获得丰厚的回报，他们当然希望卧牛岭越强大越好。不过，土司大人刚刚死了兄长，大家纵然为了卧牛岭的发展雀跃不已，却也不好露出太明显的欢喜模样，只好强自忍耐。

叶小安坐在上首，微微侧着身，一手抚着额头，做沉思状。这也是叶小天的习惯动作之一，眼下这种情况，他这样的举止，更是无可厚非。

叶小安心不在焉地听负责军、政、农、商各个方面的部属汇报了一下情况，咳嗽一声，道："关于我大哥的死，于大人……"

叶小安转向了于珺婷，方才他不管是向众人介绍情况，还是听取众人汇报，于珺婷那双秋水般澄澈的眸子一直盯在他的身上，看得他如坐针毡。

于珺婷当然不是这么简单就发现了他有什么异常，仅仅是与情郎久别重逢的本能表现。可叶小安却是浑身不自在，故意抚额低头做沉思状，也是为了回避她的注视。这时，叶小安反守为攻了。

于珺婷被叶小安一唤，也发觉自己方才的注视太过忘形，脸儿微微一热，急忙坐直了身子。

叶小安用低沉缓慢的声音说道："家兄之死，还劳于大人多费些心思，杀人偿命，凶手要绳之以法，断然不能让他们逍遥法外！"

于珺婷点点头，道："铜仁如今在我治下，出了这样的事情，我责无旁贷。你放心，这个案子，我会一直查下去，直到真凶伏法！"

于珺婷说着，暗暗松了口气，其余人如李大状等也都松了口气，大人这个安排，倒还理性。他们此前一直担心大人归来不问青红皂白，为了替兄复仇，搅得腥风血雨。适当杀戮可以立威，否则只能有损于卧牛岭刚刚树立的声望。

·※·※·※·

"我知道，你刚回来，需要处理的事情一定很多……"

离开大厅，走向后宅，叶小安迟疑着，刚要开口，善解人意的于珺婷已经主动开口道："我这次来，只是因为你不在，想带女儿过来，让公公、婆婆不再那么难过……"

说到公婆，于珺婷脸儿又红了："铜仁那边还摞着一大摊子事儿，我这就回去了。"

叶小安点点头，暗暗松了口气，长大成人后，和父母交流的也就少了，再加上和父母之间本就没有多少私密，他要冒充小二自感还应付得来，少些接触未必露馅。可是面对小二的女人，他可不敢有此自信。况且，就算能瞒得过去，他也不想与自家兄弟的女人有太多接触。

于珺婷白了他一眼，嗔道："你就知道点头，回来你都还没抱过女儿呢，就不怕她不认你这个爹爹？"

"女儿……"叶小安心中一阵茫然，忽然站住了脚步。于珺婷诧异地道："怎么？"

叶小安摇摇头，道："你先回去，我去看看……大嫂！"

于珺婷顺着他的目光看了一眼，晓得那是大嫂的居处，轻轻点了点头。

轻轻推开虚掩的门扉，叶小安一眼就看见妻子正坐在院中树下，目光有些呆滞，对他的到来全然没有察觉。他的儿子小石头似乎也知道母亲正伤心，含着一根手指站在母亲身边，很乖巧的样子。

叶小安登时心头一酸，曾经，每次迈进这个家门，他都要硬着头皮勉为其难，现在失去了堂堂正正以男主人的身份踏进这个门的机会，他才觉得以前在他心中不值一提的一切，是那么弥足珍惜。

"二叔……"石头讷讷地叫了一声，伸手想去拉母亲的衣袖。叶小安摇了摇头，慢慢走过去，在石桌对面轻轻坐下。

妻子似乎依旧没有察觉他的到来，又呆呆地坐了许久，才幽幽地道："那个混蛋啊，他活着的时候，我恨不得他死了算了。可他真的死了，我……我真的舍不得……"

妻子的声音哽咽起来，两行泪水缓缓流下脸颊。叶小安心头酸楚不已，泪花也在眼眶里转起了圈圈。他真想不顾一切，把真相告诉妻子，可他不能，妻子只是寻常妇人，儿子更是不谙世事，太难守住秘密了。他要维护这个家，就得守住这个秘密，泄露不得。

然而，因此他要瞒住的人，并不是敌人，反而恰恰是竭力维护叶家、维护小二的人，他的父母、他的妻儿……

此刻，洪百川正急急赶往铜仁，大亨已经找到华云飞，如何应付这个假叶小天，洪百川还没有一个最终的计划。而精明如狐的田妙雯，业已离开贵阳，扬帆东来。

叶小安，任重而道远啊……

第九十三章

下　网

一

　　叶大嫂和小叔子从来没有这样促膝谈心的机会，这是头一次。她发现小叔子的行动举止、语气神态与亡夫很是相像，她当然不会就此产生这人就是丈夫的大胆想法，只以为孪生兄弟本就有诸多相似。看到那些熟悉的神态举止，想到死去的丈夫，反而更加伤心。

　　叶小安坐了许久，所有安慰的话在他看来都是那么无力，但他又不能不安慰。叶大嫂又哭了一阵，情感得以宣泄，渐渐平静下来。叶小安这才依依不舍地告辞。

　　叶小安出了院门，站在门口怔怔地出了一阵子神，正要举步离开，忽见许多丫鬟婆子匆匆奔走，步伐急促，不禁讶然："出了什么事？"叶小安拦住一个婆子询问，那婆子急忙向他行了个礼："老爷，叶小娘子要生了，马上就要生了。"

　　"叶小娘子？"叶小安恍惚了一下，才记起这个女人来。毛问智死后，叶小娘子在叶家的地位很尴尬，既非奴仆又非亲眷，结义兄弟的妻子住在叶家殊为不便。

　　不过叶小天自有办法，安排叶小娘子拜了他的爹娘为义父、义母，作为义女住在叶家就顺理成章了。只是这叶小娘子有孕在身，轻易不在人前露面。叶小安从京城来了卧牛岭后，也没见过她几回。

　　叶小安对叶小娘子产子当然不会关心，可是想想自己如今的身份，却不好无所表示，便也信步走去，跟着那些丫鬟婆子赶往叶小娘子住处。

　　到了叶小娘子住处，叶小安暗自庆幸，幸亏来了，他的爹娘还有弟妹哚妮都在，他们俨然是把叶小娘子当成了一家人。以叶小安如今的身份，只要知道了消息，断无不到的道理。

　　"小天……"

　　"老爷……"

　　哚妮和母亲各自唤了他一声，叶小安点点头，做出忧切的模样向房中看了一眼，道:"怎么样了?"

叶大娘唤着叶小娘子的名字道:"倩儿这孩子,身子骨儿结实着呢,应该没有大碍。哚妮,你跟娘进去帮帮忙!"

"嗳!"哚妮答应一声,就跟着叶大娘进了房间,虽说里边有接生婆子,可亲自守在旁边,总比在外边听信儿少些焦急,再说叶大娘生过孩子,总能帮上些忙的。

叶老汉和叶小安两个大老爷们,站在门口押着脖子等了一阵儿,也没个结果,互相看看,便在一旁厢房里坐了听信儿。父子俩有一搭没一搭地唠了很久,外面忽地传出一阵欢呼,接着就是一静,只听见一声嘹亮的婴儿啼哭传来。

叶老汉一喜,道:"生了!"

叶老汉麻利地站起来,脚下生风地走出去,一迭声地道:"小子还是丫头?"

报信儿的小丫鬟赶紧道:"恭喜老爷子,贺喜老爷子,您添了个孙子。"

叶老汉放声大笑起来。叶小安从房里跟出来,看着头发花白的老父亲放声大笑的样子,不知怎么的,脑海中忽然幻化出一副他从不曾看到过的画面。

当年,他和弟弟出生的时候,父亲一定也是这样站在产房外放声大笑吧?不,一定笑得更加欢畅,那可是他的亲骨肉。每个父亲,当他的骨肉诞生的时候,应该都是一样激动、开心的。

从小到大,父亲在他们身上倾注了多少爱与关心,他回报给父亲的是什么呢?一次次的失望、一次次的伤心……

如果不是有这样一个机会,他无法产生这样清醒的认识,而今他却有了这样的机会。

"从今以后,这孩子,就是我的孩子!"

叶小安突兀地宣布,面对众人惊讶的目光,叶小安掷地有声地道:"我与毛大哥情同手足,我相信毛大哥也绝不会反对。这个孩子,我叶小天认下了,从今以后,他就是我的长子!"

叶小安如是说道,心中默默祷念:"小二,你死得早,没留下一脉骨血,传递你的香火。这个孩子,我帮你认下了,你在天有灵,也会答应吧!"

叶小娘子产子,给叶家带来一丝喜庆,伤感的氛围淡了一些。也因此,全家人又折腾了许久,及至华灯初上,一身疲惫的叶小安才去歇息。

他的住处已经收拾好了,因为他在灵前已经宣布要为大哥守制一年,所以府里马上为他收拾出了一套住房。薄席硬床、粗茶淡饭,这都是叶小安事先吩咐过的,他要严格按制守孝。

薄席硬床、粗茶淡饭、不同房、不嫁娶、不买卖房产,这都是守孝期间应守之礼。

这些也都在杨应龙、田雌凤等人的算计之中，否则他们还真不敢保证这瞒天过海之计能顺利实施。叶小安解下腰间孝带，宽去外袍，疲惫地往榻上一躺，刚刚吁了口气，门外就传来一声清朗的呼唤："大人，可安歇了吗？"

这个阴魂不散的……叶小安听出是"田再兴"的声音，他不情不愿地爬起身，走过去拉开了房门。

田彬霏坐在四轮椅上，一个瘦长脸儿的、一个黝黑脸儿的两个年轻人并肩站在他身后，一见房门打开，便把他的四轮椅抬进门槛，又自觉地替他们掩上了房门。

"你今天做得很好！"

田彬霏笑吟吟地说着，推着轮椅向里边走动："你看，只要你小心一些，是没人能发觉异常的。就算是你至亲的人，偶然看到些熟悉的举动，也只能以为是思念死去的亲人所产生的幻觉，纵有怀疑，也只能藏在心里，谁敢站出来肯定地说你不是你？"

田彬霏一扭车轮，转了个弧圈，面向叶小安停住了："脸色不用这么难看，你不觉得，这是保全你叶家的最好办法？你不觉得，这是你扬眉吐气的唯一机会？"

叶小安冷冷地道："这么晚了，田先生赶来，就是为了和我说这些废话？"

田彬霏微微一笑，道："当然不是！我只是来告诉你，接下来该做些什么。"

叶小安愤愤地"哼"了一声，田彬霏不以为忤，道："有守孝一节，你和你二弟的女人，就可以避免太多接触了。至于你父母那里，你每天也就是去问一声安，如果连这也能露出破绽，那只能是你存心为之了。"

叶小安冷冷地道："你就是来告诉我这些的？"

"当然……不全是！"

田彬霏微笑着从袖中摸出一份名单："你已经答应抚台大人，在由你控制的地区设立有司，专行执法。官员，虽是朝廷委派，却离不了卧牛岭的大力支持，需要卧牛岭派出人手，协助维持。这份名单，你不妨拿去，把他们都安排到各处执法衙门……"

叶小安顿时一惊，不用问也知道，这名单上的人必然是卧牛岭的人。但是既然由'田再兴'拿出来，可见这些人一定是杨应龙的人。杨应龙利用各地豪杰争相投奔卧牛岭的机会，应该派了不少人吧？

杨应龙派来的人，肯定是有一技之长的，要从大量投奔卧牛岭的人中崭露头角并不困难，随后再由他委派出去，撒播到各地，执法大权实际上就等于落在了他们的手中，一旦他们扎下根来……

田彬霏把那张纸递给叶小安，又道："如今大局甫定，不宜继续扩张，而应巩固现有的地盘，当然需要派些得力助手出去维持地方。比如格咪佬啊、李秋池啊，那些碍手碍脚的、过于精明的，你可陆续打发出去，提拔些'亲信'上位……"

叶小安冷冷地道："我哪来的亲信？"

田彬霏笑道："自然是天王派给你的'亲信'。你先做好手头的事，届时，天王自会再传来一份名单，你照单行事就好！"

经过这番"生与死"的洗礼，叶小安的心性有了很大转变，但转变的只是他的心性，不是他的智商。他本想着，冒充小二，维系卧牛岭局面，渐渐建立属于他的势力，获得卧牛岭各方的认可，那时再反戈一击，向杨应龙发难，复仇。

可谁想到，杨应龙的计划不仅仅是用他换掉小二，还有许多后手，如果让这些人控制了"朝、野"，那时即便他有心，又拿什么向杨应龙发难？岂非只能做个傀儡？

如何应对这一局面，他完全想不出办法。

叶小安的心，透骨生寒……

夜凉如水，船停在黑牯口下游，可以清楚地听到上游的浪声。田妙雯行船至此，天色已晚，船过了黑牯口就停了下来，暂时在此歇宿一晚。

田妙雯站在船头，痴痴凝视着下游江水上望不穿的夜幕，也不知在想些什么。她交接了田家的一切，返回卧牛岭，这本是一趟很寻常的旅程，为什么船舶停靠后，她会伫立船头，仿佛满腹心事？

作为田妙雯的心腹兼自幼一起长大的伙伴，党延明一向以大小姐的知己自居，但他发现现在他越来越难猜透大小姐的心思了。尤其是这次返程，他发觉大小姐有了很大的变化，但又说不出究竟哪里不对。总之，有些古怪……

第九十四章

进　退

　　晚风吹得田妙雯衣袂飘飘，天上星光灿烂，一闪一闪的，仰头看去，仿佛头顶的那片星空才是一条铺展开来的大河，而他们脚下起伏的江面黑沉沉的，仿佛是大地。

　　田妙雯这次回来，已经彻底地做了交接。她当初匆匆赶往卧牛岭替叶小天看家，连置办嫁妆的过程都没有。田氏嫁女，嫁妆自然应该是极丰富的，但这时再带走大批嫁妆未免有些不合时宜，所以这一次她几乎是"净身出户"。

　　钱财、地契、商铺等等，她什么都没有带，只带走了一些用惯了的人。这些人能力很强，但能力再强，新一任领导者上任，都不会毫不介意地继续委以重任。

　　这与忠心无关，所谓心腹总要有着额外一层关系，比如亲手栽培。田妙雯对十四哥是绝对支持，不想为难他，所以她把这样的人全部带走了。

　　这些人之间其实也并非个个都认识，因为他们是从各个方面抽调出来的田妙雯的心腹。党延明是田家谍报机构的负责人，吴大牛是负责田庄的，李博金是田家店铺的首席大账房，宗华和许胜则是田妙雯的死士首领，但现在他们都聚在了一起。

　　这也说明，田妙雯是以最大的诚意与田家做一个了结。田氏宗族中，他们这一房的时代，结束了。

　　一条人影从船侧走过来，走到田妙雯的身旁，将手里提着的一件披风给田妙雯搭在肩上："大小姐，船头风大，不要久站了。"

　　田妙雯点点头，迎着风，长长地吸了口气，道："陪我走走！"

　　那人没有说话，只是默默地跟着田妙雯在甲板上漫步而行。走到船头桅杆悬挂的灯下时，一直坐在舱门口的党延明看清了他的模样，素罗道袍，健硕修长的身材，容貌俊朗，肋下佩腰刀一口。

　　他叫许胜，是党延明刚认识的一个人。

　　"看起来，大小姐对他比对我还要亲近些呢。"党延明酸溜溜地想。

·※·※·※·

"爹……"

"呀呀……"

罗大亨抱着罗小亨，朝洪百川喊了一声，罗小亨伸出白白胖胖的胳膊，也冲爷爷咿呀了两声，看他藕节似的小胖腿一蹬一蹬的，大有跃到爷爷怀里的架势。

爹叫大亨，儿叫小亨，怎么听都像兄弟俩，为此洪百川曾经愤怒抗议过，可大亨偏喜欢这么给儿子起名字。用他的话说："我爹姓洪，我还姓罗呢，怎么就不着调了？"

洪百川把小孙子抱到怀里，小家伙马上兴致勃勃地去揪爷爷的胡子。洪百川任由小孙子一双小手把他的胡子弄得乱七八糟，只管向儿子问道："华云飞呢？你联系上了？"

罗大亨道："联系上了，云飞说你什么时候想见他，他一定马上赶来。爹，你跟云飞又不熟，突然找他做什么，还挺神秘的样子？"

洪百川道："你马上把他找来，我有要紧事说。到时候你一起听听便是了。"

"爹……"

"快去！"

罗大亨不敢再说，急忙取了袍子快步出门，洪百川低下头，吹胡子瞪眼睛地冲着孙子扮鬼脸，逗弄得小家伙咯咯笑起来。

华云飞很快赶来了，培养一支死士队伍，是一件旷日持久的事，你想招募一群成年汉子，把他们训练成一支完全唯一人之命是从的钢铁队伍，这很困难。

一支军队，可以效忠于一位英勇的将军，但是在这将军之上还有朝廷，如果朝廷要杀这位将军或者这位将军想要谋反，依旧忠于他的人肯定有，但不是每一个人都如此，而且这些人不会是少数。

叶小天是蛊教尊者，虔诚信奉蛊教的每一个人都甘愿为他赴死，但这是建立在他是蛊教尊者的基础上，谁也不能保证如果他没有这层身份，或者蛊教众长老群起反对的情况下这些人依旧毫不动摇。

所谓死士，是完全建立在对这一个人的信仰上的，所以这样的人最好是从小培养，最好是离群索居，与家人和外界社会少些联系，才更容易培养坚定的信仰。

所以，华云飞负责调教的这群死士苗子都是少年，多是从山民孩子里选拔的。他们的基地就建立在六龙山上，离城市不会太远，又相对独立、安静。

罗大亨派人给他送了个信儿，华云飞很快就到了。

"伯父！"

"云飞，你坐！"

洪百川面沉似水，负着双手在房中缓缓地踱着步子，斟酌着该如何开口。华云飞向罗大亨投以纳闷的表情，罗大亨摇了摇头，双下巴顿时一阵摇颤。对于老爹的奇怪举动，他也纳闷着呢。

洪百川长吸一口气，霍然转身，面向华云飞，说道："云飞，你沉住气，这件事非同小可！"

华云飞睁大了眼睛，洪百川又深吸一口气："你大哥叶小天，恐已凶多吉少！"

华云飞倏然变色，腾地一下站了起来，骇然道："伯父，你说什么？"

洪百川一字一句地道："如今坐镇卧牛岭的，不是叶小天，而是他的孪生兄长，叶小安！"

"怎么可能？"华云飞和罗大亨异口同声，不由自主地喊了出来。

洪百川道："怎么不可能？老夫是乱说话的人吗？我有确凿证据！"

罗大亨激动地道："爹，你有什么确凿证据？你不是去贵阳经商的吗？为什么这件事连云飞都不知道，你却知道？"

洪百川转向儿子，脸色凝重地道："这事说来话长！爹本来打算一辈子都不让你知道的，现在看来，只能把这件事告诉你了。"

罗大亨的脸色登时又是一变："难道爹你不是我的亲爹？"

洪百川怒道："什么乱七八糟的！我不是你亲爹，难道你是从石头缝里蹦出来的？爹是要告诉你……"

洪百川往腰间一探，便摸出一块非铜非铁的腰牌，往罗大亨眼前一亮。

"啊！爹，你从哪儿捡来的？"罗大亨震惊了！

洪百川身子一晃，差点儿一脚就踢出去，他咬着牙，一字一顿地道："爹就是锦衣卫！潜龙密谍第七号！"

罗大亨继续震惊："锦衣卫？爹你是锦衣卫？"

洪百川傲然道："不错！飞龙在天，潜龙在渊，锦衣卫中最强大的两股力量，就是飞龙密谍和潜龙密谍。永乐年间……"

华云飞打断了洪百川的"说古"："洪伯父，当年的事儿回头再说，你快告诉小侄，我大哥究竟怎么了。为什么说现在坐镇卧牛岭的不是我大哥，而是我大哥的大哥？"

洪百川道："此事，要从七星观说起，明月，你进来！"

小道明月应声走进来。

· ※ · ※ · ※ ·

花木葱郁、流水曲廊的沉香榭，在这冬季也有了萧索之意。这是于府后宅，主人游赏休闲之处，奇石、青砖，与前宅主建筑的恢宏、壮丽大为不同。

娉娉袅袅的一位纤柔少女，快步走在这青砖小径上，举止优雅，步态轻盈，很快便进了一处小花厅。

"珺婷姐姐，你回来了！"

少女看见正在那儿喝茶的于珺婷，马上欢喜地迎上去。虽然她的容貌尚显青涩，却已有了几分青春少女的明艳灵秀。

这少女正是遥遥，遥遥当初住在东山下的叶府，后来叶小天摇身一变成了卧牛岭土司，遥遥便也跟着去卧牛岭小住了一阵。

不过，遥遥若去卧牛岭长住，她的学业便无法继续。叶小天虽然舍得花钱，先生却也未必愿意为了些束脩便搬出铜仁城。

当时叶小天立足未稳，卧牛岭不但简陋，而且经常处于战争动荡之中，所以叶小天就把她安置在了铜仁城，交由于珺婷帮忙照料。

在于家，遥遥出落得越来越像一位大家闺秀了，知书答礼、温文尔雅，与小时候的纯真活泼、机灵古怪相比，已判若两人。不过，与她日渐熟稔的于珺婷可知道，那只是表象，骨子里她可一点没变。

"遥遥来啦，坐！"

很熟稔了，都不用客套，于珺婷只说了一句，遥遥便在一旁翩然落座，先四顾一眼，没看到于珺婷的宝贝女儿，便道："我还以为姐姐还要在卧牛岭小住些日子，怎么就回来了？"

于珺婷是何等精明的女人，就知道她拐弯抹角的，其实只是想知道那个人的情况，瞟了她一眼，道："你小天哥从贵阳回来了。我去铜仁，只是想替他尽孝，劝慰二老。他既已回来，我当然也要回来，眼看就要过年了，家里诸多事情，我不在，怎么成？"

遥遥登时一喜，连忙又敛住喜色，道："哦！小天哥哥……回来了呀。嗯……人家今年想回卧牛岭过年，姐姐你看，可使得吗？"

于珺婷扑哧一声笑了出来，遥遥登时晕了双颊，腼腆地道："姐姐……笑……笑什么？"

于珺婷笑盈盈地瞧她一眼，并未点破她那点少女心思，只道："回去便回去呗，说起来，你本就是你小天哥哥托付给我照料的。要说远近呢，当然你跟你小天哥哥更近啦！"

遥遥涨红了脸："不是的，不是的，我……我是想……现在小天哥哥心情一定不大好。如果我回去过年，多一个人，热闹，小天哥哥心情会好些。"

于珺婷莞尔道："似乎……也有道理。成吧，你打算哪天走？我派人送你回去就是了。"

"好啊好啊，那我今天……明天回去好不好？"遥遥一听雀跃不已，脱口就想说马上就走，忽然意识到现在已近黄昏，急忙又改成明天。可这话一出口，就发现自己太情急，忍不住大窘。

对于遥遥的心思，于珺婷早有所觉。

遥遥能够接触到的优秀年轻男子本就少，少女的如诗情怀，不投注在他身上才奇怪了。

于珺婷出自土司人家，对男人三妻四妾司空见惯，抵触情绪本就极小。她又因为是土司身份，不好嫁往卧牛岭，对此就更不在乎了。况且现在她和遥遥情同姐妹，当然不会故意为难遥遥。

于珺婷笑道："好！那就明天！明天一早，我就安排人送你回卧牛岭，今儿你正好做些准备。"

……

"不用准备了，我立刻回卧牛岭！"华云飞脸色铁青，对洪百川说了一句，掉头就走。

"我也去！"罗大亨也红了眼，愤愤然地就要跟上。

"你们去了，如果证实现在以叶小天身份掌握卧牛岭大权的人真是叶小安，你们打算怎么做？拆穿他还是杀了他？"

洪百川一句话，让华云飞定在了地上。是啊！如果他证实了叶小天真的不是叶小天，他该怎么做？叶小安并不是杀弟凶手，他只是在弟弟死后，被迫扶上去的一个傀儡。

拆穿他？其结果也不过是亲者痛，仇者快。

这个仇人，当然不是指杨应龙，卧牛岭垮了，杨应龙绝不会开心。这个仇，是指那些对卧牛岭又怕又恨的人，石阡杨家、展家，以及大大小小忌惮叶小天的土司，包括现在看来很是恭顺的蛊教长老们……

拆穿叶小安的真实身份，不过是杀敌八百、自损全部，卧牛岭势力立即烟消云散，这是他们想看到的吗？华云飞慢慢转过身来，对洪百川道："依伯父之见，小侄该怎么办？"

第九十五章

水渐落

一

洪百川徐徐地道:"如果叶小天未死,你这般打草惊蛇,就是在促其早死。如果叶小天已死,你想为他报仇,更得保证卧牛岭还在!否则,你单枪匹马,济得何事?"

他说得很慢,几乎是一句一顿,因为他要确保每一句都被华云飞听进心里,并且理解透。罗大亨怒道:"爹,你说得轻松,谁能保证卧牛岭不会被杨应龙掌握?"

洪百川瞪眼道:"混账!旁人造一份假房契,占了你的宅子,你不想着把宅子抢回来,而是一把火把宅子给烧了?而且烧的时候你老子还待在宅子里呢!"

罗大亨:"呃……"

洪百川恨铁不成钢地瞪了他一眼,又转向华云飞:"如果真到了无可挽回的地步,当然宁可毁掉卧牛岭,也不能让它为杨应龙所用,但是现在还没到那种地步。更何况,卧牛岭上还有你要帮着你大哥维护的人。"

洪百川走近华云飞,道:"沉住气,你一定要找借口回一趟卧牛岭,目的就是阻止杨应龙的手插太深,免得无可挽回。至于叶小天的真假,你可再确认一遍,但一定不要在大庭广众之下。如果那个'叶小天'真是叶小安,他也一定不会甘心为杨应龙所利用,说不定这就是你的一个机会……"

虽然听了洪百川的话,方才叶小天的生死问题让华云飞心情激荡,可他迅速冷静下来。这么鲁莽地冲回去当面质问叶小天,确实不是好办法。

华云飞仔细想了想,已经有了主意,向洪百川点点头,道:"伯父说的是,小侄依计行事便了。"他犹豫一下,又道:"伯父既然是朝廷中人,对此难道就没有什么想法?"

洪百川轻轻叹息一声,道:"老夫已把此事禀报朝廷,究竟如何应对,还要等候上司消息。可等这消息往返,唯恐错过时机,所以我才找你,希望事态不致那么快就恶化到不可挽回的地步。"

华云飞道："好！那小侄这就告辞了。"

罗大亨急道："云飞，我跟你去！"

洪百川蹙眉道："大亨，你做事夹缠不清的，跟去做什么？"

罗大亨道："爹，你是想告诉我，结义大哥有难，我该当个缩头乌龟吗？"

洪百川怔了怔，倒是不好再阻拦了。

洪百川转念一想，杨应龙一方的目的是由叶小安冒充叶小天，只要这边拿不出真凭实据，就算当众宣布了对叶小安的怀疑，也顶多是给对方制造些麻烦，而不至于挫败对方的计划。对方是不会随意杀人，加深别人对此事的怀疑的，便叹了口气道："你此去，务必小心！"

罗大亨双拳紧握，正准备与父亲再展开一场口舌大战，不提防父亲竟然转了性儿，答应让他上卧牛岭了，不禁大喜过望，连忙道："谢谢爹！云飞，咱们走！"

· ※ · ※ · ※ ·

华云飞和罗大亨快马加鞭……虽然因为大亨的体重，加鞭是加鞭了，其实也没快到哪儿去，二人还是在两天之后赶到了卧牛岭。

华云飞负责训练死士这是秘密任务，直接对叶小天负责。调派人手、支取物资、支度钱财，全都直接面对叶小天，无须经过其他人，这理由自然也就容易捏造。

亏得有了洪百川先前一番话，华云飞和罗大亨赶到卧牛岭见到"叶小天"时，非常沉得住气，因为旁边有田再兴等人，华云飞只择他负责的事情做了些汇报，最后由一向比较脱线的大亨提出三兄弟一起到外边走一走。

叶小天和华云飞、罗大亨是结义兄弟，他们三兄弟要一起出去散步，田再兴自然不好再跟着。而叶小安也清楚这两人与自家小二的关系，不好贸然拒绝。

不过，叶小安在杨应龙的人面前从未暴露过他的真实想法。在他们想来，叶小安也是醉心于权力的，尤其是当他成功冒充了叶小天之后，以叶小安一贯的为人表现，再加上现在尝到了权力的甜头，定然不会生二心。

卧牛岭后山上，有整理出来的大片平坦的坡地，树木被砍掉，目的是弄出一块可以用来操练士卒的平整地块，同时也可以避免山火危及寨子的安全。

"叶小天"和华云飞、罗大亨三人此刻就慢慢行走在这片坡地上。如果没有洪百川之前的提醒，骤然一见叶小天，华云飞和罗大亨一时还真未必能看出什么不妥。但这次两人回卧牛岭，就是为了查探他的身份，自然是从刚一见他的时候就开始注意他的一切，果然是越看越觉得与他们熟悉的叶小天有些异样。

此时二人择些有的没的话题，与"叶小天"随意聊着，抽空互相递个眼色，便开始正面验证了。

罗大亨打个哈哈，道："世事无常啊，想当初，大哥你是个假典史，小弟我是个假秀才，咱们初次相逢时，可不曾想过会有今天。"

罗大亨转向"叶小天"，笑嘻嘻地道："大哥还记得，咱们一起逃出县学的时候，我请你吃桂花糕，结果那桂花糕已经馊了的事吗？"

叶小安笑了笑，做出一副缅怀的样子，轻叹道："是啊！一眨眼就这么久了，你我兄弟，都与往昔不同啦！"

罗大亨心中一沉，最后一丝希望也破灭了，他不信叶小天不记得他从书袋里掏出一条蛇，还吞下了划破的蛇胆的事来。而眼下这个叶小天，神情举止虽无大的问题，可他对此毫不知情。

华云飞也不知道他们两人初识时这一幕，但是一瞧罗大亨的脸色，就知道不妙。但华云飞依旧抱着希望，道："二哥那时情形与现在相比，就算变化大了吗？说起来，我与大哥初相识时，与如今相比，才有天壤之别……"

华云飞缓缓地道："那时候，大哥还寄住在破山神庙里，为一日三餐发愁呢。当时我正好从山神庙前路过，把刚刚猎得的两只山鸡送给了大哥，谁想我们就此结下了一生缘分。大哥，你说是不是？"

叶小安照样淡定地微笑，颔首道："是啊！所以说嘛，莫欺少年穷，那时候你是一个猎户，我呢，更是一文不名，可是如今……"

华云飞的脸色慢慢阴沉下来，他冷冷地盯着叶小安，沉声道："如今……你究竟是谁？"

叶小安心里一跳，吃惊地看着华云飞："云飞，你怎么了？我还能是谁，我就是我啊！"

罗大亨也微微侧身，与华云飞形成夹攻之势，冷冷地面对叶小安："你就是你？你是谁？"

叶小安一脸茫然，道："我是叶小天啊，两位兄弟，你们这是怎么了？"

华云飞的声音有些发颤："你不是叶小天！你不是我大哥！刚刚我的话，根本就是在试探你！如果你真是我大哥，你说，在山神庙前，我当时在干什么？我究竟送了你什么？"

叶小安哪知道华云飞送了叶小天什么，就算让他想破头，他也不会想到一个秀才的书袋里拿出来的不是文房四宝而是一条菜蛇，一个猎户送给叶小天充饥的不是飞禽走兽而是游鱼。叶小安讷讷地看着他们，说不出话来了。

"我大哥究竟怎么样了，你说！"罗大亨一把揪住了叶小安的衣领，激动地质问。

叶小安被逼问得非常狼狈，他胸膛起伏，呼吸急促，愤怒地低吼道："你以为我不想知道他怎么样了？我是他亲大哥！"

华云飞激动地道："你终于承认了！"

叶小安奋力挣开罗大亨的双手，瞪着华云飞道："我承认什么？我现在承认我不是叶小天，你说，会怎么样？"

华云飞和罗大亨同时一呆，罗大亨道："就算你不宜公开身份，总该为他报仇才是，你现在在做什么？"

叶小安整了整衣领，冷笑道："报仇是吧？你告诉我该怎么报？"

华云飞沉声道："把杨应龙派在你身边的人干掉，以我大哥的身份同杨应龙为敌！"

叶小安冷笑道："好啊！的确是个好办法！可你知不知道杨应龙究竟派了多少人潜伏进卧牛岭？你究竟知不知道杨应龙已经收买了多少卧牛岭的人？我是不知道，请你告诉我！"

华云飞目光闪烁，这些事他真的不清楚，他一直专心于为叶小天培养一支最核心最忠诚的武装力量，对于卧牛岭的其他事务涉及不多。不过这次回来，他多少也能感觉得到，卧牛岭的势力已经急剧扩张开来。

如果说，当初的卧牛岭，仅仅是从深山中迁出的一支山民部落，驻扎在那里，给四方土司政权造成了一定的威慑。那么今天的卧牛岭，已经在武力扩张之后，地盘扩大了十余倍。

这些地方，都要派员驻守、治理。而这样的任务，恰恰是叶小天最初的班底中大多数人都无法胜任，需要大量这方面的人才。如果这其中有抱着不可告人的目的潜入的，有被杨应龙收买的……

哪怕这些人只占十分之一，如何甄别？如何处置？难不成把他们统统杀死或驱散？那样的话，卧牛岭将迎来一个怎样的前途？它还有发展的可能吗？

罗大亨怒气冲冲地道："所以你干脆认贼作父，忘了你兄弟的大仇？"

华云飞制止了罗大亨，盯着叶小安道："那么你想怎么样？"

叶小安缓缓地道："所以，我只能是叶小天！因为，叶小安可以死，叶小天不能死。"

叶小安看了看他们，道："我没有小二那样的本事，数年功夫打下偌大一份家业，这能耐，我没有。可我也知道，不管是做生意还是做官，官升得太快，没那么多人帮衬，垮台也就快。

"做生意底子还没打扎实就扩张，容易被人坑。小二用三五年完成了别人三五十年才能办到的事，结果就被人钻了空子。我不知道该怎么办，我只知道我现在不该做什么，至于以后，你们能帮我吗？"

华云飞和罗大亨怔住了，他们气势汹汹地向叶小安问罪，结果事情发展到现在，所有的难题都推到了他们身上。叶小安反过来向他们求助，可他们能做什么？

"小天哥哥！"

华云飞和罗大亨面面相觑，正不知该如何回答的时候，远处传来少女欢喜的呼唤声。二人扭过头去，就见一位翠罗衫子的少女，仿佛从画里跑出来，轻盈地随着风飘到了他们面前。

宜喜宜嗔的一张俏丽面孔，果然是女大十八变，这才多久没见。

遥遥比华云飞和罗大亨慢了小半天，却也终于赶到了，问清小天哥和华云飞、罗大亨在后山散步，就迫不及待地赶了来。但一见叶小天，却又突然害羞起来，唤了他一声，便红着脸儿站住了。

"嗷……"

一声让人恐怖的咆哮，再加上婴儿啼哭般的叫声，灌木似有风来一般骚动了一下，一道巨大的身影从天而降，却是那头也许是人世间硕果仅存的巨型猿——大个子。

遥遥大喜，欢快地道："大个子，真乖，一见我来就跑来了啊！"话犹未了，圆滚滚的福娃儿也从灌木丛中一头撞了出来，绕着遥遥欢喜地打起了转转。

遥遥住在铜仁，与这两个家伙相见的机会就少了，这两个家伙被放养在后山，卧牛岭的人都知道它们是土司大人的宠物，却也不敢伤害。这两个家伙整日在山中自行觅食，吃饱了依旧还来后山住下，野性渐渐恢复了许多。

但是一嗅到遥遥的气味儿，它们依旧非常欢喜，所以马上赶来相见了。大个子和福娃儿都围着遥遥亲热，遥遥被它们逗得直笑，方才初见"叶小天"时的拘禁便也一扫而空了。

遥遥轻拍着福娃儿圆滚滚的大头，得意地对叶小安道："小天哥总不搭理它们，看吧，现在它们只跟我亲，都不理哥哥了。"

叶小安微带尴尬地笑了笑，瞟了一眼华云飞和罗大亨，两人对视一眼，默默不语。他们最不想听到的消息，如今已经确认了，可他们不知道该如何应对这种局面，事情显然不是那么简单。

此刻，他们开始有些了解叶小安的心情了，除非叶小天还活着，并且赶回来，又或者他们豁得出去，不惜亲手毁掉叶小天一手打造的基业，否则，即便清楚了对方的阴谋，他们也没有太好的办法去应对。

而即便他们豁得出去，毁灭的也只是自己一方的力量，所能起到的作用仅仅是避免被杨应龙所利用，他们对杨应龙能造成一点伤害吗？全然没有。

· ※ · ※ · ※ ·

叶小安从后山一回来，田彬霏就找上了他："土司大人，你没露什么马脚吧？"

叶小安疲惫地坐下来，没有答话。

田彬霏身后那个雀斑青年冷冷地道："我们先生在问你话！"

田彬霏微笑道："天佑，不许跟土司大人这么说话！"

叶小安对他们深感厌烦，轻轻哼了一声道："他们……好像怀疑我了，攀谈时，有些话好像是在故意试探我。"

叶小安和华云飞、罗大亨私下接触时的一番言语，旁人自然是听不见的，但叶小安故意这么说，他想知道，如果别人知道了自己的真正身份，杨应龙究竟留有什么后手。而且，得知他已被怀疑，说不定这位田先生会暂时停止让他安插人手的阴谋。

黧黑脸庞的青年怒了，斥责道："你真是废物！怎么这么不小心，居然会被人怀疑？"

"文博！"

田彬霏有些不悦，语气稍重了些，制止了黧黑青年。田彬霏滑动轮椅，沉吟道："你在家人面前，有'灯下黑'的效果，反而不易引起怀疑。

"倒是华云飞和罗大亨这对结义兄弟，与叶小天有着太多他人所不知的秘密，反而容易露出马脚。不过，你只要咬死了自己的身份，谅他们也不敢随便跳出来指认你实非其人。"

叶小安皱了皱眉道："可……他们偶尔会提起以前与我二弟共同经历的一些事情，我实在说不上来，以后还要和他们打交道的，我总不能一直含糊着吧。"

田彬霏依旧沉得住气，微笑着问道："含糊着又有什么关系？叶小天和他们之间的秘密，你不知道，旁人同样不知道。他们如何拿来做证明？难道他们跳出来说一声你不是你，卧牛岭的人就会相信他们，而不是相信你这位土司大人？"

田文博也想通了这一点，不悦的模样顿时转为欣然，道："先生说得不错！何况他们就算肯大胆指认你不是你，我们也可以找出人来证实你就是你，那时谁能说得清你究竟是不是你？只要没有真凭实据，谁能动得了你。"

田彬霏眉头一蹙，道："话是这么说，但……这终究是个麻烦啊。夜长梦多，天佑，你看，咱们是不是尽快传讯给天王，请天王抓紧时间进行下一步的计划？"

田天佑重重地点了点头，道："嗯！这件事，我会尽快禀报天王的！"

叶小安看在眼里，微微有些意外，他一直以为这田天佑和田文博是"田再兴"带在身边的两个侍卫或者随从，可是从"田再兴"与田天佑商量的口吻来说，貌似这田天佑地位不低啊。

这个田再兴想与杨应龙联络，居然还要征得他田天佑的同意，并且要通过田天佑来进行，这么说来，田天佑在播州杨应龙面前的地位，其实比田再兴的还要高一些。

　　叶小安深深地望了一眼这个一直被他忽视了的随从角色，正想问问所谓下一步的计划究竟是什么，刚刚才和他分开，说要去后宅拜见叶老汉、叶大娘的遥遥，在大个子和福娃儿的前呼后拥下冲进了大厅："小天哥哥，妙雯姐回来了呢！"

　　叶小安一听，顿时吓得身子一颤。整个卧牛岭上上下下，他不怕爹，不怕娘、不怕那位土司兄弟，就怕这个掌印弟妹，自从上次被田妙雯收拾了一顿，他可是深知这位看起来极是温柔的弟妹的厉害。

　　叶小安慌张地看向田再兴，愕然发现，这位一向淡定的田先生似乎比他也好不到哪儿去。田再兴虽然蒙着面，但是从他那双露出的眼睛来看，似乎同样被这个消息给吓住了。

第九十六章

有故事的随从

一

"沉住气！没有人能拿出有力证据证明你不是你，便没有任何人能撼动你的地位！只要你心志坚定！"

在走向外面的时候，趁着遥遥走在前面，田天佑和田文博抬着四轮车过门槛儿，田彬霏正与叶小安并肩，便低低地嘱咐了一声。除了叶小安，也只有一旁的田天佑和田文博听得见。

叶小安心中忐忑，只是慌乱地点了点头。

掌印夫人归来，李秋池等人纷纷赶来相迎。

李秋池与格哚佬几个人之前正在议事。对于土司大人今日做出的种种人事安排，格哚佬、引勾佬等人都颇有意见，却不敢直接向土司大人提出质疑，便都赶去李大状处发牢骚，谁让他是卧牛山的"内政"，土司之下第一幕僚呢。

李秋池倒没觉得格哚佬、引勾佬等有功之臣这是嫉贤妒能，因为安排到各地协助官府建立司法衙门的这些人，无论如何也影响不到他们这些"在朝官"的权力和地位，他们确实是站在维护自家江山的角度考虑的。

"叶小天"此次派往各地替朝廷打前站，为朝廷建立司法衙门而先行一步的人，统统都是近来刚刚投奔卧牛岭的各地豪杰，没有一个老人。

这些人能够从众多投靠者中脱颖而出，才干本领自然是有的，比起引勾佬这等只懂得教务又或者格哚佬这种大字也不识几个只会粗放管理的部落首领，应该更能胜任建衙立府的任务。

但是，这个打前站，意味着他们可以在卧牛岭尚未施加影响的地区进行统治，等朝廷派来了人，也要倚助他们为桥梁，同地方缙绅百姓打交道，他们将成为卧牛岭在这些地区贯彻统治力的基石。

这样重要的位置，却没有一个老部下坐镇……

虽然说用人不疑，引勾佬等人也觉得这么做不甚妥当，就算卧牛岭的老部下大多不具备文治方面的能力吧，但忠心方面却无可挑剔，派去与这些新近投奔的人联手做事，才更稳妥吧？

何况，如果现在就把老部下们彻底抛在一边，随着战争的减少，动用武力的机会越来越少，他们又没有参与到行政事务中，会越来越边缘化，这会令老臣子们感到失落。

李秋池好言安慰着大家，正在说会找时间把此事向叶小天反映反映，就听说主母回来了，李秋池顿时大喜，终于有了主心骨了。

叶小天威权日重，规矩也就渐渐建立起来，李秋池在叶小天身边，也不像当初那样可以知无不言、言无不尽了。

他要维护叶小天的威严，如今掌印夫人回来了，顿时就解决了李秋池的最大难题。田妙雯执掌卧牛岭期间，李大状对她从不信任到心服口服，对田妙雯可是佩服得五体投地。

如果他把这些事情向掌印夫人反映一下，由掌印夫人对土司大人进行劝谏，更容易被叶小天所接受。所以迎至山门时，李大状心中满是欢喜，但也只是片刻工夫。

因为"叶小天"陪着夫人回到厅中坐下，向她介绍田再兴时，居然说："这位田再兴田先生，是我在路上偶遇的一位隐士，胸怀韬略，才识渊博，我对田先生甚是赏识！"

"叶小天"看了脸上表情微僵的李秋池一眼，又道："现在咱们卧牛岭家大业大，要打理好了，可不能总在老宅里待着。田先生行动不便，不宜四处奔走，外面的事今后就需要李先生多费心了。田先生会留在我身边作为僚属，夫人有什么事，可与田先生多多商量，你们同姓，恰是本家，想必能够相处融洽，呵呵……"

"外面的事需要李先生多费心？"卧牛岭的地盘有多大？土司大人说得虽然客气，可这分明是把李大状流放了啊，今后的幕僚第一人显然就是这位田先生了。

引勾佬、格哚佬等人吃惊地看向李秋池，李大状听了这句话，脑子嗡的一声，顿时一阵恍惚。

田妙雯对叶小天的安排似乎稍觉讶异，她看了田再兴一眼，又看了李秋池一眼，却没有对此提出什么异议。

李秋池对主母的沉默能够理解。田妙雯主持卧牛岭期间，他与主母配合得极是融洽，照理说主母此时应该为他说句话。不过，就算主母有心维护他，也没有立即反驳大人的道理。

事后再详细了解大人的想法，委婉进行劝谏，这才是最合适的解决办法。李大状尽管明白这个道理，心里头还是有些难受。可是面对众人异样的目光，他还得强作镇定，装出不以为然。

田妙雯听叶小天向她介绍了田再兴，转而也向叶小天介绍起了她带来的人："党延明，这是相公早就认识的人，可以充入幕僚机构。幕僚机构协助大人进行决策谋划，离不了情报，所以情报机构是幕僚机构的最重要外延。

"吴大牛，名字挺土气，可人却一点也不土气。他是负责打理田庄的，却不是挽起裤腿亲自下地干活的庄稼把式。卧牛岭现在有田庄，最欠缺的就是懂得打理田庄的人才，也堪大用。

"李博金，原为田家经营店铺的首席大账房，卧牛岭留居山中的人员依旧多，山货、矿产以及规划中的畜牧和草药种植，都需要经营才能获得最大利益。

"卧牛岭在这方面的人才更是欠缺，现在卧牛岭的商业是挂靠在罗大亨那里的，但是对一方势力来说，这绝非长久之计。有了李博金，卧牛岭就能迅速搭建起自己的商业团队。"

田妙雯带来的人虽然少，却个个都是卧牛岭方面最匮乏、最欠缺的人才，她逐一介绍着众人的姓名、才干，连接下来该让他们负责什么，都已安排得井井有条。

田妙雯是卧牛岭的掌印夫人，所谓掌印夫人，可不仅仅是一个名分，掌印夫人是有相应职权的，她对这些人做出这样的安排，当然不算逾权。

"嗯，这个……"叶小安倒真想让田妙雯多安插些自己人，但他现在还被杨应龙拿捏在手，丝毫没有反抗之力，哪敢就这么答应了田妙雯？所以叶小安含糊着，偷偷瞟了一眼田再兴。

田再兴仿佛根本没有看见叶小安投来的目光，只是拊掌赞道："好！好啊！大人身边现在最欠缺的就是文治之才。主母带回来的这些人才，可都是无价之宝啊！"

叶小安听了他这句话，暗暗放下心来，忙也点点头道："夫人带回这些人，可是胜过百万嫁妆，理当予以重用。诸位，今后我们就是一家人了，还望大家共同壮大我卧牛岭！"

党延明等人离座而起，向叶小安长长一揖，朗声道："愿为大人效力！"田妙雯微微一笑，又随意介绍了一下她身后神色漠然、肃立不动的宗华和许胜，道："他叫宗华，他叫许胜，都是妾身的贴身侍卫！"

二人便向"叶小天"行了一礼，又向厅中众人团团一抱拳，依旧枪也似的笔直站好。对这两个人，田妙雯介绍得就比较简单了，因为他们仅仅是侍卫而已。

嫁妆，不管陪嫁的是财物还是人，纵然已经过了门，那也是只属于出嫁的女人个人支配的财产。当然，作为一个人，他是有思想的，所以也存在着背叛和个人的选择。

听田妙雯这么一介绍，大家也就明白，这两个人今后依旧是掌印夫人个人的贴身侍卫，像党延明等人虽然也是陪嫁，可他们既然加入了卧牛岭的统治班底，土司大人一样可以调遣、安排，而这两个人却是连土司大人也无权调动的。

不过，私人侍卫而已，众人也就懒得理会，只是瞟了他们一眼。他们二人也很明白自己的身份，侍立在田妙雯身后，始终面无表情，神色冷肃。既已知道他们是贴身侍卫，十有八九就是死士，有此表现众人也就不以为怪了。

卧牛岭正值迅速扩张后的巩固稳定期，由于此番扩张后其实际控制的地盘十数倍于之前的领地，而之前他们所拥有的领地也不是经营数百年的稳固根基，满打满算也不过才拥有两年余，所以最缺的就是治理人才。

山中蛊教的统治固然延续得久远，但那里既没有可供卧牛岭借鉴、利用的模式，也没培养出相应的人才，所以急需大量的人才。

如今正是卧牛岭人才流动最为频繁的时候，却也是最适合做此调整的时机。一旦一个政权建立了稳定的政权架构，再想进行调整就很吃力了，过于稳定的统治架构有利于政权的稳定，却也不利于政权的革新。

一番简单的介绍之后，田妙雯带回来的这批人的安置也有了着落，"叶小天"便起身，要带田妙雯回后宅去看望父母，众人也就散了。

田天佑和田文博推着田彬霏的四轮椅，刚刚回到他们所居的院落，田天佑脸便一沉，不悦地道："田妙雯把她那些旧部俱委以重任，这对我们的计划将造成很大阻力，你为什么要赞同？"

听他质问的语气，叶小安此前的猜测果然没错，他才是杨应龙派来的嫡系，受田雌凤青睐的田彬霏实际上也要听他指挥。至于田文博，那才是一个真正的随从。

田彬霏慢慢转过轮椅，望着一脸愠怒的田天佑，淡淡一笑，道："田妙雯是掌印夫人，叶小天对她信任有加，不说比得上我们杨天王对三夫人那般言听计从吧，却也差不了太多。

"你认为，叶小天不答应掌印夫人的这些安排，合理吗？就算他们不堪造就，如今田妙雯从田家只带走了这么点心腹之人，按照情理，也得先这么安排着，实在不堪大用时再予调整。"

田彬霏说话的速度不急不缓，非常淡定："没错！若叶小天就是不答应，田妙雯也无话可说。但你认为，我们才刚刚在卧牛岭落脚，就四处树敌，搞得天怒人怨，就有助于我们安插人手吗？"

田天佑冷哼一声，没有说话。

田彬霏转动轮椅，背对着他，淡淡地道："我们控制了土司，就掌握了先机！田妙雯安插三五个人，最终还不是为我们作嫁衣？天王派来的人中，这方面的人才可不多！"

"不过，田妙雯非常精明，我担心叶小安在她眼皮子底下未必能瞒多久。你若真的担心，不如禀报天王，尽快实施全面控制卧牛岭的计划为妥。机不可失，失不再来。"

· ※ · ※ · ※ ·

"夫人，不管何时，大人最初的班底总是大人最可靠的根基。他们多从山中来，对于山外情形不是那么熟悉，在这次建立各地司法衙门的时候，可能使不上太大的力，但也不宜把他们完全排除在外，让老部下们寒心哪！"

田妙雯拜见了公婆，便回了她的住处，这也是土司后宅的主卧，"叶小天"现在正为亡兄守制，另居别处，这里依旧是她一个人的住处。

田妙雯刚刚沐浴完，换了身轻便软袍，出来坐下，一壶茶清香宜人。田妙雯才品了几口，李秋池便登门求见了。

田妙雯对卧牛岭一方的人中，最熟悉的就是他了，没有不见的道理。

李大状见了田妙雯，稍做寒暄，便把今早土司大人的安排，对田妙雯详细述说了一遍。田妙雯呷着茶，认真听着。

等李秋池说完，田妙雯思忖片刻，缓缓说道："土司如此安排，想必也有他的考虑。新人新气象。土司或者就是为了营造一种新的氛围吧。这件事，我会找时间和他好好谈谈。老部下的心情，是要考虑的。"

李大状也未指望她能马上答应，只是轻叹道："是啊！对于此事，格哚佬、引勾佬等人都有所不满，土司大人不日就要遣派人员分赴各地了，如果不能在这些人成行之前解决此事，恐会寒了众人之心。"

田妙雯颔首道："我明日便与土司计议一下吧！"

李大状欲言又止，田妙雯柳眉微微一挑，道："还有何事？"

李大状咽回了想说的话，起身道："学生想说的就是这些，夫人歇息吧，学生告辞！"

田妙雯点点头，目送李大状离去，轻轻吁了一口气，往几案上靠了靠，手托着腮儿，望着杯中氤氲的水汽，若有所思。

后边六扇仕女的屏风一侧，忽地转出一个人来，轻手轻脚地走到她的身后，张开双臂，轻轻环住了她的纤腰。

田妙雯既未惊讶也未慌张，似乎早知身后有人，她只是在那双手上轻轻拍了一记，嗔道："别闹！"可环着她小蛮腰的那双手却并未松开，反而搂得更结实了……

李秋池走在廊庑下，心事重重。他方才欲言又止，是想问掌印夫人自家前程。

他擅长的是为人出谋划策，如果被外放，他所能做的实在有限。

况且，不管卧牛岭势力如何发展，其权力中枢始终只能是在土司所在的地方，如果他被外放，就等于被逐出了权力中心。

李大状今非昔比，早已不是当初那位讼师了，说及自家前程，还真有些羞于启齿，所以方才犹豫了一下，到底没有开口。可他也清楚，权力圈子，走出去容易，再想走进来，却是千难万难。

前方已经可以看见守在院门口的侍卫了，这要是走出去，错过了这个机会……李秋池停下脚步，想了一想，终于还是厚着脸皮转了身。

李秋池快步走向田妙雯居处，越到近处脚步越轻、越慢，到了近前他举起手又放下，正犹豫不决，忽听房中一声轻笑，笑声带着一丝甜甜的媚意。

李秋池微微一怔，这可不像一人独处时发出的笑声，他下意识地往门缝上贴了贴，一只眼睛顺着门缝看进去，就见一个青年，正是掌印夫人的贴身侍卫许胜。

令李秋池惊骇莫名的是，这许胜竟张开双臂，环着掌印夫人的腰肢，脸颊搁在掌印夫人的削肩上，掌印夫人脸儿微侧，樱唇娇艳……

李秋池这一吓真是非同小可，啊的一声，便叫了出来！

第九十七章

剪辑画面

一

这种场面，李大状实在是不曾想到，不由自主地惊呼了一声，这一出口，他马上就意识到坏了！这种事哪里能见得了光？既然被他看见，杀人灭口是必然的了。

李大状当机立断，撒腿就跑。

房门开了，田妙雯的倩影出现在门口，纤纤玉手搭在远山似的眉黛上向前一望，就见一道人影沿着廊庑绝尘而去。

廊庑尽头，他并不转弯，只一抬腿便矫健地跨过了半人高的廊栏，踩倒了两颗绿植，踢碎了一盆山茶，踉跄的身影向前倾斜着，奔出七八步，竟然奇迹般地没有摔倒。

李秋池仿佛突然打通了任督二脉，扑向门口。门口两个侍卫讶异地看向他。李大状情急智生，一边狂奔，一边沉声大喝："主母有吩咐，李某须得立即去办，闪开了！"

田妙雯的声音适时传来，清冷冷的，不带一丝烟火气："把他给我带回来！"

于是，李大状就被带回来了。

李大状被两个魁梧有力的武士提回房中，就见许胜大剌剌地坐在方才田妙雯接见他时坐过的主位上，连田妙雯进来都没有起身，他还端起田妙雯喝过的那杯茶，有滋有味地抿了一口。

若非他与田妙雯早已勾搭成奸，且甚受主母宠爱，岂敢如此放肆？两人在他面前竟然丝毫不加掩饰，又怎么可能再留他活口？想通了这一点，李秋池面如死灰。

田妙雯看了他一眼："李先生，何故去而复返啊？"

"要杀便杀，废什么话！"

李大状情知必死，不禁冷笑一声，他挺了挺腰杆儿，正气凛然。只是他方才跑得太过急促了些，此时胸膛起伏，口中呼哧直喘。

田妙雯叹了口气，道："李先生，你不该回来的，现在你让妾身如何是好呢？"

李秋池昂起头来，气愤地道："夫人素来睿智，如何处治李某，怕是早就有了腹案吧，何必还来假惺惺地问我？"

李秋池语气微微一顿，又瞪向田妙雯，道："可是，聪明人却常常会做些连蠢人都不会去做的糊涂事。主母大人，这世上没有不透风的墙，你还是及时回头吧！"

田妙雯笑了一声，回眸望向正跷着二郎腿坐在那儿吃茶的许胜，似笑非笑，道："李先生正劝我回头是岸呢，你怎么说？"

许胜叹了口气，他看了眼李秋池，把茶盏一搁，什么话都没说，只是站起身，走到墙角梳洗架的铜盆处，稀里哗啦地洗起脸来。

李秋池愕然，这人什么毛病，莫非他要杀人还得沐浴焚香，斋戒三日？李秋池瞪着许胜，就见他不只洗脸，还从脸上不时揪下一些莫名其妙的东西，有的像毛发，有的像鱼胶，那脸便渐渐变了模样。

李秋池看着，一双眸子越瞪越大，当那许胜洗净了脸，抓过毛巾胡乱擦拭几把，扭身向他一笑时，李秋池怪叫一声，指着他结结巴巴地叫了起来："你……你究竟是谁？"

此时出现在他面前的赫然就是叶小天。李秋池霍地看一眼田妙雯，又霍地看一眼叶小天，一头雾水。

叶小天回答得很干脆："我是叶小天！"

叶小天？叶小天怎么会变成许胜？李秋池今日在大厅中是见过"许胜"的，当时"叶小天"也在。如果这许胜才是叶小天，那当时在大厅中的"叶小天"又是谁？难道……难道……

叶小天回到几案旁悠然坐下，续了些茶水，道："坐下说吧！"

李大状满腹疑窦地在几案对面缓缓坐了，田妙雯走回来，款款地陪坐在叶小天身边。叶小天蹙了蹙眉，似乎不知该从何说起，略一沉吟，才道："我本打算过几天再找你聊，既然你已发现，那便现在说与你知道吧。"

叶小天长长地吸了口气，缓缓地道："我现在既然是许胜，当然也就不是叶小天了，今日大厅中的'叶小天'是我大哥——叶小安，他并没有死！他还活着！"

李大状不由啊了一声，这个结果他已料到。李大状忍不住问道："莫非土舍之死，是大人您设下的一计？大人这是……这是在图谋什么？"

叶小天摇头道："那并不是我设下的一计！事实上，我从贵阳急急赶回奔丧的路上，还以为我大哥真的已经去了。"

"什么？"李大状虎躯一震……

叶小天瞟了他一眼，瞧他脸色阴晴不定，便明白他正在胡思乱想。叶小天摇摇头道:"不是你想的那样!"

李大状急得抓头挠腮,脑海中十万个小问号不停在跳:"不是我想的那样,那究竟是哪样啊?你倒是说啊!"

其实,这倒不是叶小天说书似的故意拿乔,而是此事真的说来话长……

·※·※·※·

那一天……

叶小天被拖出十余步,眼前豁然出现一个大坑,不远处就是潺潺的溪水,溪水和大坑之间挖了一道渠,中间只填了一锹土堵在那里。坑中厚厚一层白灰,那是……石灰!

这正是贵州土司惯常用于处死人犯的手段。叶小天迅速明白过来,不禁毛骨悚然。两个大汉把他用力向前一推,被反绑双手的叶小天根本没有抵抗之力,一头就向坑中跌去。

但他并没有跌进去,他只来得及发出一声惊呼,就被两个大汉突然探身扣住他的肩头,又把他拽了回来。

"什么情况这是?故意吓我?"叶小天心中好奇,但紧接着发生的一切,却让他只剩下茫然了。

那两个大汉扣住他的肩膀把他拖了回来,就听那坐在四轮椅上的蒙面人淡淡地吩咐了一声:"去吧!"

两个大汉便架起他,绕过石灰坑,一头钻进了草丛。草丛里居然还有两个大汉,正架着一个同样被捆得粽子似的人迎面走来。双方像交接力棒似的,把自己架着的人向对方怀里一塞,接过对方塞来的人,转身便走。

"什么情况这是?"叶小天更茫然了,他被拖出百余步后,忽然听见后方传来一声凄厉的惨叫。紧接着那惨叫,"不想死你就别出声!"叶小天听到冷冷的一声吩咐,拖着他的两个人脚下不停,拖死猪似的拖着他爬沟过坎儿,直到那杀猪般的惨叫声再也听不见。

叶小天被拖进了一个山洞,对于此番奇特遭遇,他根本想不出个子丑寅卯来。既然想不明白,他索性便不去想,反正一定会有人给他一个答案,这个答案,十有八九就在那个残缺了双腿的蒙面人手中。

山洞里面很阴冷,叶小天又是一身湿衣裳,在洞中冻得瑟瑟发抖。那两个大汉只管守住了洞口,也不说生堆火给他。如此挨了许久,直到一架四轮椅被推进山洞,叶小天已经冻得嘴唇发青。

叶小天看着这个行为古怪的蒙面人，问道："你是谁？"

蒙面人回答道："田彬霏！"

叶小天大吃一惊："什么？你……你是田彬霏？你没死！"

蒙面人淡淡地道："我当然没死！虽然人人都认为我死了！正如现在的你，你也没死，虽然人人都认为你死了！"

叶小天没有说话，他听得出这句话大有玄机，但并不明白玄机究竟是什么。

田彬霏沉默片刻，道："三岔路口的火药和陷阱，是我设的！"

叶小天缓缓地道："我知道！"

田彬霏眸中闪过一抹无奈的悲凉："是韧针告诉你的吧？想不到，她对你还真是没有保留！"

"我们是夫妻！"叶小天只回答了一句。只这一句，像一根针，刺得田彬霏心里一痛。

叶小天看着他渐渐黯淡下来的目光，如果说之前对他的身份还有那么一丝怀疑的话，此刻却是没有半点疑问了。这个人当然是田彬霏，除了田彬霏，还能是谁？

叶小天道："因为你的死，妙雯很伤心！你既然没死，为什么要用一具尸体来冒充？就为了藏在暗处，继续算计我？"

田彬霏没有回答，只是缓缓拉下了他的面巾，一眼看到他的模样，叶小天不由震动了一下，叶小天完全无法把眼前这个丑陋可怕到了极点的人和那位风度翩翩、风流儒雅的田家长公子联系起来。

叶小天道："就因为你变成了这副模样，所以你宁可假死，也不愿再见她？"

"呵呵，这副人不人鬼不鬼的模样，我自己看了都讨厌，当然不愿让韧针看见。不过，这并不是原因，原因只有一个：有人想让田彬霏死掉，想让我变成她的鬼谋士，想让白泥田氏变成田氏嫡宗！"

叶小天警觉地道："白泥田氏？田雌凤！"

田彬霏把面巾轻轻拉上："不错！她也想匡复田氏荣光！其实哪一房做田氏之主，在我心中并不重要！重要的是，田氏能重新站起来。如果她能办到，我便尽心竭力地辅佐她又如何？"

"可惜……"田彬霏冷笑起来，"女人就是女人，她有心机，斗得垮拥有龙虎山背景的掌印夫人，能让杨应龙对她言听计从，可她却愚蠢地把田氏复兴的希望，寄托在杨应龙身上。"

田彬霏的语气里充满了不屑："杨应龙谋夺天下的机会有多大？怕是不到两成！即便他真能成功，那也是以一方土司而得天下。"

"杨应龙若以土司之身成就大业，他会扶持田氏振兴？异想天开！杨应龙纵容她挤走张氏，只因杨应龙不喜欢张氏；杨应龙对她言听计从，是因为她的建议正合杨应龙的心意！一旦杨应龙得天下，会受她左右，扶持田氏吗？"

叶小天紧张的心情渐渐放松下来，他大概明白田彬霏的想法了："所以，你决定将计就计？"

田彬霏沉默片刻，缓缓地道："不错！杨应龙的野心，我一直都很清楚。一直以来，我的谋划都是：等杨应龙反！只要他反了，我就尽我所能，助朝廷平叛，以莫大战功来恢复我田氏对两思的统治！

"如今，田雌凤既然招揽我为她所用，我为什么不将计就计？我不在，田家还在！我为田家谋划的一切都会继续执行，我在与不在都不重要！可杨应龙身边有没有我，结果却会大不相同呢……"

叶小天道："你潜伏到杨应龙身边，当然是为了对付他！他要算计我，所以你救我？"

田彬霏笑了笑，道："没错！"

叶小天沉默了，他没想到，田彬霏竟是一个如此拿得起放得下的枭雄。之前他还殚精竭虑地想要杀掉自己，转瞬之间，他就能抛下原来的计划，转变立场，不惜余力地来解救他。

当然，很多事情的动机都未必是单一的。就像田彬霏之前想杀死叶小天，除了他想越过叶小天直接攫取卧牛岭的力量，同时也缘于他对叶小天畸形的嫉妒。而今他选择解救叶小天，除了并不看好田雌凤的计划，还缘于他对他自己残缺丑陋的身体的厌弃。

但这绝不是主要原因。一直以为，田彬霏就不喜欢小妹与叶小天接触，但是直到田妙雯成为卧牛岭的掌印夫人，他都没有对叶小天动手，只因为那时的叶小天对田家有用。

在田彬霏心中，至高无上的、可以令他为之牺牲一切的，永远都是他的家族。

叶小天弄懂了他要这么做的理由，可还是不明白方才那一幕荒诞戏究竟是演给谁看的。那些人若是田彬霏的部下，他就不需要演戏。如果那些人之中另有田雌凤或杨应龙的人，他的戏穿帮到这种程度，又怎么可能瞒得了人？

对于叶小天的质疑，田彬霏先是笑了笑，接着问道："你有没有喝醉过？"

叶小天呆了一呆，不明白他为什么突然问起这个。

田彬霏却并没有等他回答的意思，继续说了下去："喝醉的人，会有许多种表现，有的人嗜睡，有的人哭泣，有的人滔滔不绝，有的人大耍酒疯。还有些人，会短暂地失去意识。"

叶小天喃喃地道："失去意识？"

田彬霏道:"不错!有那么一刹那,这个人的意识是完全失去了的,只不过他自己全无觉察,当他的意识又恢复过来时,他甚至不知道自己刚刚失去过意识。"

叶小天忍不住问道:"既然因为大醉而失去意识的人,他自己都不知道自己曾失去过意识,你又如何知道?"

田彬霏道:"所谓不知道自己失去过意识,那是因为他处于一个相对静止的环境里。比如说他坐在那里,半醉半醒的,失去意识前,看见旁边两个朋友还在喝酒聊天,短暂失去了意识,再醒过来时两个朋友还在吃酒聊天,他就不会发现自己失去过意识,如果他醒过来时这两个人已经离开了呢?"

叶小天懂了,他忽然想起,他确实酩酊大醉过一次,也确实出现了田彬霏所说的这种情况。

那次,是他刚刚被提拔为牢头儿,同牢房的狱卒凑钱请他吃酒。他升了职开心,又怕兄弟们觉得他开始摆架子,自然是酒到杯干,酩酊大醉。

最后,狱卒们拦了一个脚夫送他回去,他骑在驴子上,就曾有那么刹那的失神。当时,他看到一家珠宝店,一位雍容高雅的姑娘正在挑首饰。

接着,他看到的却是一个呲着一口黄板牙,牵着一只猴儿在十字街头耍猴戏的大叔。从小到大,他在那条街上不知走过多少回。他知道那家珠宝店到那个路口足足隔了两百多步远,而骑着驴子经过这两百多步中所经历的一切,他完全没有记忆。他当时绝对没有睡着,这应该就是田彬霏所说的失去意识了。

如果当时驴子停下不走了,如果那位姑娘一直站在店铺里挑选首饰,那么他失去意识,再恢复意识,他根本意识不到。但这中间有了变化,他便知道自己曾经失神。

叶小天不禁想得出神了。

田彬霏淡淡地道:"看来,你是明白了。在场的人中,的确有田雌凤的人,所以我用了一点小手段,让他们像喝醉了一样,暂时失去了意识……"

·※·※·※·

被抛进石灰坑的那个人,事先已被田彬霏动了手脚,他只会本能地发出惨叫,本能地进行挣扎,完全失去了语言能力。他的衣服,也与叶小天的一模一样。田彬霏能事先查清叶小天的穿着,准备了一样的衣服给叶小安换上,当然也能多准备一套,用来在"偷天换日"之后,再换一次。

石灰扑了那人一头一脸,他跌进大坑,石灰就飞腾起来。紧接着河水灌入,石灰迅速蒸腾起滚滚雾气,被反绑双手跌在坑中挣扎惨叫的他,根本就无人能再辨认。石灰遇水,产生的气味能呛得人流泪,围观的人根本就不会靠得太近。

"蛊！你用的是蛊！"叶小天听着田彬霏用平静的语气解开谜底，恍然大悟。

田彬霏微微一怔，他还担心叶小天听不懂，所以用了很通俗的方式解释，听叶小天这么一说，才笑道："我倒忘了，你是蛊教教主，虽说是半路出家，本领有限，总也应该听说过'失魂蛊'的。"

叶小天摇摇头，道："我并没听说过什么'失魂蛊'，我能想到你用的是蛊，是因为……我曾经见过一个人，就曾用过类似的方法，让一个坐在我们旁边的人，完全不知道我们曾交谈过什么。那个人，与我蛊教一位长老相交甚厚！"

叶小天这一刻想到的人是杨应龙，他当初误闯深山，住进蛊教神殿对岸的格哚佬山寨时，杨应龙曾在山上建下一座"行宫"，邀他赴宴。当时展凝儿就陪在他身旁，但杨应龙招揽他为己所用的过程，凝儿却有目不见，有耳不闻。那一幕给叶小天留下了极深的印象，此时听田彬霏一说，顿时想了起来。

田彬霏道："原来如此……"

·※·※·※·

"原来如此，原来如此……"李秋池听叶小天从头说起，娓娓道来，如听说书。他恍然道："大人这也是将计就计，欲以此迷惑杨应龙，等他上钩，给他来一记狠的？"

叶小天道："不只！我那舅兄也是取信于田雌凤之后才知道，杨应龙虽然自我成为蛊教教主就在打我的主意，却也没有把成败完全押在我一个人的身上。

"他收买了我的一些部下，又利用各地豪杰争相投奔的机会，派入了大量的内奸，能'偷天换日'当然最好，如果不能，靠着这些叛徒和内奸，他也能对我卧牛岭产生重大影响。

"你想，关键时刻，若是被我倚重的人突然反水，后果会如何？可我并不知道有多少人被收买，也不知道投奔我的人有多少是奸细。如果草木皆兵，就会失去人心，那该怎么办呢？"

一直静静地陪坐在一旁的田妙雯，虽然此前就已听他说过这一切，此刻听他再说一遍，依旧是百感交集。对她那位大兄，她是又爱又恨，今日返回卧牛岭，见到那位田先生，她不知用了多大的力量，才让自己保持了平静，没有露出异样。

此刻，她平静了一下心情，接口道："我大兄便与相公计议，将计就计，诱出杨应龙潜伏在我卧牛岭的全部内奸与叛徒，将他们一举铲除，彻底解决这个重大隐患。同时，杨应龙以为已经控制了卧牛岭，我们也有机会给他以致命一击！"

叶小天与田彬霏立下了一纸契约：来日挫败杨应龙的阴谋，叶小天不可把田家抛除在外！两家要同进同退，休戚与共！为朝廷立下大功后，叶小天要保证上表为田家请功。

之后，叶小天便急急返回贵阳去找田妙雯，他不是来无影去无踪的飞天大侠，如果没有田妙雯的照应与配合，他如何玩好这场真真假假的游戏？

叶小天本想找到田妙雯，扮个不起眼的马夫、仆役什么的先混进卧牛岭，再找机会与大哥相见，以真换假。不料田妙雯手下恰有一个易容高手——宗华。于是，叶小天就变成了侍卫许胜。

按照田彬霏的计划，是找一个合适的机会，弄死叶小安，如果叶小天不忍，那就幽禁，然后由叶小天顶上去：来一出叶小天冒充本该是叶小安的叶小天的好戏！

叶小天一口否决了他的计划。通过长风道人让洪百川捎来的口信儿，叶小天已经知道，不管他大哥是如何不争气，与他依旧是手足兄弟，兄弟之间或者会失和争吵，却不至于泯灭了那份血脉亲情。

叶小天不会杀死或幽禁他大哥，当然，和大哥说明情况，然后把他暂时安排到一个秘密的地方，直到整个计划结束，那是可以的。

但他回到卧牛岭后，并没有第一时间与大哥见面，明里暗里不知道有多少双杨应龙的眼睛正在悄悄盯着他大哥，只有大哥那种最真实的彷徨无奈，才能打消杨应龙那头老狐狸的戒心。

叶小天准备代替大哥叶小安，完美地扮好他自己。但是这件事实在太过重大，一个不经意的眼神、一句含糊的醉话都有可能暴露真相，所以叶小天准备对某些人告以真相。

这人必须沉得住气，绝对忠诚，能配合他演好这出戏。如此算来，整个卧牛岭，只有李大状和华云飞，其他都不得与闻。

当然，卧牛岭上没有几人有幸与闻真相，并不代表其他地方就没有人知道。至少，贵州巡抚叶梦熊叶大人是知道了，而且是田妙雯带了扮作许胜的叶小天，私相会晤，亲口告知的！要对付杨应龙，怎么能少得了这头辽东老熊的配合！